CONTES FANTASTIQUES III

CONTES FANTASTIQUES

III

Déjà parus dans la même collection :

Contes fantastiques Tome I :
Le Majorat. Le Sanctus. Salvator Rosa. La Vie d'artiste. Le Violon de Crémone. Marino Falieri. Le Bonheur au jeu.

Contes fantastiques Tome II :
Mademoiselle de Scudéry. Zacharias Werner. Maître Martin, le tonnelier et ses apprentis. L'Église des Jésuites. L'Homme au Sable. La Cour d'Artus. Don Juan. Gluck. Agafia. La Leçon de violon. Le Spectre fiancé.

HOFFMANN

CONTES FANTASTIQUES

III

Les Contemplations du chat Murr
Les Souffrances musicales du maître de chapelle Jean Kreisler

Traduction de LOÈVE-VEIMARS
Chronologie, introduction, bibliographie, notices et notes
de José LAMBERT
Professeur à la Katholieke Universiteit Leuven

GF
FLAMMARION

Pour recevoir régulièrement, sans aucun engagement de votre part, l'Actualité Littéraire Flammarion, il vous suffit d'envoyer vos nom et adresse à :

Flammarion, Service ALF, 26, rue Racine, 75278 PARIS Cedex 06.

Pour le CANADA à :

Flammarion Ltée, 163 Est, rue Saint-Paul, Montréal PQ H2Y 1G8.

Vous y trouverez présentées toutes les nouveautés mises en vente chez votre libraire : romans, essais, sciences humaines, documents, mémoires, biographies, aventures vécues, livres d'art, livres pour la jeunesse, ouvrages d'utilité pratique...

CHRONOLOGIE

1776 : Naissance de Ernst Theodor Wilhelm Hoffmann à Königsberg, le 24 janvier ; les prénoms seront changés en Ernst Theodor Amadeus.

1786 : Débuts de l'amitié avec Theodor Gottlieb von Hippel.

1792 : Étudie le droit à l'Université de Königsberg.

1795 : Hoffmann commence sa carrière de juriste.

1798 : Fiançailles ; de Glogau à Berlin ; Johann Friedrich Reichardt lui enseigne la musique.

1802 : Fiançailles rompues (conflit avec le milieu bourgeois) ; mariage avec Maria Thekla Michalina Rohrer.

1803 : Premier écrit : *Schreiben eines Klostergeistlichen an seinen Freund in der Hauptstadt*.

1804 : Contacts avec Zacharias Werner et Julius Eduard (H)Itzig.

1805 : Activités musicales.

1806-1808 : Hoffmann perd sa place de juriste ; il vit à Berlin.

1808 : Maître de chapelle à Bamberg.

1809 : Enseigne la musique ; collabore à une feuille musicale ; publie *Ritter Gluck*.

1811-1813 : Activités musicales ; préparation et publication des *Fantasiestücke*.

1813-1814 : A Dresde et à Leipzig ; *Der goldne Topf* et 1er vol. des *Elixiere des Teufels ;* suite des *Fantasie-*

stücke; liens avec Lamotte-Fouqué, Chamisso, Bernhardi, Tieck.

1816 : Soirées des Frères Sérapion, avec notamment Hitzig, Contessa, David Ferdinand Koreff; suite des *Elixiere; Nachtstücke.*

Entre **1816** et **1822,** Hoffmann complète beaucoup d'ouvrages dont la publication avait été entamée : il publie des textes importants comme *Prinzessin Brambilla* et *Kater Murr.*

1822 : Mort de E. T. A. Hoffmann (le 25 juin).

Pour la chronologie des publications françaises, on se reportera à notre introduction; pour la chronologie de la « Fortune d'Hoffmann en France », on consultera le livre d'Elizabeth Teichmann.

INTRODUCTION

Loève-Veimars et la question de la traduction

Grâce à la présente édition, c'est pour la première fois depuis 1830 que les *Œuvres complètes* de Ernst Thomas Amadeus Hoffmann, publiées chez Renduel de 1829 à 1833, voient le jour comme un ensemble ayant ses propres mérites et structures.

L'auteur de ces « Œuvres complètes », à en croire l'histoire, serait autant Adolphe Loève-Veimars, le traducteur, que Ernst Thomas Amadeus Hoffmann en personne. Que celui-ci mérite l'honneur d'être réédité sous une forme aussi intégrale que possible ne laisse pas de doute : entre 1830 et nos jours, plusieurs éditions de ses contes ont été diffusées en France et en langue française. Plusieurs d'entre elles contiennent des textes traduits par Loève-Veimars, mais aucune d'entre elles ne remonte dans son ensemble à l'édition Renduel de 1830-1833 ni même à ses rééditions des années trente ou quarante. Le premier et le plus célèbre parmi les traducteurs d'Hoffmann serait-il donc indigne de l'honneur que nous lui faisons en le préférant à ses concurrents de l'époque romantique et à ses successeurs du XXe siècle ?

Nous nous sommes justifié, dans l'introduction de notre tome I, en invoquant des arguments historiques : la version de Loève-Veimars a lancé la vogue d'Hoffmann le « fantastiqueur », et elle a servi de modèle à la plupart des traductions ultérieures. Nous avons refusé d'affirmer tout bonnement que Loève-Veimars serait le plus doué, le plus scrupuleux ou le mieux informé parmi les interprètes de notre auteur.

N'accordons pas à un écrivain aussi célèbre que peu

connu des titres de gloire qui ne peuvent être les siens. Examinons de plus près la manière dont différents traducteurs de l'époque romantique ont rendu dans leur langue les textes de leur idole d'Outre-Rhin.

De 1830 à nos jours, l'art du traducteur Loève-Veimars a suscité les commentaires les plus divers et les plus contradictoires. La plupart d'entre eux furent émis en passant, sans beaucoup de méthode, et se rapportent à des aspects limités de la question de la traduction. Le premier bilan digne de ce nom parut en 1853, dans *L'Athenaeum français,* grâce à Champfleury, puis dans les *Contes posthumes d'Hoffmann* (1856) publiés par le même Champfleury. La plupart des autres commentaires, même ceux du vingtième siècle, se rapportent à certains aspects de la question de la traduction, c'est-à-dire au style, aux « contresens », à la connaissance que le traducteur avait de la langue allemande. En vérité, la mission des traducteurs et celle de Loève-Veimars en particulier veulent être traitées avec plus de circonspection. Nous n'entendons d'ailleurs pas élucider la question des responsabilités partagées : dans quelle mesure les décisions de Loève-Veimars sont-elles les siennes, ou celles de son éditeur, voire même celles de ses lecteurs, que l'éditeur prend en considération ? La même remarque vaut pour les autres traducteurs. Il nous paraît d'emblée illusoire d'interpréter les traductions comme des documents dus à une véritable individualité : le but des pages qui suivent est précisément de faire la part des choses et de mieux situer les orientations individuelles de Loève-Veimars et de ses confrères en procédant à une confrontation globale. Nous le ferons à l'aide de quelques fragments représentatifs qui nous fourniront certaines clefs des méthodes de traduction mises en œuvre.

Prenons comme premier échantillon le début du *Conseiller Krespel,* qui figure dans la plupart des recueils d'Hoffmann :

> « Der Mann », begann Theodor, « von dem ich sprechen will, ist niemand anders als der Rat Krespel in H-.
>
> Dieser Rat Krespel war nämlich in der Tat einer der

allerwunderlichsten Menschen, die mir jemals im Leben vorgekommen. Als ich nach H- zog, um mich einige Zeit dort aufzuhalten, sprach die ganze Stadt von ihm, weil soeben einer seiner allernärrischten Streiche in voller Blüte stand. [...]

(Hoffmann, sans titre [1].)

Le conseiller Crespel est l'homme le plus merveilleux qui se soit offert à mes yeux, dans le cours de ma vie.

Lorsque j'arrivai à H... où je devais séjourner quelque temps, toute la ville parlait de lui, car alors il était dans tout le feu de son originalité. [...]

(Loève-Veimars : *Le Violon de Crémone,* 1830.)

Théodore prit la parole en ces termes :

Ce conseiller Krespel est en effet l'homme le plus étonnant que j'aie rencontré de ma vie. — Lorsque j'arrivai à H..., pour y séjourner quelque temps, toute la ville s'occupait de lui à cause d'un de ses meilleurs traits d'originalité de date toute récente. [...]

(Egmont : *Le Conseiller Krespel,* 1836.)

Le conseiller Krespel est un des hommes les plus singuliers que j'aie rencontrés de ma vie. Lorsque j'allai à H... pour m'y arrêter quelque temps, un trait d'extravagance des plus bizarres venait de le rendre l'objet de toutes les conversations. [...]

(La Bédollière : *Le Conseiller Krespel,* 1838.)

Le conseiller Crespel est l'un des hommes les plus étranges que j'aie jamais vus. Lorsque j'arrivai à H... avec l'intention de passer là quelque temps, dans toute la ville on ne parlait que de lui ; il était alors dans l'éclat de son originalité. [...]

(Marmier : *Le Violon de Crémone,* 1843.)

Ce soir-là, les frères du joyeux club de Sérapion se sont réunis de bonne heure chez Théodore. La neige, chassée par le vent d'hiver [...]

— Trinquons, dit Théodore ; j'ai votre affaire. Je veux, s'il vous plaît, vous conter une anecdote assez originale de la vie du conseiller Krespel. Ce digne personnage, qui a existé en chair et en os, était en vérité l'homme le plus singulier que j'aie jamais rencontré. Lorsque je vins à l'université de H***, pour y suivre les cours de philosophie, toute la ville ne s'entretenait que du conseiller Krespel. [...]

(Christian : *Le Chant d'Antonia,* 1843.)

Ce conseiller Krespel, dont je veux vous conter une simple histoire, était l'être le plus bizarre que j'aie rencontré. Lorsque je suivais le cours de la philosophie à l'université de K***, toute la ville ne s'entretenait que de ce personnage. [...]

(Ancelot : *Le Violon de Crémone,* 1853.)

« L'homme dont j'entends vous parler, commença Théodor, n'est personne d'autre que le conseiller Krespel à H-. »

Le conseiller Krespel est l'un des hommes les plus étranges que j'aie jamais rencontrés de ma vie. Quand je me rendis à H... pour un séjour de quelque durée, toute la ville parlait de lui parce qu'un de ses coups les plus extravagants était justement en sa fleur.

La juxtaposition du texte allemand et de six traductions françaises — rédigées en l'espace d'une vingtaine d'années — est à la fois très instructive et trompeuse. Les sept fragments ne peuvent en effet pas vraiment être mis sur le même pied, puisque le premier — l'original — a *sans doute* (!) été utilisé comme le modèle des six autres ; il se pourrait d'autre part que les différentes versions françaises se soient influencées mutuellement, ce qui rendrait moins éclairants les rapports avec le texte allemand. Il importera dès lors d'identifier les modèles et de distinguer des groupes de textes, des options communes ainsi que des options individuelles. — Pour une autre raison encore, le texte allemand doit être traité à part. Dans l'original, *Rat Krespel* (le titre a été « inventé » plus tard) est inséré dans une formule de Contes à la Boccace (voir notre t. I) ; ce récit-cadre disparaît tout à fait ou laisse peu de traces dans les différentes versions françaises. La plupart des traducteurs suppriment le récit-cadre. Seul Christian le maintient; quant à Egmont, il en conserve la seule phrase d'introduction. Quels que soient leurs motifs, force nous est de reconnaître que les traducteurs adoptent une attitude significative face à une difficulté bien visible et évidente — l'appartenance du conte à un ensemble — d'autant plus réelle qu'elle a été signalée dans les commentaires de l'un d'entre eux: Henry Egmont. Notons que les différents traducteurs connaissent les textes de leurs prédécesseurs. Est-ce à dire qu'ils ont tout simplement copié les traductions déjà existantes — en particulier celle de Loève-Veimars — et que seuls Christian et Egmont auraient pris la peine de suivre l'original?

Sur beaucoup d'autres points, les différents traducteurs adoptent une attitude solidaire qui les oppose à l'original. Même Egmont et Christian, qui confient à Théodore la mission d'annoncer le conte et de présenter le personnage du conseiller, évitent d'évoquer d'emblée un être qui vit — réellement, dirait-on — à H- (« Der Mann... der Rat Krespel in H-. »). La localisation géographique, fournie en quelque sorte en dehors de toute fiction, donne à Krespel le statut d'un personnage historique (c'est pourquoi Christian ajoute qu'il a existé en chair et os). Les six traducteurs lient l'histoire de Krespel à un nom de lieu — d'ailleurs abrégé, comme dans l'original — à l'intérieur de la fiction. Ce détail serait-il l'indice de filiations directes entre Loève-Veimars et ses successeurs?

Nous devrons en effet retenir cette hypothèse, tout en la nuançant, car la plupart des traducteurs introduisent dans le passage en question des variantes qui paraissent s'expliquer par le recours à l'original. Ainsi, le développement du cadre chez Christian est en quelque sorte une correction des autres traductions, même si elle n'atteste nullement la volonté de copier littéralement Hoffmann. Quant à Egmont, il invoque systématiquement le texte allemand dans ses notes, il restitue en partie les liens entre Théodore — qui remplit la fonction de narrateur — et *Le Conseiller Krespel*, et il est le seul à reprendre en l'affaiblissant (« en effet ») la concession (« nämlich in der Tat ») qui précède le portrait de Krespel.

Négligeons les autres marques laissées par le texte de Loève-Veimars dans le travail d'Egmont et consorts. Il semble y avoir en réalité une relation du même type entre Egmont et La Bédollière dans la dernière phrase de notre citation, à moins qu'elle ne s'explique par l'original (toute la ville parlerait de lui en raison d'une de ses extravagances récentes); dans ce passage, l'influence de Loève-Veimars sur les autres traducteurs n'en devient que plus frappante.

A première vue, Christian occupe une place à part parmi les interprètes d'Hoffmann. Toutefois, lui aussi préfère quelquefois le texte de Loève-Veimars à celui d'Hoffmann (« toute la ville... »). Et il servira à son tour de source à Ancelot. Chez lui et chez Ancelot, le narrateur ne séjourne pas tout bonnement dans la ville de H-, il a des motifs bien sérieux de s'y arrêter, puisqu'il y suivra des cours de philosophie. Ancelot se propose d'ailleurs de « conter une simple histoire »; c'est tout ce qu'il a retenu du récit-cadre en quelque sorte apocryphe qui distingue la version Christian de celle de tous ses prédécesseurs.

Ces observations générales sur quelques phrases seulement du *Conseiller Krespel* montrent déjà qu'il serait absurde de louer un des traducteurs et de critiquer les autres. Chacun d'entre eux nous propose son texte à lui et introduit des variantes dans le passage, même et surtout des variantes par rapport au *Rat Krespel* d'Hoffmann. Il importerait plutôt d'observer les interdépendances entre les différentes versions ainsi que les principes qui permettent d'interpréter les divergences. A ce propos, les versions les plus individuelles sont celles de Loève-Veimars — qui fut le premier...— d'Egmont et de Christian; celui-ci, toutefois, remanie, paraphrase et condense à sa guise des portions du texte que personne n'avait maintenues.

Il serait plus absurde encore de critiquer les passages cités ci-dessus en vertu d'une « fidélité » que personne n'observe de manière idéale, bref, que tous respectent à leur manière, ou en s'inspirant de l'exemple d'un prédécesseur. Henry Egmont cherche sans doute plus que Loève-Veimars ou La Bédollière à cerner les nuances syntaxiques et lexicales de l'original, souvent au détriment des conventions stylistiques qui sont familières à ses lecteurs. On note en effet que, pour rendre :

> Als ich nach H- zog, um mich einige Zeit dort aufzuhalten [...]

— Loève-Veimars, Marmier et tous les autres simplifient les liens syntaxiques (Als... um... weil). Par contraste, on comprendra d'autant mieux pourquoi l'époque romantique a tenu à louer l'élégance de la prose de Loève-Veimars. Les fidélités de nos traducteurs exigent en effet leurs rançons ; leurs scrupules risquent de les rendre « barbares », selon la formule appliquée aux traducteurs de Shakespeare ; d'autre part, en évitant d'être quelque peu barbares ou étranges, ils imposeront les règles de la bonne prose française à un auteur allemand qui écrit selon d'autres règles. Ce dilemme désoriente tous les traducteurs et les fait hésiter sans cesse. En juxtaposant systématiquement leurs versions, nous pouvons ainsi dresser le bilan de leurs habitudes, de leurs tendances et de leurs doutes. Nous pouvons caractériser leur *stratégie* de traducteur et de traducteur-écrivain. Certains d'entre eux — tels Marmier et Ancelot — se contentent d'introduire des variantes dans les versions d'un autre : leur stratégie est celle d'un rédacteur plutôt que celle d'un traducteur. Egmont s'aventure le plus loin dans le sens d'un texte *étranger,* au sens fort du terme, mais il est, lui aussi, sujet aux incertitudes des intermédiaires entre deux cultures ; très souvent, il suit les voies tracées par Loève-Veimars plutôt que celles qu'indique Hoffmann. Ainsi, ce dernier fournit en un seul et même paragraphe un jugement sur Krespel et, ensuite, le début d'une histoire (« Dieser... Als ich...). Loève-Veimars sépare ce jugement, qui sert de formule d'introduction, de l'histoire proprement dite. Egmont suit cet exemple, fût-ce avec d'autres moyens, c'est-à-dire avec un simple tiret. Il est même quelque peu surprenant que La Bédollière, Marmier et les autres n'aient pas changé de paragraphe, à l'instar de Loève-Veimars. Le découpage du texte en séquences narratives fait en effet ressortir un des principaux conflits entre Hoffmann et ses traducteurs français.

C'est ce qu'illustrent deux autres passages du *Conseiller Krespel,* que nous choisissons au hasard.

> [... jubelnd empfingen[2].] Im Moment des Aufstehens von der Tafel fragte des Professors Nichte: « Was macht denn unsere Antonie, lieber Rat? » — Krespel schnitt ein Gesicht, als wenn jemand in eine bittere Pomeranze beisst, und dabei aussehen will, als wenn er Süsses genossen; aber bald verzog sich dies Gesicht zur graulichen Maske, aus der recht bitterer, grimmiger, ja wie es mir schien, recht teuflischer Hohn herauslachte: « Unsere? Unsere liebe Antonie? » frug er mit gedehntem, unangenehm singendem Tone. Der Professor kam schnell heran; in dem strafenden Blick, den er der Nichte zuwarf, las ich, dass sie eine Saite berührt hatte, die in Krespels Innerm widrig dissonieren musste. « Wie steht es mit den Violinen », frug der Professor recht lustig, indem er den Rat bei beiden Händen erfasste. [Da heiterte...]
>
> (Hoffmann.)

> [... cris de joie.]
>
> Au moment de se lever de table, la nièce du professeur dit à Crespel: Que devient notre bonne Antonie, cher conseiller?
>
> Crespel fit une grimace affreuse, et son visage prit une expression diabolique. — Notre chère Antonie? répéta-t-il d'une voix aussi douce que désagréable.
>
> Le professeur s'avança vivement. Je lus dans le regard sévère qu'il lança à sa nièce, qu'elle avait touché une corde qui résonnait d'une manière dissonnante dans l'âme de Crespel. — Comment va le violon? demanda le professeur, d'un ton gaillard, en prenant les mains du conseiller.
>
> [Le visage de Crespel...]
>
> (Loève-Veimars, 1830.)

[... tout joyeux.] Au moment de quitter la table, la nièce du professeur demanda : « Que devient donc notre Antonie, cher conseiller ? » Krespel fit une grimace comme quelqu'un qui mord une orange amère, et qui veut pourtant se donner l'air d'avoir goûté un fruit savoureux. Mais bientôt sa figure prit une expression courroucée affreuse à voir, et je lus dans son étrange sourire l'empreinte d'une ironie presque diabolique : « Notre... notre chère Antonie ? » demanda-t-il d'une voix traînante et désagréablement modulée. — Le professeur se hâta d'intervenir ; au coup d'œil de reproche qu'il lança à sa nièce, je sentis qu'elle venait de toucher une corde qui devait résonner d'une manière pénible pour Krespel. « Comment vont les violons ? » demanda le professeur gaiement en serrant les mains du conseiller dans les siennes. [Le visage de Krespel...]

(Egmont, 1836.)

[... avec allégresse.]

Au moment de se lever de table, la nièce du professeur demanda :

— Que devient notre Antonie, mon cher conseiller ?

Krespel fit la mine d'un homme qui a mordu une orange amère, et veut paraître avoir goûté quelque chose de doux ; mais bientôt ses traits se contractèrent affreusement, et prirent l'expression d'une ironie bien furieuse, et qui me parut même diabolique.

— Notre... notre chère Antonie ? demanda-t-il d'une voix lente et désagréable.

Le professeur se hâta d'approcher. Dans le coup d'œil de reproche qu'il lança à sa nièce, je lus que celle-ci venait de toucher un point douloureux pour Krespel.

— Où en êtes-vous avec les violons ? dit gaiement le professeur en prenant le conseiller par les deux mains.

[La figure de Krespel...]

(La Bédollière, 1838.)

[avec transport.] Après le dîner, la nièce du professeur dit à Crespel : « Cher conseiller, que devient notre Antonia ? »

Crespel fit une grimace affreuse, et, montrant un sourire hideux et vraiment diabolique, dit d'une voix lente, cadencée, désagréable : « Notre bonne Antonia ! »

Le professeur s'avança à la hâte, et le regard sévère qu'il jeta à sa nièce indiquait qu'elle venait de toucher une corde qui résonnait péniblement dans le cœur de Crespel.

« Comment va le violon ? » dit le professeur d'un air léger, en prenant les mains du conseiller.

[La figure de Crespel...]

(Marmier, 1843.)

[des cris de plaisir.]

Tout à coup la nièce du professeur M*** s'avisa de dire : « Que devient donc, cher monsieur Krespel, notre bonne Antonia ? » Le conseiller fit la grimace comme un gourmand qui mord une orange aigre ; ses traits se rembrunirent, et il répondit entre ses dents : « Notre chère Antonia ? » Le professeur, qui s'aperçut de l'effet produit par la malencontreuse question, jeta sur sa nièce un regard de reproche, et, pour faire diversion à la mauvaise humeur de Krespel : « Comment vont les violons ? » s'écria-t-il en serrant avec amitié les mains de son convive. [Le conseiller...]

(Christian, 1843.)

[joie enthousiaste.]

Tout à coup, une jeune personne s'avisa de s'écrier : — A propos, cher monsieur Krespel, que devient donc notre bonne Antonia ?...

Cette question produisit sur le conseiller l'effet du choc d'une torpille. Il fit une grimace semblable à celle d'un gourmand qui vient de mordre une orange aigre. Ses traits se rembrunirent, et il répondit d'une voix rauque, avec une physionomie où perçait une colère concentrée : — Notre… notre chère Antonia ?…

Le maître du logis s'apercevant du malaise de son hôte, se hâta de changer la conversation : — Comment vont les violons ? s'écria-t-il en serrant les mains de son convive. Cette diversion fut heureuse. [Krespel se dérida…]

(Ancelot, 1853.)

Au moment où l'on se levait de table, la nièce du professeur demanda : « Que devient donc notre Antonie, cher conseiller ? » Krespel fit une grimace comme une personne qui mord dans une orange amère et qui veut se donner l'air de déguster quelque chose de sucré ; mais bientôt son visage défiguré devint un masque hideux où l'on vit rire un sarcasme amer, irrité voire, ainsi qu'il me parut, fort diabolique : « Notre ? Notre chère Antonie ? » demanda-t-il de sa voix traînarde, désagréablement chantante. Le professeur s'approcha bien vite : dans le regard désapprobateur qu'il jetait à sa nièce, je lus qu'elle avait touché une corde qui devait éveiller au fond de Krespel une dissonance pénible. « Comment vont les violons ? » demanda fort gaiement le professeur en prenant le conseiller par les deux mains.

La seule longueur des fragments fait déjà ressortir des liens évidents entre Loève-Veimars et Marmier, Egmont et La Bédollière, Christian et Ancelot. Egmont et La Bédollière fournissent la version la plus complète ; comme Loève-Veimars et Marmier, Christian et Ancelot reproduisent un texte plus aéré — à force de suppressions — mais ils se permettent en outre d'insérer çà et là des formules qu'on ne lit nulle part ailleurs, et certainement pas dans l'original (« tout à coup » ; « pour faire diversion » ; « s'apercevant du malaise », etc.).

Si nous exceptons le texte d'Egmont, les divergences les plus frappantes entre l'original et les traductions résident moins dans le choix des mots ou dans l'enchaînement des phrases que dans la mise en page. S'agit-il bien, dans les différents cas, du même conte ?

Chaque fois que le récit s'anime, Loève-Veimars et ses successeurs multiplient les alinéas, ou ils introduisent des tirets entre les propositions. Supposer qu'ils s'influencent au point de se copier n'expliquerait rien, car leurs textes ne sont jamais identiques. Avec les mêmes procédés, utilisés selon des dosages individuels et souvent capricieux — tantôt c'est l'un, tantôt c'est l'autre qui réorganise le plus le récit — ils fabriquent des *Conseiller Krespel* différents, d'après une esthétique du récit très éloignée des conventions en vigueur en Allemagne. En marquant mieux les moments de l'histoire et les charnières entre l'histoire et le discours du narrateur, ils rapprochent les « contes » d'Hoffmann des récits scéniques — et « vrais » — auxquels ils sont habitués. Un simple regard sur la mise en page nous permet ainsi de distinguer des groupes de traductions. Dans la plupart des passages, La Bédollière nous fournit, avec Christian et Ancelot, une disposition du texte qui rappelle le roman-feuilleton où tous les dialogues pourraient amener un coup de théâtre. Egmont, par contre, sensible qu'il est à la complexité de son modèle allemand, utilise les procédés familiers à ses compatriotes avec plus de discrétion. Il n'empêche qu'à certains moments, comme à la fin du *Conseiller Krespel,* il ne résiste pas à la tentation d'animer le récit et d'aller au-delà de ce que Loève-Veimars a jugé permis et souhaitable :

> [das Pianoforte berührte.] Der Rat fiel nun in eine Art dumpfer Ohnmacht, in der das Bild mit den Tönen versank. Als er erwachte, war ihm noch jene fürchterliche Angst aus dem Traume geblieben. Er sprang in Antoniens Zimmer. Sie lag mit geschlossenen Augen, mit holdselig lächelndem Blick, die Hände fromm gefaltet, auf dem Sofa, als schliefe sie, und träume von Himmelswonne und Freudigkeit. Sie war aber tot. »
>
> (Hoffmann.)

> [le clavier.] Le conseiller tomba dans un évanouissement profond. En se réveillant, il lui resta le souvenir de son rêve. Il courut à la chambre d'Anto-

nie. Elle était étendue sur le sopha, les yeux fermés et le sourire sur les lèvres. Il semblait qu'elle dormît et qu'elle fût bercée par des rêves de bonheur. — Mais elle était morte.

(Loève-Veimars, 1830.)

[au clavier.] Alors le conseiller tomba dans une sorte de morne engourdissement, et tout s'effaça devant lui, le concert et l'apparition.

A son réveil l'impression terrible de ce rêve funeste l'agitait encore. Il se précipita dans la chambre d'Antonie : elle était couchée sur le sopha, les yeux fermés, les mains pieusement croisées, comme si elle dormait et qu'elle rêvât de voluptés célestes et infinies...

Mais elle était morte.

(Egmont, 1836.)

[touchât du piano.] Enfin, le conseiller tomba dans une espèce d'évanouissement profond, et tout disparut à ses yeux.

Lorsqu'il se réveilla, l'affreuse anxiété produite par ce songe durait encore. Il courut à la chambre d'Antonie... elle était couchée sur le sopha, les yeux fermés, les traits empreints d'un céleste sourire, les mains pieusement jointes, comme endormie et rêvant des béatitudes du ciel.

Mais elle était morte.

(La Bédollière, 1838.)

[ne touchât plus le piano.] Le conseiller tomba évanoui. Lorsqu'il revint à lui-même, il sentit renaître l'affreuse angoisse qu'il avait éprouvée, comme dans un rêve. Il s'élança vers la chambre d'Antonia; il la vit sur son canapé, les yeux fermés, les lèvres riantes, les mains jointes : on eût dit qu'elle dormait, bercée par des rêves célestes.

Elle était morte.

(Marmier, 1843.)

[continuait toujours...] Frappé d'un effroi surnaturel, le conseiller Krespel resta là, jusqu'à l'aube, dans un état d'angoisse indéfinissable. Une torpeur de plomb paralysait sa pensée...

Quand le premier rayon de l'aurore glissa ses teintes roses sous les rideaux de sa couche, il se leva comme d'un rêve pénible, et courut à la chambre d'Antonia. Elle était étendue sur le sopha, les yeux fermés, les mains jointes; un sourire doux, mais fixé, effleurait ses lèvres pâles. Elle semblait dormir et rêver du ciel.

On eût dit l'ange de la virginité.

Son âme était retournée à Dieu!...

(Christian, 1843.)

[intonations métalliques.]

Saisi d'une terreur surnaturelle, le conseiller Krespel osait à peine respirer. Une sueur glacée perlait sur son front. Il resta paralysé d'émotion, frissonnant, éperdu, jusqu'au lever de l'aurore.

La vision fantastique avait disparu. Le malheureux père se leva, l'âme pleine de sinistres pressentiments, et courut à la chambre de sa fille.

Antonia était étendue sur le sopha, les mains jointes. Ses yeux étaient à demi fermés. Un sourire doux, mais triste, errait sur ses lèvres pâles... Elle était morte.

En achevant ce récit, le conseiller Krespel essuya une larme; puis il se remit à tourner ses joujoux en os. Tous les dimanches, il se levait avec le jour, et allait déposer son travail de la semaine sur le tombeau de sa fille.

(Ancelot, 1853.)

Alors le conseiller tomba dans une espèce de vague évanouissement où le tableau s'abîma avec la musique. Quand il se réveilla, l'angoisse terrible de son rêve persistait encore en lui. Il bondit dans la chambre d'Antonie. Elle était couchée sur le sopha, les yeux clos, les mains jointes religieusement, comme si elle dormait et rêvait de célestes délices, d'allégresse. Mais elle était morte...

Dans notre optique, il serait absurde de chercher à résoudre la question de la beauté des sept fragments cités. Mais il paraît évident que les différents traducteurs n'ont pas eu pour seul souci d'être « fidèles » au texte allemand. Comme l'ont révélé les fragments précédents, certains parmi nos traducteurs ont plutôt simulé cette fidélité en remaniant discrètement une des versions précédentes. Quoi qu'il en soit, ils se sont tous efforcés de mettre en évidence le caractère tragique du dénouement du *Conseiller Krespel*. Du premier au dernier, ils ont tous fait ressortir la dernière phrase, alors qu'Hoffmann souligne l'équivoque de la situation en signalant que son personnage aux apparences angéliques appartient à un autre monde. En isolant la dernière phrase des précédentes, tous les traducteurs se présentent comme des conteurs soucieux de suspens : leur rôle d'écrivain l'emporte sur leur rôle de traducteur.

Nous notons par ailleurs aussi la volonté de restructurer les phrases, comme dans les fragments précédents. Loève-Veimars et Marmier s'attachent plus au dénouement qu'à la description d'Antonie (Egmont et La Bédollière n'omettent pas de l'évoquer « les mains jointes »). Quant à Christian et à Ancelot, ils n'utilisent le texte allemand plus que comme une trame : leur *Conseiller Krespel* est devenu une histoire de frissons et de larmes digne du « roman noir ».

L'observation de trois fragments ne nous donne nullement le droit de formuler des conclusions globales sur l'art des différents traducteurs. Elle met toutefois en évidence les principes fondamentaux de la stratégie suivie par eux, et elle indique certaines clefs pour l'analyse d'autres aspects des textes. Ainsi, il est clair que la méthode de traduction dépend notamment d'une conception du récit, des personnages, du style narratif ou dialogué, etc. Contrairement aux opinions reçues, ni Loève-Veimars ni Egmont ne s'attachent à des mots, à des propositions ou à des adjectifs : ces micro-éléments sont interprétés en fonction d'un *récit* à transposer. C'est à partir de ce principe qu'on comprend mieux les nombreuses « interventions » des différents traducteurs — et pas uniquement celles de Loève-Veimars — dans le déroulement des contes, ou dans le portrait des personnages. Dans leur esprit, ces interventions ne méritent même pas ce nom — à supposer qu'ils en prennent conscience — elles se justifient par une tentative de traiter honnêtement un écrivain génial. D'où leur gêne devant les extravagances — systématiques — de langage et de comportement chez Mlle de Scudéry ou chez le conseiller Krespel : comme il leur paraît inconcevable qu'un grand écrivain mette en scène des personnages à la fois sympathiques et ridicules, ils tiennent à rendre plus sages leurs paroles et leurs gestes, en réduisant par exemple les redondances stylistiques (tels les diminutifs et les apostrophes). C'est de manière à la fois consciente et inconsciente qu'ils calculent le degré de tolérance de leurs lecteurs, et tout laisse supposer que les éditeurs n'ont pas manqué à ce propos de leur servir de conseiller. Loève-Veimars, le premier, s'est montré souvent bien plus audacieux que ses successeurs (et Christian et Ancelot ont eu de loin le goût le plus facile) ; il a ainsi préparé la voie à Egmont, par exemple, auquel les bonnes idées et intentions n'ont d'ailleurs pas assuré le succès.

A l'aide de nos annotations, on pourra esquisser le profil littéraire et stylistique de notre traducteur-écrivain. En hésitant sans cesse entre les principes littéraires d'Hoffmann — qui représentent ceux de l'Allemagne romantique — et ceux du récit populaire [3] dans la France de son temps, Loève-Veimars remanie discrètement et de manière souvent incohérente le texte d'un écrivain étranger selon sa poétique à lui, ou mieux : selon une poétique française du récit.

Sa prose « légère et élégante » qui a séduit la France littéraire évite les expressions trop techniques et, dans la mesure du possible, le style « traduit » (contre lequel Egmont ne manque pas de buter). Le discours de ses personnages est soumis à un travail de polissage systématique, même s'il est encore très éloigné des conventions littéraires de son temps, selon lequel le discours des personnages perd son étiquette littéraire dès qu'il devient trop oral et, surtout, trivial. L'accumulation excessive d'adjectifs, d'hyperboles et d'exclamations est parfois tolérée, mais elle a ses limites. Avec leur langage, les personnages sont soumis aux us et coutumes de la sagesse et de la dignité, sans renier tout à fait leurs origines germaniques. Les narrateurs, par conséquent, évitent de prendre trop ouvertement leurs distances à leur égard et ils prennent soin de rendre plus quotidiennes les péripéties et actions les plus extravagantes; sinon, ils les mettent en pleine lumière, comme pour souligner que le lecteur se donne accès à un monde extraordinaire. L'équilibre est ainsi rétabli: l'instance narratrice prend parti avec le lecteur pour le vraisemblable et contre l'extraordinaire, comme pour lui signifier que ces contes d'Hoffmann sont bien *fantastiques!*

Les nombreuses suppressions — de mots, de phrases, de paragraphes et même de pages entières — ainsi que les — rares — interpolations permettent à notre traducteur de doser à sa manière les éléments narratifs. Ainsi les conversations artistiques subissent généralement une légère condensation; quand elles ralentissent l'action dans l'original, elles sont abrégées en traduction. Pourtant, Loève-Veimars a retenu certains textes qui méritent à peine le nom de « conte », en y réduisant d'ailleurs à l'essentiel ce travail de condensation. Ne fut-il pas le seul à publier *Le Chat Murr ?* — Quoi qu'il en soit, l'action et la tension l'emportent dans cette poétique du récit sur les conversations et sur les réflexions, à tel point qu'elles se trouvent souvent mises en lumière (voir les fragments cités ci-dessus). C'est ce que marque principalement le découpage en alinéas — ou l'usage des tirets — en sections et en chapitres, tout comme les blancs qui isolent les principales sections entre elles. L'application de titres aux chapitres ainsi que la modification de plusieurs titres illustrent d'une autre manière que le narrateur tient à expliciter les dessous de l'histoire racontée et, par là, à se décaler de son univers fictif. Les charnières entre la fiction et le réel — celui du lecteur et du narrateur — réintroduisent la logique et la vraisemblance dans une œuvre qui, chez Hoffmann, cherche systématiquement à les brouiller. Le réel auquel les textes font allusion devient même souvent plus historique et donc plus réel que ne l'entend Hoffmann ; Loève-Veimars mentionne que *Mademoiselle de Scudéry* est une « histoire » du temps de Louis XIV ; dans cette histoire il use volontiers de termes techniques, comme pour rendre son « histoire » plus authentique ; il complète les dates et les noms de lieu (dans *Le Majorat,* par exemple) ; il ajoute même un paragraphe à *Agafia* pour donner à ce document sur l'époque contemporaine l'authenticité d'une chronique. Les multiples changements dans la succession des œuvres tirées des *Serapionsbrüder* et des *Fantasie- und Nachtstücke* contribuent à donner aux narrations d'Hoffmann une autonomie qui leur est refusée par l'écrivain allemand.

Selon les théoriciens du roman, la narration moderne s'est opposée récemment à des formes de narration plus naïves qui prétendaient accorder à des histoires fictives le statut d'histoires réelles. Le conflit était déjà net dans l'Angleterre du XVIIIe siècle, où le *Tristram Shandy* de Laurence Sterne s'affirmait comme l'histoire d'une écriture, et non, selon la tradition du roman, comme l'écriture d'une histoire. Notre traducteur-écrivain tend systématiquement à rattacher Hoffmann aux traditions du roman ; il représente ainsi une orientation moins avant-gardiste de la littérature romanesque. Il est vrai que, à part Charles Nodier et quelques autres tempéraments ironiques, peu de romanciers français du XIXe siècle ont exploité les voies nouvelles entrevues par Sterne, par Jean-Paul Richter et par Hoffmann en personne.

Notre bilan de la poétique de la traduction adoptée par Loève-Veimars débouche, on le voit, sur une poétique du récit. Les deux poétiques entrent en conflit sur de nombreux points avec la poétique d'Ernst Thomas Amadeus Hoffmann et, au-delà de cette individualité, avec la poétique du romantisme allemand. Les *Œuvres complètes* d'Hoffmann, dans la version due à Loève-Veimars, apparaissent comme une contamination du système esthétique français et du système allemand. Du point de vue historique, c'est sans doute grâce à cette contamination que la traduction de Loève-Veimars a mieux orienté la littérature française que ne l'a fait la traduction de Henry

Egmont, qui évite bien plus les compromis et qui opte hardiment pour une poétique germanisée. Nous avons pu constater, du reste, que la poétique observée par Loève-Veimars a beaucoup de traits en commun avec celle de Marmier, de La Bédollière, voire avec celle d'Egmont.

L'histoire des traductions d'Hoffmann est ainsi une histoire de techniques de traduction *et de remaniement*. La subtilité de ces techniques et un concours de circonstances expliquent que tant de malentendus aient entouré ces textes. C'est à tort que nous avons tendance à condamner ces techniques et cet art de la traduction, qui sont conditionnés et cautionnés par toute une culture.

En effet, Loève-Veimars n'a nullement mauvaise conscience, bien au contraire ! Son milieu ne le blâme nullement d'avoir adapté Hoffmann à ses propres exigences et aux exigences de son public. Dans une certaine mesure, celui-ci n'est pas dupe. Plusieurs critiques notent en passant que Loève-Veimars a tiré les contes de leur contexte, qu'il les a abrégés et qu'il leur a enlevé une part de leur coloris [4]. Ce sont là des reproches intermittents et occasionnels, qui n'engendrent pas le moindre scandale. Les témoins les plus lucides, tel Gustave Planche, se contentent de les formuler en passant, sachant bien que la prose étrangère a déjà subi des métamorphoses autrement spectaculaires [5]. Les querelles autour de Loève-Veimars ainsi que le conflit commercial dont elles sont le résultat ont plutôt pour effet d'accorder à notre traducteur une auréole de « littérateur distingué ». C'est en ces termes que Charles Nodier, Sainte-Beuve et beaucoup d'autres font son éloge. On en déduira que la culture littéraire du moment s'accommode fort bien d'une traduction qui ne sollicite pas le recours à l'original. Loève-Veimars annote sa version de façon capricieuse et nonchalante. Ses notes se rapportent à des allusions et à des réalités historiques, presque jamais à des problèmes de traduction. Avant Champfleury, Egmont est le seul parmi les traducteurs à justifier et à discuter quelquefois son texte du point de vue de l'art de la traduction. Sur ce point comme sur tant d'autres, Loève-Veimars se range du côté de la majorité des traducteurs de la prose étrangère, à laquelle il a d'ailleurs fourni ses propres règles. Le traiter de charlatan, ce serait donc se montrer hautement injuste à son égard. Il adopte tout bonnement les habitudes de la plupart des traducteurs féconds, qui sont généralement aussi les moins lucides.

Or, ce n'est pas aux traducteurs de la prose étrangère que l'époque romantique demande des lumières critiques et théoriques en matière de traduction. Et pourtant, comme Defauconpret par exemple, Loève-Veimars doit ses titres de gloire à son œuvre de traducteur. Renduel recommande sa plume en le désignant comme « le traducteur des œuvres de Vandervelde [6] », tout comme Defauconpret se vantait d'être « le traducteur des œuvres de Walter Scott ». Pour l'éditeur Lefebvre, la meilleure exploitation des clichés est de désigner Richard — le collaborateur de Toussenel — comme « le traducteur des œuvres de Veit-Weber ». Ces périphrases, on les rencontre sans cesse dans le monde de la prose narrative, à propos des traducteurs et à propos des auteurs : Mme de Montolieu est connue comme « l'auteur de *Caroline de Lichtfield* » et si Mme de Staël est célèbre, c'est qu'elle est « l'auteur de *Corinne* ».

Dans la prose telle qu'elle se développe entre 1800 et 1830, la quantité et la production en série valent la gloire à bon nombre de littérateurs et de traducteurs-écrivains. On ne leur demande pas trop de réflexions critiques, et certainement pas sur la traduction. Le succès leur est assuré sur d'autres bases.

La seule fois, à notre connaissance, que Loève-Veimars se donne la peine de justifier sa méthode de traduction, c'est dans la préface de ses *Ballades, légendes et chants populaires de l'Angleterre et de l'Écosse* [7]. Il fait par la même occasion preuve de naïveté, en se réclamant simplement d'avoir travaillé avec « exactitude » (comme si cet idéal de l'exactitude n'était pas utopique !). Plusieurs de ses contemporains, Paul-Louis Courier, Émile Deschamps, Désiré Nisard par exemple, savent fort bien que le traducteur a beaucoup d'autres pièges à éviter que celui de l'exactitude.

Si le traducteur d'Hoffmann s'était senti menacé ou

compromis par les — rares — observations négatives sur son travail, il aurait modifié sa méthode au cours de son entreprise. Dans une situation semblable, les traducteurs de Walter Scott — Defauconpret et Montémont — se sont mutuellement influencés pendant des années, tout comme les traducteurs de Shakespeare, de Milton, et des classiques [8]. Encouragé plutôt qu'inquiété par les réactions de la presse, et même par celle de ses concurrents, qui lui font l'honneur de le plagier, le traducteur des œuvres d'Hoffmann n'a jamais renié les méthodes du « traducteur des œuvres de Vandervelde ».

Comme la prose elle-même, la traduction de la prose fut, à l'époque romantique, bien développée sur le plan de la distribution et sur le plan commercial, mais, comme tout genre nouveau et en pleine expansion, elle fut sous-développée sur le plan de la critique [9].

Les critiques de la traduction, les théoriciens et les traducteurs lucides, nous les chercherions en vain dans la prose moderne. Delille, Chateaubriand, Paul-Louis Courier, les frères Deschamps, Désiré Nisard représentent la littérature classique — ancienne et moderne — et, en outre, les grands modèles étrangers de la littérature moderne : c'est au sujet d'Hérodote, de Virgile, des tragiques latins, au sujet de Milton ou de Shakespeare qu'ils développent des vues critiques et théoriques remarquables. Pour ces traducteurs et critiques qui se muent, dans leurs meilleurs moments, en véritables théoriciens, l'idéal de fidélité et d'exactitude est un leurre. Selon Courier, Deschamps et Nisard par exemple, la recherche de l'authenticité en matière de traduction se heurte inévitablement aux traditions classiques. *Daphnis et Chloé,* Hérodote, Sophocle ou Shakespeare ne s'acclimatent pas tels quels en France sans choquer les défenseurs du bon goût. Si Defauconpret, Loève-Veimars et les autres traducteurs de prose étrangère ont pu s'adresser à un public moins sophistiqué, à l'écart de tout code de la traduction, c'est que la poétique de Boileau et ses versions plus récentes n'avaient guère de prise sur la littérature nouvelle. L'esthétique des « Belles Infidèles [10] » imposait aux traducteurs — depuis le XVIIe siècle — le respect du goût avant le respect de l'original ; mais le culte du goût s'exerçait essentiellement sur les genres bien établis et sur les auteurs qui daignaient bien se soumettre à ces genres. Les grands traducteurs du XVIIe et du XVIIIe siècle étaient dès lors reconnus comme de grands écrivains. Defauconpret, Loève-Veimars ou Mme de Montolieu n'ont jamais pu briguer un fauteuil à l'Académie ; cet honneur avait échu, à la fin du XVIIIe siècle, à Delille et à Ducis. Nombreux étaient les écrivains — de Racine à Victor Hugo — qui avaient taillé leur plume en traduisant les Anciens, et en rivalisant, non avec les Anciens, mais avec leurs prédécesseurs français. Ces expérimentations avaient valu à leurs auteurs une place au cœur des débats littéraires.

Tous ces contrastes entre la situation des principaux traducteurs-écrivains de l'époque romantique et celle des traducteurs d'Hoffmann ne font qu'illustrer, une fois de plus, combien Loève-Veimars et ses émules appartiennent à un monde nouveau, plein de vitalité, qui est à la recherche de ses propres règles de conduite, à l'écart des sentiers battus de la tradition.

José LAMBERT.

NOTES DE L'INTRODUCTION

1. Afin de faciliter l'interprétation des extraits, nous ajoutons aux versions du XIXe siècle une version du XXe siècle : celle de B. Gibon (Payot, s.d.). — Voici quelques précisions sommaires sur les traducteurs (pour Loève-Veimars, le lecteur se reportera à notre t. I). Henry Egmont doit sa réputation (?) principalement à sa traduction d'Hoffmann, qui eut du reste peu de succès ; elle a été utilisée surtout par ses amis de la « bohème du Doyenné », qui sont du reste les seuls littérateurs qui ont daigné se souvenir de lui (tel Nerval dans ses *Petits Châteaux de Bohème*). — Émile Gigault de La Bédollière, par contre, a publié de nombreuses traductions (Fenimore Cooper, Mme Beecher Stowe) et il doit une certaine célébrité aussi à son activité de journaliste et de nouvelliste ; bien plus qu'Egmont, il a participé à la vogue de la « littérature conteuse » pendant les années trente. — P. Christian est le pseudonyme de Christian Pitois. Entre 1840 et 1870, il publia des études historiques, des récits historiques (souvent destinés à la jeunesse), ce qui explique en outre qu'il ait tenu à traduire quelques contes du chanoine Schmid. On voit quelle distance sépare Hoffmann et ses récits fantastiques de la littérature de jeunesse ! — Quant à François Ancelot, le mari de Mme Ancelot (dont le salon fut célèbre), cet académicien (reçu en 1841) se distingua par des pièces populaires de toute sorte où le vaudeville est bien représenté ; c'est un polygraphe plutôt qu'un véritable écrivain, selon les normes de l'époque. — Xavier Marmier, enfin, est le seul germaniste digne de ce nom parmi les traducteurs retenus ici ; ce fils de la province (il est né à Pontarlier au début du siècle) a pris la direction de la *Revue germanique* en 1835 ; dès 1836 ses récits de voyage (en Allemagne, en Scandinavie, en Russie, à travers le monde entier) lui donnent une authentique personnalité littéraire. Ses traductions de l'allemand (Schiller, Tieck, Hoffmann, etc.) sont en réalité assez décevantes ; on suppose qu'il les a entreprises pour des raisons financières, ce qui explique pourquoi elles se fondent souvent sur des versions antérieures. — Avec Egmont et Loève-Veimars, Marmier est certainement celui qui connaît le mieux la langue allemande. Chez Ancelot, qui exploite la version de Christian, ces connaissances sont plus que douteuses.

2. Entre crochets, nous citons la fin de la phrase précédente ainsi que la suite du passage, afin d'indiquer l'organisation du texte en alinéas. —

Dans la version de 1843, la traduction de Loève-Veimars présente une mise en page plus compacte que dans l'édition de 1830.

3. Nous désignons par là les dizaines de volumes diffusés par des libraires spécialisés (Marc, Pigoreux, Janet) et dont il n'est guère question dans les grandes revues. C'est à ce récit populaire qu'appartiennent notamment les multiples traductions d'œuvres de Vandervelde, de Zschokke, d'Oppeln-Bronikowski dont Loève-Veimars est l'auteur.

4. Elizabeth Teichmann, *La Fortune d'Hoffmann en France*, Genève, Droz; Paris, Minard, 1961, pp. 54 ss.

5. A propos de ces métamorphoses, voir par exemple les travaux sur les rapports franco-allemands, et notamment Claude Pichois, *L'Image de Jean-Paul Richter dans les lettres françaises*, Paris, Corti (1963) et José Lambert, *Ludwig Tieck dans les lettres françaises. Aspects d'une résistance au romantisme allemand*, Louvain, Presses universitaires de Louvain; Paris, Didier, 1976.

6. Vandervelde selon la graphie devenue courante en France. En réalité, il s'agit de Carl Franz van der Velde (1779-1824), qui aida à faire pénétrer la mode du roman historique en Allemagne avant Walter Scott, ce qui lui valut le titre de Walter Scott allemand. Ses œuvres complètes *(Schriften)* ont vu le jour de 1819 à 1825.

7. Paris, Renouard, 1825, préface.

8. Voir notamment les articles de J. G.-A. Béraud et de José Lambert cités dans notre Bibliographie.

9. C'est ce qu'établit clairement Marguerite Iknayan, *The Idea of the Novel in France. The Critical Reaction, 1815-1848*, Genève, Droz; Paris, Minard, 1961.

10. Pour la discussion des « Belles Infidèles », nous renvoyons notre lecteur à notre Bibliographie.

BIBLIOGRAPHIE

Nous ne disposons d'aucune étude consacrée en entier à l'art de la traduction chez Loève-Veimars. Mais on trouve des commentaires et des renseignements utiles dans Elizabeth TEICHMANN, *La Fortune d'Hoffmann en France,* Genève, Droz ; Paris, Minard, 1961 : l'évaluation des traductions ainsi que l'analyse des rapports entre les différentes versions françaises devraient toutefois être reprises à zéro. Il va de soi que la critique de l'époque — pour autant qu'elle scrute la méthode suivie par les traducteurs — mérite d'être traitée avec plus de circonspection encore.

La plupart des commentaires sur la question générale de la traduction à l'époque romantique sont sujets à caution, mais les publications suivantes apportent des éléments essentiels :

Georges MOUNIN, *Les Belles Infidèles,* Paris, Gallimard, 1955. (Bonnes remarques sur les principales théories de la traduction, entre le XVIe et le XIXe siècle.)

JÜRGEN VON STACKELBERG, « Das Ende der "Belles Infidèles". Ein Beitrag zur französischen Geistesgeschichte », dans K.-R. Bausch & H.-M. Gauger, éd. *Interlinguistica. Sprachvergleich und Übersetzung. Festschrift zum 60. Geburtstag von Mario Wandruszka,* Tubingue, Niemeyer, 1971.

Jacques G.-A. BÉRAUD, « La traduction en France à l'époque romantique », *Comparative Literature Studies,* 8 (1971), p. 224-244. (Commentaires utiles mais trop limités sur les traductions de Walter Scott, puis application contestable à l'ensemble de l'époque; le dossier a été discuté dans l'article cité ci-dessous.)

José LAMBERT, « La traduction en France à l'époque romantique. A propos d'un article récent », *Revue de Littérature comparée*, XLIX, 1975, pp. 396-412.

On trouve une documentation très riche et des remarques judicieuses dans deux ouvrages anciens consacrés à des secteurs particuliers :

Marie DELCOURT, *Étude sur les traductions des tragiques grecs et latins en France depuis la Renaissance*, Bruxelles, Lamertin, 1925.

Edmond DUMÉRIL, *Le Lied allemand et ses traductions poétiques en France*, Paris, Champion, 1935. — Le même auteur a fourni en outre une bibliographie des traductions poétiques de lieds allemands.

Dans de nombreux travaux de littérature comparée consacrés à la fortune d'un auteur étranger, il est question d'une manière plus ou moins poussée des traductions. On y tient généralement trop peu compte des habitudes et des discussions de l'époque même, en matière de traduction.

L'auteur de la présente édition dirige un projet de recherche, à l'Université néerlandophone de Louvain, sous le titre : « Littérature et traduction en France, 1800-1850 » (voir *Romantisme*, 31, 1981, pp. 253-254). Il prépare avec M. Lieven D'hulst et Mme Katrin Van Bragt un volume sur la question.

NOTE
SUR LA PRÉSENTE ÉDITION

Pour connaître les objectifs de nos commentaires, le lecteur voudra bien consulter le tome I, page 301.

Le tome III de la présente édition complète le panorama des œuvres d'Hoffmann tel qu'il s'est présenté aux lecteurs des années 1830, dans l'édition Renduel procurée par Loève-Veimars. Les tomes I et II contiennent les textes qui ont eu le plus de succès et qui sont à l'origine des multiples éditions et traductions ultérieures des « Contes d'Hoffmann » ; c'est pourquoi notre texte a été établi d'après l'édition Garnier (1843). Le tome III réunit deux œuvres majeures que Loève-Veimars a retenues dans ses *Œuvres complètes* (Renduel, 1830-1833), mais qui n'ont plus trouvé grâce aux yeux des éditeurs et traducteurs romantiques. Nous reconstituons ainsi deux tiers d'une publication comprenant vingt volumes in-12, et qui fut à l'origine du « mythe d'Hoffmann » (voir Introduction des tomes I et II). Les textes qui ont dû être écartés représentent d'ailleurs des aspects de l'art d'Hoffmann que les tomes I et II illustrent sans doute bien mieux.

Le Chat Murr figure dans les tomes IX à XII de l'édition Renduel, soit dans la troisième livraison. Les *Souffrances musicales du maître de chapelle Jean Kreisler* suivent *Le Chat Murr* à la fin du tome XII, mais la suite n'a paru que dans le tome XIX. Or, le lien entre les deux ouvrages est plus évident que ne le révèle un coup d'œil superficiel sur les *Œuvres complètes*. En effet, la structure des deux textes est sur plusieurs points nettement parallèle, et le célèbre personnage de Kreisler — une des clefs de l'univers d'Hoffmann — apparaît aussi bien dans *Le Chat Murr* que dans les *Souffrances musicales* qui portent son nom. Dans l'édition Renduel, le tome XIX renvoie du reste explicitement au tome XII en annonçant la « Suite » des *Souffrances musicales*. En réunissant ici des œuvres qui ne se côtoient pas dans les livraisons diffusées par la maison Renduel, nous ne faisons donc nullement violence aux principes observés alors, d'autant plus que la nature très particulière du *Chat Murr* et des *Souffrances musicales* se prête assez bien aux formules de publication adoptées par Loève-Veimars et par son éditeur.

Les spécialistes actuels de E.-T.-A. Hoffmann acceptent sans hésitation que *Kater Murr* et les *Kreisleriana* comptent, avec *Die Elixiere des Teufels* et *Der goldne Topf*, parmi les véritables chefs-d'œuvre de l'écrivain allemand. Comme par hasard, ces œuvres n'ont séduit que les meilleurs parmi les multiples lecteurs qu'il a trouvés en France entre 1830 et 1850, tels George Sand, Sainte-Beuve, Nerval et Blaze de Bury. Nous constatons par conséquent que Loève-Veimars n'a pas manqué de courage en offrant à son public un des rares « romans » d'Hoffmann — *Le Chat Murr* — et les chapitres mi-fictifs, mi-critiques des *Souffrances musicales*, bref, deux ensembles qui se présentent explicitement comme « rhapsodiques », donc incohérents.

CONTES FANTASTIQUES

LES CONTEMPLATIONS
DU CHAT MURR,
ENTREMÊLÉES ACCIDENTELLEMENT
DE LA
BIOGRAPHIE
DU MAITRE DE CHAPELLE JEAN KREISLER

AVANT-PROPOS [1]

Jamais livre n'eut plus besoin d'un avant-propos que celui-ci. Sans une explication préliminaire sur la manière singulière dont il a été composé, on le prendrait certainement pour un assemblage de choses incohérentes.

L'éditeur prie donc le bienveillant lecteur de se donner la peine de lire le peu de mots qui va suivre.

Le susdit éditeur a un ami avec lequel il peut dire qu'il ne forme qu'un corps et qu'une âme, et qu'il connaît aussi bien que lui-même. Un jour cet ami vint le trouver et lui dit à peu près ces paroles : « Mon cher, comme tu as déjà fait publier plus d'un livre et que tu connais bien les libraires, il te sera sans doute facile de trouver, parmi ces honnêtes messieurs, quelqu'un disposé à se charger de la publication d'un écrit composé par un jeune auteur doué du talent le plus brillant et des plus puissantes facultés; prends ce jeune écrivain sous ta protection, il le mérite. »

L'éditeur promit, sans hésiter, qu'il ferait tout ce qui dépendrait de lui pour son nouveau confrère en littérature; cependant il ne laissa pas que d'être un peu étonné lorsque son ami lui apprit que le manuscrit était d'un chat nommé MURR [2], et qu'il renfermait des contemplations philosophiques sur la vie; mais comme sa parole était engagée et que d'ailleurs le commencement de l'œuvre ne lui parut pas d'un trop mauvais style, il s'en fut, le manuscrit dans sa poche, chez M. Dummler, sous les tilleuls, pour lui offrir le livre du matou [3].

M. Dummler avoua que jusqu'alors il n'avait point compté de chats parmi ses auteurs ; que ses confrères n'avaient jamais non plus traité avec des écrivains de cette espèce ; mais que cependant il voulait en essayer.

L'ouvrage fut mis sous presse et bientôt les épreuves furent apportées à l'éditeur, mais combien fut grand l'étonnement de celui-ci en s'apercevant que l'histoire de Murr était à chaque instant interrompue par des pages étrangères au sujet et qui paraissaient faire partie de la biographie du maître de chapelle, Jean Kreisler !

Après de longues recherches, l'éditeur apprit enfin que le chat Murr, en écrivant ses contemplations sur la vie, avait déchiré sans cérémonie un livre de la bibliothèque de son maître, et en avait employé fort innocemment les feuilles, en guise de papier brouillard, en les plaçant entre les feuillets de son manuscrit. Elles y restèrent, et furent imprimées par inadvertance.

L'éditeur avoue donc avec contrition que ce mélange bizarre de sujets étrangers l'un à l'autre est le résultat de son étourderie, puisqu'il aurait dû examiner le manuscrit avec plus d'attention avant que de le faire imprimer. Dans son malheur il lui reste cependant quelques consolations.

D'abord, le lecteur bienveillant pourra facilement suivre le fil de l'histoire s'il veut prendre la peine de faire attention aux titres des pages qui indiquent tour à tour le manuscrit de Murr et la biographie de Kreisler [4] ; puis ensuite, il est probable que le livre déchiré n'a jamais circulé dans le public, car personne n'en a jamais entendu parler. — Les amis du maître de chapelle seront sans doute enchantés de connaître, grâce au vandalisme littéraire du matou, quelques particularités de la vie aventureuse de cet homme vraiment extraordinaire.

L'éditeur demande un généreux pardon et il espère l'obtenir [5].

Enfin l'éditeur peut assurer qu'ayant eu l'occasion de faire la connaissance personnelle du matou Murr, il a trouvé en lui des manières douces et tout à fait séduisantes. Il est dessiné d'une manière frappante en tête de ce livre [6].

Berlin, en novembre 1819.

E. T. A. HOFFMANN.

AVANT-PROPOS DE L'AUTEUR

C'est avec timidité, et le cœur palpitant de crainte, que je livre au monde ces feuilles, fruits de l'enthousiasme poétique de mon âme et de quelques moments d'un doux loisir; elles portent l'empreinte des souffrances, des espérances, des désirs qui agitèrent ma vie.

Pourrai-je soutenir les sévères jugements de la critique? Mais c'est pour vous, âmes sensibles et pures, c'est pour vous, cœurs candides, qui sympathisez avec le mien, c'est pour vous seuls que j'ai écrit! Une douce larme dans vos yeux me consolera, et guérira la plaie que pourrait me faire l'insensible et froide critique.

MURR,
étudiant en belles-lettres [7].

AVANT-PROPOS SUPPRIMÉ

C'est avec le calme et l'assurance qui caractérisent le génie, que je confie au monde ma Biographie, afin qu'il apprenne comment on fait de soi un grand chat; pour qu'il connaisse toute ma perfection, enfin pour qu'il m'aime, qu'il m'estime, qu'il me révère, qu'il m'admire, et m'adore un peu.

Si quelqu'un était assez hardi pour déprécier ce livre, d'un mérite extraordinaire, qu'il n'oublie pas qu'il est l'œuvre d'un matou d'esprit, de jugement, et d'ongles fort aigus.

MURR,
homme de lettres très renommé [8].

P.-S. C'est trop fort! comment, on a publié même l'avant-propos que l'auteur avait eu l'intention de supprimer! Il ne me reste donc plus qu'à prier le bienveillant lecteur de ne se point trop choquer du style un peu hautain dans lequel notre chat littérateur a écrit cet avant-propos, et d'être convaincu que si l'avant-propos doucereux de maint auteur sentimental était traduit dans le langage de la conviction intime, il ne serait guère autrement composé.

LES MÉDITATIONS DU CHAT MURR

PREMIÈRE PARTIE [9]

LE MANUSCRIT DE MURR

Sentiment de l'existence. — Premiers mois de l'enfance

Vivre ! que c'est beau, que c'est délicieux, sublime. Oh ! douce habitude de l'existence, s'écrie le héros flamand dans la tragédie [10]. Je fais la même exclamation, non pas comme le héros, au moment où il se voit forcé de renoncer à la vie, mais au contraire dans cet instant où je me sens pénétré de tout le bonheur que me donne l'idée que j'en puis jouir entièrement et sans réserve, et où je me sens fermement décidé à n'y point renoncer. J'espère que cette force divine, cette puissance inconnue, ce principe qui règne sur nous, enfin, quelque nom qu'on lui donne, après m'avoir fait entrer dans la vie, pour ainsi dire de force et sans me consulter, ne se montrera pas moins juste, moins bienveillant, que l'homme chez lequel je suis en condition, et qui ne choisit jamais le moment où je mange avec le plus d'appétit pour retirer, à ma bouche, le plat de poisson qu'il m'a donné [11]. — O nature, nature sublime et sacrée ! le bonheur, les transports que tu donnes, oppressent ma poitrine agitée ! je sens ton souffle mystérieux ! — La nuit était un peu froide, et j'allais... — Mais le lecteur [12] ne saurait comprendre l'exaltation de mes sentiments, car il ne connaît pas la position à laquelle je me suis élevé, où j'ai grimpé, pourrais-je même dire. Mais, on le sait, un poète ne parle jamais de ses pieds (en eût-il quatre comme moi), mais seulement de ses ailes, fussent-elles postiches.

Le firmament s'arrondit au-dessus de ma tête, la lune jette ses rayons argentés sur tous les objets qui m'environnent. Je vois les toits et les sommets des tours briller à sa douce lumière. Le mouvement et le bruit expirent au-dessous de moi dans les rues; la nuit est silencieuse, les nuages passent doucement. Une colombe solitaire voltige autour du clocher, et pousse de douloureux soupirs d'amour. — Ah! si la pauvrette voulait venir ici! déjà je sens en moi je ne sais quel mouvement surnaturel, quel appétit sentimental qui me subjugue avec une force irrésistible! si elle approchait, la douce créature, comme je la presserais sur mon cœur malade d'amour! Je crois en vérité que je ne la laisserais plus aller! Mais hélas! elle s'envole vers le colombier, la traîtresse, et m'abandonne sans pitié sur mon toit. Ah! qu'il est rare dans ce siècle de misère, de dureté et d'insensibilité, de rencontrer la sympathie, ce doux lien des âmes!

Est-il donc si difficile de marcher sur deux pieds? Et l'espèce qui s'appelle humaine doit-elle donc à cette seule faculté, le droit de régner sur nous qui nous promenons à quatre pattes dans un parfait équilibre? Les hommes dit-on, sont très fiers d'un certain je ne sais quoi qu'ils prétendent avoir dans la tête et qu'ils appellent la raison. Je ne puis me faire une idée de ce qu'ils entendent par là, mais si la raison, comme je le présume d'après certaines phrases de mon maître et protecteur, si la raison, dis-je, n'est autre chose que la faculté d'agir avec connaissance de cause et de ne pas faire de sottises, il est certain alors que je ne changerais pas mon sort contre celui d'homme au monde. Je crois que le *sentiment de l'existence* n'est autre chose qu'une *habitude;* car, en vérité, n'entre-t-on pas dans la vie et ne la traverse-t-on pas sans savoir comment?... du moins fais-je ainsi, et personne ne connaît mieux que moi, par sa propre expérience, le lieu et les circonstances de sa naissance. Ce n'est que par tradition que cette connaissance s'acquiert, et la tradition est parfois bien infidèle. Plusieurs villes se disputent encore l'honneur d'avoir vu naître un homme célèbre, et peut-être la postérité ignorera-t-elle toujours, comme je l'ignore moi-même, si ce fut dans une cave, dans un grenier ou dans un bûcher que je vis ou plutôt que je ne vis pas la lumière. Mes yeux étaient alors voilés, comme ceux de tous les nouveau-nés de mon espèce. Aujourd'hui je ne me souviens que comme d'un songe de ces sons tour à tour aigus ou graves qui se firent alors entendre autour de moi, et que j'imite maintenant presque en dépit de moi-même, dès que la colère m'agite. A peine avais-je encore le sentiment de mon existence lorsque je me trouvai dans un lieu fort étroit dont les parois quoique flexibles me serraient de telle sorte que je pouvais à peine respirer et que j'en poussai des cris lamentables. Je me rappelle cependant que quelque chose descendit dans ce lieu, me saisit durement par le milieu du corps et me donna pour la première fois l'occasion d'user de la principale faculté que nous a départie la nature. Je fis sortir de mes belles pattes fourrées des griffes aiguës et agiles, et je les enfonçai dans la machine qui me tenait et qui n'était autre chose, comme je l'appris plus tard, qu'une main d'homme; cette main cependant acheva de me retirer de mon étroite prison, me jeta par terre, et, presque au même instant, je sentis deux coups violents distribués sur chaque côté de mon visage qui, soit dit sans vanité, est aujourd'hui recouvert d'une barbe vénérable. La main, comme j'en puis juger aujourd'hui, blessée par le jeu des muscles de mes pattes, m'avait appliqué une paire de soufflets. C'est ainsi que je fis la première expérience de l'effet moral et de sa cause; et un instinct, tout aussi moral, me détermina à retirer mes griffes plus vite encore que je ne les avais allongées. Cette action de rentrer ses griffes est, dit-on, la plus forte preuve d'une aménité et d'une bonhomie sublimes, et c'est avec raison qu'on la désigne par cette expression: *Faire patte de velours*. Mais revenons à mon histoire [13]. — La main en question me jeta par terre. Bientôt après elle me reprit par la tête, et me la fit baisser de manière à plonger ma petite gueule dans un liquide que je me mis à lécher sans savoir pourquoi, ce qui prouve que j'agissais sous l'influence de l'instinct physique. Le bien-être que je ressentis alors est difficile à exprimer. C'était du lait froid que je venais de boire, je le sais maintenant. J'avais faim, et cette boisson me rassasia. C'est ainsi que l'éducation physique suivit de près à près l'éducation morale [14]. Deux mains me saisirent de nouveau, mais plus doucement, et me posèrent sur une couche chaude et molle. Je me trouvai de mieux en mieux, et j'exprimai mon bien-être par ces sons particuliers à mon espèce, et que les hommes désignent par l'expression de *miauler* [15]. C'est ainsi que j'avançais à pas de géant dans la carrière de la civilisation. Quel précieux don du ciel, que celui de pouvoir exprimer sa satisfaction et son bien-être par le son et par le geste ! Je commençai donc à *miauler,* puis me vint l'inimitable talent de faire serpenter ma queue avec une grâce exquise, puis enfin le don presque miraculeux d'exprimer par un seul petit miaulement, la joie, la douleur, le ravissement et les transports, l'angoisse, le désespoir, enfin tous les sentiments et toutes les passions dans toutes leurs gradations, dans toutes leurs nuances. Le langage de l'homme, qu'est-il en comparaison de ce simple moyen de communication ! — Mais continuons l'histoire étonnante et instructive de mon enfance, si riche en événements. — Bientôt je sors comme d'un profond sommeil, une clarté éblouissante m'enveloppe et m'effraie ; le voile épais qui couvrait mes yeux s'est déchiré, je vois !

Voir ! Quelle sublime et miraculeuse faculté ! — Je ne saurais nier cependant que j'eus peur d'abord, et que je poussai un cri de détresse, comme je l'avais fait la veille dans le lieu étroit et obscur. Au même instant, parut devant moi un homme âgé, petit et maigre, dont l'image s'effacera d'autant moins de ma mémoire, que depuis, malgré la multitude de mes connaissances, je n'ai jamais rencontré un autre homme qui lui ressemblât. On trouve souvent dans mon espèce un chat avec une fourrure noire et blanche, mais rarement un homme dont les cheveux sont blancs comme neige et les sourcils noirs comme l'ébène, tel était cependant mon gouverneur. Il portait en négligé une petite robe de chambre d'un jaune éclatant qui me causa un tel effroi, que je m'élançai à bas de mon coussin blanc, et que je m'enfuis aussi loin que ma maladresse put me le permettre. Il se baissa vers moi avec un geste qui me parut affable et qui m'inspira de la confiance ; lorsqu'il me saisit je me gardai bien de jouer des griffes, car désormais ces deux idées, égratigner et être battu s'associaient invariablement dans mon esprit. Il était d'ailleurs évident que cet homme était plein de bienveillance pour moi, car il me posa devant une jatte de lait que je humai avidement, ce dont il parut enchanté. Il me dit beaucoup de paroles que je ne compris pas, car je n'étais alors qu'un pauvre innocent, et je n'entendais pas encore le langage des hommes. En général je ne sais que peu de choses touchant mon protecteur; ce dont je suis sûr, cependant, c'est qu'il était très versé dans les sciences et fort adroit mécanicien, car tous ceux qui venaient le voir (et dans ce nombre je remarquai plusieurs personnes qui portaient une croix ou une étoile, précisément à cette place où la nature a dessiné une tache jaune sur ma fourrure, c'est-à-dire à la poitrine), le traitaient avec politesse et même avec un respect très marqué, comme moi, plus tard, je traitai le barbet Scaramouche, et ne l'appelaient jamais autrement que mon très révérend, mon très cher, mon très estimé maître Abraham. Deux personnes seulement le nommaient tout simplement *mon cher*, c'était un homme grand et maigre, portant des culottes vert perroquet et des bas de soie blancs, et une petite femme très grasse, à cheveux noirs, et dont les doigts étaient chargés de bagues.

Le premier [16] était, dit-on, un prince, l'autre une dame juive. Malgré ces visites distinguées, maître Abraham habitait une petite chambre haute, d'où je pus facilement entreprendre par la fenêtre mes premières promenades sur le toit et dans les greniers...

Le grenier! que ce nom m'agite délicieusement! Oui, sans doute, c'est dans un grenier que j'ai dû recevoir la vie!... Fi de la cave, fi du bûcher! C'est pour le grenier que je me décide. Climat, patrie, mœurs, usages, que vos impressions sont profondes, ineffaçables! c'est vous, vous seuls qui conservez au cosmopolite son caractère moral et sa forme matérielle; qui donc a mis dans mon âme ce penchant irrésistible vers les lieux élevés! d'où me vient cette rare adresse pour grimper, cette grâce inimitable dans tous mes sauts les plus hardis, les plus originaux? Ah! le vague et délicieux souvenir de mon grenier, en agitant mon cœur répond assez éloquemment! C'est à toi, ô ma belle patrie, que je consacre ces larmes et ce miaulement qui expriment et ma douleur et mes transports ! C'est toi qu'honorent mes sauts et mes bonds ! O grenier d'où l'on peut dérober à la cheminée tant de boudins et tant de lard, d'où l'on peut surprendre un moineau et même parfois un pigeon, avec quelle généreuse abondance tu me prodigues les souris ! Amour sacré de la patrie quel est ton empire [17]...

PREMIER FRAGMENT

DE MACULATURE

— Et ne vous rappelez-vous donc pas, très gracieux seigneur, l'horrible tempête qui enleva et jeta dans la Seine le chapeau d'un avocat qui passait sur le Pont-Neuf pendant la nuit ? Sterne [18] du moins raconte quelque chose de semblable, mais le fait est que ce ne fut point la tempête qui enleva ce chapeau que l'avocat retenait sur sa tête avec sa main, abandonnant son manteau au gré du vent, mais bien un soldat qui tira le beau feutre de dessus la tête et de dessous la main de l'avocat en lui criant : — Il fait un grand vent, monsieur... et ce ne fut pas non plus le beau feutre que le vent lança dans les ondes de la Seine, comme on pourrait le croire, mais seulement le misérable chapeau du soldat, qui alla s'engloutir dans cet humide tombeau. Vous savez également, très gracieux seigneur, qu'au moment où l'avocat s'arrêta tout ébahi, un second soldat passa en poussant la même exclamation : — Il fait un grand vent, monsieur, et lui arracha le manteau de dessus les épaules, et qu'immédiatement après arriva un troisième soldat, criant aussi : — Il fait un grand vent, monsieur, et qui lui tira des mains sa belle canne à pomme d'or. A ce dernier trait, l'avocat furieux cria de toutes ses forces, jeta sa perruque à la tête du troisième voleur, et s'en alla ainsi nu-tête, sans manteau et sans canne, écrire le testament le plus remarquable, et entendre l'aventure la plus extraordinaire. Certainement vous savez toutes ces choses, mon très gracieux seigneur?

— Je ne sais, me répondit le duc, après que j'eus fini de parler, je ne sais rien de tout cela, et je ne comprends même pas comment vous, maître Abraham, vous pouvez me faire des contes aussi absurdes. Je connais parfaitement le Pont-Neuf, il est à Paris, et je l'ai même souvent parcouru, non pas à pied il est vrai, mais en voiture comme cela convient à ma dignité. Quant à l'avocat Sterne, je ne l'ai jamais vu, et j'avoue que je n'ai jamais pris notion des fredaines des soldats. Lorsque dans ma jeunesse j'avais un commandement dans l'armée, chaque semaine je faisais fouetter tous mes pages, soit pour les sottises qu'ils avaient faites, soit pour celles qu'ils pourraient faire. Quant aux soldats, les rosser était l'affaire des lieutenants qui, suivant mon exemple, s'en acquittaient tous les samedis, et avec un tel zèle, que le dimanche il n'y avait ni page ni soldat qui n'eût reçu la bastonnade. C'est ainsi, qu'en outre de la morale qu'on leur inculquait, les troupes s'habituaient à être battues sans avoir jamais vu l'ennemi, et à le battre ensuite lorsqu'elles le rencontraient. Cela vous paraît-il clair, maître Abraham? et maintenant, dites-moi pour l'amour de Dieu, où vous en voulez venir avec votre tempête et avec votre avocat Sterne, volé sur le Pont-Neuf? Comment vous excuserez-vous de ce que la fête a été interrompue par le plus horrible désordre; de ce qu'une fusée est tombée dans mon toupet; de ce que mon fils est tombé dans le bassin et a été trempé par ces maudits dauphins; de ce que la princesse a été obligée de se sauver à travers le parc, sans voile et retroussée comme Atalante; de ce que... de ce que... qui pourrait compter les malheurs de cette nuit sinistre? Eh bien! maître Abraham, que direz-vous?

— Très gracieux seigneur, lui répondis-je en faisant un humble salut, quelle est donc la cause de tous ces désastres, si ce n'est cet orage épouvantable qui éclata au moment même où tout allait au mieux ? puis-je commander aux éléments ? et n'ai-je donc pas été moi-même victime de ce malheur ? n'ai-je pas perdu mon chapeau, ma canne et mon manteau, comme cet avocat que je vous prie très humblement de ne pas confondre avec le célèbre écrivain Sterne... n'ai-je pas...

Ici la justification de maître Abraham fut interrompue par Jean Kreisler.

— Écoute, lui dit celui-ci, écoute : quoique ces événements soient déjà loin de nous, on parle cependant comme d'un sombre mystère et de la fête de la princesse et des préparatifs que tu avais faits. Pour moi, je suis convaincu que, selon ton habitude, tu auras mis beaucoup de surnaturel dans toute cette affaire. Déjà le peuple te regardait comme un sorcier, et cette fête a donné plus de force encore à cette croyance. Dis-moi donc au juste ce qui s'y est passé, car tu sais que je n'y étais pas...

— Hélas ! s'écria maître Abraham, tu n'y étais pas ! tu avais fui comme un possédé ! comme poursuivi par je ne sais quelle furie infernale ! Voilà justement ce qui me rendit furieux ; voilà pourquoi je conjurai les éléments, afin d'interrompre une fête qui me déchirait l'âme, parce que toi, le véritable héros de la pièce, tu me manquais ! Une fête qui se traînait misérablement et qui ne valut enfin, à des personnes chéries, que l'angoisse alarmante, que la douleur, que l'épouvante ! Apprends-le donc, Jean, j'ai pénétré dans ton âme, j'ai découvert ce funeste secret qui y repose comme dans le fond d'un volcan, toujours prêt à vomir des flammes destructives. Il est souvent en nous des choses d'une telle nature que nos amis, même les plus intimes, doivent s'en taire avec nous. C'est pourquoi je te cachai soigneusement ce que j'avais découvert en toi, je voulais m'emparer de ton âme par cette fête dont le sens mystérieux n'avait aucun rapport à la princesse, mais bien à toi et à une autre personne chérie. Je voulais réveiller toutes les angoisses de ton cœur, remède emprunté à l'enfer même, mais qu'un sage médecin ne doit pas craindre d'employer dans un moment de crise. Il devait te donner la mort ou te rendre la santé. Enfin, apprends donc que la fête de la duchesse est la même que celle de Julie, qui porte, comme elle, le nom de Marie.

— Ah ! s'écria Kreisler, en se levant brusquement, et en jetant autour de lui des regards étincelants ; ah ! maître Abraham, qui t'a donné le pouvoir de te jouer si effrontément de moi. Es-tu donc la providence, que tu puisses ainsi gouverner mon âme ?

— Quelle fougue insensée [19] ! reprit maître Abraham avec calme. Quand donc le feu dévorant qui s'agite dans ton sein sera-t-il épuré par le sentiment du grand et du beau dont tu portes le germe en toi ? Tu me demandes la description de cette fête sinistre ? Écoute-moi donc tranquillement, ou si ton courage est tellement brisé que tu ne puisses le faire, je vais m'éloigner.

— Eh bien ! parle, dit Kreisler, d'une voix étouffée, en s'asseyant et se couvrant le visage de ses deux mains.

Maître Abraham prit tout à coup un air de gaieté, et commença ainsi son récit [20] :

— Je ne te fatiguerai pas, mon cher Jean, de la longue description de tous les beaux arrangements, fruits de l'esprit inventif du duc. Comme la fête ne devait commencer que fort tard dans la soirée, tu comprendras sans peine qu'on avait dû illuminer le parc qui entoure le château. J'avais voulu d'abord produire de grands effets par cette illumination, mais je n'y réussis qu'en partie, car le duc ordonna expressément qu'on fît briller dans toutes les allées le chiffre de la princesse, surmonté de la couronne ducale, ce qui fut fait à l'aide de verres de couleurs attachés à des planches noires. Ces planches, clouées sur de longs poteaux, ne ressemblaient pas mal, il faut en convenir, à ces avis par lesquels on interdit aux fumeurs et aux voitures l'entrée d'une promenade. L'objet principal de la fête était le théâtre que tu connais, formé au milieu du parc par des buissons et des ruines. Les acteurs de la ville devaient y représenter une allégorie assez niaise pour plaire beaucoup, alors même qu'elle n'eût pas été écrite par le duc, ou pour me servir de cette expression spirituelle d'un acteur qui jouait dans une pièce royale, quand même elle ne fût pas sortie d'une plume sérénissime. Dans le chemin qui conduit du château au théâtre, un génie volant dans les airs et portant deux flambeaux, devait, selon l'idée poétique du duc, éclairer la marche de sa famille. Toutes les autres lumières avaient été écartées avec soin, et le théâtre ne devait être éclairé subitement qu'après que la famille ducale et sa suite auraient pris place. Ce fut en vain que j'objectai la difficulté d'un pareil mécanisme, que compliquait la longueur du chemin; mais le duc, qui avait lu quelque chose de semblable dans la description des fêtes de Versailles, soutint que son idée était tout à fait poétique, et insista sur son exécution. Pour me mettre à l'abri de tout reproche, j'abandonnai le génie et ses flambeaux au machiniste du théâtre de la ville. Au moment où la famille ducale, accompagnée de sa cour, sortit du salon, on vit descendre en effet du toit du pavillon une petite figure bouffie, vêtue aux couleurs du prince, et portant un cierge allumé dans chacune de ses petites mains. Mais l'automate était trop lourd, sans doute, car le génie tutélaire de la maison ducale resta accroché à vingt pas du point de départ, et culbuta enfin au moment où les ouvriers redoublèrent d'efforts pour le faire avancer. Les cierges renversés répandirent une pluie de cire brûlante, dont la première goutte tomba sur le visage du duc, qui dissimula sa douleur avec un courage vraiment stoïque, mais qui cependant compromit un peu la gravité de sa marche en accélérant le pas malgré lui. La tête en bas et les pieds en l'air, le génie planait sur le cortège formé des chambellans et des courtisans, conduits par le grand maître des cérémonies. La cire fondue leur brûlait la tête et le nez, mais aucun d'eux ne laissait échapper une plainte. Parler de sa douleur et troubler ainsi une fête aussi charmante, c'eût été blesser toutes les convenances. Aussi était-ce un spectacle vraiment intéressant, extraordinaire que celui qu'offrait cette cohorte de Scévolas modernes, dévorant leur douleur, dissimulant leurs grimaces sous un sourire qui semblait venir de l'enfer, et marchant dans un silence profond, qu'interrompaient à peine quelques soupirs étouffés. Cependant les tambours roulaient, les trompettes retentissaient, et mille voix criaient: « Vive madame la duchesse! vive monsieur le duc! » Et ce contraste singulier entre ces figures de Laocoon et l'allégresse du peuple, donnait à la scène un caractère burlesque et solennel, difficile à décrire.

Le vieux et épais grand maître des cérémonies fut le premier qui perdit patience, une goutte de cire brûlante étant tombée sur sa joue, il fit un bond de côté comme agité de désespoir, et s'embrouilla si bien dans les cordes de la mécanique, tendues presque au niveau de la terre, qu'il tomba de son long, en s'écriant : — que le diable les emporte ! ici se termina le rôle du page aérien, que le lourd grand maître des cérémonies entraîna par son poids et précipita au milieu du cortège qui s'enfuit en poussant de grands cris. Les flambeaux du génie s'éteignirent et l'on se trouva plongé dans l'obscurité la plus profonde. Tous ces événements se passaient devant le théâtre ; mais je me gardai bien d'allumer les conducteurs qui devaient embraser spontanément toutes les lampes et les pots à feu destinés à éclairer la scène, je prolongeai les ténèbres jusqu'à ce que la société fût complètement dispersée dans les arbres et dans les buissons. — Des lumières ! des lumières ! s'écria le duc, comme le roi dans *Hamlet*. — Des lumières ! répétèrent avec effroi plusieurs voix rauques. Enfin, je les rendis au jour, et je vis la foule dispersée, semblable à une armée en déroute, qui cherche en vain à se rallier. Dans cette circonstance, l'intendant se montra homme de tête et se plaça pour ainsi dire auprès des premiers tacticiens du siècle, car ce fut lui qui rétablit l'ordre en quelques minutes ; le duc alors monta avec toute sa famille sur un trône de verdure élevé au-dessus de la foule : à peine y étaient-ils assis, qu'un procédé ingénieux du machiniste les couvrit d'une pluie de fleurs ; mais le sort qui, ce jour-là, semblait se jouer de nous tous, voulut qu'on lançât justement sur le nez du prince, un lys jaune dont les étamines colorèrent son visage d'un rouge éclatant qui donnait à sa physionomie une expression de majesté tout à fait en harmonie avec la solennité de la fête.

— Oh ! c'est trop fort[21] ! s'écria Kreisler en riant si violemment que les vitres en tremblèrent.

— Modère ce rire convulsif, reprit maître Abraham ;

moi aussi je riais outre mesure, et pendant cette nuit fatale, je me sentais disposé à faire toutes les extravagances possibles; semblable au démon Droll j'aurais voulu tout confondre, tout brouiller; mais, hélas, les flèches que je dirigeais sur les autres s'enfoncèrent bientôt cruellement dans mon sein! Enfin, il faut que je te l'avoue, c'est l'instant de cette pluie de fleurs que j'avais choisi pour nouer ce fil mystérieux qui devait faire mouvoir toutes les parties de la fête, et qui, semblable à un conducteur électrique, devait mettre en rapport avec moi toutes les âmes sur lesquelles je voulais exercer ma mystérieuse influence... Ne m'interromps pas, Jean, et écoute-moi avec calme [22].

Julie et la jeune princesse étaient assises près l'une de l'autre, mais un peu en arrière de la duchesse, et je ne les perdais pas de vue un seul instant. Dès que les tambours et les trompettes cessèrent leur assourdissant vacarme, Julie reçut sur ses genoux un bouton de rose caché dans un bouquet de belles-de-nuit odoriférantes, et la délicieuse mélodie de ton air si touchant: *Mi lagnero tacendo della mia sorte amara*, doucement portée sur le souffle léger de la nuit, vint charmer son oreille. Je te dirai tout de suite, pour te tranquilliser sur ce sujet, que ton air fut exécuté dans l'éloignement par quatre de nos meilleurs cors. Julie s'était d'abord effrayée; mais lorsqu'elle entendit les premiers accords, un léger cri de surprise s'échappa de ses lèvres; elle pressa doucement le bouquet contre son cœur, et je l'entendis distinctement dire à la princesse: — Certainement il est de retour! La princesse embrassa Julie avec vivacité, et prononça si haut ces mots: — Non, non, ah! jamais! que le duc, tournant vers elle son visage enluminé, lui dit avec colère: — Silence! Peut-être monseigneur n'était-il pas si furieux qu'il le paraissait contre cette chère enfant; mais son rouge comique, qu'un *crudel tiranno* [23] de l'opéra lui eût envié, lui donnait un air de colère permanente, si bien que les tirades les plus touchantes, les situations les plus délicates, exprimant allégoriquement le bonheur domestique sur le trône, ne parurent pas produire le moindre effet: les acteurs et le public en étaient également embarrassés.

Soit qu'il baisât la main de la duchesse, soit qu'il essuyât une larme aux passages qu'il avait soulignés en encre rouge dans le livret qu'il tenait à la main, il paraissait toujours agité d'une fureur concentrée, et les chambellans de service qui l'entouraient se disaient tout bas : — Jésus, mon Dieu ! qu'est-il donc arrivé à notre gracieux seigneur ? Enfin tu sauras, mon cher Jean, que, pendant que les acteurs représentaient sur la scène leurs niaiseries sentimentales, moi je faisais apparaître en l'air, dans le lointain, à l'aide de miroirs magiques, des tableaux fantasmagoriques en l'honneur de cet ange du ciel, de la séduisante Julie ; et les tendres mélodies que tu avais créées dans un moment d'enthousiasme se succédaient sans interruption, tandis que le nom de Julie, soupiré douloureusement comme par un ange, se faisait entendre tantôt de près, tantôt de loin. Mais, à tout cela tu manquais, mon cher Jean ! Et que me sert-il maintenant de vanter mon Ariel après la représentation, comme le Prospero de Shakespeare vantait le sien, et d'assurer que tout a été exécuté à merveille. Tout ce qui, dans mes préparatifs, m'avait semblé devoir renfermer un sens profond, me paraissait faible et décoloré. Julie avait tout compris avec un tact admirable ; cependant elle me paraissait recevoir ces impressions comme celles d'un songe agréable auquel on ne permet pas d'exercer une véritable influence sur la vie réelle. La princesse, au contraire, tombée dans une profonde rêverie, prit le bras de Julie pour se promener dans le parc, tandis que la cour prenait des rafraîchissements dans un pavillon. C'est ce moment que j'attendais pour porter le grand coup ; mais hélas ! tu manquais, mon cher Jean, tu manquais. Plein d'impatience et de colère, je courais partout pour m'assurer si les préparatifs du grand feu d'artifice qui devait terminer la fête étaient achevés. En levant les yeux vers le ciel, j'aperçus, au milieu des ténèbres de la nuit, au-dessus du rocher du Vautour, un de ces petits nuages rougeâtres précurseurs ordinaires de l'orage, qui l'apportent en silence et le recèlent jusqu'à ce qu'il éclate avec un horrible fracas au-dessus de nos têtes. Je puis, comme tu le sais, prévoir par un calcul exact, à une minute près, l'explosion d'un semblable nuage: je vis qu'elle ne pouvait tarder une heure, et je résolus de hâter le feu d'artifice. Je compris au même instant que déjà mon Ariel avait commencé cette fantasmagorie qui devait me révéler tout, absolument tout, car j'entendais chanter en chœur dans la chapelle de Marie à l'autre extrémité du parc, ton *Ave, maris stella* [24]. J'y courus aussitôt. Julie et la princesse étaient agenouillées sur un prie-dieu placé en dehors de la chapelle. A peine étais-je arrivé que... Mais, où étais-tu, mon cher Jean, que n'étais-tu là!... Ah! laisse-moi garder le silence sur ce qui se passa alors... Hélas! tout ce que j'avais regardé comme le chef-d'œuvre de mon art demeurait sans effet, et j'appris ce que, dans mon aveuglement, je n'avais su deviner.

— Eh bien parle! s'écria Kreisler, parle, maître Abraham, dis-moi sans réserve, tout ce qui se passa.

— Non, non, reprit maître Abraham, cela ne te servirait de rien, et je ne pourrais te dire, sans un horrible déchirement de cœur, l'horreur et l'effroi que m'inspirent mes fantômes. Mais le nuage! heureuse idée! Allons, m'écriai-je avec fureur, que tout finisse en désordre! Et aussitôt je me précipitai vers le feu d'artifice. En cet instant, le duc me fit dire que si tout était prêt, je devais donner le signal; pour moi, les yeux fixés sur le nuage qui s'élevait toujours au-dessus du rocher du Vautour, j'attendis qu'il fût au point où je le désirais, alors je fis tirer les petites boîtes. A ce signal, la cour et toute la société furent bientôt rassemblées; après le jeu ordinaire des soleils, des raquettes, des marrons luisants et de toutes les autres bagatelles indispensables en pareille circonstance, le chiffre de la duchesse s'éleva en feux chinois; mais au-dessus, apparut dans les airs le nom de Julie, au milieu d'une lumière éclatante de blancheur. Enfin le moment, tant désiré, arriva. J'allume les girandoles. Les fusées s'élancent, sifflent et pétillent dans les airs, et au même moment, l'orage éclate en éclairs rougeâtres, et en détonations qui ébranlent la montagne et la forêt. L'ouragan rugissait dans le parc, et arrachait de douloureux gémissements aux bosquets; alors, je prends à un trompette son instrument, et je me mets à sonner un air de bravoure, tandis que des salves bruyantes répondent vigoureusement aux roulements du tonnerre.

Pendant ce récit de maître Abraham, Kreisler se leva brusquement, se promena avec agitation dans la chambre, frappa ses mains l'une contre l'autre, et s'écria enfin avec transport : — Voilà qui est vraiment beau, délicieux ! je reconnais mon maître avec qui je ne fais qu'un corps et une âme.

— Oh ! je le sais, dit maître Abraham, tu te complais dans ce qu'il y a de plus sauvage, de plus terrible, et cependant j'ai encore oublié ce qui eût achevé de te livrer aux sombres puissances du monde invisible ! J'avais fait tendre les cordes de la harpe éolienne qui s'élève au-dessus du grand bassin, et la tempête y joua en habile musicienne. Les accords de cet orgue gigantesque se mêlèrent aux hurlements de l'ouragan et aux mugissements du tonnerre. Ces sons terribles se succédaient avec une rapidité toujours croissante et donnaient l'idée d'un ballet de furies, mais d'un caractère si sublime que jamais on n'entendit rien de pareil entre les toiles d'un théâtre. Enfin, une demi-heure après, tout ce vacarme avait cessé. La lune montrait son visage calme au-dessus des nuages. Le souffle de la nuit murmurait doucement au sein de la forêt effrayée, et essuyait les larmes des sombres bosquets. La harpe éolienne n'interrompait plus le silence de la nature, que comme le tintement mourant d'une cloche lointaine. Cependant mon émotion était profonde, et toi, mon cher Jean, tu remplissais tellement mon âme, que je croyais à chaque instant te voir sortir du milieu de mes espérances trompées, de mes rêves non accomplis, pour t'élancer dans mes bras. Bientôt le silence de la nuit me rendit un peu plus calme et je commençai à réfléchir à tout ce que je venais de faire pour pénétrer les secrets du sort impénétrable, et mon projet quoique enfant de mon imagination, me frappa alors par sa hardiesse bizarre. Un frisson mortel parcourut mes veines et j'eus peur de moi-même. Il me sembla qu'une foule de feux follets dansait au-dessus du parc ; mais ce n'était que les domestiques qui, armés de lanternes, cherchaient les chapeaux, les perruques, les bourses, les épées, les souliers et les châles perdus au milieu du désordre d'une fuite précipitée. Alors je m'en allai. Arrivé au milieu du pont qui conduit à la ville, je m'arrêtai pour jeter un dernier regard sur le parc qui, à la lueur magique de la lune, ressemblait à un jardin enchanté dans lequel se jouaient des fées folâtres et légères. Dans cet instant, un cri plaintif presque semblable à celui d'un enfant nouveau-né frappa mon oreille. Tremblant de découvrir un crime, je me penchai cependant au-dessus de la balustrade, et aussitôt je distinguai, à la lueur incertaine de l'astre nocturne, un petit chat qui grimpait péniblement le long des poutres pour se soustraire à la mort. Je présumai qu'on venait de noyer toute une famille de jeunes chats, et que ce pauvre petit innocent avait échappé seul au cruel destin de ses frères. Eh bien ! me dis-je, si ce n'est pas un enfant, c'est du moins un pauvre animal qui sans doute tient tout autant à la vie ; il ne m'aura pas imploré en vain, je le sauverai.

— Oh ! Just sentimental ! dis-moi, où est ton *Telheim* *, s'écria Kreisler en riant.

— Pardon, reprit maître Abraham, mais il me semble que ta comparaison n'est pas exacte, car j'ai surpassé Just lui-même. Celui-ci sauva la vie à un barbet, animal que tout le monde aime et dont on peut même attendre quelques services agréables ; mais moi je me suis exposé pour un chat, pour un animal qui inspire de l'effroi, qu'on accuse partout de perfidie, que chacun représente comme incapable de ressentir un sentiment de bienveillance ou de renoncer complètement à ses dispositions hostiles envers l'homme : oui, c'est un chat que j'ai sauvé, et ma pitié a été pure et désintéressée. Je franchis la balustrade, j'étendis la main non sans danger, je saisis le petit chat plaintif et je le mis dans ma poche. Rentré chez moi, je me déshabillai à la hâte, et accablé de fatigue, je me jetai sur mon lit. Mais à peine endormi, je fus réveillé par des cris lamentables qui parurent venir de ma garde-robe. Hélas ! j'avais oublié le pauvre petit chat dans ma poche ! je courus le délivrer de sa prison, en récompense il m'égratigna si bien, que mes cinq doigts en furent ensanglantés.

* Allusion à une comédie de Lesseing [25].

Je fus, je l'avoue, sur le point de jeter le matou par la croisée, mais je revins à moi-même et j'eus honte de cette misérable folie, de ce désir honteux d'une vengeance qui n'est pas même permise envers l'homme, et qui doit l'être bien moins encore envers une pauvre créature sans raison. Enfin, j'ai élevé ce matou avec les plus grands soins. Il est maintenant l'animal le plus agréable, le plus sensé, je dirai même le plus spirituel qu'on puisse trouver dans son espèce ; il ne lui manque plus pour être parfait, que de se livrer à des études sérieuses que tu pourras, mon cher Jean, diriger sans peine et avec succès ; c'est pourquoi j'ai jugé à propos de te confier l'éducation du matou Murr, c'est ainsi que je l'ai nommé ! Quoique Murr ne soit pas ce que les jurisconsultes nomment *homo sui juris*, je lui ai cependant demandé son consentement pour le mettre en pension chez toi et il me l'a donné avec joie [26].

— Allons donc, tu radotes, maître Abraham, dit Kreisler, tu connais ma répugnance pour les chats et tu sais bien que je n'aime que les chiens.

— Je t'en prie, mon cher Jean, reprit maître Abraham, je t'en supplie, ne repousse pas mon matou, qui promet tant ; reçois-le jusqu'à ce que je sois de retour de mon voyage. Je te l'ai déjà amené, et il attend à ta porte une bonne réception. Accorde-lui du moins un regard...

En prononçant ces derniers mots maître Abraham ouvrit la porte, et l'on vit sur le paillasson un chat couché en cercle et endormi. Il pouvait en effet passer pour un prodige de beauté. Des lignes noires et grises s'unissaient sur son front et y formaient comme des hiéroglyphes d'une extrême délicatesse, sa queue d'une longueur et d'une force extraordinaires, était aussi dessinée avec une rare perfection, sa robe bigarrée des plus riches couleurs, brillait d'un tel éclat au soleil, qu'il semblait que l'or fût mêlé au noir et au gris.

— Murr, mur ! cria maître Abraham.

— Krrr, krrr, répondit le chat, qui aussitôt s'étendit, se leva, fit le gros dos de la manière la plus gracieuse, et ouvrit deux grands yeux pétillants d'esprit et de feu ; tel était du moins l'avis du maître Abraham. Kreisler lui-même fut contraint d'avouer que la physionomie de ce jeune chat avait une expression remarquable et extraordinaire ; que sa tête paraissait assez large pour renfermer toutes les sciences, et que sa barbe, malgré sa jeunesse, était déjà assez blanche et assez longue pour lui valoir en peu de temps la réputation d'un sage.

— Comment peux-tu donc dormir ainsi partout et toujours ! s'écria maître Abraham ; en vérité, tu en perdras toute ta gaieté, et tu deviendras de mauvaise humeur avant le temps. Allons, allons, Murr, fais ta toilette...

Aussitôt le matou s'accroupit sur son derrière, passa délicatement sa patte sur sa face et sur ses oreilles ; puis poussa un *miau* gai et sonore.

— Voilà, lui dit maître Abraham, voilà monsieur le maître de chapelle Jean Kreisler qui veut bien te prendre en pension.

Murr examina le maître de chapelle avec ses grands yeux vifs et brillants, se mit à *filer,* sauta sur la table près de laquelle se tenait Kreisler, puis de là, sans plus de façons, s'élança sur son épaule comme pour lui dire quelque chose à l'oreille ; puis enfin, d'un bond léger, redescendit à terre et se frotta doucement contre les jambes de son nouveau maître, en agitant gracieusement sa queue comme pour lui exprimer la joie qu'il éprouvait de faire connaissance avec lui.

— Que Dieu me le pardonne, s'écria Kreisler, mais je crois que ce chat a de l'intelligence, et qu'il descend de l'illustre famille du Chat botté [27] !

— Ce qui est sûr, reprit maître Abraham, c'est que Murr est à la fois original, spirituel et modeste, et qu'il n'est ni imposteur ni inconstant comme le sont quelquefois les chiens qui nous fatiguent de leurs caresses maladroites.

— En examinant ce chat si intelligent, dit Kreisler, je songe avec peine aux limites étroites qui bornent nos connaissances. Qui peut nous dire, qui peut même pressentir seulement l'étendue des facultés intellectuelles des animaux ! Lorsque quelque chose nous paraît incompréhensible dans la nature, nous cherchons bien vite à l'expliquer par des mots ; puis nous nous vantons de notre sagesse d'école qui ne voit pas cependant beaucoup plus loin que notre nez. C'est ainsi que nous avons classé dans la catégorie de l'instinct, toutes les facultés intellectuelles des animaux, qui cependant se manifestent souvent de la manière la plus étonnante. Je voudrais bien que l'on me répondît d'une manière satisfaisante à cette seule question : la faculté de rêver peut-elle s'allier avec l'instinct, c'est-à-dire, avec l'idée d'un désir aveugle et indépendant de la volonté ? Quiconque a observé un chien de chasse pendant son sommeil, ne peut douter de sa faculté de rêver ; il est évident que cet animal croit se livrer aux exercices de la chasse, il flaire, il agite ses pattes comme en pleine course, il est haletant et quelquefois couvert de sueur. Quant aux chats, j'avoue que je n'en ai jamais vu rêvant.

— Murr, dit maître Abraham, non seulement rêve avec beaucoup de vivacité, mais il lui arrive aussi, comme il est facile de l'observer, de tomber quelquefois dans ces douces rêveries, dans ces sages méditations, dans ce délire du somnambulisme, en un mot, dans ce singulier état qui tient le milieu entre la veille et le sommeil, et qui est, pour les âmes poétiques, le véritable moment de la conception des idées sublimes. Il est dans cet état depuis quelques jours, il gémit, il soupire tellement que je suis tenté de croire qu'il travaille à une tragédie.

A ces mots Kreisler fit un grand éclat de rire, et s'écria : — Eh bien donc, ô matou si sensé, si poli, si spirituel, si poétique, viens et soyons…

LE MANUSCRIT DU CHAT MURR

Premiers mois de ma jeunesse

C'est certainement une chose très intéressante et fort instructive que d'entendre un esprit supérieur donner dans une autobiographie, des détails bien circonstanciés sur tous les événements de sa jeunesse, même sur les moins importants, si toutefois il est permis d'admettre qu'à un grand génie il arrive rien de peu important. Tout ce qu'il fit ou ne fit pas dans son enfance est du plus haut intérêt, et répand nécessairement une grande clarté sur le sens mystérieux, sur la véritable tendance de ses œuvres immortelles. Le récit de tant de merveilles fait palpiter le cœur du jeune homme que tourmente encore le doute de sa capacité et de la puissance de son jeune génie ; et quand il apprend que le grand homme dont il lit l'histoire, jouait aussi aux soldats lorsqu'il était petit garçon, ou qu'il ne pouvait modérer son appétit déréglé pour les friandises, qu'il s'attirait de fréquentes corrections, pour sa paresse, son étourderie ou sa gaucherie, il s'écrie avec enthousiasme : Il était donc comme moi ! Et, dès cet instant, il ne doute plus qu'il ne soit appelé lui-même à étonner le monde par la supériorité de son génie, et qu'il ne soit digne en tout de son admirable modèle.

Certainement plus d'un homme devint un héros en lisant Plutarque, ou même seulement Cornelius Nepos ; beaucoup d'autres aussi en lisant, ou les anciens poètes tragiques dans des traductions, ou Calderón, Shakespeare, Goethe et Schiller, devinrent sinon de grands poètes, du moins de fort jolis petits faiseurs de vers, tels que le monde les aime. C'est ainsi que mes écrits réveilleront, je l'espère, dans l'âme de plus d'un chat d'esprit, le sentiment sublime de la poésie. Si jamais un noble et jeune matou lit sur le toit mes ébauches biographiques, et s'il comprend toute la profondeur du livre que j'écris en cet instant, certainement il s'écriera dans les transports de son enthousiasme : — Murr, divin Murr, ô toi le plus grand, le plus admirable de ta race ! c'est à toi, à toi seul que je dois tout, c'est ton exemple qui m'a fait ce que je suis.

Je dois rendre cette justice à maître Abraham, que pour mon éducation [28], il n'adopta ni les préceptes de Basedow maintenant oublié, ni la méthode de Pestalozzi aujourd'hui si célèbre. Il me laissa le soin de me former moi-même, se contentant de me faire connaître certains principes fondamentaux qu'il considérait comme aussi indispensables au maintien de l'ordre social, que la gravitation l'est à la conservation de l'ordre physique de la terre ; qu'on s'écarte un seul instant de ces principes, disait-il, et aussitôt les hommes s'entrechoqueront comme des fous et des enragés ; partout on ne verra que plaies et bosses ; il n'y aura plus de société possible. Maître Abraham donnait à l'application et à l'ensemble de ces principes, le nom de politesse naturelle en opposition à la politesse conventionnelle qui veut que nous disions : « Je vous demande très humblement pardon », lorsqu'un insolent nous heurte ou nous écrase le pied. Je ne nierai pas la nécessité de la politesse naturelle entre les hommes, mais je ne puis comprendre pourquoi mon espèce née libre, indépendante, serait obligée de se soumettre aussi à ses règles. Quoi qu'il en soit, il me fallut bien reconnaître les principes que mon maître me fit développer par un agent dont la dureté m'a laissé d'amers souvenirs : cet agent était une verge de bouleau. Plus d'une fois, je fus tenté de prendre la fuite, mais toujours l'amour de la science me retint près de mon maître. La liberté de l'homme est, dit-on, en raison inverse de la culture de l'esprit ; et je crois cet axiome vrai. En effet, le développement de l'intelligence augmente les besoins, et avec les besoins... C'est pourtant la satisfaction immédiate des besoins les plus naturels, et sans égard aux lieux et au temps, que mon maître réprima avec la verge fatale.

Après les besoins vinrent les appétits; ceux-ci, à ce que j'appris plus tard, ne sont que le résultat d'une disposition toute particulière de notre âme. Ce fut cette disposition qui, chez moi, ne tenait peut-être qu'à mon organisation psychique, qui me fit déserter le toit et même renoncer au rôti que me donnait mon maître, pour lui dérober sur sa table ce qui n'était destiné qu'à lui seul. Ce fut encore la vertu de la verge qui me corrigea de ce penchant, et j'y renonçai entièrement. Aujourd'hui je sens combien mon maître eut raison de redresser ainsi les travers de ma nature. En effet, n'ai-je pas vu nombre de mes pareils qui, pour avoir été moins cultivés, moins bien élevés que moi, sont tombés dans les plus abominables travers, et ont empoisonné [29]...

SECOND FRAGMENT

DE MACULATURE

... Mieux entendre, il est nécessaire, mon cher lecteur, de t'exposer clairement et nettement toute cette affaire.

Quiconque est descendu à l'auberge de la jolie petite ville de Sieghartsweiler, ne fût-ce qu'une seule fois, a certainement entendu parler du duc Irénéus. Quiconque aussi a commandé à l'aubergiste un plat de ces truites si délicates dans le pays, a reçu cette réponse : « Vous avez raison, monsieur; notre très gracieux duc les aime beaucoup aussi, et je puis vous les accommoder tout aussi bien qu'à la cour. » Mais le voyageur qui n'a appris des dernières cartes et histoires géographiques et statistiques, rien autre chose, sinon que la petite ville de Sieghartsweiler, avec le rocher du vautour et toute la contrée environnante, avait été réunie au grand duché à travers lequel il venait de passer, n'aura pas été peu surpris de trouver encore en ce lieu un très gracieux duc et une cour.

Voici comme la chose eut lieu ; le duc Irénéus régnait en effet autrefois sur un joli petit Etat, non loin de Sieghartsweiler ; or, comme du haut du belvédère de son château situé sur la place publique de sa capitale, il pouvait à l'aide d'un bon télescope, embrasser d'un regard l'ensemble de ses Etats, il était impossible qu'il restât un seul instant étranger au bonheur, ou au malheur de ses sujets. Aussi savait-il au juste comment poussait le blé de Pierre ; et comment Jean et Paul travaillaient à leurs vignes. Cependant, dit-on, le prince Irénéus perdit de sa poche son petit Etat, un jour qu'il était allé se promener au-delà de la frontière. Quoi qu'il en soit, ce qu'il y a de certain, c'est qu'un beau matin le petit pays du prince Irénéus se trouva placé et enregistré dans une nouvelle édition de ce grand duché, et pour épargner à Irénéus la peine de régner, on lui accorda la fortune indépendante d'un riche particulier. — Cependant la chose n'en resta pas là.

Il est probable que l'amour des arts et des sciences n'est chez les grands que le résultat des habitudes de la vie de cour. En effet les convenances n'exigent-elles pas que les princes possèdent de nombreux tableaux, et qu'ils entendent de bruyants concerts ; et ne serait-il pas honteux, ridicule, que le relieur du roi restât oisif, et ne fût pas sans cesse occupé à habiller de cuir et d'or toutes les nouveautés littéraires ?... mais si cette passion est le fruit de la vie de cour, elle doit s'éteindre avec elle, ou du moins elle ne paraît pas devoir suffire à consoler de la perte d'un trône ou même seulement d'un petit fauteuil ducal, quand on a contracté l'habitude de s'y asseoir.

Cependant en dépit des événements, le duc ne voulut renoncer ni à la vie de cour ni à l'amour des sciences et des arts, ou du moins il voulut s'entourer encore de leurs illusions au milieu de Sieghartsweiler. Pour mieux se persuader qu'il régnait encore, il conserva ses courtisans, son chancelier de l'empire, son collège des finances, distribua des cordons et des crachats, accorda des audiences, et donna des bals dans lesquels figuraient tout au plus une douzaine de personnes tant il était sévère sur l'ancienneté des titres de noblesse de ceux qui étaient admis à partager ses plaisirs : et le bon peuple de Sieghartsweiler de s'enorgueillir de l'éclat d'une si belle cour, et d'appeler le duc Irénéus, son très gracieux seigneur, et d'illuminer ses croisées à l'anniversaire de sa naissance ainsi que pour la fête des membres de sa famille, enfin de se sacrifier avec le plus entier dévouement à son bon plaisir ; ainsi que les citoyens d'Athènes dans *Le Rêve d'une nuit d'été* *.

Aussi faut-il convenir que de son côté le duc jouait son rôle avec une gravité imperturbable, et qu'il avait un talent tout particulier pour imposer cette gravité à tous ceux qui l'entouraient. C'est ainsi que, façonné par lui, on voyait son conseiller des finances porter au milieu des cercles de Sieghartsweiler, un visage sombre, distrait et taciturne. De tristes nuages chargent son front. Plongé dans de profondes méditations, il n'en sort que par secousses et comme d'un rêve pénible. En sa présence personne n'ose élever la voix, ou craint même de faire le plus léger bruit en marchant. Neuf heures sonnent ; il se lève précipitamment, prend son chapeau et s'élance hors du salon. C'est en vain qu'on cherche à le retenir ; un sourire de supériorité et d'importance erre sur ses lèvres, il affirme que des piles de documents l'attendent, qu'il sera obligé de sacrifier sa nuit à leur vérification, afin de se préparer à la dernière séance trimestrielle du conseil, qui doit avoir lieu le lendemain, et il part laissant la société pénétrée d'une respectueuse admiration pour l'importance de ses fonctions. Et cette grande affaire à laquelle cet homme esclave de ses devoirs, se sacrifie pendant la nuit, quelle est-elle ? Eh mon Dieu ! c'est l'examen des comptes du linge de tous les départements de la cuisine, de la table, de la garde-robe, etc., et c'est lui qui est chargé du rapport trimestriel de blanchissage ; ou bien, conformément aux instructions qu'il a reçues, il a vendu une partie d'une chaise de poste ruinée, usée, et le collège des finances lui a ordonné de représenter l'autre

* De Shakespeare.

partie dans le délai de trois jours, sous peine de destitution immédiate. Cependant la ville partagée entre son respect pour le conseil ducal et son tendre intérêt pour le factotum du prince, trouve cet arrêt sévère, mais équitable.

Au milieu de la constellation du duc Irénéus, une étoile brillait du plus vif éclat; c'était la conseillère Benzon, veuve de trente à quarante ans, jadis d'une beauté imposante, et qui n'était pas encore entièrement dépourvue de charmes. Elle était la seule femme qui, malgré les doutes élevés sur la noblesse de son origine, eût obtenu à tout jamais, du duc Irénéus, le droit de se présenter à la cour. L'esprit éclairé et pénétrant de la conseillère, sa vivacité, sa profonde connaissance du monde, et par-dessus tout une certaine sécheresse de cœur, qui constitue en partie le talent de régner, lui procurèrent bientôt une telle influence, qu'elle seule mettait en mouvement les ressorts qui faisaient mouvoir toutes les poupées de cette cour en miniature. Sa fille Julie avait été élevée avec la princesse Hedwige, et la conseillère avait eu une influence si marquée sur l'éducation de cette dernière, qu'elle paraissait comme étrangère au milieu de la famille ducale, et qu'elle formait le plus étonnant contraste avec son frère le prince Ignace, condamné à une enfance perpétuelle.

En opposition à la Benzon, et avec une égale influence sur les événements secrets de la maison ducale, quoique par des moyens tout à fait différents, se trouvait cet homme singulier que tu as déjà vu, cher lecteur, comme directeur des plaisirs de la cour, et sous l'aspect d'un nécromancien passablement sardonique. La manière dont maître Abraham entra dans la famille ducale est assez remarquable pour être racontée :

Feu monseigneur le père du duc Irénéus était un homme de mœurs simples et douces. Sentant que la moindre secousse pourrait briser les faibles rouages de la machine de l'Etat, au lieu de lui donner une nouvelle et meilleure impulsion, il avait résolu de laisser tout aller, dans son petit empire, comme par le passé. Si, en agissant de la sorte, il laissa quelquefois échapper l'occasion de faire sentir l'ascendant de son esprit, ou d'exercer les facultés extraordinaires qu'il tenait de la nature, il eut du moins la satisfaction de voir que tout le monde bénissait son règne, et que, quant à l'extérieur, son duché se trouvait précisément dans la situation de ces femmes dont la réputation est d'autant plus pure, qu'elles font moins parler d'elles. Si la cour avait encore une raideur cérémonieuse et gothique, la cause en était tout entière dans l'immobilité de l'échafaudage élevé depuis longtemps, à grande peine, par les gouverneurs du palais, les grands maîtres des cérémonies et les chambellans; mais au milieu de ce lourd échafaudage passait un torrent qu'aucun gouverneur, ou maître des cérémonies, ou chambellan, n'était capable d'arrêter. C'était le penchant naturel du prince, vers tout ce qui était aventureux, singulier ou mystérieux. A l'exemple de l'illustre calife Haroun-al-Raschild, il parcourait souvent la ville et les campagnes pour satisfaire ou pour chercher un aliment à ce penchant qui contrastait si singulièrement avec tout le reste de sa vie. Dans ces sortes d'excursions, il ne manquait jamais de mettre son chapeau rond et sa redingote grise; et chacun convenait qu'ainsi travesti, le prince n'était pas reconnaissable.

Or, un soir, il advint que le prince, ainsi déguisé, prit une allée qui conduisait du château à une petite maison isolée dans la campagne, et habitée par la veuve du premier cuisinier ducal. Arrivé près de cette maison il aperçut deux hommes enveloppés dans leurs manteaux, qui sortaient mystérieusement. Aussitôt il se cacha; mais l'historiographe de la maison d'Irénéus, de qui je tiens directement ce récit, assure que le prince n'aurait point été reconnu, alors même qu'il eût été revêtu de son plus riche habit de cour et décoré de sa plus brillante étoile; la raison qu'il en donne, c'est qu'il était impossible de le voir, tant la nuit était profonde. Quoi qu'il en soit, les deux hommes passèrent lentement près de lui, et il put entendre leur conversation. L'un disait: — Allons, mon frère l'excellence, je t'en prie, un peu de vigueur, et qu'au moins dans cette occasion tu ne te conduises pas comme un âne. Il faut absolument que cet homme soit parti avant que le prince sache un mot de lui, sinon nous aurions ce maudit sorcier sur les bras, et il nous remuerait de belle sorte avec son art diabolique. — Mon cher frère, lui répondit l'autre, ne te mets pas ainsi en colère, tu connais ma sagacité, mon habileté, laisse-moi faire, demain je veux jeter quelques pièces d'or aux yeux de cet homme dangereux, et il ira faire ses tours de passe-passe partout où il voudra, mais je te réponds qu'il ne restera pas ici. Au reste, le prince est un... Les voix alors se perdirent dans l'éloignement, le prince ne put savoir ce que pensait de lui son grand-maître des cérémonies; car ces deux hommes qui étaient sortis furtivement de la petite maison, et qui s'entretenaient ainsi, n'étaient autre que le maître des cérémonies et le grand veneur, son frère.

On pense bien que le duc n'eut rien de plus pressé à faire, que de chercher à voir cet homme extraordinaire, ce dangereux sorcier qu'on voulait empêcher d'arriver jusqu'à lui. Il alla donc frapper à la porte de la petite maison; la veuve, une lumière à la main, vint lui ouvrir, et, à la vue du chapeau rond et de la redingote grise, elle lui demanda avec une politesse réservée: — Monsieur, que peut-il y avoir ici pour votre service? (C'était toujours du titre de *monsieur* que l'on saluait le prince lorsqu'on le rencontrait ainsi déguisé de manière à n'être pas reconnaissable.) Le prince demanda tout d'abord des renseignements sur l'étranger que l'on disait logé chez la veuve, et il apprit que cet étranger était un escamoteur aussi adroit que célèbre, muni de certificats, autorisations et privilèges en règle, et qui désirait donner ici un échantillon de son savoir-faire. — Deux messieurs de la cour sortent d'ici, continua la veuve, et il les a tellement étonnés par toutes les choses incroyables qu'il leur a montrées, qu'ils se sont enfuis, pâles, troublés et hors d'eux-mêmes.

Sans plus de questions, le prince se fit introduire. Maître Abraham le reçut comme s'il se fût attendu depuis longtemps à sa visite, et s'enferma à clef avec lui.

On ne sait ce que fit ensuite maître Abraham; mais il est certain que le prince resta toute la nuit avec lui et que le lendemain on prépara en toute hâte dans le château, pour le sorcier, un appartement dans lequel le prince pouvait facilement se rendre de son cabinet sans être vu de personne, ce qui est également aussi positif. C'est que dès lors, le prince n'appela plus son grand-maître des cérémonies, *mon cher ami,* et qu'il ne se fit plus raconter par le grand veneur, l'histoire extraordinaire du lièvre blanc aux grandes cornes, qu'il (le grand veneur) n'avait pu tuer à la première partie de chasse dans la forêt. Ce changement plongea les deux frères dans un tel désespoir qu'ils quittèrent la cour peu de temps après. Ce qui est encore incontestable, c'est que maître Abraham étonna la cour, la ville et la province, non seulement par ses apparitions fantasmagoriques, mais encore par la grande influence qu'il exerça bientôt sur le prince.

L'historiographe de la maison d'Irénéus, que j'ai déjà cité, dit que les tours de maître Abraham étaient tellement extraordinaires qu'on ne pourrait les rapporter sans s'exposer à perdre la confiance du lecteur le plus bienveillant; cependant le tour qu'il cite comme le plus miraculeux, et comme une preuve irréfragable des dangereuses relations d'Abraham avec les puissances surnaturelles, n'est autre chose que ce jeu d'acoustique qui, plus tard, fit tant de bruit sous le nom de la fille invisible, mais que maître Abraham savait exécuter d'une manière plus ingénieuse, plus fantastique et plus touchante qu'on ne le fit jamais depuis. Bien des gens prétendaient que le prince se livrait aussi avec ce sorcier à certaines opérations magiques, sur le but desquelles les dames d'honneur, les chambellans et les autres grands de la cour, se perdaient à qui mieux mieux en suppositions, toutes des plus absurdes et des plus niaises. Tout le monde s'accordait à dire que maître Abraham avait ménagé au prince plusieurs conversations fort intéressantes avec des revenants, et qu'il lui enseignait à faire de l'or, ce qui était démontré par la fumée qui sortait quelquefois du laboratoire. Chacun était convaincu aussi que le prince n'accordait plus un brevet de bourgmestre de village, ou une augmentation de gages à son chauffeur de poêle, sans consulter l'agatho-démon, le spiritus familiarius, ou les étoiles.

Lorsque le vieux duc mourut, Irénéus le remplaça sur

le trône, et maître Abraham quitta le pays. Le nouveau prince qui n'avait en aucune façon hérité des goûts de son père, pour les choses surnaturelles, ne chercha point à retenir le sorcier. Mais bientôt il sentit le vide que laissait l'absence de maître Abraham, dont le pouvoir magique avait surtout l'avantage de conjurer avec succès certain esprit malfaisant qui ne s'introduit que trop communément dans les cours, et que l'on nomme ennui. D'ailleurs le respect extrême, que le père d'Irénéus professait pour maître Abraham, avait aussi jeté de profondes racines dans l'esprit du jeune prince qui, en certains instants, ne pouvait s'empêcher de le regarder comme un être surnaturel, supérieur et fort au-dessus des choses d'ici-bas. On assure que cette vénération reposait surtout sur un souvenir de son enfance. Un jour il avait pénétré avec une indiscrète curiosité dans la chambre de maître Abraham, et y avait brisé, par maladresse, une petite machine que celui-ci venait d'achever avec un art et une peine infinis. Transporté de colère, le mécanicien exprima ses reproches d'une manière très sensible sur la joue du petit polisson ducal, et le reconduisit à la porte avec une vivacité peut-être un peu brusque. L'étonnement et l'effroi du jeune prince furent tels, qu'au milieu des sanglots qui le suffoquaient, il ne put faire entendre que ces mots : « Abraham !... soufflet !... » et son gouverneur effrayé pensa qu'il serait peut-être imprudent de chercher à pénétrer plus avant dans un secret qu'on gardait d'une manière si terrible.

Le prince sentit bientôt le besoin de rappeler maître Abraham dont l'absence enlevait à la cour la vie et le mouvement; mais toutes ses tentatives furent longtemps inutiles; ce ne fut que quelque temps après qu'il eut perdu son petit trône et qu'il eut créé à Sieghartsweiler son simulacre de cour, que son précepteur se décida à revenir. Il faut convenir que maître Abraham ne pouvait choisir un moment plus favorable pour reparaître, car non seulement...

LE MANUSCRIT DE MURR

Événement mémorable qui, pour me servir de l'expression favorite des biographes, fait époque dans ma vie [30].

Vous tous qui me lisez!... adolescents ou vieillards, hommes ou femmes, sous la fourrure desquels palpite un cœur sensible! vous qui avez le sentiment de la vertu! vous qui connaissez les doux liens dont la nature nous enlace, vous me comprendrez et vous m'aimerez.

La journée avait été d'une chaleur accablante et je l'avais passée à dormir sous le poêle. Le crépuscule déployait ses voiles à l'orient, et un vent frais soufflait par la fenêtre ouverte. Alors je m'éveillai, et je sentis ma poitrine comme dilatée par ce sentiment inexprimable qui, participant de la douleur et du plaisir tout à la fois, nous anime des pressentiments les plus doux. Je me levai avec ce mouvement expressif que l'homme froid appelle : *faire le dos de chat*. Un penchant irrésistible m'entraînait à jouir des beautés de la nature [31].

Je montai sur le toit et je m'y promenai doucement aux derniers rayons du soleil couchant. A peine avais-je fait quelques pas que j'entendis sortir du grenier les sons les plus doux, les plus flatteurs, les plus sympathiques, les plus séduisants! Une force inconnue m'attira irrésistiblement de ce côté, je quittai la gouttière pittoresque et je pénétrai dans le grenier par une lucarne. A peine étais-je entré que je vis une belle chatte, bigarrée de blanc et de noir, qui, doucement accroupie sur ses pattes de derrière, fit de nouveau entendre sa voix enchanteresse, en jetant sur moi un regard plein d'expression. Je m'assis en face d'elle, et cédant à l'entraînement de mon cœur, j'essayai de répondre aux chants harmonieux qu'elle semblait m'adresser. Je réussis au-delà de toute expression, il faut l'avouer, et c'est de cet instant (je le dis pour l'instruction des psychologues qui étudient ma vie) que date ma croyance en mon talent inné pour la musique. Cette croyance, on le pense bien, développa bientôt mon talent. A ma voix, la belle chatte se tut, me regarda plus attentivement, et d'un bond rapide s'élança vers moi. Craignant des intentions hostiles, je m'apprêtais à les repousser en montrant mes griffes, mais au même instant la chatte s'écria en versant un torrent de larmes : — Mon fils, mon fils ! Viens dans mes pattes ! Puis m'embrassant et me serrant avec tendresse sur son cœur, elle continua : — Oui, c'est bien toi ! tu es mon fils, mon fils chéri, que j'ai enfanté sans trop de douleur ! — En cet instant, je me sentis ému jusqu'au fond du cœur, et cette émotion suffit pour me convaincre que la chatte était ma mère. Cependant je lui demandai si elle était bien sûre de son fait.

— Ah ! dit-elle, ces yeux, ces traits, cette barbe, cette fourrure, tout ne me rappelle que trop l'ingrat qui m'abandonna ! — Tu es le portrait frappant de ton père, mon cher Murr (car c'est ainsi qu'on t'a nommé) ; mais j'espère qu'à sa beauté tu joins un caractère plus doux, et les manières plus agréables de ta mère Mina. Ton père avait le maintien on ne peut plus noble ; une dignité imposante régnait sur son front ; ses yeux verts brillaient de l'esprit le plus vif, et un sourire séduisant se jouait sous sa barbe et sur ses joues. Les avantages de sa figure, le piquant de son esprit, et son élégante facilité à prendre les souris, lui gagnèrent mon cœur. Mais bientôt se trahit son caractère dur et tyrannique, qu'il avait eu l'adresse de dissimuler si longtemps. Hélas ! je le dis en frémissant, mais à peine étais-tu né que ton père ressentit l'horrible envie de te manger ainsi que tes frères et tes sœurs !...

— Ma chère mère, m'écriai-je en interrompant Mina-la-Bigarrée [32], ne condamnez pas trop sévèrement ce penchant. Le peuple le plus civilisé de la terre attribuait aux dieux mêmes ce singulier appétit de manger ses enfants... mais Jupiter fut sauvé, et je le fus aussi !

— Je ne te comprends pas, mon fils, me répondit

Mina, mais il me semble que tu débites des sottises, et que tu cherches à défendre ton père. Ah! ne sois pas ingrat! apprends que tu aurais été infailliblement étranglé et dévoré par ce tyran sanguinaire, si je ne t'avais si courageusement défendu avec ces griffes aiguës, et si je ne t'avais soustrait à son abominable appétit en te cachant tantôt dans les profondeurs de la cave, tantôt au grenier, et tantôt à l'étable. Alors il m'abandonna, et depuis je ne l'ai jamais revu. Cependant aujourd'hui encore son souvenir agite mon cœur. Il est vrai que c'était un bien beau matou!

— Malgré son cruel abandon, je crus que je pourrais goûter les douceurs d'une vie tranquille en me livrant avec ardeur à l'accomplissement de mes devoirs de mère de famille; mais hélas! le plus affreux des malheurs m'était encore réservé! — Un jour, au retour d'une courte promenade, je ne retrouvai ni toi, ni tes frères. Un noir pressentiment s'empara de mon âme. — La veille, une vieille femme avait découvert ma retraite, et de sinistres paroles étaient sorties de sa bouche. Elle avait parlé de jeter à l'eau!... mais, ô bonheur! le ciel t'a préservé, ô mon fils! viens dans mes bras, mon fils bien-aimé! viens que je te presse encore une fois sur mon cœur!...

Ma mère me prodigua alors les plus tendres caresses, puis m'accabla de questions sur toutes les particularités de ma vie. Je m'empressai de satisfaire sa curiosité, et j'eus grand soin surtout de lui faire remarquer combien et comment mon esprit avait été heureusement cultivé.

Mina parut bien moins touchée des rares qualités de son fils qu'on pourrait le supposer. Elle me donna même à entendre assez clairement qu'il lui semblait que malgré toute l'étendue de mon esprit et la profondeur de mon savoir, je ne m'en étais pas moins engagé dans une route qui me conduirait infailliblement à ma perte. Elle me conseilla surtout de ne jamais révéler mes talents à maître Abraham, de peur que dans le désir de les faire servir à son profit, il ne me retînt pour toujours dans un honteux esclavage.

— Certainement, dit-elle, je ne puis me vanter d'avoir

un esprit aussi cultivé que le tien, mais cependant je ne suis pas entièrement dépourvue de dispositions naturelles et de quelques talents innés. Je puis, par exemple, faire jaillir de ma fourrure des étincelles pétillantes quand on me passe la main sur le dos ; je ne saurais énumérer tous les désagréments que m'a valus ce seul talent ! Enfants et grandes personnes ne cessent de tourmenter mon dos pour obtenir ce feu d'artifice à mes dépens ; et si, impatientée, il m'arrive quelquefois de sauter de côté ou de montrer tant soit peu mes griffes, aussitôt on me prodigue les noms injurieux de bête farouche et sauvage, on va même jusqu'à me battre. Que maître Abraham apprenne que tu sais écrire, mon cher Murr, et tu verras si aussitôt il ne te prend pas pour copiste, et s'il ne t'impose pas alors comme un pénible devoir ce que tu ne fais maintenant que pour ton plaisir.

Mina discourut encore fort longuement sur mes rapports avec maître Abraham, et sur les inconvénients de mes connaissances ; mais ce n'est que plus tard que je reconnus que ce que j'avais d'abord pris en elle pour l'horreur des sciences, n'était au fond qu'une grande sagesse, fruit de son expérience.

J'appris que Mina vivait assez misérablement chez la vieille voisine, et qu'elle avait souvent de la peine à pourvoir à ses premiers besoins. Cela me toucha profondément. L'amour filial éleva sa voix avec force dans mon cœur ; je me rappelai la tête d'un hareng que j'avais conservée de mon dîner de la veille, et je résolus de l'apporter à cette bonne mère que j'avais retrouvée d'une manière si inattendue.

Hélas ! qui peut connaître toute la mobilité des cœurs de ceux qui se promènent au clair de la lune ! Pourquoi le sort ne ferme-t-il pas nos âmes aux terribles tempêtes des passions ? Pourquoi, semblable au faible et fragile roseau, devons-nous courber la tête sous la violence de l'ouragan de la vie ?... ô fatalité !... ô appétit ! ton nom est chat ! La tête de hareng dans la gueule, je montai sur le toit comme un *pius Eneas ;* j'allais entrer par la lucarne lorsque tout à coup je tombai dans un singulier état qui, rendant mon *moi* étranger à mon *moi,* parut pourtant être mon véritable moi ! — Je crois m'exprimer d'une manière assez claire, assez nette, pour que chacun reconnaisse facilement dans cette description de mon état, la touche d'un psychologue qui a sondé les profondeurs de l'âme. — Je continue. Ce sentiment particulier, composé de joie et de tristesse, jeta le trouble dans mes sens, me bouleversa entièrement, je sentis que toute résistance devenait impossible, je me résignai... je mangeai la tête du hareng...

Dans cet instant, j'entendis Mina miauler douloureusement, m'appeler d'une voix défaillante; alors je me sentis pénétrer de honte et de repentir; je rentrai dans la chambre de mon maître, je me cachai sous le poêle. Là, les idées les plus sombres m'accablèrent, je crus voir Mina, cette mère retrouvée, je crus la voir, abandonnée, désespérée, réclamant la nourriture que je lui avais promise, près de tomber en défaillance ! hélas ! dans le vent qui soufflait par la cheminée j'entendais le nom de Mina[33]... Mina, repétaient le bruit des papiers de mon maître, et le craquement des chaises de jonc vermoulues...

— Mina ! Mina ! soupira la porte du poêle. — Oh ! de quel sentiment amer et déchirant mon cœur fut oppressé ! Je résolus d'inviter ma pauvre mère à partager le lait du déjeuner, si la chose était possible. A cette idée un calme consolant descendit dans mon âme, comme une ombre rafraîchissante. Je baissai mes oreilles, et je m'endormis profondément.

O vous qui m'entendez, vous me comprendrez. Cette tempête éclaircit ma jeune pensée comme un ouragan chasse les nuages et éclaircit l'horizon. Quelque lourde que fût à ma conscience cette tête de hareng, je n'en avais pas moins appris à connaître ce qu'est l'appétit, et j'avais compris que résister à la nature est un crime inutile. — Que chacun cherche pour soi des têtes de harengs et ne s'inquiète pas du voisin qui, conduit par l'instinct de son appétit, saura toujours bien trouver les siennes.

Ici se termine cet épisode de ma vie qui...

TROISIÈME FRAGMENT

De maculature

Quoi de plus affreux pour un historiographe ou un biographe, que de se trouver à chaque instant comme emporté par un cheval indompté qui franchissant les pierres et les haies, galopant par monts et par vaux, cherche toujours un chemin frayé et n'en trouve jamais. C'est pourtant là le sort de celui qui a entrepris d'écrire pour toi, cher lecteur, ce qu'il a pu recueillir de la vie extraordinaire du maître de chapelle Kreisler. J'aurai bien voulu pouvoir commencer mon récit en disant : Ce fut dans la petite ville de N**, ou de B**, ou de K**, le lundi de la Pentecôte ou le jour de Pâques de telle année que Jean Kreisler reçut le jour. Mais il nous faut renoncer à un aussi bel ordre chronologique, puisque le malheureux conteur n'a pu recueillir les faits souvent contradictoires, que dans des conversations, et qu'il a été obligé de les consigner sans ordre sur le papier dans la crainte de surcharger sa mémoire ; mais console-toi, cher lecteur, tu apprendras peut-être avant d'arriver à la fin du livre, comment tous ces documents ont été obtenus et alors tu seras, je l'espère, plus disposé à l'indulgence pour ce qui ne te paraît maintenant qu'une rapsodie. Peut-être aussi, trouveras-tu que tout ce qui est en apparence incohérent se trouve cependant en réalité réuni par le même fil.

Pour le moment je n'ai rien à raconter, si ce n'est que peu de temps après que le prince Irénéus se fut établi à Sieghartsweiler, la princesse Hedwiga et Julie allèrent se promener dans le parc pendant une belle soirée d'été. Aux dernières clartés du soleil couchant, la forêt paraissait comme couverte d'un voile d'or ; le feuillage était immobile; les arbres et les buissons attendaient comme dans un profond recueillement que le vent du soir vînt se jouer dans leurs rameaux, et le profond silence de la nature n'était interrompu que par le murmure des ruisseaux qui roulaient sur les blancs cailloux. Les deux jeunes filles marchant silencieusement dans les allées étroites et fleuries, avaient franchi les ponts jetés sur toutes les sinuosités du ruisseau, et elles étaient arrivées sur les bords du grand lac dans les eaux duquel se reflètent le rocher du vautour et ses ruines pittoresques.

— Quel tableau sublime! s'écria Julie avec un accent passionné.

— Entrons dans la cabane du pêcheur, dit Hedwiga, je trouve que les rayons du soleil du soir dardent d'une manière insupportable; d'ailleurs de la croisée du milieu, nous jouirons mieux de la vue du rocher du vautour. Julie suivit la princesse qui, à peine entrée, et jetant un regard par la croisée, exprima le désir d'avoir un crayon et du papier pour dessiner ce paysage qu'elle trouvait éclairé d'une manière magique.

— Je serais presque tentée, dit Julie, de t'envier le talent avec lequel tu dessines d'après nature, les arbres et les buissons, les montagnes et les lacs; mais je crois que dussé-je arriver au même degré d'habileté que toi, je ne parviendrais jamais à esquisser un beau paysage, et mon incapacité serait d'autant plus grande, que la nature serait plus belle. Le plaisir de contempler m'empêcherait à jamais de commencer le travail. A ces mots, les traits de la princesse furent agités d'un certain sourire qu'on pourrait, peut-être avec raison, trouver suspect chez une jeune fille de seize ans. Maître Abraham, quelquefois si singulier dans ses expressions, prétendait qu'un pareil jeu des muscles dans le visage, pouvait se comparer au tremblement de la surface des eaux lorsqu'au fond se prépare un événement dangereux. La princesse souriait donc; mais au moment où elle ouvrait ses lèvres de roses pour répondre, on entendit retentir dans le voisinage des accords si rudes et si sauvages, qu'on devait présumer que l'instrument qui les produisait, était autre chose qu'une guitare ordinaire.

La princesse resta silencieuse et sortit avec Julie de la cabane du pêcheur. Elles entendirent successivement plusieurs airs liés entre eux par les transitions les plus étranges, par les accords les plus bizarres; au même instant s'éleva une voix mâle et sonore qui, tantôt soupirant doucement un chant italien, tantôt passant brusquement à un récitatif fortement accentué, finit enfin par se perdre dans de mélancoliques mélodies. A de nouveaux essais pour accorder l'instrument, succédèrent quelques mots prononcés avec colère, puis encore quelques accords.

Curieuses de voir ce singulier virtuose, Hedwige et Julie s'avancèrent, et rencontrèrent bientôt un homme vêtu de noir, qui leur tournait le dos. Il était assis sur un rocher près du lac et faisait entendre ce mélange bizarre d'accords et de mots entrecoupés. Dans cet instant même, après un nouvel effort pour accorder son instrument, il s'écria: Je n'y parviendrai donc jamais! Tantôt un peu trop haut, tantôt un peu trop bas! — puis saisissant la guitare qu'il venait de détacher du ruban bleu qui la suspendait à ses épaules, il la regarda fixement et lui adressa les paroles suivantes, avec une agitation qui en altérait souvent le sens: — Dis-moi donc, petite capricieuse, dans quelle partie de ton corps repose ton harmonie? Comment dois-je m'y prendre pour obtenir de toi la gamme pure? Voudrais-tu, par hasard, te révolter contre ton maître; lui soutenir que son oreille a été faussée par le bruit monotone de la mesure, et que le son enharmonique * n'est qu'un jeu d'enfant? En vérité, je crois que tu te moques de moi, quoique ma barbe soit mieux faite que celle de maître Stéphano Paccini, *detto il venetiano,* qui déposa dans ton sein le don céleste de l'harmonie, qui reste pour moi un secret impénétrable. Ma belle, je te le répète, si tu ne veux absolument pas me permettre le dualisme à l'unisson du sol dièze et du bémol, et de l'ut dièze et du ré bémol, ou plutôt de tous les tons; je t'enverrai de bons maîtres allemands qui te formeront et qui t'apprivoiseront avec des mots sans harmonie. Ne te réfugie pas dans les bras de ton Paccini, et ne te permets

* Qui procède par quarts de ton.

pas d'avoir ici le dernier mot comme une femme qui querelle. Serais-tu, par hasard, assez hardie et assez présomptueuse pour croire que les esprits qui résident en toi, n'obéissent qu'aux puissantes évocations des magiciens qui ont déserté la terre, et qu'entre les mains d'un histrion...

Ici il s'interrompit brusquement, se leva, et comme perdu dans de vagues rêveries il laissa errer son regard sur la surface du lac. Les jeunes filles effrayées de ses manières bizarres, restèrent cachées derrière le feuillage, où elles osaient à peine respirer.

— La guitare, reprit enfin l'inconnu, est pourtant, il faut en convenir, le plus misérable, le plus incomplet de tous les instruments, et bon seulement pour ces langoureux bergers qui, malades d'amour, ont perdu l'embouchure de leur chalumeau, et qui au lieu de se servir de leur souffle vigoureux pour réveiller l'écho par un doux ranz des vaches, préfèrent ennuyer de leurs tristes mélodies les Emmelines des montagnes, qui rassemblent leurs troupeaux au son bruyant du fouet sentimental. O dieux ! A ces bergers qui, semblables au poète, *soupirent tristement sur la perte de leur vache brune*, apprenez-leur que le triton n'est formé d'autre chose que de trois tons, puis mettez une guitare entre leurs mains ! Mais à des hommes graves, tant soit peu instruits et bien élevés, à ceux qui tout en sachant parfaitement ce qui se passe à la cour de Pékin ou de Nankin, n'entendent rien ni aux moutons ni aux bergeries, à quoi serviraient ces soupirs et ce charivari ? Histrion, que fais-tu ? Oublies-tu donc feu Hippel, qui disait qu'en voyant donner des leçons de clavecin, il lui semblait que ce maître faisait bouillir des œufs à la coque. Et puis, chaudronnez donc sur la guitare. Histrion ! Fi ! Au diable ! — A ces mots, l'inconnu jeta l'instrument loin de lui dans les buissons, et s'éloigna rapidement sans avoir vu les jeunes filles.

— Eh bien ! s'écria Julie en riant, eh bien, Hedwige ! que dis-tu de cette apparition mystérieuse ? d'où vient donc cet original qui cause d'abord si bien avec son instrument, et qui le jette ensuite avec tant de dédain ?

— On a tort, répondit Hedwige, dont les joues rouges

trahissaient la colère et l'émotion, on a tort de laisser ainsi le parc ouvert à tous les étrangers.

— Eh quoi ! voudrais-tu, par hasard, que le prince fermât aux habitants de Sieghartsweiler et aux étrangers qui voyagent par ici, le chemin le plus court, et toujours le plus délicieux de la contrée ? tu n'y songes certainement pas. — Mais, toi-même, reprit la princesse, avec une agitation toujours croissante, tu ne calcules pas le danger auquel nous pouvons être exposées ; combien de fois ne nous promenons-nous pas seules ici, comme aujourd'hui, loin de nos gens et au plus épais de la forêt ! Si un jour un malfaiteur...

— Eh ! mon Dieu ! crains-tu peut-être, interrompit Julie, que de ces buissons sortent tout à coup un des féroces géants des Mille et Une Nuits ou quelque brigand féodal, qui nous entraîne dans son gothique château ? que le ciel nous en préserve ! mais du reste, je dois l'avouer, dans cette forêt si solitaire, si romantique, une petite aventure ne me paraîtrait pas du tout désagréable ; je ne sais pourquoi, mais je ne puis venir ici sans songer au *Comme il vous plaira* de Shakespeare que ma mère nous a défendu si longtemps de lire et que Lotharia nous a lu en cachette. Je parie que tu ne serais pas fâchée de jouer un peu le rôle de Célie ; pour moi, je ferais volontiers la fidèle Roselinde... Mais qui ferait le virtuose inconnu ?

— Oh ! répondit la princesse, c'est justement cet étranger... Tiens, Julie, tu ne le croiras peut-être pas, mais sa figure, ses discours bizarres, excitent en moi une secrète et inexplicable horreur ! maintenant encore je frissonne, je me sens glacée, je succombe presque à l'affreux pressentiment qui s'empare de mes sens. De vagues souvenirs que je cherche en vain à préciser, s'élèvent dans le fond de mon âme et ajoutent à mon trouble. Il me semble que j'ai déjà vu cet homme au milieu de quelque horrible événement qui aurait déchiré mon cœur ! peut-être n'est-ce que la trace d'un rêve mystérieux ! mais enfin, cet homme, avec ses manières si singulières et ses discours incohérents, m'apparaît comme un être dangereux qui cherche à nous entraîner dans un cercle magique pour nous perdre.

— Quelle folie ! s'écria Julie ; pour moi, je vois volontiers à la place de ce noir revenant, armé d'une guitare, ce Jacques, dont la folie se révèle souvent par des discours aussi bizarres que ceux de l'étranger *. Voyons, maintenant il me semble qu'il est bien temps d'aller au secours de cette pauvre petite, que le barbare a précipitée si inhumainement dans les buissons...

— Julie ! s'écria la princesse, que fais-tu ! pour l'amour de Dieu...

Mais Julie, sans écouter, s'était déjà élancée dans le bois, et quelques instants après, elle revint triomphante, avec la guitare entre les mains.

La princesse, surmontant enfin ses craintes et sa répugnance, examina attentivement cet instrument, dont la haute antiquité était constatée, plus encore par sa forme gothique, que par cette inscription, *Stephano Pacini, fec. Venet.* 1532., gravée à l'eau forte au fond de la caisse, et qu'on pouvait lire encore facilement [34].

Cet instrument paru si beau à Julie, qu'elle ne put résister à la tentation d'en tirer un accord ; et elle fut presque épouvantée des sons pleins et sonores qui sortirent de cette frêle machine. — O ravissement ! s'écria-t-elle avec enthousiasme ; et elle continua de jouer. Mais comme, pour elle, la guitare n'était habituellement qu'un instrument d'accompagnement, elle se mit naturellement à chanter en marchant. La princesse la suivit quelque temps en silence. Lorsque Julie eut cessé de chanter, Hedwige se précipita vers elle, en s'écriant : — Je t'en conjure, continue de marier ta voix aux accords de cet instrument enchanté ; peut-être parviendras-tu ainsi à conjurer ces sombres puissances ennemies qui m'assiègent de toutes parts...

— Que parles-tu de sombres puissances ? elles doivent nous rester à jamais inconnues ! mais je veux bien continuer à chanter sur cet instrument ; car jamais je n'en ai trouvé de si harmonieux ; il me semble qu'il augmente la puissance de ma voix. Alors elle commença une cazonnette italienne, dans laquelle se perdant en agréables

* Personnage de *Comme il vous plaira*.

melismes, en roulades et en caprices hardis, elle donna un libre cours à toute la richesse des mélodies que renfermait son sein.

Mais si la princesse avait été effrayée à la vue seule de l'inconnu, Julie parut pétrifiée en l'apercevant devant elle, au moment où elle tournait une allée.

Agé de trente ans environ, l'étranger était vêtu de noir et à la dernière mode : quoique son costume n'offrît rien de singulier et d'inusité, son extérieur avait quelque chose de bizarre, et décélait une certaine nonchalance provenant moins peut-être d'une absence de soins et d'attention, que du voyage auquel il n'avait sans doute pas pensé en adoptant ce costume. Au gilet ouvert, à la cravate arrêtée par un simple nœud, aux souliers à petites boucles d'or, et couverts de poussière, s'unissait, pour compléter l'étrangeté, un petit chapeau fait seulement pour être porté sous le bras, et dont les cornes avaient été rabattues pour se défendre du soleil. Ses cheveux en désordre et entremêlés de quelques feuilles de pin, indiquaient qu'il avait traversé le plus épais de la forêt. Il jeta sur la princesse un regard inattentif; mais arrêta ses grands yeux noirs sur Julie, avec tant d'âme et d'expression, que celle-ci en fut émue au point de sentir ses paupières mouillées de larmes.

— Par quelle fatalité, dit-il, ma présence fait-elle suspendre et changer en pleurs les sons ravissants que je viens d'entendre ?

La princesse, surmontant la pénible impression dont l'avait frappée l'aspect de cet être singulier, lui dit, en le regardant fixement : — Votre présence inattendue, monsieur, n'a pu que nous surprendre. A cette heure, on ne doit pas s'attendre à voir des étrangers dans le parc ducal ; je suis la princesse Hedwige.

A ces mots, l'étranger se tourna vers la princesse. Mais l'émotion et la teinte de mélancolie qu'on avait pu jusqu'alors remarquer sur sa figure, disparurent comme l'éclair, et furent remplacées par un sourire singulier, et dont l'expression était ironique et plaisante. La princesse s'arrêta spontanément, baissa les yeux, et rougit.

L'étranger ouvrait la bouche pour parler, Julie le prévint. — Je ne sais, dit-elle, ce que j'ai à pleurer comme un enfant qu'on surprend à commettre un larcin. Il est vrai, du reste, que j'en ai commis un. J'ai enlevé quelques-uns des sons que vous tirez de cet instrument harmonieux. Mais notre curiosité seule en est la cause. Nous avons entendu les discours que vous adressiez à cette pauvre guitare, le soupir qu'elle a poussé lorsque vous l'avez jetée loin de vous avec colère; et nous n'avons pu en être témoins sans regret. Pénétrant dans le bois, j'ai ramassé cet instrument, et, ne pouvant résister au désir de l'essayer, j'en ai tiré quelques sons. Reprenez-le, et oubliez notre indiscrétion. En disant ces mots, elle présenta la guitare.

— C'est un instrument assez rare par sa bonté, répondit l'étranger. Jadis sous mes mains inhabiles... Non, ce n'est pas dans mes mains; c'est dans mon cœur, que repose le génie mystérieux qui agite cet instrument; mais il y reste captif, tandis qu'il semble s'élever de votre âme vers le ciel, brillant de mille couleurs, comme l'œil du paon. Lorsque vous chantiez, les douceurs enivrantes de l'amour, les charmes de l'espérance, s'élevaient dans la forêt, retombaient comme une douce rosée sur le calice des fleurs, et frappaient l'oreille des rossignols attentifs. Veuillez garder cet instrument, vous, vous seule, connaissez le charme qu'il renferme.

— Vous l'avez jeté loin de vous, dit Julie, en rougissant.

— Il est vrai, reprit l'étranger, saisissant la guitare, et la serrant sur son cœur, il est vrai, je l'ai jetée, mais vous me la rendez sacrée, et elle ne me quittera plus.

A ces mots, sa physionomie changea tout à coup, et reprit cette expression brusque et animée qu'elle avait eue déjà. — En vérité, ajouta-t-il, le sort ou mon démon familier m'ont joué un vilain tour, mesdames, en me forçant à paraître devant vous *ex abrupto,* comme disent les Latins et d'autres honnêtes gens. Gracieuse princesse, ayez, je vous prie, le courage de me regarder de la tête aux pieds; vous pouvez vous assurer que je suis en grand costume de visites. Je me proposais de me présenter à Sieghartsweiler, où je ne manque pas de connaissances ; et pour ne parler que du maître des cérémonies de Monseigneur votre père, n'était-il pas jadis mon intime ami ? Si c'était lui que j'eusse rencontré ici, il m'eût dit, en me serrant contre sa poitrine, et me présentant une prise de tabac : — Nous sommes seuls, mon ami, je puis m'abandonner à toute l'ivresse de mes sentiments. — Alors, j'aurais eu sans doute une audience du prince Irénéus, et je vous aurais aussi été présenté d'une manière qui eût pu m'attirer votre bienveillance. Mais ici, dans un parc, entre la mare aux canards et le fossé aux grenouilles, obligé de me présenter moi-même, je dois subir toutes les conséquences d'un endroit aussi inconvenant. Ah ! si, par un tour d'adresse, je pouvais métamorphoser cet étui à cure-dents (en même temps il en tirait un de la poche de son gilet), et lui donner la forme du plus élégant serviteur de la cour de votre père, il me prendrait par un pan de l'habit, et dirait : « Gracieuse princesse, je vous présente monsieur un tel. » Mais, privé de ce secours, *che dir, che far ?* Grâce, illustre princesse, grâce, mesdames et messieurs. — A ces mots, il se jeta à genoux, et se mit à chanter, d'une voix éclatante : *Pieta, pieta, pieta !*

La princesse prit Julie par le bras et s'enfuit à toutes jambes, en s'écriant : — C'est un fou, c'est un échappé des petites-maisons [35].

Les deux jeunes filles, toujours courant, rencontrèrent, auprès du château, la conseillère Benzon, et tombèrent presque à ses pieds.

— Qu'y a-t-il, demanda-t-elle avec empressement ; que signifie cette fuite précipitée ? La princesse, hors d'elle-même, ne put que balbutier quelques mots, qui laissaient à peine comprendre qu'un fou les avait attaquées. Julie, plus calme, raconta tout l'événement avec beaucoup de sang-froid, ajoutant que l'individu en question ne lui paraissait point un fou, mais bien un espiègle, une espèce de maître-Jacques, propre à figurer dans la comédie de la Forêt des Ardennes *.

* *As you like it* de Shakespeare.

La conseillère se fit répéter le récit de Julie, et s'informa, à plusieurs reprises, des plus petits détails. Elle se fit dépeindre la marche, le maintien, les gestes, le son de voix de l'étranger, et s'écria enfin : — Oui, c'est bien lui, c'est lui certainement, ce ne peut être un autre !

— Qui donc ? demanda la princesse, avec impatience.

— Tranquillisez-vous, ma chère Edwige, reprit la présidente. Vous vous êtes inutilement fatiguée ; cet étranger n'est point fou, et, malgré qu'il ait pu, selon son habitude, se permettre quelques plaisanteries inconvenantes, j'ai la certitude qu'il fera sa paix avec vous.

— Oh ! j'espère bien ne jamais revoir cet insensé, s'écria la princesse.

— Je ne comprends pas, ma chère, dit Julie, la colère qui t'anime contre cet étranger. Il y a, ce me semble, dans ses bizarreries, dans l'incohérence de ses discours, quelque chose qui s'adresse à l'âme, et y porte une sensation agréable.

— Que tu es heureuse, répondit la princesse, de conserver ce calme et cette tranquillité ! quant à moi, les plaisanteries de cet homme affreux m'ont cruellement blessée. Benzon, qui est-il, je vous prie [36] ?

— Je vais vous expliquer le tout en deux mots, dit la conseillère. Il y a trois [37] ans que…

LE MANUSCRIT DE MURR

… Me prouve que dans une âme réellement et profondément poétique, il existe aussi de la piété filiale et du penchant à secourir l'infortune.

Un accès de mélancolie semblable à celle qui quelquefois s'empare des jeunes cerveaux romantiques [38], quand ils enfantent des idées grandes et sublimes, me poussa dans la solitude. Je ne visitai plus, pendant longtemps, ni le toit, ni la cave, ni le grenier ; j'appréciai les plaisirs de la médiocrité, tant chantés par les poètes : une simple demeure, au bord d'un ruisseau limpide, ombragée par des bouleaux au sombre feuillage ; et en vertu de ces goûts, je restai sous le poêle, livré à mes rêveries. Je ne revis plus Mina, ma tendre mère, à la fourrure tigrée. C'est dans les sciences, que je cherchai le calme et la consolation. Sciences, inventions sublimes ! Que le pouvoir qui vous fit connaître aux hommes reçoive ici l'expression de ma reconnaissance et de mon admiration. Combien ses efforts ne sont-ils pas préférables à ceux de ce moine affreux qui, le premier, inventa cette poudre dont l'effet terrible produit tant de maux ! La postérité, dans sa justice, a puni le barbare Barthold ; et par un mépris railleur, on dit encore aujourd'hui, pour exalter au plus haut degré de louange, un savant distingué, un homme illustre par ses talents et ses connaissances : il n'a pas inventé la poudre.

Pour l'instruction des jeunes chats, je ne saurais passer sous silence, que dans mon désir d'étudier, je sautais les yeux fermés sur la bibliothèque de mon maître, je tirais le livre qui me tombait sous la patte, et je le lisais d'un bout à l'autre, quel qu'en fût le contenu. Mon savoir, par cette manière d'étudier, acquit bientôt cette variété, cette souplesse que la postérité admirera en moi. Je ne ferai point connaître, cependant, les livres que j'ai lus pendant cette période, d'abord, parce que je pourrai peut-être le faire dans un endroit plus convenable, ensuite, je n'en ai jamais lu les titres. Je pense que cette déclaration me fera absoudre de l'inculpation de légèreté bibliographique.

Mais de nouvelles épreuves m'attendaient.

Un jour mon maître était, pour ainsi dire, perdu dans un énorme in-folio ouvert devant lui, et moi, couché à ses pieds dans son bureau, j'essayais sur une belle feuille de papier royal, les caractères grecs qui me semblaient parfaitement convenir à ma patte. Tout à coup entra brusquement un jeune homme que, plusieurs fois déjà, j'avais vu chez mon maître, et qui me traitait avec cette affabilité respectueuse, cette vénération profonde que l'on doit au talent reconnu et au génie transcendant. Chaque jour, après avoir salué mon maître, non seulement il m'adressait ces paroles aimables : *bonjour, matou,* mais d'une main légère il me grattait doucement derrière les oreilles, et me caressait le dos, de manière à m'encourager à montrer au grand jour mes talents et mes facultés.

Aujourd'hui[39], tout était changé ; un monstre noir et velu, aux yeux enflammés, qui suivait le jeune homme, se précipita sur moi. Saisi d'une angoisse mortelle, je m'élançai d'un seul bond, poussant des cris d'horreur et de désespoir, sur le bureau de mon maître, qui animé pour moi d'une juste crainte en voyant le monstre se dresser et hurler d'une manière épouvantable, me prit sous son bras et me couvrit de sa robe de chambre.

— Ne craignez rien, mon cher, dit le jeune homme, mon barbet ne fait jamais de mal aux chats. Il ne veut que jouer, posez le matou par terre, et la manière dont ils vont faire connaissance vous amusera.

Mon maître voulut me poser à terre ; mais je me cramponnai avec tant de force et je poussai des cris si piteux, qu'il me permit de rester auprès de lui sur sa chaise.

Encouragé par cette protection, je m'affermis dans ma position et je m'assis sur mes pattes de derrière, faisant ondoyer ma queue dont les mouvements durent en imposer sans doute à mon noir ennemi.

Le barbet s'assit devant moi, me regarda fièrement, et m'adressa des mots entrecoupés auxquels je ne compris rien. Ma peur s'évanouit insensiblement, et plus calme, je m'aperçus que la physionomie du barbet offrait l'expression de la bonhomie et de la loyauté. Presque à mon insu, je lui témoignai ma confiance par les légers balancements de ma queue, tandis que celle du barbet, courte et vive, s'agita en mouvements égaux et répétés.

Mon âme et la sienne semblaient à l'unisson. Comment s'est-il fait, me dis-je, que les manières singulières de cet étranger aient pu me causer tant de trouble et d'effroi ? que prouvent après tout, ces aboiements, ces cris, ces courses, ces culbutes, si ce n'est une surabondance de vie dans un adolescent qu'anime une plénitude de bonheur et de liberté ? Oui, sous cette fourrure noire, palpite un cœur de barbet que font battre des sentiments vertueux et un noble caractère. Encouragé par ces réflexions, je résolus de faire le premier pas, et je me levai. Le barbet, à cet aspect, fit mille bonds dans la chambre. Dès cet instant tout était décidé, il n'y avait plus rien à craindre. Je descendis de la chaise et m'approchant de mon ami, d'un pas lent et mesuré, nous commençâmes cet acte sympathique, formant le premier nœud d'une longue alliance, et que l'homme, dans son ignorance et sa stupidité, désigne par cette expression ignoble et barbare : *se flairer*. Mon ami exprima le désir de ronger quelques os de poulet qui se trouvaient sur une assiette. Je lui fis entendre de mon mieux que la politesse me faisait un devoir de le traiter comme mon hôte, et bientôt j'eus le plaisir de le voir manger avec un appétit, qui me fit me féliciter, toutefois, d'avoir caché sous une couchette, un superbe poisson grillé. Après le dîner nous commençâmes une foule de jeux divers, et bientôt, ne formant plus qu'un cœur et qu'une âme, faisant mille culbutes, nous nous embrassâmes tendrement et nous nous jurâmes une amitié éternelle.

Je ne sais si cette union des cœurs, ce rapprochement des âmes faites pour s'entendre, peuvent offrir quelque chose de plaisant et de ridicule ; mais je fus saisi d'une juste indignation, de voir mon maître et le jeune homme, rire aux éclats en nous regardant.

Cette nouvelle connaissance fit sur moi une impression profonde. Au soleil comme à l'ombre, sur un toit comme sous le poêle, je ne rêvais que barbet, et cette méditation donna naissance à l'œuvre dont j'ai parlé plus haut, c'est-à-dire idée et pressentiment ou chien et chat[40]. Je développai les mœurs, les usages, j'analysai le langage des deux espèces, et je prouvai que ces diverses modifications de leur existence, étaient autant de particularités de leur être respectif, semblables à des rayons qui sortent du même prisme. Je prouvai surtout, que la langue n'étant que la représentation symbolique du principe naturel par la formation du son, il n'existe qu'une seule langue, et que l'idiome des chats et celui des chiens, n'étant que des branches du même arbre, un barbet et un matou, par un effort de génie, peuvent parfaitement s'entendre. Pour rendre cette idée tout à fait intelligible, je donnais plusieurs exemples dans les deux langues, et je faisais remarquer l'analogie des racines correspondantes : Baoü, miaou, blaff, kurr[41].

Après avoir terminé mon ouvrage, j'éprouvai une envie irrésistible d'apprendre la langue des barbets, et j'y parvins à l'aide de mon ami le barbet Ponto. Mais ce ne fut point sans peine, cette langue est difficile pour les chats.

Je pense que ces légères indications sur l'histoire de ma jeunesse, suffiront pour donner au lecteur une idée précise de ce que je fus et comment je le devins.

Je ne puis cependant me séparer du printemps, d'une vie aventureuse et agitée, sans parler d'un événement qui marque, pour ainsi dire, mon passage aux années de la maturité. La jeune race chatte apprendra par cette digression, qu'il n'est pas de roses sans épines, et que l'esprit dans sa marche ascendante, rencontre une foule d'obstacles et de pierres d'achoppement qui le blessent d'une manière cruelle.

Sans doute, cher lecteur, tu dois avoir déjà porté envie à l'heureuse étoile qui présida à mon existence. Né pauvre, de parents illustres, mais sans fortune, près de périr ignominieusement, je me vis transporté au sein de l'abondance, à la source de la littérature et du savoir, et là, rien n'entrava mon éducation, rien ne s'opposa à mes penchants; j'avançais, à pas de géant, vers cette perfection qui m'élève au-dessus de mon siècle, quand tout à coup je me vis arrêté par un douanier qui me demanda le tribut auquel tout ici bas est sujet.

Aurait-on pu penser que sous la forme de l'amitié la plus douce, la plus sincère, se cachaient les épines qui devaient me blesser, m'égratigner jusqu'au sang?

Tout être doué d'un cœur sensible, connaît, d'après ce que j'ai dit de ma liaison avec le barbet Ponto, combien il m'était cher, et s'étonnera d'apprendre qu'il fut l'unique cause de la catastrophe dont j'ai parlé ; catastrophe qui eût entraîné ma ruine, sans la vigilance du génie de mon aïeul, car j'avais un aïeul, être excellent et riche, d'un savoir illimité, d'une vertu à toute épreuve, et animé du plus ardent amour de l'humanité. Je ne dis rien de son goût, de son élégance, et je me réserve de parler plus au long de ce digne personnage, qui n'était rien moins que le fameux premier ministre Hing de Hinzelfeld [42] que l'univers entier connaît sous le nom de Chat-botté *. Tel était le plus noble des matous sur le compte duquel je me promets bien de revenir.

On conçoit aisément, que parlant avec facilité la langue des barbets, je devais entretenir mon ami Ponto, et de ce qui m'était personnel, et de mes succès scientifiques et littéraires. Mes facultés inouïes, mes talents, mon génie lui furent révélés; mais hélas ! quelle pénible découverte cette circonstance me fit faire ! Je reconnus dans Ponto une légèreté extraordinaire, et la plus grande indifférence pour les sciences et les arts. Ponto, loin de recevoir, avec l'étonnement que j'attendais, l'ouverture que je venais de lui faire, me dit qu'il concevait à peine mon goût et mes occupations, et que, quant à lui, il bornait ses talents à sauter par-dessus un bâton et à rapporter de l'eau dans la casquette de son maître. Il pensait, au reste, que des gens comme lui et moi ne devaient pas perdre le sommeil et l'appétit à la culture des sciences.

Ce fut pendant une conversation où je m'efforçais de changer la manière de voir de mon jeune et inconséquent ami, qu'eut lieu l'épouvantable événement dont j'ai parlé. Sans que je pusse l'en empêcher, il sauta...

* Allusion au roman de M. Tieck, intitulé : *Le Chat botté*.

QUATRIÈME FRAGMENT

De maculature

— Et toute votre vie, ajouta la Benzon, vous ne retirerez de cette extravagance fantasque, de cette ironie qui déchire l'âme, que de l'inquiétude, de l'embarras, et une cruelle et générale discordance [43].

— O incomparable maître de chapelle, qui possède de telles discordances ! s'écria Kreisler en riant.

— Cessez de plaisanter, reprit la conseillère, et ne pensez pas m'échapper par cette plaisanterie. Je vous tiens enfin, mon cher Jean, car c'est de ce doux nom que je vous appellerai désormais.

— Conseillère, dit Kreisler, dont la mobile physionomie changeait à chaque instant, d'une manière bizarre ; ma chère conseillère, que vous a fait ce nom ? peut-être j'en eus un autre jadis, mais il y a bien longtemps de cela, et comme le donneur de conseils Tieck, dans la barbe bleue [44], je puis dire : J'avais dans le temps un superbe nom, mais ce n'est plus pour moi qu'un souvenir confus.

— Cherchez à vous le rappeler, Jean, dit la conseillère en portant sur lui un regard pénétrant. Ce nom presque oublié, vous reviendra.

— Je ne puis m'en flatter, répondit Kreisler.

— Mais savez-vous bien, reprit la conseillère, que la princesse est encore hors d'elle-même, par suite de votre apparition dans le parc et de votre conduite. Impressionnable et douée d'une extrême sensibilité, elle s'offense de la plus légère plaisanterie dirigée contre elle. Vous avez trouvé à propos, mon cher Jean, de vous présenter à elle comme un fou. Sa frayeur était telle, qu'on pouvait craindre pour sa santé. En vérité, votre action n'est pas pardonnable.

— Pas plus que la conduite d'une petite princesse qui prétend en imposer par sa présence à un étranger d'un extérieur décent qu'elle rencontre par hasard dans le parc de son père.

— Quoi qu'il en soit, continua la conseillère, votre apparition aventureuse dans le parc, aurait pu avoir des suites funestes. Si elles n'ont point eu lieu, c'est à Julie que vous le devez. Elle seule a habitué la princesse à l'idée de vous revoir, et a pris votre parti. Elle n'a vu dans les propos que vous avez tenus, dans toute votre conduite, que l'épanchement d'une âme profondément émue. Elle vous compare, en un mot, au mélancolique, M. Jacques, de Shakespeare, dans sa pièce : *As you please* qu'elle a lue dernièrement.

— Trop aimable enfant ! s'écria Kreisler, les larmes aux yeux.

— Mais, continua la Benzon, tandis que vous pinciez de la guitare en chantant et en parlant, Julie a aussi pressenti et reconnu en vous, le musicien distingué, le compositeur sublime. Dans cet instant, a-t-elle dit, le génie musical s'est emparé d'elle ; et, poussée par un pouvoir irrésistible, elle a chanté en s'accompagnant, et s'en est acquittée mieux que jamais. Aussi elle ne pouvait se faire à l'idée de ne plus revoir cet être bizarre qui semblait lui être apparu comme le fantôme de l'harmonie ; tandis que la princesse assurait de son côté qu'une seconde apparition semblable lui donnerait certainement la mort. Ces jeunes filles, unies jusqu'à ce jour par des sentiments communs, n'ont formé pour ainsi dire qu'un cœur et qu'une âme, et j'ai cru, dans cette légère contrariété, voir se renouveler en sens inverse une scène de leur jeunesse ; Julie voulait absolument jeter au feu un polichinelle qu'on lui avait donné en étrenne ; mais la princesse intercéda pour lui, le prit sous sa protection et en fit son favori.

— Eh bien ! dit en riant Kreisler, nouveau polichinelle, je consens volontiers que la princesse me jette au feu, pourvu que la douce et bonne Julie me protège.

— Fidèle à vos principes et à votre caractère, dit la conseillère, vous ne devez prendre cette comparaison que pour une plaisanterie. Du reste, vous pouvez bien penser qu'à la description que les jeunes filles firent de l'apparition, aux détails qu'elles donnaient de tout ce qui avait eu lieu dans le parc, je vous reconnus immédiatement, et que le désir exprimé par Julie de vous revoir était peu nécessaire pour moi. J'envoyai un instant après, tous mes gens fouiller le parc et tout Sieghartsweiler pour vous retrouver, vous qui pendant les courts instants de notre connaissance m'êtes devenu si cher. Tous nos efforts furent inutiles, je vous crus perdu, et mon étonnement a égalé mon plaisir, lorsque je vous ai vu entrer chez moi ce matin. Mais vous allez, j'espère, me faire connaître les motifs qui vous amènent ici, vous, maître de chapelle en titre à la cour du grand duc.

Kreisler était tombé, pendant ce discours, dans une rêverie profonde, les yeux baissés, et sa main appuyée sur son front, comme quelqu'un qui cherche à rappeler des idées qui lui ont échappé.

— En vérité, dit-il enfin, c'est une assez sotte histoire que celle que vous me demandez, et à peine digne d'être racontée. Il est certain, cependant, que lorsque la petite princesse daigna me prendre pour un fou, j'étais en tournée de visites et je venais en faire une à un personnage qui n'est rien moins que le grand duc lui-même. Je me disposais à continuer, et c'est précisément à Sieghartsweiler que je devais le faire.

— Je vois bien, Kreisler, dit la conseillère, que c'est encore ici l'exécution d'une de vos idées bizarres ? car si je ne me trompe, Sieghartsweiler n'est pas à moins de trente lieues de la capitale.

— Sans doute, reprit Kreisler, mais il est permis de se promener ; d'ailleurs, si vous ne croyez pas à ma tournée de visites, vous concevrez du moins qu'un maître de chapelle sentimental qui a une voix harmonieuse, qui porte une guitare, et qui traverse des forêts pleines de vigueur et de majesté, des prairies riantes, des rochers escarpés et des ponts chancelants, puisse s'égarer en cherchant à s'unir aux concerts des chanteurs ailés qui l'entourent. C'est ainsi, sans doute, que sans le vouloir et sans le savoir, je serais entré dans le parc de Sieghatsweiler qui n'est qu'une bien petite partie du parc immense de la nature. Du reste, lorsqu'on eût, comme vous me le disiez tout à l'heure, mis à mes trousses une bande de piqueurs pour me relancer comme un cerf, je sentis la nécessité de ma présence ici, nécessité qui m'y eût conduit, eussé-je même voulu continuer ma course incertaine. Vous avez bien voulu me dire que ma connaissance vous était devenue chère. Eh ! ne devais-je pas songer, moi-même, à ces moments de peine et de souffrance, durant lesquels le sort nous rapprocha. Vous me vîtes alors en butte aux rigueurs de la fortune, dévoré de chagrins et incapable de former une résolution. Votre douce bienveillance m'ouvrit le ciel en dévoilant à mes yeux l'âme aimante d'une femme ; vous cherchâtes à consoler un désespoir dont vous supposiez la source dans des malheurs affreux ; vous parvîntes à m'arracher à une société que je devais fuir ; votre demeure devint l'asile où, témoin de votre douleur silencieuse, je dus oublier la mienne. Vos consolations, vos discours, devinrent un baume salutaire pour un mal dont vous ignoriez la nature. Ce n'était point des événements terribles qui avaient détruit ma position dans le monde, dont je souffrais. Ce n'était point non plus, ce désir défini par un poète, désir vague qui vient d'un autre monde, dure éternellement, et n'est jamais ni trompé, ni frustré ; mais ne peut mourir, parce qu'il n'est jamais satisfait. Non, ce n'était point là mon état, mais saisi par une inquiétude vague, qui souvent m'enlevait à moi-même, j'éprouvais et j'éprouve encore, un amour inouï, un désir effréné pour un objet que j'ignore et ne puis définir, que je cherche sans relâche et dont l'idée confuse m'offre l'aspect d'un océan de délices. Je n'en ai qu'un pressentiment pâle et incertain, semblable aux révélations d'un songe. Ce sentiment étrange s'empara dès mon enfance si brusquement de moi, qu'au milieu des jeux bruyants de mon âge, je fuyais tout à coup mes jeunes compagnons pour aller me cacher au sein des forêts. Je m'y précipitais sur la terre, je versais des larmes, je poussais des sanglots. Plus tard, j'appris à me contraindre, mais rien ne saurait peindre l'état affreux où je me trouvais, lorsque entouré par des amis bienveillants et sincères, goûtant tous les plaisirs des arts et de la société, une impression soudaine et profonde offrait à mes yeux tous les objets de la vie, ternes, sans prix et décolorés. Je me croyais tout à coup transporté dans un désert sans bornes et dont rien ne pouvait me faire sortir. Ange de lumière et de bonté, le génie de la musique pouvait seul m'arracher quelquefois au pouvoir du démon, dont je semblais être le jouet.

— J'ai toujours pensé, dit la conseillère, que la musique agit sur vous avec trop d'empire, et que, par conséquent, elle ne peut qu'influer d'une manière pernicieuse sur votre être. Pendant l'exécution d'un chef-d'œuvre, vous en êtes tellement pénétré, que vos traits se bouleversent, vous pâlissez, vous ne pouvez prononcer un mot, on vous voit soupirer, verser des larmes, et un instant après, vous lancez contre ceux qui déprécient l'œuvre du compositeur, les sarcasmes les plus sanglants, l'ironie la plus mordante[45].

— Ma chère conseillère, reprit Kreisler, faisant succéder sans transition son ton d'ironie au sentiment de mélancolie avec lequel il venait de s'exprimer, ma chère conseillère, je suis complètement changé; vous ne sauriez croire combien je suis devenu sage et rangé à la cour du grand duc. Je bats la mesure d'*Armide* et de *Don Juan* avec un plaisir parfait et la plus grande tranquillité; je suis en état de faire un signe d'amitié à la première chanteuse quand elle descend ou remonte la gamme au galop, dans une brillante cadence; je souris agréablement et prends une prise de tabac significative quand le maître des cérémonies me dit à l'oreille en parlant des *Saisons* de Haydn: « C'est vraiment bien ennuyeux, cher maître de chapelle. » J'écoute patiemment le valet de chambre qui me démontre que Mozart et Beethoven ne sont pas plus à même de juger de la musique qu'un aveugle des couleurs, et que Rossini, Pucitta et d'autres compositeurs du même genre ont pris le premier rang parmi les musiciens *. Ainsi, vous le

* On voit que ce livre fut composé longtemps avant la célébrité du grand compositeur dont il est question.

voyez, ma chère conseillère, mon emploi a été de la plus grande utilité pour moi.

— Ah ! je vous en prie, finissez, dit la conseillère avec humeur, vous voilà de nouveau chevauchant sur votre dada. Du reste, je soupçonne quelque chose là-dessous, et je désire ardemment connaître la mésaventure qui vous a forcé à fuir de la capitale ; car, les circonstances de votre apparition dans le parc indiquent évidemment une fuite.

— Je puis vous assurer, répondit Kreisler, en regardant tranquillement la conseillère, que si quelque mésaventure me chassa de la capitale, elle ne vint point du dehors, mais de mon intérieur seul. Cette inquiétude vague, dont je vous entretenais tout à l'heure d'une manière trop sérieuse, peut-être, vint s'emparer de moi avec plus de force que jamais, et il me fut impossible de demeurer plus longtemps en place. Vous savez avec combien de plaisir j'avais pris cet emploi de maître de chapelle. J'avais cru que ne vivant que pour l'art dont je suis idolâtre, une position aussi analogue à mes goûts pourrait me rendre le calme, et dompter le génie malfaisant qui me poursuit. Je ne tardai pas à voir que j'étais dans l'erreur. Dispensez-moi de vous dire comment l'insignifiance à laquelle on réduisait l'art sacré auquel je me consacrais, les sottises des exécuteurs sans âme, et la ridicule agitation d'un monde de marionnettes, me forcèrent à reconnaître de plus en plus la triste nullité de mon être. Un jour, le grand duc m'appela auprès de lui, pour me prescrire ce que j'avais à faire pour les fêtes qui devaient avoir lieu incessamment. Le directeur de ces fêtes, présent à l'entretien, m'obsédait d'observations sans objet et sans goût, et auxquelles je devais me conformer. Il s'agissait surtout d'un prologue dont il était l'auteur et que je devais mettre en musique. — Puisqu'il n'est pas question cette fois, dit-il au prince, en jetant sur moi un regard moqueur, puisqu'il n'est pas question de la savante musique allemande, mais du chant italien si plein de goût et de grâce, j'ai composé moi-même quelques mélodies qui seront employées aux endroits convenables. Le grand duc consentit non seulement à tout, mais il saisit cette occasion pour me faire entendre qu'il attendait de ma part une étude sérieuse des Italiens de nos jours. Que je souffrais en cet instant! combien je me méprisais moi-même! Ces humiliations me parurent une juste punition de la patience presque enfantine, et, à coup sûr, ridicule que j'avais eue jusqu'alors. Je quittai le château et je le quittai pour ne plus y rentrer. J'avais d'abord le projet de demander mon congé le soir même, mais je pensai que, banni pour ainsi dire par les désagréments dont j'étais l'objet, je ne devais pas m'abaisser à cette démarche. Emportant ma guitare, je renvoyai à la porte de la ville la voiture que j'avais prise, et libre désormais, je m'élançai dans la campagne. Le soleil commençait à tomber, l'ombre des forêts et des montagnes s'allongeait dans la plaine, et tout ce qui m'entourait me rendait insupportable l'idée de rentrer dans la capitale. Je savais que je me trouvais sur la route de Sieghartsweiler, et je pensais à mon vieux maître Abraham dont j'avais reçu la veille une lettre par laquelle il m'invitait à venir le voir.

— Comment, interrompit la conseillère, vous connaissez ce vieux fou[46] ?

— C'était, reprit Kreisler, l'intime ami de mon père. Il fut mon maître ou plutôt mon gouverneur. Mais vous connaissez maintenant l'histoire de mon arrivée dans le parc du prince Irénéus, et vous ne doutez pas que je ne sois en état de la raconter avec tous les détails nécessaires et surtout avec la plus grande tranquillité. Cette histoire, du reste, me paraît si insignifiante, qu'elle suffirait sans doute pour faire tomber en faiblesse ceux qui l'entendraient jusqu'au bout. Veuillez présenter ces événements à la princesse comme un antispasmodique qui calmera ses frayeurs, et croyez vous-même qu'un bon musicien allemand ne saurait être bien raisonnable et mérite qu'on lui pardonne tout, lorsque, après avoir fait une toilette soignée et s'être pavané dans une voiture élégante, il se voit mettre en fuite par Paveri, Fioravanti, Puccita et autres individus de la même trempe en *ti* et en *ta*. Mais, pour terminer la fin de mon aventure, ma chère conseillère, je vous dirai qu'au moment où mon démon m'emportait au travers du parc, un charme indicible me retint tout d'un coup. Le génie puissant de la musique, déployant ses ailes, réveilla dans mon cœur la plus douce espérance, et, par de mélodieux accents, y fit pénétrer la consolation. Julie chantait.

Il se tut à ces mots, et resta plongé dans ses rêveries. La Benzon écoutait avec intérêt, espérant toujours qu'il allait ajouter quelque chose. Elle lui demanda enfin avec une apparente indifférence : — Vous trouvez donc, mon cher Jean, le chant de ma fille vraiment agréable ?

Kreisler fit un mouvement, ouvrit la bouche ; mais ce qu'il allait dire fut remplacé par un profond soupir.

— J'en suis charmée, continua la conseillère ; Julie peut apprendre beaucoup de vous, mon cher Kreisler, car je regarde comme décidé que vous restez ici.

— Madame, dit Kreisler... Au même instant la porte s'ouvrit, et Julie entra. En apercevant Kreisler, sa charmante figure s'embellit d'un doux sourire, et un cri étouffé s'échappa de ses lèvres...

Madame Benzon se leva, prit la main de Kreisler, et le présentant à Julie : — Voilà, dit-elle, ma fille, le singulier[47].

LE MANUSCRIT DU CHAT MURR

... Sur mon dernier manuscrit qui se trouvait auprès de moi. Il le saisit entre ses dents, sans que je pusse l'en empêcher, et l'emporta, se sauvant à toutes jambes. Le rire malin qui accompagnait cette action aurait dû me prouver que Punto n'y était pas poussé seulement par la légèreté de son âge, mais par un motif beaucoup plus sérieux. Bientôt la vérité tout entière me fut révélée.

Peu de jours après, je vis arriver chez mon maître celui de Punto. C'était, comme je l'appris plus tard, M. Lothario, professeur au gymnase de Sieghartsweiler.

Après les salutations ordinaires, il parcourut la chambre d'un regard, et dit en m'apercevant : — Voudriez-vous bien, cher maître, faire sortir ce drôle-là ?

— Pourquoi donc ? vous aimiez autrefois les chats et particulièrement mon favori, l'adroit, l'aimable Murr.

— Soit, j'en conviens, adroit, aimable tant qu'il vous plaira, mais faites-moi le plaisir de l'éloigner un instant, car j'ai à vous dire des choses qu'il ne doit pas entendre.

— Mais de qui donc parlez-vous ? — De votre matou, vous dis-je ; ne me questionnez pas davantage, et obligez-moi de faire ce que je vous demande.

— Voilà qui est bien bizarre, dit mon maître, en ouvrant la porte du cabinet, et en m'ordonnant d'y entrer. J'obéis, mais je revins doucement, sans qu'il s'en aperçût, et je me couchai sur le dernier rayon de la bibliothèque, de manière à tout voir et tout entendre, sans être vu moi-même.

— Eh bien ! dit mon maître, en s'établissant dans son fauteuil, voyons donc ce grand secret, que ne doit jamais connaître mon pauvre chat Murr.

— Avant tout, dit le professeur, veuillez me dire ce que vous pensez de ce principe, que de tout enfant, en lui supposant une bonne santé, et sans avoir égard à ses facultés morales, on peut faire un prodige dans les sciences et les arts ?

— Que puis-je en penser, dit mon maître, sinon que c'est un principe ridicule et faux ? Vous pourrez, sans beaucoup de difficultés, lorsqu'un enfant aura une certaine capacité, et ce degré de mémoire dont les singes ne sont pas dépourvus, faire entrer dans sa tête tout ce qu'il vous plaira. Mais cet enfant doit être complètement dépourvu de génie, car autrement, il se révolterait contre cette détestable méthode.

— Détestable en effet, s'écria le professeur, en colère, et qui anéantit entièrement toute idée de génie naturel et intime, seul capable de créer le savant et l'artiste.

— Ne vous emportez pas, dit le maître, en souriant ; car, si je ne me trompe, l'Allemagne n'a vu jusqu'à présent qu'un seul exemple produit par cette méthode. Le monde en a parlé quelque temps, et a cessé de s'en occuper en s'apercevant que cet exemple méritait peu son attention.

— On pourrait vous croire persuadé de ce que vous dites, répondit le professeur, si l'on ne savait que toute votre vie offre une série d'expériences bizarres. Allons, convenez-en, vous avez, en cachette, voulu faire une expérience de cette méthode ; et, qui plus est, vous avez renchéri sur celui qui, le premier, l'introduisit parmi nous. Vous avez voulu frapper d'étonnement et de stupeur tous les professeurs de l'univers. *Non est quovis ligno fit mercurius*. Eh bien ! le *quovis* est là. Ce n'est pas un Mercure, mais un matou.

— Que dites-vous, s'écria mon maître, en éclatant de rire, que dites-vous ? Un matou ?

— Ne me démentez pas, continua le professeur ; vous avez voulu essayer la méthode en question sur le petit animal qui est là, dans votre cabinet. Vous lui avez appris à lire et à écrire, et il a fait de tels progrès, qu'il commence à faire des vers.

— De ma vie, répondit mon maître, je n'entendis rien de plus original. Moi faire l'éducation de mon matou ? Lui apprendre les sciences ! Dites-moi donc quel songe creux vous a suggéré de telles idées ? Je ne suis pour rien, je vous l'assure, dans l'éducation morale de Murr, et je la crois impossible.

— Vraiment, dit le professeur, eh bien ! écoutez.

En même temps, il tira de sa poche un cahier, que je reconnus pour le manuscrit qu'avait emporté le jeune Punto, et il se mit à lire ce qui suit :

ATTEINTE [48] AU SUBLIME

« Quel sentiment subit enflamme mon sein ? Que
« m'annonce ce tremblement inquiet et plein de pressen-
« timents ? Entraînée par l'aiguillon de mon génie puis-
« sant, mon âme veut-elle s'élancer hors de sa sphère.

» Rempli du besoin d'aimer, la vie reçut un nouveau
« charme de cet entraînement doux et passionné qui nous
« brûle sans cesse.

» Je me crois transporté dans un pays enchanteur et aux « bornes du monde. Ma langue enchaînée ne peut ni « proférer un mot, ni pousser un seul cri. Une douce « espérance répand sur tous mes sens la fraîcheur et le « calme du printemps, et me délivre des liens qui m'en- « chaînent à la terre. »

Le lecteur bienveillant ne manquera pas, sans doute, de reconnaître les perfections de ce sonnet, surtout, lorsque je lui aurai donné l'assurance que c'est un des premiers morceaux de poésie qui sortirent de ma plume. Mais le professeur, poussé probablement par un sentiment de jalousie et de méchanceté, le lut avec si peu d'expression, le défigura tellement, que je me reconnus à peine moi-même. La colère me transporta à un point que je fus prêt à quitter ma cachette pour m'élancer à la figure du malencontreux professeur, et lui faire sentir la longueur et la finesse de mes griffes. Retenu par l'idée que je serais indubitablement vaincu, si le professeur et mon maître s'unissaient contre moi, je réprimai mon premier mouvement; mais un *miaou* étouffé m'échappa et m'aurait infailliblement trahi, si mon maître, à la fin du sonnet, ne fût parti d'un nouvel éclat de rire qui me mortifia presque autant que la maladresse peut-être affectée du professeur.

— Ma foi, s'écria-t-il, ce sonnet est tout à fait digne d'un matou; mais je ne comprends pas encore la plaisanterie. Dites-moi, je vous prie, où vous voulez en venir?

Le professeur, sans répondre, feuilleta le manuscrit, et continua ainsi :

RÉFLEXIONS

« L'amour folâtre sur tous les chemins, l'amitié reste « seule. L'amour vient promptement à nous, l'amitié se « fait chercher.

» J'entends de toutes parts des plaintes douloureuses; je « ne saurais dire si l'âme doit s'habituer au plaisir ou à la « douleur; et souvent je me demande à moi-même, si je « rêve ou si je suis éveillé. Oui, au fond de la cave

« comme à l'extrémité du grenier, l'amour folâtre sur
« tous les chemins, mais les blessures qu'il a faites se
« cicatrisent bientôt, et quelques journées de calme et de
« solitude rendent au cœur le bien-être et le repos. Les
« aimables agaceries des chattes pourraient-elles long-
« temps prolonger leur enivrement ? Non, sans doute.
« Éloignons-nous donc de ce tourbillon. Gagnons la re-
« traite, sauvons-nous sous le poêle avec le barbet ;
« l'amitié seule reste.

« Je sais bien que... »

— En voilà plus qu'il n'en faut, dit mon maître en interrompant le professeur. Je vois maintenant ce qui en est. Vous vous êtes amusé avec quelques espiègles de votre genre, à faire des vers comme les ferait un matou ; vous les mettez sur le compte de mon bon Murr, et vous venez me faire perdre ma matinée. La plaisanterie, du reste, n'est point mauvaise. Mais laissons cela de côté, et dites-moi franchement et simplement où vous voulez en venir.

Le professeur, fermant le manuscrit, dit à mon maître en le regardant attentivement : — Ces feuilles me furent apportées il y a quelques jours, par mon barbet Punto, qui, comme vous savez, est le camarade de votre chat Murr. Il les portait entre les dents, comme, du reste, il porte tout ce qu'on lui donne ; mais il les posa tout doucement sur mes genoux, en me donnant à entendre très clairement que c'était de Murr lui-même qu'il les tenait. Je les parcourus, et frappé de la bizarrerie de l'écriture, je formai l'étrange soupçon que c'était l'ouvrage de votre chat. La raison me dit en vain que cette idée n'avait pas le sens commun, puisqu'il est inouï qu'un chat ait écrit et fait des vers ; rien ne put me faire revenir à une opinion plus sensée. Je résolus de m'en éclaircir, et à cet effet, je montai dans mon grenier qui est voisin du vôtre, où je savais par Punto, que Murr passe une grande partie de son temps. J'enlevai quelques tuiles, et je regardai par votre lucarne. Vous croirez difficilement ce que j'aperçus, ou du moins, vous en serez aussi étonné que je le fus moi-même. Murr, assis dans le coin le plus solitaire du grenier devant une petite table sur laquelle était une écritoire et du papier, tantôt se frottait le front avec sa patte, qu'il passait ensuite sur son museau, tantôt prenait de l'encre, écrivait, s'arrêtait, lisait ce qu'il venait de faire, écrivait de nouveau, et miaulait de plaisir et de satisfaction. Autour de lui étaient épars divers volumes qui, à en juger par la reliure, appartiennent à votre bibliothèque.

— Que le diable l'emporte! s'écria mon maître. Voyons s'il ne m'en manque pas.

En disant ces mots, il se leva et s'approcha de la bibliothèque. Mais en m'apercevant, il recula de trois pas.

— Eh bien, maître, lui dit le professeur, qu'en dites-vous? vous le croyiez paisiblement dans le cabinet où vous l'avez enfermé, tandis qu'il était dans la bibliothèque à étudier, ou plus vraisemblablement à nous écouter. Maintenant qu'il a tout entendu, il pourra prendre ses précautions et s'arranger en conséquence.

— Matou, dit mon maître me regardant toujours avec étonnement, matou, si je savais que renonçant tout à fait à ton bon naturel, tu pusses t'aviser de faire de méchants vers, tels que ceux que le professeur vient de nous lire, et de laisser les souris pour courir après les sciences, je te pincerais les oreilles jusqu'au sang. En entendant ces mots, une angoisse mortelle me saisit, et fermant les yeux, je feignis de sommeiller.

— Mais non, non, continua-t-il, regardez, professeur, avec quelle insouciance il dort, et dites-moi, si dans cette bonne figure de chat, il y a quelque chose qui fasse soupçonner les espiègleries dont vous l'accusez. Murr, mon bon Murr! — Je ne manquai pas, à cet appel, de répondre par mon krrr, krrr habituel, d'ouvrir les yeux, et de faire le gros dos avec beaucoup de grâce.

Le professeur ne répondit rien; mais de dépit, il me jeta mon manuscrit à la tête. Je fis semblant de croire qu'il voulait jouer avec moi, et j'éparpillai en bondissant les feuilles avec mes pattes, et les fis voltiger çà et là.

— Ma foi, dit mon maître, il est évident, mon cher professeur, que vous étiez dans l'erreur et que Punto vous a fait des contes. Voyez comment Murr traite ses vers. Pensez-vous qu'il existe au monde un seul poète qui ait aussi peu de ménagement pour ses productions ?

— Je vous ai prévenu, faites maintenant ce qu'il vous plaira, répondit le professeur en quittant l'appartement.

Je croyais la tempête passée, je ne tardai pas à reconnaître que j'étais dans l'erreur. Mon maître s'était, à mon grand dépit, prononcé contre la réalité de mon savoir, et avait feint de ne rien croire de tout ce que le professeur lui avait dit. Mais dès ce moment, je m'aperçus qu'il épiait toutes mes actions. Il me priva de l'usage de sa bibliothèque qu'il fermait soigneusement à clef, et ne permit plus que je prisse place sur son bureau, au milieu de ses papiers.

Telle fut l'origine des chagrins qui s'emparèrent de ma jeunesse. Peut-il, en effet, exister une douleur pareille à celle qu'éprouve un génie qui se voit méconnu et ridiculisé, et qui trouve des obstacles quand il attendait des encouragements ? Mais aussi la violence du courant augmente en raison des digues qu'on lui oppose. Depuis que la lecture m'était interdite, mon esprit n'en travaillait qu'avec plus de force et créait par lui-même, au lieu de recevoir des impressions étrangères.

Dans la sombre mélancolie que ces contrariétés me donnaient, je passai presque constamment mes jours et mes nuits dans les caves de la maison, garnies de souricières et où se réunissaient des chats et des chattes de tout âge.

Dans aucune situation, les rapports secrets de la vie n'échappent à une âme véritablement philosophique. Aussi, j'observai dans leurs moindres détails, l'influence des souricières sur les chats, et je remarquai que ces machines, inertes et dénuées par elles-mêmes de tout principe vital, apportaient un relâchement considérable dans le courage et l'énergie des jeunes chats. Rempli de ces idées, je pris la plume et je composai l'ouvrage dont j'ai parlé plus haut et que j'intitulai : *Des Souricières et de leur influence sur le moral et l'activité des jeunes chats*. C'était une glace fidèle où je montrais à ceux pour qui j'avais travaillé, leur indolence et l'apathie qui les portait à laisser tranquillement les souris courir après le lard. Je cherchai, en un mot, à les réveiller de leur sommeil, en foudroyant leur paresse. Je trouvais d'ailleurs, outre un but d'utilité générale, un avantage personnel dans la composition de mon ouvrage. Tandis que j'écrivais, j'étais dispensé moi-même de prendre des souris, et je pouvais espérer que la postérité ne s'informerait pas un jour si j'avais suivi les préceptes que je donnais avec tant de force et d'énergie.

Je pourrais terminer ici le récit de la première période de ma vie, et passer aux années de mon adolescence; mais je ne veux pas priver le lecteur des derniers vers de cette pièce dont mon maître, dans son impatience, ne put entendre la fin. Les voici :

« Je le sais bien, qu'en entendant de doux sons « d'amour, on ne saurait échapper à un langoureux sen- « timent. Parfois alors on voit le long d'un chemin fleuri « arriver celle qu'on adore et qu'on attendait. Elle ac- « court dans nos bras, et l'amour vient à nous.

» Mais, cet enivrement peut-il longtemps captiver nos « cœurs ?... peut-il toujours nous rendre heureux ?... « Non, tandis que plus calmes, les flammes de l'amitié ne « s'éteindront jamais. Oui, pour me joindre à l'ami noble « et brave dont mon cœur prononce le nom, je franchirais « sans hésiter les murs et les haies ; l'amitié mérite d'être « cherchée [49]. »

CINQUIÈME FRAGMENT

DE MACULATURE

... Il passa cette soirée, dans une disposition heureuse et gaie, comme depuis longtemps on ne l'avait remarqué en lui. Cette disposition donna lieu à un événement aussi incroyable qu'inattendu. Au lieu de s'emporter ou de fuir comme il le faisait dans des circonstances semblables, il écouta avec calme et même avec un sourire de satisfaction, le long et ennuyeux premier acte d'une tragédie lamentable, qu'un jeune lieutenant aux joues rosées et à la chevelure élégamment bouclée, lut avec tout l'air de satisfaction d'un poète content de ses œuvres et de lui-même. L'auteur lui ayant demandé après la lecture, ce qu'il pensait de sa pièce, il lui répondit avec le plus grand sang-froid, que cet acte contenait des beautés sublimes et qu'il était d'autant plus facile de le prouver que déjà de grands poètes tels que Shakespeare, Calderón, Schiller, avaient eu et exprimé les mêmes idées. Enchanté de cette assurance, le jeune lieutenant l'embrassa de la manière la plus affectueuse, lui donnant pour nouvelle qu'il allait le soir même gratifier de la lecture de cet acte une société de dames parmi lesquelles s'en trouvait une qui parlait l'espagnol et qui peignait à l'huile. Cela dit, il partit enchanté, et s'en alla lire son acte.

— En vérité, mon cher Jean, dit le petit conseiller privé, je ne te conçois pas; comment peux-tu écouter avec autant de calme et d'attention les fadaises de ce jeune militaire?... Pour moi, j'ai été saisi d'un effroi mortel lorsqu'il nous a surpris au moment où nous nous y attendions le moins, pour nous enlacer de ses vers interminables. Je m'attendais à chaque instant aux emportements dont tu n'es pas avare, dans des circonstances qui le méritent beaucoup moins. A mon grand étonnement, non seulement tu es resté impassible, mais ton regard a trahi un certain plaisir intérieur. Tu as répondu aux questions du soldat poète avec une ironie qu'il n'a certainement pas comprise, et tu n'as pas daigné lui dire même comme un avis pour l'avenir, que son acte est un membre beaucoup trop long qui aurait besoin d'une rigoureuse amputation.

— Eh! pour Dieu! dit Kreisler, à quoi aurait pu servir un semblable conseil? Pensez-vous qu'un poète comme notre cher lieutenant soit en état de faire une amputation sur ses œuvres? Ne repousseraient-elles pas d'ailleurs sous le tranchant du scalpel? Oui, les vers de la plupart de nos jeunes auteurs ont la force reproductive des lézards dont la queue revient, l'eût-on coupée à la racine. Du reste, si tu crois que j'aie écouté bien attentivement la lecture du lieutenant, tu es complètement dans l'erreur. La tempête avait cessé ; les herbes et les fleurs du jardin relevaient la tête et humaient avec délices le nectar qui tombait lentement, en gouttes brillantes, du grand pommier en fleur. J'écoutais dans l'écho lointain des montagnes, la voix mourante du tonnerre, et je contemplais avec un plaisir indicible l'azur du ciel. Pendant ce temps, il me semblait entendre mon oncle m'ordonner de rentrer chez moi, dans la crainte de me voir enrhumer ou gâter, par le contact de l'humidité, ma robe de chambre à fleurs. Mais pas du tout, c'était un coquin de perroquet ou de corbeau qui, du fond du bosquet, s'amusait à me tourmenter à sa manière, en me rappelant les plus délicieuses idées de Shakespeare. — Et puis, le lieutenant et sa tragédie ! Donne-toi donc la peine de remarquer, conseiller privé, qu'un souvenir de mon enfance m'enlevait à toi et au lieutenant. Je me retrouvais à l'âge de douze ans, dans le petit jardin de mon oncle, portant la plus belle robe de chambre à fleurs que jamais teinturier ait imprimée, respirant l'arôme de mon pommier. C'était en vain que tu prodiguais ta poudre royale, je ne sentais pas même l'huile antique, dont le rimailleur oint ses cheveux. Ainsi, mon cher, de nous trois, tu étais le seul agneau offert en holocauste au couteau tragique du poète guerrier, car tandis que je folâtrais avec des jambes de douze ans dans le jardin dont je t'ai parlé, tu as pu t'apercevoir que maître Abraham a usé trois ou quatre feuilles de beau papier à musique à découper des figures à la silhouette. Tu vois qu'il a aussi échappé au lieutenant.

Kreisler avait raison. Maître Abraham faisait des découpures qui, ne présentant aucun dessin correct et déterminé, produisaient par leur ombre projetée sur le mur, des figures bizarres. Dominé par une aversion générale et insurmontable contre toute espèce de lecture, et détestant en particulier le galimatias poétique du lieutenant, il avait pris machinalement au commencement de la séance, le papier à musique qui se trouvait par hasard sur la table du conseiller privé, et commencé une occupation qui l'avait mis à couvert de l'attentat du poète.

— C'était donc, mon cher Kreisler, dit le conseiller, un souvenir de ton enfance qui captivait ton âme, et auquel je puis attribuer aujourd'hui ta douceur et ta bienveillance. Écoute, mon bon ami, ainsi que tous ceux qui t'estiment et t'aiment, je suis extrêmement fâché de ne rien connaître des événements de ta vie passée. Non seulement, tu évites avec soin toute question à cet égard, mais tu jettes même sur les années écoulées un voile dont la transparence excite la curiosité par les objets bizarres qu'il laisse entrevoir. Sois donc franc avec ceux à qui tu as déjà donné ta confiance.

Kreisler regarda le conseiller d'un œil étonné, comme quelqu'un qui s'éveille en sursaut, et qui voit devant lui une personne étrangère. Il dit ensuite très gravement :

— Le jour de Saint-Jean Chrysostome, c'est-à-dire le 24 janvier mil sept cent et quelques années, vint au monde un individu porteur de pieds, de mains et d'une figure. Le père mangeait en ce moment une soupe de pois concassés, dont il se renversa, de joie, une cuillerée dans sa barbe. L'accouchée en rit tellement, que le joueur de luth qui jouait son dernier air au nouveau-né, vit casser par l'ébranlement toutes les cordes de son instrument dans sa main, et jura par le bonnet de nuit satiné de sa grand-mère, qu'en fait de musique, le petit Jean ne serait qu'un croque-note toute sa vie. Le père dit en s'essuyant le menton : — Il s'appellera Jean. Mais le joueur de luth…

— Kreisler, je t'en prie, dit le petit conseiller, en l'interrompant, ne retombe pas dans ces sortes de plaisanteries, qui me coupent la respiration. T'ai-je demandé autre chose que de me laisser jeter un regard sur les événements de ta vie [50], que nous ne connaissons pas. Tu ne saurais te fâcher d'une curiosité, qui n'a d'autre origine que le plus vif attachement. Du reste, tes bizarreries actuelles permettent de croire que ta vie a été des plus agitées, et en butte aux événements les plus étranges.

— Ceci est une grave erreur, dit Kreisler, en soupirant : ma jeunesse ressemble à une bruyère desséchée, sans verdure et sans fleurs.

— Non, non ! s'écria le conseiller, il n'en est point ainsi ; je sais qu'il y a dans cette bruyère un pommier en fleur, dont le parfum l'emporte sur celui de ma poudre royale. Allons, Jean, donne-nous les souvenirs de ta jeunesse, qui, comme tu le dis, remplit aujourd'hui ton âme tout entière.

— Oui, dit maître Abraham, en coupant la barbe au capucin qu'il venait d'achever, je pense, Kreisler, que, dans la disposition où vous êtes aujourd'hui, vous n'avez rien de mieux à faire que de nous ouvrir votre cœur ou votre âme, comme il vous plaira, et d'en tirer quelque chose. Nous ayant révélé que vous étiez sorti pendant l'orage, contre la volonté de votre oncle, pour écouter la voix mourante du tonnerre, continuez à nous dire comment le tout se passa. Mais surtout, ne mentez pas ; car vous savez que vous êtes sous mon contrôle depuis le moment où l'on vous mit les premières culottes, et où l'on vous tressa la première queue.

Kreisler allait répondre, mais maître Abraham l'en empêcha, en disant au conseiller : — Vous ne sauriez croire, mon très cher, combien notre bon Kreisler est adonné au démon du mensonge, quand il s'avise, ce qui lui arrive rarement, de raconter quelque chose de son enfance. Il prétend avoir observé le cœur humain, à l'âge où les jeunes enfants disent encore papa et maman, et veulent prendre la lumière avec la main.

— Vous m'accusez à tort, dit Kreisler, d'une voix douce et en souriant. Peut-on faire des contes sur une intelligence précoce, comme un fat en fait sur ses prouesses ? Et toi, conseiller privé, je te demande s'il ne t'est jamais arrivé d'apercevoir dans ton âme des lueurs extraordinaires, à un âge que des personnes très instruites appellent végétatif, et auquel elles n'accordent que de l'instinct. Le premier moment de la connaissance de soi-même restera toujours un secret impénétrable. Si cette connaissance s'effectuait tout à coup, sans doute l'effroi nous ferait succomber. Qui n'a senti l'angoisse du réveil, lorsque après un sommeil léthargique et profond on revient paisiblement à la vie, en se souvenant qu'on existe. Mais, pour ne pas m'éloigner de la question, je crois que chaque forte impression physique laisse, dans ce temps de développement, un germe qui grandit et se développe avec nos facultés morales. Et, pour en revenir aux reproches que le maître m'a faits, je ne nie pas que je sache fort bien de quoi il veut parler. Il fait allusion à l'histoire de ma vieille tante, que je te raconterai, conseiller privé, si tu veux me passer un peu d'enfantillage sentimental ; ne fût-ce que pour contrarier le cher maître. Je vous parlais tout à l'heure de la soupe aux pois concassés, et du joueur de luth...

— Oh ! chut, dit le conseiller en l'interrompant, je vois que tu te moques de moi et c'est hors de toute convenance.

— Pas du tout, mon cher, continua le maître de chapelle ; mais il faut que je commence par le joueur de luth, car cette idée me conduit tout naturellement à l'instrument dont les sons célestes procuraient de doux rêves à mon enfance. La sœur cadette de ma mère était de la première force sur cet instrument qui maintenant est relégué dans le grenier musical. Des hommes instruits, sachant parfaitement lire, écrire et compter et même quelque chose de plus, ont, en ma présence, versé des larmes au seul souvenir des sons produits par mademoiselle Sophie. On ne saurait donc me blâmer, si moi, jeune enfant, m'ignorant moi-même, incapable d'exprimer mes sensations, je buvais à longs traits le charme musical que la joueuse de luth me faisait éprouver. Le musicien dont j'ai déjà parlé, toujours placé près du berceau, était son maître. Il était petit de taille, ses jambes étaient passablement torses, et il se nommait Tourterelle. Il portait une perruque blanche très propre, avec une grande bourse et un manteau rouge. Je ne vous donne ces détails que pour prouver combien je me rappelle clairement toutes les personnes qui m'entouraient à cette époque et que maître Abraham, ou tout autre, ont tort d'exprimer un doute quand j'affirme que je crois encore me trouver, à l'âge de trois ans, sur les genoux d'une jeune personne dont les doux regards allaient jusqu'au fond de mon âme, et qu'il me semble entendre sa voix mélodieuse qui, par ses paroles ou ses chants, m'inspirait toute l'affection que j'étais capable d'éprouver. Un jour, il m'en souvient parfaitement, je me plaignais beaucoup de n'avoir pas vu ma tante Sophie. La servante qui me gardait me porta dans une chambre où elle était couchée ; mais un vieillard assis près de son lit se leva brusquement en colère et nous fit sortir. Bientôt on m'habilla, on m'enveloppa dans un châle et on me porta dans une autre maison où plusieurs personnes, qui se dirent mes parents, m'assurèrent que ma tante Sophie étant très malade, j'aurais risqué de le devenir moi-même, en restant auprès d'elle. Quelques jours après on me ramena dans mon premier domicile ; je pleurai, je demandai à grands cris ma tante Sophie ; je courus à sa chambre, auprès du lit qu'elle avait occupé ; il était vide, et une autre personne qui était aussi ma parente, me dit en fondant en larmes : — Tu ne la verras plus ; elle est morte, et elle repose maintenant dans la tombe !

Je sais fort bien que j'étais incapable alors de comprendre le sens de ces paroles. Mais je suis encore agité au souvenir seul de l'impression que je ressentis en ce moment. La mort elle-même m'étreignant contre son sein glacé me pénétrait d'horreur et anéantissait tout le bonheur de mon âge. J'ignorai longtemps ce que je fis, et je ne l'aurais peut-être jamais su, mais on me l'a raconté bien souvent. Je laissai seulement retomber les rideaux du lit, je demeurai quelques instants morne et silencieux, et je m'assis ensuite sur une petite chaise, comme pour réfléchir sur ce que je venais d'entendre. Ce calme, m'a-t-on dit, cette tristesse silencieuse d'un enfant naturellement vif et gai, toucha jusqu'aux larmes ceux qui en furent témoins, et fit craindre qu'elle eût sur mon moral une funeste influence, car je demeurai plusieurs semaines dans le même état, sans rire, sans verser une larme, sans vouloir ni jouer, ni répondre aux expressions d'intérêt et d'affection qui m'étaient adressées, en un mot, sans prendre la moindre part à ce qui m'entourait.

En ce moment, maître Abraham prit un papier qu'il venait de découper, le plaça entre la lumière et le mur, et l'on vit l'ombre projetée, représenter une réunion de nonnes, formant une procession et jouant d'instruments bizarres.

— Ah! pour le coup, s'écria Kreisler, en voyant ce groupe assez bien représenté, je sais bien, maître, ce que vous voulez me rappeler. Mais c'est à tort que vous m'accusez d'avoir troublé, par des sons discordants, l'ensemble et l'accord de tout un couvent de nonnes rassemblées pour psalmodier. Lorsque vous me conduisîtes au couvent des clairistes, à quarante ou cinquante lieues de ma ville natale, pour entendre la véritable musique sacrée des maîtres d'Italie, j'avais incontestablement le droit d'espièglerie, puisque j'étais dans l'âge des folies et de l'étourderie. Cependant la douleur longtemps amortie qu'avait éprouvée un enfant de trois ans, se réveilla tout d'un coup, avec une force nouvelle, et remplit mon âme de transports accablants et de ravissements inexprimables. Avais-je tort de prétendre que la trompette marine, dont je croyais entendre les sons, n'était touchée par personne autre que par ma tante Sophie, quoiqu'elle fût morte depuis longtemps? Pourquoi m'avez-vous empêché de pénétrer dans le chœur? je l'aurais revue, sans doute, avec sa robe verte à nœuds couleur de rose.

En ce moment, Kreisler regarda fixement les ombres qui se dessinaient sur le mur, et s'écria d'une voix agitée et tremblante: — Ah! vraiment, ma tante est parmi les religieuses, elle est montée sur un tabouret pour tenir avec plus de facilité cet incommode instrument! A ces mots, le conseiller se plaça devant lui, de manière à lui intercepter la vue des figures, le saisit par les épaules, et lui dit: — En vérité, Jean, il serait bien plus sage à toi de ne pas t'abandonner à ces rêveries bizarres, et à ne pas parler d'instruments qui n'ont jamais existé, car de ma vie je n'ai entendu parler de trompettes marines.

— Oh! pour cette fois, s'écria maître Abraham, en jetant son papier sous la table, le chœur des religieuses et la prétendue tante Sophie avec sa trompette marine, pour cette fois, monsieur le maître de chapelle est comme à son ordinaire, un homme raisonnable et tranquille; il n'est ni fantasque, ni fou comme beaucoup de personnes le prétendent. N'est-il pas possible, en effet, que la joueuse de luth ait voulu connaître après sa mort, cet instrument que l'on entend peut-être encore, avec étonnement, dans quelques couvents de religieuses. Pour nous assurer si la trompette marine existe, veuillez chercher ce mot dans votre dictionnaire de musique de Koch.

Le conseiller prit le livre et lut à haute voix :

« TROMPETTE MARINE. Cet instrument à archet antique « et simple est formé de trois planches minces, longues « de sept pieds, et larges de six à sept pouces dans la « partie où l'instrument pose à terre, et de deux pouces au « plus dans le haut. Elles sont appliquées l'une contre « l'autre en forme de triangle de bas en haut. L'une de « ces trois planches forme la table dans laquelle sont « pratiquées quelques ouïes et où passe une seule corde « ou boyau un peu forte. Pour jouer, on pose l'instrument « un peu incliné devant soi, appuyant l'extrémité supé- « rieure contre la poitrine, le joueur touche légèrement « avec le pouce de la main gauche, la corde que la main « droite fait résonner avec l'archet. Le son particulier de « cet instrument, qui ressemble à celui d'une trompette « étouffée, est produit par le chevalet, sur lequel repose « la corde dans le bas de la table. Ce chevalet a presque la « forme d'un petit soulier très mince vers le haut, mais « plus fort vers le bas. »

— Faites-moi un pareil instrument, s'écria le conseiller dont les yeux étincelèrent. Je vous en prie, maître Abraham. Je jetterai au feu mon misérable violon, et j'étonnerai la cour et la ville, en jouant les morceaux les plus singuliers.

— Je vous le ferai, répondit maître Abraham, et puissiez-vous être inspiré par l'âme de la tante Sophie à la robe de soie verte.

Le conseiller embrassa le maître avec enthousiasme ; mais Kreisler se mit entre eux, et dit presque en colère : — N'êtes-vous pas plus fou que je ne l'ai jamais été ? Contentez-vous d'avoir jeté un seau d'eau froide sur mon front brûlant en faisant la description d'un instrument dont le son bouleversait mon âme, et taisez-vous sur la joueuse de luth. Eh bien! conseiller privé, tu m'as demandé quelques anecdotes de mon enfance; si le maître voulait découper quelques images qui eussent des rapports avec ces temps, tu pourrais avoir une édition de ma biographie, enrichie de gravures. Mais tandis que tu lisais Koch, je me rappelais son collègue Gerber, et je me voyais comme un cadavre, étendu sur la table biographique. Le prospectus pourrait dire: Il n'est point étonnant de ne voir couler dans les veines de ce jeune homme, qu'un sang musical, car tous ses parents étaient dans la même disposition. En effet, la plupart de mes oncles et de mes tantes, qui n'étaient pas en petit nombre, cultivaient avec succès la musique et jouaient d'instruments très connus alors et dont l'usage est perdu maintenant. Aussi je crois rêver quand je me rappelle les bizarres concerts que j'ai entendus dès l'âge de dix ans. Si tu peux retenir tes larmes, conseiller privé, lorsque tu entends jouer de ce vieil instrument qu'on nomme viole d'amour, remercie le ciel de la vigueur de ta constitution. Quant à moi, je sanglotais toutes les fois que j'entendais le chevalier Esser. J'entendais aussi avec délices le jeu d'un autre de mes oncles sur la viole de Gamba, quoique cet oncle qui m'élevait, ou qui plutôt ne m'élevait pas, fût tombé dans le mépris de toute la famille, qui lui reprochait d'avoir, dans sa gaieté, dansé un menuet à la Pompadour, sur l'air de la sarabande. Je pourrais vous raconter bien des choses sur les récréations musicales de ma famille, mais plus d'un trait grotesque vous ferait rire, et le *respectus parentatis,* m'interdit d'exciter votre gaieté.

— Ainsi, Jean, dit le conseiller, tu ne m'en voudras pas, si je touche une corde peut-être douloureuse pour ton cœur; mais tu parles toujours d'oncles, de tantes; tu ne dis jamais un mot de ton père, de ta mère!

— Oh! mon ami, répondit Kreisler, avec l'accent d'une douleur profonde, je pensais aujourd'hui... Mais non, laissons-là les souvenirs, les rêves, oublions ce moment qui réveilla dans mon cœur une douleur de mon enfance sentie et non comprise, et qui laissa en moi un calme semblable au repos mystérieux de la forêt quand l'orage a cessé de se faire entendre! — Oui, maître, vous avez raison, j'étais sous le pommier et j'écoutai la voix mourante du tonnerre. Tu pourras te faire une idée de cette sombre douleur que j'éprouvais plusieurs années encore après la mort de ma tante Sophie, quand je t'aurai dit que la mort de ma mère qui eut lieu à peu près à la même époque, ne m'affecta que fort peu. Je ne puis te dire pourquoi mon père me laissa, ou fut obligé de me laisser aux soins du frère de ma mère. Ce sont là, au reste, de ces aventures usées que tu trouveras dans tous les romans et toutes les comédies. Il me suffit de rappeler que si j'ai passé mon enfance et une partie de ma jeunesse dans une monotonie désespérante, on ne peut l'attribuer qu'à l'isolement où me laissait la perte de mes parents. Un mauvais père vaut cependant mieux que le meilleur tuteur, et je frémis involontairement quand je vois des parents dans leur froide imprudence, envoyer leurs enfants à une pension où ils sont tous taillés et formés sur le même patron, sans le moindre égard à leur individualité.

— Pour en revenir à mon éducation, on ne doit pas être étonné de mes défauts et de mes imperfections. Mon oncle m'abandonna aux soins des maîtres qui venaient à la maison, et ne me permit ni de fréquenter une école, ni de voir un seul garçon de mon âge, pour ne pas troubler la solitude où il vivait en célibataire avec son unique domestique. — Je ne me rappelle que trois circonstances où mon oncle sortit de son apathie et de son indifférence à mon égard, pour s'occuper de mon éducation, en me donnant un soufflet. — Ce qui fait que j'ai reçu trois soufflets pendant mon enfance. Je pourrais, cher conseiller, t'en conter l'histoire, et t'en faire une trilogie romantique; mais je me bornerai à l'histoire du second soufflet. — Je sais que rien ne t'intéressera plus que mon éducation musicale, et tu ne seras pas fâché d'apprendre quelque chose de relatif à ma première composition. Mon oncle avait une assez belle bibliothèque dans laquelle il m'était permis de m'établir et de lire tout ce qui me tombait sous la main. Un des premiers livres qui s'offrit à moi, fut *Les Confessions* de Jean-Jacques Rousseau. Je le dévorai quoiqu'il ne semble pas avoir été composé pour un jeune homme de douze ans, et que cette lecture pût jeter dans mon âme le germe de plus d'un vice. Mais un seul des événements de cette vie agitée occupa mon attention, et me fit négliger tout le reste. Je fus frappé comme par l'étincelle électrique, en lisant que Rousseau, sans la moindre connaissance de l'harmonie, du contrepoint, et de tous les moyens pratiques, mais poussé d'une manière irrésistible par le génie de la musique, et bien décidé à composer un opéra, se coucha sur son lit, tira ses rideaux, et sentit, pour ainsi dire, sa composition se développer d'elle-même, comme un rêve délicieux ! — Cette circonstance qui me semblait l'époque la plus heureuse de la vie de Rousseau, me poursuivait nuit et jour, et sans relâche. — Je crus qu'il ne dépendait que de ma volonté, d'atteindre à cette félicité, puisque je me croyais aussi animé par le génie de la musique. Dominé par cette idée, je résolus d'imiter mon modèle. Un jour que, contre son habitude, mon oncle était sorti par une orageuse soirée d'automne, je m'enfermai dans sa chambre, je tirai les rideaux, et je me jetai sur son lit.

En dépit de l'excellence de ces préliminaires, malgré les peines que je me donnai pour appeler l'inspiration, elle refusa obstinément de venir à mon aide, et au lieu des idées sublimes que j'étais en droit d'attendre, il ne me vint dans l'esprit et dans l'oreille qu'une misérable mélodie, dont les paroles commencent par ces mots : *« Je n'aime qu'Ismène, Ismène n'aime que moi. »* Malgré tous mes efforts, je ne pus me tirer de là. Assoupi par ce monotone bourdonnement, je finis par m'endormir, et fus tiré d'un sommeil profond par des cris et une fumée qui m'étouffait et remplissait la chambre. Au milieu du nuage épais qui m'enveloppait, je distinguai mon oncle déchirant les lambeaux enflammés des rideaux, et demandant de l'eau à tue-tête, jusqu'à ce qu'attiré par ses cris, un domestique en apporta et parvint à éteindre le feu. La fumée se dissipa insensiblement par la fenêtre.

— Mais où donc est ce malheureux ? dit mon oncle. Je savais bien de qui il voulait parler, mais c'était une raison de plus pour ne pas bouger de mon poste. Cependant, force me fut de me mettre sur mon séant, lorsque je le vis s'approcher du lit en disant : — Ce pendard me met le feu à la maison ! Il me fit ensuite de nombreuses questions auxquelles je répondis avec beaucoup de sang-froid, en disant que j'avais composé au lit, comme Rousseau dans sa jeunesse, un opéra-séria, et que j'ignorais comment le feu avait pris.

— Imbécile, murmura mon oncle, Rousseau ? — opéra-séria ! — et là-dessus il m'appliqua le soufflet dont je vous ai parlé, qui est le second par l'ordre des dates, et, je crois, le premier par la qualité. Immobile d'effroi, il me sembla que la commotion faisait de nouveau résonner à mon oreille : *« Je n'aime qu'Ismène. »* Depuis ce moment, j'ai en aversion cette mélodie et l'extase musicale.

— Mais comment le feu avait-il pris ? demanda le conseiller.

— Je n'ai jamais conçu par quel hasard les rideaux s'étaient enflammés et avaient entraîné la perte d'une robe de chambre, ainsi que de trois ou quatre toupets bien frisés que mon oncle ajoutait par supplément à une perruque complète. J'ai toujours pensé, du reste, que ce n'était pas l'incendie qui m'a valu le soufflet, mais bien ma composition. — L'étude de la musique était la seule partie de mon éducation vers laquelle mon oncle me poussait avec vigueur, quoique mon maître, trompé par mon aversion momentanée, me supposât une organisation tout à fait antimusicale. Au reste, mon oncle était en général assez indifférent à mes progrès, et en voyant le regret qu'il éprouvait seulement à cette époque, de la peine que j'avais à apprendre la musique, j'aurais dû m'attendre à des transports de sa part, lorsque, quelques années après, mes dispositions pour cet art se développèrent et l'emportèrent sur tout le reste. Il n'en fut point ainsi. Il se bornait à sourire en apprenant que j'étais d'une assez grande force sur plusieurs instruments, et que je composais de manière à satisfaire les maîtres et les amateurs. Il répondait seulement aux éloges qu'on lui faisait de moi :

« Oui, oui, le petit neveu est assez gentil. »

— D'après cela, dit le conseiller, je ne comprends pas

pourquoi ton oncle ne te donnait pas pleine liberté de suivre ton penchant et te contraignait à suivre une autre direction ; car, si je ne me trompe, ton emploi de maître de chapelle ne date pas de loin.

— Et ne vaut pas grand-chose, dit maître Abraham en riant et faisant paraître sur le mur l'ombre grotesque d'un petit homme, qu'il venait de découper. Du reste, continua-t-il, il faut que je prenne le parti de ce digne oncle, et que j'assure à qui voudra l'entendre, que si le maître de chapelle Jean Kreisler s'était mis en tête de devenir conseiller de légation et de s'occuper de travaux tout à fait incompatibles avec sa vocation et ses goûts, personne n'en est moins responsable que ce cher oncle.

— Ah ! je vous en prie, maître Abraham, dit Kreisler, faites-le disparaître de ce mur ; malgré ses ridicules, je ne voudrais pas aujourd'hui me moquer de ce vieillard qui depuis longtemps repose dans la tombe.

— Ma foi vous vous surpassez en sensibilité et en convenances, dit le maître ; mais Kreisler, sans lui répondre, dit au conseiller : — Tu auras à regretter de m'avoir fait parler, puisque je ne puis te raconter que des choses fort simples, tandis que tu attendais sans doute, des événements extraordinaires. Il est certain aussi, que ce n'est ni le caprice du sort, ni l'impulsion de mon éducation, mais le cours le plus ordinaire des choses, qui m'a poussé là où je n'aurais pas voulu arriver. Tu as pu remarquer que, dans chaque famille, un individu s'élève, par ses talents ou un heureux concours de circonstances, à une certaine hauteur et devient un héros au milieu du cercle de ses parents qui l'entourent en levant les yeux sur lui avec une humble soumission. Lorsque sa voix se fait entendre, elle laisse tomber des décisions qui sont sans appel. — Tel était le frère cadet de mon oncle. Envolé dès sa jeunesse du nid musical, il était devenu conseiller de légation, personnage important, comme tu vois, et jouissait de toute l'intimité du prince. Sa fortune avait jeté la famille entière dans l'étonnement et dans l'admiration. On ne prononçait le nom du conseilier de légation qu'avec un sérieux imposant. Habitué par là, dès mon enfance, à entendre parler de mon oncle de la capitale, comme d'un homme parvenu au terme de tous les désirs humains, je devais naturellement chercher à marcher sur ses traces. Déjà je n'éprouvais pas de plus grand plaisir que d'être costumé comme son portrait suspendu dans le salon, et je devais être vraiment séduisant avec mon toupet relevé, ma petite bourse ronde, mon habit jaune serin, brodé en argent, et ma petite épée. Ces désirs enfantins devinrent plus sérieux, à mesure que je grandissais. On était certain de m'inspirer du goût pour les études les plus arides, en me disant qu'elles étaient indispensables pour devenir conseiller de légation comme mon oncle. Je pensais d'autant moins que l'art qui remplissait mon âme, pût être ma véritable vocation, le seul objet réel de ma vie, que j'étais habitué à entendre parler de la peinture, de la musique, de la poésie, comme de délassements agréables, propres à servir d'amusement et de distraction à l'existence. La promptitude avec laquelle je m'avançais presque sans obstacles sur la route que j'avais choisie moi-même, et que me frayaient mes connaissances et l'amitié de mon oncle le conseiller de légation, ne me permettait pas de regarder autour de moi, et de remarquer la fausse direction que j'avais prise. Le but était atteint, et le retour paraissait impossible, lorsque, dans un moment inattendu, l'art que j'avais abandonné se vengea pour ainsi dire sur moi. L'idée d'une vie entièrement perdue, me saisit tout à coup avec ma douleur déchirante, et je me crus entouré de toutes parts, de chaînes qu'il m'était impossible de briser.

— Quelle fut donc, demanda le conseiller, l'heureuse catastrophe qui vint enfin te délivrer?

— Ma délivrance, répondit Kreisler, vint beaucoup trop tard. Je ressemble à ce prisonnier qui pendant sa détention était devenu tellement étranger au tumulte du monde, à la lumière du jour, qu'il se vit incapable de supporter la douce liberté, et demanda comme une faveur, d'être rendu à sa prison.

— Voilà encore, dit maître Abraham, une de ces idées vagues avec lesquelles vous vous tourmentez vous-même et les autres. Allons, le sort vous a toujours comblé de ses faveurs, mais à qui la faute, si vous ne pouvez conserver le pas ordinaire, et si vous vous écartez à droite et à gauche hors du chemin battu ? Vous avez cependant raison, de dire que dans votre enfance une étoile singulière…

FIN DU TOME IX

SECONDE PARTIE

MANUSCRIT DU CHAT MURR

Expérience d'un adolescent. — Moi aussi j'étais en Arcadie

Il serait pourtant assez singulier et fort remarquable surtout que ce petit matou couché sous le poêle, eût toutes les facultés que le professeur lui suppose ! — Je pourrais en tirer meilleur parti que je ne l'ai fait de ma fille invisible [51]. Enfermé dans une cage, il ferait des tours en public et on payerait volontiers pour le voir, car un chat savant est plus curieux, après tout, qu'un jeune garçon dont on a farci la mémoire de choses incohérentes. — Je pourrais, d'ailleurs, par ce moyen, économiser un secrétaire ! — Il faudra que j'y pense sérieusement.

En entendant ces mots inquiétants, prononcés par mon maître, je songeai à l'avis que m'avait donné ma tendre mère, et me gardant bien de trahir par un seul signe que j'eusse compris ce dont il s'agissait, je résolus de cacher soigneusement mon savoir. Je ne lisais et n'écrivais plus que pendant la nuit, bénissant la providence des avantages qu'elle a donnés à notre espèce sur les bipèdes qui, Dieu sait pourquoi, se nomment les maîtres de l'univers. Je puis assurer que pendant le cours de mes études, je n'eus recours ni au marchand de chandelles, ni au fabricant d'huile, car le phosphore de mes yeux suffisait pour m'éclairer dans la nuit la plus obscure, et mes écrits sont à l'abri du reproche fait à un auteur de l'Antiquité, dont les ouvrages, au dire de ses contemporains, sentaient la lampe. Tout persuadé que je suis, cependant, des perfections dont la nature m'a favorisé, je n'en reconnais pas moins que quelques imperfections se mêlent toujours ici-bas, à nos œuvres, et trahissent une position dépendante. Il serait cependant plus juste de croire que tous les vices viennent du mauvais exemple que la faiblesse de notre nature nous force à suivre. J'ajouterai à cette observation que le genre humain me paraît principalement destiné à donner ce mauvais exemple.

Jeune matou, qui parcours cet écrit, tu as éprouvé quelquefois, sans doute, une disposition que tu ne pouvais t'expliquer à toi-même. Paresseux, querelleur, maladroit, gourmand, tu ne trouvais plaisir à rien, tu courais partout où tu ne devais pas être, à charge à tout le monde, tu étais, en un mot, un être insupportable. Eh bien ! console-toi, ce n'était point dans ton for intérieur, dans ton âme, que résidait le principe de cet état alarmant. Non, c'était un tribut que tu payais à l'influence qui nous gouverne. — Console-toi, ô matou, moi aussi, j'éprouvai le même sort !

Au milieu de mes élucubrations, je me sentais parfois un dégoût, — un dégoût pareil à celui qu'on éprouve à la suite d'une digestion pénible. Je me roulais alors sur moi-même, sur le livre que je lisais ou sur mon manuscrit. Cette insouciance augmentait à chaque instant, au point que je ne voulais plus ni lire ni écrire, ni converser avec mes amis, sur les toits et dans la cave. J'éprouvais un désir invincible de faire tout ce qui pouvait déplaire à mon maître et à ses amis, ou les incommoder. Quant à mon maître, en voyant ces dispositions, il se contenta longtemps de me chasser des endroits que je choisissais pour me coucher et où il ne pouvait plus me souffrir. Constamment grimpé sur son bureau, je m'amusai un jour à frétiller avec ma queue, dont je me servis, après en avoir introduit le bout dans un encrier, à tracer les plus jolis dessins sur le parquet et les meubles. Mon maître, loin d'admirer ce nouveau genre de peinture, se mit en colère et me chassa jusque dans la cour, où m'attendait un sort plus funeste [52].

Il s'y trouvait un gros matou d'une physionomie imposante et qui depuis longtemps me témoignait qu'il ne prenait point goût à mes manières. Je saisis malheureusement cet instant pour vouloir lui enlever un morceau qu'il avait sans doute dérobé lui-même, et je ne retirai de ma tentative qu'une demi-douzaine de coups de griffes, si bien appliqués sur chaque côté du museau que mes oreilles en saignèrent. — Si je ne me trompe, ce digne chat était mon oncle ; car il avait tous les traits de Mina, et la moustache de famille. — En un mot, je fis à cette époque un si grand nombre de sottises, que mon maître me dit un jour : — Je ne te reconnais plus, Murr, je crois que tu es entré dans tes années d'étourderie. Il avait raison, c'était pour moi une époque fatale, et je suivais l'exemple des hommes, qui appellent une certaine période, leur temps d'étourderie, quoique quelques individus de leur espèce ne sortent jamais de cette période. Plus heureux, les chats ne comptent ce temps que par semaines, et quant à moi je le franchis tout d'un coup, et pour ainsi dire, d'une manière violente.

Voici comment la chose arriva :

Dans la cour de la maison de mon maître, se trouvait une grande machine posée sur quatre roues, garnie au-dedans, de coussins riches et moelleux, et qui n'était autre chose qu'une calèche, ainsi que je l'appris plus tard. On conçoit aisément que dans les dispositions où je me trouvais, il m'arrivait souvent de m'élancer dans l'intérieur de cette voiture, m'installant délicieusement sur les coussins où je passais à dormir et à rêver une grande partie du jour.

Une fois, je fus tiré de cette douce occupation par un choc violent suivi d'un bruit confus et d'un roulement épouvantable. Ballotté d'un coussin à l'autre, je m'aperçus que toute la machine était en mouvement. Au risque de me faire écraser, je m'élançai au-dehors, et j'entendis comme des rires de démons infernaux, et des voix affreuses qui répétaient : — Un chat, un chat ! Poursuivi par les cris et les coups de pierres, je m'enfuis à toutes jambes et parvins enfin à me réfugier dans un trou obscur où je tombai sans connaissance. Des bruits de pas que j'entendis au-dessus de moi, me firent conjecturer que j'étais sous un escalier ; je ne me trompais pas.

Je ne tardai pas à sortir. Mais hélas ! à quelles épreuves nouvelles n'étais-je pas destiné[53] ? Des rues interminables s'ouvraient devant moi. Une foule immense et dans laquelle je ne connaissais pas un seul individu, se croisait en tous sens. On pourra se faire une idée des angoisses que j'éprouvais, si l'on ajoute à ce tableau les aboiements des chiens, le bruit des voitures et le mouvement rapide d'une troupe dont les armes brillaient au soleil, et dont un individu se prit tout à coup à imiter le tonnerre en frappant sur une caisse retentissante qui était suspendue à son côté. Je compris bien alors que j'étais dans le monde, dans ce monde que de loin et du haut de mon toit, j'avais regardé parfois avec envie et curiosité. Je m'y trouvais jeté en étranger, dénué de savoir et d'expérience. Me promenant avec précaution le long des maisons, je rencontrai enfin quelques jeunes gens de mon espèce. Je m'arrêtai, je voulus lier conversation avec eux, mais ils me lancèrent un regard étincelant et passèrent près de moi sans m'adresser un mot. — Jeunesse inconsidérée, me dis-je, tu ne te doutes guère quel est celui que tu méconnais ! C'est ainsi que les esprits supérieurs traversent le monde souvent inaperçus ; tel est le sort de la sagesse et de la science. J'attendais plus d'intérêt de la part des hommes, et pour attirer leur attention, je poussais plusieurs *miaous* harmonieux et séduisants. Un jeune homme enfin aux cheveux blonds et bouclés [54], tourna affectueusement les yeux vers moi, en répétant à diverses reprises et d'un air doux : — Minette, minet. M'étant approché de lui, en filant doucement, il commença par me caresser; mais au moment où je croyais pouvoir m'abandonner entièrement à lui, il me pinça la queue avec une telle force que je poussai un cri de désespoir. Il parut enchanté de ce cruel amusement, poussa un grand éclat de rire, et essaya de recommencer. Mais enflammé de colère et du désir de la vengeance, j'enfonçai mes griffes dans ses mains et sur sa figure, et je le contraignis à me lâcher en poussant un hurlement de douleur. En même temps j'entendis crier : — Tyras, Cartouche ! et deux énormes chiens se mirent à mes trousses en aboyant, et me poussèrent à perdre haleine. — Point de salut. — Aveuglé par la frayeur, je m'élance sur une croisée de rez-de-chaussée, je l'enfonce, les vitres me suivent en morceaux, et quelques pots de fleurs qui se trouvaient en dedans, tombent avec moi dans la chambre. Une femme qui travaillait près d'une table, se lève effrayée, saisit un bâton et s'avance vers moi. Mais les griffes que je lui montre, mes yeux étincelants de colère, le cri de désespoir que je fais entendre, paralysent ses mouvements, et le bâton reste suspendu en l'air. Au même instant, la porte s'ouvre, je m'échappe entre les jambes de l'homme qui entre, et je suis assez heureux pour sortir de la maison et me trouver de nouveau dans la rue.

Épuisé par la fatigue et les émotions que je venais d'éprouver, je pus gagner enfin un endroit solitaire où il me fût permis de jouir de quelques instants de repos. Mais un nouveau tourment, une faim dévorante, me fit éprouver bientôt de nouvelles angoisses, et me rendit le souvenir du bon maître Abraham dont le sort m'avait séparé. — Comment le retrouver ! — Je regardais douloureusement autour de moi ; l'impossibilité de reconnaître mon chemin me fit verser de grosses larmes.

Je sentis cependant l'espérance renaître en mon cœur, en apercevant, au coin de la rue, une petite fille d'une physionomie heureuse et ouverte, assise devant une table couverte de saucisses et de petits pains appétissants.

J'approchai lentement, elle sourit, et pour captiver sa bienveillance, je fis le plus gros dos que j'aie peut-être jamais fait. Elle me répondit par un grand éclat de rire. Voilà enfin, me dis-je, une âme bien placée, un cœur compatissant ! — Et aussitôt je saisis délicatement une saucisse ; mais la petite fille poussa un cri, s'élança sur moi et me porta un coup de bâton qui, heureusement, ne me toucha pas. Si j'en eusse été atteint, non seulement je n'aurais pas mangé le morceau dont je venais de m'emparer, séduit par l'aspect bienveillant et doux de la jeune fille, mais probablement j'eusse été pour toujours à l'abri de la faim [55]. Je fis un dernier effort pour échapper à ce monstre qui me poursuivait, et je parvins à gagner un coin où je pus tranquillement manger la saucisse.

Ce repas frugal terminé, je sentis mon esprit reprendre un peu de sérénité. Un soleil bienfaisant échauffant ma fourrure, me fit apprécier, pour quelques instants, les biens et les avantages de la vie. Mais la nuit vint, froide et humide, glacer mes membres qui ne trouvèrent pas, pour se reposer, les doux coussins de mon maître. Raidi par le froid et tourmenté de nouveau par la faim, je m'éveillai le lendemain, et me sentis accablé par une douleur voisine du désespoir.

— Voilà, m'écriai-je avec amertume, voilà donc le monde que tu convoitais du haut de ton toit, ce monde où tu croyais trouver la vertu, la sagesse et la candeur. — Les barbares ! ils ne se servent de leur force que pour battre, de leur raison que pour se moquer. — Ah ! fuyons ce dédale d'hypocrisies et de faussetés. Caves, greniers, poêles, douces solitudes, mon cœur ne soupire que pour vos charmants réduits !

Anéanti par l'idée de ma misère, de ma position désespérée, je fermai les yeux et versai d'abondantes larmes. Tout à coup une voix connue frappa mes oreilles.

— Murr, Murr, cher ami, d'où viens-tu ? que fais-tu donc là ? J'ouvris les yeux et j'aperçus devant moi le jeune Punto. Quelque grands que fussent ses torts envers moi, je ne fus pas moins charmé de cette rencontre inattendue. J'oubliai tout, je lui racontai mes maux, et lui fis un tableau touchant [56] du dénuement où je me trouvais et de la faim qui me dévorait. Je pensais qu'il allait me plaindre. Il poussa un grand éclat de rire.

— Imbécile, me dit-il, tu commences par te fourrer dans une calèche où tu n'aurais pas dû mettre le nez, tu t'épouvantes, tu t'élances dans le monde, et tu es surpris de ce que personne ne te reconnaît, toi, qui jusque-là avais à peine paru devant la porte de ta maison ; aussi il n'est pas étonnant que tu n'aies pas l'adresse de retrouver ton chemin [57]. Vois-tu, mon cher Murr, tu t'es toujours targué de ta science, tu t'es cru toujours au-dessus de moi, et cependant te voilà désespéré, abandonné, sans que les sublimes facultés de ton esprit puissent apaiser ta faim, ni te montrer le chemin du logis. Si celui que tu regardais comme bien au-dessous de toi n'avait pitié de ta misère, tu périrais, et personne ne s'informerait de toi, ni de ton talent ; aucun de ces poètes dont tu te croyais l'égal, ne marquerait d'un *Hic jacet,* la place où tu aurais expiré. Tu vois que j'ai aussi passé par l'école, et que je puis faire des citations latines. Mais tu as faim, pauvre matou, il faut avant tout satisfaire ce besoin ; viens avec moi.

Il sautillait gaiement, et moi je le suivais, abattu, anéanti de ses discours dont je ne reconnais [58] que trop la justesse. Mais quel effroi me saisit lorsque...

SIXIÈME FRAGMENT

DE MACULATURE

... Pour l'éditeur de ces feuilles, l'événement le plus agréable, car il apprit toute la conversation entre Kreisler et le conseiller privé, ce qui le met à même de vous donner, cher lecteur, quelques scènes de la jeunesse de l'homme rare dont il se voit presque forcé d'écrire la biographie. L'éditeur était surtout curieux de connaître deux événements dans la vie du maître de chapelle, dont il raffolait. C'était d'abord la manière dont le maître Abraham s'était introduit dans la famille, et avait pris l'ascendant dont il jouissait sur l'esprit de Jean. Le second objet de sa curiosité, était la catastrophe qui avait fait renvoyer l'honnête Kreisler de la capitale et qui le transforma en maître de chapelle, profession par où il eût dû commencer sa carrière ; quoiqu'on puisse s'en rapporter à la providence qui finit toujours par mettre chacun à sa place. Ces désirs ont été en partie réalisés.

D'abord on ne saurait douter qu'il ne se trouvât à Géniesmuhl où vivait Jean Kreisler, un homme, dont toutes les actions et l'existence entière décelèrent la bizarrerie et la singularité. Cette petite ville semble, d'ailleurs, avoir été de tout temps le rendez-vous des originaux, au milieu desquels Kreisler grandit et s'éleva. Leurs physionomies bizarres durent produire d'autant plus d'impression sur son esprit, que, pendant son enfance, il vécut sans camarades. Cet homme s'appelait Abraham Liscov[59], et était facteur d'orgues. Tantôt il déversait sur son métier le plus profond mépris, tantôt il l'élevait jusqu'au ciel, de sorte qu'il était impossible de connaître son opinion à cet égard. Du reste, on a vu d'après quelques expressions de Kreisler que sa famille avait la plus grande vénération pour M. Liscov, qu'elle appelait le premier des artistes, tout en regrettant que ses folies et les aberrations de son esprit l'éloignassent de tout le monde. On regardait comme un événement heureux, quand il venait accorder et réparer le piano. On se plaisait à redire ses bizarreries, et le jeune Kreisler dut nécessairement se faire une idée fortement imprimée d'un homme dont il entendait parler si souvent et sous des rapports si singuliers.

L'intérêt qu'il avait pris à lui, se changea en vénération, lorsqu'il entendit pour la première fois les sons de l'orgue, dans la cathédrale, que son oncle ne visitait pas souvent; et qu'il apprit que cet instrument était l'ouvrage de M. Liscov. Dès cet instant, le portrait que l'enfant s'était fait de l'organiste, s'effaça tout à fait de son esprit pour faire place à un autre. Il se figura que M. Liscov devait être de toute nécessité un grand et bel homme, imposant, à la voix forte et sonore, et surtout, portant une redingote de couleur vert pomme, avec de larges galons, costume de son parrain le consul, dont la richesse lui avait inspiré le plus profond respect.

Un jour que Jean et son oncle étaient à la fenêtre, ils virent passer dans la rue un petit homme, maigre et sec, portant un surtout de bourracan vert pâle, dont les manches à grands parements étaient soulevées par la bise. Un petit chapeau à trois cornes était enfoncé héroïquement sur sa perruque blanche, et une longue queue serpentait le long de son dos. Son pas lourd faisait retentir le pavé, et était accompagné par une longue canne qui frappait périodiquement la terre. Il lança vers la croisée ses yeux noirs et étincelants, et passa sans saluer. Le petit Jean sentit un frisson parcourir ses veines, et cependant il fut près de pousser un éclat de rire. — Voilà M. Liscov, dit l'oncle. — Je le savais, répondit Jean; et cependant M. Liscov ne portait pas un habit vert pomme, il n'avait pas l'aspect imposant; mais par un hasard assez singulier, il ressemblait parfaitement au portrait que l'enfant s'était fait de lui, avant d'avoir entendu son orgue. Jean n'était pas revenu encore de la sensation qu'il venait d'éprouver, lorsque M. Liscov revint sur ses pas, courut jusque sous la fenêtre, fit une profonde révérence à l'oncle et s'en fut à toutes jambes, en poussant un grand éclat de rire.

— Est-il possible, dit l'oncle, que ce soient là les manières d'un homme raisonnable, qui n'est pas dénué d'instruction, que l'on peut compter parmi les artistes les plus distingués, et auquel les lois du pays permettent de porter une épée ? Ne dirait-on pas qu'il a bu un coup de trop, ou plutôt qu'il vient de s'échapper des petites-maisons ? Mais je sais qu'il viendra bientôt pour accorder le piano.

L'oncle ne se trompait pas; M. Liscov parut dès le lendemain, mais au lieu de commencer la réparation qu'exigeait le piano, il demanda que le petit Jean lui montrât son savoir-faire sur cet instrument. En conséquence, on posa l'enfant sur une chaise chargée de livres, tandis que M. Liscov le regardait attentivement, appuyé sur ses deux mains, à l'extrémité du piano. Troublé par ce sérieux et cette attention, le petit musicien se tira assez mal des airs qu'il connaissait le mieux. Mais tout à coup, on le vit disparaître sous le piano; le facteur d'orgues venait de lui retirer brusquement le tabouret de dessous les pieds. L'enfant se releva tout honteux, et au même instant, Liscov tira un marteau de sa poche et frappa si violemment sur le pauvre piano, qu'il semblait vouloir le mettre en pièces.

— Liscov, s'écria l'oncle, avez-vous perdu la tête ?... Mais le petit Jean, hors de lui, indigné des manières de cet homme, s'appuya avec force sur le couvercle et le fit tomber avec tant de violence que Liscov fut contraint de retirer sa tête au plus vite. — Ah mon oncle ! dit-il, ce n'est pas là l'habile artiste qui a fait l'orgue de la cathédrale; à coup sûr ce n'est pas lui. Celui-ci n'a que les manières d'un sot et d'un fou.

L'oncle fut tout étonné de l'aplomb de l'enfant, et M. Liscov le regardant fixement se contenta de dire : — Voilà, pour le coup, un drôle de garçon. — Puis il ouvrit doucement le piano, tira des instruments de sa poche, et commença son travail qu'il termina, sans mot dire, en quelques heures.

Ce fut de ce moment que commença la prédilection décidée du facteur d'orgues pour l'enfant. Venant le voir presque chaque jour, il sut bientôt se l'attacher en le faisant pénétrer dans un monde nouveau pour lui, et il eut le tort assez grave d'exciter son esprit à la raillerie, dirigée trop souvent contre l'oncle, qui malheureusement n'y prêtait que trop par son originalité. Liscov voulait entièrement captiver le jeune enfant, et il eût réussi, sans doute, si le naturel plus noble et plus élevé de celui-ci ne s'y fût opposé. Un esprit pénétrant, une sensibilité profonde, une irritabilité extrême, telles étaient les facultés reconnues du facteur d'orgues. Ce qu'on appelait sa bizarrerie, du reste, n'était pas cette disposition particulière de l'esprit qui nous porte à examiner la vie sous tous ses rapports et dans toutes ses conditions; c'était un tact particulier pour reconnaître, pour apprécier tout ce qu'il rencontrait d'inconvenant, joint au talent de le reproduire pour en faire sentir le ridicule. Tel était le fond de cette raillerie mordante à laquelle Liscov donnait un cours intarissable ; de cette joie maligne dont il poursuivait sans relâche toute espèce de bizarrerie, et qui, blessant le tendre cœur de l'enfant, s'opposait à ces rapports intimes qu'un ami vraiment paternel eût sans doute fait naître en lui. On ne peut nier, cependant, que ce singulier homme ne fût fait pour cultiver les semences d'élévation qui étaient dans l'âme de l'enfant, et qui se développèrent à merveille [60].

Liscov parlait très fréquemment du père de Jean dont il avait été l'ami d'enfance, et qu'il aimait surtout à comparer à l'oncle tuteur; comparaison qui était toute au désavantage de celui-ci. Il s'extasiait sur le sentiment profond que le père avait pour la musique, et se moquait de la méthode vicieuse par laquelle l'oncle avait enseigné à Jean les premiers principes de cet art. Un jour qu'il s'étendait avec complaisance sur ce sujet sur lequel il revenait si souvent, et que Jean l'écoutait avec le plus vif intérêt, Liscov s'arrêta tout d'un coup, comme préoccupé par une idée grande et soudaine.

— Eh bien! maître, lui dit Jean, qu'avez-vous? qui peut donc vous troubler ainsi?

Liscov s'éveilla comme d'un songe, et dit en souraint: — Te rappelles-tu, Jean, le jour où, pour arrêter les horribles menuets de ton oncle que tu jouais sur le piano, je retirai le tabouret placé sous tes pieds, et que tu disparus sous le piano?

— Ah! je vous en prie, reprit Jean, ne me faites pas penser au jour où je vous vis pour la première fois. Vous prîtes plaisir à affliger un enfant.

— Et cet enfant, dit Liscov, n'était pas mal impertinent. Mais je n'aurais jamais cru que tu devinsses un aussi bon musicien; ainsi, mon ami, fais-moi le plaisir de me jouer sur ton orgue de carton un morceau de plain-chant; je soufflerai.

Il faut faire observer ici, que Liscov aimait beaucoup ces sortes de jouets, dont il ne manquait jamais à chaque visite d'apporter quelques échantillons à Jean. Tantôt c'était une pomme qui tombait en mille morceaux, aussitôt qu'on voulait la peler; tantôt un gâteau d'une forme bizarre. Dans un âge plus avancé, il l'amusait par des tours de magie blanche, et le jeune homme l'aidait à faire ses machines d'optique, à préparer ses encres sympathiques. Au nombre de ces amusements, était l'orgue de carton dont il vient d'être question. Il avait des tuyaux de papier, et était construit sur le modèle de l'orgue qu'on peut voir dans le cabinet de curiosités de Vienne, ouvrage du fameux Gasparini, facteur du XVIIe siècle. Cet instrument singulier, fait par Liscov, avait un son dont le charme était irrésistible, et Jean assurait n'avoir jamais pu en jouer sans éprouver l'émotion la plus profonde; il assurait même qu'il avait composé, sous cette impression, plus d'un chant religieux.

Il se rendit aux désirs de son ami. Après avoir joué

quelques morceaux de plain-chant, il commença l'hymne : *Misericordias domini cantabo* qu'il avait composée depuis peu de jours. Quand il eut fini, Liscov se leva brusquement, le serra contre son cœur, et dit en riant : — C'est fort bien, c'est fort bien ; cependant si je n'avais été ton souffleur tu n'aurais jamais rien fait de bon. Mais je t'abandonne, cherche un souffleur qui t'aime autant que moi ! — Le rire avait précédé ces mots, de grosses larmes les terminèrent. Liscov sortit de la chambre et en tira très violemment la porte sur lui ; il la rouvrit un instant après, présenta sa tête, et dit avec attendrissement : — cela ne peut être autrement ; adieu, Jean. Si l'oncle cherche son gilet de gros de Tours à fleurs rouges, tu lui diras que je le lui ai pris pour m'en faire un turban et être présenté au Grand-Turc ; adieu, Jean !

Personne ne put concevoir pourquoi Liscov avait quitté si brusquement l'agréable ville de Goenienmulh, et sans dire à qui que ce fût où il allait. Quant à l'oncle il dit à ses connaissances : — Je m'attendais depuis longtemps à ce que cet esprit inquiet s'en allât un de ces jours ; car malgré les belles orgues qu'il fait, il n'est guère ami du proverbe : « Reste dans ton pays et gagne ton pain honnêtement. » Je suis seulement content que le piano soit en ordre ; quant à cet extravagant, je ne m'en inquiète guère. Jean ne pensait pas tout à fait de même, car depuis le départ de Liscov il manquait quelque chose à son existence, et la ville qu'il habitait lui semblait un désert, aussi il songea à profiter du conseil de son ami, et à chercher un autre souffleur. Comme l'oncle pensait de son côté que le jeune homme ferait bien d'aller à la capitale, se mettre sous le patronage du conseiller de légation, la chose s'exécuta ainsi.

Ici le biographe éprouve un chagrin mortel, en approchant de la seconde époque de la vie de Kreisler, c'est-à-dire du moment où il perdit sa place de conseiller de légation ; il s'aperçoit qu'il n'a sur cet événement que des rapports incohérents, insignifiants et sans vraisemblance [61].

Il paraît cependant qu'au moment où Kreisler avait

obtenu la place de son oncle et quand on s'y attendait le moins, un colosse couronné visita le duc dans sa capitale. Il l'étreignit amicalement dans ses bras de fer avec tant de force et d'affection que le pauvre duc en perdit la respiration. Le colosse avait dans ses manières quelque chose d'irrésistible, et il fallait satisfaire ses désirs malgré qu'on en eût, le monde dût-il en être bouleversé. Quelques-uns trouvaient son amitié équivoque et cherchaient à s'y soustraire ; mais ils se mirent par là dans la nécessité ou de se soumettre à l'influence de cette amitié, ou de chercher hors du pays une position qui pût les mettre à même de voir le colosse sous un jour plus juste. Kreisler fut du nombre de ces derniers * ....
....

En dépit de son caractère de diplomate, il avait conservé son innocence et sa simplicité, et souvent il était indécis dans les choses les plus intéressantes pour lui. Ce fut dans un de ces moments qu'il demanda à une jolie femme en deuil ce qu'elle pensait des conseillers de légation en général. Après une série de jolies phrases, elle finit par conclure qu'elle ne pouvait pas très bien penser d'un conseiller de légation qui était idolâtre d'un art auquel il ne consacrait pas son existence entière.

— Eh bien, dit Kreisler, après cette décision de la plus aimable des veuves, je vais partir sans délai.

Après avoir mis ses bottes de voyage, il vient, non sans attendrissement, le chapeau à la main, prendre congé de la veuve ; elle lui mit dans la poche son brevet de maître de chapelle du duc qui avait envahi le pays du prince Irénéus.

Il est inutile d'ajouter que cette femme en deuil n'était autre que la conseillère Benzon, dont le mari venait de mourir depuis peu.

Mais une singularité assez remarquable, c'est que la Benzon, précisément au moment où. ....
....

* On voit qu'il est question de Napoléon dans ce passage. TR.

LE MANUSCRIT DE MURR

Punto s'approcha de la jeune marchande de saucisses, qui avait manqué me tuer quand je m'étais avisé de dîner à ses dépens.

— Cher Punto, m'écriai-je, où vas-tu? fuis cette barbare. Mais Punto, sans m'écouter, conitnuait à se diriger vers le même endroit. Je le suivais, d'assez loin cependant, pour être à même de me sauver plus facilement dans le cas où il s'exposerait à quelque danger. Arrivé auprès de la table, il se dressa sur ses pattes de derrière, et dansa avec autant de grâce que d'agilité devant la jeune fille, qui parut s'en amuser beaucoup. Elle l'appela; il vint poser la tête sur ses genoux, se releva, aboya en sautillant autour de la table, et regarda la petite fille d'un air éveillé.

— Joli barbet, dit-elle, veux-tu une saucisse? A ces mots, Punto poussa un cri de joie en frétillant, et la petite fille, à mon grand étonnement, prit une des plus belles saucisses et la lui présenta. Il la prit, la remercia par ses sauts, et courut à moi pour me la donner. — Mange, cher Murr, dit-il, régale-toi. Après que j'eus mangé, il m'invita à le suivre de nouveau, pour me reconduire chez mon maître Abraham.

Comme nous marchions lentement, côte à côte, il ne nous fut pas bien difficile d'avoir une conversation raisonnable et suivie.

— Je vois bien, dis-je, mon cher Punto, que tu t'entends beaucoup mieux que moi à faire ton chemin dans la vie. Je n'aurais jamais pu réussir à toucher le cœur de cette tigresse, et tu l'as fait sans efforts. Mais permets-moi une observation; il y avait dans tes manières quelque chose qui eût révolté mon amour propre, une flatterie soumise, une abnégation de soi-même dont je ne me crois point capable. Non, cher barbet, je ne pourrais jamais me décider à me mettre hors d'haleine comme tu l'as fait, et demander aussi humblement. Lorsque je suis pressé par la faim, ou poussé par le désir d'avoir quelque friandise, tout ce que je puis faire, c'est de sauter sur la chaise, derrière mon maître, et de lui faire entendre un doux ronflement ; et cette démarche est plutôt un appel à son devoir de prendre soin de moi, qu'une prière.

A ces mots, Punto poussa un grand éclat de rire. Mon cher Murr, me dit-il, tu peux être un habile littérateur, entendre parfaitement une foule de choses dont je n'ai pas la moindre idée ; mais bien certainement tu n'entends rien aux affaires de la vie, et ton ignorance du monde te laisserait périr de faim et de misère. Je te dirai d'abord que tu aurais peut-être jugé tout différemment avant d'avoir mangé le saucisson ; car les gens qui ont faim ne pensent pas du tout comme ceux qui sont rassasiés *. Tu es, de plus, dans une grande erreur, relativement à ce que tu nommes ma soumission. Tu dois savoir que j'aime beaucoup à danser et à sauter, et que souvent je le fais pour mon seul plaisir. Si je fais souvent ces tours d'adresse devant les hommes, seulement pour m'exercer, je dois bien mieux le faire quelquefois pour mon intérêt. La jeune fille aurait dû voir tout de suite que je n'en voulais qu'à ses saucisses, mais il lui a plu de croire que je lui montrais mon savoir-faire, pour le lui faire admirer, et je m'en suis bien trouvé. L'homme adroit doit avoir l'air de faire pour les autres tout ce qu'il ne fait que pour lui-même, et il est sûr, en retour, d'obtenir tout ce qu'il veut. Tel paraît complaisant, et semble ne vivre que pour les désirs des autres, qui n'a en vue que son avantage, et que les autres servent sans s'en douter. Ainsi ce que tu appelles une flatterie soumise, n'est autre chose que l'art de connaître les faiblesses d'autrui et d'en profiter.

— O Punto ! m'écriai-je, tu es fait pour le monde, j'en conviens, et je te répète que tu connais la société bien mieux que moi, mais cependant je ne puis croire que tu

* Ceci rappelle le proverbe anglais : Un Whig est un Tory qui a le ventre vide. TR.

prennes un grand plaisir à tes tours d'adresse. Je ne puis, par exemple, penser sans frémir à celui que je te vis faire un jour. Il consistait à porter un morceau de rôti à ton maître. Tu le tenais délicatement entre les dents, sans y toucher avant que ton maître t'en eût donné la permission.

— Et dis-moi, cher Murr, demanda Punto, qu'en résulta-t-il, je t'en prie ?

— Ton maître et le mien, charmés de ton adresse, te donnèrent une assiette de rôti, que tu mangeas de fort bon appétit.

— Et crois-tu que si j'avais mangé le petit morceau en l'apportant, j'eusse été traité aussi généreusement ? Tu vois donc bien qu'il faut savoir faire de petits sacrifices pour obtenir quelque chose. Je suis surpris que malgré ton savoir, tu ignores qu'il faut quelquefois donner un pois pour avoir une fève. — La patte sur le cœur, je t'avoue que si je trouvais un rôti dans un coin écarté, je le mangerais sans attendre la permission de mon maître, surtout si j'étais certain de n'être point vu, car il est assez naturel de ne pas agir de la même manière dans un coin et en pleine rue. Être honnête dans les petites choses, est d'ailleurs un principe puisé dans une profonde connaissance du monde.

Je gardai quelques instants le silence, réfléchissant aux principes que Punto venait d'émettre. Je me rappelais avoir lu quelque part, que chacun doit agir en général envers les autres comme il désirerait qu'on en agît envers lui, et je cherchais vainement à mettre cette règle en harmonie avec la souplesse et le raisonnement de mon ami. Je me mis tout à coup en tête que l'affection qu'il me témoignait en ce moment n'aboutirait peut-être qu'à son avantage et à mon détriment, et je le lui dis sans hésiter.

— Que tu es fou, dit Punto en riant. Il est bien question de toi dans tout cela. Tu ne peux m'être de la moindre utilité, et tu ne saurais me nuire. Je ne t'envie point tes sciences mortes, ton but n'est point le mien, et si tu t'avisais d'avoir des intentions hostiles contre moi, un bond, une morsure vigoureuse de ma part, suffiraient pour te réduire au néant.

Ces paroles me causèrent une frayeur qui augmenta considérablement lorsqu'un grand barbet noir salua mon ami de la manière ordinaire, et qu'ils firent ensemble une conversation à voix basse, en me regardant avec des yeux étincelants.

Je me serrai dans un coin, en baissant les oreilles. Mais le barbet s'éloigna bientôt, et Punto vint à moi.

— Viens, mon cher Murr, me dit-il, continuons notre route.

— Dis-moi donc, lui demandai-je tout ébahi, quel est ce chien dont le sérieux m'a frappé ? C'est peut-être, comme toi, un individu qui connaît le monde.

— Je crois, répondit-il, que tu as eu peur de mon oncle Scaramouche. Non content d'être chat, tu veux encore te faire poltron.

— Mais, lui dis-je en l'interrompant, pourquoi ton oncle me lançait-il des regards si furieux, et pourquoi chuchotiez-vous tout bas ?

— Écoute [62], me dit Punto, je ne te cacherai pas que mon oncle, vieux et morose, a les préjugés de toutes les personnes de son âge. Il s'est étonné de notre liaison, parce que l'inégalité de notre condition défend tout rapport entre nous. Je lui ai fait observer que tu étais un jeune chat dont l'esprit cultivé, les manières agréables, me donnaient souvent beaucoup d'agrément. Il m'a répondu qu'il m'était bien permis de converser avec toi en particulier de temps à autre, mais que je ne devais pas songer à te présenter en société de barbets, attendu que tes petites oreilles seules trahiraient instantanément ton extraction dans cette compagnie dont les membres ne pourraient souffrir ta présence. Je lui ai promis de ne pas commettre cette inconvenance.

Si j'avais eu dès lors quelques notions sur mon grand aïeul, le Chat-Botté [63], qui parvint aux plus hautes dignités, et fut même l'ami intime du roi Godefroy, j'aurais facilement prouvé à maître Punto qu'il n'y avait pas d'assemblée de barbets qui ne dût se sentir honorée par la présence du rejeton d'une famille illustre. Mais je n'étais pas sorti encore de mon obscurité ; et, je dus souffrir que Scaramouche et Punto se crussent au-dessus de moi.

Nous poursuivîmes notre route en silence. Devant nous marchait un jeune homme qui poussa tout à coup un cri de joie, et qui m'eût infailliblement blessé, en reculant, si je n'eusse fait un bond de côté. Un autre jeune homme venait à sa rencontre. Ils se jetèrent dans les bras l'un de l'autre, comme deux amis qui se revoient après une longue séparation. Ils continuèrent à marcher devant nous se tenant par la main, et se séparèrent enfin en se disant le plus tendre adieu. Celui que j'avais vu le premier suivit longtemps l'autre des yeux et finit par entrer dans une maison. Punto s'arrêta en ce moment, et je l'imitai. Nous vîmes au second étage de la maison une croisée s'ouvrir, une jeune demoiselle, belle comme le jour, s'y montra; derrière elle le jeune homme qui venait d'entrer. Tous deux rirent beaucoup, en voyant le personnage que celui-ci venait de quitter. Punto leva les yeux et marmotta entre ses dents quelques mots que je ne compris pas.

— Pourquoi t'arrêtes-tu, cher Punto, lui dis-je, ne vaudrait-il pas mieux continuer notre chemin?... Mais il ne m'écouta pas, et quelques instants après il secoua vivement la tête et se remit silencieusement en route.

Arrivés sur une place ornée de statues, il me dit: — Restons un instant ici, mon cher Murr; je ne puis oublier ces deux jeunes gens que nous avons vus s'embrasser dans la rue. Ils sont amis comme Damon et Pylade.

— Damon et Pythias, lui dis-je; Pylade était l'ami d'Oreste, qu'il portait au lit, après lui avoir mis sa robe de chambre, chaque fois que le pauvre homme était trop tourmenté par les démons et les furies. On voit, cher Punto, que ton érudition n'est pas bien vaste.

— Cela peut être, dit le barbet, mais du moins je connais fort bien l'histoire des deux amis dont je te parle et dont je pourrais te dire de point en point toutes les circonstances que j'ai entendu raconter plusieurs fois à mon maître. Peut-être, après avoir entendu cette histoire, mettras-tu Walter et Formosus à côté de Damon et de Pythias, d'Oreste et de Pylade. Formosus est le jeune homme qui a été sur le point de t'écraser dans la joie de revoir son cher Walter. Dans la belle maison que tu vois, dont les carreaux en cristal brillent au soleil, demeure un président vieux et riche, que Formosus visitait quelquefois. Il le séduisit tellement par son esprit, ses connaissances variées et son amabilité, que bientôt il en fut considéré et traité comme un fils. Mais quelque temps après, Formosus perdit sa gaieté ; il devint pâle et maladif, soupira dix fois en un quart d'heure comme s'il eût voulu rendre l'âme, et se montra enfin incapable de prendre le moindre intérêt à ce qui se passait autour de lui. Le président après avoir insisté longtemps pour connaître l'origine de ce chagrin caché, parvint à découvrir que Formosus était éperdument amoureux de sa fille unique. Contrarié par cette circonstance (car il avait pour sa fille d'autres projets que de la donner à un homme qui n'avait ni état ni fortune), il vit cependant, avec le plus vif regret, Formosus dépérir journellement. Il se décida à demander à Ulrique si le jeune homme lui plaisait et s'il lui avait déjà parlé d'amour. Ulrique baissa les yeux, et déclara en balbutiant, que quoique Formosus, retenu sans doute par sa modestie, n'eût encore parlé de rien, elle n'avait pas laissé que de s'apercevoir depuis longtemps de son amour, parce que ce sont là des choses que l'on reconnaît toujours facilement. Elle ajouta que le jeune homme ne lui déplaisait pas, et dit enfin tout ce que peut dire en pareille occasion une personne qui n'est plus de la première jeunesse. Aussitôt que le président vit Formosus, il lui dit : — Lève la tête, mon garçon, sois satisfait et content ; tu auras mon Ulrique. Chacun fut enchanté du bonheur qui attendait ce jeune homme dont les heureuses qualités inspiraient un intérêt général. Mais parmi toutes les personnes qui apprirent la détermination du président, il y en eut une qu'elle jeta dans le désespoir et la consternation. C'était Walter, son ami d'enfance, qui avait vu aussi Ulrique, qui lui avait même parlé quelquefois, et qui l'aimait plus encore que le faisait Formosus. Mais je parle toujours d'amour devant toi, mon cher Murr, et je doute que tu connaisses ce sentiment.

— Je ne crois pas, répondis-je, cher Punto, avoir jamais aimé dans l'acception que tu donnes maintenant à ce mot, car je ne me rappelle pas avoir été dans l'état que dépeignent les poètes, auxquels, d'ailleurs, on ne saurait se fier ; car d'après tout ce que j'ai lu sur ce sujet, l'amour ne peut être qu'une maladie de l'âme dans l'accès de laquelle le genre humain prend une chose pour une autre, par exemple : une petite fille épaisse et ronde, qui raccommode des bas, pour une déesse [64]. Mais je t'en prie, reprends ton histoire des deux amis.

— Walter, continua Punto, se jeta dans les bras de Formosus, et lui dit en fondant en larmes : — Tu détruis à jamais le bonheur de ma vie, mais je m'en console aisément en pensant que la tienne sera heureuse. Adieu à jamais. — A ces mots, il tourna les talons et se rendit au plus épais d'une forêt [65], avec l'intention d'y finir ses jours. Il ne put accomplir ce dessein cependant, parce que dans son désespoir il avait oublié de charger ses pistolets ; il se contenta donc de quelques démonstrations de folie qui revenaient périodiquement chaque soir. Un jour, Formosus, qu'il n'avait pas vu depuis plusieurs semaines, entra chez lui inopinément, au moment où il était à genoux devant un portrait d'Ulrique.

— Non, s'écria Formosus, en serrant Walter contre son cœur, non, je ne prolongerai pas plus longtemps ton désespoir, je te sacrifie mon bonheur, j'ai renoncé à Ulrique qui t'aime peut-être sans se l'avouer à elle-même, et j'ai prié son père de te choisir pour gendre. Demande sa main, quant à moi je pars, adieu ! Il voulut partir en effet, mais Walter le retint, et ne put croire à la réalité de tout ce que disait son ami, que lorsque celui-ci lui montra un billet du président à peu près conçu en ces termes : « Tu l'emportes, généreux jeune homme ; c'est à regret que je me rends, mais je crois honorer ton amitié qui ressemble à l'héroïsme des temps antiques. Que Walter, dont je reconnais les bonnes qualités et qui occupe un emploi honorable et lucratif, demande la main d'Ulrique ; je n'ai aucune objection à faire à leur union. » — Formosus partit en effet ; Walter demanda Ulrique et l'obtint. Le président écrivit de nouveau à Formosus, le combla d'éloges, et le pria d'agréer douze mille écus, non comme un dédommagement pour une perte que rien ne pouvait réparer sans doute, mais comme un faible témoignage de son amitié. Formosus répondit que le président devait connaître la simplicité de ses prétentions, la modération de ses désirs, et savoir que l'argent n'était pas pour lui un moyen de bonheur; que cependant il acceptait les douze mille écus, mais sous la condition qu'ils seraient remis par lui à une pauvre veuve qui vivait avec une fille unique dans un endroit qu'il désigna, ce qui fut exécuté ainsi. Quelque temps après Walter écrivit à Formosus: « Je ne puis vivre sans toi, reviens dans mes bras. » Formosus suivit ce conseil, et apprit que son ami avait donné en sa faveur la démission de son emploi. Il en prit possession et se trouva dans une position aussi heureuse que pouvait le permettre un amour déçu dans ses espérances. Tout le pays admira la lutte généreuse soutenue par les deux amis, et leur conduite fut mise en parallèle avec ce que l'Antiquité offre de plus remarquable en fait d'héroïsme.

— En effet, dis-je, lorsque Punto eut cessé de parler, d'après tout ce que tu viens de dire, il paraît que Walter et Formosus avaient les sentiments les plus élevés, et que dans leurs sacrifices réciproques, ils étaient assez étrangers à cette prudence dont tu fais tant de cas.

— Mais, reprit Punto, en souriant malicieusement, c'est selon. Il est bon de ne pas oublier quelques circonstances que la ville n'a pas connues et que j'ai apprises par mon maître ou découvertes moi-même. L'amour de Formosus ne pouvait avoir la violence que lui supposait le bon vieux président, car il ne manquait jamais, même au plus violent paroxysme de sa passion, après s'être désespéré pendant la journée, d'aller visiter chaque jour une jeune et jolie modiste. Lorsque Ulrique fut devenue sa fiancée, il ne tarda pas à découvrir que cette créature, d'une douceur angélique, se changeait quelquefois en un petit démon incarné. Il apprit de plus, que son cœur n'était pas novice, et ce fut de ce moment qu'une générosité sans exemple le poussa à céder à son ami sa riche fiancée. Quant à Walter, il était réellement amoureux d'Ulrique qu'il avait vue dans la toilette la plus élégante à une réunion publique. Ulrique, de son côté, s'inquiétait fort peu de savoir lequel des deux serait son époux. Walter occupait effectivement un emploi lucratif, mais qu'il craignait de perdre chaque jour, par suite des fautes nombreuses qu'il avait commises depuis quelque temps. Il préféra donner sa démission en faveur de son ami, sauvant ainsi son honneur par une démarche qui offrait toutes les apparences de la générosité. Les douze mille écus furent remis à une vieille femme d'un extérieur honnête qui figurait tantôt comme la mère, tantôt comme la servante de la jolie marchande de modes. Dans cette affaire, elle reçut l'argent comme mère, et le remit comme servante, en acceptant, toutefois, un pot de vin raisonnable pour sa complaisance. Du reste, Formosus et Walter savent à quoi s'en tenir sur la manière dont ils se sont surpassés en générosité ; ils se sont évités longtemps pour ne pas se donner lieu à des louanges réciproques, et c'est pour cela qu'ils se sont revus avec tant de plaisir.

Punto en était là, lorsqu'un bruit terrible nous frappa d'étonnement et d'effroi. L'on criait de partout : Au feu ! au feu ! des cavaliers traversaient la rue en toute hâte. Nous vîmes en même temps des tourbillons de flammes et de fumée sortir par les croisées d'une maison voisine. Punto se mit à courir, et moi, saisi d'épouvante, je grimpai lestement sur une échelle appuyée contre une maison, et dans un instant, je me trouvai en sûreté sur le toit. Mais tout à coup...

SEPTIÈME FRAGMENT

De maculature

... Me tomba sur les bras, dit le prince Irénéus, sans que je pusse m'y attendre, sans que le maître des cérémonies m'en eût demandé la permission, et sans être précédé par le valet de chambre de service. Mais, du reste, il m'a plu, c'est un homme assez aimable. Ne dites-vous pas qu'il a été jadis autre chose qu'un simple musicien, et qu'il a joui d'un certain rang ?

Maître Abraham assura que Kreisler avait joui jadis d'une grande considération, et qu'il lui avait même été permis de s'asseoir à des tables royales. Mais que, du reste, il désirait qu'on ne soulevât pas le voile qu'il avait lui-même jeté sur le passé.

— Il est donc noble, reprit le duc, baron, comte, peut-être même, que sais-je ? Mais il ne faut pas aller trop loin, car j'ai un faible pour les mystères. Il y eut après la révolution française un beau moment. C'était quand les marquis faisaient de la cire à cacheter, et que les comtes tricotaient des bonnets de nuit. Ce grand bal masqué n'était pas sans agrément. Mais pour en revenir à M. de Kreisler, madame Benzon s'entend parfaitement en affaires semblables ; elle me l'a recommandé, et elle a raison, car à la manière seule dont il tient son chapeau sous son bras, j'ai reconnu aussitôt un homme de bon ton et de qualité.

Le prince ajouta encore quelques mots à cet éloge de l'extérieur de Kreisler, de telle sorte que maître Abraham crut pouvoir compter sur l'exécution de son projet. Il s'était flatté d'introduire son ami dans ce simulacre de cour, comme maître de chapelle, et de le retenir ainsi auprès de lui. Mais quand il recommença à en parler au prince, celui-ci lui dit avec fermeté qu'il n'en serait rien.
— Car enfin, maître Abraham, ajouta-t-il, voyez vous-même si je pourrais admettre un jeune homme aussi aimable dans ma cour, et en faire un simple maître de chapelle, c'est-à-dire un serviteur. Je pourrais, il est vrai, lui donner une autre charge, et en faire le directeur des menus plaisirs et des spectacles ; mais il connaît la musique à fond, à ce que vous dites vous-même, et il n'est pas étranger aux affaires de théâtre. Or, je tiens au principe de feu mon père, dont l'âme soit devant Dieu. Il pensait que celui auquel il donnait cet emploi ne devait rien entendre à la musique, ni aux choses dont il a la direction, parce que, dans le cas contraire, il prend trop d'intérêt aux personnes qui sont sous ses ordres, tels que musi-

ciens, acteurs, etc. Que M. de Kreisler garde donc son masque de maître de chapelle étranger, et qu'il entre ainsi dans les appartements intérieurs de la maison ducale, à l'exemple d'un homme très distingué qui, sous le masque sans doute abject d'un vil histrion, amusait par d'aimables grimaces, les cercles les plus élevés. D'ailleurs, comme vous paraissez être le chargé d'affaires de M. de Kreisler, je suis bien aise de vous dire, qu'il y a en lui deux choses qui me déplaisent, et qui peut-être ne sont que des habitudes. Vous devez me comprendre. D'abord il me regarde fixement quand je lui parle.

— J'ai cependant des yeux qui lancent des regards terribles comme ceux de défunt Frédéric-le-Grand. Ni valet de chambre, ni page n'osent soutenir ces regards, lorsque je leur demande s'ils ont fait des dettes ou s'ils ont mangé des confitures. Quant à M. de Kreisler, j'ai beau chercher à l'intimider, il ne s'en soucie pas, me regarde, sourit, et me force moi-même à baisser les yeux. En outre, cet homme a une façon si singulière de parler, de répondre, de continuer la conversation, qu'on est forcé quelquefois soi-même de croire qu'on vient de dire des sottises. Faites donc votre possible, maître, pour qu'il perde ces habitudes. — Maître Abraham, après avoir promis au duc de faire ce qu'il désirait, se disposait à s'en aller; mais son interlocuteur commença à parler de la singulière aversion d'Hedwige pour Kreisler, et il avoua que, depuis quelque temps, cette enfant était tourmentée par une imagination et des visions pour la guérison desquelles le docteur avait ordonné le petit lait au printemps.

Hedwige avait la singulière idée que Kreisler, échappé des petites maisons [66], ferait un grand mal à la première occasion.

— Décidez vous-même, continua le duc, si cet homme présente la moindre trace de dérangement mental. Abraham répondit que Kreisler était certainement aussi peu fou que lui-même, mais que parfois il avait des bizarreries et tombait dans un état qu'on pouvait comparer à celui du prince Hamlet, mais que, du reste, cela ne le rendait que plus intéressant.

— Le jeune Hamlet, répondit le duc, était, autant qu'il

m'en souvient, un prince appartenant à une maison royale, et qui avait quelquefois l'idée bizarre que toute la cour devait savoir jouer de la flûte. Les personnes d'un rang élevé peuvent se livrer à ces aberrations pour augmenter le respect qu'on leur doit. Ce qui serait une sottise chez un homme sans titres, est chez elles la marque d'un esprit transcendant. M. de Kreisler pourrait bien rester sur la route battue, mais puisqu'il veut absolument imiter le prince Hamlet, on peut considérer cette idée comme une tentative au sublime, et la lui pardonner.

Maître Abraham voulut encore se retirer, mais on eût dit qu'il ne devait pas quitter l'appartement de la journée; car le prince le rappela de nouveau pour lui demander d'où pouvait venir la singulière antipathie de la princesse contre Kreisler. Maître Abraham lui raconta la première entrevue dans le parc, et ajouta que l'état d'exaltation dans lequel se trouvait en ce moment Kreisler avait pu exercer une influence funeste sur une jeune personne dont les nerfs étaient très délicats.

Le prince exprima, avec beaucoup de vivacité, l'espoir que Kreisler n'était pas venu à pied, et que sa voiture l'avait attendu dans une des grandes allées du parc.

Maître Abraham répondit qu'on avait l'exemple d'un brave officier de l'Antiquité qui avait couru de Leipsick à Syracuse, sans faire raccommoder ses bottes; mais que, du reste, il était convaincu que la voiture de Kreisler l'avait en effet attendu dans une allée. Cette assurance tranquillisa le prince.

Tandis que ces choses se passaient chez le duc, Kreisler chez Mme Benzon, devant le plus beau piano qui soit jamais sorti des mains de Nanette Streicher, accompagnait Julie qui chantait le récitatif passionné de Clytemnestre, dans l'*Iphigénie* de Gluck.

Le biographe est malheureusement forcé de laisser supposer quelquefois que Kreisler était un homme dépourvu de tout bon sens [67], contraint qu'il est de rapporter ses discours extravagants; et cette idée prendrait une autre consistance, s'il fallait donner son jugement sur le chant de Julie. A cette occasion et sans faire d'autres réflexions, le biographe se bornera à assurer que le chant de Julie (que malheureusement il n'a pas entendu lui-même), avait quelque chose de mélancolique et pour ainsi dire de mystérieux. Des hommes impassibles et que ne pouvaient émouvoir ni l'examen d'un procès compliqué, ni l'aspect d'une maladie grave, ni la dégustation d'un pâté de foie gras, récemment arrivé de Strasbourg, m'ont assuré plusieurs fois qu'ils ne pouvaient entendre le chant de Julie, sans se sentir émus presque jusqu'aux larmes. Une inquiétude, qui n'était pas sans charmes, s'emparait d'eux à leur insu, et les forçait presque à se conduire comme des extravagants et des faiseurs de vers. Je dois ajouter à ces circonstances, qu'un jour où la jeune personne chantait à la cour, le prince Irénéus poussa un profond soupir, s'avança directement vers elle, et porta sa main à ses lèvres, en s'écriant : *Chère demoiselle!* Le grand maître des cérémonies osa assurer que le prince lui avait baisé la main en versant quelques larmes ; mais à la demande de la première dame d'atours, cette remarque fut supprimée comme inconvenante et contraire à l'étiquette de cour.

Julie possédait un organe plein et sonore, et chantait avec cet entraînement qui naît d'une âme profondément émue. Ce fut ce charme qu'elle exerça dans la soirée dont nous venons de parler et où Kreisler l'accompagnait. Les auditeurs sentaient leur respiration suspendue ; ils se turent quelques instants après que la jeune personne eut cessé de chanter, incapables d'exprimer leur ravissement et leur admiration, qui éclata bientôt en bruyants applaudissements. Kreisler, seul, resta sur sa chaise, muet et pâle. Il se leva enfin lentement, et Julie le regarda d'une manière qui signifiait clairement : Est-ce bien comme cela ? — Mais elle baissa les yeux en rougissant, lorsque Kreisler, la main sur le cœur, d'une voix faible et tremblante, se borna à dire : *Julie!* et que la tête baissée, il se glissa lentement derrière le cercle formé par les dames.

La conseillère avait eu beaucoup de peine à déterminer la princesse à se rendre à la soirée où Kreisler devait se trouver. Elle avait été obligée de lui représenter fort sérieusement, combien il serait ridicule d'éviter un homme par la seule raison qu'il ne fait pas partie de ces êtres ordinaires et communs qui se ressemblent entre eux comme des pièces de monnaie, et qu'il émet parfois des idées bizarres.

La princesse se conduisit, pendant la soirée, de telle manière qu'il fut impossible à Kreisler de l'approcher, malgré toutes les peines qu'il se donna pour cela, car il était trop bon, pour ne pas chercher à se réconcilier avec elle. Elle déjoua toutes ses manœuvres par une tactique pleine d'habileté. La présidente, qui avait remarqué cette conduite, dut être étonnée de voir la princesse traverser tout d'un coup le cercle des dames, et aller parler au maître de chapelle. Kreisler était tellement absorbé par ses réflexions, qu'il fut à peine réveillé par la voix de la princesse. Elle lui demanda s'il n'avait ni signe ni parole capables d'exprimer l'enthousiasme que Julie avait excité.

— Madame, répondit-il, d'une voix qui trahissait son agitation intérieure, j'ai toujours entendu dire que les bienheureux qui n'ont que la sensation et le regard, sont privés de la parole. Il me semble que j'étais au ciel.

— Notre Julie est donc un ange de lumière, dit Hedwige en souriant, puisqu'elle vous a ouvert les portes du ciel ?

Mais Kreisler la regarda fixement et se tut. Elle reprit bientôt, tremblante et incertaine, comme si elle luttait contre une résolution, et qu'elle eût de la peine à exprimer ses pensées.

— Parlons prosaïquement, dit-elle, s'il vous plaît, de choses très poétiques. Je sais que vous donnez des leçons de chant à Julie, et je m'aperçois que sa voix et son goût ont beaucoup gagné. Cela me fait espérer que vous pourrez aussi faire quelque chose d'un talent aussi médiocre que le mien. Je pense que…

Elle se tut en rougissant, et Mme Benzon qui s'était approchée sans qu'elle s'en aperçût, lui dit qu'elle était injuste envers elle-même, puisqu'elle parlait de médiocrité à propos de son talent, tandis qu'elle jouait du piano, et chantait avec beaucoup de goût. Kreisler qui, de son côté, trouvait la princesse séduisante dans l'embarras qu'elle éprouvait, lui dit une foule de choses aimables, et finit par l'assurer qu'il serait très flatté d'être à même de lui donner quelques conseils.

La princesse écoutait le maître de chapelle avec une satisfaction visible, et lorsqu'un regard de la Benzon lui reprocha la singulière aversion qu'elle avait eue jusqu'alors pour cet homme aimable, elle répondit à voix basse : — Oui, je me conduis souvent comme un enfant. — En disant ces mots, elle saisit son schall qui, depuis quelques intants, avait glissé de ses épaules, et que Kreisler avait ramassé et lui présentait. Il toucha légèrement, sans le vouloir, la main de la princesse, et une commotion, semblable à celle de l'étincelle électrique, le priva presque de ses sens.

En ce moment, il entendit la voix de Julie comme un son qui perçait les nuages.

— Je vais chanter encore, mon cher monsieur Kreisler, lui dit-elle, on ne me laisse pas un instant de repos. Je voudrais essayer ce beau duo que vous m'avez apporté dernièrement.

— Vous ne pouvez, cher maître de chapelle, dit Mme Benzon, refuser Julie. Venez au piano.

Kreisler se mit au piano sans proférer un mot, et étourdi par une sorte d'ivresse. Julie commença : *Ah! che mi manca l'anima in si fatal momento*. Il n'est pas inutile de dire que les paroles de ce duo exprimaient tout simplement, à la manière italienne, la séparation de deux amants. *Tormento* rimait nécessairement avec *sento,* et il n'y manquait ni *Ebbi pietade o cielo,* ni *la pena di morir*. Kreisler avait cependant composé ces paroles dans un moment d'exaltation et avec une chaleur que devait apprécier tout être pourvu de deux oreilles tant soit peu sensibles. L'exécution de ce morceau était devenue très difficile, parce que Kreisler, en le composant, s'était livré à l'inspiration du moment, sans s'occuper de ce qui pourrait être le mieux saisi par la cantatrice. Aussi Julie commença avec une grande timidité, et Kreisler ne montra guère plus d'assurance. Mais bientôt, semblables à deux cygnes qui nagent côte à côte et s'élèvent majestueusement sur les ondes, leurs voix parcoururent avec assurance les accords variés du duo, et terminèrent enfin le dernier *adio* par les accents de la douleur la plus déchirante.

Il n'y eut personne dans la société qui ne fût profondément ému par ce morceau. Quelques larmes furent répandues, et Mme Benzon avoua que jamais au théâtre, aucune scène d'adieu ne l'avait attendrie au même point. Julie et le maître de chapelle furent comblés d'éloges, on parla de l'enthousiasme qui les avait animés l'un et l'autre, et l'on plaça la composition peut-être plus haut qu'elle ne le méritait.

On s'était bien aperçu de la profonde émotion d'Hedwige, qui cependant avait fait tout ce qui avait dépendu d'elle pour la dissimuler. Auprès d'elle, se trouvait une jeune dame de la cour, aux joues rouges, aussi disposée à rire qu'à pleurer, et à qui la princesse adressait quelques mots à l'oreille de temps en temps, pour croire qu'elle ne prêtait aucune attention au duo. Elle s'adressa également et dans la même intention à Mme Benzon qui était aussi près d'elle, mais celle-ci la pria très sérieusement de remettre la conversation jusqu'à la fin du morceau. Enfin, dès que Julie et Kreisler eurent reçu les applaudissements dont ils furent comblés, la princesse se leva le visage enflammé, les yeux étincelants, et dit assez haut pour être entendue de tout le monde : — Il me sera bien permis, j'espère, de donner aussi mon opinion. Le duo que nous venons d'entendre, a sans doute son mérite comme composition, mais dans une société d'amis où une douce conversation devrait remplir tous les instants, est-il bien convenable de donner des productions extravagantes, faites pour déchirer l'âme, et dont rien ne peut effacer l'impression ? Je me suis efforcée de fermer mon cœur et mes oreilles aux sentiments exprimés dans cette composition qui semblait sortir de l'enfer. Je livre ma faiblesse à votre ironie, maître de chapelle, et j'avoue que votre duo m'a rendue malade. Ne pouviez-vous nous donner du Paesiello, du Cimarosa, dont les compositions sont faites pour la société ?

— Mon Dieu ! s'écria Kreisler, avec cette expression de physionomie qu'il avait toujours lorsque ses bizarreries reprenaient le dessus, mon Dieu, très gracieuse princesse, combien ne suis-je pas fier de votre opinion! quoique l'on porte en société, son cœur, pour ainsi dire enveloppé d'un rempart de glaces, quoique le feu qui pourrait l'échauffer par hasard se trouve amorti par le thé, l'eau sucrée et les fadaises qu'on débite, il se trouve cependant des incendiaires qui parviennent à le rallumer, et j'ai été assez heureux pour produire cet effet. Oui, princesse, oui, mon terrible duo est tombé comme une fusée au milieu de la société et a mis le feu partout. — Au feu! au feu! faites venir des pompes!

En disant ces mots, il se précipita sur le carton où étaient renfermés les morceaux de musique, en tira les cahiers, les jeta de tous les côtés, et choisit une partition; c'était la Molinara de Paesiello. Il se mit devant le piano et commença la ritournelle de la jolie ariette, au moment où la meunière fait son apparition.

— Mais, mon cher Kreisler, dit Julie effrayée et timide...

Kreisler tomba à genoux devant Julie. — Ma chère, ma séduisante Julie, lui dit-il, ayez pitié de la société qui vous entoure, versez quelques gouttes de baume réparateur dans ces âmes désolées, chantez la Molinara! Si vous me refusez, il ne me restera d'autre ressource que de m'abandonner au désespoir, et alors, ce serait en vain que vous saisiriez le malheureux maître de chapelle par le pan de son habit, et que vous diriez avec bonté : — Cher Jean, restez avec nous; Jean serait déjà descendu sur les bords de l'Achéron, hasardant les pas les plus gracieux dans le ballet des démons. Ainsi, cher ange, chantez!

Julie fit, quoiqu'avec un peu de répugnance, ce que Kreisler lui demandait. L'ariette finie, Kreisler commença aussitôt le duo comique du notaire et de la meunière.

Quoique Julie, douée de gaieté, chantât avec beaucoup de grâce et d'agrément la musique comique, sa voix pleine et sonore et sa méthode convenaient surtout au pathétique. Quant à Kreisler, il s'était approprié la manière singulière et bizarre des bouffes italiens, et dans cette circonstance il la poussa jusqu'à l'exagération. Le jeu animé de sa figure, les expressions mimiques les plus variées qui accompagnaient son organe, eussent fait rire le grave Caton lui-même. La société entière poussa des cris de joie et se livra au rire le plus bruyant.

Kreisler, enchanté, baisa la main de Julie ; mais celle-ci la retira brusquement. — Je ne puis m'accoutumer à votre humeur singulière, dit-elle : le passage inopiné et subit d'un extrême à l'autre, me déchire le cœur. Je vous en prie, ne me demandez plus une chanson comique quelque jolie qu'elle soit, quand mon âme est émue et navrée de douleur. Ne me le demandez plus. Vous me le promettez, cher Kreisler !

Le maître de chapelle allait répondre, mais en ce moment la princesse embrassa Julie en poussant un éclat de rire plus fort, plus bruyant, que ne s'en permettent ordinairement les personnes de son rang.

— Viens donc dans mes bras, lui dit-elle, viens, la plus aimable, la plus séduisante des meunières, tu mystifies tous les barons, tous les baillis, tous les notaires du monde, et peut-être, même... Le reste se perdit dans le nouvel éclat de rire qui suivit ces mots ; puis, se tournant brusquement vers le maître de chapelle, elle lui dit : — Me voilà tout à fait réconciliée avec vous. Je comprends maintenant votre caractère [68]. Il est délicieux, en vérité ; là, je vous permets de baiser ma main.

Kreisler saisit la main qu'elle lui présentait, et sentit de nouveau, quoique moins fortement, ce coup électrique qui, un moment avant, l'avait fait hésiter à placer sur ses lèvres ces doigts délicats. Il s'en acquitta cependant avec tant de grâce, qu'on aurait pu le croire encore conseiller de légation. Mais tout à coup, sans qu'il pût s'en expliquer le motif, cette sensation physique lui parut extrêmement ridicule. — Peut-être, se dit-il à lui-même, lorsque la princesse se fut éloignée, peut-être cette gracieuse demoiselle n'est qu'une espèce de bouteille de Leyde, qui frappe les gens selon sa fantaisie ducale.

La princesse sautillait dans le salon, riait, chantait la Molinara, embrassait tantôt une dame, tantôt une autre, et assurait que de sa vie elle n'avait été aussi gaie, et qu'elle le devait au digne maître de chapelle. La Benzon cependant ne voyait cette conduite qu'avec la plus grande répugnance. Elle ne put s'empêcher, enfin, de dire à l'oreille de la princesse : — Hedwige, je vous en prie, quelles manières affectez-vous donc de prendre.

— Il me semble, reprit celle-ci, les yeux étincelants, que nous ferions mieux d'aller nous coucher. Oui, partons. — Et elle demanda sa voiture.

Si la princesse s'abandonnait à une gaieté factice, Julie, au contraire, était silencieuse et sombre. La tête appuyée sur sa main, elle était assise devant le piano, et sa pâleur, son œil terne prouvaient que sa mauvaise humeur s'était changée en souffrances physiques. Chez Kreisler, le feu brillant de la gaieté qu'il avait déployée, s'était également éteint. Évitant toute conversation, il s'approcha lentement de la porte et se disposait à sortir, lorsque la Benzon lui coupa le chemin.

— Je ne sais pas, lui dit-elle, quelle singulière indisposition m'a...

LE MANUSCRIT DE MURR

... Il me semblait que j'étais chez moi ; rien de ce qui m'entourait ne m'était inconnu, le doux arôme de je ne sais quel excellent rôti s'élevait au-dessus des toits en nuages bleuâtres, et des voix lointaines, apportées sur les brises du soir, me disaient : — Murr, mon bien-aimé, où es-tu resté si longtemps ?

Quels frissons de bonheur soulèvent ma poitrine agitée ? serait-ce le pressentiment d'un bonheur prochain ? oui, sans doute, réjouis-toi ? ô, mon cœur, la douleur de la mort est changée en plaisir, l'espérance revit, je sens du rôti [69] !

C'est ainsi que je chantais en m'abandonnant aux plus

douces rêveries, sans faire attention au terrible vacarme de l'incendie. Mais sur le toit même où je me voyais en sûreté, devaient me poursuivre encore les terribles visions du monde dans lequel je m'étais élancé. Au moment où je m'y attendais le moins, sortit d'un tuyau de cheminée, un de ces monstres grotesques que les hommes appellent des ramoneurs. A peine m'eut-il aperçu qu'il me lança son balai en criant : — Veux-tu te sauver ! Évitant le coup, je sautai par-dessus le toit et je m'enfonçai dans les plombs ; mais quels ne furent pas mon étonnement, mon émotion, lorsque je reconnus que j'étais sur le toit de mon maître ! je grimpai lestement d'une lucarne à l'autre, mais toutes étaient fermées. J'élevai inutilement la voix, personne ne m'entendait ; cependant la fumée s'élevant en colonnes, était traversée par mille jets d'eau. La flamme la domina bientôt et des cris confus, des voix discordantes, vinrent ajouter au tableau animé qui se déployait devant moi. Tout à coup une lucarne s'ouvre, et maître Abraham paraît dans sa robe de chambre jaune.

— Murr, s'écria-t-il en m'apercevant, mon cher Murr, te voilà donc ; entre, entre, mon petit grison. Je ne manquai pas de lui prouver par tous les moyens possibles que ma joie était aussi grande que la sienne. Je sautai de la lucarne dans le grenier ; il me caressa si tendrement, que je lui exprimai tout le plaisir que j'en éprouvais par un doux murmure.

— Ah ! mon garçon, me dit-il, en riant, tu es content de rentrer chez toi après un voyage peut-être long et pénible. Tu ignores le danger dans lequel nous nous trouvons. Je désirerais presque être comme toi un matou heureux et sans souci, qui se moque du feu et des pompiers, et qui ne craint pas de voir brûler sa maison.

En disant ces mots, il me prit sur son bras et descendit avec moi dans sa chambre. A peine y étions-nous, que le professeur Lothario entra précipitamment suivi de deux hommes.

— Maître, s'écria-t-il, vous êtes dans le plus grand danger ! Déjà le feu est à votre toit, permettez-nous d'emporter vos effets.

Le maître déclara très sèchement que dans un danger

pareil, le zèle irréfléchi des amis est souvent beaucoup plus nuisible que le danger même, parce que ce qu'on sauve du feu s'en va au diable d'une autre manière, ajoutant que lui-même, dans sa jeunesse, voulant servir un de ses amis, menacé du feu, dans son enthousiasme d'obligeance, il avait jeté par la fenêtre une grande quantité de porcelaines de la Chine, pour les empêcher de brûler. Il leur dit, qu'ils l'obligeraient, du reste, s'ils voulaient mettre dans une malle, avec beaucoup de soin, trois bonnets de nuit, quelques habits gris et d'autres pièces d'habillement, sans oublier une culotte de soie, ainsi que ses livres et ses manuscrits. Mais il les pria de ne pas toucher à ses machines seulement du bout du doigt, les assurant, qu'au moment où le toit serait en flammes, il sortirait avec son mobilier.

— Mais d'abord, dit-il à la fin de son discours, et avant que vous mettiez la main à l'œuvre, permettez-moi de donner à manger et à boire à mon ami et camarade de chambre qui vient de rentrer affaibli par un long voyage.

On se prit à rire en apprenant que c'était de moi qu'il était question. Je mangeai avec un appétit dévorant. Cela fait, et lorsque je fus rassasié, le maître me mit dans un panier où il posa auprès de moi un petit vase plein de lait. Il couvrit ensuite le panier de son couvercle.

— Attends tranquillement dans ce réduit, ce qui adviendra de nous, me dit-il, bois de temps en temps pour te distraire un petit coup de ta boisson favorite; car si tu trottais et sautais dans la chambre, on te casserait la queue et les pattes en voulant te sauver. S'il faut fuir, je t'emporterai moi-même pour que tu ne te perdes pas de nouveau. — Vous ne sauriez croire, mes amis, ajouta-t-il, quelle est l'intelligence et l'esprit du petit être renfermé dans ce panier. Les Gall et autres amateurs d'histoire naturelle et de phrénologie, prétendent que les matous, possédant au plus haut degré les organes du vol et de la friponnerie, sont totalement privés de la bosse des localités, et qu'une fois perdus, ils ne retrouvent plus leur domicile. Mon cher Murr fait une exception brillante à cette règle. Depuis hier je le cherchais avec soin, et je commençais à le regretter sincèrement, lorsque, aujourd'hui, je l'ai vu revenir, se servant des toits, comme d'une route agréable et connue. Cette bonne créature n'a pas fait preuve seulement d'esprit et de prudence, mais encore de fidélité, et mon affection pour elle s'en est accrue de beaucoup.

Enchanté de cette louange de mon maître, je sentais avec un bonheur intérieur, ma supériorité sur toute mon espèce, sur une armée de matous exposés à se perdre, faute de bosse locale, et je m'étonnais de n'avoir pas compris ce qu'il y avait d'extraordinaire en moi. Je pensais bien, au fond, que c'était Punto qui m'avait conduit une partie du chemin, comme aussi le coup de balai du ramoneur qui m'avait fait sauter sur le toit de mon maître que je n'aurais peut-être pas aperçu sans cela; mais je croyais cependant ne pas devoir douter de la sagacité que l'on m'accordait. — Je crois que ce n'est qu'aux hommes qu'on peut appliquer cette réflexion que j'ai lue quelque part, qu'une louange non fondée donne plus d'orgueil à celui qui en est l'objet, qu'un éloge mérité. Un matou d'esprit et de sens ne s'abandonne pas à ces folles idées. Je crois fermement que j'aurais trouvé mon chemin sans Punto et sans le ramoneur, et même que l'un et l'autre ne firent qu'embrouiller mes idées. Sans Punto, j'aurais bien acquis le peu de savoir-vivre dont il se pavanait. Les diverses aventures, qui m'arrivèrent avec cet aimable roué, m'ont servi cependant à composer les lettres amicales qui forment mon voyage. Ces lettres imprimées pourraient produire de l'effet dans les journaux du soir et du matin, dans *La Feuille libérale* et dans *La Gazette* pour le monde élégant * ; car les traits les plus saillants de mon individu y sont exprimés avec force et énergie. Mais je crois déjà entendre MM. les éditeurs et rédacteurs, demander à l'envi : Quel est ce Murr ? Et en apprenant que c'est un chat, et le plus parfait de son espèce, s'écrier avec dédain : quoi ! un matou, et il veut écrire ! — Eussé-je l'esprit de Lichtenberg et la profondeur de Hamann, auteurs qui ont, dit-on, passablement écrit pour des hommes, mais qui sont morts, circonstance fâcheuse

* Allusion aux journaux allemands qui portent ces titres.

pour un écrivain qui veut vivre, eussé-je, dis-je, tout leur talent, mon manuscrit me serait renvoyé. — O préjugé, quel voile épais ne places-tu pas sur les yeux des hommes, et surtout de ceux qui portent le nom d'éditeurs !

Le professeur et ceux qui étaient venus avec lui, firent alors autour de moi un horrible tintamarre qui me parut assez inutile pour emballer des bonnets et des habits gris. Tout à coup une voix sourde cria du dehors : La maison brûle ! — Ah ! ah ! dit maître Abraham, puisque le danger augmente, restez tranquilles, messieurs, je reviendrai bientôt et nous nous mettrons en route. — A ces mots il sortit précipitamment.

Je commençais vraiment à avoir grand-peur dans mon panier. Le bruit affreux, la fumée qui déjà pénétrait dans la chambre, tout augmentait mon trouble. Mille idées noires se préparaient dans mon âme. — Si le maître m'oubliait, serais-je condamné à périr dans les flammes ? mes angoisses me donnaient des tranchées affreuses. — Ah ! me disais-je, si le maître, jaloux de mon savoir, désirant se défaire de moi, être quitte de tout souci à mon égard, m'avait enfermé dans ce panier; cette boisson blanche comme l'innocence, si c'était du poison ; si par art affreux, il l'avait préparé pour te donner la mort ! — O Murr, magnanime jusque dans les angoisses de la mort même, tu penses en iambes, et tu n'oublies pas ce que tu vis dans Shakespeare et dans Schlegel [70] !

En cet instant, maître Abraham présenta sa tête à la porte, et dit : — Messieurs, le danger est passé. Asseyez-vous paisiblement autour de cette table, et videz les bouteilles qui s'y trouvent déposées. Quant à moi, je remonte sur le toit pour pomper. Il faut cependant voir avant comment se porte mon cher matou. — Alors il entra, ôta le couvercle du panier, me dit beaucoup de choses affectueuses, demanda des nouvelles de ma santé, et m'offrit un oiseau rôti. Je répondis à ces prévenances par un doux *miaou* répété, et m'étendis commodément, ce que mon maître prit pour un signe expressif que j'étais rassasié et que je désirais rester dans le panier. Aussi, il remit le couvercle.

Convaincu alors des bons sentiments de mon maître à

mon égard, j'aurais eu honte de mes soupçons, si la honte pouvait convenir à un esprit supérieur. D'ailleurs, je me dis que cette angoisse n'était peut-être autre chose que le délire poétique auquel les hommes de génie sont quelquefois enclins et qui leur sert d'opium. Cette idée acheva de me tranquilliser.

A peine mon maître eut-il quitté la chambre, que le professeur, que j'observais à travers les trous de mon réduit, jeta les yeux d'un air inquiet sur le panier, et fit des signes aux autres, comme s'il avait eu quelque chose d'important à leur communiquer. Il leur parla ensuite si bas, qu'il m'eût été impossible de rien entendre, si le ciel n'eût doué mes oreilles pointues de l'ouïe la plus fine.

— Savez-vous bien, dit-il, ce que je voudrais faire, je voudrais prendre ce panier, l'ouvrir, et enfoncer ce couteau dans la gorge du matou qui s'y trouve, et qui, sans doute, en ce moment se moque de nous.

— Qu'avez-vous donc, Lothario, lui demanda un autre, vous voudriez égorger ce joli matou, le favori de notre maître ! Le professeur leur raconta alors, toujours à voix basse, que je comprenais tout, que je savais lire et écrire, que maître Abraham m'avait initié d'une manière inconnue et mystérieuse au secret des sciences, sans doute dans la vue de mystifier les savants et les poètes. Il ajouta qu'il tenait ces détails de son barbet Punto.

— Oui, oui, continua Lothario, avec un accent de rage concentrée, je le prévois, maître Abraham qui possède déjà toute la confiance du grand duc, finira, avec son maudit matou, par faire tout ce qu'il voudra. Cette bête deviendra *magister legens*, recevra le grade de docteur, et comme professeur d'esthétique, lira en chaire Shakespeare, Eschyle et Corneille. J'en perds la tête, ce matou déchirera mes entrailles, et ses griffes sont bien pointues.

A ces mots du professeur d'esthétique, chacun fut saisi d'étonnement. Un des auditeurs dit qu'il croyait impossible qu'un matou pût apprendre à lire et à écrire, parce que ces éléments de la science demandaient une certaine réflexion qu'on ne trouvait pas toujours chez l'homme, chef-d'œuvre de la création, moins encore chez une bête [71] ordinaire.

— Qu'appelez-vous une bête ordinaire ? dit un autre individu, homme très grave, autant que j'en pus juger du fond de mon panier. Il n'en est pas, selon moi ; quelquefois enfoncé dans mes réflexions, j'éprouve le plus profond respect pour l'âne et pour d'autres animaux aussi utiles. Pourquoi n'enseignerait-on pas à lire et à écrire à un animal domestique, doué d'heureuses dispositions, et pourquoi ce matou ne s'élèverait-il pas jusqu'aux sciences et à la poésie ? Je crois que la chose n'est pas sans exemple. Je ne vous parlerai pas des Mille et Une Nuits, source historique d'une authenticité renommée, mais veuillez seulement vous rappeler le Chat-Botté, cet animal généreux, spirituel, et initié à toutes les connaissances humaines.

Enchanté de cette louange prodiguée à un matou qui, j'en étais certain, était mon digne aïeul, j'éternuai deux ou trois fois avec assez de force. Lothario se tut, et tous se tournèrent avec effroi vers le panier.

— O joie ! s'écria enfin l'homme sérieux. Si je ne me trompe, continua-t-il, mon cher professeur d'esthétique, vous parliez tantôt d'un barbet Punto qui vous a révélé les facultés du matou. Cela me rappelle le chien Berganza, dont Cervantès nous donne l'histoire merveilleuse [72]. Le chien fournit un nouvel exemple frappant de la facilité avec laquelle on instruit les animaux.

— Mais, mon cher, dit un autre interlocuteur, quels exemples nous donnez-vous là ? Cervantes est un romancier. L'histoire du Chat-Botté est un conte d'enfant, retracé par Tieck, avec tant de charme, il est vrai, que l'on serait presque tenté de croire ; mais enfin, vous nous citez deux poètes quand il nous faudrait l'autorité des naturalistes ou des philologues. Croyez-vous qu'un homme sensé puisse en appeler aux poètes, pour affirmer ce qui est contraire au bon sens ? Lothario est professeur d'esthétique, et comme tel, il lui est permis quelquefois d'outrepasser la mesure, mais nous !

— Arrêtez, répliqua l'homme grave, lorsqu'il s'agit de ce qui est incroyable et miraculeux, on peut citer les poètes, car les historiens sont souvent incompétents. Mais s'il le faut, je vous citerai l'exemple d'un médecin, et vous l'admettrez d'autant mieux, que vous exerciez vous-même la médecine avec succès. Ce docteur voulant prouver, dans une explication du magnétisme animal, nos rapports avec l'être suprême, et l'existence d'une faculté de pressentir les événements, cite Schiller et son Wallenstein qui dit : *Il est dans la vie humaine des moments pareils et des voix semblables,* etc. Vous pouvez lire vous-même le reste, dans la tragédie.

— Oh, s'écria le docteur, vous sortez de la question. Vous en venez au magnétisme, et vous allez prétendre que le magnétisme, après tous les miracles qu'il fait, pourra aussi inculquer la science aux matous.

— Pourquoi non ? répondit le premier, qui peut savoir comment le magnétisme agit sur les animaux ? Vous savez aussi bien que moi que les matous portent en eux ce fluide.

Je me rappelai les souffrances de Mina, lorsqu'on faisait sur elle des expériences de ce genre, et d'effroi, je poussai un *miaou* prolongé.

— Messieurs, messieurs, s'écria le professeur épouvanté, cet infernal matou nous entend, nous comprend ; attendez, je vais l'étrangler de mes mains.

— Vous perdez la tête, dit l'homme grave, vous la perdez, professeur ! je ne souffrirai pas que vous fassiez le moindre mal à ce chat que j'aime déjà de tout mon cœur, quoique je ne le connaisse pas. Je finirai pas croire que vous êtes jaloux de lui parce qu'il fait des vers. Ce petit être ne sera jamais professeur d'esthétique, tranquillisez-vous là-dessus. N'est-il pas dit dans les statuts de l'académie, qu'à cause de l'abus déjà existant, il est expressément défendu qu'un âne devienne jamais professeur, et ne peut-on pas étendre cette défense aux animaux de tout genre et de toute espèce ?

— Soit, dit le professeur avec humeur ; il ne deviendra peut-être jamais ni *magister legens,* ni professeur d'esthétique ; mais, sous peu, reconnu comme écrivain, il n'en trouvera pas moins des éditeurs, et, par conséquent, nous rognera nos honoraires.

— Je ne vois pas pourquoi, répondit l'homme grave, il serait défendu à ce bon matou, à l'aimable favori du maître, d'entrer dans la carrière où tant de gens se pavanent sans dignité. La seule précaution qu'on pourrait prendre, serait de le forcer à rogner ses ongles pointus, et nous ne ferions peut-être pas mal d'y procéder nous-mêmes, pour être sûrs qu'il ne nous déchirera pas lorsqu'il sera auteur.

Là-dessus, tous se levèrent, et le professeur prit des ciseaux. Qu'on se figure ma position! Je résolus dans l'instant de me défendre comme un lion contre l'outrage qu'on me préparait, et de marquer pour la vie le premier qui m'approcherait. Mais, au même instant, le maître entra, et son apparition calma ma crainte qui, déjà, touchait au désespoir. Il ouvrit le panier, et, aussitôt, encore hors de moi, je fis un bond, et je me précipitai sous le poêle.

— Qu'est-il arrivé à cet animal? demanda le maître d'un air de défiance. Mais ceux auxquels il s'adressait demeurèrent sans réponse, tourmentés, sans doute, par le remords.

Quelque pénible et dangereuse qu'eût été ma position dans le panier, je n'en éprouvai pas moins le plaisir le plus vif, de tout ce que le docteur avait dit sur mon avenir, et j'étais enchanté surtout de l'envie qu'il me portait. Je sentais déjà sur mon front le bonnet de docteur; je me voyais en chaire, entouré par une jeunesse avide de savoir. Ces élèves ne trouveraient pas mauvais, sans doute, que le professeur exigeât qu'aucun chien ne fût introduit au cours, car peu d'animaux de cette espèce ont le caractère aussi bien fait que le cher Punto; et l'on ne peut guère, surtout, se fier aux chiens de chasse, avec leurs oreilles pendantes; ils commencent toujours des querelles qui forcent les gens de mon espèce à se laisser emporter jusqu'à mordre, égratigner, etc.

Combien ne serait-il pas pénible de . . . .

HUITIÈME FRAGMENT

De maculature

... ne pouvait s'adresser qu'à la petite dame de la cour, aux joues rouges, que Kreisler avait vue chez Mme Benzon. — Faites-moi le plaisir, Nanette, dit la princesse, de descendre, et de faire porter les œillets dans mon pavillon, mes domestiques sont assez paresseux pour n'en rien faire. — La demoiselle se leva, fit une révérence très cérémonieuse, et sortit avec la prestesse d'un oiseau qui s'échappe d'une cage.

— Je ne puis rien faire de bon, dit alors la princesse à Kreisler, si je ne suis seule avec mon maître qui est comme le confesseur auquel on peut sans honte avouer ses faiblesses. Vous devez trouver, cher Kreisler, que cette étiquette qu'on observe en général chez nous, est aussi étrange qu'incommode. On devrait du moins, dans une campagne aussi belle que celle-ci, jouir d'un peu plus de liberté. Si le duc était au château, je n'aurais jamais osé renvoyer Nanette qui s'ennuie de nos leçons musicales, pour le moins autant qu'elle nous gêne. Recommençons maintenant. Vous allez voir que cela ira mieux.

Kreisler était la patience même. Il recommença l'air que demandait la princesse. Mais en dépit de toutes les peines que celle-ci se donna, quelque bien que Kreisler la soutînt, elle manquait à chaque instant le ton et la mesure, et faisait faute sur faute. Elle se leva enfin le visage en feu, courut à la croisée, et regarda dans le parc. Le maître crut s'apercevoir qu'elle pleurait, et ne put s'empêcher de trouver extrêmement pénible et sa première leçon, et la scène qui en résultait. Que pouvait-il faire de mieux alors, que d'essayer si cette humeur noire et anti-musicale de la princesse, ne céderait pas au pouvoir de la musique même. Il s'abandonna donc aux mélodies les plus douces, parcourant la table du piano avec une facilité, un succès d'exécution qui l'étonnaient lui-même, et oubliant la princesse, son air et son impatience.

— Que le rocher du vautour est beau quand il est éclairé par le soleil couchant ! dit la princesse sans se retourner.

Kreisler qui dans ce moment exécutait un passage difficile, ne put admirer ni le rocher du vautour ni le soleil couchant.

— Pourrait-on trouver un séjour plus agréable que celui-ci ? ajouta la princesse d'un ton de voix plus formé. Ici Kreisler fut bien forcé de quitter le piano, de s'approcher d'elle et de céder à cette invitation de causer. — En vérité, princesse, dit-il, ce parc est délicieux, et je suis enchanté surtout, que les arbres portent un feuillage vert. C'est une couleur que j'admire dans tous les végétaux, et à chaque printemps, je rends grâce au Créateur de ce que la terre devient verte et non rouge ainsi que dans tous les paysages de nos jours, quoique ce défaut ne se trouve pas chez les bons paysagistes, tels que Claude Lorrain, Bergheim, et même Hachert, qui cependant a le tort de poudrer un peu ses prairies.

Il allait continuer, mais apercevant dans un petit miroir à côté de la croisée, la figure pâle et défaite de la princesse, il s'arrêta saisi d'un frisson mortel.

La princesse rompit enfin le silence. — Kreisler, dit-elle, le sort l'a décidé, je dois vous paraître toujours tourmentée par une imagination extravagante, être à vos yeux une folle ou une sotte, et devenir le but de vos plaisanteries. Il est temps de vous déclarer que c'est vous qui me jetez dans cet état, qu'on pourrait comparer à une attaque de nerfs, et de vous dire comment vous produisez cet effet. Un aveu franc soulagera mon cœur, et me fera supporter votre vue et votre présence. Quand je vous vis pour la première fois dans le parc, je fus saisie, à votre aspect, d'une horreur invincible que je ne pus m'expliquer ; mais un songe bizarre me révéla que c'était l'effet d'un souvenir d'enfance. Il vivait jadis à la cour, un peintre nommé Eulinger[73], d'un talent remarquable, et que le duc et la duchesse estimaient également. Vous verrez dans la galerie d'excellents tableaux de lui, et dans tous, la duchesse se retrouve sous un costume quelconque. Mais le plus parfait, et celui qui obtint au plus haut point l'admiration des amateurs, se trouve dans le cabinet de mon père. C'est le portrait de la duchesse, pris au moment où sa beauté était dans tout son éclat, et tellement ressemblant, quoiqu'elle n'eût jamais posé, qu'on s'attend à la voir sortir du cadre. J'avais accordé à Léonard, c'était aussi le nom de ce peintre qui était doux et bon, toute l'affection dont un cœur de trois ans est susceptible, et je ne voulais pas qu'il me quittât. Il s'occupait de moi sans cesse et me dessinait fréquemment des images et de petites figures.

Mais tout à coup je cessai de le voir, et la femme qui me soignait me dit qu'il était mort. Je fus inconsolable ; je ne pouvais rester dans la chambre où il jouait avec moi, et dès que je pouvais échapper aux femmes qui me gardaient, je parcourais le château en criant : Léonard ! Léonard ! car j'étais persuadée qu'il n'était pas mort, et qu'il était caché quelque part. Un soir que ma gouvernante s'était éloignée, je sortis doucement ; les portes de la galerie étaient ouvertes, je parvins jusqu'au grand escalier, et j'entrai dans la première chambre qui s'offrit à moi. Je vis tout à coup s'ouvrir, avec violence, une porte, à laquelle j'allai frapper, et que je croyais devoir conduire aux appartements de la duchesse. Il en sortit un homme, les vêtements en lambeaux, les cheveux en désordre. C'était Léonard ! pâle, décharné, méconnaissable, jetant sur moi des regards de feu [74]. — Léonard ! m'écriai-je, pourquoi es-tu si pâle ? pourquoi me regardes-tu ainsi ? tu me fais peur. Oh ! je t'en prie, sois comme autrefois, et fais-moi de tes jolis dessins. — Il se précipita sur moi avec un rire éclatant et affreux ; un fragment de chaîne brisée tenait à sa ceinture ; il s'accroupit devant moi et dit, d'une voix rauque : — Oh ! petite princesse, des dessins ! oui, maintenant je sais peindre, je t'en ferai ; mais ta mère qui est si belle, prie-la qu'elle change ma nature. Je ne veux plus être ce misérable Léonard Eulinger, il est mort depuis longtemps, je suis le vautour rouge, et je sais peindre quand j'ai du sang pour vernis. J'ai besoin de ton sang, petite princesse ! — A ces mots, il me saisit, me pressa dans ses bras, me découvrit le cou, et je crus voir un petit couteau dans sa main. Les cris perçants que je poussai attirèrent des domestiques ; ils se jetèrent sur lui, mais il les terrassa avec la force d'un géant. Au même instant, on entendit dans l'escalier des pas précipités et un bruit de chaînes ; un homme grand et robuste entra en s'écriant : — Ciel ! il s'est évadé, mais je te tiens, suppôt de l'enfer. — A peine le fou l'eut-il aperçu que toute sa force parut l'abandonner. Il se jeta à terre en poussant des cris de désespoir, se laissa enchaîner, et suivit son conducteur en hurlant comme une bête féroce.

Vous concevez combien un événement aussi affreux dut influer sur l'imagination d'un enfant de quatre ans. On s'efforça de me calmer, de me donner une idée de la folie. Sans la concevoir entièrement, elle m'imprima une horreur profonde, inexprimable, qui pénètre encore mon âme, chaque fois que je vois un insensé, que je pense seulement à cet état semblable aux angoisses prolongées de la mort. Vous ressemblez au malheureux Léonard comme si vous étiez son frère, et votre regard, surtout, le rappelle d'une manière si frappante, que je ne pus le supporter la première fois que je vous vis, sans être hors de moi… enfin, votre présence m'inquiète et me tourmente encore quelquefois.

Kreisler, profondément ému, était hors d'état de proférer une parole. Préoccupé, depuis longtemps, de l'idée fixe qu'il avait par intervalle des accès de folie, et qu'une démence complète finirait par s'emparer de lui, il éprouvait pour lui-même une horreur semblable à celle qui s'était emparée de la princesse, à son aspect ; et il luttait contre l'affreuse pensée que c'était lui qui avait voulu assassiner Hedwige. Après quelques instants de silence, la princesse continua : — Le malheureux Léonard aimait en secret ma mère, et cet amour, qui était d'abord une simple folie, finit par dégénérer en rage et en frénésie.

— Alors, dit Kreisler, avec cette douceur qu'il montrait toujours, quand une agitation violente venait de se calmer dans son âme ; alors, l'amour de l'art ne régnait plus dans le cœur de Léonard.

— Que voulez-vous dire, Kreisler ? demanda la princesse en se tournant vers lui avec vivacité.

— Il est, répondit Kreisler, deux sortes d'individus, les bonnes gens et les artistes. Les premiers peuvent être amoureux de deux beaux yeux ; alors ils entourent la personne qui possède ces yeux, de cercles qui se rétrécissant toujours, finissent par devenir l'anneau conjugal. Quant aux artistes, aux musiciens surtout, leur amour est tout autre chose. Il s'exhale tout entier en chants, en tableaux, en poèmes. On ne peut donc craindre de mésalliance de leur part, et il est assez indifférent que celle qui captive leur cœur, soit une princesse ou la fille d'un boulanger. D'après cela, je trouve très extraordinaire que M. Eulinger soit devenu fou, car il aurait pu sans inconvénient aimer la très gracieuse duchesse, pourvu toutefois que ce fût à la façon des artistes [75].

Cette facétie de Kreisler passa inaperçue dans l'esprit de la princesse. Il avait touché une corde de son cœur, qui vibrait trop fortement pour qu'elle fît attention à autre chose.

— L'amour à la façon des artistes, dit-elle en retombant dans son fauteuil, et en s'appuyant sur sa main, c'est un rêve délicieux, sublime, mais après tout, ce n'est qu'un rêve.

— Il semble, dit Kreisler, que vous n'êtes pas très éprise des rêves ; ce n'est cependant que dans les rêves, que nous pouvons nous échapper de la prison qui nous retient, et nous élever dans les régions célestes.

— Être aimée ainsi ! dit la princesse avec plus d'agitation encore qu'elle n'en avait montré jusqu'alors.

— Quant à l'amour des artistes, reprit Kreisler, vous en avez un assez triste exemple sous les yeux dans M. Eulinger qui, tout peintre qu'il était, voulait aimer comme les hommes ordinaires. Mais je crois que ce M. Léonard n'était pas un véritable artiste, car ceux-ci portent partout leur dame dans le cœur, et se contentent de peindre, de rimer et de chanter en son honneur. On peut les comparer aux anciens paladins, et même les leur préférer, pour l'innocence de leur caractère ; car les paladins, lorsqu'ils n'avaient pas sous la main quelque géant ou quelque dragon à pourfendre, s'amusaient à chercher noise aux gens paisibles, le tout pour plaire à la dame de leurs pensées.

— Non, s'écria la princesse, sortant comme d'un rêve, non, il n'est pas possible que l'homme puisse nourrir une flamme aussi pure ! l'amour dans l'homme, n'est qu'une arme perfide, dont il se sert pour accabler sa victime, tandis que son triomphe ne le rend pas heureux lui-même.

Kreisler allait témoigner tout l'étonnement que lui causait une telle opinion dans une jeune princesse de dix-sept ans, lorsque tout à coup la porte s'ouvrit et le prince Ignace parut. Le maître de chapelle fut bien aise de voir se terminer cette conversation qu'il comparait intérieurement, et avec beaucoup de justesse, à un duo où chaque voix conserve son caractère, et où la princesse ne sortant pas du langoureux adaggio, n'avait employé que rarement un mordento ou un trill, tandis qu'il l'interrompait par une foule de notes sans idées. Du reste, l'ensemble ayant été un chef-d'œuvre de composition et d'exécution, il n'eût désiré qu'une chose, c'eût été de pouvoir l'entendre d'une loge ou d'une place de bon ton au parquet.

Le prince Ignace entra donc en pleurant et en sanglotant, une tasse cassée à la main. On doit savoir que le prince Ignace, quoique ayant dépassé sa vingtième année, ne pouvait quitter les jeux de l'enfance. Il aimait surtout à jouer pendant des heures entières avec des tasses qu'il rangeait en ligne sur une table, plaçant avec beaucoup de soin la tasse jaune près de la verte, puis la rouge près de la jaune, et ainsi de suite. Ces jeux l'occupaient et faisaient son unique bonheur.

La catastrophe dont il se lamentait avait été occasionnée par son épagneul qui avait cassé la plus belle de ses tasses, en sautant inopinément sur la table. La princesse le consola en lui promettant de lui en faire venir une collection de Paris. Sa figure prit l'expression de la joie, et, alors seulement, il s'aperçut de la présence de Kreisler à qui il demanda s'il avait d'aussi belles tasses que les siennes. Celui-ci déjà instruit par maître Abraham, de la réponse à faire à cette question, dit que la chose était impossible, ne pouvant y mettre autant d'argent que sa gracieuse seigneurie.

— Voyez-vous, dit Ignace enchanté, je suis prince, et je puis avoir d'aussi belles tasses que je le désire, mais vous, vous ne le pouvez pas, car vous n'êtes pas prince. Alors, tasses et princes, princes et tasses, se mêlèrent dans un discours toujours plus embrouillé, et en même temps, Ignace sautait, riait et frappait des mains. Hedwige baissait les yeux en rougissant, et honteuse de l'imbécillité de son frère, elle craignait les plaisanteries de Kreisler, mais bien à tort, car celui-ci ne voyait dans la conduite du jeune prince qu'un accès de folie qui excitait sa pitié, et qui ne faisait qu'augmenter la gêne pénible du moment. Pour détourner l'esprit du pauvre enfant de ses malheureuses tasses, la princesse le pria d'arranger sa petite bibliothèque qu'on voyait dans une armoire vitrée. Transporté d'aise et de joie, il prit les volumes, et les arrangeant par rang de taille selon le format, il les posa, la tranche dorée en dehors, et formant une ligne brillante.

Mlle Nanette entra précipitamment en criant : — Le duc, le duc avec le prince !

— Mon Dieu ! ma toilette, dit Hedwige. Nous n'avons pas songé, en causant, que le temps s'écoulait ; j'ai oublié le duc, le prince, et moi-même.

Elle disparut à ces mots, et Nanette la suivit dans son cabinet. Le prince Ignace n'interrompit pas son occupation un seul instant.

Le carrosse de cérémonie du duc approchait quand Kreisler arriva au bas du grand escalier ; les deux coureurs du duc en gala, descendirent de la voiture découverte. Mais ceci demande une explication plus détaillée [76].

Le prince Irénéus tenait surtout a conserver les anciens usages, et comme on avait renoncé à celui de faire courir devant les chevaux un pantin, semblable à une bête fauve poursuivi par des chiens, il avait choisi dans la foule de ses domestiques, deux coureurs d'un certain âge, bien gras et bien nourris, et qui, parfois, étaient atteints de coliques de réplétion par suite du peu de mouvement qu'ils se donnaient. Comme d'ailleurs, tout en désirant garder l'étiquette, il était trop humain pour exiger que quelques-uns de ses serviteurs remplissent l'office de lévriers, il faisait mettre, chaque fois qu'il sortait en cérémonie, ces deux coureurs dans une voiture, et leur ordonnait de remuer des jambes, en simulacre de courses, quand l'occasion l'exigerait, c'est-à-dire quand les badauds s'arrêteraient pour voir passer le cortège.

Ainsi les coureurs venaient de descendre, et les domestiques arrivaient sous le péristyle, suivis du prince Irénéus, qu'accompagnait un jeune homme au maintien hautain, portant le riche uniforme de la garde napolitaine, et la poitrine couverte d'ordres et de décorations.

— Je vous salue, monsieur Krousel, dit le prince en apercevant le maître de chapelle. Il disait Krousel et non Kreisler, parce que dans les jours de cérémonie, il parlait français, et alors il était censé ne pas pouvoir prononcer les noms allemands *. Le prince étranger, car c'était lui dont Nanette avait voulu parler, fit en passant un signe dédaigneux de la tête, espèce de salutation que Kreisler ne pouvait endurer, même de la part des personnes les plus distinguées. Il s'inclina jusqu'à terre d'une manière si burlesque que le maître des cérémonies, au milieu de la quantité de ses fonctions, ne put s'empêcher de sourire. Le jeune prince lança, de ses grands yeux noirs, un regard furieux à Kreisler, marmotta entre les dents les mots de pied-plat, et suivit le duc qui se tourna vers lui avec une douce gravité.

— Pour un garde italien, dit Kreisler au maître des cérémonies, en riant aux éclats, sa seigneurie ne parle pas mal l'allemand. Mais dites-lui, chère excellence, qu'en revanche, je lui parlerai le napolitain le plus pur; dites-le lui, je vous en prie. Mais l'excellence montait l'escalier, haussant les épaules, dont il faisait un rempart à ses deux oreilles.

La voiture ducale, dans laquelle Kreisler allait ordinairement à Sieghartsof, s'arrêta devant la porte, et le

* Ce passage, et nombre d'autres, sont une satire vraie et piquante des petites cours d'Allemagne.

vieux chasseur, ouvrant la portière, demanda si monsieur voulait monter. Mais, au même instant, un marmiton passa en sanglotant.

— Oh ! quel malheur, s'écriait-il, quel affreux malheur !

— Qu'est-il donc arrivé, lui demanda Kreisler ?

— Ah ! monsieur, s'écria le marmiton, en pleurant de plus belle, voilà M. le maître d'hôtel au désespoir, et prêt à se plonger un tranche-lard dans le ventre, parce que le très gracieux seigneur demande à souper, et que les moules pour la salade italienne nous manquent. Il veut aller les chercher lui-même, mais M. le grand écuyer refuse de faire mettre les chevaux à la voiture, parce que le très gracieux seigneur n'en a pas donné l'ordre.

— Il y a un remède à cela, dit Kreisler ; que M. le maître d'hôtel monte dans cette voiture, pour aller chercher les plus belles moules qu'il trouvera ; moi, je retournerai à pied. A ces mots, il se dirigea vers le parc.

— Ame généreuse et magnanime ! cœur noble et grand ! s'écria le vieux chasseur, les larmes aux yeux.

Les montagnes qui masquaient l'horizon brillaient des derniers rayons du soleil, et un reflet d'or glissait sur la prairie, à travers le feuillage des arbres. Kreisler s'arrêta au milieu du pont qui, jeté sur un large bras du lac, conduisait à la hutte du pêcheur, et promena ses regards sur l'onde dans laquelle se répétaient le parc avec les groupes d'arbres, et le rocher du Vautour, couronné de ses ruines blanchâtres. Un cygne apprivoisé, auquel on avait donné le nom de Blanche, nagea vers lui, en levant fièrement son cou majestueux et ses ailes éblouissantes. — Blanche, Blanche ! lui cria Kreisler en étendant le bras, chante tes plus douces mélodies, et ne crains pas d'en mourir[77] ! — En disant ces mots, pénétré d'une agitation profonde, et dont il ne pouvait se rendre raison, il s'appuya sur le parapet du pont, et ferma involontairement les yeux. Il crut alors entendre la voix de Julie, et une douleur, qui n'était pas sans charmes, s'empara de son âme. De sombres nuages passèrent au-dessus de sa tête, en jetant sur les montagnes et sur le lac de grandes ombres semblables à des voiles noirs ; le tonnerre grondait sourdement à l'est; le vent troublait la surface, jusqu'alors calme et limpide des ruisseaux, et les oiseaux de nuit s'envolaient, effrayés, à travers le feuillage.

Kreisler, s'éveillant tout à coup de son rêve, vit sa figure pâle et languissante se retracer dans l'eau. Il crut d'abord que c'était le peintre Eulinger qui le regardait.

— Eh bien! cria-t-il, tu es donc là, mon cher compagnon, mon aimable doublure [78]. Écoute, mon honnête garçon, tu as une assez bonne mine pour un peintre qui a tant soit peu dépassé les bornes, et qui, dans son orgueil, voulait employer le sang ducal en guise de vernis. Je finirai par croire, qu'en faisant le fou, tu t'es moqué des familles illustres. Plus je te regarde, plus je reconnais en toi des manières distinguées; et, si tu veux, j'assurerai à la princesse Marie qu'elle peut t'aimer sans façon. Mais, si tu veux, mon compagnon, que la duchesse continue à ressembler à son portrait, tu dois imiter cet amateur qui rendait les portraits ressemblants aux originaux, en mettant adroitement quelques couleurs aux derniers.

Eh bien! pauvre artiste plongé injustement dans un cachot, je t'apporte beaucoup de nouvelles. Tu sauras d'abord, respectable habitant des petites maisons, que la blessure que tu as faite à cette pauvre enfant, à la princesse Hedwige, n'est pas encore parfaitement guérie. La douleur qu'elle en conserve, lui fait faire quelquefois de singulières grimaces. Tu as donc pénétré bien profondément, bien douloureusement dans son cœur, puisque ton masque seul la fait souffrir, ainsi qu'on a vu quelquefois, à l'aspect du meurtrier, le sang couler des plaies de la victime expirée depuis longtemps. Ne te fâche pas contre moi, mon cher ami, si elle me prend pour un revenant et même pour toi. Et quand je m'occupe à lui prouver que je ne suis nullement un esprit malfaisant, mais le maître de chapelle, survient pour m'interrompre le prince Ignace attaqué, comme on dit, d'une *fatuitas* ou *stolidititas,* ce qui est une très jolie espèce de lubie. — N'imite pas tous mes gestes, peintre de malheur, quand je te parle sérieusement. — Comment, encore! si je ne craignais de m'enrhumer, je sauterais dans l'eau pour te battre. — Va-t-en au diable!

Kreisler, en disant ces mots, s'éloigna à grands pas.

Les éclairs déchiraient les nuages, le tonnerre grondait et la pluie commençait à tomber par larges gouttes. Kreisler dirigea ses pas vers la hutte du pêcheur qu'éclairait une lumière éblouissante.

Non loin de la porte et à la faveur de la clarté, il aperçut son portrait, ou plutôt un autre lui-même, marcher à côté de lui. Saisi d'horreur, il se précipita dans la maisonnette, et se laissa tomber pâle comme la mort, sur un siège. Maître Abraham était assis devant une petite table sur laquelle une lampe astrale répandait sa lumière éclatante. Il lisait dans un grand in-folio. Il se leva avec effroi, s'approcha de Kreisler et lui dit : — Pour Dieu, Jean, qu'avez-vous ? d'où venez-vous à cette heure ? et d'où provient votre effroi ?

Kreisler se remit avec peine, et répondit d'une voix rauque : — Il n'y a pas autre chose, sinon que nous sommes deux, c'est-à-dire moi et mon double qui est sorti du lac et qui m'a poursuivi jusqu'ici. Ayez pitié de moi, maître, prenez votre poignard et égorgez le scélérat. Il est fou et peut nous rendre malheureux tous les deux. C'est lui, sans doute, qui a conjuré cet orage.

Maître Abraham ne laissa pas continuer Kreisler. Il lui parla doucement, le força à boire un verre de vin d'Italie qu'il avait sous la main, et le questionna ensuite sur ce qui lui était arrivé.

A peine Kreisler avait-il fini, que le maître s'écria en riant : — Voilà ce qui advient quand on est visionnaire comme vous l'êtes. Ces plain-chants si épouvantables que vous avez cru entendre dans le parc, n'étaient autre chose que le vent qui faisait vibrer les cordes de la harpe des géants. Oui, Kreisler, oui, vous avez oublié cette harpe tendue entre les deux pavillons à l'autre bout du parc *. Quant à votre double, je vous prouverai en sortant que j'en ai un aussi, et que toute personne qui vient chez

* L'abbé Gattoni fit tendre, d'une tour à l'autre, à Milan, quinze cordes d'acier, qu'il fit accorder de manière à former la gamme diatonique. A chaque changement de temps, elles résonnaient avec plus ou moins de force. On appela cette harpe éolienne en grand, la harpe des géants, ou la harpe des tempêtes.

moi, est obligée comme vous, d'avoir à ses côtés un chevalier d'honneur.

Maître Abraham sortit, et aussitôt, à la clarté de la lampe, on vit deux maîtres marcher, à côté l'un de l'autre. Kreisler devina alors l'effet d'un miroir concave, et en fut contrarié comme un homme qui voit s'évanouir un prodige auquel il croyait fermement. Nous préférons tous l'effroi le plus terrible à des explications simples et satisfaisantes. Ce monde ne nous suffit pas, et nous cherchons à pénétrer dans les mystères d'un autre.

— Je ne puis souffrir, dit Kreisler, le penchant que vous avez à vous jouer ainsi des autres. Vous préparez des prodiges avec beaucoup de peine, comme un cuisinier qui de divers ingrédients compose une sauce, et vous croyez que des hommes dont l'imagination est blessée, comme l'estomac des gourmands, seront émus par de semblables extravagances. Rien n'est plus désagréable que de mourir presque de peur, et de reconnaître ensuite, que le sujet de cette frayeur n'était qu'une niaiserie fort naturelle.

— Naturelle ! s'écria maître Abraham. En votre qualité d'homme d'esprit, vous devriez savoir que rien ne se passe naturellement dans ce monde. Parce que nous produisons certains effets par des moyens qui sont à notre disposition, pensez-vous que nous puissions connaître pour cela la cause de cet effet. Vous avez cependant assez de respect pour mon art, quoique vous n'en connaissiez pas le chef-d'œuvre.

— Vous parlez de la fille invisible, dit Kreisler.

— Sans doute, continua le maître, et précisément ce tour vous prouve que le mécanisme le plus simple, le plus facile à expliquer, est souvent en rapport avec les prodiges les plus mystérieux de la nature.

— Hum ! dit Kreisler, si vous aviez suivi la théorie connue du son, si vous saviez cacher adroitement l'appareil, et surtout si vous aviez une personne douée d'esprit et de finesse...

— O Chiara, s'écria le maître, les larmes aux yeux, ô Chiara, doux et séduisant enfant !

Kreisler n'avait jamais vu le vieillard aussi ému, car

celui-ci, loin de céder à son attendrissement, ne faisait qu'en rire.

— Qu'est-ce que c'est que Chiara? demanda-t-il.

— Il est bien sot à moi, dit le maître en souriant, de montrer aujourd'hui cette sensibilité ridicule, mais le sort veut absolument que je vous parle d'un moment de ma vie sur lequel je me suis tû jusqu'à ce jour. Approchez, Kreisler, regardez ce livre, c'est le plus remarquable de ceux que je possède et l'héritage d'un musicien nommé Severino. J'étais occupé à y lire et à regarder la petite Chiara qui y est peinte, lorsque vous vous êtes précipité dans ma chambre, méprisant ma magie, au moment où je m'enivrais du souvenir de son plus beau miracle que je possédais à la fleur de son âge.

— Racontez-moi donc tout cela, dit Kreisler, pour que je puisse pleurer avec vous.

— Vous ne serez point étonné, dit le maître, quand je vous dirai que dans ma jeunesse, doué d'une santé robuste et d'un extérieur agréable, et d'ailleurs poussé par une grande ambition, je me rendis malade à force de travailler à la grande orgue de Gœnienenmuhl. — Courez, M. le facteur d'orgues, me dit le médecin; parcourez les montagnes et les vallées, tant que vos jambes pourront vous porter, si vous voulez guérir. Je suivis ce conseil, et je m'amusai à faire des tournées en qualité de mécanicien, présentant aux curieux mes plus jolis tours d'escamotage. Je réussis à merveille et je gagnai beaucoup d'argent. Mais enfin je rencontrai un homme nommé Severino qui se moqua de moi et de mon art, et qui me porta presque à croire, ainsi que le peuple, qu'il avait fait un pacte avec le diable ou avec quelque autre esprit plus honnête. Ce qui faisait surtout le plus de bruit, parmi les prodiges qu'il montrait au public, c'était son oracle féminin, connu plus tard sous le nom de la fille invisible. Au milieu de la chambre était suspendue une boule de cristal le plus fin, le plus pur, et de cette boule sortaient comme un souffle céleste, les questions adressées à l'être invisible. Ce qui attirait les curieux, ce n'était pas seulement ce qu'il y avait d'inexplicable dans le phénomène, mais encore la voix, qui, par la douceur de ses sons et la justesse de ses réponses, ravissait l'âme et pénétrait le cœur. Je cherchai à me lier avec cet homme ingénieux et à lui parler de mes talents, mais il en faisait peu de cas, quoique dans un autre sens que vous, et il se borna à me prier de lui faire une orgue hydraulique.

Je cherchai à lui prouver, en lui citant feu M. le conseiller Meister de Goettingen en son livre de *veterum hydraulo,* que cet instrument ne valait rien, et ne présentait d'autre économie que celle de quelques livres d'air, que, grâce au ciel, on pouvait avoir pour rien. Severino m'assura qu'il en avait besoin pour en accompagner la voix de l'invisible, et me promit de me découvrir le secret si je voulais jurer sur le saint-sacrement de ne jamais m'en servir, et de ne pas le dévoiler aux autres. Du reste, ajouta-t-il, je crois qu'il serait bien difficile de l'imiter, sans... Il s'arrêta, et fit une mine mystérieuse, comme autrefois Cagliostro, quand il parlait aux femmes, de ses sublimes extases. Mon désir de voir l'invisible me porta à lui promettre que je lui ferais une orgue hydraulique. Dès ce moment, il m'accorda toute sa confiance, et me témoigna même de l'amitié. — Un jour que je me rendais chez lui, je vis un attroupement dans la rue, et quelqu'un me dit qu'un homme bien mis venait de se trouver mal. M'étant approché, je reconnus Severino, qu'on portait dans une maison voisine, où je le suivis. Un médecin qu'on appela lui prodigua des soins, et après l'emploi de plusieurs remèdes, lui rendit ses sens. Severino ouvrit les yeux et fixa sur moi un affreux regard, dans lequel se peignaient toutes les horreurs de la mort. Ses lèvres tremblaient, et il essaya de parler, mais vainement. Il frappa, à plusieurs reprises, de sa main sur son gousset d'où je retirai quelques clefs. — Ce sont les clefs de votre logement? — Il fit un signe affirmatif. — Voilà, continuai-je, celle du cabinet dans lequel vous n'avez jamais voulu me laisser entrer. — Il fit un nouveau signe, mais lorsque je voulus recommencer mes questions, il soupira amèrement, et étendit les bras, puis les replia en cercle, imitant la position de quelqu'un qui porte des paquets. — Il veut, dit le médecin, que vous sauviez ses effets et son appareil, et peut-être que vous les gardiez, s'il meurt.

— Severino fit un signe violent, s'écria avec effort: *Corre,* et retomba évanoui.

Tremblant de curiosité et d'espérance, je me précipitai vers sa demeure, et je m'empressai d'ouvrir le cabinet où, selon moi, devait être renfermé l'être invisible, et, qu'à mon grand étonnement, je trouvai complètement vide. La seule fenêtre qui l'éclairait était couverte d'épais rideaux, et ne laissait pénétrer qu'un faible crépuscule. Vis-à-vis la porte, se trouvait une grande glace, devant laquelle je m'arrêtai par hasard. En y voyant ma figure éclairée par le faible jour qui régnait dans le cabinet, je me sentis pénétré par une sensation singulière, comme si je me trouvais placé sur le plateau d'une machine électrique. Au même instant, la voix invisible dit en italien: — « Épargnez-moi pour aujourd'hui, mon père; ne me lacérez pas si cruellement, car vous devez être mort. » J'ouvris précipitamment la porte du cabinet, pour y faire pénétrer le jour; mais je ne pus découvrir âme qui vive. — « Il est très heureux, mon père, continua la voix, que vous ayez envoyé M. Liscov; il ne permettra pas que vous me battiez. Il rompt le charme, et, quelque fort que vous puissiez être, il vous empêchera de sortir du tombeau; car, vous êtes mort, et n'appartenez plus à ce monde. » Vous pouvez croire, Kreisler, que j'étais saisi d'un effroi mortel, ne voyant personne autour de moi, et entendant la voix retentir à mes côtés. — Ma foi, m'écriai-je tout haut, pour me donner courage, si je voyais, du moins, un misérable flacon, je le casserais, et le diable boiteux serait devant moi, mais je n'aperçois rien. — Tout d'un coup, je crus reconnaître que les soupirs qui remplissaient le cabinet sortaient d'une petite armoire placée dans un coin, et qui me parut beaucoup trop petite pour contenir un être humain. Je me précipitai néanmoins de ce côté, je l'ouvris, et je vis une jeune fille roulée sur elle-même comme un ver, tournant vers moi ses beaux yeux et me tendant les bras. — Viens, mon ange, lui dis-je, viens, ma petite invisible; et je saisis la main qu'elle me présentait. Je me sentis, à l'instant, frappé par une commotion électrique [79].

— Arrêtez, maître, dit Kreisler, que peut signifier

cela? La première fois que je touchai la main de la princesse Hedwige, j'éprouvai la même sensation qui se reproduit encore, quoique avec moins de force, toutes les fois qu'elle me présente gracieusement la main.

— Oh! oh! dit maître Abraham. Peut-être notre princesse est-elle une espèce de *Gymnotus Electricus*, ou de *Raja Torpedo*, ou de *Trichiurus Indicus*, comme ma douce Chiara, ou peut-être seulement une souris domestique, comme celle qui donna un soufflet au digne signor Cotugno, quand il la saisit par le dos pour la disséquer, ce que probablement vous n'aviez pas l'intention de faire avec la princesse. Mais remettons à une autre fois à parler de la princesse, et revenons à notre invisible. Me voyant effrayé du coup que j'avais reçu, la jeune fille me dit: — Ne soyez pas fâché contre moi, monsieur Liscov; mais moi, sans m'occuper davantage de son étonnement, je la pris tout doucement par les épaules, je la tirai de son abominable prison, et je vis devant moi un petit être délicat, de la taille d'un enfant de douze ans, mais qui devait en avoir au moins seize, à en juger par le développement de ses formes. — Tenez, regardez-la dans ce livre. Voilà son portrait fort ressemblant, et vous avouerez qu'il est peu de figures plus séduisantes. Mais il faut ajouter à ces traits, le feu des regards qu'à peine on peut rendre. Du reste, ses cheveux étaient d'un noir de jais, et il faut avouer que la peau était un peu trop brune. — Chiara — vous savez maintenant que c'était le nom de la petite invisible — Chiara tomba à genoux devant moi, la douleur lui fit verser un torrent de larmes, et elle dit en français, avec une expression impossible à rendre: — Je suis sauvée! Pénétré par la pitié la plus profonde, je ne pouvais m'empêcher de pressentir un horrible mystère. Cependant on apporta le cadavre de Severino qu'une seconde attaque d'apoplexie avait foudroyé un instant après mon départ. Dès que Chiara l'aperçut, ses larmes s'arrêtèrent, elle le regarda d'un air sérieux et courroucé, et s'éloigna en entendant dire aux personnes qui avaient apporté le corps de Severino, qu'elle pourrait bien être la fille invisible. Lorsque tout le monde se fut retiré, je rentrai dans le cabinet, et je vis Chiara assise devant la glace, et dans la position la plus singulière. Les yeux fixés sur cette glace, elle paraissait ne rien voir et marmottait des paroles incohérentes qu'elle prononçait toujours plus distinctement, mêlant ensemble, le français, l'italien, l'allemand et l'espagnol, et parlant de choses qui paraissaient avoir rapport à des personnes absentes.

Je remarquai avec étonnement que c'était l'heure à laquelle Severino faisait ordinairement parler son oracle. Enfin Chiara ferma les yeux et parut s'endormir profondément. Je pris la pauvre enfant dans mes bras et je la portai chez le propriétaire de la maison. Je la trouvai, le lendemain, calme et gaie, et paraissant parfaitement comprendre sa liberté. Elle me raconta alors tout ce que je désirais savoir. Quoique vous teniez beaucoup à la naissance, mon cher Jean, j'espère que vous ne serez pas choqué en apprenant que ma petite Chiara n'était autre chose qu'une bohémienne qui se trouvait un jour conduite par des soldats avec une troupe de gens de sa caste. Comme on faisait halte sur une place publique, Severino vint à passer. — Veux-tu, lui dit cet enfant de huit ans, veux-tu, mon beau garçon, que je te prédise l'avenir ?

Severino examina longtemps les yeux de la petite fille, présenta sa main pour se faire dire la bonne aventure, et exprima un grand étonnement. Il dut, sans doute, découvrir quelque chose d'extraordinaire dans cet enfant, car il s'approcha du lieutenant qui conduisait la bande de Bohémiens, et lui dit qu'il paierait largement si on lui permettait d'emmener cette petite fille. Le lieutenant répondit fort sèchement qu'il n'était pas à un marché d'esclaves, mais il ajouta que cet enfant ne pouvant être compté parmi ceux qu'on devait détenir et ne faisant que causer une dépense inutile à la maison de correction, on pouvait en disposer moyennant une somme de dix ducats payée à la caisse des pauvres de la ville. Severino tira aussitôt sa bourse et compta les ducats. Chiara et sa grand-mère qui avaient entendu la conversation, se prirent à pleurer, et ne voulurent pas être séparées. Mais le lieutenant fit jeter par ses soldats la vieille sur une voiture qui partait, mit dans sa poche les ducats qu'il prit, sans doute, pour la caisse des pauvres de la ville, et Severino entraîna Chiara qu'il s'efforça de calmer en lui achetant tout de suite une robe et en la bourrant de sucreries. Il est certain qu'il méditait, dès lors, son tour de la fille invisible, trouvant sans doute à la petite bohémienne de merveilleuses dispositions pour le rôle qu'il voulait lui faire jouer. Il lui donna une éducation soignée, et fit tout ce qui dépendait de lui, pour enflammer sa jeune imagination déjà exaltée. Il provoquait fréquemment cet état pendant lequel, par des moyens artificiels, se développait chez la jeune fille un esprit prophétique. Vous connaissez les affreuses opérations de Mesmer ; c'est par ce moyen qu'il la mettait dans un état d'extase chaque fois qu'il devait faire l'oracle. Un malheureux hasard lui fit remarquer qu'elle était surtout irritable quand elle avait éprouvé de la douleur, et qu'alors, sa faculté de pénétrer dans la pensée intérieure des autres, augmentait à tel point, qu'on aurait pu la croire une âme sans corps. Dès lors, cet homme horrible se mit à la flageller de la manière la plus cruelle, pour la préparer à ses opérations. A ce tourment, il en ajouta un autre non moins cruel. Souvent la pauvre Chiara était obligée, pendant des journées entières, quand Severino était absent, de se resserrer dans l'armoire, pour qu'on ne pût la voir, même en entrant dans le cabinet. C'est ainsi qu'elle voyageait avec lui. Son sort était plus affreux mille fois que celui de ce nain que Kempelen conduisait avec lui, et qui jouait aux échecs, caché dans le corps d'un Turc.

Je trouvai dans le bureau de Severino une somme considérable, en or et en papier. Je la plaçai pour en faire une rente à Chiara. Je brisai l'appareil de l'oracle, c'est-à-dire les dispositions acoustiques et quelques autres machines qu'on ne pouvait transporter, mais d'après la volonté bien exprimée de Severino, je m'appropriai plusieurs de ses secrets. Toutes ces dispositions étant prises, je dis adieu à la petite Chiara que l'hôte et sa femme promirent de soigner comme leur enfant, et je quittai la ville. Un an s'était passé, je voulais retourner à Goenienenmulh où le magistrat me demandait la réparation de l'orgue de l'église ; mais le ciel qui se plaisait, sans doute, à me faire jouer le rôle d'escamoteur, inspira à un voleur l'idée de m'enlever tout mon argent, et me força ainsi à faire, de nouveau pour vivre, mes tours d'escamotage. C'était aux environs de Sieghartsweiler que cela se passait.

Un soir, comme j'étais occupé à raccommoder une petite boîte enchantée, la porte s'ouvre tout d'un coup, et une femme se précipite vers moi en me disant : — Je ne puis y résister plus longtemps, je dois vous suivre ou mourir ! Vous êtes mon maître, disposez de moi ! Elle veut tomber à mes genoux, mais je la reçois dans mes bras. C'est Chiara que je reconnais avec peine. Elle avait grandi de plus d'un pied et s'était développée, sans que l'élégance et la délicatesse de sa taille en eussent souffert.

— Ma chère, ma douce Chiara ! lui dis-je, en la serrant dans mes bras.

— N'est-ce pas, monsieur Liscov, me dit-elle, que vous me permettez de rester auprès de vous, vous ne renverrez pas la pauvre Chiara qui vous doit la vie et la liberté.

Et aussitôt, elle ouvrit précipitamment une malle qu'un postillon venait d'apporter, et donna à celui-ci un tel pourboire, qu'il sortit en sautant de joie. Elle fouilla ensuite dans la malle et en tira ce livre.

— Tenez, me dit-elle, en me le présentant, voilà ce qu'il y avait de mieux dans l'héritage de Severino, et vous l'avez oublié. — Tu peux croire que je ne fus pas peu embarrassé, mais il est temps que tu apprennes à m'estimer, car, comme je t'ai aidé à voler les poires mûres de ton oncle, et à attacher à leur place des poires en bois peintes et imitant parfaitement les poires véritables, comme nous avons mis sensemble dans son arrosoir, de l'eau d'oranges amères, pour marbrer agréablement le linge qu'on avait mis à blanchir sur le gazon, tu pourrais croire que je n'ai jamais pensé qu'à faire des tours semblables, et que je n'ai jamais eu de cœur. Mais ne te vante pas autant, pauvre homme, de ta sensibilité, de tes larmes, tu vois que dans cet instant même, je suis forcé de sangloter comme tu ne le fais que trop souvent. — Maître Abraham, à ces mots, s'approcha de la croisée, et regarda dans le parc. L'orage avait cessé, on entendait tomber les gouttes d'eau du feuillage des arbres que le vent agitait, et du côté du château, la musique d'un bal. Le prince Hector, dit maître Abraham, ouvre la danse, je crois...

— Et Chiara? demanda Kreisler.

— Tu as raison, mon fils, continua Abraham en tombant épuisé dans un fauteuil, tu as raison de me rappeler Chiara. Il faut que, dans cette nuit, je vide jusqu'à la dernière goutte, la coupe amère des souvenirs. Ah! lorsque Chiara sautait gaiement devant moi, quand la joie la plus pure animait ses regards, je sentais bien qu'il m'était impossible de me jamais séparer d'elle, et qu'il faudrait qu'elle fût ma femme. Cependant je lui dis: — Chiara, que feras-tu si tu restes ici? Elle se plaça devant moi, et me dit très sérieusement: — Maître, vous trouverez dans le livre que je vous ai apporté, l'exacte description de l'oracle, et vous en avez vu tous les préparatifs. Je serai votre fille invisible. — Chiara, m'écriai-je épouvanté, me prends-tu pour un autre Severino? — Ne me parlez pas de cet homme! dit-elle. Enfin, mon cher Kreisler, il est inutile de te donner des détails, puisque tu sais qu'avec ma fille invisible, j'ai étonné le monde. Chiara m'indiquait elle-même le moment où elle serait en état de jouer ce rôle qui était devenu un besoin pour elle. Certaines raisons que tu sauras plus tard m'annoncèrent à Sieghartsweiler où mon plan était de paraître de la manière la plus mystérieuse. Aussi, je louai une habitation solitaire chez la veuve du cuisinier du duc, par laquelle, ainsi que je l'avais prévu, la cour entendit bientôt parler de mon art.

Le duc, père du prince Irénéus, me rechercha, et Chiara fut l'enchanteresse qui ouvrit son âme à des sensations restées jusqu'alors dans le néant. Chiara, devenue ma femme, logeait chez un de mes intimes amis à Sieghartshoff, et ne venait me voir que pendant la nuit, de manière à ce qu'on ne se doutât pas de sa présence. Car, voyez-vous, Kreisler, les hommes sont si entichés de prodiges, que la fille invisible eût cessé d'attirer l'admiration et la curiosité, si l'on se fût aperçu que ce n'était autre chose qu'un être humain. C'est ainsi que tous les habitants de la ville où était mort Severino, le traitaient de fourbe, parce qu'ils avaient appris qu'une petite bohémienne était la fille invisible, et n'admiraient pas les ingénieux moyens acoustiques qui faisaient sortir les sons d'une boule de cristal. Cependant le vieux duc mourut, et moi fatigué de la vie mystérieuse que j'étais obligé de mener, je me disposais à reprendre mon métier de facteur d'orgues, lorsqu'un soir Chiara, qui, pour la dernière fois, devait jouer son rôle de fille invisible, n'arriva pas. J'étais agité d'un sombre pressentiment, et à la pointe du jour, je courus à Sieghartshoff. Chiara en était partie à l'heure ordinaire. — Eh bien! pourquoi me regardes-tu comme cela? J'espère que tu ne me feras pas de sottes questions. Tu le sais bien, Chiara avait disparu, et je ne l'ai jamais revue.

Abraham se leva brusquement, et alla vers la croisée. Un soupir profond le soulagea un instant de la douleur qui l'oppressait et que Kreisler respecta par son silence.

— Vous ne pouvez retourner à la ville, maître de chapelle, dit enfin maître Abraham; il est minuit. Des doubles épouvantables remplissent le parc, comme vous savez, et d'autres revenants pourraient aussi se mêler de nos affaires. Ainsi, restez avec moi, il faudrait ....

LE MANUSCRIT DE MURR

... C'était dans un lieu sacré, c'est-à-dire dans l'auditoire, que ses indécences eurent lieu. Je me sens étouffer, mon cœur se resserre, et, incapable d'écrire, quoique animé des pensées les plus sublimes, il faut que je m'arrête et que je me promène un peu.

Je reviens à mon bureau. Mais ce qui remplit le cœur, vient ordinairement sur les lèvres, et même dans le tuyau de la plume du poète. J'ai entendu raconter un jour à maître Abraham, qu'il avait lu dans un vieux livre, l'histoire d'un homme singulier, dans le ventre duquel s'agitait une *Materia peccans*, qui ne pouvait sortir que par le bout des doigts. Ainsi, il mettait sous sa main de joli papier blanc, et recueillait tout ce qui se détachait de cette humeur. Il donnait à ce misérable dépôt, le nom de poésies sacrées. — Tout cela pourrait bien n'être qu'une méchante satire, mais il est sûr que, parfois, des sensations que j'appellerais volontiers des tranchées spirituelles, me prennent jusqu'au bout des pattes, qui, alors, sont forcées d'écrire tout ce qui se présente à mon esprit. Tel est le cas où je me trouve en ce moment.

Mon maître avait lu, pendant toute la matinée, un énorme in-folio qu'il laissa ouvert sur la table, en sortant à l'heure ordinaire. Animé de l'amour des sciences, comme je l'étais, je me précipitai aussitôt, pour voir ce qui avait captivé aussi exclusivement l'attention de mon maître. C'était le bel ouvrage du vieux Jean Kunispergen, sur l'influence naturelle des astres, des planètes et des douze signes. Ce n'est point sans raison que j'appelle cet ouvrage beau, car je vis s'y déployer, en un instant, tous les miracles de mon existence et de mes actions ici-bas. Au moment où j'écris ces mots, l'astre rayonnant qui constitue mon génie, est là, il brille au-dessus de ma tête, et je suis moi-même le météore céleste, la comète qui traverse le monde en le menaçant de sa queue prophétique.

Ainsi que toutes les étoiles sont éclipsées par la comète, ainsi, chats, bêtes et hommes, vous disparaîtrez dans une sombre nuit, à moins, cependant, que je ne vous éclaire des rayons de mon génie. Mais quelle que soit la nature divine qui brille en moi, je n'en suis pas moins obligé de partager le sort des mortels, car je reconnais à chaque instant que je suis seul, n'appartenant pas au siècle où je vis, mais à des temps plus éclairés, qui sauront seuls m'apprécier. Si j'écris maintenant des pensées philosophiques, qui pourra en pénétrer la profondeur? si je compose une tragédie, quels seront les acteurs en état de la représenter? si je m'élance dans les hautes régions de la poésie, y aura-t-il des mains ou des pattes capables de s'élever assez haut, pour poser le laurier sur mon front? Mais il est temps que je raconte à la postérité, quelque chose de plus de ce Murr, dont elle reconnaîtra les travaux et le génie. Écoutez, bonnes âmes, une époque remarquable s'approche.

— Les ides de mars venaient de commencer, les bienfaisants rayons du soleil tombaient sur le toit, et une douce chaleur réchauffait mon âme. Déjà, depuis quelques jours, je me sentais agité par une inquiétude inexprimable, par un désir étrange et inconnu. Je ne devins moins agité, que pour tomber dans un état que je n'avais jamais pressenti. Tout à coup, d'une lucarne, je vis sortir lentement un être... Ah ! que ne puis-je peindre l'enchanteresse telle que je la vis ! vêtue de blanc, elle portait un bonnet de velours noir qui couvrait son joli front, et à ses jambes mignonnes étaient des bas de la même couleur. Un feu doux animait ses yeux verts et les mouvements mesurés de ses oreilles pointues décelaient, à la fois, l'esprit et la vertu, tandis que les replis ondoyants de sa queue trahissaient une grâce toute féminine.

Paraissant ne pas m'apercevoir, elle regarda le soleil, ferma les yeux et éternua. Ce son pénétra mon cœur d'un doux frisson, mon pouls battit avec force, mon sang bouillonna dans mes veines, et tous les transports douloureux qui me mettaient hors de moi-même, se révélèrent à l'instant, par le *miaou* prolongé que je poussai. La petite créature tourna la tête vers moi, me regarda, et l'effroi, la douce timidité, se peignirent dans ses regards. Des pattes invisibles semblaient m'attirer vers elle d'une manière irrésistible. Mais au moment où je m'élançais vers la douce créature, elle disparut avec la rapidité de l'éclair. Transporté de désespoir et de rage, je parcourus le toit en poussant des cris lamentables, mais vainement, elle ne revint pas. Bientôt tout me parut fastidieux, je perdis l'appétit, et les sciences même n'eurent plus de pouvoir de me distraire. Le lendemain, je visitai tour à tour le toit, le grenier, la cave, tous les corridors de la maison, et rentrant chez moi désolé, n'ayant devant les yeux que l'objet qui me suivait partout, je crus le voir dans le poisson grillé que mon maître me donna, et qui de l'assiette où il était placé semblait m'adresser des regards semblables à ceux que je ne pouvais oublier. — Est-ce toi que j'ai tant cherchée! m'écriai-je, et je le dévorai d'un seul coup. — Devenu enfin un peu plus calme, je résolus, en véritable érudit, de me fixer tout à fait sur ma position, et je me mis à étudier *De arte amandi,* ainsi que l'*Art d'aimer* de Mause. Mais aucun des symptômes d'amour que ces deux ouvrages indiquent, ne me convenait parfaitement. Je me rappelai, tout d'un coup, avoir lu dans une comédie *, que l'indifférence pour tout et une barbe en désordre, étaient les signes les plus certains de l'amour. Je jetai les yeux sur un miroir, ciel! — ma barbe était dans un affreux désordre.

Convaincu désormais que j'étais amoureux, je sentis une douce consolation pénétrer dans mon âme. Je résolus d'abord de me fortifier par une nourriture substantielle, et de chercher ensuite celle qui était devenue la maîtresse de mon cœur. Un doux pressentiment me dit qu'elle était devant la porte de la maison, j'y descendis et je la trouvai en effet. Je ne chercherai pas à peindre les transports, le bonheur inexprimable qui pénétrèrent mon âme. Mismise, c'est ainsi qu'elle se nommait comme je l'appris bientôt, Mismise était assise sur son derrière, et dans la position la plus gracieuse, elle passait alternativement sa jolie patte sur ses joues et sur ses oreilles. Mais pour relever les charmes qu'elle tenait de la nature, elle n'avait pas besoin de toilette. Plus modeste et plus doux que la première fois, je m'approchai doucement et m'assis auprès d'elle. Elle ne s'enfuit pas cette fois, me regarda d'un œil pénétrant et baissa ensuite la paupière. Séduisante créature! lui dis-je tout bas, sois à moi. — Hardi matou, répondit-elle, d'une voix qui décelait son trouble, qui es-tu? me connais-tu? si tu es confiant et vrai comme moi, jure que tu m'aimes véritablement. — Ah! m'écriai-je, transporté, je jure par la lune sacrée, par les astres et les planètes qui brilleront la nuit prochaine, si le ciel est pur, je jure que je t'aime! — Je t'aime aussi, répondit-elle d'une voix faible, et dans un trouble délicieux, elle pencha la tête vers moi. J'allai enlacer mes pattes à son cou, mais au même instant, deux matous

* *As you like it* de Shakespeare.

gigantesques s'élancèrent sur moi avec des cris affreux, m'égratignèrent impitoyablement, et me précipitèrent dans un égout où je fus presque noyé dans une eau sale et bourbeuse.

Échappant avec peine aux griffes de ces ennemis cruels, je montai l'escalier en poussant des cris de désespoir. Le maître m'aperçut et s'écria, en riant aux éclats : — Murr, Murr, quelle mine as-tu ? Ah ! je devine, tu auras voulu faire des sottises, comme le chevalier dans le jardin enchanté, et tu as été maltraité. — Là-dessus, il se mit à rire de nouveau, à ma plus grande mortification. Il fit ensuite apporter un baquet d'eau tiède où il me plongea deux ou trois fois, de manière à me faire perdre l'ouïe et la vue à force d'éternuer. Après cette opération, il m'enveloppa avec de la flanelle, et me mit dans mon panier. La douleur physique, et la colère que j'avais éprouvée, m'avaient tellement paralysé, que j'étais hors d'état de remuer un membre. Peu à peu, cependant, la chaleur opéra d'une manière sensible, et je sentis mes idées reprendre leur ordre naturel. — Ah ! m'écriai-je avec douleur, quelle terrible et nouvelle catastrophe ! Voilà donc l'amour que j'ai célébré ! voilà ce sentiment qui nous donne une félicité inexprimable, qui doit nous faire entrer dans le ciel. Pour mon compte, il m'a jeté dans l'égout. Je renonce désormais à cette passion qui ne m'a rapporté que des égratignures, un bain abominable, et une infâme enveloppe de vile flanelle. — Telles étaient les résolutions que je formai d'abord; mais à peine fus-je libre et bien portant, que, de nouveau, Mismise fut présente à ma pensée, et qu'à mon grand regret, je reconnus que j'étais encore amoureux. En matou d'esprit, je me remis donc à étudier mon Ovide, me rappelant très bien avoir trouvé dans l'*Arte amandi,* des remèdes contre l'amour, j'y lus ces vers :

Venus otia amat. Qui finem queris amoris,
Cedit amor rebus, res age, tutus eris*.

* Vénus veut des loisirs. Tu cherches à guérir ?
L'amour cède à l'action : agis, tu seras sauf.

D'après ce précepte, je voulus de nouveau me plonger dans les sciences, mais, à chaque page que je parcourais, je voyais Mismise sauter devant moi. — Je ne pouvais penser — lire, écrire, que Mismise. L'auteur latin, me dis-je alors, doit avoir voulu parler d'autres occupations; et comme j'avais entendu dire à quelques matous que la chasse aux souris était une occupation des plus agréables, je pensais qu'elle faisait partie des *rebus*, et, en conséquence, aussitôt qu'il fit nuit, je me rendis dans la cave en chantant: *Je me promenais en silence dans la forêt, mon fusil armé sur l'épaule*, etc. [80].

Mais, au lieu du gibier que je croyais prendre, je ne vis partout que l'image de Mismise, me poursuivant sans cesse, et m'accablant de toutes les peines de l'amour. Furieux, révolté contre le sort, je saisis de nouveau mon Ovide, et j'y lus ces mots:

Exige quod cantet, si qua est sine voce puella,
Non didicit chordas tangere, posce lyram*.

— Ah! pour le coup, m'écriai-je, prenant le chemin du toit, je la retrouverai, cette douce créature, là où je la vis pour la première fois; mais elle chantera, oui, elle chantera, et si elle fausse une seule fois, c'est fini, je suis guéri. La lune, que j'avais prise à témoin de mon amour pour Mismise, brillait de tout son éclat lorsque je montai sur le toit. Longtemps je le parcourus sans rien apercevoir, et mes tendres soupirs se changèrent en plaintes amères.

J'entonnai enfin une romance langoureuse [81], je chantai à peu près ce qui suit:

« Forêts ondoyantes, douces fontaines, ondes folâtres, pleurez avec moi, demandez avec moi où peut être Mismise. Consolez un cœur abreuvé de douleur, partagez les maux d'un matou que le désespoir rend sauvage; allégez le poids des chaînes d'un amour malheureux. »

Vous voyez, cher lecteur, qu'un poète n'a pas besoin

* Demande de chanter à la belle sans voix.
Elle n'a point appris à effleurer les cordes. Fais venir une lyre.

d'être dans une forêt verdoyante, auprès d'une fontaine, pour parler d'amour avec élégance. Si l'on s'étonnait de la sublimité du chant qu'on vient de lire, je répondrais que j'étais alors dans une extase amoureuse, et que, dans de pareils moments, les esprits les moins poétiques et qui, dans une assiette tranquille, trouveraient à peine ardeur et bonheur, délire et martyre, sont capables d'enfanter le poème le plus élevé, et font des vers avec autant de facilité que s'ils éternuaient. — Le monde doit à ces extases des êtres prosaïques, des morceaux très remarquables, et ce qu'il y a de mieux, c'est que des Mismise, appartenant à l'espèce humaine, et d'une beauté assez médiocre, durent pendant quelque temps, à cette sensation, une réputation brillante. S'il en est ainsi du bois sec, que doit-il en être du vert? Je veux dire que, si l'amour change en poètes de vils prosateurs, on doit attendre bien d'autres merveilles, lorsque de vrais poètes sont livrés à cette passion. Je n'étais ni dans les forêts ondoyantes, ni auprès des douces fontaines. J'étais sur un toit élevé et nu, qu'éclairaient les rayons de la lune, et je n'en invoquai pas moins, dans ces stances charmantes, les forêts, les fontaines et les ondes, et mon ami Ovide lui-même. Ces invocations ne furent pas vaines, car, tout à coup, je vis apparaître de derrière une cheminée, et s'avançant d'un pas léger et gracieux, la charmante Mismise.

— Est-ce toi, cher Murr, qui chantes si bien? me dit-elle.

— Eh quoi! chère créature, lui répondis-je, tu me connais donc?

— Oui, répondit Mismise; oui je te connais, et tu m'as plu dès le premier instant; je fus désespérée de voir mes deux cousins te précipiter dans l'égout.

— Assez, assez, dis-je en l'interrompant; ne parlons plus de l'égout, mais dis-moi si tu m'aimes!

— Oui, dit-elle, je t'aime! On m'a dit que tu t'appelles Murr, et que tu jouis, chez un bon maître, d'une aisance que tu peux faire partager à ta compagne.

— Ciel! m'écriai-je transporté, ciel! est-ce un rêve? est-ce la réalité? Ah! raison, ne m'abandonne pas. Suis-je encore sur le toit? Suis-je le matou Murr ou l'homme de la lune? Viens dans mes bras, ma bien-aimée, mais, avant tout, dis-moi ton nom.

— Je me nomme Mismise, répondit-elle avec un doux embarras en s'asseyant très près de moi. Qu'elle était belle en ce moment! Sa fourrure blanche brillait comme l'argent, et ses yeux étincelaient d'un feu doux et languissant. — Tu...

NEUVIÈME FRAGMENT

De maculature

... J'aurais pu, sans doute, cher lecteur, te faire savoir tout cela depuis longtemps; mais, pour te le dire, Dieu veuille que je ne sois pas obligé d'errer çà et là comme cela m'arrive quelquefois. — Ainsi donc, le père du prince Hector avait éprouvé le même sort que celui du prince Irénéus.

Un beau matin, sans qu'il pût savoir comment la chose se faisait, son petit état lui tomba de la poche. Le prince Hector, disposé à toute autre chose qu'à demeurer tranquille, voulant rester debout quoiqu'on eût retiré le trône de dessous ses pieds, et commander au moins puisqu'on l'empêchait de régner, prit parti dans l'armée française et s'y distingua par sa bravoure. Mais un jour, une joueuse de guitare lui ayant chanté : Connais-tu le pays où mûrissent les citrons*... il partit pour ce pays-là, c'est-à-dire pour Naples, y endossa l'uniforme napolitain en déposant celui de la France, et devint général avec la rapidité digne d'un prince. Son père étant mort, le duc Irénéus ouvrit un jour le livre énorme dans lequel étaient inscrites toutes les têtes couronnées de l'Europe, et y lut le trépas de son collègue en principauté et confrère en infortune. Il regarda ensuite, pendant fort longtemps, le nom du prince Hector, s'écria tout haut : Prince Hector! et ferma le livre avec tant de véhémence que le maître des cérémonies effrayé, recula de trois pas. Il se promena ensuite lente-

* Romance de Goethe.

ment, et pris autant de tabac d'Espagne qu'il en fallait pour mettre en ordre toutes ses idées. Le grand maître parla alors du feu prince qui possédait de grandes richesses, et du prince Hector, que le monarque et la nation adoraient à Naples. Le prince Irénéus parut ne faire aucune attention à ces propos ; il s'arrêta tout court devant le grand maître, le pénétra de son regard à la Frédéric, prononça très haut : — Peut-être ! et disparut pour passer dans son cabinet.

— Il est certain, dit le grand maître quand il fut seul, que le gracieux duc a de grandes idées, peut-être même a-t-il des projets. — Il ne se trompait pas. Le duc Irénéus avait songé aux richesses du prince, à ses alliances avec des têtes couronnées, à la possibilité qu'il y avait de lui voir quitter l'épée pour prendre le sceptre, et il en avait conclu que son mariage avec la princesse Hedwige serait un événement des plus avantageux. Aussi le chambellan que le duc fit partir immédiatement pour faire le compliment de condoléance sur la mort du feu prince, reçut l'ordre de glisser dans la poche du fils un portrait d'Hedwige, dans lequel on n'avait dissimulé que le teint. Il faut rappeler ici que cette princesse aurait pu passer pour une beauté parfaite, si son teint eût été moins jaune, circonstance qui lui rendait très favorable la clarté des bougies.

Le chambellan s'acquitta avec beaucoup d'adresse de cette mission si secrète que le duc n'en avait pas même parlé à la duchesse. En voyant le portrait, le prince éprouva presque la même extase que son collègue dans *La Flûte enchantée*. Comme Tamino, il fut sur le point de crier, sinon de chanter : *Ce portrait est ravissant !* et puis : *Ce sentiment serait-il de l'amour ? Hélas ! oui, ce n'est pas autre chose*. Chez les princes, l'amour ne détermine pas toujours à épouser la plus belle ; mais le prince Hector ne fut poussé que par ce motif en écrivant au duc Irénéus pour lui demander la permission d'offrir sa main et son cœur à la princesse Hedwige.

Le duc répondit que la mémoire du feu prince, et l'attachement qu'il lui avait toujours porté, rendaient une demande en mariage presque inutile ; mais que, pour le décorum, le prince n'aurait qu'à envoyer un homme d'un rang convenable, chargé de pleins pouvoirs, pour épouser en bottes et en éperons, selon l'ancienne et noble coutume. Le prince répondit qu'il ferait le voyage lui-même, ce qui contraria singulièrement le duc, car il se figurait qu'un mariage fait par envoyé était cent fois plus conforme au rang des deux parties ; mais il se consola en pensant qu'il donnerait une fête solennelle, pendant laquelle il se proposait de remettre au prince Hector, avec tout l'appareil convenable, la grand-croix d'un ordre domestique que son père avait fondé, et dont il n'existait plus de membres. Le prince vint donc à Sieghartsweiler pour épouser Hedwige, et recevoir en même temps la décoration d'un ordre qui n'existait plus. Enchanté du secret que le duc avait gardé, il désira qu'on l'obervât encore envers Hedwige, pour être sûr d'être aimé d'elle avant de demander sa main.

Le duc ne comprit pas parfaitement ce que voulait le prince, et il lui répondit que cet amour avant le mariage n'était guère en usage dans les maisons royales.

Lorsque le prince vit Hedwige pour la première fois, il dit tout bas à l'oreille de son aide de camp, et dans l'idiome napolitain, que personne ne comprenait : — De par tous les saints, elle est bien belle, mais sans doute elle est née non loin du Vésuve, car le feu brille dans ses yeux.

Le prince Ignace avait déjà demandé avec beaucoup de soin, s'il y avait à Naples de belles tasses, et combien le prince Hector en avait. Celui-ci après avoir passé par toutes les filières des présentations, voulut enfin s'adresser à Hedwige, quand tout à coup les portes s'ouvrirent, et le duc vint le prier d'assister à la scène solennelle préparée dans la salle de cérémonie où il avait rassemblé toutes les personnes qui, à quelque titre que ce fût, pouvaient paraître à la cour. Il avait été même moins rigoureux que dans toute autre circonstance, parce qu'on regardait le cercle de Sieghartsof comme une société de campagne. Mme Benzon et Julie en faisaient aussi partie.

La princesse Hedwige, réfléchie, silencieuse et froide, ne fit ni plus ni moins d'attention au bel étranger du midi, qu'elle n'en aurait fait à tout autre individu nouvellement présenté à la cour. Cependant elle finit par demander avec humeur à la petite Nanette, sa dame d'honneur, si elle était devenue folle, parce que celle-ci s'extasiait sur la beauté du prince, et disait n'avoir jamais vu un uniforme aussi élégant que le sien.

Le prince Hector commença alors à déployer sa galanterie devant la princesse; mais Hedwige, presque blessée par son importunité doucereuse, le questionna sur l'Italie et sur Naples. Il peignit un paradis qu'Hedwige devait embellir encore, et fit de sa description un hymne de louange et de flatterie. Mais au beau milieu de ce morceau d'imagination et de galanterie, celle à qui il était adressé, tourna le dos, s'élança vers Julie, qu'elle aperçut auprès d'elle, et l'embrassa en lui donnant les noms les plus tendres et l'appelant sa chère Julie, sa bonne sœur. Le prince un peu étonné de sa fuite se rapprocha d'elle, et attacha sur Julie un long regard où se peignait la surprise. Celle-ci baissa les yeux et se rapprocha de sa mère qui était derrière elle. Mais la princesse l'embrassa de nouveau les larmes aux yeux, en lui répétant les mêmes expressions de tendresse.

— Princesse, lui dit Mme Benzon, à voix basse, pourquoi vous livrer à ces mouvements d'exaltation?

Hedwige, sans lui répondre et même sans l'écouter, se tourna vers le prince, dont la volubilité avait cependant trouvé un terme, et, de silencieuse et réservée qu'elle avait été jusqu'alors, elle se montra disposée à une gaieté exagérée et convulsive. Plus aimable qu'elle ne l'avait jamais été, elle enivra le prince d'amour et d'espoir. Bientôt la danse commença. Après que le bal se fut prolongé pendant quelque temps, le prince proposa une danse particulière au royaume de Naples, et parvint avec assez de facilité à en donner une juste idée aux danseurs qui l'exécutèrent à merveille.

Mais personne ne la comprit aussi bien qu'Hedwige qui dansait avec le prince. Elle demanda à la recommencer, et voulut, après l'avoir achevée, qu'on la reprît pour la troisième fois, assurant que ce ne serait qu'alors qu'elle la saurait parfaitement. Le prince s'élança avec Hedwige dont chaque mouvement paraissait produit par la grâce même. Dans un des fréquents rapprochements que la danse prescrivait, il pressa contre son cœur la jeune fille, qui tomba évanouie dans ses bras.

— Jamais interruption plus inconvenante, dit le duc, n'a eu lieu dans un bal de cour, et la campagne seule peut l'excuser.

Le prince Hector porta lui-même Hedwige évanouie dans une pièce voisine, et Mme Benzon lui frotta le front avec une eau spiritueuse que le médecin de la cour lui donna. Celui-ci, déclara du reste, que l'évanouissement n'était qu'une attaque de nerfs occasionnée par la fatigue et l'émotion du bal, et qui allait bientôt se dissiper. Il ne se trompait pas ; bientôt après, la princesse ouvrit les yeux en poussant un profond soupir. Aussitôt qu'Hector apprit qu'elle allait mieux, il traversa le salon, s'agenouilla devant le sopha, et s'accusa seul d'un accident, qui, disait-il, lui déchirait l'âme. — En le reconnaissant, la princesse s'écria avec tous les signes de l'horreur : Éloignez-vous ! Et elle retomba évanouie.

— Venez, dit le duc, venez, cher prince ; vous ignorez que la princesse est sujette aux rêveries les plus bizarres. Dieu sait sous quelle forme étrange vous lui aurez apparu tout à l'heure. Figurez-vous que pendant son enfance, elle me prit une journée entière pour le grand Turc, et voulut que je montasse à cheval en pantoufles, à quoi je consentis pour lui faire plaisir, mais sans sortir du jardin.

Le prince Hector rit sans façon au nez du duc et appela sa voiture.

A la demande expresse de la duchesse, Mme Benzon et Julie passèrent la nuit au château. La mère connaissait toute l'influence de Mme Benzon sur la princesse, influence qui ne manqua pas d'agir comme à l'ordinaire ; les douces paroles de la conseillère calmèrent insensiblement le trouble et l'agitation d'Hedwige. Celle-ci assura que, pendant le bal, le prince était devenu tout à coup un monstre semblable à un dragon, qui avait enfoncé dans son cœur un dard brûlant et acéré.

— Ah ! mon Dieu ! dit la Benzon, peut-être le prince n'est-il autre chose que le Mostro-Turchino de la fable de

Gozzi. Mais vous en finirez avec lui comme avec Kreisler, que vous preniez pour un fou.

— Jamais je ne reviendrai là-dessus, s'écria la princesse avec vivacité ; et elle ajouta en riant : — mais je ne voudrais pas que ce bon Kreisler se changeât en Mostro-Turchino, comme le prince Hector.

Le lendemain, Mme Benzon qui avait veillé chez la princesse, entra dans la chambre de Julie, et la trouva pâle, abattue, et penchant la tête comme une colombe malade.

— Qu'as-tu donc ? demanda-t-elle, peu habituée à voir sa fille dans un pareil état.

— Ah ! maman, répondit Julie, je t'en conjure, ne me ramène plus dans cette société. Je frémis quand je songe à la soirée d'hier. Il y a dans ce prince quelque chose d'affreux et d'incompréhensible, et je ne saurais dire ce qui se passait dans mon âme tandis qu'il me regardait. La foudre brillait dans ses yeux noirs et sinistres, et je crus qu'ils m'anéantiraient. C'était le regard du meurtrier qui choisit sa victime, qu'il tue par l'angoisse et l'effroi avant de lever le poignard. On dit que le regard du basilic donne instantanément la mort. Eh bien ! le prince a le fatal pouvoir de ce monstre.

— Ma foi, dit Mme Benzon en riant, je suis forcée maintenant de croire au Mostro-Turchino, puisqu'un des hommes les plus beaux et les plus séduisants que j'aie vus, a passé pour un dragon aux yeux d'une jeune fille, et pour un basilic à ceux d'une autre. Ces bizarreries ne me surprennent pas de la part de la première ; mais que ma bonne, ma douce Julie s'y abandonne aussi…

— Et Hedwige ! interrompit Julie, Hedwige ! Je ne sais quelle puissance ennemie veut détacher son cœur du mien en l'entraînant dans une maladie affreuse et cachée ; car j'appelle ainsi l'état contre lequel elle lutte en vain. Quand elle quitta hier aussi brusquement le prince, quand elle m'embrassait, je sentais qu'une fièvre brûlante la dévorait. — Et cette danse, cette danse affreuse ! Tu sais, maman, combien je déteste les danses dans lesquelles il est permis aux hommes de nous serrer dans leurs bras ? Eh bien ! Hedwige, qui la déteste autant que moi, ne pouvait la quitter, et une joie diabolique brillait dans les yeux du prince.

— Je ne saurais, dit la Benzon, blâmer ta façon de penser sur tout cela ; mais ne sois pas injuste envers Hedwige, et quant au prince, fais ton possible pour l'oublier. Si tu le désires, je te tiendrai pendant quelque temps éloignée d'Hedwige et du prince. Je ne veux pas que ta tranquillité soit troublée, ma chère enfant ; viens dans mes bras. — Et elle l'embrassa avec toute la tendresse d'une mère.

— C'est sans doute, continua Julie, en cachant son visage enflammé sur le sein de sa mère, c'est sans doute à cette inquiétude que je dois les rêves sinistres qui m'ont tourmentée.

— Et qu'as-tu rêvé ? demanda Mme Benzon.

— Je me promenais dans un jardin délicieux [82] : sous l'épais gazon on voyait des violettes et des roses dont le doux parfum embaumait l'air. Un son doux et harmonieux se faisait entendre, et une tendre clarté éclairait le paysage. Les fleurs semblaient tressaillir de bonheur et exhaler de doux soupirs. Tout à coup je crus m'apercevoir que j'étais moi-même le chant que j'entendais, et que je mourais. Mais une voix douce me dit : « Non, le chant est le bonheur et non le néant. Je te soutiendrai, car dans ton être repose mon chant, qui est éternel comme le désir. » C'était Kreisler qui, debout devant moi, me parlait ainsi. Une sensation céleste d'espérance et de consolation remplissait mon âme, et je ne sais comment je tombai dans ses bras, quand je me sentis étreinte par des bras de fer, et qu'une voix ironique, affreuse, me cria : — Pourquoi résistes-tu, malheureuse ? tu es morte et tu dois être à moi. — C'était le prince qui me tenait. Je m'éveillai en poussant un cri, je passai une robe, et courus vers la croisée que j'ouvris, car l'air de ma chambre était chaud et étouffant. J'aperçus au loin un homme qui regardait les croisées du château avec une lunette d'approche, et qui parcourut l'allée d'une manière singulière et grotesque, en passant des entrechats et frappant l'air de ses bras. Je reconnus Kreisler, et tout en riant de ses manières, je pensai qu'il était en effet cet être bienfaisant qui devait me défendre contre le danger dont me menaçait le prince. Je crus même que dès lors seulement je pénétrais l'âme de ce bon Kreisler, dont l'humeur ironique et railleuse, qui blesse quelquefois, ne vient que du cœur le plus pur et le plus vrai. J'aurais voulu descendre dans le parc et lui peindre l'angoisse que je venais d'éprouver.

— Voilà un sot rêve, dit sèchement Mme Benzon, et ce qui le suit ne l'est pas moins. Tu as besoin de repos, ma bonne Julie, quelques instants de sommeil te feront du bien. Je veux moi-même me reposer un peu.

A ces mots elle quitta la chambre, et Julie, pour lui obéir, se coucha.

A son réveil, le soleil de midi éclairait ses fenêtres, et une forte odeur de violettes et de roses parfumait la chambre. — Comment, dit-elle, mon rêve... et en se retournant elle vit sur le sopha où elle avait reposé, un beau bouquet de ces fleurs. — Kreisler, mon cher Kreisler! s'écria-t-elle en saisissant le bouquet, et s'abandonnant ensuite à ses rêveries.

Le prince Ignace fit demander en ce moment, s'il pouvait voir un instant Julie. Celle-ci s'habilla et se rendit dans la chambre où l'attendait Ignace avec un panier plein de tasses de porcelaine et de magots de la Chine. Julie, bonne et compatissante, jouait pendant des heures entières avec ce prince qui lui inspirait la plus vive pitié. Jamais il ne lui échappait, envers lui, le moindre terme de raillerie, réserve que les autres personnes du château n'imitaient pas, et surtout Hedwige. Aussi Ignace préférait-il la société de Julie qu'il appelait quelquefois sa petite fiancée. En ce moment, les tasses étaient rangées en ordre, les magots sur une ligne, et Julie, au nom d'un petit arlequin, adressait une harangue à l'empereur de la Chine. Ces deux petites figures étaient vis-à-vis l'une de l'autre.

Mme Benzon entra, contempla un instant ce jeu, et dit à Julie, en lui donnant un baiser sur le front: — Il faut convenir que tu es bien bonne, ma chère enfant.

Le jour commençait à baisser; Julie qui, d'après les désirs de sa mère, n'avait pas paru au dîner, était seule dans sa chambre. Tout à coup elle entendit quelqu'un s'approcher d'un pas lent et léger, la porte s'ouvrit et Hedwige parut, en robe blanche, pâle, les yeux abattus et semblable à un fantôme.

— Julie, dit-elle, d'une voix faible et étouffée, Julie, appelle-moi, si tu veux, extravagante, insensée, mais ne me retire pas ton cœur. J'ai besoin de tes consolations. L'exécution, l'incroyable fatigue de cette danse abominable m'ont rendue malade, mais je me sens mieux. Le prince est parti pour Sieghartsweiler, je veux respirer le grand air. Descendons dans le parc. Elles sortirent ensemble, et arrivées à l'extrémité de la grande allée du jardin, elles virent une clarté dans le fond de la forêt et entendirent des cantiques pieux.

— Ce sont les litanies du soir, à la chapelle de Sainte-Marie, dit Julie.

— Oui, reprit Hedwige, allons-y, et prions ; prie pour moi, ma chère Julie.

— Sans doute, dit Julie, pénétrée de douleur de l'état de son amie, demandons au ciel qu'une puissance ennemie n'ait aucun pouvoir sur nous, que nos cœurs purs et pieux ne soient pas troublés par des séductions infernales.

Quand elles arrivèrent à la chapelle à l'autre bout du parc, les paysans qui venaient de chanter les litanies devant l'image de la Vierge ornée de fleurs et éclairée par des cierges, commençaient à se retirer. Elles s'agenouillèrent sur le prie-dieu. Les chantres dans le petit chœur, à côté du grand autel, entonnèrent l'*Ave maris stella* que Kreisler avait composé depuis peu. Commençant sur un ton bas, le chant se développa avec force au *Dei mater alma,* et mourant insensiblement jusqu'au *felix cœli porta,* ne fit plus entendre que des sons qui semblaient portés sur l'aile des zéphirs.

Les deux jeunes filles restaient à genoux adressant au ciel leur vœux fervents. Le prêtre murmura quelques prières, et l'on entendit au loin l'hymne *O sanctissima,* que les chantres venaient d'entonner.

Le prêtre leur donna enfin sa bénédiction. Elles se levèrent alors, et s'embrassèrent. Un sentiment inouï, mélange de bonheur et de peine, les oppressait l'une et l'autre, et des larmes coulaient de leurs yeux, semblables aux gouttes de sang qui s'échappent d'un cœur blessé.

— C'était lui, dit la princesse tout bas.

— Oui, c'était lui, répondit Hedwige. — Elles se comprirent.

La forêt attendait dans un silence religieux que la lune l'éclairât de ses rayons dorés. Le plain-chant qu'on entendait encore, au milieu du silence de la nuit, semblait aller au-devant du nuage qui s'enflammait en s'élargissant sur les montagnes, et indiqua l'approche de l'astre brillant devant lequel les étoiles pâlissent. — Ah ! dit Julie, quelle douleur déchire notre âme ! Écoute ce chant qui semble vouloir nous consoler. Nous avons prié, et du haut des nuages dorés, les anges nous parlent d'un bonheur céleste.

— Oui, ma Julie, dit la princesse d'une voix ferme, le salut et le bonheur ne sont que là-haut, et je voudrais qu'un ange du ciel m'enlevât vers les astres, avant qu'un malheur affreux vienne m'atteindre [83]. Je voudrais mourir, mais si l'on me portait dans le caveau ducal, mes ancêtres, qui y sont renfermés, ne croiraient pas que je suis morte. Ils reviendraient de leur engourdissement à une vie affreuse pour me chasser. Et puis, je n'appartiendrais plus, ni aux morts, ni aux vivants, et nulle part je ne pourrais trouver un refuge.

— Que dis-tu, Hedwige ? au nom du ciel, que dis-tu ? s'écria Julie effrayée.

— J'ai une fois rêvé quelque chose de semblable, continua la princesse du même ton ferme et presque indifférent. Mais il est possible aussi, qu'un de mes ancêtres, devenu vampire, me suce maintenant le sang. Je crois que c'est de là que proviennent mes fréquents évanouissements.

— Tu es malade, Hedwige, dit Julie, très malade ; l'air de la nuit te fait du mal, hâtons nos pas. Elle passa son bras autour de la taille de la princesse qui se laissa emmener sans rien dire. La lune s'était levée au-dessus du rocher du vautour. Les arbres et les buissons brillaient d'une lueur magique, et murmuraient mille sons, doucement balancés par le vent de la nuit.

— Que la terre est belle, dit Julie, la nature déploie à nos yeux ses pompes les plus ravissantes.

— Écoute, dit la princesse, après un instant de silence, je ne voudrais pas que tu eusses tout compris, et je te prie de ne prendre ce que j'ai dit, que pour les suites d'une mauvaise disposition. Tu ne connais pas encore la douleur affreuse de la vie. La nature est cruelle, elle ne chérit, parmi ses enfants, que ceux qui sont robustes; les faibles, elle les abandonne, et leur fournit même des armes qu'ils dirigent contre eux-mêmes. Tu sais qu'autrefois la nature ne m'offrait que des charmes. J'aimerais mieux me trouver dans des salons brillants et remplis de monde, que de me trouver seule avec toi, dans cette nuit éclairée par la lune [84].

Julie inquiète s'aperçut qu'Hedwige devenait de plus en plus faible et épuisée. Elle fut obligée d'employer toutes ses forces pour la soutenir en marchant. Enfin elles arrivèrent près du château. Sur un banc de pierre ombragé par un lilas, était assise une personne enveloppée de sombres draperies. A peine Hedwige l'aperçut-elle, qu'elle s'écria: — Bénis soient la Vierge et tous les saints, la voilà! Elle quitta le bras de Julie, et s'avança avec vivacité vers l'inconnue qui lui dit d'une voix étouffée en se levant: — Hedwige, ma pauvre enfant! Julie ne put apercevoir dans l'ombre les traits de cette femme, et saisie de crainte elle s'arrêta.

L'inconnue et la princesse s'assirent sur le banc, la première releva doucement les boucles de cheveux sur le front d'Hedwige, y passa les mains, et parla lentement et bas, dans une langue que Julie ne se souvenait pas avoir jamais entendue. Après quelques minutes, l'inconnue dit à Julie: — Jeune fille, cours au château, appelle les femmes, et fais porter la princesse chez elle. Elle dort doucement et se réveillera bien portante.

Julie toujours plus étonnée se conforma à cet ordre. Revenant un instant après avec les femmes, elle trouva Hedwige soigneusement enveloppée dans son châle et endormie. L'inconnue avait disparu.

— Dis-moi, demanda le lendemain Julie à la princesse, quand celle-ci se fut éveillée bien portante, et sans la moindre trace de ce délire que son amie avait craint de nouveau, dis-moi, pour l'amour de Dieu, quelle était cette femme miraculeuse ?

— Je l'ignore, répondit la princesse, je ne l'ai vue qu'une seule fois dans ma vie. Tu te rappelles la maladie mortelle que je fis dans mon enfance. Les médecins m'avaient abandonnée. Pendant une nuit je la vis près de mon lit, et elle m'endormit doucement comme hier ; je m'éveillai parfaitement guérie. Hier, dans la soirée, son image se présenta pour la première fois à mon esprit ; il me semblait qu'elle devait revenir et me sauver, et c'est ce qu'elle a fait. Ne parle pas de cette apparition, et ne laisse soupçonner, ni par un mot, ni par un signe, qu'il se soit passé quelque chose d'extraordinaire entre nous. Rappelle-toi Hamlet, et sois mon Horatio. Que cette femme mystérieuse reste pour nous un secret. Je crois que nos recherches pourraient être dangereuses. N'est-ce point assez que je sois remise, et délivrée de tous les fantômes qui me poursuivaient ?

Chacun fut étonné de voir la princesse aussi rapidement rendue à la santé. Le médecin assura que la promenade nocturne à la chapelle de la Vierge, lui avait fait le plus grand bien, et qu'il avait eu tort de ne pas la prescrire. Mme Benzon dit en elle-même : — La vieille est revenue, que cela passe encore cette fois. — Mais il est temps de répondre à cette question fatale du *biographe :* Vous...

LE MANUSCRIT DE MURR

— Tu m'aimes donc, chère Mismise, ah ! répète-le mille fois, cet aveu, pour que je m'extasie encore, et que je fasse autant de folies que les héros des romans. Mais, Mismise, tu connais mon goût passionné pour la musique, tu connais mon talent distingué ; ne voudrais-tu pas, ma douce amie, me chanter une petite chanson ?

— Ah ! mon cher Murr, répondit Mismise, j'avoue que je ne suis pas tout à fait ignorante dans l'art que tu aimes, mais tu sais ce qui arrive aux jeunes cantatrices quand elles doivent chanter, pour la première fois, devant des maîtres ou des connaisseurs, la crainte les étouffe, et les plus beaux sons restent dans leurs gosiers comme des arêtes. Il est donc impossible de chanter un solo, et voilà pourquoi on commence ordinairement par un duo. Essayons un duo, si tu m'en crois. — J'y consentis; nous commençâmes aussitôt le tendre duo : *A la première vue, mon cœur était à toi,* etc. Mismise commença timidement, mais elle fut bientôt encouragée par mon vigoureux fausset. Sa voix était fraîche, sa manière douce, arrondie, délicate; elle se montra, en un mot, excellente cantatrice. J'étais enchanté, tout en m'apercevant qu'Ovide m'avait encore trompé. Puisque Mismise avait si bien répondu au *cantare,* il ne s'agissait plus de *chordas tangere,* et je n'avais pas besoin de demander la guitare.

Mismise chanta ensuite, avec une rare perfection, l'air si connu, *di tanti palpiti,* etc. De la force héroïque du récitatif, elle passa aux douceurs de l'andante qui semble être fait pour les chats, et qui surtout paraissait être fait pour elle. Mon cœur se brisait de bonheur, et je poussai un cri de joie. Ah ! sans doute avec cet air Mismise eût transporté un monde entier de matous. Nous entonnâmes ensuite un autre duo tiré d'un opéra nouveau, et qui nous réussit à merveille, parce qu'il semblait être écrit pour nous. Les roulades sortaient naturellement de notre gosier, attendu que la plupart étaient des gammes chromatiques. Il faut dire ici, en passant, que notre espèce est chromatique, et que tout musicien, qui voudra composer pour nous, fera très bien d'arranger chromatiquement les mélodies, et tout le reste. J'ai malheureusement oublié l'auteur de ce duo. C'est un brave et digne homme, et un compositeur selon mon goût.

Pendant ce chant, un matou noir monté sur le toit, nous regardait d'un œil étincelant. — Faites-moi le plaisir de rester où vous êtes, mon cher ami, lui criai-je, ou je vous arrache les yeux et je vous jette dans la rue. Mais si vous voulez chanter avec nous, vous êtes le maître. Je connaissais ce jeune chat au manteau noir pour une excellente basse, et je proposai de chanter un morceau que je n'aime pas beaucoup, mais qui convenait à ma position, au moment où j'étais prêt à quitter Mismise. Nous chantâmes : *Je ne te verrai plus,* etc. Mais à peine assurais-je, avec le manteau noir, que les dieux auraient pitié de moi, qu'une tuile énorme tomba au milieu de nous, et qu'une voix épouvantable cria [85] : — Si ces maudits chats voulaient bien ne pas faire ce tapage ! Chacun de nous, saisi d'un effroi mortel, prit la fuite par une lucarne.

Ainsi, ce qui devait me délivrer de mes peines amoureuses ne fit que les aggraver. Mismise possédait si bien la musique que nous pouvions ensemble improviser de la manière la plus ravissante. Elle chanta, enfin, avec un goût exquis, mes propres mélodies, et cette circonstance redoubla tellement ma passion, que j'en devins en peu de temps pâle, maigre et malade. Je me rappelai enfin le dernier remède qui pouvait guérir cette funeste passion, et je résolus d'offrir à Mismise mon cœur et ma patte. Elle dit *oui,* et bientôt après je reconnus que mes peines amoureuses disparaissaient insensiblement. Je mangeai avec appétit la soupe au lait et le rôti, ma gaieté revint et ma barbe fut bien soignée ; mais Mismise au contraire cessa de se parer. Je n'en composai pas moins encore quelques vers en son honneur ; je lui dédiai aussi un gros volume, et m'acquittai ainsi, même sous le rapport littéraire, de tout ce qu'on pouvait exiger d'un matou tendrement épris. Du reste, Mismise et moi, nous menions sur le paillasson, devant la porte de mon maître, une vie simple et sans faste. Je m'aperçus bientôt qu'en ma présence, elle était distraite, que souvent elle me répondait des sottises, qu'elle poussait de profonds soupirs, qu'elle ne voulait chanter que des airs amoureux et languissants, et qu'enfin elle faisait la malade. Si je lui demandais ce qu'elle avait, elle répondait en me caressant : — Rien du tout, mon cher Murr. Mais je n'en étais pas moins désespéré. Souvent je l'attendais sur le paillasson, je la cherchais à la cave, au grenier, et lorsque je la trouvais, lorsque je lui adressais de tendres reproches, elle s'excusait en me disant que sa santé exigeait des promenades fréquentes, et qu'un matou médecin lui avait même conseillé les eaux. Ces raisons étaient loin de me satisfaire; Mismise devinant sans doute l'humeur que je n'osais exprimer me combla de caresses; mais dans ces caresses mêmes il y avait quelque chose de contraint, d'extraordinaire, que je ne pouvais expliquer, ce qui augmentait mon mécontentement. Je reconnus à mon tour que mon amour s'était insensiblement éteint, et qu'auprès de mon épouse j'éprouvais un ennui mortel. Dès ce moment nous parcourûmes chacun un chemin différent, mais lorsque par hasard nous nous rencontrions sur le paillasson, nous nous faisions les plus tendres reproches, et l'on eût pu nous prendre pour les amants les plus passionnés.

Un jour, le chat noir qui avait fait la basse dans notre concert avec Mismise vint me rendre visite chez mon maître, et me demanda, en phrases coupées et mystérieuses, comment je vivais avec mon épouse. Je m'aperçus qu'il avait quelque chose à me révéler, et il ne tarda pas à le faire. J'appris qu'un jeune chat qui venait de quitter le service militaire, fort comme Hercule, portant un uniforme étranger, noir, gris et jaune, et l'ordre du lard brûlé qu'il avait gagné en purgeant une maison de souris, à la tête d'un faible détachement de matous, vivait dans le voisinage, d'une pension que lui payait un restaurateur en arêtes de poissons et autres débris de cuisine. Tous les cœurs volaient au-devant de lui, toutes les chattes en raffolaient, et c'était lui qui par ses charmes guerriers avait séduit Mismise. Chaque nuit, m'assura le noir, ils avaient des rendez-vous dans la cave ou derrière la cheminée.

— Je ne conçois pas, continua-t-il, que vous ne vous soyez point encore aperçu de ces manœuvres, et je suis désespéré surtout du devoir que m'impose l'amitié de vous ouvrir les yeux; car je n'ignore pas que vous aimez éperdument votre épouse.

— O Mucius! m'écriai-je, c'était le nom du noir: — ô Mucius! si je l'aime! Oui, je l'adore; oui, tout mon être lui appartient; mais elle ne peut m'outrager à ce point. Mucius, noir calomniateur, reçois la récompense de ton infamie; et je levai la patte pour frapper. Il me regarda d'un air bienveillant, et dit avec beaucoup de calme: — Ne vous emportez pas, mon ami, l'inconstance existe partout, et plus encore parmi notre espèce. — Ma patte retomba ; poussé par le désespoir je fis quelques bonds, et je m'écriai avec fureur : — Est-il possible ! ô ciel ! terre, enfer, matou gris, jaune et noir ! et toi, compagne autrefois si tendre, as-tu pu outrager à ce point celui qui naguère reposait sur ton sein, bercé par des rêves d'amour ? Coulez, larmes du désespoir, coulez pour cette ingrate !

— Calmez-vous, dit Mucius. Vous vous abandonnez trop à une douleur aveugle. Si vous vouliez terminer vos chagrins par la mort, je pourrais, en qualité d'ami, vous procurer une excellente poudre préparée contre les rats, mais je me garderai de le faire, ce serait une perte trop sensible pour la race entière des matous. Consolez-vous, laissez agir Mismise comme elle l'entendra. Assez d'autres chattes seront flattées de répondre à vos vœux. Adieu, mon cher Murr. — En disant ces mots il fit un saut et disparut par la porte entrouverte.

Paisiblement roulé sous le poêle, je réfléchissais aux révélations qui venaient de m'être faites, et je m'applaudissais du moins de voir terminer mes incertitudes relativement à ma situation avec Mismise. Mais si les apparences avaient exigé que je fisse parade d'un beau désespoir, je crus qu'elles me prescrivaient également d'attaquer le noir-gris-jaune, et, dès la nuit suivante, ayant surpris derrière la cheminée le couple amoureux, je m'élançai sur mon rival, en l'accablant des noms de traître et d'infâme. Mais bien plus fort que moi, ainsi que je le reconnus trop tard, il me saisit, et me traita si cruellement que j'en perdis une partie de ma fourrure, après quoi il disparut comme l'éclair. Mismise qui, comme on peut s'y attendre, s'était trouvée mal dès les premiers instants, se leva avec agilité, et le suivit par la lucarne. Abattu, les oreilles en sang, je rentrai chez moi, maudissant la funeste idée que j'avais eue de venger mon honneur outragé, et je me décidai à abandonner entièrement Mismise au noir-gris-jaune. — Hélas, me disais-je, l'amour m'a fait jeter dans un égout, et l'hymen me fait rouer de coups.

Le lendemain, sortant de la chambre de mon maître, je ne fus pas peu surpris de trouver Mismise sur le paillasson. — Cher Murr, me dit-elle, avec calme et douceur, je crois m'apercevoir que je ne t'aime plus autant qu'autrefois et cela me fait une peine infinie.

— Chère Mismise, lui dis-je tendrement, j'en ai le cœur déchiré, mais je dois t'avouer à mon tour, que depuis certaines circonstances, tu m'es devenue bien indifférente.

— J'espère que le ciel ne m'en punira pas, continua Mismise ; mais il me semble, mon doux ami, que depuis longtemps tu m'es devenu tout à fait insupportable.

— J'espère que le ciel me pardonnera, m'écriai-je en extase, mais par une heureuse sympathie, je suis dans le même cas que toi. — Après ces tendres aveux, nous nous jetâmes dans les pattes l'un de l'autre, nous nous embrassâmes le plus tendrement du monde, en versant des larmes de bonheur et de ravissement. Nous nous séparâmes ensuite, réciproquement convaincus de la grandeur d'âme l'un de l'autre, et prêts à la dire à qui voudrait l'entendre.

— *Et in Arcadia ego,* m'écriai-je, et je me jetai, avec plus d'ardeur que jamais, dans les sciences et les lettres.

DIXIÈME FRAGMENT

De maculature

... continua Kreisler, oui, je vous le dis du fond de mon âme ; ce calme me paraît plus dangereux que la plus affreuse tempête. C'est cette chaleur étouffante qui précède toujours un orage destructeur. Le digne seigneur Irénéus, émule de Franklin, donne des fêtes en guise de paratonnerre ; la foudre n'en éclatera pas moins et, peut-être même, brûlera-t-elle son habit de gala. Hedwige, il est vrai, ressemble maintenant à une mélodie pure et calme, tandis que naguère on n'entendait sortir de son cœur malade que des accords rauques et douloureux. Elle se promène avec affabilité et douceur, donnant le bras au prince Napolitain, à qui Julie sourit agréablement, tandis qu'il débite à sa future des galanteries détournées, et pour ainsi dire à ricochets, qui pénètrent mieux dans un cœur innocent que ne le feraient des traits lancés directement. Cependant, d'après ce que m'a dit Mme Benzon, Hedwige se crut d'abord dévorée par le Mostro-Turchino, et Mlle Julie ne vit, dans le beau général en chef, qu'un vilain basilic. Mais à propos, j'ai lu dans l'*Histoire du monde* de Baumgarten, que le serpent, qui nous chassa du paradis, s'admirait dans sa peau bigarrée de mille couleurs, et cela me revient à l'esprit, chaque fois que je vois Hector, couvert de dorures. Du reste, Hector était le nom d'un digne chien qui avait pour moi une tendresse et une fidélité à toute épreuve. Je voudrais l'avoir encore, je lui ferais happer le pan de l'habit de son royal cousin, quand il se pavane entre les deux aimables sœurs.

— Ou plutôt, dites-moi, maître, vous qui connaissez tant de tours d'adresse, que puis-je faire pour me transformer en guêpe, et tourmenter ce chien royal de manière à lui faire changer ses habitudes ?

— Je vous ai laissé dire à votre aise, répondit maître Abraham, voulez-vous maintenant m'écouter tranquillement ? je vous découvrirai certaines circonstances qui confirmeront vos soupçons.

— Ne suis-je donc pas, répondit Kreisler, un maître de chapelle très posé ? Je ne dis pas seulement dans le sens philosophique, et comme ayant déposé mon être dans mes fonctions de maître de chapelle, mais encore, quant à ce qui est de cette force intellectuelle qui me fait rester calme et paisible en société, quand une puce me pique.

— Eh bien, Kreisler, continua le maître de chapelle, sachez qu'un hasard singulier m'a procuré une connaissance détaillée de la vie du prince. Vous ne vous trompez pas quand vous le comparez au serpent du paradis terrestre ; sous ses formes agréables, il cache une profonde corruption, je pourrais dire une complète perversité. Je sais de source certaine qu'il projette un crime, et qu'il a des desseins coupables contre la douce Julie.

— Oh ! oh ! s'écria Kreisler, parcourant la chambre à grands pas, brillant oiseau, c'est donc là ton chant ! — Diable ! le prince est un gaillard qui prend, à ce qu'il paraît, avec deux griffes à la fois, des fruits permis et des fruits défendus. Tu ne sais donc pas, mon doux Napolitain, qu'à côté de Julie est un brave maître de chapelle qui fera son devoir en t'envoyant une balle dans la tête, ou te fourrant dans le corps la lame de cette épée. — Il dégaina, en disant ces mots, la lame renfermée dans sa canne, se mit en garde, et demanda au maître s'il le croyait en état de transpercer un chien royal.

— Tranquillisez-vous, Kreisler, répondit Abraham, ces prouesses ne sont pas nécessaires pour déranger le jeu du prince. Il y a pour cela d'autres armes que je vous remettrai. Hier j'étais dans la hutte du pêcheur, d'où je vis passer le prince et son aide de camp qui ne m'aperçurent pas. — La princesse est belle, dit-il, mais la petite Benzon est divine. Tout mon sang bouillonna dans mes veines quand je la vis pour la première fois, et elle sera à moi, même avant que j'épouse la princesse. Croyez-vous que j'aurai de la peine à y parvenir ? — Quelle femme a jamais pu vous résister, Monseigneur ? répondit l'aide de camp. — Celle-ci, dit le prince, est un de ces enfants dévots et pieux qui succombent sans s'en apercevoir à l'attaque de l'homme habitué à vaincre, et qui, persuadés ensuite que tout s'est fait par la volonté de Dieu, finissent par éprouver une passion violente pour le vainqueur. Il serait assez drôle qu'il en fût ainsi dans cette circonstance. Mais d'abord il faudrait la voir seule, et je ne sais comment m'y prendre. — Rien de plus simple, dit l'officier. Elle se promène souvent seule dans le parc ; si alors... (Ici, les deux personnages commençant à s'éloigner je ne pus rien saisir de leur conversation) ; mais je ne doute pas que ce ne soit ce soir même qu'on commence l'exécution de quelque projet infernal, et c'est ce qu'il faut empêcher. Je pourrais le faire moi-même, si des raisons particulières ne me forçaient à éviter la présence du prince. Il faut donc que vous vous rendiez sans délai à Sieghartshoff, et que vous veilliez au moment où Julie s'approchera du lac pour donner à manger au cygne apprivoisé. C'est selon toute apparence cette promenade que l'infâme Italien a remarquée. Mais recevez les armes et les instructions nécessaires pour pouvoir lutter avec avantage contre ce dangereux prince.

Ici le biographe est épouvanté de nouveau des continuelles interruptions qui coupent son récit. Il convient qu'on devrait trouver en cet endroit les instructions que maître Abraham donna à Kreisler, car si l'arme se montre plus tard, on sera dans l'impossibilité d'apercevoir les rapports qui l'unissent au récit. Mais le malheureux biographe n'a pu jusqu'à présent apprendre le plus petit mot de cette instruction qui, à ce qu'il paraît, initia Kreisler à un secret particulier. Cependant, bienveillant lecteur, ce biographe t'exhorte à la patience, car il a la certitude, il parierait même sans peine, qu'avant la fin du livre tout sera expliqué. Il suffit de savoir pour le moment, qu'au déclin du soleil, Julie se dirigea en chantant vers le lac, s'arrêta sur le pont, non loin de la hutte du pêcheur, portant au bras un panier avec du pain fort blanc. Kreisler, au fond du parc, était muni d'une excellente lunette qui lui laissait tout apercevoir fort distinctement, à travers les buissons qui le cachaient lui-même. Le cygne s'approcha, et Julie lui jeta quelques morceaux de pain qu'il mangea avec avidité. Captivée par cette simple occupation et par une chanson qu'elle fredonnait, la jeune fille ne put entendre l'approche du prince Hector. En le voyant auprès d'elle, elle parut saisie d'un effroi soudain ; mais Hector, sans paraître s'en apercevoir, saisit sa main et la porta à ses lèvres en s'appuyant contre le parapet. Tandis que le prince lui parlait avec vivacité, Julie continuait à donner à manger au cygne, les yeux fixés sur les eaux tranquilles du lac. — Épargne-toi ces airs doucereux, infâme corrupteur ; ne vois-tu pas que je suis à tes côtés, que je puis punir ton insolence ? Et toi, mon doux ange, pourquoi tes joues se colorent-elles d'un pourpre toujours plus foncé ? pourquoi regardes-tu le monstre ? Tu souris ! Oui, voilà le souffle empoisonné auquel ton cœur s'ouvrira, comme le bouton de rose s'ouvre aux rayons du soleil qui doivent le consumer. — C'est ainsi que disait Kreisler, en regardant une scène que la lunette mettait à sa portée. Le prince voulut aussi jeter du pain au cygne, qui s'éloigna de lui en poussant un cri aigu et désagréable. Il passa alors un bras autour de la taille de Julie, et de sa joue toucha presque celle de la jeune fille.

— C'est bien, aimable coquin, serre ta proie, serre-la bien ; mais voici derrière les buissons quelqu'un qui déjà se dirige vers toi, et qui rabattra tes brillantes espérances.

Le prince prit le bras de Julie, et ils se dirigèrent ensemble vers la hutte. Comme ils étaient près d'y arriver, Kreisler sortit des buissons, s'avança vers eux, et dit en s'inclinant profondément devant le prince : — Quelle belle soirée ! quel air pur ! quel parfum délicieux ! vous devez retrouver ici le beau ciel de Naples, mon très gracieux seigneur.

— Qui êtes-vous ? lui demanda le prince avec hauteur. Mais en même temps Julie retira son bras, tendit affectueusement la main au maître de chapelle, et lui dit : — Que je suis contente de votre retour ! savez-vous que votre absence m'a fait beaucoup de peine ? En vérité, maman me gronde de ce que je pleure et boude comme un enfant aussitôt que vous nous manquez un seul jour. Je serais sans doute malade de chagrin, si je pouvais croire que vous m'oubliez moi et mon chant.

— Ah ! dit le prince, lançant alternativement un regard furieux sur Julie et sur Kreisler, vous êtes M. Kreusel. Le duc s'est exprimé sur votre compte avec beaucoup de bonté.

— Que le ciel bénisse ce bon seigneur, dit Kreisler, j'obtiendrai probablement alors, par son intercession la faveur pour laquelle je voulais vous demander votre puissante protection. J'ai lieu de croire que j'ai obtenu votre bienveillance, puisque dès le premier instant que vous m'avez aperçu, il vous a plu, avec une libéralité toute royale, de me gratifier de l'épithète de pied-plat.

— Il faut convenir, dit le prince en l'interrompant, que vous êtes un homme fort plaisant.

— Pas du tout, dit Kreisler, je ne plaisante pas dans cette circonstance ; je voudrais me rendre à Naples, pour y noter sur le môle quelques chansons de pêcheurs et de brigands, *ad usum delphini*. En votre qualité de protecteur des arts, vous pourriez peut-être me donner quelques lettres de recommandation.

— Je vous le répète, dit le prince en l'interrompant de nouveau, vous êtes un homme fort drôle, et cela me plaît infiniment. Mais je ne veux pas interrompre votre promenade, adieu.

— Non, très gracieux seigneur, dit Kreisler, je ne laisserai point échapper l'occasion qui m'est offerte de me montrer à vous avec tous mes avantages. Vous allez dans la hutte du pêcheur, il y a un petit piano, j'espère que Mlle Julie aura la bonté de chanter un petit duo avec moi.

— De tout mon cœur, dit Julie en saisissant le bras de Kreisler. Le prince se mordit les lèvres, et s'avança fièrement vers la hutte.

— Kreisler, lui dit tout bas Julie, dans quelle singulière agitation vous vois-je ?

— Et toi, dit Kreisler sur le même ton, tu dors, tandis que le serpent s'approche pour te percer de son dard ! Julie le regarda dans le plus profond étonnement. Kreisler, jusque-là, ne l'avait tutoyée qu'une seule fois, dans la plus haute exaltation musicale.

Le duo terminé, le prince s'écria à plusieurs reprises, *brava, bravissima,* et entra ensuite dans les éloges les plus exagérés. Il couvrit les mains de Julie de baisers de feu, lui jura que jamais chant n'avait pénétré son cœur à ce point, et demanda la permission d'imprimer une caresse sur les lèvres qui avaient fait entendre ces sons célestes. Julie recula d'effroi, Kreisler se mit devant le prince et lui dit : — Très gracieux seigneur, il faut croire que mon talent musical vous a très faiblement frappé, puisque vous ne m'accordez aucun des éloges que vous prodiguez à Mlle Julie et que je crois avoir mérités autant qu'elle. Je m'en dédommagerai peut-être par un autre talent. Je suis très fort en peinture, et j'aurai l'honneur de vous montrer le portrait d'une personne dont la vie remarquable et la mort étrange me sont si bien connues, que je puis les raconter dans les plus grands détails. En disant ces mots, il tira une boîte de sa poche, en sortit un petit portrait et le présenta au prince. A peine celui-ci l'eut-il regardé qu'il devint pâle comme la mort. Son œil parut hagard, ses lèvres tremblèrent, et il se précipita hors de la hutte en disant d'une voix étouffée : *Maledetto !*

— Qu'y a-t-il donc, Kreisler ? demanda Julie mortellement effrayée. Au nom du ciel, ne me cachez rien !

— Oh ! ce n'est rien du tout, répondit Kreisler, je viens de chasser le diable. Voyez-vous ce cher prince qui passe le pont, du pas le plus rapide que ses jambes puissent former, il oublie entièrement son rôle d'amoureux, ne regarde plus le lac, n'appelle plus le cygne, et s'éloigne sans regarder derrière lui.

— Kreisler, dit Julie, vos paroles me glacent d'effroi, je pressens quelque malheur. Que pensez-vous du prince ?

Le maître de chapelle s'éloigna de la croisée près de laquelle il se trouvait, et regarda Julie qui avait les larmes aux yeux. — Non, lui dit-il, non, aucune dissonance ne troublera l'harmonie céleste qui règne dans ton âme, aimable enfant. Les démons parcourent le monde, couverts d'un masque trompeur, mais ils n'auront aucun pouvoir sur toi. Soyez tranquille, Julie, laissez-moi garder le secret ; tout est fini maintenant.

En ce moment Mme Benzon entra vivement agitée. — Qu'est-il arrivé, demanda-t-elle ? Le prince a passé près de moi comme un insensé, sans me voir et sans me parler. Son aide de camp est venu au-devant de lui, ils se sont parlés avec véhémence, et tandis que le prince entrait au château, l'adjudant se précipitait dans le pavillon qu'ils habitent. Le jardinier m'a dit que tu as été sur le pont avec le prince ; un horrible pressentiment m'agite, dis-moi ce qui s'est passé. — Julie alors raconta tout.

— Des secrets, dit Mme Benzon, avec aigreur, et jetant un coup d'œil pénétrant sur Kreisler.

— Excellente dame, dit celui-ci, il est des instants, des positions, où l'homme doit se taire, car s'il ouvrait la bouche, il ne dirait que des choses incohérentes et propres à impatienter les gens raisonnables.

Il en resta là, quoique Mme Benzon parût très fâchée de son silence.

Kreisler accompagna la conseillère et Julie jusqu'au château, d'où il retourna à Sieghartsweiler. Dès qu'il eut disparu sous le feuillage des arbres, l'adjudant sortit du pavillon et prit le même chemin. Peu de temps après, on entendit au fond de la forêt un coup de pistolet.

Le prince quitta Sieghartsweiler la même nuit, annonçant son départ au duc, par une lettre, où il promettait un prompt retour. Quand, dans la matinée, le jardinier parcourut le parc avec son monde, on trouva le chapeau de Kreisler couvert de sang, et toutes les démarches pour le découvrir lui-même furent infructueuses. On…

TROISIÈME PARTIE

LE MANUSCRIT DE MURR

Mois d'apprentissage. — Jeu singulier du hasard

... Un désir vague remplit le cœur, mais à peine a-t-on atteint à ce qu'on cherchait avec la plus vive ardeur, que le désir se change en une indifférence glaciale, on rejette ce qu'on vient d'obtenir comme un joujou usé. Mais un regret soudain suit cette précipitation ; on lutte de nouveau, et la vie se passe ainsi, entre le désir et le dégoût. Tel est le chat.

Le premier devoir d'un biographe est d'être véridique, et surtout de ne pas dissimuler ses défauts. J'avouerai donc franchement, et la patte sur le cœur, que, malgré le zèle incroyable avec lequel je m'élançais vers les sciences et les lettres, le souvenir de ma tendre Mismise venait souvent interrompre mes doctes travaux. Je me disais que j'avais eu tort de l'abandonner aussi vite, que j'avais repoussé un cœur aimant, momentanément aveuglé par une erreur passagère. Plus d'une fois, au milieu des problèmes de Pythagore (car j'étudiais en ce moment les mathématiques), une jolie patte de velours vint se glisser entre moi et les lignes de l'hypothénuse : je vis devant moi la dame Mismise, son joli bonnet noir, et ses regards pétillants partant des yeux verts les plus beaux du monde. Mais tout à coup, lorsque mon amour s'éveillait dans toute sa force, dans toute sa fraîcheur, le séduisant fantôme disparaissait. Ces rêveries me jetèrent dans une langueur d'autant plus nuisible aux travaux de l'esprit qu'elle ne tarda pas à se changer en une paresse à laquelle je ne pus résister. Je voulus m'arracher avec force à cet état pénible, prendre une résolution prompte et aller chercher Mismise; mais j'avais à peine posé la patte sur la première marche de l'escalier qui devait me conduire aux régions supérieures qu'habitait Mismise, que la honte me saisit, je reculai, et j'allai me cacher sous le poêle.

Malgré ces peines morales, je jouissais d'un bien-être physique tout à fait extraordinaire. J'augmentais, sinon en science, du moins en rotondité; et je remarquai avec plaisir dans une glace que ma figure, déjà d'une fraîcheur charmante, commençait à avoir quelque chose d'imposant. Mon maître ne tarda même pas à s'apercevoir du changement opéré dans ma manière d'être. Jadis je faisais et faisais des sauts de joie quand il me présentait un mets friand; je me roulais à ses pieds ou sautais sur ses genoux, lorsque, en se levant le matin, il me disait: — Bonjour, Murr. Maintenant je ne faisais plus rien de tout cela: je me contentais d'un léger miaou, et de ce mouvement doux et imposant que le lecteur doit connaître sous le nom de dos de chat. Je dédaignais même le jeu de l'oiseau, qui avait eu pour moi jadis tant d'attraits. La description de ce jeu peut être fort utile aux jeunes gens de mon espèce qui s'occupent de gymnastique ou de tournois. Mon maître attachait au bout d'un long fil une ou plusieurs plumes à écrire, et les faisait sauter en les tirant à lui; caché dans un coin et saisissant le moment favorable, je m'emparais du hochet que je mettais en pièces. Ce jeu me captivait quelquefois à tel point que je croyais tenir un véritable oiseau, et que, par cet exercice, mon physique et mon esprit acquéraient de nouvelles forces. Mais je le dédaignais maintenant, et mon maître avait beau agiter devant moi le paquet de plumes qui touchait jusqu'au coussin où je reposais nonchalamment, sans que je fisse autre chose que de lever la patte d'un air distrait. — Matou, me dit un jour mon maître, matou, tu n'es plus le même, tu deviens chaque jour plus lourd et plus paresseux, je crois que tu dors et que tu manges trop.

Ces paroles furent pour moi un trait de lumière, je n'avais jusqu'alors accusé de ma langueur que Mismise; mais je reconnus tout d'un coup, combien la vie animale avait repris ses droits, et m'avait éloigné de mes études sublimes. Parmi les divers moyens employés par la nature ou par l'art, à enchaîner la liberté morale aux caprices de ce tyran qu'on appelle le corps, je mets au premier rang, la bouillie composée de farine, de lait et de beurre, ainsi qu'un coussin large, épais et moelleux. La servante de mon maître, faisait à merveille la bouillie dont je parle, et chaque matin elle m'en donnait deux assiettées; mais, après l'avoir mangée, les sciences me préparaient une nourriture fort sèche, et je n'étais guère plus avancé, si, les mettant de côté, je me rejetais sur la poésie. Les œuvres les plus vantées, les tragédies les plus célèbres, ne pouvaient fixer un instant mon esprit, et, comparant leurs auteurs avec la servante de mon maître, je m'apercevais que celle-ci s'entendait beaucoup mieux que les autres à observer les gradations convenables, du doux et du fort.

Ces réflexions me conduisaient au coussin, je m'y endormais doucement, et la tendre image de Mismise m'apparaissait. Oui, sans doute, le maître avait raison, je mangeais, je dormais trop. Aussi avec quelle fermeté stoïque ne formai-je pas la résolution d'être plus tempérant à l'avenir. Mais la nature du matou est faible, les résolutions les plus énergiques, les plus sublimes, disparaissent devant l'aspect de la bouillie et du coussin rembourré. Un jour, au moment où mon maître sortait, je l'entendis dire à quelqu'un : — Eh bien ! soit, peut-être la société parviendra-t-elle à l'égayer, mais si vous faites des sottises, si vous sautez sur les tables, ou si vous cassez quelque chose, je vous jetterai tous les deux par la croisée.

En disant ces mots il entrouvrit la porte et fit entrer quelqu'un que je reconnus avec peine pour mon ami Mucius. Ses poils ordinairement polis et luisants étaient en désordre; il avait les yeux enfoncés dans la tête, et ses manières qui, quoique rudes étaient ordinairement supportables, avaient maintenant une empreinte de hauteur et de brutalité.

— Eh bien ! me dit-il, on vous trouve, enfin, il faut donc vous aller chercher derrière votre maudit poêle. Mais permettez ! En disant ces mots il s'approcha d'une assiette où étaient des poissons frits que je réservais pour mon souper, et qu'il mangea sans façon. — Dites-moi donc, me demanda-t-il tout en mangeant, où diable vous tenez-vous, pourquoi ne venez-vous plus sur les toits et partout où règne la gaieté ?

Je lui déclarai qu'ayant renoncé à l'amour de Mismise, je ne m'occupais plus que des sciences, et que j'avais renoncé à toutes les promenades. Que la société ne m'offrait aucun charme, ayant chez mon maître tout ce que le cœur peut désirer, bouillie au lait, viandes, poissons, couche moelleuse, etc. J'ajoutai qu'une vie paisible et sans inquiétude était tout ce que pouvait désirer un matou ayant mes goûts et mes inclinations.

— Votre poisson était excellent, me dit Mucius, en s'essuyant légèrement avec sa patte recourbée, la gueule, la barbe et les oreilles, et s'asseyant auprès de moi sur le coussin. — Il avait un goût exquis, du reste, je vous dirai, mon cher, que vous pouvez regarder comme un bonheur, que j'aie eu l'idée de vous visiter et que le maître m'ait laissé entrer sans difficulté. Vous êtes dans le plus grand danger où puisse se trouver un matou, doué d'esprit dans la tête et de vigueur dans les membres, c'est-à-dire que vous courez le risque de devenir un vilain, un abominable misanthrope. Vous prétendez que vous donnez trop de temps aux sciences pour qu'il vous en reste pour visiter les matous ; pardonnez-moi, mon frère, mais cela est faux. Vous n'avez pas du tout l'air d'un pédant, d'un chat enfoncé dans l'étude, vous êtes au contraire, rond, luisant et de bonne mine. C'est la vie heureuse et commode que vous menez, qui vous rend lourd et paresseux, vous ne seriez pas aussi gras, si, comme moi, vous étiez obligé de vous tourmenter pour attraper quelque petit oiseau, ou voler quelques arêtes de poisson.

— Je croyais, monsieur, lui dis-je, que votre position était heureuse.

— Nous parlerons de cela une autre fois, me dit Mucius avec colère, en attendant, ne m'appelez pas monsieur, je vous en prie, mais simplement vous, jusqu'à ce que nous soyons plus liés. Vous êtes misanthrope, et vous ignorez comment.

M'étant excusé auprès de Mucius, il me dit d'un ton un peu radouci : — Je vous l'ai dit, frère Murr, votre manière de vivre ne vaut rien ; il vous faut aller dans le monde.

— Dans le monde ! m'écriai-je épouvanté, frère Mucius, y pensez-vous ? Avez-vous donc oublié comment j'y sautai d'une calèche anglaise, dans ce monde ! comment je fus ramené chez mon maître par Punto, et tous les dangers que je courus ?

— Oui, dit Mucius, oui, voilà l'affaire, ce bon Punto, cet hypocrite achevé vous sauva parce qu'il n'avait rien de mieux à faire, en ce moment, parce que cela l'amusait. Il ne vous reconnaîtrait plus maintenant si vous le cherchiez dans ses assemblées, il vous en chasserait même, parce que vous n'êtes pas de son espèce, lui qui, au lieu de vous introduire dans le vrai monde ne vous parla que des sottes histoires des hommes. Oui, cher Murr, cet événement vous a montré un monde tout différent de celui où vous devriez être. Croyez-moi, vos études solitaires, loin de vous être utiles, ne pourront que vous nuire, car rien n'est ennuyeux comme un chat misanthrope[86].

J'avouai franchement à mon ami que je ne comprenais pas parfaitement la signification de misanthrope, ni son opinion à lui-même.

— Mon frère, me répondit-il d'une manière agréable, qui le rendit fort joli, et le fit ressembler enfin au Mucius que j'avais connu jadis, ô mon frère, il me serait bien difficile de vous donner ces explications. Si cependant vous voulez vous contenter d'une légère ébauche des principaux traits d'un chat misanthrope, je vous dirai...

ONZIÈME FRAGMENT

De maculature

... spectacle fort singulier. La princesse était debout, au milieu de la chambre, d'une pâleur mortelle, et le regard immobile. Le prince Ignace jouant avec elle comme une marionnette, s'amusait à lever son bras qui retombait aussitôt qu'il l'abandonnait ; il la poussait devant lui, et elle marchait, il l'arrêtait et elle se tenait immobile ; il finit par la pousser sur une chaise où elle tomba et demeura assise. Le prince était tellement occupé de ce jeu, qu'il ne faisait attention à aucune des personnes qui entraient.

— Que faites-vous là, prince ? lui demanda la duchesse. A quoi il répondit en riant et se frottant les mains, que sa sœur Hedwige, devenue tout à fait aimable, faisait tout ce qu'il lui demandait, et avait cessé de le gronder et de le contrarier comme autrefois. Et là-dessus, il recommença à donner à Hedwige diverses positions, comme un sous-officier qui exerce un jeune soldat, et toujours plus enchanté de voir une pareille docilité.

— Voilà qui est insoutenable, dit la duchesse, d'une voix étouffée et tremblante, et les larmes aux yeux ; en même temps le médecin s'avança vers Ignace, et lui dit d'un air sec et absolu : — Finissez, prince. Il prit ensuite Hedwige dans ses bras, tira les rideaux et dit à la duchesse : — Pour le moment rien ne peut lui être aussi avantageux, que le repos le plus absolu. Je vous prie de faire sortir le prince.

Ignace écouta cette demande de fort mauvaise humeur, et se plaignit en sanglotant, que beaucoup de personnes qui étaient loin d'être princes et même nobles, se plaisaient à le contredire. Il assura qu'il voulait rester près de sa sœur, qu'il aimait mieux maintenant, disait-il, que ses plus belles tasses, et que d'ailleurs, le docteur n'avait rien à lui ordonner.

— Allez dans votre chambre, cher prince, dit la duchesse avec beaucoup de douceur, votre sœur a besoin de repos, et après le dîner Mlle Julie viendra.

— Mlle Julie, s'écria le prince, en riant et en sautant, ah ! c'est fort bien, je lui montrerai mes nouvelles gravures, et comment, dans l'histoire du roi des eaux, je suis peint en prince des saumons, avec un grand ordre sur la poitrine. A ces mots, il baisa cérémonieusement la main de la duchesse, et présenta la sienne d'un air hautain au médecin qui le conduisit à la porte où il le laissa en faisant une légère inclination de tête.

La duchesse, accablée de douleur, tomba épuisée dans un fauteuil, cacha sa figure dans ses deux mains, et dit avec l'expression du plus profond désespoir : — Quel crime ai-je donc pu commettre, pour que le ciel me punisse si sévèrement ? Mon fils est condamné à une éternelle enfance, et maintenant Hedwige, ma chère Hedwige... Elle se tut et resta plongée dans de sombres réflexions.

Le médecin cependant avait fait prendre, avec beaucoup de peine à la princesse, quelques gouttes d'une liqueur fortifiante, et avait appelé les femmes qui emportèrent Hedwige, toujours dans le même état d'insensibilité, dans son appartement.

— Madame, dit le médecin à la duchesse, quelque étonnant, quelque affreux, que puisse paraître l'état de la princesse, je crois pouvoir assurer qu'il cessera bientôt sans laisser la moindre trace fâcheuse. Elle est atteinte de cette espèce particulière de tétanos si rare, que plus d'un médecin célèbre n'a jamais eu occasion de l'observer, et je dois m'estimer heureux... Il s'arrêta.

— Ah ! oui, dit la duchesse, d'un ton amer, je reconnais là les praticiens. Ils ne craignent pas de voir les souffrances les plus intolérables, pourvu qu'elles leur fournissent des sujets d'observations.

— J'ai lu il y a peu de temps, continua le docteur, sans faire attention à ce reproche, j'ai lu dans un ouvrage de médecine, le détail d'un accident qui ressemble en tout à celui qu'éprouve la princesse. Une dame, dit l'auteur[87], s'était rendue de Vesoul à Besançon pour y terminer un procès. L'importance de l'affaire, l'idée que la perte de sa cause la plongerait dans une affreuse misère, la remplirent d'une inquiétude qui détermina bientôt la plus vive excitation. Elle passait les nuits sans sommeil, mangeait peu, et souvent on la voyait à l'église, tomber à genoux et prier avec une véhémence remarquable. Le jour où son procès fut jugé, elle éprouva un accident que les personnes présentes prirent pour une attaque d'apoplexie. Les médecins la trouvèrent dans un fauteuil, sans mouvement, les yeux étincelants et levés vers le ciel, les paupières immobiles, les bras levés et les mains jointes. Sa figure autrefois pâle et décolorée, était fraîche et animée, sa respiration libre et égale, son pouls doux, lent, assez plein, et semblable à celui d'une personne endormie. Les membres étaient flexibles et se prêtaient sans résistance à toutes les positions, mais ils n'en changeaient jamais d'eux-mêmes. On tira le menton en bas, la bouche s'ouvrit et ne se referma pas ; on leva un bras, puis l'autre, et ils ne retombèrent pas ; on les tourna vers le dos, on les éleva au-dessus de la tête, dans une position qu'une personne en santé n'aurait pu garder, et la malade s'y maintint. On avait beau courber et incliner son corps, il restait toujours dans le plus parfait équilibre. On la secoua, on la pinça, on posa ses pieds sur un brasier ardent ; on lui cria dans l'oreille qu'elle allait gagner son procès, tout fut inutile, elle ne donna aucun signe spontané de vie. Cependant elle revint peu à peu à elle-même, mais ses idées étaient incohérentes. Enfin…

— Continuez, dit la duchesse, voyant que le médecin s'arrêtait, continuez, ne me cachez rien. Elle devint folle, n'est-ce pas ?

— Il suffit d'ajouter, reprit le docteur, que le danger ne dura que quatre jours, et qu'à Vesoul où l'on avait ramené cette dame, elle guérit parfaitement et ne conserva pas la moindre trace d'une maladie aussi cruelle et aussi extraordinaire.

La duchesse retomba dans ses sombres réflexions, et le

médecin énuméra les moyens qu'il se proposait d'employer, et fit des dissertations savantes, comme s'il eût été en présence de plusieurs membres de la faculté.

— Mais enfin, dit la duchesse en l'interrompant, à quoi serviront ces remèdes que la science nous prodigue, si c'est la lucidité de l'esprit qui est perdue sans retour ?

Le médecin garda quelques instants le silence et dit ensuite : — L'exemple du singulier tétanos de la dame de Besançon nous prouve, madame, que la cause de sa maladie était morale. Quand elle eut repris ses sens, on commença son traitement par lui dire que son procès était gagné, et par chercher à relever son moral. Les plus fameux médecins, du reste, conviennent que cet état peut très souvent être produit par une vive excitation. La princesse Hedwige est irritable au plus haut degré. Il paraît donc certain que sa maladie n'a d'autre origine qu'une violente émotion. Il faut en connaître la cause pour pouvoir agir avec succès. Le prompt départ du prince Hector… Une mère pourrait connaître cela mieux que le médecin, et indiquer à celui-ci les meilleurs remèdes pour une prompte guérison.

La duchesse se leva et dit avec froideur et fierté : — La bourgeoise elle-même cache les secrets de son cœur ; les princesses d'un sang royal n'avouent leurs sentiments qu'à l'église, ou à quelques serviteurs de confiance, parmi lesquels le médecin ne peut être compté.

— Comment ! s'écria le docteur avec vivacité, qui peut séparer aussi sévèrement le physique du moral ? Le médecin est un second confesseur ; il doit lui être permis de visiter les plus cachés replis de l'âme, si l'on ne veut qu'il commette à chaque instant des erreurs. Songez, madame, à l'histoire de ce prince malade qui…

— C'en est assez, dit la duchesse presque indignée, on ne me poussera jamais à commettre une inconvenance, d'autant plus que je ne crois pas qu'une inconvenance dans l'idée, ou même dans le sentiment, ait pu causer la maladie de ma fille. Elle sortit à ces mots, laissant le médecin au milieu de la chambre.

— Singulière femme que cette duchesse, dit celui-ci en lui-même, elle croit et voudrait persuader aux autres que le ciment, dont la nature se sert pour réunir l'âme au corps, est d'une espèce différente chez les personnes du sang royal et chez nous, pauvres mortels d'extraction bourgeoise. Selon elle, on a tort de croire que la princesse a un cœur. Ainsi, un courtisan espagnol refusait le présent de bas de soie que de bons Flamands offraient à sa reine, parce qu'il était indiscret, disait-il, de supposer qu'une souveraine d'Espagne eût des pieds comme les autres femmes. Je gagerais cependant que c'est dans le cœur, foyer de tous les maux qui accablent les femmes, qu'il faut chercher la cause de cette horrible maladie nerveuse dont souffre la princesse.

Le docteur se rappela le prompt départ du prince Hector, l'irritabilité de la princesse, et il en conclut qu'une querelle amoureuse avait blessé Hedwige au point de la rendre malade. On verra si ces conclusions étaient fondées ou non ; mais il est probable que la duchesse, partageant cette manière de voir, trouvait toutes les recherches, toutes les questions à cet égard inconvenantes, parce que les cours en général rejettent comme indécent et ignoble tout ce qui ressemble à un sentiment profond.

La duchesse ne manquait ni d'âme ni de cœur, mais ce monstre, moitié ridicule, moitié affreux, auquel on a donné le nom d'étiquette, s'était posé comme un cauchemar sur sa poitrine, et empêchait que le moindre soupir, le plus léger signe de vie intérieure pussent en sortir. Elle parvint donc à supporter des scènes semblables à celle qui venait de se passer entre le prince Ignace et sa sœur, et à renvoyer froidement ceux qui ne demandaient qu'à secourir Hedwige.

Tandis que cela se passait au château, plusieurs événements dignes d'être racontés avaient eu lieu dans le parc.

Sous le bosquet à gauche de l'entrée, le gros maître des cérémonies prenait dans sa poche une petite tabatière en or, l'essuyait avec la manche de son habit, et après y avoir pris une prise, la présentait au premier chambellan du duc en lui disant : — Très respectable ami, je sais que vous aimez ces petits objets, recevez donc cette tabatière comme un témoignage de ma bienveillance sur laquelle vous pouvez toujours compter. Mais dites-moi, mon cher, quelle a été la cause de cette singulière promenade ?

— Recevez mes très humbles remerciements, dit le valet de chambre, en mettant la tabatière dans sa poche. Ensuite il toussa, et continua ainsi : — Je puis vous assurer, très gracieuse excellence, que le très gracieux seigneur est fort alarmé depuis que la très gracieuse princesse Hedwige a perdu, on ne sait comment, l'usage de ses sens. Aujourd'hui, il s'est tenu pendant plus d'une demi-heure, debout devant la croisée, frappant un carreau, avec la main droite, de manière à tout ébranler ; mais ce n'était que des marches fort jolies et fort gaies, comme le disait feu mon beau-frère le trompette de la cour. Votre excellence sait que feu mon beau-frère, le trompette de la cour, était un homme fort habile.

— Je sais tout cela, dit le maître des cérémonies impatienté. Je sais que feu monsieur votre beau-frère était un homme fort habile, mais que fit, que dit son altesse, après avoir daigné battre ces marches sur les vitres ?

— Ce qu'elle fit, dit le valet de chambre, ma foi pas grand-chose ; son altesse se retourna, me regarda fixement avec des yeux étincelants, tira la sonnette d'une manière épouvantable et cria en même temps : — François, François ! — Altesse, me voilà, lui dis-je. Mais le gracieux seigneur me répondit d'un ton de colère : — Imbécile, pourquoi ne pas le dire plus tôt ? Mon habit de promenade. Je le lui présentai, et son altesse daigna mettre sa redingote de taffetas vert sans décoration et se rendit dans le parc, en me défensant de la suivre. Il faut pourtant, me dis-je, savoir où est monseigneur, dans le cas où un malheur... Enfin je le suivis de loin, et je vis que son excellence se rendait à la hutte du pêcheur.

— Chez maître Abraham ? s'écria le maître des cérémonies avec étonnement.

— Comme vous le dites, reprit le valet de chambre d'un air mystérieux.

— Dans la hutte du pêcheur ? répéta le maître des cérémonies. Jamais son altesse n'a été voir le maître Abraham dans la hutte du pêcheur...

Un silence imposant suivit ces mots. Enfin le maître

des cérémonies demanda : — Et du reste, son altesse ne dit rien du tout ?

— Rien du tout, répondit le valet avec importance. Mais, continua-t-il avec finesse, une croisée de la hutte du pêcheur donne sur le plus épais de la forêt, et il y a là un enfoncement d'où l'on entend chaque mot qui se dit dans la maisonnette. On pourrait…

— Ah ! si vous vouliez ? s'écria le maître des cérémonies, transporté.

— Je le ferai, répondit le valet, et il s'en alla doucement ; mais en sortant du bosquet, il vit le duc qui retournait au château et passa si près de lui, qu'il recula dans un respectueux effroi.

— Dormez bien, cria le prince, et il s'éloigna avec le valet de chambre qui le suivit.

Le maître des cérémonies resta ébahi. — Hutte du pêcheur, — maître Abraham, — dormez bien, murmura-t-il ; et il résolut aussitôt d'aller chez le grand chancelier pour se concerter avec lui sur cet événement extraordinaire et conjecturer, s'il était possible, ce qui devait en résulter à la cour.

Maître Abraham avait accompagné le duc jusqu'au bosquet où se trouvaient le maître des cérémonies et le valet de chambre. Là, il avait reçu ordre de rentrer chez lui, parce que le duc avait désiré que, des croisées du château, on ne le vît pas en sa compagnie. Le lecteur a déjà vu à quel point le duc avait réussi à cacher sa visite. Mais outre le valet de chambre, une autre personne encore l'avait observé à son insu.

Maître Abraham était presque rendu à son habitation, quand la conseillère Benzon sortit des allées qui commençaient à s'obscurcir.

— Eh bien ! cria-t-elle, le duc a cherché des conseils auprès de vous, en effet, vous êtes le vrai soutien de la maison ducale, vous communiquez votre sagesse au père et au fils, et si le bon conseil est cher ou hors de prix…

— Alors, interrompit maître Abraham, il y a une conseillère qui est la véritable étoile dont l'éclat répand ici toute la vérité, et sous l'influence de laquelle se trouve un pauvre facteur qui ne veut que finir tranquillement sa vie.

— Ne plaisantez pas aussi amèrement, maître Abraham, une étoile qui a brillé peut pâlir en s'éloignant de notre horizon, et disparaître enfin tout à fait. Les événements les plus bizarres paraissent vouloir se croiser dans cette famille solitaire qu'une petite ville et une douzaine d'autres personnes se plaisent à appeler une cour. Le prompt départ de cet époux tant désiré, l'état effroyable d'Hedwige, auraient dû navrer de douleur le cœur du duc, s'il n'était pas tout à fait insensible.

— Vous n'avez pas toujours été de cette opinion, dit le maître Abraham.

— Je ne vous comprends pas, reprit Mme Benzon d'un ton de mépris.

Le duc Irénéus, entraîné par la confiance que le maître Abraham lui inspirait, et par la supériorité intellectuelle qu'il était forcé de renconnaître en lui, avait mis de côté toutes les considérations ducales, et lui avait montré son cœur à découvert. D'un autre côté, Mme Benzon n'avait pu lui arracher une réponse sur les derniers événements. Le maître le savait, et aussi, il trouvait la susceptibilité de la conseillère fort naturelle, quoiqu'il s'étonnât que, froide et dissimulée comme elle l'était, elle ne sût pas mieux la dissimuler. La conseillère de son côté était profondément blessée de voir le monopole de tutelle qu'elle exerçait sur le prince ébranlé dans un moment aussi critique et aussi important. Par certaines raisons qui, peut-être, se développeront plus tard, le mariage d'Hedwige et du prince Hector était le vœu le plus ardent de son cœur. Il s'agissait de ce mariage, et elle devait craindre dans cette affaire l'intervention de toute autre personne. D'ailleurs elle se vit pour la première fois entourée de secrets impénétrables ; pour la première fois, le duc se taisait en sa présence. Pouvait-on la blesser plus cruellement, elle qui était habituée à diriger tous les ressorts de cette cour imaginaire ?

Maître Abraham savait parfaitement qu'un calme imperturbable est ce qu'il y a de mieux à opposer à une femme irritée. Aussi il ne dit mot, et marcha silencieusement à côté de Mme Benzon qui, d'un air distrait, se tourna vers le pont que le lecteur connaît déjà. S'appuyant sur le parapet, elle contempla la forêt que le soleil dorait de ses derniers regards.

— Quelle belle soirée, dit-elle sans se retourner.

— Aussi belle, aussi calme qu'une âme sans remords et sans inquiétude, répondit maître Abraham.

— Vous ne sauriez m'en vouloir, continua la conseillère, si je suis douloureusement affectée de voir que tout d'un coup le duc vous choisit pour confident, ne consulte que vous, dans une affaire sur laquelle une femme qui connaît le monde saurait bien mieux l'éclairer. Mais cette petite susceptibilité que je ne pouvais dissimuler est maintenant entièrement dissipée, et je suis tout à fait calmée. Le duc aurait dû me dire lui-même ce que j'ai appris par une autre voie, mais je ne puis que vous louer de ce que vous lui avez répondu, car sachez que j'ai entendu chaque mot de votre conversation.

A ces mots maître Abraham se sentit pénétré d'un sentiment mêlé d'une ironie amère et d'un profond mépris. Ainsi que le valet de chambre du duc, il s'était aperçu que de derrière les buissons plantés près de la croisée, on pouvait entendre tout ce qui se disait dans la maisonnette, mais par un arrangement acoustique, il était parvenu à réduire la conversation à un son qui ne laissait parvenir au curieux qu'un bruit confus, et ne lui permettait pas de distinguer un seul mot. Il souriait donc intérieurement de pitié, en voyant que Mme Benzon se servait d'un tel subterfuge pour découvrir des secrets que le duc seul pouvait connaître, et qu'il n'avait pas même confiés à maître Abraham, car on saura plus tard ce qu'il lui avait dit dans la hutte du pêcheur.

— Oh ! gracieuse dame, s'écria-t-il, c'est le génie féminin, entreprenant et actif, qui conduisit vos pas vers la maisonnette. J'allais vous raconter tout au long ce que le duc vient de me confier ; mais cette explication devient désormais inutile, puisque déjà vous savez tout.

Il avait si bien su prendre le ton d'une aimable cordialité, que Mme Benzon, malgré toute sa dignité, sa sagacité, ne put deviner si on la mystifiait ou non, et l'embarras où elle se trouva fit rompre tous les fils dont elle aurait pu se servir pour tendre un nœud coulant au maître. Cherchant donc vainement des paroles, elle resta comme enchantée sur le pont, et regarda le lac.

Le maître jouit un instant de cet embarras; mais bientôt sa pensée se reporta aux événements de la journée, et comme il savait que Kreisler y avait été pour beaucoup, une profonde douleur le saisit, et ces mots: Pauvre Jean! s'échappèrent involontairement de ses lèvres.

Mme Benzon se tourna brusquement vers lui et lui dit avec véhémence: — Vous n'êtes pas assez fou, j'espère, pour croire à la mort de Kreisler [88]. Que signifie, dites-moi, un chapeau ensanglanté? Quelle raison aurait pu le pousser à l'affreuse résolution de se suicider? D'ailleurs on eût retrouvé son cadavre.

Le maître ne fut pas peu étonné d'entendre parler de suicide au sujet d'un événement qui pouvait faire naître toute autre espèce de soupçon; mais avant qu'il eût pu répondre, la conseillère continua: — Je suis heureuse que ce malheureux soit parti. Il ne portait que le désordre partout où il se présentait. Ses manières passionnées, son aigreur, car on ne peut nommer autrement son esprit tant vanté, se communiquent à tout ce qu'il l'entoure. Si le mépris ironique pour tous les liens sociaux, si l'opposition à toutes les formes reçues prouvent la supériorité d'esprit, nous devons fléchir le genou devant ce maître de chapelle. Mais cependant, qu'il nous laisse en repos, qu'il ne cherche pas à détruire tout ce qui est admis comme capable d'assurer le bonheur et d'affermir la tranquillité. Ainsi, le ciel soit loué de son départ, j'espère bien ne le revoir jamais.

— Et cependant, madame, dit le maître avec douceur, vous avez été autrefois l'amie de Jean, vous vous êtes occupée de lui dans un moment fort critique, et vous l'avez ramené dans le bon chemin, dont il n'avait été écarté que par ces rapports sociaux que vous défendez avec tant de chaleur. Quel reproche peut-on lui adresser? Quel défaut lui a-t-on découvert? doit-on le haïr, parce que dans les premiers moments de son existence, la vie se présenta à lui en ennemie, parce que le crime le menaça, parce que… un bandit italien le guetta ?

La conseillère fut visiblement affectée par ces mots. — Quelle idée infernale, dit-elle, cachez-vous dans votre cœur ? Du reste, si Kreisler avait péri de cette manière, on n'eût fait que venger la femme dont il avait fait le malheur ; car c'est à lui seul que j'attribue l'état horrible où se trouve la princesse ; il a tendu dans son cœur des cordes avec tant de force qu'elles ont fini par se briser.

— Dans ce cas, dit maître Abraham avec malignité, le seigneur italien est un homme prompt dans ses résolutions, qui emploie la vengeance avant l'offense. Puisque vous avez entendu ma conversation avec le duc, vous savez, madame, qu'Hedwige resta privée de connaissance, au moment où l'on entendit le coup dans la forêt [89].

— En effet, reprit Mme Benzon, il faudra bientôt croire à toutes ces histoires chimériques qu'on nous donne maintenant, à des rapports sympathiques, etc. Mais, je le répète, heureusement il est parti, l'état de la princesse peut et doit changer, puisque le sort a chassé celui qui troublait notre repos. — Elle s'arrêta, mais le maître sentit redoubler sa colère qu'il n'avait contenue qu'avec peine. Qu'avez-vous tous contre ce Jean, s'écria-t-il avec véhémence ? quel mal vous a-t-il fait pour lui refuser tout asile sur cette terre ? Je le sais et je vais vous le dire : — Kreisler ne porte pas vos couleurs, il ne comprend pas vos phrases, le siège que vous lui présentez pour qu'il prenne place parmi vous, est trop petit pour lui. Il ne veut pas reconnaître l'éternité des conventions que vous avez faites sur la forme de la vie, il croit même qu'une erreur singulière ne vous permet pas de voir la véritable vie, et que la solennité avec laquelle vous croyez régner sur un empire que vous ne connaissez même pas, est quelque chose de fort comique. Voilà ce que vous appelez aigreur. Vous ne voulez pas de Kreisler parce que le sentiment de cette supériorité que vous êtes forcées de reconnaître en lui vous blesse, parce que vous le craignez, lui qui s'occupe de choses trop sublimes pour qu'elles puissent entrer dans votre cercle rétréci.

— Maître Abraham, dit Mme Benzon d'une voix étouffée, le zèle avec lequel tu défends ton ami te pousse trop loin. Tu voulais me blesser, eh bien, tu as réussi, car tu as réveillé en moi des souvenirs depuis longtemps endormis. Sais-tu, si je n'ai pas trouvé, dans ces liens sociaux que Kreisler méprise, le repos et la consolation? Ne penses-tu pas, ô vieillard, toi qui as éprouvé plus d'un chagrin, qu'il est dangereux de vouloir se mettre au-dessus de ces liens. Je sais que Kreisler m'accuse de froideur et d'insensibilité, et tu me répètes ce jugement. Mais avez-vous pénétré cette glace qui, depuis longtemps, entoure ma poitrine comme un bouclier. Notre être entier se forme et se développe au moment d'un premier amour. Si le sort veut que ce moment soit manqué, la vie entière de la femme est sans intérêt et sans but, mais si elle a été douée par la nature d'une force intellectuelle supérieure, les rapports de la vie ordinaire la consolent et la soutiennent. Je puis te le dire, vieillard, quand arriva le moment où je vis celui qui m'enflamma de l'amour le plus brûlant dont le cœur soit susceptible, j'étais déjà à l'autel, avec ce Benzon, qui eut toutes les qualités d'un époux, et dont la complète nudité ne me laissait rien à désirer de tout ce qui pouvait me faire passer une vie calme et tranquille. Ni plaintes ni reproches ne m'échappèrent jamais, et je me renfermai dans le cercle ordinaire de la vie. Mais si, dans ce cercle même, plusieurs choses m'entraînèrent en erreur, si je ne puis excuser ce qui ne paraît coupable que par l'entraînement du moment, j'en appelle pour mon pardon à elles qui, comme moi, ont passé par la lutte douloureuse qui se termine par la renonciation à un bonheur suprême, ce bonheur ne fût-il qu'un rêve. Je fis plus tard la connaissance du duc Irénéus. Mais je me tais sur ce qui s'est passé depuis longtemps, et ne veux parler que du présent. Je t'ai permis de jeter un regard dans mon cœur; tu sais maintenant pourquoi je dois craindre le mélange de tout principe étranger. Mon sort m'apparaît comme un spectre hideux, et me prescrit de sauver ceux qui me sont chers des maux que j'ai soufferts. Mes plans sont dressés pour cet effet. Maître Abraham, si vous voulez lutter avec moi, craignez que je ne déjoue tout ce que vous pourrez faire.

— Femme infortunée ! s'écria Abraham.

— Vous m'appelez infortunée, moi qui ai su lutter contre un sort ennemi et obtenir le repos et la satisfaction, quand tout paraissait perdu sans retour.

— Femme infortunée, répéta le maître Abraham, d'un ton de voix qui trahissait son émotion, tu crois avoir obtenu le repos et la tranquillité, et tu ne vois pas que le désespoir, semblable à un volcan, a rejeté toutes les flammes de ton cœur, et tu prends la cendre morte, qui ne portera jamais ni fleurs ni verdure, pour le riche champ de la vie qui doit te donner des fruits. Tu veux élever un édifice artificiel sur un fondement miné par la foudre, et tu ne crains pas sa chute, au moment où des bouquets et des rubans annonceront, sur le faîte, le triomphe de l'architecte. Julie, — Hedwige, — je sais que c'est pour elles que tu formes ces projets. Malheureuse femme, prends garde que ce sentiment affreux, que cette aigreur dont tu accuses à tort mon ami, ne s'élèvent pas de ton propre cœur, et que tes sages projets ne soient autre chose que la résistance à un bonheur dont tu n'as jamais joui et que tu refuses maintenant à ceux que tu aimes. Je connais plus, que tu ne crois, et tes projets et ces liens de la vie tant vantés, qui devaient te donner le repos, et qui ne te conduisirent qu'à une honte coupable.

Un cri étouffé, que Mme Benzon poussa à ces derniers mots, trahit son profond saisissement. Le maître s'arrêta, mais voyant que la conseillère restait immobile et muette, il continua avec calme : — Je ne me sens disposé à rien moins qu'à une lutte contre vous, madame, mais pour en revenir à mes torts dont vous parlez, vous savez fort bien que depuis que ma fille invisible m'a quitté... En ce moment le souvenir de Chiara perdue, s'éleva dans le cœur du maître avec une force inusitée, il crut la voir dans un sombre lointain, il crut entendre sa douce voix. O Chiara, ma Chiara, s'écria-t-il, avec un douloureux attendrissement !

— Qu'avez-vous ? dit Mme Benzon en se retournant brusquement, quel nom prononciez-vous là ? Encore une fois, laissez le passé, ne me jugez pas d'après ces singulières opinions de la vie que vous partagez avec Kreisler, promettez-moi de ne pas abuser de la confiance que le duc Irénéus vous a accordée, et de ne pas combattre mes projets.

Le maître était tellement occupé du souvenir douloureux de sa Chiara, qu'il entendait à peine ce que lui disait la conseillère, et qu'il ne lui répondait que par monosyllabes.

— Ne me refusez pas, maître Abraham, lui répéta-t-elle ; vous connaissez, en effet, à ce qu'il paraît, plus de secrets que je ne le pensais ; mais je puis aussi connaître quelque chose qui vous intéresse peut-être vivement, et vous rendre un service auquel vous êtes loin de penser. Chiara, disiez-vous, avec une expression de douleur qui... Un grand bruit, qu'on entendit du côté du château, interrompit la conseillère. Le maître Abraham revint de sa rêverie. Le bruit...

LE MANUSCRIT DE MURR

... t'en dire ce qui suit : Un chat misanthrope, quelque altéré qu'il soit, commencera toujours par lécher le lait sur le bord de l'assiette, pour ne salir ni sa gueule, ni sa barbe, et rester dans les convenances qui lui paraissent beaucoup plus importantes que la soif. Si tu vas lui rendre visite, il t'offrira tout ce qu'il possède ; mais, à ton départ, tout en t'assurant de son amitié, il mangera seul et en cachette toutes les friandises dont il t'aura parlé. Un chat misanthrope sait trouver, au grenier, dans la cave et partout ailleurs, la place la meilleure et la plus commode, où il s'étend tout à son aise. Il parle beaucoup de ses bonnes qualités, explique très longuement comment il s'est procuré une excellente situation, et comment il se propose de l'améliorer. Mais si tu veux à ton tour parler de toi et de ton sort moins heureux, il fermera les yeux, couchera les oreilles et fera semblant de dormir. Un chat misanthrope lèche souvent sa fourrure pour la rendre plus luisante, et même, à la chasse aux souris, il ne passera jamais sur un endroit mouillé, sans secouer ses pattes à chaque pas, dût-il perdre son gibier, pour paraître, dans toutes les circonstances de la vie, propre, rangé et bien mis. Un chat misanthrope craint et fuit le danger. Si tu t'y trouves, et que tu lui demandes du secours, il sera au désespoir de ce qu'en ce moment, sa position ne lui permet pas de te secourir. En général, tout ce qu'un chat misanthrope dit ou fait est toujours subordonné à mille considérations; il fera, par exemple, des politesses au petit épagneul qui lui a mordu la queue, pour ne pas se brouiller avec le chien de garde dont il a su obtenir la protection, et il profitera d'un guet-apens, pour arracher un œil au même épagneul. Le lendemain, il plaindra ce cher ami de tout son cœur, et jurera avec lui, contre la méchanceté des ennemis cachés. Voilà, mon cher ami Murr, le caractère d'un chat misanthrope, et c'est celui que vous avez adopté. Si je vous dis maintenant qu'un véritable chat est franc, honnête, généreux, toujours prêt à secourir son ami, ne connaissant d'autres considérations que celles qui s'accordent avec l'honneur, et un sens droit, qu'il est, en un mot, l'antipode du chat misanthrope, vous n'hésiterez pas, je l'espère, à sortir de l'état de misanthropie, pour entrer dans celui du brave et véritable chat.

Je sentis vivement la vérité de ces paroles de Mucius, et je reconnus que, jusqu'alors, je n'avais ignoré que le nom de misanthrope et non la chose [90], puisque j'avais déjà vu et cordialement méprisé beaucoup de misanthropes, c'est-à-dire de misérables coquins de chats. Je n'en sentis que plus douloureusement l'erreur par laquelle j'aurais pu être compté parmi ces gens méprisables, et je résolus de suivre en tout les conseils de Mucius. Content de mes dispositions et de ma conduite, Mucius me déclara qu'il était décidé à m'initier, dès la nuit suivante, aux principes des véritables chats, et m'engagea à me trouver vers minuit sur le toit, d'où il me conduirait à une fête que donnait un chat sénior *, le matou Puff.

Mon maître entra en ce moment. Je sautai, comme à mon ordinaire au-devant de lui, je me frottai contre ses genoux, je me roulai sur le parquet pour lui témoigner ma satisfaction, et Mucius, de son côté, le regarda avec de grands yeux brillants de joie. Après que le maître m'eut un peu gratté la tête et le cou, il regarda dans la chambre, et trouvant tout en ordre, il dit : — Voilà qui est bien, votre conversation a été paisible, comme il convient à des gens raisonnables. Cela mérite une récompense.

Il ouvrit la porte qui conduisait à la cuisine, et, devinant ses intentions bienveillantes, nous le suivîmes en poussant un miaou gai et amical. Il ouvrit en effet le buffet, et en tira les os et les restes de deux petits poulets qu'il avait mangés la veille. On sait que mon espèce compte les os de poulet au rang des friandises les plus exquises. Aussi Mucius donna à sa queue les mouvements les plus souples, et ronfla de toute sa force, quand le maître posa l'assiette par terre. Me rappelant le misanthrope, je donnai à Mucius les meilleurs morceaux, les cous, les ventres, les croupions, et je me contentai des os des cuisses et des ailes. Lorsque ce plat fut fini, je voulus demander à Mucius si on pouvait lui offrir une tasse de lait, mais ayant toujours le misanthrope devant les yeux, je n'en fis rien, je me contentai de tirer la tasse de dessous la commode, et j'invitai Mucius à me faire raison. Il la vida tout entière, et me dit ensuite, en me serrant la patte et la larme à l'œil : — Mon ami, vous vivez comme un vrai Lucullus, mais je connais votre cœur loyal et généreux, vous m'avez prouvé que les plaisirs du monde ne vous rendront jamais misanthrope. Je vous remercie, je vous remercie de tout mon cœur.

Nous nous dîmes adieu, et Mucius, sans doute, pour cacher le profond attendrissement qui lui faisait verser des larmes, fit un bond, par la croisée ouverte, sur le bord du toit voisin. Étonné de ce coup hardi, je remerciai la

* Le sénior est un étudiant qui exerce une sorte de dignité parmi ses camarades d'université.

nature qui a doué mon espèce d'une souplesse qui n'a besoin ni de bâton à sauter ni de mât de cocagne.

Du reste, Mucius me prouvait que souvent, sous un extérieur rude et repoussant, se dérobe un cœur délicat et sensible. Je rentrai dans la chambre de mon maître et me cachai sous le poêle. Là, dans la solitude, je réfléchis à mon existence actuelle, à mes dispositions, à mes actions, et je fus effrayé à l'idée du précipice dans lequel j'avais été près de tomber. Mucius, malgré sa peau rude et mal peignée, m'apparut comme un ange sauveur. J'allais entrer dans un monde nouveau, le vide de mon cœur allait être rempli, une attente vive et inquiète m'agitait.

Minuit était encore bien loin, lorsque je demandai à mon maître de sortir. — Volontiers, me dit-il, en ouvrant la porte, très volontiers, Murr; va, retourne dans le monde et parmi les matous. Peut-être trouveras-tu quelques jeunes chats qui voudront jouer avec toi.

Après avoir attendu jusqu'à minuit, je vis arriver mon ami Mucius, qui, après m'avoir fait traverser plusieurs toits, s'arrêta sur une terrasse à l'italienne, où nous fûmes reçus par dix jeunes chats fort beaux, mais tous vêtus aussi négligemment et aussi bizarrement que Mucius. Celui-ci me présenta à ses amis, fit l'éloge de mes qualités, de mon cœur, raconta que je l'avais régalé de poissons grillés, d'os de poulets et de lait, et finit par dire que je désirais être reçu dans la société. Tous y consentirent avec plaisir.

Vinrent ensuite diverses cérémonies dont je ne parlerai pas, parce que le lecteur pourrait croire que je suis entré dans un ordre secret, et je puis protester qu'il n'en est rien, et qu'il n'était question ni de statuts, ni de signes mystérieux. L'association se fondait simplement sur la similitude des opinions, car nous reconnûmes bientôt que chacun de nous préférait le lait à l'eau, le rôti au pain. Après les cérémonies d'usage, je reçus à la ronde le baiser fraternel et le serrement de pattes. Nous prîmes ensuite place à un repas frugal, mais gai, que Mucius termina par un excellent punch de chat. Si quelque gourmet désirait connaître cette boisson, j'aurais le regret de ne pouvoir en donner la recette. Mais je puis dire que la douceur et la force qu'on y remarque à la fois, sont produites par une bonne partie de jus de hareng.

D'une voix retentissante sur le toit, Puff entonna la belle chanson : — *Gaudeamus igitur*. Pénétré de bonheur, j'étais, pour ainsi dire, hors de moi, et je repoussais bien loin la sombre idée du *tumulus*, qu'un sort ennemi accorde si rarement à mon espèce, au sein d'une terre tranquille.

On chanta plusieurs autres chansons, telles que : — *Laissez dire les politiques*, etc. Ensuite Puff, frappant d'une patte imposante sur la table, annonça qu'il était temps de commencer la vraie chanson de réception : — *Ecce quam bonum*, et l'entonna aussitôt. C'était la première fois que j'entendais ce chant dont les paroles sont aussi profondément pensées, que l'harmonie en est mystérieuse et touchante.

L'auteur n'en est pas connu et quelques personnes l'attribuent au grand Haendel, tandis que d'autres prétendent qu'il existait longtemps avant lui, puisqu'on le chantait, selon la chronique de Wittemberg, dans le temps où le prince Hamlet était encore renard. Quoi qu'il en soit, ce morceau n'en est pas moins admirable, surtout par la manière dont les solos, placés entre les chœurs, facilitent le chanteur à adapter les variations les plus agréables. Tous les convives furent obligés à la ronde, de chanter leur impromptu [91] ; déjà Mucius placé à côté de moi, s'était acquitté de cette tâche, et mon tour était venu. Tout ce que j'avais entendu jusqu'alors, différait tellement de ma poésie habituelle, que je tremblai de manquer le ton et la teinte de l'ensemble, et je restai muet. Déjà quelques convives, en levant leurs verres, criaient : *Propouna* [92]. Me faisant enfin violence, je chantai :

« Patte dans patte et cœur contre cœur, rien ne peut nous troubler. En véritables chats, combattre les chats misanthropes, tel est notre bonheur. »

Cette variation me valut les applaudissements les plus bruyants, les plus unanimes. Les convives se précipitèrent sur moi, me serrèrent avec transport contre leur cœur palpitant. Ce fut un des plus beaux instants de ma vie. On but ensuite à la santé de plusieurs grands et célèbres chats, de ceux surtout qui, malgré leur grandeur et leur célébrité, avaient su se garantir de toute atteinte de misanthropie. Nous nous séparâmes fort tard.

Cependant le punch n'avait pas manqué de me monter à la tête. Les toits semblaient tourner sous mes pattes, et pour me soutenir debout, j'étais obligé de me servir de ma queue comme d'un balancier. Le bon Mucius eut pitié de moi, et me ramena à la maison.

La tête vide, comme je ne l'avais eue depuis longtemps, je ne pus...

DOUZIÈME FRAGMENT

De maculature

... tout aussi bien que la judicieuse Benzon, mais je n'aurais jamais cru, mon cher ami, avoir de tes nouvelles dans ce moment, dit le maître Abraham, en mettant dans son bureau la lettre qu'il venait de recevoir, quoiqu'il eût reconnu avec joie l'écriture de Kreisler. Il avait, depuis bien longtemps, l'habitude de garder pendant des heures, pendant des jours entiers, les lettres qu'il recevait. — Si le contenu en est indifférent, disait-il, le retard est de peu d'importance; s'il renferme une mauvaise nouvelle, je gagne quelques heures de plaisir, ou du moins de tranquillité, et enfin, si la nouvelle est bonne, un homme raisonnable peut bien l'attendre avec patience pendant quelques instants. — On ne peut que blâmer une pareille habitude, car un homme qui néglige ses lettres ne sera jamais ni négociant ni journaliste. Le biographe, d'ailleurs, croit peu à l'indifférence stoïque du maître Abraham, et pense que cette habitude provenait simplement d'une certaine crainte de déployer le secret d'une lettre fermée. Il y a à recevoir des lettres un plaisir particulier qui nous fait aimer ceux qui nous les apportent, c'est-à-dire les facteurs, ainsi que l'a remarqué un écrivain spirituel. Le biographe se souvient qu'à l'université, il attendait avec une douloureuse inquiétude une lettre, d'une personne chérie, et qu'il promit des étrennes au facteur qui devait la lui apporter. Celui-ci, quelques jours après, se présenta d'un air triomphant, donna la lettre, comme s'il se fût acquitté de sa parole, et reçut ses étrennes[93].

Du reste, le maître Abraham a beau enfermer dans sa poche, en se promenant dans le parc, la lettre qu'il venait de recevoir, le lecteur n'en saura pas moins le contenu. Kreisler écrivait donc[94] :

Mon bien-aimé maître,

La fin couronne l'œuvre, pourrais-je dire avec lord Clifford dans l'*Henri VI* de Shakespeare, lorsque le duc d'York lui donne le coup de grâce. Mon chapeau tomba mortellement blessé dans les buissons, et le suivant moi-même, je me trouvai étendu sur le dos. Tout ce que je pus faire, fut de me relever aussitôt, sans m'informer de mon camarade, qui était tombé de ma tête, car j'eus assez à faire pour éviter un pistolet qu'on me présentait à trois pas. Je fis cependant plus que l'éviter, car prenant inopinément l'offensive, je saisis le pistolet de mon adversaire à qui je plongeai mon épée dans le ventre.

Vous m'avez toujours reproché, maître, de ne pas savoir écrire le style historique. Que dites-vous, cependant, de cette courte exposition de mon aventure italienne dans le parc de Sieghartshoff, gouverné avec tant de douceur par un prince magnanime, qui, par amour pour les disparates, y tolère les bandits ? Ne regardez ce que je viens de vous dire, que comme le sommaire du chapitre historique que je veux écrire pour vous, si mon impatience et monseigneur le prince me le permettent. Il y a peu de chose à ajouter sur l'aventure de la forêt. Aussitôt que le coup fut parti, je vis bien que je devais en profiter, mais je sentis en tombant, au côté gauche de la tête, une douleur brûlante. Le crâne n'avait été qu'effleuré par le plomb de l'infâme, et ma blessure ne méritait pas qu'on y fît attention. Mon cher maître, apprenez-moi à l'instant, ou au plus tard demain matin, dans quel ventre mon épée est entrée. Je serais charmé d'apprendre que le sang que j'ai versé n'est pas celui d'un vil mortel, mais qu'il coulait dans des veines royales, et un certain pressentiment me dit que c'est la vérité.

Le hasard m'aurait donc entraîné vers l'action qu'un sombre démon me conseillait dans la hutte du pêcheur, et cette petite lame, glaive terrible de Némésis, aurait vengé le sang par le sang ! Dites-moi tout, maître, et avant tout autre chose, l'histoire de la petite arme que vous me confiâtes, celle du portrait... Mais non, ne me dites rien, laissez-moi conserver cette tête de Méduse qui pétrifie le crime, et, qu'elle reste pour moi un secret impénétrable. Il me semble que ce talisman perdrait de sa force, si je connaissais la constellation qui en a fait un charme. Me croirez-vous, maître, si je vous dis que j'ai à peine regardé cette petite peinture ? S'il en est temps encore, vous me direz ce que je dois savoir, et alors je vous la rendrai ; pour le moment, n'en parlons plus, et continuons mon chapitre historique.

Après avoir enfoncé mon épée dans le ventre de l'individu, de manière à le faire tomber sans pousser un soupir, je me mis à courir avec la vitesse d'Ajax, parce que je crus entendre, dans le parc, des voix qui me firent craindre de nouvelles attaques. Je voulais gagner Sieghartsweiler, mais l'obscurité de la nuit me fit tromper de chemin ; je précipitai mes pas, espérant toujours pouvoir m'orienter ; après avoir traversé des champs et des fossés, je grimpai une colline fort élevée, et je tombai évanoui au milieu des buissons. Revenu de cet état, je m'aperçus que ma blessure avait saigné, et je la pansai avec mon mouchoir, d'une manière qui eût fait honneur à un chirurgien militaire. Regardant ensuite autour de moi, je vis les ruines imposantes d'un vieux château, et ne fus pas peu étonné, en reconnaissant que je me trouvais tout auprès du rocher du Vautour.

Ma blessure ne me faisait plus aucun mal, et, léger et dispos, je sortis du bosquet qui m'avait servi de chambre à coucher. Le soleil dorait de ses premiers rayons les champs et les forêts; les oiseaux, éveillés sur les buissons, se baignaient dans la rosée du matin, et Sieghartshoff, enveloppé d'un léger brouillard, apparaissait au-dessous de moi. Mais bientôt ce voile se dissipa, et les arbres et les buissons se couvrirent d'une teinte éclatante [95]. Le lac du parc ressemblait à un miroir éblouissant; je distinguais la hutte du pêcheur comme un petit point blanc, je crus même apercevoir le pont; et la journée de la veille ne m'apparut plus que comme une de ces époques reculées dont le souvenir est à peine distinct. J'entendis de loin un chant mâle et vigoureux, et bientôt j'aperçus un bénédictin dans un sentier au-dessous de moi. Il chantait une hymne latine. A ma vue, il s'arrêta, ôta son chapeau, s'essuya le front, regarda autour de lui, et disparut sous la feuillée. Je conjecturai qu'il allait se reposer à l'ombre et je ne me trompais pas, car entrant moi-même dans le bois, je vis le révérend assis sur une pierre couverte de mousse. Une autre pierre plus haute lui servait de table où il avait étendu une nappe blanche. Il y plaça un pain et une volaille rôtie qu'il tira d'un petit sac et qu'il commença à attaquer avec un appétit à faire envie. — *Sed præter omnia bibendum est,* se dit-il à lui-même, en versant du vin d'une bouteille en osier dans un petit gobelet d'argent. Il allait le porter à ses lèvres, quand m'approchant de lui, je lui dis : — Béni soit Jésus-Christ. Le gobelet près de la bouche, il leva les yeux, me regarda, et je reconnus mon vieux et bon ami de l'abbaye de Kanzheim, l'honnête père Hilarion.

— Par l'éternité ! bégaya-t-il, en me regardant avec de grands yeux étonnés. Je me rappelai aussitôt que ma coiffure devait me donner un air assez étrange, et je lui dis : — Ne me prenez pas, mon cher et digne ami, pour un Hindou perdu et vagabond, je ne suis autre que votre intime ami, le maître de chapelle, Jean Kreisler.

— Par saint Benoît ! s'écria joyeusement le père, je vous avais bien reconnu, délicieux compositeur et agréable ami, mais *per diem,* dites-moi d'où vous venez, et ce qui vous est arrivé, à vous que je croyais *in floribus* à la cour du grand duc.

Je n'hésitai pas à lui raconter comment j'avais été obligé d'enfoncer mon épée dans le ventre d'un individu qui s'était amusé à tirer sur moi comme sur un but, et je lui dis que cet individu était selon toute probabilité, un prince appelé Hector, ainsi que quelques dignes chiens d'arrêt. Que faire donc, maintenant, retourner à Sieghartsweiler, ou... Conseillez-moi, père Hilarion ! — et je finis ainsi mon histoire. Le bon homme fit plus d'une exclamation, invoqua plus d'une fois saint Benoît, baissa les yeux, murmura enfin : *Bibamus,* et vida son gobelet d'un trait.

Puis il dit en riant : — En effet, maître de chapelle, le meilleur conseil que je puisse vous donner en ce moment, c'est de vous asseoir, et de déjeuner avec moi. Je crois pouvoir vous recommander ces perdrix. Notre digne frère Macarius, qui, comme vous vous en souvenez, touche tout juste, excepté les notes des répons, les a tuées hier, et si vous leur trouvez certain goût de vinaigre aux herbes qui n'est pas trop mauvais, vous le devez aux soins du frère Eusebius qui les a accommodées pour l'amour de moi. Quant à mon vin, il est digne de mouiller les lèvres d'un maître de chapelle en fuite. C'est du vrai Bocksbeutel, carissime Jean, du vrai Bocksbeutel de l'hôpital Saint-Jean de Wurtzbourg, dont on nous envoie quelques futailles en qualité de serviteurs indignes du Seigneur. — *Ergo bibamus !*

En disant ces mots, il remplit le gobelet et me le présenta. Je ne me fis pas prier, je bus, je mangeai comme quelqu'un qui en a grand besoin.

Le père avait choisi pour déjeuner un endroit délicieux. Des bouleaux ombrageaient le gazon émaillé de fleurs, et un ruisseau pur comme le cristal, passant sur des cailloux, augmentait la fraîcheur du lieu. Le charme solitaire qui m'entourait, remplit mon âme de bien-être et de calme, et tandis que le père me racontait tout ce qui s'était passé dans l'abbaye, sans oublier ses plaisanteries ordinaires et son latin de cuisine, j'écoutais les voix de la forêt et des eaux qui m'adressaient des mélodies consolantes.

Le père Hilarion attribua, sans doute, mon silence aux

amers soucis que devait me donner selon lui, ce qui s'était passé.

— Bon courage, maître de chapelle, me dit-il, en me présentant de nouveau le gobelet rempli ; vous avez versé le sang. Verser le sang, c'est pécher, mais *distinguendum est inter et inter*. — Tout homme aime sa vie par-dessus tout, car il ne la tient qu'une fois. Vous avez défendu la vôtre, et l'Eglise ne s'y oppose aucunement, ainsi qu'on peut aisément le prouver ; et ni notre révérendissime prieur, ni tout autre serviteur de Dieu, ne vous refuseront l'absolution, eussiez-vous même par hasard enfoncé votre épée dans des intestins royaux. — *Ergo bibamus! vir sapiens non te abhorrebit, domine!* — Mais, très cher Kreisler, si vous retournez à Sieghartsweiler, on vous questionnera, sur le *cur, quomodo, quando, ubi,* et si vous voulez accuser le prince d'un guet-apens, vous croira-t-on ? *Ibi jacet lepus in pipere!* — Voyez, maître de chapelle, comme — Mais *bibendum quid*. — Il vida le gobelet d'un trait et continua : — Voyez, maître de chapelle, comme le Bocksbeutel apporte bon conseil. — Apprenez que je devais me rendre au monastère de tous les saints, pour demander au maître du chœur, de la musique pour la prochaine fête, car j'ai déjà repassé mes cahiers deux ou trois fois, et quant à la musique que vous avez composée pendant votre séjour à l'abbaye, elle est aussi belle que neuve, mais, ne vous en fâchez pas, maître de chapelle, elle est si bizarrement écrite, qu'il ne faut pas ôter les yeux de dessus la partition. Si par hasard on jete un coup d'œil, à travers la grille, sur quelque jeune fille dans la nef, on est sûr de ne pas pouvoir se retrouver, et le frère Jacques déchire les oreilles avec son orgue.

— *Ad patibulum cum illis!* — Je pensais donc, mais — *Bibamus!*

— Je pensais donc, dit-il, quand nous eûmes bu tous les deux, que vous feriez bien de revenir avec moi à l'abbaye, qui n'est pas à plus de deux lieues, en prenant les chemins de traverse. Vous y serez en sûreté contre toutes les poursuites, *contra hostium insidias,* je vous apporterai-là, comme de la musique vivante, vous y resterez tant que cela vous conviendra. Le révérendissime prieur vous donnera tout ce dont vous aurez besoin. Vous mettrez le linge le plus fin, et l'habit de bénédictin qui vous ira à merveille. Mais pour ne pas ressembler en route au blessé du tableau de la Samaritaine, mettez mon chapeau de voyage, moi je tirerai mon capuchon sur ma tonsure. Mais *bibendum quid,* mon très cher !

Il vida le gobelet encore une fois, le rinça dans le ruisseau, mit le tout dans son sac, m'enfonça son chapeau sur la tête, et me dit : — Nous n'avons maintenant qu'à mettre un pied devant l'autre, et nous arriverons juste au moment où ils sonnent *ad conventum conventuales,* c'est-à-dire quand le révérendissime prieur se met à table.

Vous pensez bien, mon cher maître, que je n'avais aucune objection à faire à cette proposition, et que j'étais enchanté de me rendre dans un lieu qui, sous tant de rapports, pouvait être pour moi un asile salutaire.

Nous marchâmes lentement et en causant, et, ainsi que le jovial père Hilarion l'avait prévu, nous arrivâmes juste au moment où l'on sonnait le dîner.

Et pour éviter toute question, le père Hilarion dit au prieur, qu'ayant appris par hasard mon séjour à Sieghartsweiler, il avait préféré lui présenter, au lieu de musique, le compositeur lui-même, qui portait en lui un magasin de musique inépuisable.

Le prieur Chrysostomus (je crois déjà vous en avoir parlé), me reçut avec cette joie franche qui ne peut provenir que d'un bon cœur, et approuva l'idée du père Hilarion.

— Voyez moi donc en bon bénédictin, installé dans une chambre vaste, écrivant des vêpres et des hymnes, et notant même déjà des idées pour une messe solennelle, entouré des frères et des enfants de chœur que je fais répéter, et que je dirige à travers la grille du chœur ! Je suis si bien et si caché, dans cette solitude, que je puis me comparer à Tartini qui, redoutant la vengeance du cardinal Cornaro, se réfugia dans le monastère des Frères Mineurs à Assisi, où, après bien des années, un Padouan le remarqua dans l'église, au moment où le vent soulevait, par hasard, le rideau qui couvrait le chœur. — La même chose aurait pu vous arriver, maître, mais en attendant, j'ai cru devoir vous faire connaître où je suis, pour vous empêcher de former mille conjectures. On a peut-être trouvé mon chapeau et l'on s'est étonné qu'il eût perdu sa tête.

— Maître ! un calme délicieux remplit maintenant mon âme, serais-je enfin arrivé à un ancrage ? L'autre jour, en me promenant auprès du petit lac, creusé au milieu du vaste jardin de l'abbaye, je vis mon image répétée dans les eaux et je me dis : l'homme qui se promène là, auprès de moi, est un homme calme et raisonnable, qui ne parcourt plus comme un fou les espaces imaginaires, mais qui suit paisiblement le chemin qu'il a trouvé, et par un très grand bonheur, cet homme n'est autre que moi-même. — Jadis dans un autre lui, je vis un autre visage. — Mais, silence, silence sur tout cela. — Maître, ne prononcez aucun nom, ne me contez rien, ne me dites pas même qui j'ai tué ; mais écrivez-moi beaucoup de choses sur vous. Les frères arrivent pour les répétitions, je termine ici mon chapitre historique et ma lettre. Adieu, mon bon maître, pensez à moi, etc., etc., etc. [96].

Le maître Abraham parcourait les allées sombres et silencieuses du parc, en réfléchissant au sort de son ami, et à la manière dont il l'avait perdu de nouveau, après l'avoir retrouvé. Il lui semblait voir Jean petit garçon ; il se voyait lui-même devant le piano du vieil oncle, tandis que l'enfant jouait avec orgueil une sonate difficile de Sébastien Bach. Tous ces événements se retraçaient à sa pensée, comme s'ils se fussent passés depuis peu de jours seulement, et il s'étonnait de ce que cet enfant n'était autre que ce Kreisler, enveloppé dans une complication d'incidents bizarres et mystérieux. Peu à peu, avec les souvenirs du passé, ceux de sa propre existence se retracèrent aussi à son souvenir.

Son père, capricieux et sévère, l'avait forcé de prendre le métier de facteur d'orgues qu'il exerçait lui-même, sans talent et sans goût. Il ne souffrait pas qu'un autre que le facteur même touchât à l'ouvrage, et par conséquent, les apprentis étaient obligés d'être étameurs, menuisiers, etc., avant de toucher au mécanisme intérieur. Le bon travail, la solidité, la durée, un jeu facile, étaient tout pour lui, l'âme, le son ne le frappaient point, et cela se voyait parfaitement dans ses orgues auxquelles on reprochait un son dur et sec. D'ailleurs, le vieillard avait une prédilection particulière pour ces niaiseries de l'art usitées jadis ; c'est ainsi qu'il avait à chacune de ses orgues, les rois David et Salomon qui, pendant le jeu, tournaient la tête d'étonnement ; c'est ainsi qu'aucun de ses instruments ne manquait d'anges jouant de lá trompette, battant la mesure, ou de coqs levant les ailes et chantant. Plus d'une fois Abraham avait esquivé des coups mérités ou non, ou avait mérité un sourire bienveillant de son père, en inventant quelque nouvelle bizarrerie de ce genre, comme de rendre le chant du coq plus aigu. Il attendait avec impatience l'époque où, selon l'usage du métier, il devait commencer ses voyages ; et, ce moment arrivé, il quitta la maison paternelle pour n'y plus rentrer.

Pendant ce voyage qu'il fit en société avec d'autres jeunes apprentis, la plupart ignorants et pervers, il visita un jour l'abbaye de Saint-Blaise, dans la Forêt Noire, et y entendit l'orgue célèbre du vieux Jean-André Silberman. Ses sons pleins et harmonieux éveillèrent pour la première fois, dans son âme, le sentiment de la musique. Il se crut transporté dans un autre monde, et, à partir de ce moment, il aima avec passion un art qu'il n'avait cultivé jusqu'alors que par nécessité. Mais son existence précédente, et la société qu'il avait fréquentée, lui parurent si méprisables, qu'il employa toutes ses forces pour sortir du sommeil dans lequel il se croyait plongé. Son esprit naturel, ses dispositions remarquables, le firent avancer à pas de géant dans la carrière de l'instruction, bien qu'il sentît encore quelquefois le plomb dont ses habitudes et son éducation vicieuse l'avaient chargé. Sa liaison avec Chiara, cet être mystérieux, fut le second point lumineux de son existence. Ainsi, le réveil de l'harmonie et l'amour de Chiara formèrent un dualisme de sa vie poétique, et influèrent, de la manière la plus heureuse, sur son naturel rude et vigoureux. A peine échappé des guinguettes où, parmi les nuages de fumée de tabac, on chantait les couplets les plus indécents, le hasard, ou plutôt son adresse dans la mécanique, conduisit le jeune Abraham dans un cercle qui devait être pour lui un monde nouveau, et où il ne put se soutenir qu'en conservant le ton ferme que son naturel lui indiquait. Ce ton prit un caractère toujours plus soutenu ; et comme ce n'était point celui d'un homme grossier, mais qu'il était basé sur un sens droit et éclairé, sur une grande connaissance de la société, et sur une ironie spirituelle, on ne peut s'étonner que là où le jeune homme pouvait à peine se soutenir et se faire tolérer, l'homme fait inspirât un certain respect.

Le souvenir soudain de l'église de Saint-Blaise avait rempli le cœur du maître d'un attendrissement profond, et auquel il se livrait rarement. — Pourquoi donc, se dit-il à lui-même, cette blessure que j'ai cru fermée depuis longtemps, saigne-t-elle si souvent ? Pourquoi suis-je si souvent perdu dans mes rêveries, au moment où je devrais diriger activement la machine qu'un mauvais esprit paraît vouloir arrêter. Il se sentit troublé par l'idée d'être dirigé à son insu et malgré lui dans ses actions, par un pouvoir invisible et inconnu ; mais, revenant insensiblement à lui, il entra dans la maisonnette, pour lire la lettre de Kreisler.

Des événements très remarquables avaient eu lieu dans le palais ducal. Le médecin disait : — Miracle, cela est contraire à la pratique, à l'expérience ; la duchesse : — Cela devait être ainsi, et la princesse n'est pas compromise ; le duc : — Ne l'avais-je pas défendu ? mais la valetaille n'a pas d'oreilles. Le grand veneur aura soin désormais que le prince ne puisse toucher à la poudre ; Mme Benzon : — Dieu soit loué, elle est sauvée. Pendant que ces divers propos se tenaient, Hedwige regardait par les croisées de sa chambre, en touchant quelques accords sur la guitare que Kreisler avait jetée par terre, dans sa colère, et qu'il avait reçue des mains de Julie, comme un objet sacré. Sur le sopha, le prince Ignace pleurait et se lamentait, en disant : — Cela me fait bien mal, cela me fait bien mal ; et, devant lui, Julie était occupée à gratter des pommes de terre dans un petit plat d'argent.

Tout cela avait rapport à un événement que le médecin avait bien raison d'appeler miraculeux, et au-dessus de toute pratique [97]. Le prince Ignace, comme on l'a déjà vu, avait conservé l'innocente gaieté et l'insouciance d'un enfant de six ans, et il se livrait encore à tous les jeux de cet âge. Entre autres joujoux, il possédait un petit canon en métal, dont il ne se servait pas aussi souvent qu'il aurait voulu, parce qu'il lui fallait quelques accessoires qui ne se trouvaient pas toujours sous sa main, tels que de la poudre, quelques grains de plomb, et un petit oiseau. Lorsqu'il pouvait se procurer tous ces objets, il faisait monter la garde à ses troupes, jugeait en conseil de guerre le pauvre oiseau qui avait voulu faire une émeute dans le pays pour détrôner le duc, attachait le condamné à un chandelier, et d'un coup de canon le tuait ou le blessait; et dans ce dernier cas il était obligé de l'achever avec un canif, pour compléter son juste châtiment.

Frédéric, le fils du jardinier, avait procuré à Ignace une jolie petite linotte, que le prince, comme à l'ordinaire, paya un écu. S'étant introduit dans la chambre du chasseur, en l'absence de celui-ci, il avait trouvé le sac à plomb et une poire à poudre, et n'avait pas manqué de s'approvisionner. L'exécution était pressée, car le petit rebelle gazouillait et employait tous ses moyens pour s'échapper. Ignace eut l'idée de ne pas priver sa sœur du plaisir d'assister à l'exécution du petit traître. En conséquence, il mit sous un bras la boîte qui contenait son armée, sous l'autre le canon; et, l'oiseau à la main, il se dirigea vers la chambre d'Hedwige où il la trouva tout habillée, étendue sur son sopha, et toujours dans le même état cataleptique. Malheureusement, ou plutôt heureusement, comme on le verra bientôt, les femmes de chambre venaient de quitter un instant la princesse.

Sans attendre plus longtemps, Ignace attacha l'oiseau à un flambeau, rangea son armée en bataille et chargea le canon. Ensuite il souleva la princesse du sopha, la fit approcher de la table, lui déclara qu'elle représentait le commandant, et que lui-même, prince régnant, mettrait feu à l'artillerie qui devait donner la mort au rebelle. L'abondance des munitions l'avait engagé non seulement à mettre dans le canon, une charge beaucoup trop forte, mais encore à répandre tout autour de la table le reste de la poudre. Il en résultat une très forte explosion dont Ignace eut la main brûlée si sérieusement qu'il se sauva en hurlant, sans s'apercevoir que la princesse était tombée sur le parquet. On accourut au bruit en toute hâte, et le duc et la duchesse même, oubliant, dans leur frayeur, les exigences de l'étiquette, se précipitèrent pêle-mêle avec les domestiques. Les femmes de chambre relevèrent Hedwige, et la couchèrent sur le lit, pendant qu'on cherchait le médecin et le chirurgien. D'après les dispositions de la table, le duc devina bientôt ce qui s'était passé, et, les yeux étincelants de colère, il dit au prince qui se lamentait : — Voilà, Ignace, où conduisent tes sottises enfantines. Fais-toi mettre un onguent, et cesse de pleurer comme un polisson... Une verge de bouleau... devrait... derrière. Ici, les lèvres tremblantes du duc ne lui permirent plus que de proférer des sons interrompus et inintelligibles. Il quitta la chambre avec gravité, laissant les domestiques frappés d'une crainte inexprimable, car c'était la troisième fois qu'il tutoyait son fils en l'appelant Ignace, et cette conduite était la preuve évidente d'une colère vive et durable.

Le médecin ayant déclaré que la crise avait commencé, et qu'il espérait que l'état de la princesse n'aurait bientôt plus rien d'alarmant, la duchesse dit, avec moins de joie qu'on n'aurait dû l'attendre : — Dieu soit loué ; on apportera de ses nouvelles. Alors, elle embrassa tendrement Ignace, le consola par ses caresses et suivit le duc.

En ce moment, Mme Benzon qui était venue avec Julie, pour voir la malheureuse Hedwige, arriva au château. Aussitôt qu'on lui eut dit ce qui venait de se passer, elle courut à la chambre de la princesse, s'agenouilla près de son lit, et saisit sa main, tandis que Julie versait des larmes amères pensant que le sommeil de la mort allait bientôt s'emparer de son amie ; mais Hedwige poussa un profond soupir, et dit d'une voix faible et étouffée : — Est-il mort ?

Aussitôt Ignace étouffa ses larmes, et plein de joie de son exécution, dit en riant : — Oui, oui, princesse, il est mort, le coup lui a traversé le cœur.

— Je le savais, dit la princesse, en fermant de nouveau les yeux, je le savais ; j'ai vu le sang sortir de son cœur et rejaillir sur sa poitrine.

— Hedwige, dit la conseillère, ma chère Hedwige, oubliez ces tristes rêveries, me reconnaissez-vous !

La princesse fit avec la main un petit mouvement indiquant qu'elle voulait être seule.

— Hedwige, continua Mme Benzon, Julie est ici.

A ces mots un sourire effleura les lèvres de la malade, Julie se pencha vers elle et déposa un baiser sur sa bouche décolorée ; alors Hedwige murmura lentement : — Tout est fini, maintenant ; dans quelques instants, je serai tout à fait bien.

Jusqu'alors personne n'avait fait attention au petit rebelle, qui, la poitrine déchirée était resté sur la table. Julie y jeta un regard, et reconnut que le prince avait encore joué à ce jeu qu'elle détestait.

— Prince, dit-elle, les joues enflammées, que vous avait fait cet oiseau pour le tuer impitoyablement ? C'est un jeu aussi sot que cruel ; vous m'aviez promis depuis longtemps de l'abandonner, et vous ne m'avez pas tenu parole. Si vous y revenez, je n'arrangerai plus vos tasses, je n'apprendrai plus à parler à vos poupées, et ne vous dirai pas l'histoire du roi des ondes.

— Mais écoutez-moi donc, mademoiselle Julie, dit le prince d'une voix plaintive, c'était un coquin achevé. Il avait coupé les pans des habits de mes soldats, et méditait une révolte...

— Ah ! que je souffre !

Mme Benzon regarda le prince et Julie en souriant, et dit : — Que de lamentations pour une petite brûlure. Mais aussi le chirurgien n'en finira jamais avec son onguent. Un remède commun pourrait d'ailleurs soulager également les personnes au-dessus du commun ; qu'on apporte des pommes de terre.

Elle s'avança alors vers la porte, s'arrêta brusquement, comme saisie d'une idée soudaine, et dit à Julie en l'embrassant sur le front : — Tu es ma bonne fille, prends garde surtout aux fous extravagants, et ferme ton cœur à leurs discours séducteurs. Elle jeta encore un regard sur la princesse qui paraissait dormir profondément, et sortit de la chambre.

Le chirurgien se présenta en ce moment, portant un énorme emplâtre, et assurant qu'il attendait depuis longtemps dans les appartements du gracieux prince, ne le croyant pas dans la chambre à coucher de la princesse. Il s'avançait en même temps avec son emplâtre; mais la femme de chambre qui apportait des pommes de terre, lui coupa le chemin, et assura qu'il n'y avait pas de meilleur remède contre la brûlure.

— Oui, dit Julie, en prenant le plat, et moi, mon petit prince, je vais vous préparer le remède moi-même.

— Très gracieux seigneur, dit le chirurgien effrayé, réfléchissez bien à ce que vous allez faire: un remède commun pour les doigts brûlés d'un prince! C'est l'art seul qui doit être employé dans cette circonstance. Il s'avança vers le prince qui lui dit: — Allez-vous-en, c'est Mlle Julie qui me pansera, que l'art s'en aille au diable[98]!

Le chirurgien partit avec son emplâtre non sans lancer un regard furieux à la femme de chambre. Julie écoutait la respiration de la princesse; mais quel ne fut pas son étonnement lorsque...

LE MANUSCRIT DE MURR

... m'endormir. Je me roulais sur ma couchette, essayant toutes les positions possibles, tantôt je m'étendais de tout mon long, tantôt je me plaçais de manière à faire reposer ma tête sur mes pattes et à couvrir mes yeux avec ma queue gracieusement retournée. Je me jetais ensuite sur le flanc, tenant mes pattes raides et loin de mon corps, et laissant tomber avec indifférence ma queue de dessus la couchette. Tout fut absolument inutile; mes idées se troublèrent de plus en plus, et je tombai enfin dans ce délire qu'on ne peut appeler sommeil, mais qui est une lutte entre le sommeil et l'état de veille, ainsi que l'observent judicieusement, Moritz, Davidson, Rudow, Tiedmann, Schubart, Kluge, et autres écrivains qui ont écrit sur le sommeil et que je n'ai pas lus.

Le soleil donnait depuis longtemps dans la chambre de mon maître, lorsque je revins de ce délire, à la connaissance de moi-même. Mais quelle connaissance, quel réveil! — Jeune chat qui parcours ces mots, dresse les oreilles, et lis avec attention, pour profiter de mon exemple. Considère ma situation, et lorsque, pour la première fois, dans une réunion, on te présentera du punch de chat, touches-y à peine, et si on voulait t'exciter, que l'autorité de Murr vienne à ton secours; j'espère qu'on la reconnaîtra.

Non seulement, je me sentais faible et malheureux; mais une certaine affection anormale de la poitrine me plongeait dans une apathie et une insensibilité horrible et impossible à décrire. Mais l'affection morale était plus sensible encore. Au repentir amer que me donnait le souvenir de la veille, se joignait une indifférence désolante pour tous les biens de la terre. Je méprisais souverainement la fortune, tous les dons de la nature, la sagesse, la raison, l'esprit, etc. Les plus grands philosophes, les poètes les plus spirituels, n'avaient pas plus de prix à mes yeux, que des marionnettes et de misérables poupées; et ce qu'il y avait de plus malheureux, c'est que ce mépris s'étendait jusqu'à moi-même. Il me semblait n'être qu'un misérable chat, bon tout au plus à chasser les souris. Je ne voyais la terre entière, que comme une vaste vallée de peines et de chagrins; et cette idée était affreuse. Je fermai les yeux et je versai d'abondantes larmes. — Tu as fait ripaille, Murr, me dit mon maître, en voyant que je n'avais pas touché à mon déjeuner. Eh! bien, dors, cela te remettra. Il ne connaissait pas mes souffrances, il ignorait l'influence du punch de chat sur une âme sensible [99].

Il était midi, et je n'avais pas encore quitté la couchette, lorsque Mucius parut devant moi, sans que je pusse dire comment il était entré. Je lui parlai de mon état affreux, mais au lieu d'y prendre part, comme je l'avais espéré, il partit d'un éclat de rire, et me dit : — O mon cher Murr, cette crise n'est autre chose que le passage de l'état de misanthropie à celui du véritable chat. Garde-toi de parler à ton maître de tes souffrances ; notre espèce est déjà bien assez en mauvaise réputation. Lève-toi, viens avec moi, le grand air te fera du bien. Il faut au reste prendre du poil de la bête, tu vas voir ce que cela signifie.

Mucius avait acquis sur moi une autorité à laquelle je ne pouvais me soustraire. Je me levai donc, j'étendis péniblement mes membres fatigués, et suivis mon camarade sur le toit. Nous nous y promenâmes en long et en large, et je me sentis, en effet, un peu remis. Ensuite Mucius me conduisit derrière la cheminée, et me força, bon gré mal gré, à boire deux ou trois coups de pur jus de hareng. C'était le poil de la bête dont parlait Mucius. L'effet en fut prompt et miraculeux ; l'affection anomale de l'estomac cessa, le découragement disparut, la vie m'apparut avec tous ses charmes, j'aimai de nouveau les biens terrestres, les sciences, la sagesse et l'esprit, et je fus comme auparavant, l'excellent, le sublime matou Murr. — Jeunes matous, prenez du poil de la bête, et consolez-vous comme votre illustre confrère. Je me bornerai à dire que je menai pendant quelque temps, sur les toits voisins, en compagnie de Mucius et de quelques autres chats blancs, jaunes et bigarrés, une vie fort gaie, pendant laquelle eut lieu un événement important qui eut des suites assez sérieuses.

Un soir, me rendant au clair de la lune, avec Mucius, à une fête donnée par quelques amis, nous rencontrâmes le noir-gris-jaune qui m'avait enlevé le cœur de Mismise ; saisi par l'aspect de ce rival détesté, j'eus la douleur de le voir passer auprès de moi, en souriant dédaigneusement. Mon sang bouillonnait dans mes veines. Mucius, qui s'aperçut de mon agitation, me dit : — Tu as raison, frère Murr, il t'a regardé de travers, et je suis convaincu qu'il a voulu te toucher. Nous le saurons bientôt, car il a dans le voisinage une nouvelle intrigue, et passe ici tous les soirs, il ne peut tarder à revenir.

En effet, peu d'instants après, le bigarré revint, et me regarda de loin d'un air de mépris. Je m'avançai courageusement vers lui, et nous passâmes si près l'un de l'autre, que nos queues se touchèrent rudement. Je m'arrêtai aussitôt, me retournai, et dis d'une voix forte : *Miaou!* Il s'arrêta, se retourna aussi, et me répondit effrontément : *Miaou,* après quoi chacun s'en fut de son côté.

Mucius, d'après mon désir, se rendit chez lui le lendemain matin, et lui demanda s'il avait touché ma queue ; il me fit répondre qu'il l'avait touchée. Je lui fis dire que, puisqu'il avait touché ma queue, je devais me considérer comme touché. Il répondit que je pouvais considérer tout ce qu'il me plairait. Je lui dis que je me considérais comme touché. Il répondit que je ne savais ce que cela signifiait. Je dis que je le savais mieux que lui. Il répondit que j'étais un sot ; pour garder mon avantage, je dis qu'il était un infâme roquet ; ensuite vint la provocation.

(Remarque de l'éditeur.) « O Murr, mon matou, ou le point d'honneur n'a point changé depuis le temps de Shakespeare, ou je te surprends sur un mensonge littéraire, mensonge qui doit servir à donner plus de feu et de brillant à ton récit. La manière dont tu amènes ton duel avec le bigarré, n'est autre chose que la parodie du mensonge sept fois renvoyé de Touchstone, dans le *How do you like it* [100] de Shakespeare. Murr, les critiques tomberont sur toi, mais tu leur prouves, du moins que tu as lu Shakespeare avec profit, et cela peut faire excuser bien des choses. »

A parler franchement, je fus un peu effrayé en recevant le cartel du combat à l'égratignure. Je pensais à l'état horrible où m'avait mis ce traître de bigarré, lorsque, poussé par la jalousie et la vengeance, je l'attaquai, comme on l'a vu. Mucius s'aperçut de ma pâleur, tandis que je lisais ce terrible billet. — Frère, dit-il, il semble que l'approche du premier duel que tu dois avoir, t'a un peu saisi. Je n'hésitai pas à lui ouvrir mon cœur, et à lui faire connaître ce qui ébranlait mon courage.

— O mon cher Murr, me répondit-il, tu oublies donc qu'au moment où cet insolent te rossa, comme tu le dis, tu n'étais qu'un jeune conscrit, et non un brave et bon chat comme tu l'es maintenant. Cette affaire d'ailleurs n'était pas un duel, pas même une simple rencontre, mais une querelle indécente. Souviens-toi, mon cher Murr, que l'homme jaloux de nos qualités nous reproche le penchant que nous avons à nous battre ainsi, et appelle querelles de chats, les combats de ce genre. C'est une raison de plus pour qu'un matou qui aime l'honneur et qui est bien élevé, évite de semblables rencontres et fasse honte aux hommes qui, assez souvent, sont disposés à rosser et à se faire rosser. Ainsi, cher frère, mets toute crainte de côté, prends courage, et sois certain que, dans ce duel, tu triompheras et tu ôteras à ce fat bigarré, l'envie des amourettes et des insolences. Mais au reste, il me semble qu'après ce qui s'est passé entre vous, le duel à l'égratignure ne suffit pas, et que vous devriez vous battre d'une manière plus décisive, c'est-à-dire à la morsure. Je demanderai là-dessus l'opinion de nos amis.

Mucius exposa, dans un très beau discours, mon affaire avec le bigarré. Tout le monde fut de l'avis de l'orateur, et alors, je fis dire à mon adversaire, que j'acceptais le duel, mais que, vu la gravité de l'offense, je ne voulais et ne pouvais me battre qu'à la morsure. Il fit quelques objections, prétendit que ses dents étaient fort usées, mais Mucius ne voulut se départir de rien et obtint que l'affaire se passerait comme je l'entendais. La nuit fixée étant arrivée, je me rendis avec Mucius sur le toit de notre maison où mon ennemi ne tarda pas à paraître, accompagné d'un matou encore plus bigarré que lui, et ayant une physionomie encore plus insolente. Ils avaient fait ensemble plusieurs campagnes et assisté à la prise du magasin qui valut au bigarré l'ordre du lard brûlé. Mucius, ainsi que je l'appris plus tard, avait fait venir aussi une petite chatte grise, fort habile en chirurgie, et capable de guérir, en peu de temps, les blessures les plus dangereuses. On convint alors que l'affaire se passerait en trois sauts, et au troisième, si rien de décisif n'avait eu lieu, on verrait s'il fallait considérer le duel comme terminé ou le continuer. Les seconds mesurèrent les pas, nous prîmes notre distance, et au signal donné, nous nous élançâmes l'un sur l'autre.

Au moment où je voulus saisir mon ennemi, il me mordit l'oreille droite d'une telle manière que, malgré moi, je poussai un cri affreux. — Séparez-vous, cria Mucius, et nous revînmes à notre position.

Nouveau signal, second saut, je crus cette fois mieux saisir mon adversaire, mais le traître se baissa et me mordit la patte droite dont le sang jaillit en abondance. — Séparez-vous, cria de nouveau Mucius. — Au fait, mon cher, dit le second du bigarré, en s'adressant à moi, l'affaire est terminée, puisque cette seconde blessure vous met hors de combat. Mais la colère me rendait insensible à la douleur, et je répondis qu'au troisième saut, on verrait si je manquais de force et si l'on devait considérer l'affaire comme terminée. — Eh bien, dit le second, puisque vous voulez absolument tomber dans les pattes de votre adversaire qui vous est si supérieur, on peut vous satisfaire. Mucius me frappa sur l'épaule et dit : — A merveille, mon frère, un véritable chat ne fait aucune attention à de pareilles égratignures, courage. Troisième signal, troisième saut. J'avais remarqué la ruse de mon ennemi qui, sautant toujours un peu de côté, m'échappait, tandis que revenant sur lui, il me saisissait avec sûreté. Cette fois je tombai, et à l'instant où il crut me saisir, je le mordis au cou avec une telle force, qu'il ne put crier, mais poussa seulement un soupir. — Séparez-vous, cria son second. Je sautai en arrière, mais le bigarré tomba évanoui, le sang coulant abondamment d'une profonde blessure. La chatte grise s'approcha aussitôt, et pour étancher le sang, elle se servit d'un remède domestique qu'elle portait toujours avec elle. C'était un certain liquide qu'elle injecta dans la blessure, et dont l'odeur était forte et désagréable. Ce n'était ni de l'arquebusade, ni de l'eau de Cologne.

Mucius, me serrant sur son cœur, me dit : — Frère Murr, tu as vidé ton affaire comme un matou qui a le cœur bien placé. Le second du bigarré, qui, jusqu'alors avait aidé au pansement, voulut faire quelques observations sur la manière dont je m'étais conduit au troisième saut, mais Mucius, les yeux étincelants, lui imposa silence.

Alors il prit son ami sur son dos, et tous les deux disparurent par la lucarne. La chatte grise me demanda si elle devait aussi appliquer son baume sur mes blessures. Je la remerciai, quoique je souffrisse beaucoup, et je rentrai chez moi, fier de ma victoire et de la vengeance que je venais de tirer. Jeunes matous, c'est pour vous que j'ai donné ces détails de mon premier duel. Vous y apprendrez à connaître le point d'honneur, et vous y trouverez plus d'un enseignement utile. Vous y verrez que la bravoure n'est rien sans la ruse, et que l'étude suivie de la ruse est indispensable, si l'on veut n'être pas vaincu. *Che non se ajusta se nega,* dit Brighella, dans le *Mendiant heureux* de Gozzi ; et il a parfaitement raison. Rappelez-vous cela, jeunes matous ; et ne négligez pas les ruses, véritable sagesse de la vie.

Étant descendu, je trouvai la porte de mon maître fermée, et je fus obligé de me coucher sur le paillasson. Mes blessures saignaient, et je me sentais défaillir ; mais bientôt, deux mains me soulevèrent et m'emportèrent doucement : c'était mon bon maître qui, m'ayant entendu devant la porte, m'avait ouvert et avait remarqué mon état. — Pauvre Murr, me dit-il, qu'as-tu donc ? ce sont de bonnes morsures. J'espère que tu les auras bien rendues. Il me posa sur ma couchette, prit dans son armoire de l'onguent, et en fit deux emplâtres, qu'il me posa sur l'oreille et sur la patte. Je souffris tout tranquillement, et ne poussai qu'un petit *mrr* étouffé. — Tu es un bien gentil matou, me dit le maître, tu ne méconnais pas, comme les autres étourdis de ton espèce, les bonnes intentions de ton maître. Sois tranquille, et quand il sera temps de lécher ta patte, tu sauras bien toi-même enlever l'emplâtre ; quant à l'oreille, tu n'y peux rien faire.

Je témoignai ma reconnaissance au maître, en lui présentant ma patte gauche, qu'il prit et secoua doucement comme à l'ordinaire. Il savait vivre avec des matous civilisés.

Bientôt je sentis l'influence bienfaisante des emplâtres,

et je m'applaudis de n'avoir pas accepté le triste remède du petit chirurgien gris. Mucius, qui vint me voir, me trouva gai et dispos, et bientôt je fus en état de le suivre à la réunion de nos amis. On se fera facilement l'idée des transports avec lesquels je fus reçus.

Je menai, dès ce moment, une vie délicieuse. Mais est-il ici bas un bonheur durable, et derrière chaque plaisir dont on jouit, ne voit-on pas...

TREIZIÈME FRAGMENT

De maculature

... une colline élevée et raide, qui aurait pu passer pour une montagne dans un pays de plaine. Un chemin large, commode, entouré de buissons odoriférants, conduisait au sommet, et les bancs établis de chaque côté annonçaient aux voyageurs un soin hospitalier. Arrivé au sommet, on découvrait toute la grandeur et la magnificence du bâtiment, qui, de loin, ne paraissait qu'une église solitaire. Des armoiries, formées par la croix et la crosse pastorale, et placées au-dessus de la porte, annonçaient que cet édifice avait été jadis la résidence d'un évêque, et cette inscription: *Benedictus qui venit in nomine Domini,* invitait les pieux voyageurs à entrer. Mais aussitôt, on s'arrêtait involontairement, surpris d'admiration à la vue de l'église, dont la magnifique façade, dans le style de Palladio, formait avec ses deux tours la partie principale. Le premier corps de logis contenait les appartements du prieur, et les ailes, les cellules des moines, le réfectoire, d'autres salles de réunion, et les chambres des étrangers. Non loin du cloître étaient les bâtiments de la ferme et la maison du bailli. Dans la vallée, le beau village de Kanzheim ceignait, comme une couronne, la colline et l'abbaye.

Cette vallée s'étendait jusqu'au pied de montagnes assez éloignées. De nombreux troupeaux couvraient les pâturages traversés en tous sens par des ruisseaux limpides. Le chant des oiseaux se faisait entendre sous le feuillage, et des barques richement chargées glissaient sur le large fleuve qui arrosait ce beau paysage [101].

On pouvait, il est vrai, reprocher à l'église, malgré les principes grandioses qui avaient présidé à son architecture, des ornements surchargés d'or et de peintures bizarres, rappelant le mauvais goût des anciens monastères. Mais aussi on n'en était que plus frappé du style pur qui régnait dans la construction, comme dans les embellissements des appartements du prieur. Du cœur de l'église, on passait dans une vaste salle destinée aux assemblées des moines, et où l'on déposait aussi les différents instruments de musique. De cette salle, un long corridor, formant une colonnade dans le style ionique, conduisait aux appartements du prieur. Des tentures en soie, des tableaux des meilleurs maîtres, des bustes, des statues des grands hommes de l'église, des tapisseries, des meubles précieux, concouraient à rendre témoignage de la richesse du couvent. Mais cette richesse ne ressemblait en rien à ce luxe qui ne tend qu'à éblouir, et ne cause que de l'étonnement et non du plaisir. Tout était à sa place, rien n'attirait vainement l'attention en détruisant l'effet de l'ensemble, de manière qu'on ne pensait point au prix d'un objet particulier, mais à la douce satisfaction qu'on éprouvait. La commodité et la recherche du logis du prieur touchaient au luxe sans l'atteindre, et l'on pardonnait aisément à un prêtre ce goût d'arrangement. Le prieur Chrysostome, en arrivant à l'abbaye de Kanzheim quelques années auparavant, avait fait décorer les appartements tels qu'on les voyait en ce moment, et son caractère et ses manières s'y décelaient en quelque sorte. Avant de l'avoir vu, on lisait, pour ainsi dire, le degré élevé de la culture de son esprit. Parvenu à sa quarantième année, grand, bien fait, doué d'une expression de physionomie heureuse, et de manières pleines de grâce et de dignité, il inspirait à tous ceux qui le voyaient le respect dû à son état. Apôtre zélé de l'Eglise, défenseur infatigable des droits de son ordre et de son monastère, il n'en avait pas moins un extérieur de douceur et de tolérance. Mais cette douceur même était une arme puissante dont il savait se servir pour vaincre toute résistance, vînt-elle même d'en haut. Le prieur était un élève de la Propagande de Rome, peu disposé à renoncer aux jouissances de la vie qui pouvaient s'accorder avec les règles et les convenances de son ordre ; il accordait à ses nombreux subordonnés toutes les libertés que leur position pouvait comporter. Ainsi, tandis que, les uns, occupés des sciences, ne quittaient pas leurs cellules, d'autres se promenaient gravement dans le parc. Une partie de ses commensaux, voués à une piété mystique, jouaient et priaient ; d'autres moins rigides, entouraient une table bien servie, et se contentaient d'observer les règles de l'ordre. Ceux-ci ne quittaient pas l'abbaye, ceux-là faisaient de longues courses, et changeaient même quelquefois la longue robe du moine, contre la veste légère du chasseur, pour poursuivre le gibier.

Quoique les goûts des frères fussent différents, et quoiqu'il fût permis à chacun de suivre le sien, tous semblaient s'accorder, cependant, dans leur prédilection pour la musique ; presque tous cultivaient cet art avec succès, et on trouvait parmi eux des virtuoses qui auraient pu figurer dans l'orchestre le mieux composé. Une riche collection des œuvres des grands maîtres, et toutes sortes d'instruments permettaient de satisfaire à ce goût, et des exécutions fréquentes nécessitaient un exercice continuel.

L'arrivée de Kreisler donna une nouvelle impulsion à ce penchant. Les savants quittèrent leurs livres, les dévots abrégèrent leurs prières et tous se réunirent autour du maître de chapelle qu'ils aimaient, et dont ils préféraient les œuvres à toutes les autres. Le prieur lui-même lui prouva son amitié en rivalisant de soins et d'attentions avec ses moines. La beauté du pays, l'aisance de la vie du monastère, les plaisirs d'une table délicieusement servie, le bon vin dont le père Hilarion ne laissait jamais manquer, l'art qu'on cultivait et qui était le véritable élément de Kreisler, tout concourait à calmer l'âme agitée de ce dernier. Il devint doux et aimant comme un enfant, et il reprit confiance en lui-même. On a dit de lui quelque part [102], que ses meilleurs amis même n'avaient jamais pu obtenir qu'il écrivît une de ses compositions, et que si jamais il l'avait fait, il n'avait point manqué de livrer aussitôt l'ouvrage aux flammes. Cela a pu avoir lieu à une époque que le biographe ramènera peut-être, mais dans l'abbaye de Kanzheim, Kreisler se garda bien d'anéantir les compositions qui sortaient de son âme [103].

On venait de terminer un soir, dans le chœur de l'église, la dernière répétition d'une grand-messe que Kreisler avait composée et qui devait être exécutée le lendemain; les frères étaient rentrés dans leurs cellules, et Kreisler seul, arrêté sous la colonnade, contemplait la contrée qui brillait devant lui des derniers rayons du soleil couchant. Il lui sembla, tout à coup, entendre dans le lointain, sa composition que les frères venaient d'exécuter, et pénétré d'un bonheur inexprimable, il sentit des larmes brûlantes rouler dans ses yeux.

— Non, s'écria-t-il, non, ce n'est pas moi, c'est toi, toi seule; toi, ma pensée, mon désir unique!

La manière dont Kreisler avait conçu ce morceau, dans lequel le prieur et les frères trouvaient l'expression de la piété la plus fervente, pouvait être appelée miraculeuse. Entièrement absorbé par la pensée de la messe qu'il avait commencée et qui était loin d'être finie, il rêva une nuit que la Toussaint, fête pour laquelle tout devait être terminé, était déjà arrivée, que la messe venait d'être sonnée, et qu'assis devant le pupitre, il en dirigeait l'exécution. Tout se suivait de point en point jusqu'à l'*Agnus*. Là, il aperçoit avec saisissement dans la partition des feuilles entièrement blanches. Son bâton tombe de ses mains, les frères se regardent, espérant à chaque instant que cette longue pause va finir, mais l'embarras, l'angoise étouffent Kreisler, et tout en sentant sa composition achevée dans son âme, il lui est impossible de l'écrire sur la partition. Tout à coup, un ange paraît, s'approche du pupitre, chante l'*Agnus dei* d'une voix céleste, et cet ange, c'est Julie. Les transports de son enthousiasme l'éveillent et il écrit l'*Agnus* qu'il croit avoir entendu. Kreisler recommençait maintenant ce rêve, lorsqu'un léger coup sur l'épaule le tira de son extase [104]. C'était le prieur qui le contemplait avec satisfaction.

— N'est-ce pas, mon fils, lui dit-il, que l'œuvre sublime que tu as enfantée te donne une douce satisfaction ? Tu penses à la messe que je crois un de tes meilleurs morceaux.

Kreisler le regarda sans pouvoir proférer une seule parole.

— Allons, continua le prieur en souriant, descends de la région supérieure vers laquelle tu t'es élancé. Je crois même que tu composes encore en ce moment, et ce travail est sans doute un plaisir pour toi, mais c'est un plaisir dangereux puisqu'il use tes forces. Chasse pour le moment toutes tes idées créatrices ; promenons-nous dans cette galerie, et causons de choses ordinaires.

Le prieur parla alors de l'administration du monastère, de la manière de vivre des moines, loua l'union vraiment chrétienne qui régnait entre eux, et dit enfin à Kreisler :

— Je crois m'être aperçu, mon fils, que, depuis quelques mois que vous habitez l'abbaye, vous êtes devenu plus calme, et surtout plus passionné pour l'art sublime qui fait l'ornement des cérémonies de l'Eglise.

Kreisler ne put se dispenser de reconnaître la vérité de cette observation, et d'avouer que depuis le moment où l'abbaye lui avait offert un asile, il s'y considérait comme faisant partie de la communauté et ne devant plus la quitter.

— Laissez-moi, révérend père, continua-t-il, laissez-moi conserver cette illusion fortifiée par l'habit que je porte ; laissez-moi croire que le beau rêve, auquel je m'abandonne en ces lieux, n'aura jamais de réveil.

— En effet, mon cher fils, répondit le prieur, l'habit que tu as pris, pour ressembler à un de nos frères, te sied si bien, que je voudrais ne pas te le voir quitter [105]. Mais, continua-t-il, après quelques instants de silence, toute plaisanterie est déplacée ici. Vous savez, Kreisler, combien je vous ai aimé dès le premier jour où je vous ai connu ; et combien mon amitié s'est accrue depuis, fortifiée par mon admiration pour votre beau talent. Nous concevons facilement des inquiétudes sur le sort de ceux que nous aimons, et c'est ce qui m'a porté à vous observer depuis l'instant de votre entrée en ces lieux. Depuis longtemps, je voulais vous ouvrir mon cœur; j'attendais pour cela un moment propice; il est venu: Kreisler, renoncez au monde; entrez dans notre ordre.

Bien que Kreisler se trouvât parfaitement dans l'abbaye, tout charmé qu'il était de pouvoir y prolonger son séjour, il fut cependant surpris, d'une manière presque désagréable, de la proposition du prieur; car il n'avait jamais songé sérieusement à renoncer à sa liberté, et à vivre parmi les moines, quoique ce caprice eût pu lui passer quelquefois par la tête, et que le prieur s'en fût peut-être aperçu. Il le regarda donc avec étonnement; mais celui-ci ne lui donna pas le temps de répondre.

— Écoutez-moi jusqu'à la fin, Kreisler, lui dit-il; quelque désir que j'aie de procurer à l'Eglise un serviteur zélé, je sais fort bien que l'Eglise rejette toute séduction, et veut seulement que l'étincelle de la velléité soit entretenue, jusqu'à ce qu'elle devienne la brillante flamme de la conviction. Ainsi je ne veux que développer ce qui est caché dans votre cœur, pour vous le rendre sensible à vous-même. Vous parlerai-je des absurdes préjugés qu'on a dans le monde contre l'état monastique ? On croit que le religieux a toujours été poussé dans sa cellule par un sort affreux; on pense qu'il renonce à tous les plaisirs, et qu'il passe sa vie dans des tourments continuels. S'il en était ainsi, le cloître ne serait qu'une affreuse prison, où le regret d'un bien à jamais perdu dévorerait les victimes qui y seraient renfermées, et qui, spectres vivants, exprimeraient leur angoisse par des prières murmurées d'une voix éteinte.

En entendant parler de spectres, Kreisler ne put s'empêcher de sourire; car il pensa aussitôt à ces bénédictins si gras et si bien nourris, et surtout au père Hilarion, dont le seul chagrin eût été de boire de mauvais vin, et la seule peine de déchiffrer une partition difficile.

— Vous riez, continua le prieur, du contraste que vous présente ce tableau avec la vie qu'on mène ici, et vous n'avez pas tort. Quelques hommes, sans doute, déchirés par des souffrances terrestres, se réfugient dans le cloître, et sont heureux de trouver, au sein de l'Eglise, la paix qui les console des malheurs de la vie du monde. Mais il en est beaucoup aussi, qui, par goût, n'aiment que la solitude et la vie contemplative. D'autres encore, sans avoir une vocation prononcée pour la vie monacale, ne sont à leur place que dans un cloître; ce sont ceux qui doivent toujours rester étrangers au monde, parce qu'ils appartiennent à une existence supérieure, et qu'ils prennent les besoins de cette existence pour la condition de la vie. Poursuivant toujours ce qu'on ne peut rencontrer ici-bas, continuellement agités par de vagues désirs, ils se tourmentent sans jamais trouver la paix ni le repos. La solitude, une vie uniforme, sans interruption et sans secousse, peuvent seules rétablir l'équilibre, et procurer à leur âme un calme qu'elle ne trouverait pas dans la vie agitée du monde. Vous êtes, mon cher Kreisler, du nombre de ces hommes que la puissance divine élève au ciel, même sans cette expression terrestre. Le sentiment de cette existence supérieure se révèle dans l'art qui remplit votre âme, et qui, vous captivant entièrement, fait que vous êtes étranger aux futilités du monde. Fuyez donc à jamais les absurdes plaisanteries des fous qui vous ont tourmenté. Un ami vous tend les bras, et veut vous conduire dans un port à l'abri de tous les orages.

— Je sens, répondit Kreisler avec une profonde mélancolie, je sens la vérité de vos paroles, mon vénérable ami; je sais que je ne suis pas fait pour ce monde qui se montre à moi comme une énigme.

Et cependant je suis frappé de crainte à l'idée de prendre cet habit; je crains que ce monde, qui plus d'une fois offrit au maître de chapelle des jardins émaillés de fleurs, ne paraisse au moine qu'un désert inhospitalier. La résignation…

— La résignation! interrompit le prieur d'une voix forte, en est-il pour toi, Jean, quand le génie de l'art devient toujours plus puissant en toi, quand de tes ailes vigoureuses tu t'élèves au-delà des nues? Quel bonheur la vie peut-elle t'offrir encore? Mais, sans doute, la puissance divine a renfermé dans notre sein un sentiment dont la force irrésistible, maîtrise tout notre être. C'est le lien mystérieux entre le corps et l'âme, qui fait que tandis que celle-ci croit poursuivre un bonheur céleste, elle ne fait cependant qu'obéir aux exigences du corps. Ainsi se produit une réaction nécessitée par la continuation du genre humain. Je n'ai pas besoin d'ajouter que je te parle ici de l'amour, et je ne pense pas qu'il te soit facile d'y renoncer. Mais, mon fils, si tu le peux, tu échappes à ta perte. Espères-tu jamais jouir de ce bonheur chimérique que promet l'amour terrestre ?

Le prieur prononça ces derniers mots avec tant d'onction, qu'on eût cru que le livre des destinées était ouvert devant ses yeux, et qu'il prédisait à Kreisler des malheurs auxquels il ne pourrait se soustraire qu'en se réfugiant dans un cloître.

Mais en même temps la figure de Kreisler prit cette expression bizarre [106] qu'elle avait quelquefois.

— Votre éminence sérénissime est dans une erreur complète, dit-il au prieur. Ne suis-je donc pas un homme passable, encore dans la fleur de l'âge, d'un extérieur agréable, et d'un esprit assez cultivé ? Ne puis-je pas mettre un habit noir, des culottes de soie, me présenter à la fille d'un professeur, à celle d'un conseiller, et, mettant dans ma voix et dans mon action toute la douceur du plus aimable *amoroso,* ne puis-je pas leur dire : La plus belle des belles, voulez-vous me donner votre main et toute votre chère personne ? La fille du professeur baisserait alors les yeux et me répondrait : — Adressez-vous à papa. — Celle du conseiller m'adresserait un regard langoureux, m'assurerait ensuite qu'elle s'est aperçue depuis longtemps de cet amour que je viens enfin d'exprimer, et me parlerait en même temps de la garniture de sa robe de noces. Et, messieurs les poètes, avec quel plaisir n'accorderaient-ils pas leurs filles à une personne aussi respectable que l'ex-maître de chapelle d'un grand duc ! Je pourrais encore m'élever jusqu'au romantique, commencer une idylle, et offrir mon cœur et ma main à la fille dodue d'un fermier, au moment où elle préparerait ses fromages. Nouveau notaire Pistafolin, je pourrais également courir au moulin, chercher une déesse dans des nuages de farine. Où méconnaît-on un cœur fidèle qui ne demande que le mariage ? Votre éminence ne réfléchit pas que je suis homme à être parfaitement heureux par l'amour dont le thème simple se compose de ce peu de mots : Si tu veux de moi, je veux de toi ; thème dont les variations, après le brillant allégro de noce, se continuent pendant tout le temps du mariage.

— Votre éminence ne sait donc pas que j'ai sérieusement pensé au mariage il y a déjà quelque temps. Il est vrai qu'alors j'avais bien peu d'expérience, puisque je n'avais que sept ans, mais la demoiselle de trente-trois ans, que j'avais choisie, ne m'en avait pas moins promis solennellement de n'avoir jamais d'autre mari que moi, et je ne sais pas trop, au fait, pourquoi cette affaire ne s'est pas réalisée. Que votre éminence sérénissime daigne remarquer combien l'amour m'a souri depuis mon enfance. Qu'on me donne des bas de soie, des escarpins, et je vais courir, sans m'arrêter, vers celle qui présente déjà le plus joli doigt du monde, pour qu'on y mette une bague. Si la chose n'était inconvenante en présence d'un honorable bénédictin, je danserais devant vous, éminence sérénissime, une matelotte, une gavotte, et même une valse, tant je me sens transporté d'aise en pensant à une amante et à une noce. Oui, je suis vraiment fait pour l'amour et le mariage, et je désirerais que votre éminence sérénissime en fût bien persuadée.

— Je n'ai pas voulu, dit le prieur, quand Kreisler s'arrêta enfin, je n'ai pas voulu interrompre ces plaisanteries bizarres qui prouvent la vérité de ce que j'ai avancé. Je sens aussi la pointe qui devait me blesser et qui ne l'a pas fait. Je suis assez heureux pour n'avoir jamais cru à cet amour chimérique dont vous parlez. Mais brisons là-dessus ; il est temps de saisir l'ennemi qui vous poursuit. N'avez-vous jamais entendu parler, pendant votre séjour à Sieghartshof du sort du malheureux peintre Léonard Eulinger ?

Une horreur inexprimable, que manifestaient de violents frissons, s'empara de Kreisler, lorsqu'il entendit prononcer ce nom. La dernière trace de cette ironie amère, à laquelle il s'abandonnait un instant auparavant, disparut de sa figure, et il dit d'une voix étouffée :

— Eulinger, que me veut-il ? qu'ai-je de commun avec lui ? je ne l'ai jamais connu, et ce n'est qu'un jeu de mon imagination, qui me fit croire, un jour, qu'il me parlait du fond du lac.

— Calme-toi, mon fils, calme-toi, dit le prieur avec bonté, en prenant les mains de Kreisler, tu n'as rien de commun avec cet infortuné que le trouble d'une passion violente entraîna à sa perte ; mais que son sort affreux te serve d'exemple. Tu marches sur un chemin plus glissant encore que celui sur lequel il s'est perdu. La fuite est ton seul moyen de salut. Hedwige... une rêverie fatale la retient dans des liens qui paraissent indestructibles si un esprit indépendant ne parvient à les rompre ; et toi [107]...

Ces paroles du prieur éveillèrent en Kreisler une foule de souvenirs divers. Il s'aperçut que le bon bénédictin connaissait l'intérieur de la famille ducale, et même tout ce qui s'était passé pendant son séjour à Sieghartshof. Il comprit que sa présence avait excité des craintes fondées sur l'état d'irritabilité de la princesse, et ces craintes, Mme Benzon seule avait pu les éprouver. Elle était nécessairement en rapport avec le prieur, elle connaissait le séjour de Kreisler à l'abbaye, et avait, sans doute, dirigé la conduite et les discours du prieur. Kreisler se rappelait en effet, tous les moments où la princesse lui avait paru agitée par une passion naissante ; mais l'idée qu'il était lui-même l'objet de cette passion le remplissait d'une terreur dont il ne pouvait se rendre compte. Une puissance morale, qu'il ne connaissait pas, semblait vouloir s'emparer de son âme, et lui ravir toutes ses facultés mentales. Il voyait Hedwige attachant sur lui ce regard étrange qui lui était propre. Un coup électrique fit alors vibrer tous ses nerfs, comme la première fois qu'il toucha la main de la princesse. Mais, au même instant, son angoisse disparut, il se sentit pénétré d'une chaleur bienfaisante, et dit, comme revenant à lui : — Veux-tu me tourmenter encore, petite *torpedo ?* Tu sais cependant que tu ne peux me blesser impunément, puisque c'est par pur amour pour toi que je me suis fait bénédictin.

Le prieur le regarda d'un œil pénétrant, comme s'il eût voulu lire dans son âme, et lui dit d'un ton solennel : — A qui parles-tu, mon fils ?

Kreisler revint de sa rêverie et se rappela que le prieur, connaissant tout ce qui s'était passé à Sieghartshof, ne devait pas ignorer la catastrophe qui l'avait obligé d'en partir, et qu'il désirait lui-même connaître un peu mieux.

— Ainsi que vous l'avez entendu, révérendissime seigneur, dit-il, je ne parlais à personne autre qu'à une petite *torpedo* qui voulait se mêler de notre conversation sans y être appelée, et ne troubler plus que je ne l'étais. Je suis forcé de reconnaître à cet égard que quelques personnes me croient aussi fou que ce pauvre Léonard qui non seulement voulait peindre une personne d'un rang trop élevé pour daigner le regarder, mais encore, qui voulait l'aimer, ni plus ni moins que Jacques aime sa Margot. Quant à moi, ai-je jamais manqué au respect que je devais à la princesse, quand j'accompagnais, par les plus beaux accords, un chant assez faible ? Ai-je mis sur le tapis des sujets d'amour ou de haine, quand la petite duchesse se plaisait à tourmenter le monde par ses singulières distractions ou ses visions magnétiques ? Ai-je jamais fait rien de semblable ?

— Et cependant, mon fils, dit le prieur, tu parlais un jour de l'amour de l'artiste.

Kreisler regarda le prieur avec étonnement, croisa ses mains, et s'écria en levant les yeux au ciel : — Oh ! Dieu, c'est donc cela ! O hommes, pourquoi m'écoutez-vous dans mon insouciance, puisque l'harmonie de l'amour renfermée dans mon cœur blesse vos oreilles ? ô Julie !

Le prieur, comme saisi par quelque chose d'inattendu, parut chercher vainement des paroles, tandis que Kreisler ravi, contemplait le ciel qui brillait de mille nuances de feu. Le son des cloches se fit entendre du haut des tours de l'abbaye, et se perdit dans les nuages dorés comme une voix mélodieuse du ciel.

— On sonne l'angélus, dit le prieur, j'entends venir nos frères ; demain, mon cher ami, nous parlerons plus au long des événements qui se sont passés à Sieghartsweiler.

— Révérendissime seigneur, dit Kreisler, je voudrais

bien savoir cependant quelques détails sur une noce et sur quelque autre chose encore. Le prince Hector ne doit pas tarder à prendre la main que, de loin, il cherchait déjà à saisir, si toutefois il n'est rien arrivé de fâcheux à cet amant incomparable.

— Il n'est rien arrivé à cet amant incomparable, dit le prieur, avec cette bonhomie qui lui était propre, mais on dit que son aide-de-camp a été piqué dans la forêt par une guêpe.

— Oui, dit Kreisler, par une guêpe qu'il voulait chasser par le feu et la fumée.

Les frères entrèrent dans le corridor, et . . . .

LE MANUSCRIT DE MURR

... le mauvais esprit qui cherche à escamoter un bon morceau, juste sous la dent d'un honnête matou sans souci. Bientôt nos douces réunions sur le toit, furent troublées par un événement qui en amena la dissolution, et l'esprit malfaisant, qui devait y mettre un terme, nous apparut sous la forme d'un chien appelé Achille. On ne pouvait guère le comparer à son homonyme grec, à moins qu'on n'accorde, à ce dernier, qu'une lourde maladresse et des discours grossiers et vides de sens. Achille n'était, au fait, qu'un dogue très ordinaire, faisant le service de chien de garde, que son maître faisait attacher pendant le jour, et ne laissait en liberté que la nuit, afin de fortifier son attachement pour la maison. Malgré ses manières insupportables, plusieurs d'entre nous le plaignaient sincèrement, tandis que lui se faisait honneur de sa chaîne. Nos chants joyeux le troublèrent pendant la nuit, et il jura de s'en venger. Mais ses menaces nous effrayèrent peu, car sa maladresse ne lui permettait pas de monter sur le toit où se tenaient nos réunions que nous continuâmes sans nous inquiéter des suites. Il prit dès lors d'autres mesures et ameuta contre nous une troupe de roquets auxquels il faisait quelquefois l'honneur de jouer avec eux, en les écrasant de ses lourdes pattes. Ceux-ci se mirent à aboyer à l'unisson aussitôt que nous commençâmes nos chants, de manière qu'il nous fut impossible de nous entendre et même de prendre le ton. Quelques-uns montèrent jusqu'au grenier, et, sans vouloir engager une lutte honorable, quand nous leur présentâmes la griffe, ils se mirent à faire un si horrible tintamarre, que cette fois le maître de la maison, troublé lui-même dans son sommeil, ne put fermer l'œil, et prit un fouet pour dissiper l'attroupement formé au-dessus de sa tête.

O matou, qui parcours ces pages, toi qui es doué d'un bon cœur, d'un esprit éclairé, dis-moi si jamais tu entendis rien de plus affreux que l'aboiement pénétrant, dissonant et criard d'une troupe de roquets en colère. Prends garde à ces petites créatures sémillantes, crains leurs caresses plus que la griffe du tigre, et poursuis la lecture de mon histoire.

Ainsi que je l'ai dit, le maître prit un fouet pour terminer le bruit qui se faisait au-dessus de sa tête. Mais les roquets s'avancèrent à sa rencontre, léchèrent ses pieds et lui assurèrent que ce bruit infernal n'avait eu pour but que son repos ; qu'ils n'avaient aboyé que pour nous chasser parce que nous chantions sur un ton trop haut. Le maître n'accorda que trop de foi à cette éloquence bavarde, et le chien de garde qu'il interrogea, ne manqua pas de confirmer le tout, poussé par la haine qu'il nous portait. Les persécutions tombèrent sur nous ; de partout on nous chassa, on nous tendit des pièges ; les domestiques nous poursuivirent armés de tuiles et de manches à balai, et mon ami Mucius tomba dans une trappe où il se cassa la patte droite de derrière. C'est ainsi que finirent ces réunions charmantes où j'avais passé de si heureux moments. Rentré sous le poêle de mon maître, j'y pleurai dans une profonde solitude, et la perte de nos plaisirs, et le sort de mes malheureux amis.

Un jour M. Lothario le professeur d'esthétique, entra

dans la chambre de mon maître, et derrière lui j'aperçus Punto. J'exprimerais difficilement le sentiment pénible que me causa sa présence. Il n'était à la vérité ni dogue ni roquet; mais il appartenait à cette espèce qui avait détruit le charme de mon existence, et je ne pouvais le voir avec plaisir. Aussi, ne voulant pas lui parler, je descendis de mon coussin, et j'entrai dans le poêle qui était alors ouvert et dont je tirai la porte derrière moi.

M. Lothario parla de différentes choses qui m'intéressaient d'autant moins que je ne faisais attention qu'à Punto, qui, en fredonnant un petit air, se mit à sautiller comme un fat par la chambre. Il appuya ensuite ses pattes de devant sur le bord de la croisée, regardant dans la rue, saluant ses connaissances, et aboyant de temps en temps, sans doute pour attirer les regards de quelques belles. Il ne parut pas songer au pauvre Murr, et quoique je fusse bien décidé à ne pas lui parler, je n'en fus pas moins piqué de son indifférence et du peu d'attention qu'il faisait à moi.

Il n'en fut pas ainsi du professeur, car, après m'avoir cherché des yeux, il dit à mon maître : — Où donc est monsieur Murr?

Il n'est pas pour les oreilles d'un honnête chat de qualification plus désagréable que ce vilain mot de monsieur; mais il faut passer bien des choses aux esthétiques, et je pardonnai cette offense au professeur.

Le maître Abraham répondit que depuis quelque temps je faisais de fréquentes excursions et que je sortais beaucoup pendant la nuit. Que du reste il m'avait vu sur le coussin un instant auparavant, et qu'il ne savait comment j'avais disparu si vite.

— Je présume, dit le professeur que votre Murr... mais ne serait-il pas caché dans quelque coin à nous écouter? Cherchons un peu.

Je me retirai dans le fond du poêle, mais on peut penser comme je dressai les oreilles quand j'entendis qu'il était question de moi. Le professeur me chercha dans tous les coins, au grand étonnement du maître qui lui dit : — En vérité, vous faites trop d'honneur à Murr.

— Eh! reprit le professeur, le soupçon que je vous ai

manifesté, relativement à cette expérience par laquelle un chat devient poète et écrivain, ne me sort pas de la tête. Vous vous souvenez sans doute du sonnet et de la glose que Punto enleva sous les pattes de Murr. Du reste, je profiterai de l'absence du matou, pour vous communiquer une remarque assez fâcheuse, et vous engager à porter une attention sérieuse sur les manières de Murr. Je m'occupe fort peu des chats. J'ai remarqué cependant que quelques-uns, jadis polis et affables, prennent maintenant des manières qui blessent toutes les convenances. Au lieu de se courber et de caresser humblement comme autrefois, ils se promènent avec insolence, et ne craignent pas de trahir leur naturel sauvage par des regards étincelants, par un ronflement de colère, et même en montrant les griffes. On les voit courir sales et en désordre, la queue recourbée, et inspirer l'horreur et le dégoût à tous les chats qui ont conservé les bons principes, mais ce qu'il y a de plus blâmable et qu'on ne saurait tolérer, ce sont leurs conciliabules secrets et nocturnes, pendant lesquels ils font un bruit infernal, qu'ils nomment chant, quoiqu'il soit dépourvu de mesure, de mélodie et d'harmonie. Je crains fort, maître Abraham, que votre Murr ne prenne part à ces plaisirs indécents, qui ne lui rapporteront jamais que des coups. Je serais bien fâché que toutes les peines que vous vous êtes données pour lui fussent perdues, et qu'il partageât les plaisirs condamnables des chats pervers et corrompus.

En entendant ces calomnies proférées contre moi, contre Mucius et tous nos amis, je ne pus étouffer un cri de douleur.

— Qu'est-ce ? s'écria le professeur ; je crois que Murr est caché dans la chambre. Ici, Punto, cherche.

Punto sauta à bas de la croisée, flaira dans tous les coins de la chambre, et vint devant le poêle où il se mit à sauter et à aboyer.

— Il est dans le poêle, il n'y a pas de doute, dit le maître en ouvrant la porte. Je restai immobile, le regardant avec des yeux clairs et brillants.

— En vérité, dit-il, le voilà au fond du poêle. Eh bien ! te donneras-tu la peine de sortir ? Veux-tu te sauver ?

Quelque peu d'envie que j'eusse de quitter mon réduit, il me fallut pourtant obéir. Je sortis donc aussi lentement que possible, mais à peine eus-je paru au grand jour, que le maître et le professeur s'écrièrent à la fois : — Murr, quelle mine as-tu ? Murr, polisson, qu'as-tu fait ?

J'étais couvert de cendres, et il faut ajouter à cela, que mon extérieur avait en effet beaucoup souffert depuis quelque temps, et que j'avais été obligé de me reconnaître dans le portrait que le professeur avait tracé des matous schismatiques. Comparant ma mine misérable à l'extérieur de Punto, dont la fourrure luisante et frisée était vraiment belle, je me sentis pénétré de honte, et je me rangeai dans un coin, sans dire mot.

— Est-ce là, dit le professeur, ce matou d'esprit et de soins, qui fait des sonnets et des gloses ? non, c'est un chat fort commun, qui fréquente les toits et les cuisines et ne sait faire autre chose que prendre des souris. Dis-moi donc, aimable bête, demanderas-tu bientôt à monter en chaire, comme professeur d'esthétique ? En effet, c'est un fort joli habit de professeur que celui que tu portes là.

Les plaisanteries se suivirent sans interruption, et je baissai l'oreille, comme j'étais dans l'habitude de le faire quand on me grondait. Le maître et le professeur partirent enfin d'un éclat de rire qui me perça le cœur.

Mais les manières de Punto m'étaient plus sensibles encore. Non seulement il prenait part aux railleries de son maître, mais par des bonds de côté il me prouvait combien il craignait de m'approcher, il semblait avoir peur de salir sa fourrure. On sent ce que devait souffrir un matou qui avait la conscience de son propre mérite, et qui se trouvait dans une semblable position.

Le professeur et le maître eurent alors une longue conversation qui me parut n'avoir aucun rapport, ni à moi, ni aux chats en général, et à laquelle je ne compris que fort peu de chose. On agitait, à ce qu'il me sembla, la question de savoir s'il valait mieux opposer une résistence ouverte aux actions souvent déraisonnables et extravagantes de la jeunesse, ou s'il fallait faire en sorte de les modérer d'une manière adroite et insensible. Le professeur était pour la résistance ouverte, par des raisons qu'il déduisit longuement; il parla aussi de carreaux cassés; mais je n'y compris rien du tout. Le maître, de son côté, pensait que de jeunes esprits exaltés sont semblables à des maniaques que la résistance ouverte rend toujours plus fous, tandis que la connaissance de l'erreur à laquelle on parvient par soi-même, guérit radicalement, et ne laisse craindre aucune rechute.

— Eh bien ! s'écria le professeur, en se levant et prenant sa canne et son chapeau, pour ce qui est de la résistance ouverte, vous m'accorderez du moins, qu'il faut l'exercer impitoyablement dès que ces actions sont contraires au repos des autres; et pour en revenir à votre matou Murr, de braves roquets ont fort bien fait de chasser ces maudits chats qui faisaient un bruit infernal et se croyaient de grands virtuoses.

— C'est selon, reprit le maître; si on les avait laissé faire, ils seraient peut-être devenus ce qu'ils croyaient déjà être, c'est-à-dire de bons musiciens, tandis que sans doute ils désespèrent maintenant de le devenir jamais.

Le professeur prit congé, et Punto le suivit sans daigner me saluer, ce que cependant il ne manquait jamais de faire.

— Moi-même, Murr, me dit alors le maître, je ne suis pas content de toi, et il est temps que tu redeviennes raisonnable et rangé. Si tu pouvais me comprendre, je te conseillerais de t'amuser sans faire le moindre bruit, c'est le vrai moyen de conserver sa réputation. Je te citerais, à cet égard, deux hommes, dont l'un, tranquillement assis dans un coin pendant toute la journée, boit, une bouteille après l'autre, jusqu'au moment où il tombe dans une ivresse complète, qu'il sait dissimuler par suite d'une grande habitude, tandis que l'autre ne boit de temps en temps que quelques verres de vin avec ses amis, et, le cœur sur les lèvres, parle avec beaucoup d'abandon et de vivacité, sans cependant blesser les convenances *. C'est celui-ci, cependant, que le monde traite de buveur déterminé, tandis que le premier passe pour un homme sage et

* Hoffmann se peint ici lui-même, et répond à des reproches qui lui furent adressés publiquement. Tr.

rangé. Oh ! mon cher matou, si tu connaissais le monde, tu saurais qu'un homme habile cache toujours ses penchants, et s'en trouve bien. Mais tu ne peux connaître ces gens-là, quoiqu'il y en ait peut-être aussi parmi ton espèce.

A ces mots, fier des connaissances que j'avais obtenues, tant par les instructions de Mucius que par ma propre expérience, je ne pus m'empêcher de miauler gaiement.

— Eh ! Murr, mon matou, dit le maître en riant, je crois presque que tu me comprends, et que le professeur a raison quand il te craint comme un rival en esthétique.

Pour confirmer ce que le maître venait de dire, je poussai un *miaou* clair et mélodieux, et je sautai sur ses genoux. Mais je ne pensais pas qu'il avait en ce moment sa belle robe de chambre de soie à grandes fleurs, et que je la salirais. — Que le diable t'emporte, s'écria-t-il avec colère, et il me poussa si rudement que je tombai à terre en baissant les oreilles et en fermant les yeux. Cependant, il me dit aussitôt : — Allons, Murr, mon matou, je ne voulais pas te faire du mal. Je sais que le motif était bon ; tu voulais me prouver ton affection, mais tu l'as fait maladroitement. Viens ici, petit cendreux, que je te nettoie, pour que tu ressembles à un honnête matou.

Après ces mots, il ôta sa robe de chambre, me prit sur son bras, et se mit à nettoyer ma fourrure avec une brosse bien douce, et à me rendre le poil luisant, avec un petit peigne.

Ma toilette finie, je passai devant la glace, et je fus surpris moi-même du changement qui s'était opéré en moi. Je ne pus m'empêcher de filer complaisamment, tant je fus content de ma personne ; et, dans ce moment, je dois l'avouer, il s'éleva en moi des doutes sur la convenance et l'utilité de nos réunions ; aussi l'ordre, que me donna le maître, de ne pas rentrer dans le poêle, était tout à fait inutile.

La nuit suivante, je crus entendre qu'on grattait doucement à la porte, et qu'on poussait un miaou plaintif. Je reconnus à la voix le vieux Puff ; ayant demandé cependant qui était là, il me répondit : — C'est moi, mon cher Murr, et j'ai une bien fâcheuse nouvelle à te donner !

— Oh ! ciel. Et quel…

QUATORZIÈME FRAGMENT

De maculature

… grand tort, ma douce amie ; mais tu es plus qu'une amie, tu es ma sœur, et je ne t'ai pas assez aimée. Ce n'est qu'en ce moment que je t'ouvre mon cœur tout entier, maintenant que je sais…

La princesse s'arrêta ; un torrent de larmes couvrit sa figure, et elle embrassa Julie, avec plus de tendresse qu'elle ne l'avait jamais fait.

— Hedwige, dit Julie, avec douceur, ne m'as-tu donc pas aimée de tout ton cœur ? as-tu jamais eu des secrets pour moi ? — Que sais-tu ? que viens-tu d'apprendre ? Mais non, non ! pas un mot de plus, jusqu'à ce que ce pouls batte avec plus de calme, que ces yeux ne brillent plus d'un feu aussi sombre.

— Je ne sais ce que vous avez tous, dit la princesse, vous voulez absolument que je sois malade, et cependant, je ne me suis jamais aussi bien portée. L'accident singulier qui m'est arrivé vous a effrayés ; et, cependant, il est possible que ces coups électriques, qui suspendent l'organisation de la vie, me soient plus nécessaires que tous ces remèdes qu'un art aveugle me prodigue. Combien me déplaît ce docteur, qui se figure que la nature humaine peut s'arranger comme une montre qu'on démonte et qu'on nettoie ! Mon existence pourrait dépendre de ces combinaisons ! dans ce cas, ce ne serait, de la part du Créateur, qu'une triste plaisanterie.

— Cette exaltation même, ma chère Hedwige, dit Julie, est la preuve que tu es encore malade, et que tu devrais te ménager plus que tu ne le fais.

— Et toi aussi, tu veux m'affliger, dit la princesse, en s'avançant vers la croisée, qu'elle ouvrit pour contempler le parc. Julie la suivit, passa un bras autour de sa taille, et la pria tendrement de se préserver au moins du vent froid de l'automne, et de prendre le repos que le médecin jugeait indispensable. Mais la princesse lui répondit que la fraîcheur de l'air la calmait et lui donnait des forces.

Julie lui parla alors avec effusion des derniers temps où une influence funeste avait agi sur elle, et l'entretint de certaines sensations qui ne pouvaient se comparer qu'à la crainte des spectres, et qui avaient pour principale source la haine mystérieuse entre le prince Hector et Kreisler, haine qui avait été funeste à ce dernier, puisqu'il avait dû tomber sous les coups du haineux Italien, et, qu'au dire de maître Abraham, il n'avait échappé que par miracle à une mort certaine.

— Et cet homme odieux, continua Julie, deviendrait ton époux ! — Non, jamais. Grâce au ciel, tu es sauvée, il ne reviendra jamais. N'est-ce pas, Hedwige, jamais ?

— Jamais, dit la princesse, d'une voix étouffée et à peine intelligible. Puis elle soupira profondément et continua de parler, comme une personne plongée dans un songe. — Oui, dit-elle, ce feu pur et céleste doit briller et vivifier, et non détruire ; et c'est dans l'âme de l'artiste qu'en est le foyer. C'est ce que tu disais en ces lieux mêmes.

— Qui parlait ainsi ! s'écria Julie, effrayée. A qui pensais-tu, Hedwige ?

La princesse passa sa main sur son front, comme pour se rappeler au présent dont elle était si loin. S'appuyant sur Julie, elle s'approcha ensuite du sopha sur lequel elle tomba dans un état d'épuisement. Julie voulut appeler ses femmes, mais Hedwige s'y opposa.

— Non, jeune fille, dit-elle, c'est toi, c'est toi seule qui dois rester auprès de moi. Ne crois pas que je sois malade ; non, c'est l'idée d'un bonheur suprême qui, devenue trop puissante et trop vive, a brisé mon cœur, et s'est changée en une douleur mortelle. Reste auprès de moi, ma Julie, tu ne connais pas le charme miraculeux que tu exerces sur mon être. Laisse-moi lire dans ton âme, comme dans une glace pure, pour que je me retrouve moi-même. — Julie ! il me semble souvent que le ciel t'inspire, et que les paroles qui passent sur tes lèvres sont un souffle de l'amour, et un oracle consolant. — Julie, reste auprès de moi, mon amie, ne me quitte jamais ! — jamais !

A ces mots, elle saisit les mains de son amie, et retomba les yeux fermés sur le sofa.

Julie était habituée à voir quelquefois Hedwige succomber sous l'atteinte d'une exaltation maladive. Mais le paroxysme qu'elle éprouvait en ce moment, lui parut tout à fait inconcevable.

— Hedwige, s'écria-t-elle, ma chère Hedwige, non, je ne te quitterai jamais, tu ne trouveras jamais un cœur plus aimant et plus dévoué que le mien, mais parle, dis-moi quel tourment déchire ton âme ; je te plaindrai, je pleurerai avec toi.

Un sourire étrange et une faible rougeur se montrèrent sur les traits d'Hedwige qui, sans ouvrir les yeux, dit avec douceur : — N'est-ce pas, ma Julie, tu n'es pas amoureuse ?

Julie se sentit saisie par cette question de la princesse.

Quel est le sein de jeune fille qui ne renferme le pressentiment d'une passion qui semble la principale condition de leur existence ? Car la femme n'est complète que lorsqu'elle aime. Mais un cœur innocent et pur conserve ce pressentiment, sans chercher à connaître le doux secret qui doit un jour se trahir de lui-même. Ainsi Julie, en entendant parler d'un sentiment auquel elle n'avait pas osé penser, chercha à lire dans son propre cœur, comme si on l'accusait d'une faute qu'elle ignorait.

— Julie, répéta la princesse, tu n'aimes pas ? dis-le moi ! — sois franche !

— Quelle singulière question ! répondit Julie, que puis-je, que dois-je te répondre ?

— Parle, parle, dit la princesse avec instance.

En ce moment Julie reconnut ce qui se passait au fond

de son âme, et trouva des paroles pour exprimer ce qu'elle venait de comprendre.

— Hedwige, dit-elle, d'un ton sérieux et calme, qu'éprouves-tu toi-même, quand tu me fais cette question? Qu'entends-tu par cet amour dont tu me parles? N'est-ce pas, c'est se sentir entraîné vers celui qu'on aime, avec une force si irrésistible; qu'on ne vit que par les pensées qu'il vous cause; que sur lui seul se rassemblent nos vœux, nos espérances, nos désirs; qu'il est pour nous le monde entier? Et cette passion nous procure le bonheur suprême? La tête me tourne de cette hauteur d'où j'aperçois un affreux abîme! Non Hedwige, cet amour, qui est aussi terrible que criminel, ne remplit point mon âme, je veux croire qu'elle en sera préservée à jamais. Mais nous pouvons éprouver pour un homme, plus d'estime que pour un autre, avoir même de l'admiration pour ses talents ou son caractère. Nous pouvons nous sentir, près de lui, pénétrées par un bien-être doux et mystérieux, être heureuses par sa présence, tristes par son départ. Nommes-tu cela de l'amour?

Pourquoi ne t'avouerais-je pas franchement que notre Kreisler m'avait inspiré ce sentiment, et que son absence me peine et m'afflige.

— Julie, s'écria Hedwige avec véhémence! peux-tu te le figurer dans les bras d'une autre, sans éprouver des angoisses inexprimables?

La figure de Julie se couvrit de rougeur, et d'un ton qui prouvait combien elle était blessée, elle répondit: — Je n'ai jamais pensé qu'il pût être dans les miens.

— Ah! tu ne l'aimes pas! s'écria Hedwige, d'une voix perçante, et elle retomba sur le sopha.

— Oh, puisse-t-il revenir! continua Julie. — Le sentiment qu'il m'inspire est pur et innocent, et si je ne dois pas le revoir, son souvenir remplira ma vie, mais il reviendra à coup sûr! — Car comment...

— Jamais, dit la princesse, interrompant Julie d'un ton sec et tranchant, jamais il ne reviendra, il ne le peut pas, car il est, dit-on, à l'abbaye de Kanzheim, et il compte entrer dans l'ordre de saint Benoît.

Des larmes remplirent les yeux de Julie qui s'approcha en silence de la croisée.

— Sa mère a raison, parfaitement raison, continua la princesse ; je suis heureuse qu'il soit parti, ce fou qui se plaisait à troubler notre raison, et qui se servait de la musique pour égarer notre esprit. — Je ne veux plus le revoir.

Ces mots étaient autant de coups de poignard pour Julie qui prit son chapeau et son châle.

— Tu veux me quitter, ma douce amie ! s'écria la princesse. — Reste. — Reste. — Console-moi, — si tu peux. Ces murs, ce parc, tout est rempli de mystères ; il faut que tu saches [108]...

Elle s'arrêta, entraîna Julie vers la croisée, lui montra le pavillon où avait demeuré l'aide de camp du prince Hector, et continua d'une voix étouffée : — Regarde, Julie ; ces murs cachent un secret affreux. Le concierge, le jardinier assurent que, depuis le départ du prince, personne n'habite ce pavillon, que les portes en sont fermées, et cependant, regarde, ne vois-tu rien à la croisée ?

Julie vit en effet à la croisée du fronton du pavillon, une ombre de taille humaine qui disparut aussitôt.

— Il n'est question ici de rien de mystérieux ou de surnaturel, dit-elle, s'apercevant que la main d'Hedwige tremblait dans la sienne ; quelque domestique occupe sans doute ce pavillon sans permission. On peut, au reste, le faire visiter, et connaître sur-le-champ, la cause de cette apparition.

Mais la princesse lui répondit que le vieux concierge l'avait déjà visité à sa prière, et n'y avait trouvé personne.

— Écoute ce que j'ai à te dire, continua-t-elle : tu sais que souvent le sommeil me fuit, et qu'alors j'ai l'habitude de me lever et de me promener dans ma chambre jusqu'à ce que je sois assoupie par la fatigue. Il y a trois nuits qu'une circonstance semblable me conduisit dans cette chambre, où je vis tout à coup briller sur le mur un reflet de lumière. Je regardai par la croisée, et j'aperçus quatre hommes dont l'un portait une lanterne sourde, et qui disparurent près du pavillon, sans que je pusse connaître s'ils y étaient entrés.

Quelques instants après, cette même croisée fut éclairée, et je vis passer et repasser des ombres. Tout redevint obscur, mais tout à coup une lueur éblouissante, qui ne pouvait venir que de la porte du pavillon, éclaira tous les alentours, et s'accrut d'un instant à l'autre. Je vis alors sortir des buissons, un bénédictin tenant de la main gauche un flambeau, et de la droite un crucifix; quatre hommes le suivaient, portant sur leurs épaules une bière recouverte d'une draperie noire. A peine avaient-ils fait quelques pas, qu'un homme enveloppé d'un manteau se présenta devant eux. Ils s'arrêtèrent, posèrent la bière à terre, celui qu'ils avaient rencontré retira la draperie, et je vis un cadavre. Me sentant défaillir à cet aspect, je m'aperçus à peine que les quatre hommes reprirent la bière, et que, précédés par le bénédictin, ils se dirigèrent le long du large sentier qui conduit, à travers le parc, à l'abbaye de Kanzheim. Depuis ce moment, je vois cette ombre à la croisée, et peut-être est-ce l'ombre d'un homme assassiné qui me poursuit.

Julie était tentée de croire que toute cette histoire était le résultat d'un songe, ou des sens exaltés de son amie. — Quel pouvait être, en effet, ce mort, que l'on faisait sortir du pavillon avec tant de mystère, et pourquoi revenait-il apparaître dans ce pavillon? Elle communiqua ces réflexions à la princesse et ajouta que cette vision pouvait être une illusion d'optique, ou même une plaisanterie de maître Abraham qui se plaisait à ces jeux mystiques.

— Que l'on est prompt à expliquer ce qui est surnaturel et miraculeux! dit la princesse avec une douceur et un calme parfaits. Quant à ce qui est du mort, tu oublies, sans doute, ce qui s'est passé dans le parc, avant que Kreisler nous ait quittés.

— Oh! ciel, s'écria Julie, un crime a-t-il été commis? sur qui? par qui?

— Tu sais, ma chère amie, que Kreisler vit, continua la princesse. — Mais il vit aussi celui qui t'aime. Ne me regarde pas avec autant d'effroi! — Si tu ne l'as pas deviné depuis longtemps, il faut que je t'apprenne un secret dont l'ignorance pourrait te perdre. — Le prince Hector n'aime que toi, oui, toi, Julie, avec toute l'ardeur qui est propre à sa nation. — J'étais, je suis encore sa fiancée, mais tu es celle qu'il aime.

La princesse prononça ces derniers mots avec force, mais sans cet accent particulier qui est naturel à un cœur blessé.

— O Dieu tout-puissant, s'écria Julie, en versant des larmes brûlantes! Hedwige, veux-tu donc déchirer mon cœur? — Reviens à toi, tu n'es plus la fiancée de cet homme affreux qui nous apparut comme le malheur même, il ne reviendra jamais, tu ne seras jamais à lui.

— Tu es dans l'erreur, reprit Hedwige, mais calme-toi, mon ange. Quand un lien sacré m'unira au prince, cette méprise affreuse du sort, qui me rend malheureuse, s'éclaircira peut-être, et tu seras sauvée. Nous nous séparerons, je suivrai mon époux, tu resteras... Ici elle s'arrêta, succombant à son émotion. Julie, incapable de proférer une parole, se jeta dans ses bras, et toutes deux fondirent en larmes.

On annonça que le thé était servi. Julie, plus agitée que son caractère calme et réfléchi aurait pu le faire supposer, reçut de sa mère la permission de se retirer, permission qui lui fut accordée avec d'autant plus de facilité, que la princesse avait également besoin de repos.

Mlle Nanette répondit aux questions que lui fit la duchesse, que la princesse avait été très bien pendant tout l'après-midi, qu'elle avait absolument voulu rester seule avec Julie, et qu'à en juger par ce qu'on pouvait entendre de la chambre voisine, les deux amies s'étaient raconté des histoires, avaient même joué la comédie, et ri et pleuré alternativement.

— Que les jeunes filles sont charmantes! dit tout bas le maître des cérémonies.

— Que la princesse est aimable, que la jeune fille est charmante, dit le duc pour le corriger, et fixant sur lui ses grands yeux. Saisi d'effroi à cette affreuse bévue, le maître des cérémonies voulut dans son trouble, avaler un morceau de biscuit imbibé de thé qu'il tenait à la main, mais le morceau, s'étant arrêté dans son gosier, il fut saisi par une toux si violente, que, forcé de quitter le salon, il n'échappa à une mort certaine par suffocation, que grâce aux soins du fourrier de la cour, qui le rejoignit dans l'antichambre, et exécuta sur son dos un solo de grosse caisse.

Coupable de deux maladresses consécutives, le maître des cérémonies craignait d'en commettre une troisième en rentrant dans le salon, et sous le prétexte d'une indisposition subite, il se fit excuser auprès du duc. Mais son absence dérangea une partie de whist que le duc avait arrangée lui-même.

Les tables de jeu étant prêtes, tout le monde attendait avec inquiétude et intérêt ce que ferait le duc dans une circonstance aussi critique. Après avoir donné aux autres le signal de s'asseoir, il prit la main de la conseillère Benzon, la conduisit à un sopha et se plaça auprès d'elle.

— J'aurais été vraiment affligé, dit-il avec douceur et affabilité à Mme Benzon à qui il ne parlait jamais autrement, de voir que le maître des cérémonies eût été étouffé par un biscuit; mais j'ai remarqué qu'il a quelquefois des absences, puisqu'il a appelé la princesse une jeune fille, et je crois qu'il aurait fait une triste figure au whist. Je suis enchanté, ma chère Benzon, que cette circonstance me mette à même d'échanger avec vous dans la solitude quelques mots d'amitié comme autrefois. Vous connaissez mon attachement pour vous; il ne changera jamais, car un cœur ducal ne peut changer, à moins que des raisons d'une haute politique n'exigent le contraire.

Après ces mots, il baisa la main de Mme Benzon avec plus de tendresse que n'auraient pu le faire supposer son rang, son âge et les liens qui l'unissaient à la duchesse. Mme Benzon, les yeux étincelants de joie, l'assura que, depuis longtemps, elle avait désiré trouver un moment où elle pût causer librement avec lui, ayant à lui communiquer des nouvelles fort agréables.

— Sachez, monseigneur, continua-t-elle, que le conseiller de légation a écrit de nouveau que nos affaires prennent la tournure la plus favorable, que...

— En voilà assez, femme charmante, dit le duc en l'interrompant; laissons les affaires de l'empire. Les rois mettent comme les autres hommes une robe de chambre et un bonnet de nuit, lorsque accablés par le poids des affaires publiques, ils se livrent au repos. Frédéric le Grand fit seul exception, car même au lit, il portait un chapeau de feutre à trois cornes, ainsi que vos lectures auront pu vous l'apprendre. Chère Benzon, sept signatures sont prêtes dans mon cabinet, mais en ce moment, laissez-moi entièrement oublier le duc, et être ici un véritable père de famille allemand. Laissez-moi parler de mes enfants qui me donnent quelquefois des inquiétudes tout à fait inconvenantes pour un homme de mon rang.

— Vous voulez parler de vos enfants, monseigneur, dit la Benzon avec amertume, c'est-à-dire de la princesse Hedwige et du prince Ignace. Eh bien, parlez, monseigneur, peut-être pourrai-je vous donner des conseils et des consolations aussi bien que le maître Abraham.

— Oui, dit le duc, conseils et consolations, j'en ai souvent besoin. Pour parler d'abord du prince Ignace, chère Benzon, je sais bien qu'il n'avait pas besoin de ces facultés remarquables qui servent quelquefois à élever un homme du commun; mais un peu plus d'intelligence lui serait fort utile. Tenez, le voilà remuant les jambes sur sa chaise, et faisant semblant de jouer, et tout cela le fait rire comme un enfant de huit ans. Benzon, entre nous soit dit, on n'a pas pu lui apprendre à écrire ce qui lui est absolument indispensable, et son nom ducal ressemble à une griffe de hibou. L'autre jour, je fus troublé dans mes occupations, par l'aboiement d'un chien; je regardai par la croisée pour faire chasser le roquet, et que vis-je, chère Benzon, le croirez-vous ? — C'était le prince, courant et aboyant derrière le fils du jardinier. Ils faisaient ensemble le chien et le lièvre. — Sont-ce là des amusements royaux ? le prince aura-t-il jamais la moindre grandeur d'âme ?

— Voilà pourquoi, répondit Mme Benzon, il est nécessaire que le prince soit marié le plus tôt possible, et qu'on lui donne une femme dont la grâce, la beauté et l'esprit éveillent ses sens endormis et qui soit assez bonne pour s'abaisser jusqu'à lui, et le corriger avec douceur. Ces qualités sont indispensables dans la femme qui doit appartenir au prince, pour l'arracher à un état moral qui, je le dis avec douleur, pourrait se changer en une folie complète. Voilà pourquoi aussi, ces qualités doivent déterminer le choix, sans faire au rang une attention trop scrupuleuse.

— Il n'y a jamais eu de mésalliances dans ma maison, dit le duc en fronçant le sourcil ; abandonnez une idée que je ne puis approuver. Du reste, je suis prêt, comme je l'ai toujours été, à remplir vos désirs.

— Je sais, dit Mme Benzon avec aigreur, que bien souvent des vœux raisonnables doivent céder à des égards chimériques ; mais il est certains droits aussi qui sont bien au-dessus de tous les égards.

— Laissons cela, dit le duc en toussant et en prenant une prise ; puis, après quelques moments de silence, il continua : — La princesse me donne encore plus de chagrin que le prince. Comment est-il possible que la duchesse et moi, nous ayons pu donner le jour à une fille d'un caractère aussi bizarre, et d'un état maladif tellement singulier, qu'il a embarrassé le médecin de la cour lui-même. La duchesse n'a-t-elle pas toujours joui d'une excellente santé ? — A-t-elle jamais eu ces mystérieuses attaques de nerfs, et moi-même, pour le corps comme pour l'âme, n'ai-je pas toujours été un prince robuste ? D'où nous vient donc cette princesse, qui, je l'avoue, me paraît quelquefois tout à fait folle, et privée de toute espèce de dignité ducale ?

— Je ne comprends pas non plus le tempérament de la princesse, dit Mme Benzon. La mère a toujours été calme, raisonnable, et exempte de toute passion violente.

La Benzon prononça ces derniers mots d'une voix sombre, et en baissant les yeux.

— Vous parlez de la duchesse, dit le duc d'une manière marquée, car il trouvait inconvenant de ne pas faire précéder le titre de mère, de celui de duchesse.

— Et de qui pourrais-je parler, répondit Mme Benzon avec vivacité ?

— La dernière maladie de la princesse, continua le duc, a détruit le résultat de tous mes efforts, et m'a frustré de l'espoir de ces noces prochaines qui étaient si conformes à mes vœux. Car, ma chère Benzon, entre nous soit dit, cette catalepsie subite dont la source n'était bien certainement qu'un refroidissement, a été la cause du départ précipité du prince Hector. Il veut rompre le mariage, et je suis forcé d'avouer qu'il n'a pas tout à fait tort. Je conviens qu'il est un peu scabreux de prendre une épouse sujette à de pareilles attaques. La catalepsie n'aurait qu'à la prendre au milieu d'un cercle de la cour. Toutes les personnes présentes seraient obligées de rester immobiles et dans la position où l'attaque les aurait trouvées. Sans doute une cour dans un tel état aurait un grand mérite, puisque l'individu le plus étourdi ne pourrait enfreindre la dignité indispensable dans ces réunions. Mais je n'en crois pas moins que la fiancée avec une pareille maladie, peut ne pas convenir à son futur époux. Vous êtes, Benzon, une femme aussi expérimentée qu'aimable. Pourriez-vous trouver un moyen, une possibilité quelconque de renouer avec le prince ?

— Il n'en est pas besoin, Monseigneur, répondit la Benzon avec vivacité. Ce n'est point la maladie de la princesse qui a chassé le prince aussi précipitamment. Il y a un secret là-dessous, et le maître de chapelle Kreisler y est pour beaucoup.

— Le maître de chapelle Kreisler, dites-vous ? serait-il vrai que… ?

— Oui, Monseigneur, une dispute entre le prince et lui, dispute qui devait peut-être se terminer d'une manière trop héroïque, voilà ce qui a causé ce départ précipité.

— Une dispute, dit le duc, une dispute,… manière héroïque,… le chapeau ensanglanté,… le coup dans le front. — Impossible, Benzon, impossible ; un duel, une rencontre sont également inadmissibles.

— Ce qu'il y a de certain, continua Mme Benzon, c'est que Kreisler n'a exercé que trop d'influence sur le cœur de la princesse. Cette angoisse, cette horreur qu'elle éprouva d'abord en sa présence, se sont promptement changées en une passion aussi violente que malheureuse. Il est possible que le prince s'en soit aperçu, et qu'il ait regardé Kreisler comme un rival dont il fallait se défaire. Il en sera résulté une action qu'on ne peut pardonner qu'à l'ambition blessée et à la jalousie : tout cela, j'en conviens, n'explique pas le prompt départ du prince. Il y a là-dessous, je vous le répète, un profond mystère. Le prince, à ce que me dit Julie, s'enfuit tout saisi, à la vue d'un portrait que Kreisler lui montra. Kreisler est parti, de son côté, et la crise de la princesse est passée. Croyez-moi, s'il fût démeuré, la passion la plus violente se serait développée dans le cœur d'Hedwige, et elle aurait préféré la mort à son mariage avec le prince. Tout est changé maintenant, le prince reviendra, et son alliance calmera toutes vos inquiétudes.

— Mais voyez donc, dit le duc en colère, l'insolence de ce misérable musiçien [109] ! C'était donc de lui que la princesse était amoureuse ; c'est pour lui qu'elle a refusé le plus aimable de tous les princes. Ah ! le coquin. — Maintenant je vous comprends. — Maître Abraham, vous me délivrerez de cet homme détestable !

— Tout ce que le maître Abraham pourrait proposer, dit Mme Benzon, deviendrait maintenant superflu ; ce qu'il y avait à faire est déjà fait ; Kreisler est à l'abbaye de Kanzheim, et doit se décider, d'après ce que m'écrit le prieur Chrysostome, à quitter le monde, et à entrer dans l'ordre de saint Benoît. Je l'ai déjà appris à la princesse, dans un moment favorable, et comme je n'ai remarqué en elle aucune agitation, je présume ainsi que je viens de vous le dire, que la crise est entièrement passée.

— Aimable femme, dit le duc, quelle reconnaissance ne vous dois-je pas, pour l'attachement que vous me prouvez, ainsi qu'à mes enfants ; pour l'intérêt que vous inspire ma maison.

— Vraiment, dit Mme Benzon, avec amertume, m'a-t-il toujours été permis de veiller au salut de vos enfants ?

Elle appuya sur ces derniers mots, et le duc baissa les yeux sans répondre.

— Angéla ! dit-il enfin à voix basse. Est-elle tout à fait disparue ? N'en peut-on découvrir aucune trace ?

— Aucune, dit la Benzon, et je crains que cette enfant ne soit devenue la victime de quelque crime. Quelqu'un m'a dit l'avoir vue à Venise, mais c'est une erreur sans doute. Avouez, Monseigneur, qu'il fut bien affreux de faire arracher un enfant du sein de sa mère et de le condamner à l'exil. Cette blessure dont me frappa votre sévérité, ne se cicatrisera jamais.

— Benzon, dit le duc, ne vous ai-je pas accordé, ainsi qu'à l'enfant, une pension considérable ? Pouvais-je faire davantage ? Si Angéla fût restée près de nous, n'avais-je pas à craindre à chaque instant que notre faiblesse fût connue ? Vous connaissez la duchesse ; vous savez quels sont quelquefois ses caprices.

— Ainsi vous pensez que l'argent peut dédommager une mère de toutes les larmes qu'elle a versées, de tout le chagrin que lui a donné la perte de son enfant ? Eh bien ! détrompez-vous, il est d'autres dédommagements plus précieux.

Elle accompagna ce mot d'un regard qui embarrassa le duc.

— Excellente femme, dit-il, pourquoi ces singulières idées ? ne pensez-vous pas que la perte de notre Angéla, est aussi pénible pour moi que pour vous ? Elle doit être une jeune personne bien belle et bien séduisante, car il faut convenir que ses parents sont fort bien.

Il baisa de nouveau la main de Mme Benzon qui la retira, et lui dit : — Avouez, Monseigneur, que vous avez été injuste et cruel, en exigeant l'éloignement de cette enfant.

— Benzon, reprit le duc, plus troublé encore qu'auparavant, est-il donc impossible que notre Angéla se retrouve ? Je ferai tous les sacrifices possibles pour répondre à vos désirs, je m'entendrai avec maître Abraham, je demanderai ses conseils ; c'est un homme sage et expérimenté.

— Pensez-vous donc, Monseigneur, dit Benzon, que le maître Abraham soit disposé à faire quelque chose pour vous ? Croyez-vous qu'il soit attaché à vous et à votre maison ? Comment, d'ailleurs, pourrait-il connaître le sort d'Angéla, quand toutes nos recherches, à Venise et à Florence, ont été inutiles, en ce moment surtout, où on lui a ravi le moyen mystérieux dont il se servait pour découvrir ce qui était inconnu.

— Vous voulez parler de cette méchante sorcière nommée Chiara ? dit le prince.

— Je doute fort, répondit la Benzon, que cette femme inspirée et douée de facultés extraordinaires, mérite le nom que vous lui donnez. Dans tous les cas, il était injuste et inhumain de ravir au maître une compagne qu'il aimait de toute la force de son âme, et qui faisait pour ainsi dire partie de son existence.

— Benzon ! s'écria le duc effrayé, Benzon, je ne vous comprends pas aujourd'hui ; je crois que j'ai des vertiges. N'avez-vous pas été d'avis vous-même, qu'il importait d'éloigner cette mystérieuse créature, qui aurait fini par faire connaître au maître tous nos secrets ? N'avez-vous pas approuvé ma lettre au grand duc, dans laquelle je lui représentais que toute sorcellerie étant défendue dans le pays, on ne devait pas laisser en liberté les personnes qui la professaient. N'est-ce pas par égard pour le maître, qu'on n'a pas informé publiquement contre Chiara, et qu'on s'est contenté de la saisir pendant la nuit, pour la transporter je ne sais où, car je ne m'en suis jamais informé. — Ai-je quelque tort dans tout cela ?

— On pourrait peut-être raisonnablement vous adresser celui de vous être trop pressé. Mais sachez que le maître est instruit que c'est par vos ordres que Chiara a été saisie. Il est calme et résigné, mais sans doute la haine et le désir de la vengeance animent son cœur contre celui qui lui a ravi le seul bien qu'il possédait sur la terre, et c'est à cet homme que vous voulez vous confier !

— Benzon, dit le duc en essuyant les gouttes de sueur qui coulaient sur son front, Benzon, vous me jetez dans un trouble extrême. Juste ciel ! est-il possible qu'un duc soit ainsi mis hors de lui-même ? De par tous les diables… Mais je jure comme un dragon, ici, au milieu de la cour. Benzon, pourquoi n'avoir pas parlé plus tôt. Il sait tout ; dans la hutte du pêcheur, au moment où j'étais désespéré par l'état de la princesse, je lui ai ouvert mon cœur, j'ai parlé d'Angéla. Je lui ai découvert… Benzon, c'est affreux !

— Et que vous a-t-il répondu ? demanda Mme Benzon avec vivacité.

— Il me semble presque, continua le duc, que c'est le maître lui-même qui a commencé à me parler de notre attachement, et à me dire que j'aurais pu être le plus heureux des pères, au lieu d'être en butte aux désagréments que j'éprouve. Il est toujours certain que lorsque ma confession fut finie, il me dit en souriant qu'il savait tout cela depuis longtemps, que l'on connaîtrait peut-être sous peu ce qu'Angéla était devenue, et qu'alors se découvriraient bien des erreurs et des trahisons.

— Quoi ! le maître vous a dit cela, dit Mme Benzon toute tremblante.

— Sur mon honneur, il me l'a dit, répondit le duc, morbleu ! pardonnez madame, mais je suis en colère. Si ce vieux m'en voulait, que faire Benzon ?

Tous les deux se regardaient sans pouvoir proférer une parole.

— Très gracieux seigneur, dit doucement un laquais en présentant le thé au duc.

— Imbécile [110] ! dit celui-ci, lui arrachant le cabaret et la tasse, et se levant avec précipitation.

Tous les joueurs se levèrent épouvantés, le jeu était fini. Le duc, se faisant violence, gratifia la société d'un gracieux adieu, et se rendit avec la duchesse dans les appartements intérieurs. Mais sur tous les visages on pouvait lire cette réflexion : Que signifie cette terrible colère du duc et cette longue conversation avec la conseillère ?

Mme Benzon était loin de s'attendre à ce qui s'était passé à sa demeure, située dans une des ailes du château. A peine fut-elle rentrée que Julie, hors d'elle-même, se précipita dans ses bras, et... Mais cette fois le biographe, plus heureux qu'il ne l'a été jusqu'à présent dans cette histoire passablement embrouillée [111], est à même de raconter avec détails, ce qui était arrivé à Julie.

Après qu'elle eut reçu de sa mère, comme on l'a vu, la permission de se retirer, elle partit accompagnée par un chasseur qui la précédait avec un flambeau. A peine avaient-ils fait quelques pas, que celui-ci s'arrêta en élevant sa lumière.

— Qu'y a-t-il donc, lui demanda-t-elle ?

— Mademoiselle, répondit le chasseur, n'avez-vous pas remarqué cette ombre qui passait devant nous ? Je ne sais ce qu'on doit en penser, mais depuis quelques jours, un homme rôde par ici chaque soir, et la crainte qu'il montre d'être aperçu ne m'annonce pas une bonne intention. Nous l'avons déjà poursuivi, mais il nous échappe toujours, et l'on dirait qu'il est invisible.

Julie pensa à l'apparition du pavillon, et se sentit frappée d'épouvante. — Doublons le pas, dit-elle au chasseur.

— Mademoiselle, répondit celui-ci, vous n'avez rien à craindre ; avant que le spectre en vînt à vous, il faudrait qu'il m'eût tordu le cou, mais du reste, si ce spectre est un homme, comme je le pense, ce ne peut être qu'un poltron.

Rentrée dans sa chambre, Julie renvoya sa femme de chambre qui se plaignait d'un violent mal de tête, et se mit en négligé.

Elle se retraça alors de nouveau tout ce que lui avait dit Hedwige, dans une disposition qu'elle ne voulait attribuer qu'à son état de maladie. Il était certain cependant, que cette exaltation physique ne pouvait avoir qu'une cause morale. Une jeune fille d'un âme aussi pure, aussi candide que celle de Julie, dans une situation aussi délicate, devine rarement le juste état des choses. Elle demeura donc persuadée qu'Hedwige était possédée par cette passion affreuse dont elle lui avait fait un tableau si épouvantable, et que le prince Hector était l'homme à qui elle avait ainsi sacrifié son existence.

— O, ma chère Hedwige ! se dit-elle à elle-même, si le prince revenait, tu te convaincrais bientôt que tu n'as rien à craindre de ton amie. Mais tout en prononçant ces mots, elle fut pénétrée avec tant de force et de vivacité de la conviction que le prince l'aimait elle-même, qu'elle se sentit saisie d'une angoisse inexprimable. Elle se rappela alors l'impression étrange que les regards et les manières du prince avaient produite sur elle. Elle songea à sa conduite sur le pont, aux mots équivoques qu'il lui avait adressés, qui alors lui avaient paru innocents, mais dont le sens maintenant semblait s'expliquer à sa pensée. Elle se rappela encore le rêve dans lequel elle avait cru se sentir presser par un bras de fer, et être secourue par le maître de chapelle. Tous ces souvenirs la frappaient d'une terreur nouvelle.

— Non, s'écria-t-elle à voix haute, non, cela ne peut être; c'est un démon sorti de l'enfer qui éveille en mon cœur ces doutes criminels. Mais il n'aura aucun pouvoir sur moi! Le biographe doit ici faire remarquer que le prince Hector, doué d'un physique des plus heureux, avait autant d'amabilité que de beauté, et qu'il joignait à ces avantages, une connaissance profonde du cœur des femmes, connaissance dont il avait su tirer parti dans de nombreuses circonstances. Il n'était donc pas étonnant qu'une fille, jeune et ingénue, fût effrayée de l'expression victorieuse de son regard et de ses manières.

— O, Jean! dit Julie avec douceur, homme chéri, ne pourrai-je trouver près de toi la protection que tu m'as promise? Ne peux-tu me faire entendre ces sons divins qui retentissent dans mon cœur?

Elle ouvrit son piano, joua et chanta les compositions de Kreisler qu'elle préférait à toute autre musique. Bientôt, consolée et distraite, elle ne pensa plus ni au prince ni à Hedwige, dont l'imagination malade aurait pu la troubler.

— Maintenant, dit-elle: ma canzonetta favorite, et elle commença ces couplets: *Mi lagnero tacendo,* etc., que tant de compositeurs ont mis en musique, et dont Kreisler avait augmenté la douceur et la simplicité, par la suavité des sons qu'il y avait adaptés. Les peines de l'amour le plus brûlant y étaient exprimées avec tant de force et de vérité que toute âme sensible devait en être émue.

Julie avait fini, et, tout à fait absorbée par le souvenir de Kreisler, elle touchait quelques accords qui semblaient l'écho de ses sentiments. Tout à coup, la porte s'ouvre, Julie se retourne, et avant même qu'elle ait pu se lever, le prince Hector est à ses pieds et saisit ses deux mains. Elle pousse un cri d'effroi, mais le prince la conjure, la supplie de l'écouter, de lui accorder, quelques instants au moins, le bonheur de la voir. Il ajoute, ensuite, se servant des expressions de l'amour le plus fougueux, que l'idée de son mariage avec Hedwige était affreuse pour lui, qu'il avait voulu fuir, mais qu'entraîné par la violence d'une passion qui ne finirait qu'avec sa vie, il était revenu pour voir Julie, pour lui dire qu'il l'adorait et qu'elle était tout pour lui.

— Partez, prince, s'écria Julie désolée, partez, vous me donnez la mort.

— Jamais ! s'écria le prince, en pressant avec une sorte de frénésie les mains de Julie sur ses lèvres. Voici l'instant qui doit décider de mon existence. Julie, être céleste ; tu m'aimes, je le sais. Ah ! que ta bouche me dise que tu m'aimes, et le ciel m'est ouvert avec ses ineffables délices.

A ces mots il la pressa presque évanouie sur son cœur.

— O ciel ! s'écria-t-elle d'une voix étouffée, ne viendra-t-il personne pour me sauver ?

En cet instant la lueur des flambeaux éclaira les croisées, et l'on entendit plusieurs voix à la porte. Julie sentit sur ses lèvres un baiser brûlant, et le prince disparut. Elle tomba, ainsi que je l'ai dit, dans les bras de sa mère, qui apprit avec effroi ce qui venait de se passer. Mme Benzon consola Julie de son mieux, et l'assura qu'elle découvrirait le prince et le forcerait à sortir avec honte de sa retraite.

— Garde-t'en bien, dit Julie, je mourrais moi-même de honte, si le duc, si Hedwige apprenaient…

Elle cacha en sanglotant son visage dans le sein de sa mère.

— Tu as raison, ma chère enfant, dit la conseillère, personne ne doit savoir que le prince est ici et qu'il te poursuit. Nous n'avons pas à craindre l'indiscrétion de ceux qui sont dans le complot ; car sans doute il existe un complot. Comment, sans cela, le prince pourrait-il demeurer inaperçu à Sieghartshof et s'introduire dans notre maison ? je ne puis concevoir comment il est sorti d'ici sans être vu, ni de moi, ni de Frédéric qui portait un flambeau. Nous avons trouvé le vieux George dans un sommeil profond et qui ne me semble pas naturel. Mais où est Nancy ?

— Elle est malade et j'ai été malheureusement forcée de la renvoyer, répondit Julie.

— Peut-être pourrai-je guérir sa maladie, dit Mme Benzon en ouvrant promptement la porte du cabinet. Nancy qui, malgré son prétendu malaise y était tout habillée, tomba aux genoux de Mme Benzon, et, après quelques questions, fut bientôt forcée d'avouer que le prince était caché par le vieux concierge qu'on croyait si fidèle.

LE MANUSCRIT DE MURR

... affreux malheur devais-je apprendre ? Mucius, mon ami fidèle, mon frère chéri, était mort des suites de la blessure qu'il avait reçue à la patte de derrière. Accablé par cette funeste nouvelle, ce ne fut qu'en ce moment que j'appréciai tout ce que Mucius avait été pour moi. Puff m'apprit que le service funèbre devait avoir lieu la nuit suivante, dans la cave de la maison où on avait transporté le cadavre. Non seulement je promis de m'y trouver au moment convenu, mais encore d'y porter les provisions nécessaires pour le repas funèbre. Je ne manquai pas de remplir cette promesse et de descendre à la cave, une partie de ma riche provision, en os de poulets, poissons et légumes. Certains lecteurs qui veulent qu'on leur explique tout, demanderont peut-être comment je fis pour transporter la boisson. Je leur répondrai tout simplement, qu'une bonne de la maison la porta pour moi. Je la rencontrais souvent dans la cave, et la visitais même dans sa cuisine, elle paraissait avoir un tendre attachement pour mon espèce et pour moi en particulier. Nous ne passions pas un jour sans jouer ensemble de la manière la plus aimable. Je m'adressai donc à elle, au moment où elle emportait de la cave un pot de lait, et je lui exprimai d'une manière si expressive que je désirais l'avoir, qu'elle me dit : — Que tu es drôle, Murr, car elle savait mon nom, ainsi que tout le voisinage. Ce n'est sans doute pas pour toi que tu désires ce lait, tu veux en régaler tes amis ; eh bien, prends-le, j'en trouverai d'autre ; et elle posa le pot et me caressa tandis que par mille culbutes je lui peignais ma reconnaissance. — Jeune chat, souviens-toi qu'une liaison sentimentale avec une cuisinière est aussi agréable qu'utile aux gens de notre espèce.

A minuit je descendis à la cave. Quel triste et déchirant spectacle m'y attendait ! Le corps de mon ami reposait sur un catafalque simple comme la vie qu'il avait menée, puisque ce n'était qu'une botte de paille. Tous les matous déjà rassemblés, versant des larmes brûlantes, étaient hors d'état de proférer une parole. Nous nous rangeâmes en cercle autour du catafalque, et nous commençâmes un chant funèbre dont la déchirante mélodie fit retentir les voûtes de la cave. C'étaient les cris de douleur les plus désolants, et qu'aucune voix humaine n'eût été capable de produire. Le chant terminé, un jeune chat de fort bonne mine et convenablement vêtu selon la circonstance, de noir et de blanc, sortit du cercle, se plaça près de la tête du défunt, et prononça le discours suivant, dont il me donna ensuite une copie, quoiqu'il l'eût improvisé.

ORAISON FUNÈBRE

PRONONCÉE
SUR LA TOMBE DU MATOU MUCIUS,
PHILOSOPHE ET HISTORIEN,
ENLEVÉ TROP JEUNE A LA SOCIÉTÉ,
PAR
SON FIDÈLE AMI ET FRÈRE LE MATOU HINZMANN
ÉTUDIANT EN POÉSIE ET EN ÉLOQUENCE.

« Chers frères rassemblés par la douleur, qu'est-ce que le matou ? Un être mortel et fragile comme tout ce qui naît et passe sur la terre, s'il faut en croire les médecins et les physiologistes. Si la mort, dont toute créature ici-bas subit la loi, n'est que la cessation entière de la respiration, oh ! alors, notre frère, notre ami, le compagnon de nos plaisirs et de nos peines, a bien certainement cessé d'exister. Le voilà gisant sur la paille. Le souffle le plus léger ne pénètre plus à travers ses lèvres fermées à jamais. Cex yeux d'un or verdâtre, qui jadis brillaient tantôt du doux feu de l'amour, des flammes de la colère, sont maintenant ternes et creux. La pâleur de la mort couvre sa figure ; ses oreilles et sa queue tombent sans force. O Mucius ! où sont tes bonds, où est ta gaieté, ta bonne humeur, ton miaou si clair, si gai, qui réjouissait tous les cœurs ? où est ton courage, ta prudence et ton esprit ? La mort a tout détruit, et peut-être maintenant tu ne sais pas même si tu as jamais existé. Et cependant, tu étais la santé, la force même ; ce n'est point parce que la trame de tes jours était finie que l'ange de la mort a levé son glaive sur ta tête ; non, c'est un principe ennemi et soudain qui a détruit une existence qui pouvait se prolonger longtemps encore. Ces yeux auraient encore brillé souvent avec affabilité ; de gais impromptus, des chants joyeux seraient sortis de ces lèvres inanimées ; cette queue, trahissant la force intérieure, se serait agitée en mouvements onduleux ; ses pattes auraient fait encore les sauts les plus hardis. Et cependant... ô nature ! comment permets-tu que ce que tu construisis avec tant de soin, soit détruit avant le temps prescrit par tes décrets ? Mais, mes frères, sans nous abandonner à ces sombres réflexions, livrons-nous entièrement au chagrin que nous cause la perte de Mucius. L'usage veut que l'orateur donne à ses auditeurs, avec l'éloge du défunt, sa biographie complète. Une telle oraison funèbre, excellente, sans doute, répond à deux objets à la fois. Elle change en ennui le chagrin, chez l'auditeur le plus affligé ; elle console les héritiers. On a vu, dit-on, les individus les plus accablés, par la douleur d'une perte récente et cruelle, se retirer presque joyeux du plaisir d'être délivrés du supplice d'un long discours. Chers frères, je voudrais me conformer à un usage aussi louable, vous donner tout au long la biographie du défunt, mais la chose est absolument impossible, et vous le concevrez, quand je vous aurai dit que je ne connais presque rien de la vie de notre ami, de sa naissance, de son éducation, de ses progrès, et que je serais obligé de procéder par suppositions. Je me bornerai donc à vous dire quelle fut la fin de cet infortuné, et quelles furent ses vertus. »

Hinzmann se tut à ces mots ; il se frotta le front, les oreilles, le nez et la barbe avec la patte droite, regarda fixement le mort, toussa, passa de nouveau la patte sur son front, et reprit d'une voix assurée :

« O sort cruel ! ô mort affreuse ! comment as-tu enlevé du milieu de nous ce jeune matou tombé sous tes coups à la fleur de l'âge ? Frères, un orateur peut répéter à l'auditoire ce que l'auditoire sait déjà. Je vous redirai donc que notre frère périt victime de la haine cruelle des roquets. Sur ce même toit où jadis nous faisions entendre nos chants gais et harmonieux, où nous nous livrions aux délices de l'amitié, Mucius et le vénérable voulurent monter un jour pour célébrer, dans une silencieuse solitude, le souvenir de ces beaux jours passés pour jamais. Mais les roquets, déterminés à détruire jusqu'aux moindres vestiges de notre liaison et de nos jeux, avaient placé des pièges dans les sombres détours du grenier. Mucius y tomba, se cassa la patte, et ne tarda pas à succomber. Les blessures que font les roquets sont toujours dangereuses et cruelles, car ils se servent d'armes rouillées et peu tranchantes. Mais Mucius, si fort, si vigoureux, eût résisté peut-être, si le chagrin, le chagrin rongeur de se voir vaincu par de misérables roquets, n'eût été plus puissant que ses souffrances physiques, pour abréger le terme de ses jours. Il ne souffrit aucun pansement, ne prit aucun remède, et, dans son désespoir, vola lui-même au-devant de la mort. »

A ces mots, nous ne trouvâmes pas assez de cris pour exprimer notre douleur, et nous poussâmes tous à la fois des hurlements si lamentables, que le marbre en eût été attendri. Après que nous eûmes repris assez de calme pour écouter, Hinzmann continua :

« O Mucius ! dit-il, vois nos larmes, écoute nos lamentations. Frères, je le répète, je me tais sur la biographie du défunt, parce que je ne la connais pas, mais ses excellentes qualités n'en sont que mieux gravées dans ma mémoire, et je vous les rappellerai pour que vous puissiez mieux apprécier l'énormité de la perte que vous avez faite. Mucius, digne membre de la société des chats, fut bon époux, excellent père, défenseur zélé de la vérité, bienfaiteur infatigable des malheureux, et ami fidèle. Bon époux : il ne courut jamais après d'autres chattes que quand elles étaient plus jeunes ou plus belles que son épouse ; excellent père : on ne l'a jamais vu, comme d'autres individus, dévorer ses petits ; il était bien aise, au contraire, que son épouse les emportât, pour ne plus les voir. Zélé défenseur de la vérité : il fut mort volontiers pour la défendre, mais sachant qu'on ne vit qu'une fois, il préféra se tenir tranquille ; bienfaiteur infatigable, une fois par an il descendait à la cour, pour ses frères malheureux, une queue de hareng ou quelque os de poulet. O Mucius ! parlerai-je encore de ton héroïsme, de ton goût exquis pour le beau et le grand, de ton savoir, de tes connaissances dans les arts ? Mais que pourrais-je en dire qui n'ajoute à notre douleur et à nos regrets ? Amis, que mes discours attendrissent, suivons un exemple aussi noble, soyons ce que fut Mucius, et nous jouirons un jour comme lui du prix de nos vertus. Voyez de quel calme il jouit. Nos louanges n'ont pu lui arracher le moindre sourire de satisfaction. Croyez que le blâme le plus amer, les injures les plus grossières n'auraient pas plus de droit de l'émouvoir. Il est maintenant au-dessus de la louange et du blâme ; ses vertus l'ont conduit au repos qu'il chercha vainement pendant sa vie. Je devrais peut-être vous faire observer que notre ami, au milieu de ses talents, aurait dû posséder celui de se préserver des pièges ; mais c'est une réflexion que j'abandonne, pour vous inviter à quelques instants de méditation silencieuse. »

Hinzmann se tut, et passa de nouveau sa patte sur ses oreilles et son museau. Il parut ensuite tomber dans une rêverie profonde, et il avait les yeux fermés depuis longtemps, lorsque le vénérable Puff lui dit tout bas : — Hinzmann, je crois que tu t'es endormi, finis ton sermon, je t'en prie, car nous avons tous une faim dévorante. Hinzmann se leva brusquement, reprit sa position d'orateur et dit :

« Très chers frères, j'espérais recueillir encore quelques idées sublimes, et terminer glorieusement cette oraison, mais je crois que la douleur que j'éprouve trouble mon intelligence. Considérez donc comme terminé, ce discours auquel vous ne pourrez refuser vos éloges, et disons le *De profundis*. »

C'est ainsi que le jeune chat termina son discours, qui me parut bien arrangé sous le rapport de la rhétorique, et d'un grand effet ; mais auquel je trouvai bien des choses à redire. Il me sembla que Hinzmann avait plutôt parlé pour montrer un brillant talent d'orateur, que pour honorer le pauvre Mucius après sa triste mort. Tout ce qu'il avait dit ne convenait pas du tout à mon ami Mucius, dont le caractère était simple, droit et loyal, et le cœur bon et fidèle, comme je l'avais bien éprouvé par moi-même. Ensuite les louanges que Hinzmann lui avait données étaient si équivoques, que le discours me déplut quoique, dans le moment même, la grâce de l'orateur, et sa déclamation, vraiment expressive, m'eussent séduit. Le vénérable Puff parut de mon avis, et nous échangeâmes des regards qui prouvaient la coïncidence de notre jugement. A la fin du discours nous commençâmes un *De profundis*, qui, s'il est possible, était encore bien plus lamentable et plus déchirant que l'horrible chanson des morts avant l'oraison. — Il est connu que les chanteurs de notre espèce possèdent supérieurement l'expression de la douleur la plus profonde, de la désolation la plus déchirante, soit que la plainte provienne de l'amour trop violent ou de l'amour malheureux, ou de la perte d'un être chéri ; l'homme même, l'homme si froid, si insensible, se sent profondément ému des chansons de ce genre, et ne peut soulager son cœur oppressé que par des jurons très bizarres. — Le *De profundis* fini, nous enlevâmes le corps de notre frère et nous le descendîmes dans un trou profond, préparé dans un coin de la cave.

Dans ce moment eut lieu la scène la plus inattendue et

en même temps la plus touchante de toute la cérémonie funèbre. Trois jeunes chattes, belles comme le jour, s'approchèrent en sautillant et jetèrent sur le tombeau des feuilles de pommes de terre et du persil, pendant que l'aînée chantait un air aussi simple que touchant. La mélodie me parut connue; le texte original, qu'on avait remplacé par un autre, commence, si je ne me trompe par ces mots : Oh, sapin, oh, sapin ! etc. Le vénérable Puff me dit à l'oreille que ces trois jeunes chattes étaient les filles de Mucius, venues pour prendre part à la cérémonie funèbre en l'honneur de leur père.

Je ne pus détourner l'œil de la cantatrice; elle était charmante, le doux son de sa voix, l'expression touchante et profondément sentie de la mélodie même, me transportaient entièrement; je ne pus retenir mes larmes. Mais la douleur qui me les fit répandre était d'un genre tout particulier, car il me causait en même temps un doux transport.

Je dois l'avouer franchement ! Tout mon cœur fut plein de la cantatrice; il me sembla n'avoir jamais vu une jeune chatte qui possédât autant de grâce, autant de dignité dans le maintien et dans le regard, qui réunît, en un mot, autant de beautés !

Le tombeau fut fermé par quatre vigoureux matous qui y jetèrent autant de sable et de terre qu'il fut possible. La cérémonie était finie et nous nous mîmes à table. Les belles et gracieuses filles de Mucius voulurent s'éloigner, mais nous ne le souffrîmes pas; nous les obligeâmes au contraire à prendre part au repas funèbre, et je sus m'y prendre si bien, que je conduisis la plus belle à table, et que je m'assis tout près d'elle. Si sa beauté m'avait paru brillante d'abord, si sa douce voix m'avait enchanté, je fus transporté alors dans les cieux par son esprit juste et pénétrant, par la tendresse et la délicatesse de ses sentiments, par la pureté, la piété toute virginale qui se trahissaient dans tous ses mouvements. Tout ce qu'elle disait prenait un charme particulier dans sa bouche, sa conversation tout entière était une séduisante idylle. — Elle parla d'une bouillie au lait qu'elle avait mangée peu de jours avant la mort de son père; je lui dis que chez mon maître on préparait cette bouillie de la manière la plus parfaite, en y mettant une bonne portion de beurre ; elle me regarda alors avec ses doux yeux verts de colombe, et me demanda d'un ton qui pénétra mon cœur : — Oh certes, monsieur, vous aimez aussi la bouillie au lait ? — Avec du beurre ! ajouta-t-elle en se perdant dans de douces rêveries. Qui ne sait que rien ne sied à des jeunes filles bien fraîches de six à huit mois (c'était à peu près l'âge de la belle), comme une petite teinte de mélancolie. Transporté d'amour, je serrai la patte et la belle chatte avec véhémence, et m'écriant tout haut : Charmante enfant ! viens déjeuner avec moi, et rien au monde n'égalera mon bonheur ! — Elle parut embarrassée et baissa les yeux en rougissant, mais elle laissait sa patte dans la mienne, ce qui me donna les plus douces espérances. J'avais entendu dire chez mon maître, à un vieux jurisconsulte, si je ne me trompe, qu'il était fort dangereux pour une jeune fille de laisser sa main longtemps dans celle d'un homme, parce que celui-ci pouvait prendre cette distraction pour une *traditio brevi manu* de toute la personne, et de fonder là-dessus certains droits qu'il était difficile de nier ensuite. — Je me sentais très disposé à fonder des droits semblables, et je voulais déjà commencer quand la conversation fut interrompue par une libation en l'honneur du défunt. — Les trois filles cadettes de Mucius venaient de montrer une humeur si gaie, une naïveté si gracieuse, que tous les chats en furent enchantés. La douleur et le chagrin étant déjà amortis par les plaisirs de la table, la société devint de plus en plus gaie et vive. On riait, on plaisantait, et, le repas fini, le vénérable Puff fut le premier à proposer une petite danse. La place fut bientôt faite ; trois matous préparèrent leur gosier et bientôt les charmantes filles de Mucius s'élancèrent et sautèrent vigoureusement avec les jeunes chats. Je ne quittai pas la plus belle d'un instant, je l'invitai à la danse, elle me donna la patte, nous volâmes dans les rangs. — Ah ! comme son souffle chatouillait ma joue ! comme ma poitrine palpitait sur la sienne ! comme je serrai son doux corps entre mes pattes ! Oh quel moment ravissant, céleste ! Ayant dansé deux ou trois valses, je la conduisis dans un coin de la cave, et je lui offris comme le veut la galanterie, les rafraîchissements que je pouvais trouver, car la fête n'avait pas été arrangée pour un bal. Je donnai alors un libre essor à mes sentiments. Je serrai sans cesse sa patte contre mes lèvres, en lui assurant que je serais le plus heureux des mortels si elle voulait m'aimer un peu.

— Malheureux, s'écria tout d'un coup une voix derrière moi ; malheureux, que fais-tu ! c'est ta fille Mina !

Je tressaillis en reconnaissant cette voix. — C'était Mismise ! — Le hasard se jouait de moi en me donnant de l'amour pour ma propre enfant, ce que je n'avais pu deviner, au moment où j'avais entièrement oublié Mismise.

Mismise portait le grand deuil, et je ne savais à quoi attribuer ce costume.

— Mismise, lui dis-je avec douceur, qui vous amène ici, pourquoi ce deuil ? — Dieu ! et ces jeunes filles ! — les sœurs de Mina ? — J'appris les nouvelles les plus étonnantes. Mon odieux rival, le noir-gris-jaune, s'était séparé de Mismise immédiatement après avoir succombé dans le duel sanglant dont j'ai parlé ; et, après s'être guéri de ses blessures, il était allé on ne savait où. Mucius demanda alors la patte de Mismise, qu'elle lui donna volontiers, et je trouvai honorable pour ce premier qu'il ne m'en eût jamais parlé. Ces jeunes chattes si naïves étaient les belles-sœurs de Mina.

— Oh ! Murr, continua Mismise avec tendresse, après m'avoir tout raconté, oh ! Murr, votre belle âme n'a fait que se tromper sur le sentiment qui l'a remplie. C'était l'amour du père le plus tendre et non l'amant passionné qui se réveillait dans votre cœur en voyant notre Mina ! Notre Mina ! quelle douce parole ! — Murr, pouvez-vous rester insensible, tout amour serait-il éteint dans votre cœur pour celle qui vous aimait si tendrement ? — Oh ciel ! celle qui vous aime encore, qui vous serait restée éternellement fidèle, si un autre ne s'était présenté et ne l'avait entraînée par d'affreuses séductions ? — Oh ! faiblesse, ton nom est chatte ! direz-vous, je le sais ; mais la vertu du matou ne doit-elle pas pardonner à la faible chatte ?... — Murr, vous me voyez malheureuse, désolée de la perte de mon troisième époux ; mais au milieu de cette désolation, s'enflamme de nouveau l'amour qui autrefois faisait mon bonheur, ma gloire, ma vie ! — Murr, écoutez mon aveu ! Je vous aime encore, et il me semble que nous pourrions nous mar... — Les larmes étouffèrent sa voix.

J'étais fort mal à l'aise pendant toute cette scène ; je voyais Mina, pâle et belle comme la première neige qui couvre quelquefois en automne les dernières fleurs et qui fond, peu d'instants après, en eau amère. Je regardais en silence la mère et la fille, la dernière me plut pourtant infiniment mieux, et aucun empêchement canonique ne s'opposait chez nous au mariage entre proches parents. — Mon regard me trahissait peut-être ; car Mismise parut lire dans mon âme.

— Barbare ! que fais-tu ? s'écria-t-elle en s'élançant sur Mina et la serrant contre son cœur. — Quoique je ne comprisse pas du tout, quels droits Mismise avait à faire valoir et quel crime j'étais prêt à commettre, je crus cependant plus sage de faire bonne mine à mauvais jeu, pour ne pas troubler la joie de la cérénomie funèbre. J'assurai donc Mismise, hors d'elle-même, que l'incroyable ressemblance entre Mina et elle m'avait seule induit en erreur, et que j'avais cru sentir s'enflammer dans mon cœur le même sentiment que j'avais pour elle. Mismise sécha aussitôt ses larmes, s'assit tout près de moi et commença une conversation aussi intime, que si jamais aucune brouillerie ne se fût élevée entre nous. Pour comble de malheur le jeune Hinzmann avait invité Mina à la danse ; on comprendra tout l'embarras de ma position. Par bonheur pour moi le vénérable Puff invita Mismise à la dernière danse, car sans cela elle m'eût peut-être fait les propositions les plus étranges. Je sortis doucement de la cave en me disant : — La nuit porte conseil.

Je regarde cette fête funèbre comme le solstice où finissent mes mois d'apprentissage et où j'entre dans un autre cercle de la vie [112].

FIN DU TOME XI.

Quatrième Partie

QUINZIÈME FRAGMENT

Kreisler fut obligé de se rendre de bon matin dans les appartements du prieur. Il trouva le révérend seigneur occupé à ouvrir avec des instruments une grande caisse contenant un tableau, à en juger du moins par la forme.

— Ah, dit le prieur en voyant Kreisler, je suis bien aise de votre arrivée ; vous pourrez m'aider à faire un travail pénible. Cette caisse est fermée par mille clous, comme si elle ne devait jamais être ouverte. Elle vient tout droit de Naples et contient un tableau que je désire mettre dans mon cabinet pour le moment, sans le montrer aux frères. C'est pour cela que je n'ai pas voulu les appeler, mais vous m'aiderez.

Kreisler mit la main à l'œuvre, et bientôt après ils retirèrent un grand tableau dans un cadre doré magnifiquement. Le maître de chapelle fut étonné de voir qu'un très beau tableau de Léonard de Vinci, représentant la Sainte Famille, avait disparu au-dessus du petit autel dans le cabinet du prieur ; ce dernier le regardait comme un des meilleurs de sa galerie, riche en originaux, et cependant, ce chef-d'œuvre avait fait place à un tableau, dont la grande beauté, non moins que la nouveauté, frappèrent Kreisler au premier coup d'œil.

Après avoir attaché à grand peine le tableau contre le mur, le prieur se mit dans le beau jour et le contempla avec tant de plaisir, avec une satisfaction si visible, qu'on devait supposer qu'il y trouvait, en outre de sa beauté, un intérêt extraordinare. Le sujet du tableau était un miracle. Entourée d'une lumière céleste, on voyait la sainte Vierge, dont la main gauche portait une branche de lis.

Des deux doigts de la main droite, elle touchait la poitrine d'un jeune homme inondé de grosses gouttes de sang qui sortaient d'une large blessure. Le jeune homme se relevait à moitié de dessus le lit sur lequel il était couché, et paraissait revenir d'une léthargie mortelle, car ses yeux étaient à demi fermés; mais le doux sourire qui était répandu sur son beau visage montrait qu'il voyait la mère de Dieu en songe, que la douleur de sa blessure était calmée, et que la mort n'avait plus de pouvoir sur lui. Tout connaisseur devait admirer la sévérité du dessin, l'heureux ensemble, la juste répartition de la lumière et de l'ombre, le grandiose dans les draperies, la grâce imposante de Marie et surtout la fraîcheur des couleurs, que les artiste modernes possèdent rarement. Mais ce qui trahissait le mieux le génie de l'artiste, c'était l'expression indéfinissable des figures. Marie était la plus belle femme qu'on pût voir, et cependant son front décelait la majesté imposante du ciel, ses yeux foncés brillaient du doux feu de la béatitude éternelle. Le ravissement du jeune homme revenant à la vie, était aussi conçu et exécuté avec toute la vigueur d'un génie créateur. Kreisler ne se souvenait pas d'avoir jamais vu un tableau moderne, qui fût à comparer à cet excellent ouvrage et il le dit au prieur en s'étendant sur chaque beauté qu'il remarquait.

— Il y a une bonne raison pour cela, et que je vous dirai, répondit le prieur. Sans doute nos jeunes artistes étudient, composent, dessinent, remplissent des cartons, et leurs productions n'en sont pas moins froides, sans action sur la vie, parce qu'elles en manquent elles-mêmes. Au lieu de copier soigneusement les œuvres d'un ancien maître, qu'ils ont choisi pour modèle, et de se pénétrer ainsi de son genre, ils veulent être modèles eux-mêmes en traitant le même sujet; mais cela les entraîne à une imitation des accessoires, qui les rend aussi petits, aussi ridicules que tel autre qui veut imiter un grand homme en toussant et crachant comme lui. Nos jeunes peintres manquent de cet enthousiasme qui fait qu'une idée se change en vie et qu'ils la voient pour ainsi dire devant les yeux. On en voit de temps en temps qui se tourmentent pour sentir cet enthousiasme sans lequel rien de beau ne saurait être créé ; mais ce qu'ils prennent pour cette extase, qui transportait l'âme des anciens maîtres, n'est autre chose qu'un assemblage d'une orgueilleuse admiration pour sa propre conception et d'un soin puéril d'imiter l'ancien modèle dans les plus petites particularités. Souvent l'idée vitale, qui aurait dû charmer dans l'exécution, devient une grimace repoussante. Nos jeunes peintres ne se rendent pas assez nettement compte de leurs idées, et c'est peut-être pour cela qu'ils manquent toujours le coloris, même quand le reste est assez bien ? En un mot, ils savent dessiner mais non pas peindre. L'assertion que nous avons perdu la manipulation des couleurs, et que nos jeunes peintres ne travaillent pas assez, me paraît très fausse. D'abord la peinture, ne s'étant vraiment développée que sous le christianisme, n'a pas cessé depuis, par les travaux des maîtres et des écoliers, de former une chaîne non interrompue ; et le changement des choses humaines, tout en agissant sur les principes de la vérité, n'a eu aucune influence sur l'exécution mécanique. Ensuite, on pourrait reprocher aux artistes plutôt trop d'étude que trop peu. J'en connais un qui corrige constamment ses peintures ; le commencement en fût-il même bon, il leur donne une teinte pâle et les rend peut-être semblables à ses conceptions. Voilà un tableau qui respire la vie parce qu'il a été créé dans un moment d'enthousiasme. Le miracle est facile à deviner : ce jeune homme, se relevant sur son lit, fut attaqué et blessé à mort par des assassins. Dans ce moment, quoique ayant des sentiments pervers, quoique méprisant les lois de l'Eglise dans son aveuglement affreux, il appela la sainte Vierge à son secours, et la mère de Dieu daigna le rappeler de la mort pour qu'il reconnût son erreur, et se vouât pieusement à l'église. Le jeune homme, ainsi secouru, est le peintre du tableau, lui-même.

Kreisler exprima son étonnement, et remarqua que le miracle devait alors avoir eu lieu à une époque très récente.

Vous aussi, mon cher Jean, dit le prieur avec douceur, vous êtes aussi de cette fausse opinion, que la porte du ciel est fermée, que la pitié, la miséricorde, sous la forme du saint que l'homme invoque au moment de sa perte, n'y peut plus passer pour lui apporter la paix et la consolation. Croyez-moi, Jean, les miracles n'ont jamais cessé, mais la vue de l'homme est affaiblie par ses péchés, il ne peut plus supporter la lueur brillante du ciel, ni reconnaître la grâce de la puissance éternelle, quand elle se rend visible. Les miracles les plus sublimes sont ceux qui se passent dans le cœur de l'homme, et ce sont eux qu'il doit annoncer comme il peut, par la parole, la peinture ou la musique. C'est ainsi que le moine qui peignit ce tableau a annoncé le miracle de sa conversion, et c'est ainsi que vous, Jean, — mon cœur me force de parler de vous — vous annoncez par des harmonies sublimes le miracle que la puissance divine a daigné faire pour vous, en vous donnant cette faculté.

Kreisler fut vivement ému à ces paroles; la foi s'élevait avec plus de force que jamais dans son génie créateur et lui causait un bonheur inexprimable.

Pendant cette conversation, Kreisler n'avait pas détourné les yeux de la peinture, et comme dans quelques tableaux vivement éclairés sur le premier plan, on n'aperçoit les figures du fond que plus tard, il vit un homme enveloppé d'un large manteau, tenant un poignard dans la main, éclairé par un rayon de gloire de la Vierge, qui sortait par la porte. C'était évidemment l'assassin, qui retournait la tête en fuyant, et ses traits portaient l'expression de l'effroi et de l'horreur. Kreisler fut comme frappé par la foudre en reconnaissant dans le visage de l'assassin les traits du prince Hector, il lui semblait aussi avoir vu pendant un instant seulement le jeune blessé, mais il n'en dit rien au prieur sans savoir pourquoi. Il lui demanda, pour faire diversion, s'il ne trouvait pas inconvenant que le peintre eût placé sur l'avant-scène, quoique un peu dans l'ombre, des habillements modernes, et qu'il eût choisi ce costume pour lui-même.

Il se trouvait, en effet, dans un coin du tableau une petite table avec un chapeau d'officier orné d'un panache, un sabre, et tout près une chaise couverte par un châle. Le jeune homme avait une chemise moderne, un gilet tout ouvert et une redingote de couleur foncée, qui permettait cependant une jolie draperie. La Vierge était comme on la voit sur les tableaux des meilleurs peintres anciens.

Cette avant-scène, répondit le prieur, ainsi que la redingote du jeune homme, non seulement ne me choquent pas, mais il me semble même que le peintre aurait été pénétré d'une vanité très mondaine et non de la grâce céleste, s'il avait dévié de la vérité dans la plus petite chose. Il devait présenter le miracle tel qu'il s'est passé en reproduisant les lieux, l'habillement, etc., de manière que chacun pût voir au premier coup d'œil que cela s'est passé de nos jours; le tableau du pieux moine devient ainsi, dans ses jours de doute et de perversité un trophée de l'Eglise victorieuse.

— Et pourtant, répondit Kreisler, je suis choqué de ce chapeau, de ce sabre et de ce châle, je voudrais que le peintre les eût omis, et se fût entouré d'une draperie au lieu d'une redingote. Dites vous-même, révérend père, pouvez-vous vous imaginer un saint Joseph en robe de chambre, un Jésus en habit, une Vierge en robe avec un châle turc ? Cela ne vous paraîtrait-il pas une vraie profanation ? Et cependant les anciens peintres, et surtout les Allemands, ont représenté toute l'histoire sainte dans le costume de leur temps, et certes, il ne convenait pas mieux que le nôtre, qui, je l'avoue, à l'exception de quelques modes des femmes, est assez absurde. Les costumes de l'Antiquité étaient outrés, affreux même, témoin les souliers à pointe recourbée d'une aune de long, les pantalons bouffants, les justaucorps et les manches découpées, etc., et plus encore ces habillements de femmes, défigurant le visage et la taille, qui donnaient à une jeune et belle personne la mine d'une vieille, et cependant ces tableaux ne choquaient certainement personne dans leur temps.

— C'est à présent, mon cher Jean, répondit le prieur, que je puis vous montrer en peu de mots la différence de la pieuse Antiquité et de la perversité du temps présent. L'histoire sainte était autrefois tellement empreinte dans tous les cœurs, que chacun croyait avoir vu les miracles et s'attendait à les voir se renouveler. Le peintre croyait assister à tous les événements de la bible, à laquelle il avait voué son cœur, et tel qu'il les avait vus il les représentait. Aujourd'hui cette histoire nous paraît surannée, étrangère, sans influence sur le présent, ne conservant qu'une faible lueur dans notre souvenir ; l'artiste cherche en vain à donner la vie à ses idées ; son âme, quoi qu'il en dise, est affaiblie par les passions mondaines. Il est également ridicule de reprocher aux anciens peintres le manque de connaissance des costumes, et de voir les peintres de nos jours imiter les costumes les plus absurdes des temps moyens dans la représentation de l'histoire sainte, ils prouvent par là que leur idée n'a jamais été à eux, et qu'ils ne font que copier les anciens maîtres ; parce que le présent est trop profane pour ne pas faire un contresens avec les pieuse légendes, parce que personne ne peut imaginer ces miracles comme arrivés parmi nous ; voilà pourquoi leur représentation dans notre costume nous paraît absurde et profane. Mais si la puissance divine daignait faire un miracle devant nos yeux, il serait très inconvenant de changer le costume du moment ; par la même raison les peintres d'aujourd'hui sont obligés d'observer autant que possible les costumes de l'Antiquité. Le peintre de ce tableau avait donc raison d'indiquer le temps, et tous ces objets que vous trouvez inconvenants me remplissent d'un saint effroi ; car je crois entrer dans cette petite maison à Naples où le miracle eut lieu il y a peu d'années.

Kreisler était assez de cet avis, mais il pensait au fond du cœur que le prieur parlait trop en moine, de la piété du temps passé et de la perversité du temps présent, en demandant des miracles, des extases, dont un cœur pieux, étranger à l'exaltation convulsive d'un culte fanatique, n'avait aucunement besoin pour exercer la vertu. Que du reste cette vertu n'avait point disparu, et que Dieu, dans le cas où il nous eût abandonnés, ne voudrait plus nous ramener par des miracles.

— Il me semble, dit Kreisler, regardant toujours le meurtrier, dont l'original ne pouvait être autre que le prince Hector, il me semble, révérendissime seigneur, que je vois là, au fond, un brave Robin des bois qui vise l'animal le plus noble, c'est-à-dire l'homme, en le guettant de toutes les manières possibles. Ici, il s'est très bien servi d'une arme tranchante, à ce que je vois ; mais il est bien maladroit avec les armes à feu, car il a manqué dernièrement un beau cerf dans la forêt. — En effet je me sens bien tenté de connaître le *curriculum vitae* de ce brave chasseur ; ne fût-ce même qu'en abrégé. Je verrais alors si je ne ferais pas mieux de m'adresser tout directement à la sainte Vierge pour obtenir une lettre de protection.

— Laissez venir le temps, reprit le prieur, et sous peu vous verrez s'éclaircir bien des choses. Il est possible que vos vœux, que je connais seulement à présent, soient heureusement accomplis. Il est très singulier, je puis vous l'avouer, qu'à Sieghartshof tout le monde soit dans la plus grande erreur sur votre compte. Le maître Abraham est peut-être le seul qui ait lu dans votre cœur.

— Vous connaissez ce vieillard ? demanda Kreisler avec étonnement.

— Vous oubliez, reprit le prieur en souriant, que notre orgue doit ses beaux sons à l'adresse de maître Abraham, mais en voilà assez ; attendez l'avenir avec patience.

Kreisler prit congé du prieur, et voulut descendre dans le parc pour donner cours à une foule d'idées, lorsqu'il s'entendit appeler au bas de l'escalier : — *Domine,* maître de chapelle, *paucis te volo !*

C'était le père Hilarion, qui, à ce qu'il disait, avait attendu la fin de la conversation entre Kreisler et le prieur avec la plus grande impatience. Il venait de remplir ses devoirs et de mettre en bouteille le vin du Rhin le plus exquis. Il invitait Kreisler à en boire un verre, pour en apprécier la bonté et le feu, dignes d'inspirer un vrai compositeur.

Kreisler savait qu'il était impossible de refuser le père, et il n'était pas fâché de s'égayer par un bon verre de vin. Il suivit donc le gai sommelier dans sa cellule où il trouva sur une petite table couverte d'une serviette bien blanche, une bouteille, du pain blanc bien frais et de l'anis sauvage.

— *Ergo bibamus !* s'écria le père, qui remplit les verres et trinqua gaiement avec Kreisler.

— N'est-ce pas, dit-il ensuite, que notre révérend prieur voudrait bien vous fourrer dans notre habit long ? — Ne le faites pas ! — Moi, je me trouve bien sous le capuchon et je ne voudrais pas l'ôter pour tout l'or du monde ; mais *distinguendum est inter et inter !* Moi, je ne connais rien au-dessus d'un bon verre de vin et d'un beau chant d'Eglise, mais vous, vous êtes réservé à tout autre chose, la vie vous sourit autrement, d'autres cierges vous attendent que ceux de l'autel ! Pour parler franchement... trinquez. — Vive votre bien-aimée, et à vos noces je vous promets que le prieur, malgré ses regrets, vous enverra le meilleur vin qui se trouve dans notre cave.

Kreisler se sentit blessé par ces paroles, comme lorsque nous voyons quelque chose de beau et de délicat saisi par des mains maladroites.

— C'est donc là, dit-il en retirant son verre, tout ce que vous savez dans vos quatre murs !...

— *Domine Kreislere,* s'écria le père Hilarion, ne vous fâchez pas, *video mysterium,* mais je n'en soufflerai mot, si vous ne voulez pas. — Eh bien ! déjeunons *in camera et faciemus bonnum cherubim.* — *Et bibamus.* Que le Seigneur veuille bien nous conserver la paix et le bonheur qui ont régné ici jusqu'à présent.

— Êtes-vous donc en danger de les perdre ? demanda Kreisler avec curiosité.

— *Domine,* lui répondit le père en baissant la voix, *domine dilectissime !* Vous êtes depuis assez longtemps chez nous pour savoir dans quelle union nous vivons, et comment les goûts les plus opposés des frères se réunissent dans une certaine gaieté qui est entretenue par le lieu que nous habitons, par la douceur des règles du couvent, enfin par toute notre manière de vivre. — Peut-être cela est-il prêt de finir ! Sachez donc, Kreisler, que le père Cyprien vient d'arriver, qu'on l'attendait depuis longtemps, et que le pape lui-même l'a recommandé au prieur. C'est un jeune homme encore, mais sur cette figure froide et morte il n'y a plus une trace de douceur ; ses sombres traits annoncent au contraire la sévérité du fanatique. Ses manières trahissent en même temps un mépris haineux de tout ce qui l'entoure, qui prend peut-être sa source dans le sentiment de sa supériorité morale. Il a déjà pris des informations sur nos règles et paraît très choqué de notre manière de vivre. — Faites attention, ce nouveau venu renversera tout cet ordre qui nous a fait tant de bien. Faites attention, *nunc probo :* Ceux qui aiment la sévérité, parmi nous, se rallieront à lui et formeront bientôt contre le prieur un parti qui remportera la victoire, parce que je crois que le père Cyprien est un émissaire de Sa Sainteté le pape, et que le prieur sera obligé de lui céder ! — Kreisler, que deviendra notre musique et votre aimable séjour chez nous ! — Je lui parlai de notre chœur bien organisé et comment nous étions en état d'exécuter assez bien les premiers chefs-d'œuvre ; mais ce sombre fanatique me fit une horrible grimace, et répondit que la musique était pour le monde profane et non pour l'Eglise, de laquelle le pape Marcellus II devait la bannir avec raison. — *Per diem,* s'il n'y avait plus de chœur, et si on me fermait ma cave !... Mais pour le moment, *bibamus.* — Il ne faut pas se chagriner avant le temps.

Kreisler dit que peut-être l'étranger paraissait plus sévère qu'il ne l'était en effet, et qu'il n'était guère probable que le prieur, avec autant de fermeté de caractère qu'il en avait, cédât facilement à la volonté d'un moine, d'autant plus qu'il ne manquait pas du tout de liaisons puissantes à Rome.

Dans ce moment on entendit les cloches qui annonçaient la réception solennelle du frère Cyprien dans l'ordre de saint Benoît. Kreisler se rendit avec le père Hilarion, qui but précipitamment le reste de son vin en marmottant avec effroi : *Bibendum quid.* Des croisées du corridor par lequel ils passèrent, on pouvait voir dans les appartements du prieur.

— Voyez, voyez, s'écria Hilarion en tirant Kreisler dans un angle de la croisée.

Celui-ci regarda avec attention et vit dans le cabinet du prieur un moine, avec lequel le premier parlait très vivement, le visage couvert de rougeur. Le prieur s'agenouilla enfin, et le moine lui donna sa bénédiction.

— Ai-je raison, dit Hilarion à voix basse, quand je

crois voir quelque chose d'extraordinaire dans ce moine, qui nous tombe comme de la lune.

— Certes, répondit Kreisler, ce Cyprien est un personnage fort remarquable.

Le père Hilarion se joignit aux frères pour entrer dans l'église en procession solennelle, la croix en avant, et les frères laïques portant des cierges.

Le prieur et le moine étranger passèrent tout près de Kreisler qui reconnut au premier regard que le frère Cyprien était ce même jeune homme que la Vierge rappelait à la vie dans le tableau. — Mais une autre idée le saisit; il monta précipitamment dans sa chambre, chercha le petit portrait que maître Abraham lui avait donné, et vit ce même homme, plus jeune et plus frais, habillé en officier, quand...

LE MANUSCRIT DE MURR

L'oraison touchante de Hinzmann, le repas funèbre, la belle Mina, Mismise retrouvée, la danse, tout cela avait excité dans mon cœur une lutte des sentiments les plus opposés; je ne savais où donner de la tête, et cette profonde désolation me faisait presque désirer d'être enterré dans la cave avec mon ami Mucius. C'était un peu fort, je l'avoue, mais je ne sais ce que je serais devenu sans mon génie poétique, qui me suggéra aussitôt une foule de vers, que je ne tardai pas à mettre sur le papier. — La source divine de la poésie se trahit surtout en ce que la fabrication des vers, quelques gouttes de sueur que coûte parfois la rime, cause un bien-être intérieur miraculeux, qui, non seulement console de toute douleur terrestre, mais qui fait oublier même la faim et tous les maux [113].

L'effet de la composition était trop puissant sur moi ; je ne pus m'arrêter à un poème, et j'en fis plusieurs de suite avec une égale facilité, un égal bonheur. Je les communiquerais ici au bienveillant lecteur, si je ne songeais à les publier avec d'autres impromptus et bons mots, que j'ai faits dans mes moments perdus, et qui m'ont déjà fait crever de rire. — Je dois dire à ma gloire que, même dans ma jeunesse où le feu des passions n'était pas encore éteint, mon esprit éclairé, mon sentiment délicat pour les convenances, eurent toujours le dessus dans les moments d'entraînement purement sensuel. C'est ainsi que j'étouffai entièrement cet amour subit pour la belle Mina. En y réfléchissant mûrement, je reconnus que cette passion était assez folle, et j'appris aussi que Mina, malgré son extérieur doucereux, était une petite fille hardie et capricieuse, qui, en certaines occasions, lançait ses griffes aux yeux des jeunes chats les plus modestes. Pour m'épargner toute rechute, j'évitai soigneusement Mina, et craignant l'extravagance et les prétendus droits de Mismise, je restai dans ma chambre, et ne visitai plus ni toit, ni cave, ni grenier. Le maître en parut content ; il me permit de m'asseoir derrière lui sur la chaise quand il étudiait, et de regarder, le cou tendu, dans le livre qu'il lisait... C'étaient d'assez jolis livres, que nous lisions ainsi ensemble, par exemple Arpé, *De prodigiosis naturae et artis operibus, talismanes et amuleta dictis,* les souvenirs de François Pétrarque, etc. Cette lecture me distrayait agréablement, et donnait un nouvel élan à mon esprit.

Un jour, le maître était sorti, le soleil brillait, l'air si doux du printemps entrait par la croisée, j'oubliai mes projets, et j'allai me promener sur le toit. Mais à peine y fus-je arrivé, que je vis sortir de derrière la cheminée la veuve de Mucius. — Je restai anéanti. — Déjà j'entendais les reproches, les assurances d'amour dont on m'accablait. — Crainte inutile, car le jeune Hinzmann vint au même moment, appela la belle veuve d'un nom très doux, elle s'arrêta, le reçut avec beaucoup d'amabilité, tous deux se parlèrent avec l'expression franche d'une tendresse réciproque, et passèrent ensuite devant moi sans me saluer. Le jeune Hinzmann en était certainement honteux, car il détourna la tête et baissa les yeux ; mais la veuve, coquette et légère, me lança un regard.

Le matou, en ce qui regarde son moral, est une créature bizarre. — N'aurais-je pas pu, n'aurais-je pas dû être satisfait de voir que la veuve de Mucius était pourvue d'un autre amant, et cependant je ne pus étouffer un dépit violent, qui ressemblait presque à la jalousie. Je jurai de ne jamais plus visiter le toit où j'avais essuyé une telle insulte. Je montais seulement sur le bord de la croisée, me chauffant au soleil, regardant dans la rue, faisant des réflexions profondes, et unissant ainsi l'agréable à l'utile.

Un jour, je m'étonnai de ce qu'il ne m'était pas encore venu en tête de m'asseoir à la porte de la maison ou de me promener dans la rue, comme je voyais mes camarades le faire sans crainte. Je me fis un doux tableau de cette liberté, et je restai convaincu que, parvenu à un âge mûr, et après tant d'expériences, je n'avais plus à redouter les dangers qui m'accablèrent quand le sort me jeta dans le monde, encore enfant. Je descendis donc courageusement l'escalier, et m'assis d'abord sur le seuil de la porte, au soleil. Il est inutile de dire que je pris une position qui devait montrer à chacun le matou cultivé et bien élevé. Je m'y plu excessivement. Pendant que le soleil chauffait doucement ma fourrure, je me nettoyais gracieusement la gueule et la barbe avec ma patte. Deux jeunes filles, venant de l'école à en juger d'après leurs grands cartons fermés à clé, non seulement exprimèrent le plaisir qu'elles trouvaient à me voir, mais me donnèrent encore un morceau de pain au lait, que je reçus très galamment, selon mon habitude. Je jouais plutôt avec le présent qu'on m'avait offert, que je ne m'apprêtais à le manger, quand, à mon effroi mortel, une grosse voix interrompit mon jeu, et que j'aperçus le barbet Scaramouche, oncle de Punto. Déjà je voulais rentrer dans la maison, mais Scaramouche me cria : — Ne crains rien, crois-tu que je veuille te manger ?

Je demandai avec la politesse la plus soumise en quoi je pourrais servir M. Scaramouche ; mais il me répondit durement : — En rien, en rien du tout, monsieur Murr, et comment le pourriez-vous ? Je voulais te demander seulement si tu sais où est ce mauvais sujet de Punto, mon neveu. Il s'est déjà une fois associé avec toi, et vous avez l'air de ne faire qu'un cœur et qu'une âme, à mon grand dépit. Eh bien ! dis seulement si tu sais où ce coquin se traîne ; je ne l'ai pas vu depuis plusieurs jours.

Embarrassé des manières hautaines et méprisantes du vieux barbet, je répondis froidement, qu'il n'avait jamais été question d'une amitié intime entre le jeune Punto et moi, que, dans les derniers temps, il s'était tout à fait retiré de moi et que je n'avais pas cherché à le revoir.

— Eh bien, murmura le vieux, je suis enchanté d'apprendre que le garçon a de l'honneur dans le corps et qu'il n'est pas toujours prêt à s'associer avec des gens crapuleux.

Le ton était insupportable, la colère l'emporta, j'oubliai toute crainte, et levant la patte droite dans la direction de l'œil gauche du barbet, je murmurai avec rage : — Vieil impertinent ! Le vieux recula de trois pas et dit avec plus de douceur : — Eh, eh, Murr ! ne vous fâchez pas ! vous êtes un bon matou et je voulais seulement vous conseiller d'être sur vos gardes avec ce coquin de Punto. Il est bon, vous pouvez m'en croire, mais léger, disposé à toutes les extravagances, sans caractère, sans mœurs ! prenez-y garde, vous dis-je, car il vous entraînera bientôt dans des sociétés où vous ne devez pas aller, où vous serez obligé de vous conformer avec une peine infinie à un genre de manières, entièrement étrangères à votre nature, où vous perdrez votre individualité, votre caractère franc et ouvert, tel que vous venez de me le montrer. Voyez, cher Murr, je vous le répète, vous êtes estimable comme matou ; prêtez l'oreille à un bon conseil ! — Un jeune homme a beau faire des sottises et pis, pourvu qu'il montre de temps en temps cette bonté molle et souvent doucereuse, qui est dans la nature de tous les tempéraments sanguins, on dit tout de suite avec cette expression française : *Au fond,* il est bon enfant ! et cela doit excuser tout ce qui se fait contre l'ordre et les convenances. Mais le fond, le germe du bien, est couvert par la boue d'une vie dissolue qui l'étouffe.

Fiez-vous, matou, aux expériences d'un vieux barbet qui a vécu dans le monde, et ne vous laissez pas séduire par ce maudit : *Au fond il est bon enfant.* — Si vous voyez mon neveu, vous pouvez lui redire tout ce que je viens de vous raconter, et le remercier de son amitié. Adieu ! ne mangez pas cela, cher Murr. — A ces mots, le vieux barbet saisit précipitamment le morceau de pain au lait qui était devant moi, et s'en alla doucement la tête baissée, laissant traîner par terre ses longues oreilles, et frétillant un tant soit peu. Je suivis des yeux le vieux chien, dont la philosophie me parut très vraie.

— Est-il parti, est-il parti ? demanda une voix douce derrière moi. Je ne fus pas peu étonné, en voyant le jeune Punto caché derrière la porte où il avait attendu le départ de son oncle. Cette apparition subite m'embarrassa presque, car je trouvais un peu épineux de lui dire ce dont son oncle m'avait chargé. Je me rappelai ces mots affreux, que Punto m'avait dit un jour : Si tu te mettais en tête d'avoir des sentiments hostiles contre moi, je te suis supérieur en force et en adresse. Un bond, une bonne morsure de mes dents pointues te réduiraient au néant. Je crus donc plus sage de me taire.

Il est possible que ces réflexions rendissent mes manières froides et guindées, car Punto me fixa d'un regard pénétrant ; puis il éclata de rire, et me dit : — Je m'aperçois mon ami, que mon oncle t'a dit beaucoup de mal de ma vie ; qu'il m'a dépeint comme un dissolu, adonné à toutes les extravagances, à tous les désordres. Ne sois pas assez fou pour en croire quelque chose. D'abord regarde-moi, et dis-moi ce que tu penses de mon extérieur ?

En l'examinant, je trouvai qu'il n'avait jamais paru si bien nourri, si dodu ; que cette propreté, cette élégance, cette harmonie d'ensemble, n'avaient jamais régné dans son extérieur. Je le lui dis franchement.

— Eh bien, cher Murr, continua-t-il, crois-tu donc qu'un barbet, vivant en mauvaise compagnie, adonné à des goûts sales, dissolu par système, sans goût, mais seulement par ennui, comme cela arrive à des barbets, — crois-tu qu'un tel barbet aurait une mine comme celle que tu me trouves ? Cela seul doit te prouver combien mon vilain oncle est dans l'erreur. Rappelle-toi, oh matou lettré ! ce sage qui répondit à celui qui blâmait en un homme vicieux la désharmonie de tout son être : Comment voulez-vous que le vice ait jamais de l'harmonie ? Ne t'étonne pas un instant, mon ami Murr, des noires calomnies du vieil humoriste. Avare, comme le sont tous les oncles, il a jeté toute sa colère sur moi, parce qu'il a été obligé par honneur de payer quelques petites dettes de jeu, que j'avais faites chez un marchand de boudin, qui tolère chez lui les jeux défendus, et fait des avances, souvent très considérables, en cervelas, boudins, saucissons, etc. Ensuite, le vieux se rappelle constamment une certaine période où ma vie n'était pas très louable : mais elle est passée.

En ce moment, passa un insolent, qui, après m'avoir regardé comme s'il n'avait jamais rien vu de semblable, me débita les plus grandes impertinences, et sauta surtout à ma queue que je tenais étendue, ce qui parut lui déplaire. Mais à peine m'étais-je dressé pour me défendre, que Punto avait déjà sauté sur cet impertinent, qu'il terrassa, qu'il roula sous ses pieds, et maltraita si fort, que l'autre se sauva comme un trait, en poussant des hurlements, et serrant la queue entre les cuisses.

Cette preuve de bons sentiments et d'amitié me toucha extrêmement, et je me dis qu'on pouvait cependant dire de Punto ce : *Au fond il est bon enfant,* que l'oncle Scaramouche avait voulu me rendre si suspect, et l'excuser plus que tout autre. Je commençai aussi à croire que le vieux avait vu trop en noir, et que Punto était bien capable de folies, mais non pas de sottises. J'exprimai ma pensée à mon ami, en le remerciant, de la manière la plus obligeante, d'avoir pris ma défense.

— Je suis enchanté, mon cher Murr, répondit Punto, en regardant autour de lui, selon sa coutume, avec un œil fin et gai, que ce vieux pédant ne t'ait pas détourné de moi, et que tu reconnaisses mon bon cœur. — N'est-ce pas, Murr, j'ai bien traité cet impertinent garçon-là ? il s'en souviendra longtemps. Au fait, j'étais à sa recherche depuis ce matin, car il m'a volé hier un boudin, et il fallait l'en punir. Du reste, je suis vraiment bien aise d'avoir vengé en même temps l'insulte qu'il t'a faite, et d'avoir pu te prouver mon amitié. J'ai tué deux mouches d'un coup, comme dit le proverbe. Mais, pour en revenir à notre conversation, regarde-moi donc bien, bon chat, et dis-moi si tu ne remarques aucun changement important dans mon extérieur?

Je le fixai attentivement, et je remarquai, à mon grand étonnement, un beau collier d'argent, bien travaillé, sur lequel étaient gravés ces mots : Baron Alcibiade de Wipp, rue du Maréchal, nº 46.

— Comment, Punto, m'écriai-je, tu as quitté ton maître, le professeur d'esthétique, pour entrer chez un baron?

— Je n'ai pas exactement quitté le professeur, mais il m'a chassé à coups de pied et de bâton.

— Comment est-il possible; ton maître avait toujours tant de bonté et de tendresse pour toi?

— .Ah! c'est une sotte et fâcheuse histoire, qui ne s'est terminée, à mon avantage, que par les caprices du hasard. Dans toute cette affaire, je dois m'en prendre à une bonhomie mêlée, il est vrai, d'un peu de vanité. Je voulais prouver à chaque instant mon affection à mon maître, et lui montrer aussi mon adresse, ma culture; j'apportais donc tout ce que je trouvais par terre, sans qu'on me le demandât. Eh bien! tu sais peut-être que le professeur Lothario a une femme jeune et jolie, qui l'aime d'une tendresse extrême, ce dont il ne pourrait douter; car elle le lui assure à chaque instant, et le comble de caresses, quand il est enfoncé dans les livres pour se préparer au prochain cours. Elle aime l'intérieur de sa maison par-dessus tout, car elle ne sort jamais avant midi, quoiqu'elle soit déjà levée à dix heures et demie; et la simplicité de son caractère la fait entrer, avec la cuisinière et la femme de chambre, dans les moindres affaires domestiques, même jusqu'à puiser dans leur bourse, si l'argent pour la cuisine est sorti un peu trop tôt du sac, à cause de certaines dépenses non officielles, dont on ne peut parler à M. le professeur. Elle paie les intérêts de ces emprunts avec des robes à peine portées, et des chapeaux à plumes, dont le monde des servantes voit, à son grand étonnement, se parer la femme de chambre le dimanche. Avec autant de perfections, on peut bien pardonner à une femme aimable cette petite folie (si du reste cela mérite ce nom). Toutes ses idées, tous ses vœux se concentrent sur sa toilette : ce qu'il y a de plus élégant, de plus cher, ne lui paraît jamais assez élégant, jamais assez cher; et quand elle a porté une robe trois fois, un chapeau quatre fois, jeté sur ses épaules un châle turc pendant un mois, elle éprouve une idiosyncrasie contre ces objets, et elle les cède à vil prix, ou les donne à ses servantes. On ne peut s'étonner que la femme d'un professeur d'esthétique ait du goût pour les belles formes, et l'époux ne peut être que très flatté quand ce goût se trahit dans le plaisir visible, avec lequel madame laisse se reposer ses regards de feu sur de beaux jeunes gens. Quelquefois je remarquais que certains messieurs qui fréquentaient les cours du professeur, manquaient la porte de l'auditoire, ouvraient doucement celle de la chambre de madame et y entraient tout aussi doucement. Je finis par croire que cela n'arrivait pas involontairement ou que du moins personne n'en était fâché, car on ne se hâtait pas du tout de leur montrer leur erreur. Au contraire, ceux qui étaient entrés ne sortaient que très tard et d'un air si satisfait qu'il semblait que la visite chez la dame leur eût été tout aussi agréable et aussi utile que le cours d'esthétique du professeur. La belle Létitia (c'était le nom de la femme du professeur) ne m'aimait pas beaucoup. Elle ne me souffrait jamais dans sa chambre et elle avait raison, car le barbet le mieux cultivé est toujours déplacé là où il court le risque de déchirer à chaque pas des blondes, et de salir des robes dispersées sur toutes les chaises. Cependant le mauvais génie de Létitia voulut qu'un jour je pénétrai jusqu'à son boudoir. M. le professeur avait bu à son dîner un peu plus de vin que de raison, ce qui l'avait mis dans une disposition très poétique. Rentré chez lui il alla contre son habitude tout directement dans le cabinet de sa femme, et je le suivis, poussé par je ne sais quelle tentation. Madame était dans un négligé dont la blancheur pouvait se comparer à la neige fraîchement tombée; tout son habillement trahissait non seulement des soins exquis, mais l'art le plus profond, qui se cache sous la simplicité. Elle était en effet charmante, et le professeur, dans ses transports amoureux, appelait sa femme des noms les plus tendres, la comblait des caresses les plus douces, et ne s'apercevait nullement d'une certaine distraction, d'un certain dépit caché, qui ne se trahissaient que trop dans les manières de madame. Moi, je m'ennuyai bientôt des transports toujours croissants de l'esthétique enthousiaste. Je revins à mon ancien passe-temps, et je cherchai par terre. Au moment où le professeur s'écriait: femme divine, sublime, céleste... — je m'approchai en sautillant sur mes jambes de derrière, et je lui apportai gracieusement un gant couleur d'orange, que je venais de trouver sous le sopha. — Le professeur regarda ce gant d'homme d'un air stupéfait. — A qui appartient ce gant? — Comment se trouve-t-il dans cette chambre? — A ces mots il prit le gant de ma gueule, le regarda, le sentit, et s'écria de nouveau: — D'où vient ce gant? Létitia, parle, qui est venu chez toi? — Que tu es bizarre, répondit la douce Létitia, avec un embarras qu'elle cherchait en vain à cacher; que tu es bizarre, mon cher Lothario, à qui ce gant peut-il donc appartenir? La femme du major est venue me voir, et en s'en allant elle ne pouvait trouver son gant, qu'elle croyait avoir perdu dans l'escalier. — La femme du major! s'écria le professeur furieux; cette petite femme délicate dont toute la main entrerait dans ce pouce? — De par tous les diables, quel fat est venu avec ce maudit gant parfumé! — Malheureuse, quelle trahison a détruit mon bonheur, mon repos? — Femme infâme, criminelle!

Madame se disposait déjà à s'évanouir, quand la femme de chambre entra, et je m'échappai, content d'être délivré de cette scène de ménage, que j'avais occasionnée.

Le lendemain, le professeur était muet et sombre; une seule idée parut l'occuper: si c'était lui, disait-il quelquefois involontairement. — Vers le soir, il prit son chapeau et sa canne; je sautai et j'aboyai gaiement. Il me regarda longtemps, de grosses larmes roulaient dans ses yeux, et il me dit avec l'expression de la mélancolie la plus profonde : Fidèle Punto ! — Cœur honnête ! — Ensuite il sortit précipitamment de la porte de la ville, et moi je le suivais, bien décidé à égayer ce pauvre homme par tous les tours d'adresse dont j'étais capable. Fort près de la porte nous rencontrâmes le baron Alcibiade de Wipp, l'un des premiers élégants de la ville, monté sur un cheval anglais magnifique. Dès que le baron reconnut le professeur, il s'approcha en faisant faire des courbettes à sa monture, et s'informa de sa santé, puis de celle de la dame. Le professeur balbutia quelques mots inintelligibles.

— En effet, il fait bien chaud ! dit le baron en tirant son foulard de sa poche, et en même temps il en tomba un gant que je ramassai et que je rapportai à mon maître. Le professeur me l'arracha, et s'écria : — Est-ce votre gant, Monsieur le baron ? — Sans doute, répondit celui-ci, étonné de la violence du professeur ; je crois qu'il vient de tomber de ma poche, et que cet officieux barbet l'a ramassé. — Alors, reprit le professeur, en lui présentant le gant que j'avais trouvé sous le sopha, j'ai le plaisir de vous remettre le pareil, que vous avez perdu hier.

Sans attendre la réponse du baron, visiblement embarrassé, le professeur partit comme un furieux. Je me gardai bien de le suivre dans la chambre de sa chère épouse, car je pouvais facilement pressentir la tempête qui, en effet, se fit bientôt entendre. Caché dans un coin, je vis le professeur jeter la femme de chambre à la porte, puis hors de la maison. Enfin, il revint dans sa chambre, tout épuisé. Je lui prouvai une profonde compassion pour son malheur, par des plaintes étouffées. Il m'embrassa et me serra contre son cœur comme si j'eusse été son meilleur ami. — Bon, honnête Punto, dit-il d'une voix plaintive, cœur fidèle, toi, toi seul, m'as arraché à mes rêves trompeurs, tu m'as fait secouer le joug, tu m'as fait redevenir un homme libre ! Punto, comment pourrai-je te récompenser ! Tu ne me quitteras jamais, jamais ! je te soignerai comme mon meilleur ami, toi seul, tu me consoleras quand le souvenir de mon malheur m'entraînera au désespoir.

Ces expressions touchantes d'un cœur reconnaissant

furent interrompues par la cuisinière qui se précipita dans la chambre, la figure pâle et défaite, et annonça au professeur l'affreuse nouvelle que madame était en proie à d'horribles convulsions et près de mourir. Le professeur vola auprès d'elle. — Plusieurs jours se passèrent, et je ne revis pas le professeur. Ma nourriture, dont mon maître avait autrefois un tendre soin, était abandonnée à la cuisinière, femme d'un mauvais caractère, qui me donnait en rechignant les morceaux les plus misérables, les plus dégoûtants. Quelquefois elle m'oubliait tout à fait, et je fus obligé de mendier chez les voisins, ou même de voler pour satisfaire ma faim.

Me promenant un jour, triste et les oreilles baissées dans la maison, le professeur fit un peu attention à moi. — Punto, s'écria-t-il en souriant, la figure rayonnante ; Punto, mon honnête chien, où as-tu donc été ? je ne t'ai pas vu depuis bien longtemps ; je crois même qu'on t'a négligé, contre ma volonté ? — Allons, viens, je te donnerai à manger moi-même aujourd'hui.

Je suivis mon bon maître dans la salle à manger. La dame épanouie comme une rose, vint au-devant de lui. Ils étaient plus tendres que jamais ; elle l'appelait mon ange ! et lui, mon chou ! Et puis, ils se baisaient comme des tourterelles. C'était un vrai plaisir que de les voir. La charmante Létitia fut plus affable que jamais, et tu croiras facilement qu'avec ma galanterie naturelle, je sus me montrer aimable et poli. — Qui aurait pu deviner le sort qui m'attendait ! — Il serait difficile de te raconter tous les tours que mes ennemis me jouèrent pour me perdre. Je me contenterai de te citer quelques faits qui te donneront une juste idée de ma malheureuse position. — Mon maître avait l'habitude de me donner lui-même, pendant qu'il mangeait, une portion de soupe, de rôti et de légumes, qu'on posait dans un coin près du poêle. Je mangeais avec tant d'attention, tant de propreté, que je ne faisais jamais la moindre tache sur le parquet. Quel fut mon effroi quand un jour l'écuelle se brisa en mille morceaux, au moment où je m'en approchai, et que la graisse se répandit avec profusion !

Le professeur me fit des reproches amers, et quoique sa

femme essayât de m'excuser, on n'en lisait pas moins la colère dans ses traits; elle disait que, bien que cette tache ne pût être enlevée, on pourrait cependant faire raboter la place ou ajuster une autre planche. Le professeur détestait ces réparations; il lui semblait déjà entendre le rabot et les menuisiers; et les paroles de la dame, lui rendant son malheur encore plus sensible, me valurent deux coups vigoureux. — Dans le sentiment de mon innocence, je restai tout stupéfait, sans savoir que penser et que dire. Mais quand la chose se renouvela, je devinai qu'on me donnait des plats à demi-cassés, qui, au moindre attouchement tombaient en mille morceaux. Il ne m'était plus permis de rester dans la chambre, la cuisinière me donnait à manger; mais si maigrement, que la faim la plus dévorante me força à voler des morceaux de pain ou des os. Chaque fois, bruit terrible; mais il arriva pis encore. — La cuisinière se plaignit un jour à grands cris qu'un beau gigot avait disparu de sa cuisine et que je l'avais certainement volé. On en rendit compte au professeur comme d'un événement domestique très important. Celui-ci répondit qu'il n'avait jamais remarqué en moi le penchant au vol, et que du reste cette bosse n'était pas du tout développée sur mon crâne; que d'ailleurs je n'aurais pas mangé un gigot tout entier sans en laisser une trace. — On chercha et on trouva les restes de l'os sous ma couchette! — Murr, la patte sur le cœur, je te le jure, j'étais innocent, il ne m'était pas venu en tête de voler le rôti; mais à quoi servaient toutes les protestations puisque le fait parlait contre moi! — Le professeur était d'autant plus furieux, qu'il avait pris ma défense, et qu'il se voyait trompé dans sa bonne opinion. Je reçus une volée de coups. — La dame n'en était que plus affable, elle me caressait, ce qu'elle n'avait jamais fait auparavant, et me donnait même de temps en temps un bon morceau. Comment aurais-je pu deviner que tout cela n'était que calcul; mais je l'appris bientôt. — La porte de la salle à manger était ouverte; l'estomac vide, j'y jetai un regard de convoitise en me rappelant douloureusement le bon temps, où le doux arôme du rôti ne se répandait pas en vain autour de moi. La dame m'appelle: — Punto,

Punto ! et elle me présente adroitement entre son pouce délicat et son charmant index, un beau morceau de rôti. — Peut-être, dans l'enthousiasme de mon appétit, ai-je pris le morceau un peu plus violemment qu'il n'était nécessaire ; mais je n'ai certainement pas mordu cette main blanche, tu peux m'en croire, cher Murr, et cependant elle se mit à crier : — Le méchant chien ! et retomba à demi évanouie sur sa chaise. A mon effroi, je vis quelques gouttes de sang sur son pouce. Le professeur entra en fureur ; il me battit, me donna des coups de pied, et me maltraita si impitoyablement, que vraisemblablement je ne serais pas assis maintenant près de toi, mon bon chat, si je ne m'étais sauvé précipitamment dans la rue. Il ne fallait pas penser au retour. Je compris qu'il n'y avait rien à opposer à cette noire intrigue que la dame avait méditée pour se venger, et je résolus de me chercher un autre maître. Possédant tous les talents que la bonne mère nature m'avait donnés autrefois, rien n'eût été plus facile ; mais la faim et le chagrin m'avaient tellement changé, que mon extérieur misérable me faisait craindre d'être renvoyé partout. Triste, tourmenté de soucis, je sortis de la barrière. Je vis M. le baron Alcibiade de Wipp, qui marchait devant moi et je ne sais comment l'idée me vint de lui offrir mes services. Peut-être était-ce le désir secret de trouver une occasion de me venger du professeur, comme je l'ai trouvée en effet. — Je m'approchai du baron en sautillant, je le saluai en me dressant sur mes jambes de derrière, et voyant qu'il me regardait avec un peu de complaisance, je le suivis sans façon dans sa demeure. — Voyez donc, dit-il à un jeune homme qu'il appelait son valet de chambre, quoiqu'il n'eût pas d'autre domestique, voyez donc, Frédéric, ce barbet qui me suit ; s'il était seulement plus joli ! Frédéric loua au contraire l'expression de ma physionomie, la délicatesse de mon corps, en ajoutant que je paraissais quitter mon ancien maître pour cause de mauvais traitements, et que des barbets qui se choisissent un maître de leur libre gré, sont ordinairement des animaux très honnêtes et très fidèles. Là-dessus on me garda ; Frédéric me rendit par ses soins un extérieur bien dodu ; mais malgré cela le baron ne parut pas beaucoup se soucier de moi, et il souffrait à peine que je l'accompagnasse dans ses promenades : cela devait changer. — Nous rencontrâmes Létitia à une promenade. — Tu reconnaîtras les sentiments d'un barbet, quand tu sauras que malgré que cette femme m'eût fait beaucoup de mal, je ressentais cependant une véritable joie de la revoir. Je dansai devant elle, j'aboyai gaiement, et lui exprimai mon plaisir de toutes les manières. — Voilà Punto ! s'écria-t-elle, en me grattant le dos et jetant un regard significatif au baron, qui s'était arrêté. Je retournai à mon maître qui me caressa. Il parut frappé d'une idée subite ; car il répétait souvent : — Punto ! si c'était possible !

Nous arrivâmes dans un jardin public ; la dame prit place avec sa société, dans laquelle le cher, le bon professeur ne se trouvait pas. Le baron s'assit non loin de là et de manière à pouvoir regarder Létitia sans être observé par les autres. Je me plaçai devant mon maître, en le regardant et en frétillant comme si j'attendais ses ordres. — Punto, serait-il possible ! répéta-t-il, et, il ajouta après un moment de silence. — Eh bien, il faut en essayer. Il tira de son portefeuille un petit morceau de papier, y traça quelques lignes, le roula et le cacha sous mon collier, et dit à voix basse : — Allons Punto ! — Je ne serais pas un barbet aussi adroit, aussi poli que je le suis en effet, si je n'avais pas tout deviné. Je m'approchai donc de la table en montrant un grand appétit pour le gâteau qui s'y trouvait. La dame était l'affabilité même, elle me donna le gâteau d'une main en me caressant le cou de l'autre. Je sentis qu'elle retirait le papier. Bientôt après elle quitta la société et se promena seule dans une allée couverte. Je la suivis, je la vis lire avec attention le billet du baron, tirer de son petit panier de travail un crayon, tracer quelques mots sur le même papier et le rouler. — Punto, dit-elle ensuite : tu es un barbet bien aimable, quand tu apportes au bon moment ! — Elle me remit le billet sous le collier et je retournai près de mon maître qui devina aussitôt que j'apportais une réponse. Il la retira sans hésiter. Les paroles de la dame étaient certainement fort consolantes, car les yeux du baron brillaient de joie, et il s'écria transporté : — Punto, tu es un excellent barbet ; c'est ma bonne étoile qui t'a conduit vers moi ! — Tu comprendras facilement, mon bon Murr, le plaisir que me firent ces paroles, car je savais combien je gagnais dans les bonnes grâces de mon maître.

Dans mon ravissement, je fis, sans qu'on me le demandât, tous les tours d'adresse que je savais. Je parlais comme le chien, je mourais, ressuscitais, je refusais le pain du juif et je mangeais avec appétit celui du chrétien, etc. — Voilà un barbet très bien dressé ! s'écria une vieille dame assise près de Létitia. — Parfaitement dressé ! répondit le baron. — Parfaitement dressé ! répéta la dame comme un écho. — Pour en finir, cher Murr, je te dirai que je suis chargé de leur correspondance, et que je porte des billets jusque dans la maison du professeur quand il n'y est pas. Le soir, lorsque le baron s'introduit clandestinement chez la belle Létitia, je reste devant la porte de la maison, et dès que le professeur s'approche, je fais un bruit si infernal, que mon maître sent l'approche de l'ennemi et l'évite.

Il me sembla que je ne pouvais louer les actions de Punto, car je me rappelai l'aversion contre tout collier, que feu mon ami Mucius et moi-même nous ressentions, et cela seul me prouva qu'un honnête et brave matou, refuserait de faire ainsi l'entremetteur. Je le dis franchement au jeune Punto ; mais il me rit au nez et me demanda si la morale des chats était si sévère, et si moi-même je n'avais jamais rien fait qui ne fût trop large pour l'étroit tiroir de la morale. — Je me rappelai Mina, et je me tus. — D'abord, mon cher Murr, continua Punto, une expérience très commune prouve que personne ne peut échapper à son sort, de quelque manière qu'il s'y prenne ; tu peux en lire l'application dans un livre très instructif et assez bien écrit, ayant pour titre : *Jacques le Fataliste*. S'il était décidé par la providence que le professeur d'esthétique devînt un... — Enfin, tu me comprends, bon chat. Du reste le professeur, par la manière dont il a agi dans cette mémorable histoire du gant, a clairement prouvé sa vocation. Cette vocation, il l'eût remplie, alors même qu'il n'eût existé ni baron Alcibiade ni Punto.

Je demandai au jeune Punto si les avantages que lui offrait le service du baron étaient réellement assez grands pour compenser le désagrément pénible de la servitude. Je lui donnai en même temps à entendre, que cette servitude était toujours désagréable à un matou dont l'amour pour la liberté était la vie même.

— Tu parles, mon cher Murr, répondit Punto en souriant orgueilleusement, comme tu l'entends, ou plutôt comme ton inexpérience complète de la société, te le permet. Tu ne sais pas ce que c'est que d'être le favori d'un homme aussi galant, aussi cultivé que l'est le baron. — Je ne crois pas avoir besoin de te dire, ô matou libéral, comment je devins son premier favori dès le moment où je sus me conduire avec autant de sagacité. Une prompte esquisse de notre manière de vivre te fera sentir vivement les agréments de ma position actuelle. — Le matin, mon maître et moi, nous ne nous levons ni trop tard ni trop tôt, c'est-à-dire à onze heures sonnées. — Je dois remarquer ici, que ma couchette, large et molle, est établie non loin du lit du baron, et que nous ronflons en trop bonne harmonie, pour savoir, en nous réveillant subitement, qui des deux a ronflé. — Le baron tire la sonnette et aussitôt arrive le valet de chambre, qui apporte au baron une grande tasse pleine de chocolat, et à moi une jatte en porcelaine, remplie d'excellent café à la crème, que je vide avec appétit. Après le déjeuner, nous jouons ensemble une demi-heure, exercice qui est non seulement très bon pour notre santé, mais qui égaie aussi notre esprit. Si le temps est beau, le baron regarde par la croisée, pour observer les passants avec son lorgnon. Si les passants sont rares, il est un autre amusement auquel le baron peut se livrer sans se fatiguer. Sous sa croisée, se trouve un pavé qui se distingue par sa couleur rougeâtre, et par un petit trou : il s'agit de cracher si adroitement, que la salive tombe dans le trou. Par un exercice très soutenu, le baron est parvenu à parier qu'il réussira une fois sur trois, et il a gagné déjà plusieurs gageures de ce genre. Après cet amusement, arrive le moment très important de la toilette. Le baron se charge seul de se peigner, de se friser les cheveux et surtout de faire le nœud de sa cravate. Ces deux opérations étant toujours assez longues, Frédéric profite de ce moment pour m'habiller aussi ; c'est-à-dire, il me lave avec une éponge et de l'eau tiède, peigne les longs poils que le friseur a laissés aux endroits convenables, et me passe le beau collier d'argent que le baron m'a donné. Les moments suivants sont consacrés à la littérature et aux beaux arts, car nous allons dans un café où nous mangeons du beefsteak ou de la carbonnade, où nous buvons un petit verre de madère, et où nous parcourons un peu les journaux. Puis commencent les visites du matin. Nous allons voir une actrice, cantatrice ou danseuse, pour lui raconter les nouvelles du jour et surtout la manière dont s'est passé un début de la veille. Il est à remarquer avec quelle adresse M. le baron sait arranger ses récits, pour mettre toutes les dames de bonne humeur. La rivale ou du moins la combattante n'a jamais réussi à s'approprier une partie de la gloire dont est couronnée la belle qu'il visite. — On a sifflé, on s'est moqué de la pauvre malheureuse, et si le triomphe est trop brillant pour être caché, le baron a toujours une histoire scandaleuse à raconter sur la débutante. Les visites plus distinguées chez la comtesse A., chez la baronne B., chez l'ambassadrice C., remplissent le temps jusqu'à trois heures et demie ; c'est alors que le baron a fini ses affaires et qu'il peut se mettre à dîner, la conscience tranquille. Cela a lieu chez un restaurateur. Après le dîner, nous allons au café, nous faisons une partie de billard, et ensuite, si le temps le permet, une petite promenade ; moi toujours à pied, et le baron quelquefois à cheval. L'heure du théâtre approche, et le baron n'y manque jamais. On dit qu'il joue au théâtre un rôle extrêmement important, car il instruit non seulement le public de toutes les affaires qui se passent derrière la scène ; mais il règle aussi la louange et le blâme, en un mot, il donne une juste direction au goût. Il se sent pour cela une vocation toute particulière. Comme on refuse injustement aux individus les mieux élevés de mon espèce l'entrée du théâtre, ces moments-là sont les seuls pendant lesquels je me sépare de mon cher baron, pour m'amuser à ma manière. Comment je le fais, et comment je profite de mes connaissances avec les lévriers, les chiens couchants anglais, les épagneuls et autres personnes distinguées, je te le dirai une autre fois, cher Murr! — Après le théâtre, nous soupons encore chez un restaurateur, et le baron s'abandonne dans une société joyeuse à toute sa bonne humeur; tous parlent, tous rient et trouvent tout divin sur leur honneur, et aucun d'eux ne sait ce qu'il dit, ni de quoi il rit, ni ce qu'on vient de vanter. Voilà en quoi consiste le sublime de la conversation, le véritable bon ton de ceux qui professent la doctrine élégante. — Quelquefois le baron s'en va pendant la nuit dans certaines sociétés, où on le reçoit comme un être tout à fait supérieur. J'ignore aussi ce qui s'y passe, car le baron ne m'a jamais permis de l'accompagner, et il a peut-être de bonnes raisons pour cela. — Alors je m'étends délicieusement sur ma couchette moelleuse. Dis-moi donc maintenant toi-même, après ce récit détaillé, si mon vieil oncle morose peut m'accuser d'une vie dérangée et dissolue? — Je t'ai déjà avoué que j'ai donné lieu, il y a quelque temps, à de justes reproches. Je fréquentais une mauvaise société, et je trouvais un plaisir tout particulier à m'introduire partout, principalement dans les repas de noces, pour y faire quelque esclandre. Mais maintenant tout est changé. — Ah! que vois-je! — Voilà le baron! — Il me cherche! — Il siffle! — Au revoir mon cher.

Punto alla au-devant de son maître avec la rapidité de l'éclair. L'extérieur du baron répondait tout à fait au portrait que je m'en étais fait d'après Punto. Il était très grand, et plutôt maigre comme un manche à balai que mince. Son habillement, son maintien, sa marche, ses gestes, tout pouvait passer pour le prototype de la dernière mode, poussée jusqu'à l'extravagance, et donnant à tout son être quelque chose de bizarre et d'étrange. Il portait une petite baguette très mince, et une béquille en acier dont il se servait pour faire sauter Punto. Quelque dégradant que cela me parût, j'étais forcé d'avouer que Punto réunissait à la plus grande vigueur une grâce que je n'avais encore jamais remarquée en lui. Le baron, la poitrine projetée en avant, le ventre rentré, continua sa marche singulière, semblable à celle d'un coq; Punto sautillait à ses côtés en courbettant, ne se permettant que des saluts très courts et souvent fiers aux connaissances qu'il rencontrait; et déployant une certaine dignité qui m'imposait. — Je pressentais ce que mon ami Punto avait voulu dire par la culture élevée, et je tâchai autant que possible de m'en rendre compte. Mais cela était très difficile, ou plutôt mes essais restèrent infructueux.

Plus tard, j'ai su, que contre certaines choses, échouent tous les problèmes, toutes les théories que l'on forme dans son esprit, et que la pratique seule en donne la connaissance. Cette culture élevée, que le baron Alcibiade de Wipp et le barbet Punto ont obtenue dans le grand monde, doit être comptée parmi ces choses-là.

Le baron me lorgnait attentivement en passant; je crus lire dans son regard la curiosité et la colère. Aurait-il remarqué et blâmé ma conversation avec Punto?... Je commençais à avoir peur et je montai précipitamment l'escalier.

Pour remplir les devoirs d'un biographe sévère, je devrais décrire ici l'état de mon âme et je ne puis mieux le faire que par quelques vers sublimes, que depuis quelque temps, je secoue de ma manche fourrée, comme on dit. J'aime mieux...

SEIZIÈME FRAGMENT

De maculature

... ne pouvait s'y attendre [114]. Le duc Irénéus était en général ennemi juré de tous les accidents imprévus, et surtout quand il fallait user de ses propres facultés pour examiner une affaire. Il prit une double prise selon son habitude dans les cas critiques, fixa le chasseur avec son regard foudroyant à la Frédéric, et dit: — Lebrecht, je crois que nous sommes lunatiques, que nous voyons des revenants et que nous faisons un tintamarre tout à fait inutile?

— Très gracieux seigneur, répondit tranquillement le chasseur, faites-moi renvoyer comme un coquin ordinaire si tout ce que je viens de vous raconter n'est pas de la plus grande vérité. Je le répète hardiment: Rupert est un coquin achevé.

— Comment, Rupert! s'écria le duc en colère; mon fidèle concierge, qui a servi la maison ducale pendant cinquante ans sans jamais laisser rouiller une serrure ou manquer l'heure d'ouvrir ou de fermer les portes, on l'appelle coquin!... Lebrecht, tu es possédé, tu es fou. — Mille tonnerres de...

Le duc s'arrêta comme à son ordinaire, quand il jurait, chose si contraire à la dignité ducale.

Le chasseur profita de ce moment pour dire bien vite: — Votre seigneurie entre tout de suite en colère et jure si horriblement! et cependant on ne peut se taire ni dire autre chose que la vérité!

— Qui est en colère, dit le duc avec calme, qui jure? — Ce sont des sots, ceux-là qui jurent! — Je veux que tu me répètes toutes l'affaire en peu de mots, pour que je puisse l'exposer à mes conseillers dans une séance secrète, et y prendre des résolutions sur ce qu'il y a à faire. Si Rupert est vraiment un coquin, — enfin, on saura ce qu'il faudra faire alors.

— Comme je l'ai dit, commença le chasseur, en reconduisant hier soir Mlle Julie, ce même homme qui tourne ici autour, passa devant nous. Eh, me dis-je à moi-même, je l'attraperai bien, celui-là; ayant conduit cette chère demoiselle jusque dans sa chambre, j'éteignis mon flambeau et me plaçai dans un coin obscur. Peu d'instants après, ce même homme sortit des buissons et frappa doucement à la porte. Je m'approchai avec précaution. Une jeune fille ouvre la porte et fait entrer l'étranger. C'était Nancy, vous la connaissez sans doute, monseigneur, la belle Nancy de Mme Benzon?

— Coquin! s'écria le duc, ce n'est point à des têtes

couronnées que l'on parle de belles Nancy ; mais continue, mon fils.

— Oui, la belle Nancy, répéta le chasseur. Je ne l'aurais pas crue capable d'aussi sottes liaisons. Ce n'est donc qu'un misérable rendez-vous, me dis-je à moi-même ; mais je demeurai convaincu qu'il y avait encore autre chose derrière cela. Je restai devant la maison. Après un temps assez long, revint madame la conseillère, et à peine fut-elle entrée, qu'on ouvrit au-dessus de moi une croisée et que l'étranger, en sautant avec une agilité incroyable, tomba au milieu des œillets que Mlle Julie soigne elle-même avant tant de zèle. Le jardinier se plaint à grands cris ; il est devant la porte avec ses pots cassés et veut parler lui-même à monseigneur ; mais je n'ai pas voulu le laisser entrer parce que ce gueux-là a déjà bu un bon coup.

— Lebrecht, cela ressemble à une imitation, dit le duc, car j'ai vu la même chose à Prague dans un opéra de M. Mozart, nommé *Le Mariage de Figaro*. Reste fidèle à la vérité, chasseur !

— Je ne dis pas une syllabe que je ne puisse confirmer par serment, dit Lebrecht. — Cet homme était tombé et je crus le saisir ; mais il se leva prompt comme l'éclair et s'en fut. — Où pensez-vous, monseigneur ?

— Je ne pense rien du tout ! répondit le duc avec solennité ; ne me tourmente pas avec d'inutiles questions sur mes idées, chasseur, mais continue tranquillement, jusqu'à ce que l'histoire soit finie ; ensuite je penserai.

— Il s'en fut droit vers le pavillon inhabité. — Oui, inhabité ! Dès qu'il eut frappé à la porte je vis de la lumière en dedans et celui qui sortit n'était autre que le bon, l'honnête M. Rupert, qui fit entrer l'étranger et referma la porte sur lui. Vous voyez, monseigneur, que Rupert est allié à des hôtes très dangereux qui certainement cherchent à cacher un mauvais dessein. Qui sait où ils en veulent venir, et s'il ne serait pas possible que mon très gracieux seigneur fût menacé par de mauvais coquins, ici, dans son paisible Sieghartshof !

Le duc Irénéus se croyant un personnage fort important, il était très naturel qu'il rêvât de temps en temps de conjurations et de guet-apens. Les derniers mots du chasseur lui tombèrent lourdement sur le cœur, et il se perdit pendant quelques instants dans de sombres réflexions.

— Chasseur, dit-il ensuite en ouvrant des yeux énormes, chasseur, tu as raison. Cet étranger qui rôde ici, cette lumière dans le pavillon sont des choses beaucoup plus importantes que cela ne paraît d'abord. — Ma vie est dans la main de Dieu ! Mais je suis entouré de serviteurs fidèles, et si l'un d'entre eux se sacrifiait pour moi, je n'oublierais certainement pas sa famille. — Répands cela parmi mes gens, bon Lebrecht. — Tu sais qu'un cœur ducal est libre de toute faiblesse humaine, de toute crainte de la mort, mais on a des devoirs envers son peuple, c'est pour lui qu'il faut se conserver, surtout quand l'héritier du trône est encore mineur. Je ne quitterai donc le château que lorsque cette conjuration sera découverte. Le garde-chasse doit se rendre ici avec tous les chasseurs sous ses ordres, et tous mes domestiques prendront les armes. Qu'on entoure le pavillon, qu'on barricade le château, ayez-en soin, mon bon Lebrecht. Moi-même je mettrai mon couteau de chasse ; et toi, charge mes pistolets à deux coups, mais n'oublie pas de pousser la targette, pour qu'il n'arrive pas de malheur. Qu'on m'apporte des nouvelles quand on donnera l'assaut au pavillon, et quand on forcera les mutins à se rendre, afin que je puisse me retirer dans mes appartements de l'intérieur. Que l'on fouille soigneusement les prisonniers avant de les conduire devant mon trône, car l'un d'eux est réduit au désespoir. — Mais, pourquoi restes-tu là, pourquoi me regardes-tu, pourquoi souris-tu, qu'est-ce que cela veut dire ?...

— Eh, très gracieux seigneur, répondit le chasseur d'un air fin, je pense qu'il n'est pas du tout nécessaire de faire venir le garde-chasse avec ses gens.

— Pourquoi pas ? demanda le duc avec colère. Je crois presque que tu te permets de me contredire ? et chaque instant fait croître le danger ! Mille tonnerres de... — Lebrecht, jette-toi sur un cheval, le garde-chasse, ses gens, des fusils chargés, qu'ils viennent tout de suite !

— Mais ils sont déjà ici, monseigneur.

— Comment? quoi? s'écria le duc en ouvrant la bouche pour exprimer son étonnement.

— Le soleil était à peine levé que je me trouvais chez le garde-chasse; et le pavillon est déjà si bien entouré que pas un chat n'en peut sortir.

— Tu es un excellent chasseur, et un fidèle serviteur de la maison ducale, dit le duc attendri, si tu me tires de ce danger, tu peux compter sur une médaille, que j'inventerai moi-même et que je ferai faire en or ou en argent, selon le nombre des personnes qui seront tombées dans l'assaut contre le pavillon.

— Si vous le permettez, monseigneur, nous nous mettrons tout de suite à l'œuvre en enfonçant la porte du pavillon et en saisissant toute l'engeance qui s'y cache; je le prendrai ce maudit coquin qui sait si bien sauter, qui m'a si souvent échappé, ce gueux-là qui a tourmenté Mlle Julie.

— Quel gueux a tourmenté Julie? dit Mme Benzon en entrant dans la chambre. De quoi parlez-vous, Lebrecht?

Le duc s'avança vers elle avec solennité, comme un héros auquel il vient d'arriver quelque grande et affreuse aventure, et qui recueille toutes les forces de son âme pour la supporter. Il saisit la main de la conseillère, la pressa tendrement, et dit ensuite d'une voix attendrie: — Benzon! même dans la solitude la plus complète, le danger suit les têtes couronnées, tel est le sort du prince, que toute sa douceur, sa bonté ne le préservent pas du démon infernal qui réveille l'envie et l'ambition dans le cœur des vassaux infidèles! Benzon, la trahison la plus noire a levé contre moi sa tête de Méduse, vous me trouvez dans le danger le plus imminent. Mais bientôt le dénouement sera arrivé, et c'est à ce fidèle sujet que je devrai ma vie et mon trône. S'il doit en arriver autrement, je me soumettrai à mon sort! je sais, Benzon, que vous conservez vos sentiments pour moi, et je puis dire comme le roi de cette tragédie avec laquelle la princesse Hedwige m'a gâté le thé l'autre soir: Rien n'est perdu, car vous me restez! Embrassez-moi, chère Benzon! — Ma douce Amélie, nous sommes et nous restons les mêmes! — Bon Dieu, je crois que je radote dans mon angoisse!

— Soyons calmes, ma chère, quand les traîtres seront pris, je les anéantirai d'un regard. — Chasseur, qu'on commence l'attaque du pavillon !

Le chasseur voulut partir.

— Arrêtez ! s'écria Mme Benzon, quel pavillon ?

Le chasseur fut obligé de répéter son rapport. Mme Benzon parut vivement s'intéresser à ce récit. Enfin elle éclata de rire, et dit :

— Voilà un malentendu fort comique. Je vous prie, monseigneur, de renvoyer, à l'instant, le garde-chasse avec ses gens. Il n'est pas question d'une sédition, vous n'êtes pas dans le moindre danger. L'inconnu du pavillon est déjà votre prisonnier.

— Qui ? demanda le duc étonné ; quel malheureux habite le pavillon sans ma permission ?

— C'est le prince Hector ! lui dit Mme Benzon à l'oreille.

Le duc recula de trois pas, comme frappé par une main invisible, ensuite il s'écria : — Qui ? est-il possible ! Benzon, est-ce que je rêve ? le prince Hector ? — Ses regards tombèrent sur le chasseur, qui dans son embarras tortillait son chapeau entre ses mains : — Chasseur, cria le duc ! va-t'en au diable, que le garde-chasse parte avec ses gens ! personne ne doit se laisser voir ! — Benzon, continua-t-il en se tournant vers elle, chère Benzon, le croirez-vous, Lebrecht a appelé le prince un coquin, un gueux ! — Le malheureux ! — Mais cela reste entre nous, c'est un secret d'Etat ! — Mais expliquez-moi donc, pourquoi le prince dit qu'il part, et qu'il se cache ensuite, comme un aventurier ?

Mme Benzon se voyait tirée d'un grand embarras par le rapport du chasseur. Convaincue, comme elle l'était, qu'elle ne pouvait découvrir au duc ni la présence du prince, ni son plan contre Julie, elle sentait aussi que chaque instant pouvait trahir un secret qu'elle avait tant de peine à conserver. Maintenant, puisque le prince courait le risque d'être tiré de sa cachette d'une manière peu honorable, elle pouvait parler sans danger pour Julie. Elle dit donc au duc que probablement une querelle amoureuse entre Hedwige et le prince avait poussé celui-ci à se cacher dans le voisinage avec son valet de chambre ; que tout cela avait, sans doute, une teinte romanesque, mais qu'elle était naturelle aux amoureux. Que du reste, le chambellan était l'amant très zélé de Nancy, et avait ainsi trahi le secret.

— Ah, Dieu soit loué ! s'écria le duc ; c'était donc le valet de chambre et non le prince qui s'était introduit dans votre maison et qui a sauté ensuite par la croisée sur les fleurs, comme le page Cherubino. Cela me donnait déjà à penser. — Être prince, et sauter par la croisée, cela irait-il ensemble ?

— Eh ! dit Mme Benzon avec un petit sourire malicieux, je connais cependant un personnage ducal qui ne dédaignait pas ce chemin, quand...

— Vous me troublez, Benzon, vous me troublez excessivement. Laissons-là le passé et réfléchissons plutôt sur ce qu'il y a à faire avec le prince. Le diable emporte la diplomatie, la politique et l'étiquette dans cette maudite position ! Dois-je l'ignorer ? dois-je le trouver par hasard ? dois-je ?... dois-je ?... Tout tourne dans ma tête. Voilà ce qui arrive quand des têtes royales s'abaissent à des tours de roman !

Mme Benzon ne savait pas, en effet, comment s'arranger avec le prince ; mais ils furent tirés de cet embarras, car avant qu'elle eût pu répondre, le vieux concierge Rupert entra avec un petit billet fermé, le remit au duc et ajouta qu'il venait d'un haut personnage, qu'il avait l'honneur de tenir sous sa clef tout près de là.

— Tu savais donc, Rupert ? dit très gracieusement le duc au vieux. Eh bien, je t'ai toujours cru un fidèle serviteur de ma maison ; tu t'es montré tel en obéissant aux ordres de mon noble gendre. Je penserai à ta récompense. — Rupert le remercia dans les termes les plus humbles, et s'éloigna. — Il arrive très souvent, dans la vie, que quelqu'un passe pour très probe et très vertueux, au moment même où il vient de faire une friponnerie. C'est ce que pensait Mme Benzon, mieux instruite des desseins criminels du prince, et convaincue que le vieil hypocrite, Rupert, connaissait le secret.

Le duc ouvrit le billet et lut :

« Dans ces vers d'un grand poète, vous trouverez, monseigneur, la cause de mon éloignement mystérieux. Je ne me croyais pas aimé de celle que j'adore, de celle qui est ma vie, qui réunit mes désirs et mes espérances, et qui a enflammé mon cœur d'un feu dévorant. Je suis heureux ! je viens de reconnaître le contraire, je sais depuis quelques heures que je suis aimé et je sors de ma cachette. — Amour et bonheur, voilà la devise par laquelle je m'annonce. — Bientôt je vous saluerai avec la vénération d'un fils.

HECTOR. »

Le duc parcourut ce billet deux ou trois fois, et plus il le lisait, plus ses sourcils se fronçaient. — Benzon, qu'est-il arrivé au prince ? dit-il enfin. Des vers italiens à un beau-père couronné, au lieu d'une déclaration formelle et raisonnable ? — A quoi bon tout cela ? — Il n'y a pas de bon sens ! — Le prince paraît exalté d'une manière extraordinaire. Les vers parlent, à ce que je puis comprendre, des tourments de la jalousie et du bonheur de l'amour. Que veut-il dire par la jalousie, de qui, pour l'amour du ciel, peut-il être jaloux ? — Dites-moi, ma chère Benzon, trouvez-vous dans ce billet seulement un grain de bon sens ?

Mme Benzon fut saisie d'effroi en comprenant le sens caché du billet, et en même temps elle ne put s'empêcher d'admirer la tournure fine que le prince avait su donner à tout cela, pour pouvoir sortir sans gêne de sa cachette. Elle se garda bien d'en parler au duc, et tâcha, au contraire, d'en tirer autant de profit que possible. Kreisler et maître Abraham étaient les seules personnes dont elle craignait l'opposition à ses projets secrets, et elle se servait de toutes les armes que le hasard lui présentait. Elle rappela donc au duc ce qu'elle lui avait dit de la passion de la princesse, qui certainement avait pu échapper aussi peu à la sagacité du prince, que les manières bizarres de Kreisler, et elle ajouta que peut-être il avait craint une liaison secrète entre eux. Tout cela expliquait suffisamment pourquoi le prince avait persécuté Kreisler jusqu'à la mort, pourquoi, croyant l'avoir tué, il avait fui le désespoir de la princesse, et pourquoi en apprenant que Kreisler existait, il était revenu, poussé par l'amour, et avait surveillé la princesse en secret. La jalousie, dont parlaient les vers, avait donc Kreisler pour objet, et il devenait d'autant plus urgent de bannir ce Kreisler de la cour, qu'il paraissait avoir fait, avec maître Abraham un complot contre tous les projets du duc.

— Benzon, dit le duc très sérieusement, j'ai réfléchi sur ce que vous m'avez dit de cet indigne penchant de la princesse, et je n'en crois pas un mot. Il coule du sang royal dans les veines de la princesse.

— Croyez-vous donc, monseigneur, reprit Mme Benzon avec vivacité et en rougissant jusqu'au blanc des yeux ; croyez-vous donc qu'une femme royale peut régler les pulsations de son cœur mieux qu'une autre ?

— Vous êtes dans une disposition fort singulière aujourd'hui, conseillère ! dit le duc avec humeur. Je le répète : si dans le cœur de la princesse il s'est élevé quelque sotte passion, eh bien, ce n'était qu'un accident maladif, une crampe, pour ainsi dire, — elle souffre de spasmes — dont elle sera bientôt revenue. Mais pour ce qui est de Kreisler, je le trouve fort amusant, quoique manquant d'une certaine culture. Je ne puis lui supposer l'insolente hardiesse de devenir amoureux d'une princesse. Il est hardi, mais d'une tout autre manière. Croiriez-vous, Benzon, qu'avec ses manières bizarres une princesse ne ferait aucune impression sur lui, en supposant même qu'une personne aussi élevée pût s'abaisser jusqu'à l'aimer. Car, entre nous soit dit, il n'a pas un grand respect pour les têtes couronnées, et cette ridicule et absurde folie le rend incapable de rester à la cour. Qu'il en vive donc éloigné ; mais s'il revient, il sera le bienvenu chez moi, après ce que le maître Abraham m'en a dit. — Pour maître Abraham, laissez-le hors du jeu, madame, les complots qu'il a faits ont toujours été pour le bonheur de la maison ducale. — Qu'est-ce que je voulais dire, — oui : — non seulement le maître de chapelle a été obligé de s'enfuir d'une manière fort inconvenante, quoique je l'eusse reçu avec bonté, mais il est et il reste un homme fort spirituel, qui m'amuse malgré ses bizarreries, et cela suffit !

La conseillère étouffait de rage en se voyant éconduite aussi froidement. Voulant descendre gaiement le torrent, elle avait heurté contre un écueil caché.

Un grand bruit se fit entendre dans la cour. Une longue file de voitures s'approcha, accompagnée d'une compagnie de hussards du grand duc. Le grand maître des cérémonies, le président, les conseillers du duc, plusieurs personnes de la haute société de Sieghartsweiler descendirent à la porte. La nouvelle d'une révolution dirigée contre la vie du duc était parvenue jusque dans la ville, et les fidèles avec d'autres admirateurs de la cour arrivaient pour entourer la personne du duc, amenant les défenseurs de la patrie que le gouverneur leur avait très difficilement accordés.

Les assurances de l'assemblée, qu'elle était prête à donner sa vie pour le très gracieux seigneur, ne permirent pas au duc de placer un mot. Il voulut commencer enfin, quand l'officier qui commandait les hussards entra, pour lui demander le plan des opérations militaires.

Il est dans la nature humaine que, lorsqu'un danger se dissipe, la sécurité nous cause le plus grand dépit. L'idée d'avoir échappé à un véritable danger, et non celle, qu'il n'y en avait pas du tout, nous fait plaisir.

Le duc avait donc beaucoup de peine à cacher sa mauvaise humeur, sa colère de ce tumulte inutile. Pouvait-il, devait-il dire que tout ce bruit avait été occasionné par le rendez-vous d'un valet et d'une femme de chambre, par la jalousie d'un prince amoureux ? Il se creusait inutilement la tête ; le silence solennel, qui régnait dans le salon, interrompu seulement par le hennissement courageux des chevaux devant la porte, l'écrasait. Il toussa enfin et commença avec emphase : — Messieurs ! La volonté miraculeuse du ciel... — Que voulez-vous, mon ami ?

Le duc s'interrompit lui-même par cette question, adressée au grand maître des cérémonies. Le grand maître avait fait plusieurs révérences et donné à entendre par ses regards, qu'il avait quelque chose d'important à dire. Il annonça l'arrivée du prince Hector.

Le visage du duc devint rayonnant ; il vit qu'il pourrait passer en peu de mots sur le danger supposé qui avait menacé sa cour et transformé comme par magie cette assemblée vénérable en une cour de réception. Il le fit.

Peu d'instants après, le prince parut, en grand uniforme, beau et fort comme le dieu qui envoie ses flèches au loin. Le duc fit quelques pas à sa rencontre, et recula comme frappé par la foudre. Ignace suivait le prince. Le prince ducal devenait malheureusement tous les jours plus absurde et plus stupide. Les hussards devaient lui avoir plu extrêmement, car il avait pris à l'un d'eux son sabre, sa giberne, et son schako, pour s'en parer. Il arrivait ainsi en sautillant, comme s'il était à cheval, le sabre nu dans la main, laissant traîner le fourreau en métal sur le parquet, et étouffant de rire d'une manière fort séduisante.

— Partez, — décampez, — allez-vous-en, — tout de suite ! cria le duc, les yeux étincelants et d'une voix de tonnerre, à Ignace effrayé, qui s'en fut au plus vite.

Aucun des assistants ne manqua de tact au point de remarquer le prince Ignace et toute la scène.

Le duc, rayonnant d'affabilité, dit alors quelques mots au prince, et l'un et l'autre se promenèrent ensuite dans le cercle, parlant à chacun. La réception était finie, c'est-à-dire les phrases spirituelles et profondément pensées, dont on se sert dans ces occasions, avaient été convenablement placées ; le duc conduisit le prince dans les appartements intérieurs de la duchesse, et ensuite dans la chambre de la princesse, Hector insistant sur le plaisir de surprendre sa bien-aimée. Ils y trouvèrent Julie.

Le prince vola vers Hedwige avec l'empressement de l'amant le plus passionné, pressa mille fois sa main contre ses lèvres, jura qu'il n'avait vécu que par son souvenir, qu'un malentendu affreux lui avait fait éprouver les tourments de l'enfer, que sa séparation d'avec celle qu'il adorait lui était devenue insupportable, et que maintenant il jouissait du bonheur des cieux.

Hedwige le reçut avec cette gaieté franche, qui ne lui était point naturelle. Elle répondait à ses tendresses comme une fiancée peut le faire, sans de trop grandes concessions, et elle alla même jusqu'à le tourmenter un peu de sa cachette et assurer qu'elle ne connaissait pas de changement plus agréable que celui d'une tête à perruque qu'elle avait cru voir à la croisée du pavillon, en une tête de prince. Cela donna lieu à d'aimables plaisanteries entre l'heureux couple, plaisanteries qui parurent égayer même le duc, qui crut reconnaître maintenant toute l'erreur de Mme Benzon, par rapport à Kreisler, l'amour d'Hedwige pour le plus bel homme ne se trahissant que trop. Pour Julie, dès qu'elle vit le prince, un frisson parcourut ses membres; pâle, les yeux baissés, elle pouvait à peine se soutenir.

Après quelques instants, le prince se tourna vers Julie et lui dit: — Mademoiselle Benzon est, si je ne me trompe, une amie de la princesse, depuis son enfance?

— Sa sœur pour ainsi dire! ajouta le duc en la présentant. Le prince saisit la main de Julie, et lui dit d'une voix à peine intelligible: — C'est toi!

Julie chancela, des larmes amères s'échappèrent de ses yeux, et elle serait tombée si la princesse ne l'avait soutenue.

— Julie, lui dit Hedwige, en se penchant vers elle, Julie, courage! Ne comprends-tu pas ce que je souffre?

Le duc ouvrit la porte et demanda de l'eau de Luce.

— Je n'en ai pas, dit maître Abraham qui entrait, mais j'ai de l'éther; quelqu'un s'est-il évanoui? l'éther est bon aussi!

— Entrez vite, répondit le duc, et secourez Mlle Julie.

Mais à peine maître Abraham fut-il entré dans le salon, qu'un événement fort inattendu eut lieu. Le prince resta pétrifié à sa vue, ses cheveux se dressèrent, la sueur de l'angoisse parut sur son front. Un pied en avant, le corps renversé, les bras étendus, il ressemblait à Macbeth au moment où il voit le spectre de Banco.

Le maître tira tranquillement le flacon de sa poche et s'approcha de Julie.

Le prince revint à la vie: — Est-ce vous, Severino? s'écria-t-il avec l'expression de l'horreur.

— Sans doute, répondit Abraham sans se troubler le

moins du monde ; sans doute, je suis enchanté que vous vous souveniez de moi, monseigneur ; j'ai eu l'honneur de vous rendre à Naples un petit service, il y a quelques années.

Le maître s'avança de nouveau, mais le prince le saisit par le bras, le tira dans un coin de la chambre, et commença la conversation suivante, que personne ne comprit parce qu'ils parlaient très vite le dialecte napolitain.

— Severino, d'où cet homme tient-il le portrait ? Sait-il...

— Non.

— Vous tairez-vous ?

— Pour le moment.

— Severino, vous êtes le diable même qui me poursuit ! qu'entendez-vous par là ?

— Tant que vous serez modéré, et que vous laisserez Kreisler et cette jeune fille en repos.

Le prince quitta maître Abraham et se mit dans l'embrasure d'une croisée. Julie était revenue à elle, et regardant Abraham avec l'expression de la plus profonde douleur, elle lui dit : — Oh cher maître, vous pourrez me sauver ; n'est-ce pas, votre savoir tournera tout à bien ? Le maître fut frappé du rapport de ces mots et de sa conversation ; il semblait que Julie avait deviné tout le secret.

— Tu es un ange, répondit-il tout aussi bas ; et le crime n'a pas de pouvoir sur toi. Aies confiance en moi, et prends courage. Pense aussi à notre Jean !

— Ah, s'écria-t-elle douloureusement, il reviendra, n'est-ce pas, je le reverrai ?

— Certainement, reprit le maître en posant le doigt sur sa bouche. Julie le comprit.

Le prince s'efforça de paraître calme, et raconta que cet homme, qu'on nommait Abraham, avait été témoin à Naples d'un événement fort tragique, dans lequel il avait été acteur lui-même ; qu'il n'était pas le moment d'en faire le récit, mais que plus tard il s'expliquerait volontiers.

L'agitation intérieure était trop violente pour ne pas laisser des traces, et la figure bouleversée du prince, où on ne voyait plus une goutte de sang, s'accordait fort mal avec cette conversation insignifiante. La princesse réussit mieux que lui à bannir la contrainte. Elle le poursuivait dans le labyrinthe de ses propres idées, avec cette ironie qui se joue du soupçon et de l'aigreur. Lui, l'homme le plus adroit, maniant toutes les armes de la perversité, ne pouvait résister à cet être incompréhensible. Plus Hedwige parlait avec vivacité, plus les éclairs de sa raillerie spirituelle devenaient fréquents et plus le prince parut troublé et tourmenté, jusqu'à ce qu'enfin sa position devînt insupportable. Il s'éloigna précipitamment.

Il arriva au duc ce qui lui arrivait toujours en pareils cas : il ne savait que penser. Il se contenta de quelques phrases françaises sans importance, auxquelles le prince répondit de la même manière.

Le prince était déjà sorti, quand Hedwige, changée dans tout son être et fixant le tapis, s'écria d'une voix forte : — Je vois la trace sanglante d'un assassin ! Puis revenant à elle, elle pressa Julie violemment sur son cœur, et lui dit : — Ange, mon pauvre ange, ne te trouble pas.

— Secrets, sottises, extravagances, imaginations romanesques ! s'écria le duc avec humeur. Ma foi, je ne reconnais plus ma cour ! Maître Abraham, vous réglez mes montres quand elles ne vont pas bien ; ne pourriez-vous pas examiner le dérangement survenu dans ce rouage, qui autrefois ne s'arrêtait jamais ? Mais qu'est-ce que ce Severino ?

— C'est sous ce nom, répondit le maître, que je fis voir à Naples mes tours d'optique et de mécanique.

— Ah ! ah ! dit le duc en regardant fixement le maître comme s'il avait une question sur le bord des lèvres ; puis il se détourna brusquement et quitta la chambre en silence.

On avait cru que Mme Benzon était chez la duchesse ; mais elle était rentrée chez elle. Julie avait besoin du grand air, et le maître la conduisit dans le parc. En se promenant sous les allées presque dépourvues de feuillage, ils parlèrent de Kreisler et de son séjour dans l'abbaye. Ils arrivèrent à la hutte du pêcheur ; Julie y entra pour se reposer et vit la lettre de Kreisler sur la table : le maître la lui communiqua sans hésiter. Pendant cette lecture, les joues de Julie s'étaient colorées et ses yeux brillaient d'un doux feu, reflet d'une âme calme.

— Vois-tu bien, ma chère enfant, lui dit le maître avec affabilité, comme la douce influence de mon Jean se fait sentir sur toi, même dans l'éloignement! Qu'as-tu à craindre de ces projets criminels, si la constance, l'amour et le courage t'en préservent?

— Miséricorde divine! s'écria Julie en levant les yeux au ciel; préserve-moi de moi-même!

Ces mots involontaires la saisirent d'effroi, elle retomba sur son siège et couvrit de ses mains son visage brûlant.

— Je ne te comprends pas, mon enfant, et peut-être ne te comprends-tu pas toi-même; examine-toi donc à fond et ne te ménage pas par une fausse délicatesse.

Le maître abandonna Julie à ses sombres réflexions, et regarda, les bras croisés, la mystérieuse boule de cristal. Un doux pressentiment remplit son cœur.

— C'est toi que je questionnerai, dit-il, c'est à toi que je demanderai conseil, oh mystère sublime de ma vie. Fais-moi entendre ta voix! Tu sais que jamais je n'ai été un homme ordinaire, quoiqu'on m'ait souvent pris pour tel. En moi brûlait l'amour qui est l'âme de l'univers, et l'étincelle dans mon cœur se changea en flamme par le souffle de ton être. Ne crois pas, Chiara, que l'âge ait glacé ce cœur, et qu'il ne sache plus battre aussi rapidement que le jour où je t'arrachai au cruel Severino; ne crois pas que je sois moins digne de toi que lorsque tu es venue me trouver. Oui, fais-moi entendre ta voix, et je poursuivrai ce son avec tout le feu de la jeunesse, jusqu'à ce que je te retrouve; nous vivrons ensemble et nous pratiquerons la vraie magie, que tous reconnaissent sans y croire. Et si tu n'es plus sur la terre, si ta voix me parle du haut des cieux, je m'en contenterai, et je reviendrai plus fort que jamais!

— Maître, s'écria Julie, qui s'était levée et qui avait écouté avec le plus grand étonnement; maître, à qui parlez-vous, que voulez-vous faire? vous prononciez le nom de Severino; et le prince, revenant de son saisissement, vous nommait vous-même Severino. Quel horrible secret est caché dans ce nom ?

Abraham revint de son exaltation, et (ce qui ne lui était pas arrivé depuis longtemps) cette affabilité bizarre et presque ricaneuse, qui formait un contraste choquant avec ses manières cordiales, et donnait à tout son être l'expression d'une caricature un peu repoussante, se répandit sur ses traits.

— Ma belle dame, dit-il, de cette voix tranchante, dont les joueurs de gobelets annoncent ordinairement leurs miracles, ma belle dame, ayez un peu de patience ; j'aurai l'honneur de vous montrer ici les choses les plus étonnantes. Ces hommes qui dansent, ce petit Turc qui connaît l'âge de toutes les personnes, cet automate, cette palingénésie, ces images difformes, ces miroirs optiques ; toutes ces choses sont de charmants joujoux magiques ; mais le meilleur manque, ma fille invisible est arrivée. Voyez, la voilà dans la boule de cristal, mais elle ne parle pas encore ; car elle est fatiguée du long voyage ; elle vient directement des Indes. Dans quelques jours elle parlera, et alors nous la questionnerons sur le prince Hector, sur Severino et sur les événements passés et à venir ! — Maintenant un petit amusement bien simple.

A ces mots, le maître se leva avec la promptitude et la vivacité d'un jeune homme, monta les machines, arrangea les miroirs magiques. Un mouvement subit se fit partout ; les automates se promenaient en tournant la tête, un coq battait des ailes en chantant, des perroquets poussaient des cris perçants, et Julie et le maître étaient aussi bien devant la porte que dans la chambre. Julie, quoique bien habituée à toutes ces folies, se sentit cependant saisie de crainte en voyant l'exaltation d'Abraham. — Maître, s'écria-t-elle tout effrayée, que vous est-il donc arrivé ?

— Mon enfant, répondit le maître d'un ton sérieux, il m'est arrivé quelque chose de beau et de miraculeux, mais il ne convient pas que tu le saches. Laisse finir leurs grimaces à ces machines, pendant que je te confierai ce qui te sera utile et nécessaire. Ma chère Julie, ta mère t'a fermé son cœur, moi je t'ouvrirai le mien pour que tu puisses y lire le danger qui te menace, et que tu puisses lui échapper. Apprends sans plus de détour, que ta mère n'a décidé rien autre chose que de te...

LE MANUSCRIT DE MURR

... cependant n'en rien faire, jeune chat, sois modeste comme moi, et ne te mets pas tout de suite à faire des vers lorsque la simple prose suffit pour exprimer tes idées. Les vers doivent être dans un livre en prose ce que le lard est dans le boudin, c'est-à-dire entremêlés en petits morceaux, et donner à l'ensemble plus de luisant et de gras, plus d'agrément au goût. Je ne crains pas que mes collègues poétiques trouvent cette comparaison commune et triviale, puisqu'elle est prise dans notre mets favori.

Quelque indignes, et même quelque misérables que me parussent, d'après mes principes philosophiques et moraux, la position de Punto, sa manière de vivre, ses moyens de plaire à son maître, je ne fus pas moins ébloui par ses manières dégagées, son élégance, sa grâce séduisante. Je voulais absolument me convaincre que mon grand savoir, et le sérieux que je mettais à tout ce que je faisais, me mettaient beaucoup au-dessus de l'ignorant Punto, mais un sentiment invincible me disait que Punto m'éclipserait partout : je me sentais forcé de reconnaître sa supériorité sur moi. Une tête de génie comme la mienne fait à chaque occasion, à chaque expérience, des réflexions toutes personnelles, et c'est ainsi que, réfléchissant à ma disposition morale et à mes rapports avec Punto, je fis certaines observations agréables qui méritent d'être communiquées. D'où vient, me dis-je en moi-même en posant ma patte contre mon front, d'où vient que ces grands poètes, ces grands philosophes, spirituels d'ailleurs, se montrent si gauches dans ce qu'on nomme le grand monde ? Ils sont toujours là où ils ne devraient pas être, ils parlent quand ils devraient se taire, et ils se taisent, lorsqu'une réponse serait nécessaire ; ils heurtent sans cesse la forme existante de la société, et se blessent eux et les autres. En un mot ils ressemblent à celui qui rentre seul dans la ville au moment où une file de gais promeneurs sort paisiblement des barrières, et qui dérange tout le monde en poursuivant impétueusement son chemin. On l'attribue, je sais, au manque d'habitude du monde qu'on ne saurait acquérir dans son cabinet ; mais je pense, moi, que cette habitude serait facile à prendre, et que leur invincible gaucherie doit avoir une autre cause. Celui-là ne serait ni grand poète, ni grand philosophe qui ne sentirait pas sa prépondérance ; mais il faudrait qu'il manquât de ce sentiment délicat, propre à tout homme d'esprit, s'il ne comprenait pas qu'on ne peut reconnaître cette prépondérance, parce qu'elle détruit l'équilibre vers lequel tendent tous les efforts de la haute société. Chaque ton doit se perdre dans l'accord de l'ensemble ; mais le ton du poète est dissonnant, et par conséquent un mauvais ton dans ce moment-là, fût-il excellent dans toute autre position, car il ne va pas avec l'ensemble. — Le bon ton est comme le bon goût ; il consiste uniquement à éviter tout ce qui est déplacé. Je crois ensuite que la mauvaise humeur, provenant du sentiment contradictoire de sa propre supériorité et de son apparition déplacée, embarrasse le poète et le philosophe sans expérience du monde. Il est nécessaire qu'on ne s'estime pas trop haut soi-même, pour se conformer au bon ton, qui n'a d'autre but que de polir toutes les pointes, et toutes les aspérités, et de changer toutes les physionomies en une seule. Libre de toute mauvaise humeur, l'esprit dégagé, il reconnaîtra facilement l'essence de cette haute culture, et les misérables principes sur lesquels elle repose, et cette connaissance seule l'initiera dans ce monde qui exige cette culture comme indispensable. Il en est autrement des artistes, invités comme le poète et le philosophe à fréquenter la haute société, pour qu'un grand personnage puisse se donner des airs de Mécène. Il reste toujours quelque chose du métier à ces artistes, et voilà pourquoi ils sont ordinairement soumis jusqu'à l'abjection, ou arrogants jusqu'à l'insolence.

(Remarque de l'éditeur.) — « Murr, je suis fâché que tu te pares si souvent de plumes étrangères ; tu perdras par là considérablement aux yeux du bienveillant lecteur. — Toutes ces réflexions, dont tu te vantes, ne viennent-elles pas de la bouche du maître de chapelle Kreisler, et est-il possible que tu aies pu recueillir assez d'expérience pour pénétrer le cœur d'un écrivain, la chose du monde la plus bizarre ? »

— Pourquoi, me dis-je ensuite, un matou d'esprit, fût-il même poète, écrivain ou artiste, ne réussirait-il pas à s'élever à cette connaissance du bon ton, et à se présenter lui-même avec toute la grâce et la beauté extérieures possibles ? — La nature aurait-elle donc accordé cet avantage seulement à l'espèce des chiens ? Sans doute nous, chats, nous différons un peu de cette espèce hautaine, par l'habillement, par la manière de vivre et les habitudes ; mais cependant nous sommes formés tout aussi bien qu'eux de chair et d'os, de corps et d'âme, et les chiens ne s'y prennent pas autrement que nous pour soutenir leur vie. Les chiens aussi mangent, ils boivent, ils dorment et ils souffrent quand on les rosse. — Je résolus de me mettre sous la direction de mon jeune ami comme il faut, du barbet Punto, et je rentrai dans la chambre de mon maître. Un regard dans la glace me prouva que la ferme volonté d'arriver au bon ton, avait eu déjà une influence avantageuse sur mon extérieur. Je me regardais avec une parfaite satisfaction. — Est-il un état plus doux que celui d'être content de soi ? — Je filais !

— Le lendemain je ne me contentai pas de m'asseoir devant la porte ; je me promenai dans la rue et je vis de loin M. le baron Alcibiade de Wipp, et derrière lui mon ami Punto. Il ne pouvait venir plus à propos ; je me composai avec autant de dignité que possible, et m'approchai de mon ami avec cette grâce inimitable qui ne peut être donnée par l'art. Mais ! quel accueil m'attendait ! — Dès que le baron m'aperçut il s'arrêta, me regarda fixement avec sa lorgnette, et s'écria : — Allons Punto. Au chat ! Au chat ! — et Punto, ce faux ami, se précipita sur moi avec fureur. Saisi, mis hors de moi-même par cette infâme trahison, j'étais incapable de me défendre, et je me baissai autant que possible pour éviter les dents pointues que Punto me montrait en grognant. Il sauta plusieurs fois par-dessus moi sans me mordre, et me dit à l'oreille : — Murr, ne sois pas assez fou pour avoir peur. Tu vois bien que je plaisante, et que je le fais seulement pour plaire à mon maître ! Alors il répéta ses bonds, et fit même comme s'il me saisissait par les oreilles, mais sans me blesser le moins du monde. — Maintenant, me dit-il enfin, maintenant décampe, mon ami ; là, dans ce soupirail ! — Je ne me le fis pas dire deux fois et je partis comme un trait. — Malgré l'assurance de Punto, qu'il ne me ferait aucun mal, j'avais eu grand-peur, car on ne peut savoir au juste dans ces moments critiques, si l'amitié sera assez forte pour vaincre le naturel.

M'étant sauvé dans la cave, Punto continua la comédie qu'il avait commencée en l'honneur de son maître. Il se mit à aboyer devant le soupirail, passa la tête à travers les barreaux, et fit semblant d'être furieux de ce que je lui avais échappé. — Vois-tu, me dit-il ensuite, vois-tu, reconnais-tu maintenant les bons résultats de la haute culture ? Je viens de me montrer obéissant et soumis à mon maître, sans m'attirer ta haine, bon Murr. Voilà comment agit l'homme du monde que le sort a fait instrument dans les mains d'un homme puissant. Si on l'ordonne il faut qu'il se précipite sur qui que ce soit, mais il doit avoir assez d'adresse pour ne mordre que quand cela convient à ses propres intérêts.

J'expliquai alors en peu de mots à mon ami comme j'étais décidé à profiter de sa haute culture, et lui demandai de quelle manière il pourrait me l'enseigner. Punto refléchit un instant et dit ensuite qu'il vaudrait mieux me donner tout de suite une idée bien précise du grand monde, dans lequel il avait le plaisir de vivre, et que cela ne pouvait se faire mieux qu'en l'accompagnant le même soir chez la charmante Badine, qui tenait cercle pendant le théâtre. Badine était une levrette au service de la première dame d'atours. — Je me parai aussi bien que possible, je lus quelques pages de Knigge et parcourus quelques nouvelles comédies de Picard, pour me montrer exercé dans la langue française, et je descendis ensuite devant la porte. Punto ne se fit pas attendre, et nous arrivâmes bientôt dans la chambre bien éclairée de Badine, où je trouvai une grande assemblée de barbets, de chiens-loups, d'épagneuls, et de lévriers, assis en cercle ou répartis en groupes séparés.

Le cœur ne me battait pas peu dans cette société d'ennemis. Plus d'un barbet me regardait avec étonnement et mépris, et semblait dire : — Que veut ce matou parmi nous, gens sublimes ! Par-ci, par-là, un chien-loup me montrait même les dents à me faire voir qu'il aurait bien voulu me sauter aux yeux, si les convenances, la dignité et le bon ton des assistants n'avaient pas défendu toute violence comme chose indécente. Punto me tira de mon embarras en me présentant à la belle maîtresse de la maison, qui m'assura avec une gracieuse condescendance qu'elle était enchantée de recevoir chez elle un chat de ma célébrité. — Alors seulement, quand Badine m'eut dit quelques mots, on fit attention à ma personne ; on m'accosta même, et l'on parla de mes écrits, qui, disaient-ils, les avaient vraiment amusés. Ces compliments flattaient ma vanité et je m'aperçus à peine qu'on m'interrogeait sans attendre ma réponse, qu'on vantait mon talent sans le connaître, qu'on louait mes ouvrages sans les comprendre. Un instinct naturel me fit répondre comme on me questionnait, c'est-à-dire, trancher sur tout et en expressions tellement générales, qu'on pouvait les appliquer à tout ce que l'on voulait, n'avoir aucune opinion et éterniser une conversation superficielle. — Punto m'assura en passant qu'un vieux chien-loup lui avait dit que, pour un matou, j'étais assez amusant, et que je montrais de la disposition pour la bonne conversation. — Un éloge pareil réjouirait l'esprit le plus morose.

Jean-Jacques Rousseau avoue en arrivant à l'histoire du ruban qu'il vola, et dont il laissa accuser une jeune fille, combien il lui en coûte de rappeler ce moment criminel de sa vie. — Je me trouve dans le même cas que ce biographe estimé. Sans doute, je n'ai pas un crime à avouer, mais, si je veux rester vrai, je ne puis taire une folie que je commis ce soir-là, qui me troubla pendant longtemps, et qui mit même ma raison en danger. Et n'est-il pas tout aussi difficile, même plus difficile d'avouer une folie qu'un crime ?

— J'étais depuis peu dans la société lorsque je fus saisi par un tel malaise, une telle mauvaise humeur, que je souhaitais d'être bien loin sous le poêle de mon maître. L'ennui, l'horrible ennui m'oppressait et me fit oublier toutes les convenances. Je passai doucement dans un coin éloigné pour céder au sommeil ; et toutes ces conversations que j'avais prises d'abord dans ma mauvaise humeur pour le jargon le plus fade, le plus vide de sens me parurent alors le bruit monotone du moulin, qui vous jette dans un doux assoupissement. Tout à coup, je crus voir devant mes yeux à demi fermés, un éclat éblouissant. Je regarde et je vois devant moi une charmante levrette, blanche comme la neige, appelée Minona, la belle nièce de Badine, à ce que je sus plus tard.

— Monsieur, me dit Minona, avec cette douce voix qui ne retentit que trop dans le cœur d'un jeune homme, monsieur, vous voilà bien seul. Vous paraissez vous ennuyer ? J'en suis fâchée ! Sans doute, un aussi grand poète que vous, transporté dans des régions élevées, doit trouver l'agitation de la société ordinaire très superficielle et insignifiante.

Je me levai un peu troublé, honteux que mon naturel l'eût emporté sur toutes les théories du bon ton, ce qui fit sourire Minona. Mais revenant aussitôt aux belles manières, je saisis la patte de Minona, et la serrant contre mes lèvres je parlai des moments d'inspiration, auxquels succombe souvent le poète. Minona m'écouta avec des marques visibles de l'intérêt le plus vif, de l'attention la plus soutenue, et je m'élevai à une exaltation si extraordinaire que je finis par ne plus me comprendre moi-même. — Minona ne me comprenait apparemment pas davantage, mais elle parut ravie et m'assura qu'elle n'avait jamais eu de plus grand désir que de connaître le grand Murr, et que le moment présent était un des plus beaux et des plus heureux de sa vie.

Que dirai-je ! je sus bientôt que Minona avait lu mes œuvres, mes poésies les plus sublimes, qu'elle ne les avait pas seulement lues, mais parfaitement comprises. Elle en récita plusieurs passages avec une grâce qui me transporta au ciel !

— Oh, charmante demoiselle ! m'écriai-je transporté de joie, vous avez récité mes vers, oh ciel ! est-il une plus douce récompense pour le poète !

— Murr, dit Minona avec douceur, matou de génie, pouvez-vous croire qu'un cœur sensible, qu'une âme poétiquement sentimentale puissent vous rester étrangers ? — A ces mots elle soupira profondément, et ce soupir me fit comprendre le reste. Qu'en arriva-t-il ? Je devins tellement amoureux de la belle levrette que dans mon aveuglement, je ne m'aperçus pas qu'elle s'interrompait au milieu de la conversation la plus tendre, pour parler de niaiseries avec un petit épagneul bien fat, qu'elle m'évitait pendant toute la soirée, qu'elle me traitait d'une manière qui aurait dû me prouver clairement qu'elle n'avait adressé ces éloges, cet enthousiasme, qu'à elle-même. — Je restai un fou aveuglé, je suivis la belle Minona à chaque pas ; je fis les plus beaux vers sur elle. Je la faisais l'héroïne de plus d'un roman absurde et charmant, je me faisais introduire dans beaucoup de sociétés où je n'aurais pas dû me montrer, et je recueillis plus d'un chagrin amer, plus d'une raillerie, plus d'une insulte affligeante.

Souvent, dans mes moments de calme, je reconnus moi-même la folie de mes actions ; mais ensuite je me rappelai Le Tasse, et tant d'autres poètes modernes, aux sentiments chevaleresques, qui ne cherchent qu'une dame à laquelle ils puissent adresser leurs poésies, et qu'ils adorent de loin, comme don Quichotte sa Dulcinée, et alors je ne voulais être ni moins sublime, ni moins poétique qu'eux, et je jurai une fidélité et un dévouement sans borne, jusqu'à la mort, à ce fantôme de mes rêves amoureux, à la belle et blanche levrette. Une fois saisi par ce singulier délire, je tombai d'une folie dans une autre, si bien que mon ami Punto, après m'avoir averti des affreuses mystifications qu'on me préparait, crut devoir s'éloigner de moi. Qui sait ce qui serait arrivé, si ma bonne étoile ne m'eût préservé ! Elle voulut qu'un soir je quittai fort tard la belle Badine pour aller voir ma bien-aimée Minona. Je trouvai toutes les portes fermées, et mes efforts pour entrer restèrent infructueux. Le cœur plein d'amour et de désir, je voulus du moins annoncer ma présence à la belle, et j'entonnai sous sa croisée une des plus tendres romances espagnoles qu'on ait jamais senties et composées. C'était la plus lamentable qu'on pût entendre !

J'entendis aboyer Badine, et même grogner la douce Minona ; mais au moment où j'y pensais le moins, on ouvrit précipitamment la croisée au-dessus de moi et l'on me jeta un seau d'eau glaciale sur le dos. On comprendra facilement la vitesse avec laquelle je rentrai chez moi. Le contraste du feu intérieur et de l'eau froide me donna une fièvre violente. Rentré chez mon maître je tremblais de froid. Il devina ma maladie à la pâleur de ma figure, de mes yeux éteints, de mon pouls irrégulier, et il me donna du lait chaud que je bus avec avidité, puis je me roulai dans la couverture de ma couchette, et je m'abandonnai entièrement à mon mal. D'abord mon délire me représenta des levrettes et des levriers ; ensuite mon sommeil devint plus calme, et enfin tellement profond que je crois sans exagération avoir dormi trois jours et trois nuits sans interruption.

— Au réveil, je me sentis gai et bien portant, j'étais guéri de ma fièvre, et (oh miracle !) de mon fol amour ! Je reconnus clairement l'extravagance que m'avait fait faire le barbet Punto ; je vis combien il était niais à moi, matou, de vouloir me mêler dans la société des chiens, qui se moquaient de moi parce qu'ils ne pouvaient comprendre mon esprit, et qui, forcés par la nullité de leur caractère de s'en tenir à la forme, ne pouvaient m'offrir qu'une coquille sans noyau. L'amour des sciences se réveilla en moi avec une force nouvelle, et l'intérieur de mon maître m'offrit plus de charmes que jamais. Les mois de l'âge mûr étaient arrivés, je ne fréquentai plus ni élégants, ni libertins, je sentis vivement qu'on n'avait besoin d'avoir ni l'un ni l'autre de ces travers, pour passer doucement sa vie.

Mon maître fut obligé de faire un voyage, et il crut convenable de me mettre en pension chez son ami le maître de chapelle Jean Kreisler. Une nouvelle période de ma vie commençant pour moi avec ce changement de domicile, je termine ce chapitre duquel, jeune chat, tu auras pu tirer plus d'une leçon pour l'avenir [115].

DIX-SEPTIÈME FRAGMENT

DE MACULATURE

— ... comme si des sons éloignés frappaient ses oreilles, et comme s'il entendait marcher les moines dans les corridors. Kreisler s'étant réveillé tout à fait, vit de ses croisées que l'église était éclairée, et il entendit le chant sourd du chœur. L'heure de minuit était passée, il fallait donc que quelque chose d'extraordinaire fût arrivé, Kreisler crut qu'un des vieux moines était mort subitement, et qu'on le déposait dans l'église. Il s'habilla précipitamment et s'y rendit. Dans le corridor, il rencontra le père Hilarion qui, à demi éveillé et à demi endormi, marchait en chancelant et tenant des cierges renversés, de sorte que la cire coulante menaçait à chaque instant de les éteindre. — Révérendissime prieur, dit-il à Kreisler, cela est contre tout ordre de chanter des litanies dans la nuit et à cette heure, et seulement parce que le frère Cyprien le demande. *Domine, libera nos de hoc monacho!*

Kreisler parvint enfin à prouver au père Hilarion qu'il n'était pas le prieur, et sut de lui avec peine qu'on avait apporté dans cette nuit, on ne savait d'où, un corps mort que le frère Cyprien seul paraissait connaître, et qui n'avait été certainement pas un homme commun, puisque le prieur, sur les instances de Cyprien, s'était décidé à chanter les litanies au moment même, pour que le lendemain après la première heure on pût procéder à l'inhumation.

Kreisler suivait le père dans l'église qui était peu éclairée, et offrait un aspect mystérieux. On n'avait allumé que les cierges du grand lustre en métal, qui descendait du plafond devant le maître-autel. La lumière vacillante éclairait à peine la nef de l'église en jetant sous les colonnades latérales des reflets tremblants, et donnaient une vie apparente aux statues des saints qui semblaient se mouvoir et s'approcher. Sous le lustre, à une clarté plus vive, on voyait le cercueil ouvert, contenant le corps, et les moines qui l'entouraient, pâles et immobiles, ressemblaient eux-mêmes à des morts sortis à minuit de leurs tombeaux. Ils chantaient d'une voix rauque et sourde les strophes monotones du *requiem*, et dans les pauses on entendait du dehors le souffle mystérieux du vent de la nuit, et les hautes croisées de l'église tremblaient comme si les âmes des morts eussent frappé aux vitres de la chapelle d'où l'écho envoyait des chants funèbres. Kreisler s'avança jusqu'à la ligne des moines, et reconnut dans le cadavre l'aide de camp du prince Hector. Les sombres esprits, qui exerçaient si souvent leur influence sur lui, s'éveillèrent et enfoncèrent sans pitié leurs griffes dans son cœur malade.

— Hasard moqueur, se dit-il en lui-même, m'amènes-tu ici pour que ce mort-là saigne à ma vue, comme on dit qu'autrefois le cadavre saignait à la vue du meurtrier ? Et ne sais-je pas qu'il a perdu tout son sang dans ces tristes moments où il expiait ses péchés sur le lit de douleur ? Il n'en a plus une goutte pour empoisonner son meurtrier, même s'il le voyait, et moins encore Jean Kreisler, car celui-là n'a rien de commun avec l'aspic qu'il écrasa au moment où il tendait sa langue pour le blesser à mort ! Ouvre les yeux, mort, que je puisse te regarder fixement, pour que tu voies que je suis pur de péché. Mais tu ne le peux ! Qui t'engagea à jouer la vie contre la vie, pourquoi jouais-tu ce jeu trompeur, quand tu n'étais pas résigné à perdre ? Mais tes traits sont doux et calmes, la douleur de la mort a détruit les traces du péché sur ta belle figure, et je pourrais dire que le ciel t'a reçu dans sa grâce, parce que l'amour remplissait ton cœur; mais ce n'est pas le moment. Si je m'étais trompé en toi? Si ce n'était point un méchant démon, mais mon bon génie qui eût élevé ton bras contre moi pour m'arracher à cet horrible sort qui m'attend? Ouvre les yeux, jeune homme si pâle, dis-moi tout par un regard, dussé-je en mourir de douleur ou d'angoisse, dût cette ombre noire qui s'élève derrière moi me saisir. Oui, regarde-moi, mais non, tu pourrais me regarder comme Léonard Eulinger, je pourrais croire que c'est lui qui vient descendre avec moi dans l'abîme, au fond duquel j'entends souvent sa voix éteinte. Comment, tu souris? Tes joues, tes lèvres se colorent? la mort ne t'a-t-elle pas touché? Non, je ne lutterai pas de nouveau avec toi, mais...

Kreisler, qui, sans le savoir, avait tenu ce monologue, agenouillé et la tête appuyée sur ses mains, se leva précipitamment, et eût certainement fait quelque extravagance si, au même moment les moines ne s'étaient tus, et si les enfants de chœur n'eussent commencé le *Salve regina* avec un doux accompagnement de l'orgue. Le cercueil fut fermé et les moines se retirèrent avec solennité. La sombre exaltation du pauvre Jean se calma. Accablé de douleur et d'attendrissement il suivait les moines la tête baissée. Il se disposait à sortir par la petite porte, quand d'un coin obscur se leva un homme qui s'avança vers lui avec précipitation. Les moines s'arrêtèrent, et la clarté de leurs cierges tomba sur un grand garçon robuste, de l'âge de dix-huit à vingt ans à peu près. Son visage, rien moins que laid, portait l'expression d'une dureté sauvage; ses cheveux noirs tombaient en désordre sur ses épaules; sa veste déchirée, de toile rayée, couvrait à peine sa nudité, et des caleçons en pareil état laissaient voir toute la vigueur de ses membres gigantesques.

— Sois maudit, toi qui te fis assassin de mon frère! s'écria-t-il avec une telle rage, que l'église en retentit. A ces mots, il s'élança comme un tigre sur Kreisler et le saisit à la gorge. Mais avant que, pétrifié à cette attaque imprévue, le maître de chapelle pût songer à sa défense, le frère Cyprien se plaça à côté de lui et dit d'une voix forte et imposante : — Giuseppo, misérable ! que fais-tu ici ? Où as-tu laissé ta grand-mère ? Va-t'en tout de suite. — Prieur, faites appeler les frères convers, pour qu'ils chassent ce meurtrier !...

A la vue de Cyprien, le garçon avait aussitôt lâché Kreisler. — Eh bien ! s'écria-t-il, ne faites donc pas tant de bruit, monsieur le Saint, parce qu'on veut défendre son droit. Je m'en vais ; vous n'avez pas besoin de me chasser. A ces mots il sortit précipitamment par une petite porte, qu'on avait oublié de fermer et par laquelle il était apparemment entré dans l'église. Les frères convers arrivèrent, mais on ne fut pas tenté de poursuivre ce téméraire au milieu de la nuit.

Il était dans la nature de Kreisler qu'un événement extraordinaire et mystérieux eût une influence heureuse sur son âme, quand il avait une fois vaincu l'orage, qui menaçait de l'abattre. Le prieur fut donc étonné du calme avec lequel il se présenta le lendemain, et de l'impression cruelle que lui avait faite la vue du cadavre de celui qui avait voulu l'assassiner, et qu'il avait tué dans un état de défense légitime.

— Ni l'Eglise, ni les lois séculières ne peuvent vous blâmer de la mort de cet homme criminel ; et cependant vous ne pourrez étouffer de longtemps les reproches de la voix intérieure qui vous dit que vous auriez été plus heureux de tomber vous-même, que de tuer votre ennemi. Mais laissons cela pour le moment ; j'ai quelque chose de plus pressant à vous dire. — Quel être mortel peut pressentir le changement que le moment à venir peut apporter ! — Il n'y a pas longtemps que j'étais convaincu que rien ne serait meilleur pour le salut de votre âme que de renoncer au monde et d'entrer dans notre saint ordre. — Maintenant je suis d'un autre avis, et quelque cher que vous me soyez, je vous conseille de quitter l'abbaye aussitôt que possible. Que cela ne vous donne pas mauvaise opinion de moi, mon cher Jean ; ne me demandez pas pourquoi je me soumets contre mon opinion à la volonté d'un homme qui menace de renverser tout ce que j'ai élevé avec tant de peine. Il faudrait pour me comprendre que vous fussiez profondément initié dans les secrets de l'Eglise, même si je voulais vous expliquer les motifs de mes actions. Je puis cependant vous parler plus librement qu'à tout autre. Sachez donc que dans peu de temps le séjour dans l'abbaye ne vous offrira plus cette paix dont vous avez joui jusqu'à présent; que vos études seront troublées, et que le cloître ne vous paraîtra plus qu'une triste prison. Toutes les règles de l'ordre sont renversées, cette liberté, en harmonie avec la vraie piété, cesse, et le sombre fanatisme d'un moine règne dans ces murs avec une sévérité inexorable. — O Jean! vos délicieuses mélodies ne transporteront plus nos âmes d'une pieuse ferveur, le chœur sera aboli et bientôt nous n'entendrons que les répons monotones des plus anciens moines, chantés d'une voix fausse et cassée!

— Et tout cela se fera d'après la volonté du moine Cyprien? demanda Kreisler.

— Il en est ainsi, mon cher Jean, répondit le prieur presque douloureusement, en baissant les yeux, et ce n'est pas de ma faute. Mais, ajouta-t-il, et d'une voix solennelle, tout ce qui contribue à la force et à la gloire de l'Eglise doit se faire, et aucun sacrifice n'est trop grand!

— Et qui est donc ce grand saint, dit Kreisler avec humeur, lui qui vous commande, lui qui a eu le pouvoir de me délivrer par un mot de cet assassin?

— Vous êtes enveloppé dans un secret, sans le connaître, mon cher Jean. Bientôt vous en saurez davantage, plus même que je n'en sais moi-même, et cela par le maître Abraham. — Cyprien, que nous appelons encore notre frère, est un des élus. Les puissances éternelles du ciel ont daigné se mettre en rapport immédiat avec lui; dès à présent nous devons le vénérer comme un saint. — Quant à ce qui regarde ce garçon qui s'était introduit dans l'église pendant les litanies, c'est un bohémien vagabond et à moitié fou, que notre garde a fait fouetter plusieurs fois, parce qu'il volait les poulardes dans les basses-cours des paysans. Pour chasser celui-là, il n'était pas besoin d'un miracle.

A ces derniers mots un sourire ironique se plaça sur les lèvres du prieur, qui disparut aussitôt.

Kreisler se sentit pénétrer de dépit; il reconnaissait que

le prieur jouait la comédie, malgré ses qualités et son esprit, et que les raisons qu'il lui avait données pour l'engager à entrer dans l'ordre avaient été tout aussi bien le prétexte d'un but caché que celles qu'il lui donnait alors. Il résolut de quitter l'abbaye et d'oublier tous ces secrets, qui pouvaient l'entraîner dans un labyrinthe sans issue. Pensant alors qu'il pourrait retourner à Sieghartshof, revoir et entendre celle qui était le seul objet de ses pensées, il se sentit agité par cette douce oppression, qui trahit toujours l'amour le plus brûlant.

Perdu dans ces réflexions, il se promenait dans la grande allée du parc, quand le père Hilarion vint à sa rencontre en lui criant : — Vous venez de quitter le prieur, il vous a tout dit ? Eh bien ! avais-je raison ? — Nous sommes tous perdus ! Ce pieux grimacier, — j'ai lâché le mot, nous sommes entre nous ! — Quand il arriva — vous savez de qui je veux parler — quand il arriva sous son capuchon à Rome, Sa Sainteté papale l'admit aussitôt à son audience. Il tomba à genoux et lui baisa sa mule ; mais au lieu de lui faire signe de se relever, Sa Sainteté le laissa là pendant plus d'une heure. « Voilà ta première pénitence ! » lui dit enfin Sa Sainteté en colère, et elle lui tint un long sermon sur les criminelles erreurs dans lesquelles Cyprien était tombé. Puis il reçut une longue instruction dans certains appartements secrets, et puis il partit ! Il n'y a pas eu de saint de longtemps ! Le miracle — vous avez vu le tableau — le miracle, dis-je, n'a reçu qu'à Rome sa vraie forme. — Je ne suis qu'un honnête bénédictin, un bon préfet de chœur, comme vous l'avouerez vous-même, et j'aime boire un bon verre de vin en l'honneur de la sainte église catholique ; mais ma seule consolation, est qu'il ne restera pas longtemps ici : il faut qu'il voyage. *Monachus in claustro non valet ova duo : sed quando est extra, bene valet triginta.* — Il finira par faire des miracles. — Voyez, Kreisler, le voilà dans l'allée, il nous a vus et il ne sait quelle contenance tenir.

Kreisler reconnut le frère Cyprien qui marchait dans l'allée d'un pas lent et mesuré, les yeux fixés au ciel, les mains jointes comme dans une pieuse extase. Le père Hilarion s'éloigna, maître Kreisler continua de regarder le moine dont la figure et les manières avaient quelque chose d'étrange qui le distinguait de tous les autres hommes. Des événements extraordinaires laissent des traces visibles, et peut-être était-ce quelque malheur peu commun qui avait donné au moine cet extérieur remarquable. Le moine voulut passer près de Kreisler; mais celui-ci se sentit disposé à barrer le chemin à cet envoyé sévère du chef de l'Eglise, à ce persécuteur du plus beau des arts. Il le fit par ces mots : — Permettez, révérendissime, que je vous exprime ma gratitude. Votre parole puissante m'a tiré des mains de ce polisson de bohémien; sans cela il m'eût étranglé comme une poule volée.

Le moine parut revenir d'un songe, passa sa main sur son front et regarda Kreisler comme pour se rappeler qui il était. Puis ses traits prirent l'expression d'un sérieux sombre et sévère, ses yeux étincelaient de colère, et il s'écria d'une voix forte : — Homme téméraire, vous auriez mérité que je vous abandonnasse à vos péchés [116] ! N'est-ce pas vous qui profanez le saint culte de l'Eglise, ce premier soutien de la religion, par des chansons mondaines ! N'est-ce pas vous qui avez troublé les cœurs les plus fervents, qui les avez détournés du ciel pour qu'ils s'adonnent à des plaisirs sensuels ?

Kreisler se sentit aussi blessé par ces reproches exagérés, que grandi par cette sotte hauteur d'un moine fanatique qu'on pouvait combattre avec des armes si légères.

— Si c'est un péché, dit-il très tranquillement en fixant Cyprien, si c'est un péché que de louer la puissance éternelle dans le langage qu'elle nous a donné, pour que ce don du ciel réveille en nous la ferveur de la piété, et l'espérance d'un avenir, si c'est un péché de s'élever sur les ailes du chant au-dessus de ce qui est terrestre, et de chercher Dieu avec un pieux amour, oh alors, révérendissime, vous avez raison et je suis un grand pécheur. Mais permettez-moi d'être d'une autre opinion et de croire fermement que le culte de l'Eglise manquerait de sa gloire la plus pure, si le chant se taisait.

— Priez donc la sainte Vierge, dit le moine avec sévérité et sécheresse, de tirer le voile qui couvre vos yeux, et de vous faire reconnaître votre blâmable erreur !

— Quelqu'un demanda à un compositeur, dit Kreisler en souriant avec douceur, comment il s'y prenait pour que sa musique d'Eglise fût pleine d'une pieuse extase. « Quand la composition ne veut pas bien aller, répondit ce pieux maître, alors je dis quelques *ave* en marchant dans la chambre et les idées me reviennent. » — Ce même maître, dit d'une grande composition d'Eglise : « Ce n'était que quand j'étais parvenu à la moitié de mon ouvrage, que je sentais qu'il était bon. Jamais aussi, je n'avais été si pieux que pendant ce temps : tous les jours je tombais à genoux et priais Dieu de me donner assez de force pour finir heureusement cet ouvrage. »

— Il me semble, mon révérend, que ni ce maître, ni ce vieux Palestrina ne se livraient pas au péché, et qu'un cœur, refroidi par un endurcissement fanatique, peut seul ne pas être enflammé par la piété de leurs chants.

— Créature ! qui es-tu, cria le moine avec colère, pour que je conteste avec toi, qui devrais te jeter la face contre terre à mes pieds ? — Sors de l'abbaye, et ne trouble plus ce saint lieu !

Révolté de ce ton impérieux, Kreisler lui dit avec véhémence : — Et qui es-tu donc, moine insensé ! pour t'élever au-dessus de tout ce qui est humain ? Es-tu pur de péchés ? n'as-tu jamais eu des projets dignes de l'enfer ? n'as-tu jamais trébuché sur le chemin glissant que tu poursuis ? et si la sainte Vierge t'a vraiment arraché à la mort, que tu avais peut-être méritée par quelque crime, elle ne l'a fait que pour que tu reconnaisses tes péchés avec repentir, mais non pour que tu te vantes avec un orgueil téméraire de la grâce du ciel et de la sainte couronne que tu n'obtiendras jamais.

Le moine lançait des regards irrités sur Kreisler en balbutiant des paroles inintelligibles.

— Et quand tu portais encore cet habit, moine orgueilleux !... continua Kreisler avec une agitation croissante, en lui présentant le portrait donné par le maître Abraham ; à peine le moine l'eut-il vu que, saisi de désespoir, il couvrit sa figure des deux mains et poussa un cri déchirant, comme frappé du coup de la mort.

— Sors de l'abbaye, moine criminel ! lui cria Kreisler.

Oh ! le saint ! si tu rencontres le voleur de poules, avec lequel tu es lié, dis-lui qu'une autre fois tu ne pourrais ni ne voudrais me sauver, mais qu'il y prenne garde, et qu'il ne vienne pas jusqu'à ma gorge, sinon, je l'empalerai comme une alouette ou comme son frère, car pour empaler… — Kreisler eut horreur de lui-même. Le moine était devant lui raide, sans mouvement, les mains sur sa figure, incapable d'articuler un son ; Kreisler crut voir le furieux Giuseppo. Il s'en fut épouvanté et se rendit à l'église où l'on chantait les vêpres, espérant calmer son âme profondément agitée. Les vêpres finies, les moines quittèrent le chœur, et les cierges furent éteints. Les idées de Kreisler s'étaient portées sur ces pieux et anciens maîtres dont il avait parlé dans sa querelle avec Cyprien. Des mélodies religieuses remplissaient son cœur ; il avait cru entendre chanter Julie, et l'orage de son âme s'était calmé. Il voulut sortir par une chapelle latérale, dont la porte donnait sur le long corridor qui conduisait à un escalier et ensuite à une chambre.

Kreisler, en entrant, vit un moine qui se soulevait des dalles sur lesquelles il avait été couché devant l'image miraculeuse de la sainte Vierge ; à la lueur de la lampe, il reconnut le moine Cyprien, pâle et comme saisi d'une faiblesse. Kreisler le secourut, et le moine lui dit d'une voix tremblante et plaintive : — Je vous reconnais, vous êtes Kreisler ; ayez pitié, ne m'abandonnez pas, conduisez-moi sur ces degrés, je m'y assoirai, mais placez-vous près de moi, tout près de moi, car la sainte Vierge seule doit nous entendre.

— Soyez miséricordieux, continua-t-il, après qu'ils furent assis, dites-moi si vous ne tenez pas ce portrait du vieux Severino, et si vous savez tout l'horrible secret.

Kreisler lui assura avec franchise qu'il tenait le portrait de maître Abraham Liskov, lui raconta tout ce qui s'était passé à Sieghartshof, et lui dit que ce n'était que sur certaines combinaisons qu'il avait deviné le crime, dont le portrait réveillait en lui le souvenir. Le moine paraissait profondément ému, et se tut un instant ; mais ayant repris ses forces, il dit d'une voix ferme : — Vous savez trop, Kreisler, pour ne pas savoir tout. Ce prince Hector, qui vous poursuit jusqu'à la mort, est mon frère cadet. Nous sommes les enfants d'un roi, et j'aurais hérité de son trône, si un orage passager ne l'eût renversé. La guerre s'étant déclarée, nous entrâmes tous les deux au service, et fûmes conduits à Naples, d'abord moi, puis mon frère. — J'étais adonné alors à tous les honteux plaisirs du monde, et surtout entraîné par la passion des femmes. Une danseuse, aussi belle que corrompue, était ma maîtresse, et une foule d'autres femmes partageait avec elle mes pensées.

Il arriva qu'un soir à la brune, je poursuivais deux personnes de ce sexe sur le Môle, je les avais presque atteintes, quand une voix pénétrante cria près de moi :

— Que ce petit prince est un charmant vaurien ! le voilà qui court après des filles, tandis qu'il pourrait se reposer dans les bras de la plus belle princesse ! — Mes regards tombèrent sur une vieille femme déguenillée, que j'avais vu saisir par les sbires dans la rue de Tolède, quelques jours auparavant, parce que dans une querelle, elle avait terrassé, avec sa béquille, un porteur d'eau très robuste.

— « Que me veux-tu, vieille sorcière », lui criai-je ; mais au même instant elle me couvrit d'un déluge d'injures, ce qui rassembla bientôt autour de nous les oisifs qui éclatèrent de rire en voyant mon embarras. Je voulus m'en aller, mais la vieille, sans se lever de terre, me retint par l'habit ; cessant tout à coup ses injures, et forçant sa hideuse figure à un sourire sardonique, elle me dit à voix basse : — Eh mon doux prince, ne veux-tu donc pas rester avec moi ? ne veux-tu pas entendre parler de l'ange de beauté qui raffole de toi ? — En disant ces mots, elle se leva péniblement en s'accrochant à mon bras et me parla à l'oreille d'une jeune fille, belle comme le jour, et encore innocente. Je pris cette femme pour une entremetteuse ordinaire, et je voulus m'en défaire avec quelques ducats ; mais elle ne prit pas l'argent, et me dit en riant lorsque je m'éloignai : — Allez, allez mon beau monsieur, bientôt vous me rechercherez, le cœur chagrin et oppressé. Quelque temps après, je ne pensais plus à la vieille, quand je vis un jour devant moi à la Villa Reale, une dame dont la taille me parut d'une grâce ravissante.

Je passai, et en la regardant, je crus que le paradis s'ouvrait à moi. — C'est ainsi que je pensais alors en vrai pécheur, et si je vous répète cette idée mondaine, c'est parce que maintenant, je réussirais difficilement à vous dépeindre une beauté terrestre. A côté de la dame marchait ou boitait, appuyée sur un bâton, une vieille femme mise avec beaucoup de décence, qui ne frappait que par sa taille extraordinaire et une certaine gaucherie dans ses mouvements. Malgré sa lourde toilette, malgré le bonnet enfoncé qui cachait une partie de sa figure, je reconnus en elle la vieille du Môle. Son sourire hideux, ses petits signes de tête me prouvèrent que je ne me trompais pas. Je ne pus détourner les yeux de la jeune et séduisante personne ; elle baissa les siens, et son éventail échappa de ses mains. Je le ramassai, et en le reprenant, je touchai ses doigts ; ils tremblaient ; dans ce moment, le feu de la passion la plus terrible, s'enflamma en moi, et je ne pressentis point que la première minute de l'épreuve cruelle, que Dieu m'avait imposée, était venue.

Étourdi, troublé, je m'aperçus à peine que la dame montait avec sa vieille compagne dans une voiture, arrêtée au bout de l'allée. Je ne revins à moi qu'en voyant partir la voiture ; je courus comme un furieux et j'arrivai à temps pour voir la voiture s'arrêter devant une maison dans cette rue courte, étroite et qui conduit à la grande place Largo delle Piane. La dame et la vieille descendirent, et la voiture partant aussitôt qu'elles furent entrées dans la maison, je pus croire avec raison que c'était leur demeure. Sur la place Largo delle Piane demeurait mon banquier, il signore Alessandro Sperzi, et je ne sais pourquoi il me vint l'idée de lui faire une visite. Il crut que je venais pour affaire et commença à me parler des miennes en détail, mais ma tête était remplie de cette dame, je ne pensais, je n'entendais qu'elle, et je me mis pour toute réponse, à raconter au signor Sperzi ma charmante aventure. Il sut m'en dire plus que je n'espérais, car c'était lui qui, tous les six mois recevait d'une maison d'Augsbourg des traites considérables, pour cette dame. On l'appelait Angela Benzoni, et la vieille, Magdalena Sigrun. Signor Sperzi de son côté était obligé de donner à la maison d'Augsbourg les nouvelles les plus détaillées sur la vie de la jeune personne, et on le regardait d'autant plus comme son tuteur que c'était lui qui avait dirigé son éducation, et qui réglait ses arrangements domestiques. Il croyait la jeune fille le fruit d'une liaison illégitime, entre des personnes du plus haut rang. J'exprimai au signor Sperzi mon étonnement de ce qu'on confiait un tel trésor à une femme aussi équivoque que la vieille, qui se traînait déguenillée dans les rues et qui faisait même le métier d'entremetteuse. Le banquier m'assura au contraire qu'il n'y avait pas de femme plus dévouée et plus honnête ; qu'elle soignait la jeune fille depuis sa deuxième année ; qu'elle se déguisait quelquefois en mendiante, par une bizarrerie qu'on pouvait bien lui pardonner dans ce pays de liberté et de masques. Je puis, je dois être court. La vieille me rechercha bientôt et me conduisit chez Angela, qui m'avoua, les joues couvertes du rouge de la pudeur, que son cœur était à moi. Jusque-là j'avais nourri l'erreur que la vieille était une infâme amie du vice ; mais je sus bientôt le contraire. Angela était chaste et pure comme la neige, et là où j'avais espéré allumer une ardeur criminelle, j'appris à croire en une vertu que maintenant je regarde comme un prestige infernal du diable. Plus ma passion s'enflammait, plus je me sentais disposé à écouter la vieille, qui me répétait sans cesse que je devrais épouser Angela, fût-ce même en secret, puis viendrait le jour où je pourrais poser la couronne sur le front de mon épouse. La naissance d'Angela était, à ce qu'elle disait, égale à la mienne.

Nous fûmes mariés dans l'église San Filippo. Je crus avoir trouvé le ciel, je renonçai à toutes mes liaisons, je donnai ma démission, on ne me vit plus dans les cercles où jadis je satisfaisais mes coupables penchants. Ce changement de vie me trahit. La danseuse que j'avais quittée découvrit où j'allais tous les soirs, et, espérant en tirer vengeance, elle révéla à mon frère le secret de mon amour. Mon frère me suivit et me surprit dans les bras d'Angela. Il excusa son importunité par une plaisanterie, et me fit des reproches sur ce que, dans mon égoïsme, je ne lui avais pas même accordé la confiance d'un ami ;

mais je ne vis que trop clairement l'étonnement que lui causait la beauté d'Angela. L'étincelle se changea bientôt en une flamme effrénée. Il vint souvent, quoique toujours dans les moments où il savait m'y trouver. Je crus remarquer que l'amour passionné d'Hector n'était point malheureux, et la jalousie déchira mon cœur. J'étais tombé sous la puissance de l'enfer. Un jour, en entrant chez Angela je crois entendre la voix d'Hector dans le cabinet, je reste pétrifié; mais au même moment Hector entre comme un furieux, la figure en feu, les yeux étincelants: — Maudit! tu ne te trouveras plus sur mon chemin, me crie-t-il en écumant de rage et en m'enfonçant son poignard dans la poitrine jusqu'à la garde. Le chirurgien déclara que l'arme avait traversé le cœur. La sainte Vierge a daigné me rendre à la vie par un miracle...

Le moine prononça ces dernier mots d'une voix tremblante, et tomba dans de sombres réflexions.

— Et que devint Angela? demanda Kreisler.

— Le meurtrier voulant jouir du fruit de son crime, répondit le moine d'une voix rauque, sa bien-aimée fut saisie d'une angoisse mortelle et expira dans ses bras. Du poison...

A ce mot le moine, retombant la face contre terre, râla comme un moribond, Kreisler tira la cloche et mit tout le cloître en mouvement; on accourut et l'on porta Cyprien évanoui dans l'infirmerie.

Kreisler trouva le lendemain matin le prieur d'une humeur fort gaie. — Ah! mon cher Jean, lui cria-t-il, vous ne voulez croire à aucun miracle moderne, et cependant vous avez opéré hier dans l'église le plus grand des miracles qu'on puisse voir. Qu'avez-vous fait à notre saint si orgueilleux, qui est étendu là comme un pécheur repentant, et qui, dans sa crainte de la mort, nous a demandé pardon à tous d'avoir voulu s'élever au-dessus de nous: Vous l'avez peut-être forcé à se confesser, lui qui voulait vous confesser vous-même? Kreisler ne voyait pas d'inconvénient à dire ce qui s'était passé entre Cyprien et lui. Il raconta tout, depuis le sermon qu'il avait tenu au moine vaniteux, quand celui-ci voulait dégrader la musique, jusqu'à l'horrible état dans lequel il était tombé au mot poison. Kreisler ajouta qu'il ne savait pourtant pas encore, ni pourquoi ce portrait, si terrible pour le prince Hector, faisait la même impression sur le moine Cyprien, ni comment le maître Abraham avait été enveloppé dans cette affreux événement.

— En vérité, mon fils Jean, dit le prieur avec un sourire gracieux, nous sommes tous bien changés depuis quelques heures. Un caractère vigoureux, une âme bien trempée et surtout le sentiment de la justice, qui repose en nous comme une force divine, font plus que l'œil le plus pénétrant, l'esprit le plus profond. Tu viens de le prouver, mon Jean, en te servant de cette arme, qu'on te donna sans te la faire connaître, d'une manière si habile et dans le moment décisif, en terrassant l'ennemi que le plan le mieux combiné n'aurait peut-être pas mis en fuite. Sans le savoir, tu m'as rendu à moi, au couvent et peut-être à l'Eglise en général, un service dont on ne peut calculer les suites heureuses. Je veux, je puis maintenant être tout à fait franc envers toi, je m'éloigne de ceux qui m'ont parlé contre toi, tu peux compter sur moi, Jean ! Ta Cécile, — tu sais de quel être enchanteur je veux parler. Mais laissons cela ! — Ce que tu voulais savoir de l'horrible événement à Naples, te sera dit en peu de mots. Il a plu d'abord à notre digne frère Cyprien de passer une petite circonstance. Angela mourut du poison qu'il lui avait donné lui-même par une jalousie infernale. Le maître Abraham était alors à Naples sous le nom de Severino. Il crut trouver des traces de sa Chiara perdue et les trouva en effet, en rencontrant cette vieille, nommée Magdalena Sigrun, que tu connais. C'est au maître que celle-ci s'adressa quand le crime fut commis, et c'est à lui qu'elle remit, en quittant Naples, ce portrait dont tu ne connais pas encore le secret. Appuie sur le petit ressort, le portrait d'Antonio, qui ne sert que d'étui s'ouvrira, et tu verras non seulement le portrait d'Angela, mais tu trouveras aussi quelques petits morceaux de papiers qui sont de la dernière importance, parce qu'ils constatent le double assassinat. Tu vois maintenant pourquoi ton talisman est si puissant. On dit que maître Abraham a été encore en d'autres rapports avec les deux frères, mais il te le dira mieux que moi. Voyons maintenant ce que fait notre malade.

— Et le miracle ? demanda Kreisler en jetant les yeux sur la place du mur où il avait aidé lui-même à accrocher le tableau. Mais combien ne fut-il pas étonné en voyant que la madone de Léonard de Vinci avait repris sa place.

— Et le miracle ? demanda-t-il une seconde fois.

— Vous parlez de ce beau tableau, qui était à cette place ? répondit le prieur avec un singulier regard. Je l'ai fait mettre pour le moment dans la salle de l'infirmerie. Peut-être que son aspect fortifiera notre pauvre Cyprien, peut-être la sainte Vierge le guérira-t-elle une seconde fois.

Kreisler trouva en rentrant chez lui une lettre d'Abraham et y lut ce qui suit :

« Mon cher Jean,

« Allons, quittez l'abbaye, accourez aussi vite que vous pourrez ! Le diable a arrangé ici une véritable partie de plaisir. — Le reste verbalement, j'écris avec une difficulté incroyable ; car tout me reste à la gorge et menace de m'étouffer. Rien de moi ni de l'espérance qui me sourit. — En deux mots : vous ne trouverez plus la conseillère Benzon, mais bien la comtesse d'Eschenau. Le diplôme est arrivé de Vienne et le mariage de Julie avec le digne prince Ignace aussi bien que déclaré. Le duc Irénéus se berce de l'idée du nouveau trône sur lequel il s'assoira en roi régnant. La Benzon, ou plutôt la comtesse d'Eschenau le lui a promis. Le prince Hector en attendant a joué à cache-cache, jusqu'à ce qu'il ait été forcé de partir tout de bon pour l'armée. Il reviendra bientôt et alors on célébrera un double mariage. — Ce sera fort gai. — Les trompettes se rincent déjà le gosier, les violons graissent l'archet, les marchands de chandelles à Sieghartsweiler préparent des cierges. — Mais, la fête de la duchesse est tout proche, j'y entreprendrai quelque chose de grand ; il faut que vous y soyez. Arrivez dès que vous aurez lu ce billet : courez tant que vous pourrez ! — A propos, prenez garde aux moines ; mais le prieur, je l'aime beaucoup !

— Adieu ! »

Le billet du maître était si court et si important que...

NOTE DE L'ÉDITEUR

A la fin de ce volume, l'éditeur se voit forcé de communiquer au bienveillant lecteur une nouvelle très affligeante. — Le chat Murr, si prudent, si instruit, si philosophique et si poétique a été emporté par la mort au milieu de sa carrière. Il mourut dans la nuit du 29 au 30 novembre 1819, après de courtes mais pénibles souffrances avec le calme et la fermeté d'un sage. — Pauvre Murr ! la mort de ton ami Mucius était l'avant-coureur de la tienne, et si je devais faire ton oraison funèbre, elle serait tout autre que celle de l'insensible Hinzmann ; car je t'ai aimé, plus aimé que tous les autres. — Adieu.

— Que la paix soit avec ton âme !

— Et la biographie de Kreisler ? — On ne sait où Murr a mis le reste des feuilles qu'il avait volées. Quelques feuillets épars se sont seulement retrouvés ; c'est un cahier de notes écrites par Kreisler lui-même, avec l'ordre et la suite qui ont toujours caractérisé ses idées. — Elles sont dignes de compléter ce judicieux ouvrage *...

FIN DU CHAT MURR.

* La mort saisit Hoffmann tandis qu'il composait cet ouvrage. On vient de lire les dernières lignes qu'il écrivit. Les *Souffrances musicales,* composées depuis longtemps, avaient été insérées dans un journal [117].

LES SOUFFRANCES MUSICALES DU MAITRE DE CHAPELLE JEAN KREISLER

LES SOUFFRANCES MUSICALES

LA SOIRÉE MUSICALE [1]

Ils sont tous partis. — J'aurais dû m'en apercevoir aux bourdonnements, aux frôlements, aux glissements, aux mouvements de toute espèce; c'était une véritable ruche d'abeilles qui quitte son panier pour aller essaimer. Gottlieb m'a allumé de nouvelles bougies, et il a placé une bouteille de bourgogne sur le piano. Je ne puis plus jouer, car je suis tout épuisé; la faute en est à mon vieil ami qui est là sur le pupitre, qui m'a emporté dans les airs comme Méphistophélès emporte Faust sur son manteau, et qui m'a enlevé si haut que je n'apercevais plus tous ces petits hommes au-dessous de moi, en dépit de tout le bruit qu'ils faisaient. — Une misérable et indigne soirée, perdue et jetée aux chiens! Mais maintenant, je me trouve bien, je respire facilement. — N'ai-je pas tiré mon crayon pendant que je jouais, et noté à la page 63 quelques bons motifs en chiffres, tandis que je travaillais le piano de la main gauche! Je laisse là les chiffres et les notes et comme le convalescent qui ne peut se lasser de raconter ce qu'il a souffert, je note en détail les tourments abominables de cette soirée de thé. Ces notes ne sont pas pour moi seul, elles s'adressent à tous ceux qui ouvriront cet exemplaire de variations pour le piano de Jean-Sébastien

Bach, publié chez Naegeli à Zurich, et qui, suivant le mot latin *verte,* tourneront habilement la page. Ceux-là devineront tout d'abord ma situation; ils sauront que le conseiller privé Roederlin qui tient ici une fort bonne maison, a deux filles dont le monde élégant ne parle qu'avec enthousiasme, car elles dansent comme des déesses, elles parlent français comme des anges, et chantent et dessinent comme les muses. Le conseiller privé Roederlin est un homme riche, il donne à ses dîners périodiques les meilleurs vins, les mets les plus choisis, tout est établi chez lui sur un pied élégant et quiconque ne s'amuse pas à ses thés d'une manière céleste, est un homme de mauvais ton, de peu d'esprit et d'une organisation étrangère aux beaux-arts, car on s'occupe beaucoup de beaux-arts chez le conseiller. Avec le punch, le thé, le vin et les glaces, on a toujours soin de servir un peu de musique qui est prise par le beau monde avec la même bonté que tout le reste. L'arrangement est tel: après avoir donné à chacun le temps de prendre un certain nombre de tasses de thé, les domestiques apportent les tables de jeu pour la partie solide de la société, qui préfère les cartes à la musique, divertissement qui fait, il est vrai, moins de bruit inutile et qui rapporte au moins quelque argent. — A ce signal, la partie la plus jeune du cercle entoure les demoiselles Roederlin. Il en résulte un tumulte dans lequel on distingue ces mots: — Mademoiselle, ne nous refusez pas la jouissance de votre beau talent. — O chantez quelque chose, ma bonne. — Ce n'est pas possible. — Un rhume. — Le dernier bal. — Je n'ai rien appris. — Oh! je vous en prie. — Nous vous en supplions, etc. Pendant ce temps, Gottlieb a ouvert le piano et placé sur le pupitre le livre de musique qu'il connaît bien. La voix de la maman se fait entendre de la table de jeu: — Chantez donc mes enfants! c'est l'entrée de mon rôle. Je me place au piano, et les demoiselles Roederlin sont conduites en triomphe vers l'instrument. Alors naît une autre difficulté. Aucune d'elles ne veut chanter la première.

— Tu sais, ma chère Annette, combien je suis enrhumée [2].

— Le suis-je moins que toi, ma chère Marie ?

— Je chante si mal.

— O ma chère ! commence.

Mon idée (elle me vient chaque fois que ces demoiselles veulent chanter un duo) est généralement applaudie, on feuillette le livre au hasard, on trouve enfin la page qu'on a soigneusement marquée, et on commence : *Dolce del l'anima,* etc.

Le talent des demoiselles [3] de Roederlin n'est pas peu de chose. Depuis cinq ans et demi, je suis leur maître de musique, et en ce court espace de temps, Mlle Annette en est venue à chanter, de manière à ce qu'on le reconnaisse aussitôt un air qu'elle a entendu dix fois au théâtre et qu'elle a ensuite essayé dix fois sur le piano. Mlle Marie le saisit dès la huitième fois, et si quelquefois elle se tient un quart de ton plus bas que le piano, cela est fort supportable par les petites mines qu'elle fait faire à ses lèvres roses. — Après le duetto, grand chorus d'applaudissements ! alors les airs et les duos se succèdent, et je martèle pour la millième fois le piano, de mes accompagnements. Pendant le chant, la conseillère de finances a donné à entendre, par ses mouvements et ses accompagnements de tête, qu'elle chante aussi. Mlle Annette lui dit : — Mais, ma chère conseillère, il faut que tu nous fasses aussi entendre ta voix divine. Il s'élève un nouveau tumulte. Elle a aussi son rhume. — Elle ne sait rien par cœur ! — Gottlieb apporte deux brassées de musique, et on se met à feuilleter et à refeuilleter. Elle veut d'abord chanter : *Venez affreux serpents,* etc. ; puis : *Levez-vous, race impie,* etc. ; puis : *Quand j'aimais,* etc. Dans son embarras, je lui propose : *Une violette sur la prairie,* etc. Mais elle est pour le grand genre, elle veut le prouver, et s'en tient aux airs sérieux. — Oh ! crie, miaule, grince, brais, gargarise, roucoule, j'ai touché la pédale du fortissimo, et je fais retentir le piano comme un orgue. — O Satan, Satan ! lequel de tes esprits infernaux est entré dans ce gosier, qui force et torture tous les tons. Quatre cordes ont déjà sauté, et un des marteaux est invalide. Les oreilles me tintent, ma tête bourdonne, mes nerfs tremblent. Tous les sons braillards des trompettes de la foire ont donc été relégués dans ce gosier féminin. — J'en ai des vertiges, et je bois un verre de bourgogne ! — On applaudit à tout rompre, et quelqu'un remarque que la conseillère et Mozart m'ont mis en feu. Je souris les yeux baissés et fort bêtement. Alors tous les talents, restés jusqu'ici dans l'ombre, s'émeuvent et se croisent. On se propose de se livrer à des excès musicaux, d'exécuter des morceaux d'ensemble, des chœurs, des finales. Le chanoine Kratzr a une belle voix de basse, dit une jeune tête qui ajoute qu'elle chante les seconds ténors. On organise promptement le premier chœur de la *Clemenza di Tito*. Cela marche à merveille? le chanoine, placé derrière moi, fait ronfler sa voix de basse sur ma tête, comme s'il chantait à la cathédrale avec accompagnement obligé de trompettes et de clairons ; il attaque fort justement les notes, en prenant toutefois une mesure trop lente ; les autres expriment une sympathie décidée pour la musique grecque, qui ne connaissait pas l'harmonie comme on sait, en chantant à l'unisson. — Ce bruyant concert produit une sorte de tension tragique et même quelque effroi, surtout aux tables de jeu qui ne peuvent plus, comme auparavant, prendre part à l'effet dramatique de la scène, en plaçant leur récitatif au milieu de la musique, comme par exemple : — Ah ! j'aimais. — Quarante-huit. — Quel bonheur enivrant ! — Je passe. — Ton âme pure !

— Whist. — Les douleurs de l'amour. — Dans la couleur, etc. C'est là le point culminant de la soirée musicale. C'est donc fini ! Je ferme le livre et je me lève. Mais le baron, mon vieux ténor, s'avance vers moi et me dit : — O mon cher maître de chapelle, on dit que vous improvisez admirablement. Oh ! improvisez-nous donc quelque chose, la moindre chose, je vous en prie !

Je réponds sèchement que mon imagination m'a abandonné pour l'instant, et, tandis que nous parlons, un diable, sous la forme d'un élégant avec deux gilets, a découvert sous mon chapeau dans l'antichambre, mon cahier des variations de Bach ; il pense que ce sont de petites variations sur *Nel cor piu non mi sento* ou *Ah! vous dirai-je maman,* etc., et il veut absolument que je me mette à les jouer. Je balance ; ils tombent tous à la fois sur moi. — Allons, me dis-je, écoutez donc et mourez d'ennui ! et je commence. A la troisième variation, plusieurs dames s'éloignent, suivies de plusieurs jeunes gens. Les demoiselles Roederlin tinrent bon jusqu'au n° 12, parce que c'était leur maître qui jouait. Au n° 15, l'homme aux deux gilets battit en retraite. Le baron resta jusqu'au n° 30, par excès de politesse, et s'amusa à boire le punch que Gottlieb avait placé pour moi sur le piano. J'aurais terminé là, mais le thème de ce n° 30 m'entraînait irrésistiblement. Ces feuilles in-quarto se changèrent pour moi en feuilles gigantesques où se déployaient des milliers d'imitations de ce thème, et que je ne pouvais m'empêcher de jouer. Les notes devinrent vivantes, et étincelèrent autour de moi comme le feu électrique qui jaillit des doigts à l'approche de la machine ; toute la salle se remplit de vapeurs au milieu desquelles les bougies brillaient d'une faible lueur ; quelquefois j'y apercevais un nez, ou deux yeux, mais ils disparaissaient presque aussitôt. C'est ainsi qu'il arriva que je me trouvais seul avec mon Sébastien Bach et Gottlieb qui me servait comme un esprit familier. — Je bois ! — Devrait-on tourmenter d'honnêtes musiciens par la musique, comme je l'ai été aujourd'hui ? Vraiment, il n'est pas d'art dont on ne puisse faire un si damnable usage que l'art divin de la musique qui se flétrit si facilement ! — Avez-vous véritablement du talent, une âme d'artiste ; bon, apprenez la musique, et donnez, dans une juste mesure, aux initiés, la jouissance de votre talent. Voulez-vous faire de la musique sans tout cela, faites-le pour vous et entre vous, et ne tourmentez pas le maître de chapelle Kreisler et d'autres.

Maintenant je pourrais retourner au logis et achever mes nouvelles sonates, mais il n'est pas encore onze heures, et c'est une belle nuit d'été. Je suis sûr que, dans la maison du veneur, ses filles chantent les fenêtres ouvertes : *Quand je vois tes yeux, etc.*, et qu'elles répètent vingt fois la première strophe en regardant dans la rue. Au-dessus d'elles, un autre voisin martyrise sa flûte en se faisant lui-même mal aux poumons comme le neveu de Rameau ; et plus loin un autre amateur fait des essais acoustiques avec son cor. Les nombreux chiens du quartier s'agitent à leur tour, et mon chat domestique excité par ces doux accords, fait près de ma fenêtre (il s'entend que mon laboratoire musical poétique est une mansarde) de tendres aveux à la chatte du voisin, en parcourant tous les tons de l'échelle chromatique.

A onze heures, tout redevient plus calme ; et je reste à mon piano aussi longtemps que durent mon papier blanc et ma bouteille de vin de Bourgogne. — Il y a, je l'ai entendu dire, une ancienne loi qui interdit l'exercice des professions bruyantes dans le voisinage des savants : pourquoi les pauvres compositeurs qui sont obligés de ménager leurs inspirations pour allonger péniblement le fil de leur vie ne profiteraient-ils pas aussi du bénéfice de cette loi, pour bannir loin d'eux ceux qui les obsèdent ? Que dirait le peintre qu'on entourerait de figures ridicules tandis qu'il cherche à saisir son idéal ! Encore s'il fermait les yeux, il pourrait se livrer en paix à son inspiration. Mais moi, j'aurais beau mettre du coton dans mes oreilles, j'entendrais toujours cet horrible tintamarre, et puis cette seule idée : maintenant ils chantent — Voici le cor, — suffirait pour chasser les pensées les plus sublimes.

Ma feuille est remplie de mes notes, il ne me reste qu'un peu de blanc près du titre, je veux m'en servir pour remarquer pourquoi je reviens sans cesse chez le conseiller, après avoir pris mille fois la résolution d'échapper à sa société. C'est la charmante nièce de M. de Roederlin qui me retient dans cette maison par des liens que les muses ont tressés. Quand on a eu le bonheur d'entendre la scène finale de l'*Armide* de Gluck, ou la grande scène de Donna Anna du *Don Juan,* chantées par Mlle Amélie, on peut comprendre qu'une heure, passée au piano avec elle, guérit toutes les blessures que m'ont faites durant le jour tous les faux accords que j'ai été forcé d'entendre. Le conseiller, qui ne croit pas plus à l'harmonie qu'à l'immortalité de l'âme, regarde sa nièce comme incapable de faire l'ornement de son cercle où elle refuse toujours de chanter ; il aime peu son chant d'ailleurs, car les sons soutenus et cadencés qui me transportent au ciel, il prétend qu'elle les a dérobés au rossignol, créature déraisonnable qui ne vit qu'au fond des bois, et que les êtres sensés ne doivent pas chercher à copier. Elle porte même l'abandon si loin qu'elle se fait accompagner sur le violon par Gottlieb, lorsqu'elle joue des sonates de Beethoven ou de Mozart auxquelles tous les joueurs de whist et les buveurs de thé ne sauraient rien comprendre. — Me voici à mon dernier verre de bourgogne [4]. — Gottlieb mouche les lumières et semble étonné de ma persévérance à écrire. On a bien raison de faire cas de Gottlieb qui n'a encore que seize ans. C'est un bon et solide talent. Mais aussi pourquoi son père le greffier est-il mort si tôt ? Le pauvre diable s'est vu forcé d'endosser la livrée. Quand Rode était ici, Gottlieb passait toutes les soirées, l'oreille clouée à la porte, et toutes les nuits à jouer sans relâche. Le jour, il était distrait et rêveur, et cette tache rouge qu'il a conservée à la joue, est la marque du solitaire que porte au doigt le conseiller, dont la main un peu lourde le tira un jour fort brusquement de sa rêverie. Je lui ai prêté entre autres morceaux, les sonates de Corelli, et il s'est mis à travailler si vigoureusement sur le vieux clavecin qu'on a relégué au grenier, que pas une des souris qui s'étaient logées dans l'instrument n'a survécu à cette attaque. — Jette-la loin de toi, cette livrée avilissante, honnête Gottlieb, et fais que dans quelques années je presse en toi sur mon cœur le grand artiste et l'homme de génie !

Gottlieb était derrière moi, et essuyait les larmes qui coulaient de ses yeux tandis que je prononçais ces paroles. — Je lui serrai la main en silence, puis nous montâmes au grenier et nous nous mîmes à jouer ensemble les sonates de Corelli.

L'ENNEMI DE LA MUSIQUE [5]

C'est cependant [6] une chose admirable que d'être si complètement musical, qu'on puisse exécuter joyeusement et d'une main légère les grandes masses que les maîtres ont élevées par des milliers de notes et des tons de divers instruments, sans éprouver l'impression douloureuse d'un ravissement passionné, les déchirements que causent les efforts impuissants. — On peut alors se réjouir de l'excellence d'une exécution musicale, et laisser éclater sans danger toute sa satisfaction. Je ne veux pas songer au bonheur d'être moi-même un virtuose ; car la douleur que j'éprouve de mon incapacité, dans un art auquel je me suis voué depuis mon enfance, serait encore bien plus profonde.

Mon père était certainement un excellent musicien ; il jouait assidûment jusque bien avant dans la nuit sur un grand piano, et quand il y avait un concert à la maison, il jouait alors de très longs morceaux dans lesquels les autres l'accompagnaient un tant soit peu sur le violon, sur la basse, le cor et la flûte. Quand un de ces longs morceaux était achevé, ils s'exclamaient tous très fort et criaient : — Bravo ! bravo ! quel beau concert, comme c'est achevé, comme c'est rudement joué ! — Et ils prononçaient avec respect le nom d'Emmanuel Bach.

Mais mon père avait fait tant de bruit et de tapage, qu'il me vint à la pensée que ce n'était pas là de la musique, car je songeais à certaines mélodies qui m'allaient au cœur, et je me mis à croire qu'il faisait tout cela par plaisanterie, comme aussi les autres applaudissaient et accompagnaient pour plaisanter à leur tour. — Dans de telles solennités, j'étais toujours boutonné dans mon habit des dimanches, et j'étais forcé de rester assis sur une grande chaise, près de ma mère, sans parler et sans bouger. Le temps me semblait incroyablement long, et je n'aurais pas pu supporter cet ennui, si je n'eusse pris plaisir aux grimaces et aux mouvements comiques des joueurs. Je me souviens encore surtout d'un vieil avocat qui jouait toujours du violon tout près de mon père, et dont il disait toujours que c'était un enthousiaste exagéré fou pour la musique, qui au milieu de son amour pour le génie de Bach, de Wolff ou de Benda, manquait sans cesse la mesure et n'attaquait jamais justement la note. — Cet homme-là est encore devant mes yeux. Il portait un habit couleur de prune avec des boutons d'or, une petite épée d'argent et une perruque rougeâtre et peu poudrée d'où pendait une petite bourse noire. Il gardait un sérieux imperturbable dans tout ce qu'il faisait. —*Ad opus!* s'écriait-il lorsque mon père distribuait les morceaux de musique sur les pupitres. Puis il saisissait son violon de la main droite, et de la gauche sa perruque qu'il ôtait et qu'il accrochait à un clou. Alors il se levait, s'inclinant de plus en plus sur sa musique, et jouant avec tant d'ardeur que ses petits yeux devenaient étincelants et que les gouttes de sueur lui découlaient du front. Il arrivait quelquefois qu'il avait plutôt fini que les autres, ce dont il ne s'étonnait pas peu tout en regardant les musiciens, d'un air très fâché. Souvent aussi il me semblait qu'il produisait des sons semblables à ceux que Pierre, le fils du voisin, arrachait à notre chat en découvrant en véritable naturaliste ses goûts cachés pour la musique [7], par une pression un peu forte de sa queue: expériences pour lesquelles il était de temps en temps rossé par mon père. (Je parle de Pierre.) — Bref, l'avocat couleur de prune, — il se nommait Musewius, — me dédommageait de l'ennui de mon immobilité, par ses bonds, son jeu et ses contorsions. — Une fois il causa une interruption dans la musique. Mon père s'élança de son piano, et tous les autres accoururent, craignant qu'il ne lui fût arrivé quelque fâcheuse catastrophe. En effet, il avait commencé par secouer doucement la tête et était arrivé jusqu'à un crescendo toujours plus violent qu'il avait accompagné de trépignements et de violents coups d'archet sur ses cordes.

Mais ce n'était rien qu'une mouche ennemie, qui, restant avec opiniâtreté dans le même cercle, n'avait cessé de bourdonner autour de lui, et qui, chassée vingt fois, était retournée vingt fois se placer sur son nez ! C'est cette attaque répétée qui l'avait jeté dans le plus violent désespoir.

Il arrivait quelquefois que la sœur de ma mère chantât un air. Ah ! quel bonheur elle me causait. Je l'aimais passionnément, elle s'occupait beaucoup de moi et me chantait souvent de sa charmante voix qui pénétrait jusqu'au fond de mon âme, une foule de chansons délicieuses, dont je porte encore en moi le souvenir. C'était toujours quelque chose de solennel lorsque ma tante faisait sa partie dans un air de Hasse, de Traeta ou de quelque autre maître. Alors il n'était pas permis à l'avocat d'accompagner. Déjà tandis qu'on exécutait l'introduction, et avant que ma tante eût commencé, le cœur me battait et un singulier sentiment de joie et de douleur remplissait mon âme ; je pouvais difficilement me contenir. Mais à peine ma tante avait-elle chanté un passage que je commençais à pleurer amèrement et que mon père me chassait de la salle en me disant des injures. Souvent mon père disputait avec ma tante à ce sujet, car elle prétendait que ma conduite ne provenait nullement de ce que la musique m'était désagréable, mais bien de l'extrême délicatesse de mes organes, qui s'affectaient facilement ; mais mon père me traitait d'imbécile qui, disait-il, beuglait d'ennui, comme un chien anti-musical. Ma tante trouvait un puissant motif, non pas seulement de me défendre, mais encore de m'attribuer un sentiment profond de la musique, dans une particularité qu'elle avait remarquée en moi ; en effet, quand par hasard mon père n'avait pas fermé son piano, elle me voyait occupé des heures entières à frapper des accords et à les écouter. Je penchais la tête sur le couvercle de l'instrument, et, fermant les yeux, j'étais dans un autre monde [8] ; puis enfin je fondais en larmes sans savoir si c'était de plaisir ou de douleur. Ma tante m'avait souvent épié avec satisfaction, mais mon père traitait tout ce manège de folies enfantines. En général elle semblait peu d'accord avec lui sur beaucoup de choses et particulièrement sur la musique, elle admirait beaucoup les compositions des maîtres italiens qu'elle trouvait pleines de simplicité et d'éclat ; et mon père qui était un homme violent, traitait ce genre d'œuvre molle et indigne d'occuper une intelligence. Mon père parlait toujours d'intelligence, et ma tante toujours de sentiment. Enfin, elle obtint que mon père me ferait donner des leçons de piano par un vieux chantre qui venait racler du violon dans le concert. Mais, mon Dieu, on vit bientôt que ma tante avait eu trop de confiance en moi, et que mon père avait raison. Je ne manquais pas d'oreille et de goût pour la mélodie, disait le chantre ; mais ma gaucherie sans égale gâtait tout. Dès que je me mettais à étudier un morceau, je tombais involontairement dans mon ancienne habitude de chercher des accords, et je ne pouvais avancer. Je m'étais avancé avec une peine incroyable à travers plusieurs tons, jusqu'à un passage désespéré qu'on avait marqué de quatre croix, écrit en *E* dur comme je m'en souviens encore. Sur ce passage était écrit en grosses lettres *cherzando presto,* et lorsque le chantre le joua devant moi, il lui donna quelque chose de sautillant et de léger, qui me déplut. Ah ! que de larmes me coûta ce maudit *presto !* Enfin, approcha le jour terrible où je devais donner devant mon père et ses amis la preuve de mon talent, je savais bien tout jusqu'à ce maudit *presto.* Un soir je me mis au piano, dans une sorte de désespoir pour jouer à tout prix, sans faute le fameux morceau. Je ne sais comment il se fit que je jouai le morceau sur un autre ton ; je ne manquai pas une note, mais le ton était différent, et il me sembla qu'il était beaucoup mieux ainsi, que de la façon dont le jouait le chantre. Je pris alors courage, et le lendemain je commençai bravement mon morceau, aux acclamations de mon père qui disait de temps en temps : — Je n'aurais pas attendu cela de lui !

Lorsque le *scherzo* fut achevé, le chantre me dit tout amicalement : — Eh ! c'était pourtant ce diable de ton en *E* dur ! Et mon père se tournant vers un de ses amis, lui dit : — Voyez-vous comme mon garçon se tire bien de l'*E* dur qui est si difficile !

— Permettez, mon cher, répondit celui-ci, c'était en *F* dur.

— Du tout, du tout ! dit mon père.

— Eh ! je vous assure, répliqua son ami. Nous allons bien voir.

Tous deux s'approchèrent du piano.

— Voyez-vous ! dit mon père d'un air triomphant en montrant le passage aux quatre croix.

— Et cependant le petit a joué en *F* dur, reprit l'ami.

Moi je restais fort tranquillement, car je ne savais pas trop sur quoi ils disputaient. Mon père me fit recommencer. A peine eus-je joué quelques mesures, que sa main me tira les oreilles [9].

— Petit imbécile ! s'écria-t-il hors de lui. Je m'en fus en pleurant et en criant, et ce fut fait pour toujours de mes leçons de musique. Ma tante prétendit, il est vrai, que la facilité de jouer tout un morceau sur un autre ton était la preuve d'un véritable talent musical ; mais je crois moi-même maintenant que mon père avait raison de renoncer à me faire apprendre un instrument, car la raideur et la gaucherie de mes doigts s'opposaient à tous mes progrès.

Cette gaucherie doit éteindre jusqu'à la partie morale de moi-même, relativement à la musique. Ainsi je n'ai que trop souvent éprouvé du dégoût, de l'ennui, en écoutant des virtuoses célèbres, et tandis que tout le monde se pâmait d'admiration je ne pouvais m'empêcher d'exprimer mon opinion qui me livrait aux risées des gens de goût. Ne m'arriva-t-il pas semblable chose, lorsqu'un célèbre pianiste vint dans notre ville et se fit entendre chez un de mes amis.

— Aujourd'hui enfin, vous serez certainement guéri de votre inimitié pour la musique, me dit cet ami. L'admirable N*** vous enlèvera, vous ravira.

Je fus obligé, malgré moi, de me placer près du piano. Le virtuose se mit alors à détonner de haut en bas, et à faire de terribles roulements dont la durée me donna des éblouissements ; mais bientôt un autre objet attira mon attention, et je regardai sans doute singulièrement dans l'intérieur du piano qui était ouvert, car à la fin de tout cet orage, mon ami me prit par le bras et s'écria : — Eh bien !

vous êtes tout pétrifié. Vous éprouvez donc enfin l'effet céleste de sa musique ?

Je convins sincèrement que j'avais peu écouté le musicien, et que j'avais été absorbé par le spectacle des touches et des marteaux dont je suivais les mouvements rapides : et là-dessus tout le monde se mit à rire. — Que de fois il m'arrive d'être regardé comme un homme incapable de sentir quand je m'échappe de la chambre dès qu'on ouvre le piano, ou que telle ou telle dame prend la guitare pour accompagner son chant ; car je sais déjà que cette musique qu'ils font d'ordinaire, me donne des nausées et me gâte l'estomac. — Mais c'est là le malheur et ce qui me vaut les mépris du beau monde. Je sais bien qu'une voix, qu'un chant comme celui de ma tante, me pénètrent l'âme et excitent en moi des sentiments pour lesquels je n'ai pas de paroles ; il me semble que c'est l'expression de la félicité céleste, mais aussi il n'est point d'expression dans le langage terrestre, pour la dépeindre ; en entendant une telle cantatrice je reste muet et recueilli au fond de moi-même ou résonnent encore les tons qui m'ont charmé, et c'est alors qu'on me traite de cœur froid et d'ennemi de la musique.

Juste en face de moi demeure le directeur des concerts qui fait exécuter chez lui, tous les mercredis, des quatuors dont j'entends jusqu'à la plus légère note ; car l'été, lorsque les rues sont calmes, mes fenêtres ouvertes, alors je m'assieds sur mon sopha, j'écoute les yeux fermés, et je suis rempli de délices. — Mais seulement durant le premier quatuor, car au second les sons ne se trouvent plus si bien soutenus ; et au troisième, je trouve la musique insupportable. Alors il faut que je m'enfuie, et le directeur a bien souvent ri en me voyant m'échapper avec fureur.

Ils jouent souvent m'a-t-on dit, jusqu'à six ou sept de ces quatuors, et j'admire en vérité l'imagination extraordinaire, la vigueur musicale qu'il faut avoir pour exécuter et écouter consécutivement autant de musique. — Je tiens la même conduite dans les concerts, où souvent la première symphonie excite en moi un tel tumulte que je suis mort pour tout le reste. Oui, souvent les premières mesures m'ont causé un si grand transport, elles m'ont si puissamment ébranlé que je me lève pour distinguer toutes les apparitions singulières dont je suis frappé, pour me mêler aux fantômes qui dansent autour de moi, et avec lesquels je me trouve appareillé, sous la même forme qu'eux. Il me semble alors que je suis moi-même la musique que j'ai entendue. Aussi je ne demande jamais le nom du compositeur. Que m'importe ? Je crois alors que ce bruit m'a excité au plus haut degré, et que, dans mon délire, j'ai composé tout cela.

En écrivant pour moi ces lignes, je tremble et je crains de me repentir d'avoir laissé échapper de mes lèvres l'aveu simple et naïf de mes sentiments. Qu'on rirait de moi en lisant ces pages !

Lorsque je m'échappe de la salle du concert après la première symphonie, ils se mettent à crier : — Le voilà qui se sauve, l'ennemi de la musique ! et ils me plaignent, car tout homme bien élevé prétend aujourd'hui avec raison qu'après l'art de saluer convenablement et l'art non moins nécessaire de parler de ce qu'on ignore, on doit aimer et cultiver la musique. Mon malheur à moi veut que cette jouissance me pousse dans les bois solitaires, où je me recueille aux accents des oiseaux, au murmure des torrents et au frémissement du feuillage. Cette difficulté que j'éprouve à comprendre la musique me fait aussi beaucoup de tort à l'Opéra. Quelquefois sans doute, il me paraît qu'on y fait un tapage musical pour chasser l'ennui, à peu près comme on fait retentir les cymbales et les clairons devant les caravanes pour éloigner les bêtes féroces ; mais souvent aussi, il me semble que les personnages ne sauraient trouver d'autres accents que ceux de la musique pour exprimer leurs pensées, que l'empire des merveilles s'ouvre à leur voix, alors j'ai le courage de me soutenir dans le tourbillon où je me trouve jeté. A ces opéras-là, j'y viens et j'y reviens sans cesse ; ils s'offrent toujours à moi avec plus de clarté, et toutes les figures qui s'y montrent, devenues des amis, s'avançent vers moi avec bienveillance et m'entraînent dans leur vie brillante et magnifique. — Je crois que j'ai entendu, au moins cinquante fois, l'*Iphigénie* de Gluck. Les véritables musiciens rient certainement de cette folie et diront : « A la première fois, j'avais déjà tout compris, et à la troisième, j'en avais suffisamment. » Que voulez-vous, un mauvais démon me poursuit et me force à me rendre ridicule. Ainsi dernièrement à l'Opéra, au moment où je remarquais en moi-même que la musique était nulle et insignifiante, un voisin me poussa en disant : « Voici une situation admirable. » Et moi qui ne pouvais imaginer qu'il voulût parler d'autre chose que de sa place du parterre où nous nous trouvions, je lui répondis innocemment : « Oui, très bonne, mais il y siffle un vent désagréable. » — L'anecdote se répandit bientôt dans toute la ville où il ne fut longtemps question que du vent qui sifflait dans l'opéra nouveau. — On rit encore de moi, cependant j'avais raison.

Croirait-on qu'en dépit de tout cela, il est encore un véritable musicien qui a conçu la même opinion que ma tante avait de mon organisation musicale.

— Sans doute personne n'y attachera grande importance, quand je dirai que ce musicien n'est autre que le maître de chapelle Jean Kreisler, si décrié partout à cause de ses idées fantastiques ; mais je n'en suis pas moins fier qu'il veuille bien faire de la musique pour moi seul. Ce fut lui qui me dit dernièrement que j'étais semblable à ce disciple du temple de Saïs [10], qui semblait sans intelligence à ses confrères, et qui trouva cependant la pierre merveilleuse, que les autres cherchaient en vain. Je ne le compris pas, parce que je n'avais pas là les œuvres de Novalis, auxquelles il me renvoya. J'ai envoyé demander ce livre au cabinet de lecture, mais je ne l'aurai sans doute pas ; car c'est, dit mon ami, un ouvrage admirable, et sans doute on le lit beaucoup. — Mais non, on m'apporte à l'instant les œuvres de Novalis, deux petits volumes, et le bibliothécaire me fait dire que je puis les garder à loisir, attendu qu'ils restent toujours chez lui et que personne ne les demande. Je vais donc voir ce que c'est que ce disciple de Saïs, auquel on me compare [11].

FIN DU TOME XII

D'où vient-il [12] ? — Qui le sait ! — Quels furent ses parents ? — Il est inconnu ! — De qui est-il l'élève ? — D'un bon maître, car il joue admirablement, et, comme il a de l'intelligence et de l'éducation, on ne peut lui refuser da la science en musique. Et il a été véritablement et en effet maître de chapelle, ajoutent les personnages diplomatiques auxquels, un jour de bonne humeur, il montra un document qui prouvait que le maître de chapelle Jean Kreisler fut renvoyé de son emploi uniquement pour s'être refusé à mettre en musique un opéra du poète de la cour ; aussi, pour avoir parlé plusieurs fois avec mépris du premier chanteur, à table d'hôte, et avoir préféré à la prima Donna une jeune fille qui prenait ses leçons. Cependant il lui était permis de conserver le titre de maître de la chapelle ducale de ***, et même d'y revenir s'il consentait à renoncer à certains préjugés ridicules, comme, par exemple, de croire que la musique italienne a entièrement disparu, et de ne pas regarder le poète de la cour comme le grand Métastase. — Ses amis prétendaient qu'en le créant la nature avait essayé d'une opération nouvelle qui n'avait pas réussi ; car ses sens, irritables à l'excès, son imagination brûlante, manquaient de l'alliage d'un peu de flegme, et il était ainsi hors d'état de se placer dans l'équilibre nécessaire à un artiste pour vivre avec le monde et lui composer des œuvres telles qu'il lui en faut. — Qu'il en soit ce qu'on voudra :

— Bref, Jean, poussé par ses apparitions intimes et par ses rêves comme sur une mer éternellement agitée, fut entraîné bien loin, bien loin, et il chercha vainement le port, toujours le port fuyait, et avec le port la paix et la sérénité, sans lesquelles l'artiste ne peut rien produire. Il arriva que ses amis ne purent l'amener à écrire une composition ou à ne pas l'anéantir quand il l'avait écrite : quelquefois il composait, au milieu de la nuit, dans la disposition la plus exaltée ; il réveillait l'ami qui demeurait près de lui, pour lui jouer, dans le plus grand enthousiasme, ce qu'il venait d'écrire avec une rapidité incroyable. — Il répandait des larmes de joie sur cette œuvre qui avait tant réussi. — Il se regardait lui-même comme l'homme le plus heureux ; mais le jour suivant cette magnifique composition était livrée aux flammes. — Le chant produisait presque sur lui un effet funeste, tant il excitait son imagination, et son esprit s'envolait alors dans des sphères où il était impossible de le suivre : au contraire, il se plaisait souvent à travailler pendant des heures sur le piano les thèmes les plus singuliers, merveilleusement brodés par l'art du contrepoint, et, quand il était arrivé à produire les passages les plus fantasques, il se trouvait plusieurs jours dans une disposition sereine, et alors une certaine jovialité ironique assaisonnait la conversation dont il égayait le petit cercle de ses amis.

Une fois, tout à coup, sans qu'on sût comment ni pourquoi, il disparut. Plusieurs personnes prétendirent avoir découvert en lui quelques traces de folie, et vraiment on l'avait vu sortir des portes de la ville, sautant joyeusement avec deux chapeaux enfoncés l'un par dessus l'autre sur sa tête, et deux archets passés dans une ceinture rouge en guise de poignards. D'où lui venait toute cette joie ? Ses amis les plus proches ne lui connaissaient cependant pas de sujets de chagrin violent ; rien ne le portait ce jour-là au désespoir, rien ! Après mille recherches inutiles sur le lieu où il s'était retiré, comme ses amis tenaient conseil sur son petit héritage en œuvres musicales, Mlle de B. se présenta devant eux et leur déclara qu'à elle seule appartenait tous les écrits de son cher maître et de son ami, qu'elle ne regardait nullement comme perdu. On les lui remit avec déférence, et elle, trouvant plusieurs petits passages humoristiques écrits sur quelques livres de notes, fantaisies légères tracées au crayon en des moments propices, elle permit, fidèle élève du pauvre Jean, que ses amis fidèles en prissent copie et les fissent connaître comme des témoignages d'une âme et d'un esprit ignorés.

FANTAISIES

KREISLERIANA

OMBRA ADORATA* [13]

Quelles hautes merveilles que celles de la musique, et que l'homme est impuissant à sonder ses profonds secrets ! — Ne réside-t-elle pas cachée au fond du cœur de l'homme pour le remplir de ses images saintes [14], lui dévoiler une vie plus lumineuse et le détacher du poids étouffant de la terre ? — Oui, une force divine le pénètre : s'il s'y abandonne les yeux fermés, avec la confiance de la foi, sa langue se délie par une volonté céleste et sans le savoir; comme l'élève sorcier qui lit à haute voix les paroles inconnues dans le livre de son maître, il évoque les plus magnifiques apparitions; elles viennent, elles arrivent, elles accourent en foule, elles voltigent sur sa tête, elles forment de longues danses autour de lui, et lui il s'agenouille, il les contemple, il les admire sans savoir qu'il les a appelées, et il les suit timidement, attiré par des désirs infinis et sans nombre.

Que ma poitrine était resserrée lorsque j'entrai dans la salle du concert ! que j'étais profondément courbé sous le poids de toutes les étroites misères qui poussent comme des végétations parasites et vénéneuses autour de

* Tout le monde connaît cette magnifique ariette de Crescentini, qu'il composa pour l'opéra de *Romeo è Giulietta* de Zingarelli, et qu'il chantait avec tant d'expression.

l'homme et surtout de l'artiste, qui obscurcissent et compriment tellement sa pauvre vie, qu'à ce tourment varié et éternel il préférerait le choc puissant qui l'arracherait pour toujours à ces tristes traverses et à toutes les autres ! — Tu compris le regard douloureux que je jetai sur toi, mon fidèle ami [15]; et cent fois sois-en remercié ! Tu pris ma place au piano, tandis que je cherchais à me cacher dans le coin le plus retiré de la salle. Quel prétexte avais-tu donc trouvé ? comment parvins-tu à faire exécuter, non pas la grande symphonie de Beethoven en ut bémol, mais une courte ouverture insignifiante de quelque compositeur qui n'est pas encore arrivé à la maîtrise ? — Aussi de cela sois remercié du fond de mon âme !

— Que serais-je devenu, mon Dieu ! si presque écrasé par toutes les misères humaines qui m'assiégeaient en foule depuis quelque temps, le génie puissant de Beethoven eût tout à coup marché à moi, s'il m'eût saisi de ses bras de fer brûlant et s'il m'eût entraîné dans le royaume du prodigieux, de l'infini, qui s'ouvre à ses accents de tonnerre ! — Lorsque l'ouverture se termina en toutes sortes de petites intentions folles exprimées par des cymbales et des trompettes, il y eut une paisible pause, comme si l'on attendait quelque chose de bien important. Cela me fit du bien, je fermai les yeux, et, tout en cherchant en moi-même des apparitions plus agréables que celles qui m'environnaient, j'oubliai le concert, et, avec le concert, naturellement tout son arrangement qui m'était connu, car je devais tenir le piano. — Il se peut que la pause ait duré longtemps, lorsque enfin j'entendis la ritournelle d'une ariette. Elle était dite très finement et semblait parler en tons simples, mais qui allaient profondément à l'âme, du désir sur lequel un être pieux souffrant s'élève vers le ciel pour y retrouver tout ce qu'il a aimé, tout ce qu'on lui a ravi tout à coup. Comme une lumière céleste, la voix claire et argentine d'une femme éclata dans l'orchestre :

Tranquillo io sono ; fra poco teco saro mia vita !

Qui pourra décrire le sentiment qui me pénétra! — Comme la douleur qui rongeait mon sein se dissipa en pensées mélancoliques qui répandaient du baume sur toutes mes blessures! — Tout fut oublié, et je n'entendis plus que les sons consolateurs qui m'environnaient et me rafraîchissaient comme des mains bienfaisantes. — Le thème de l'air qui suit *Ombra adorata* est aussi simple que le récitatif, mais aussi passionné; mais il remue aussi fortement les âmes, mais il exprime aussi bien l'état d'un cœur qui ne sent plus ses maux, tant la sainteté de ses espérances lui montre l'accomplissement prochain de ce qui lui a été promis dans un meilleur monde. Comme tout se range sans art dans cette simple composition, comme tout s'ordonne naturellement[16]! point de maigres accords, point de choses cherchées, le chant coule avec abondance, comme un ruisseau limpide entre deux lits de fleurs qui s'y mirent. Mais ce n'est pas là l'enchantement mystérieux que le maître avait à ses ordres lorsqu'il frappa si fortement les esprits par une simple mélodie, par la construction la plus naïve. Dans ces mélismes purs, clairs et retentissants, l'âme s'envole à tire-d'aile à travers des nuages d'or: écoutez, c'est le chœur joyeux des esprits d'en haut! — Cette composition, qui a été sentie si profondément par le maître, veut être aussi profondément sentie par celui qui l'exécute, exécutée avec le sentiment, je dirais presque avec le pressentiment religieux de la félicité invisible que décèle cette mélodie. Dans le récitatif, comme dans l'air, le maître a compté sur certaines broderies, conçues dans le goût du chant italien. Mais n'est-il pas beau que, comme par une tradition, personne n'ait risqué impunément d'y introduire d'autres ornements que ceux qui y ont été jetés avec une aimable négligence par le compositeur, ce Crescentini, le grand maître du chant? — Avec quelle intelligence Crescentini anima son œuvre par ces légers ornements qui semblent tombés de sa main par hasard! — C'est la parure brillante qui embellit les traits de votre bien-aimée, qui augmente l'éclat de ses yeux, et qui ajoute à la pourpre de ses joues et de ses lèvres.

Mais que dirai-je de toi, ma belle cantatrice! — Je

veux te crier avec l'enthousiasme des Italiens : Que les bénédictions du ciel tombent sur ta tête * ! car c'est bien une bénédiction du ciel que ce sentiment pieux et profond qui t'a été donné et qui fait retentir si magnifiquement par ta bouche ce que jadis un autre a conçu dans une méditation solitaire. Tes accents m'ont environné comme de généreux amis, et chacun d'eux m'a dit : Relève ta tête, ta pauvre tête courbée ! viens avec nous, viens avec nous dans un pays éloigné où la douleur n'ouvre pas de saignantes blessures, mais où la douleur même est belle, où elle vous cause de délicieux ravissements, où elle remplit votre poitrine de désirs infinis.

Je ne t'entendrai plus jamais ; mais lorsque la médiocrité s'approche de moi, et, me tenant pour son égale, m'offre de lutter avec elle, quand la démence vient m'assourdir, lorsque la dégoûtante moquerie de la foule vient me toucher de ses aiguillons empoisonnés, alors du souvenir de tes accents sort une voix consolante qui murmure :

Tranquillo io sono ; fra poco, teco saro mia vita.

Un ravissement inconnu m'élève aussitôt sur ses puissantes ailes, au-dessus des dédains de la terre ; tous ces accents qui dormaient engourdis au fond de ma poitrine déchirée, dans le sang que versait ma blessure, se réveillent, s'agitent, se dressent, vomissent des bouffées de feu, ainsi que de joyeuses salamandres [17] ; et je puis les saisir, les lier et en former une gerbe flamboyante qui éclaire un lac resplendissant, et dans ce lac tes chants viennent se réfléchir, ô mon cygne bien-aimé !

* Mme Haeser, dont il est ici question, excitait tant d'enthousiasme en Italie, que les spectateurs lui criaient au théâtre : *Che sei benedetta dal cielo !*

LA MUSIQUE INSTRUMENTALE DE BEETHOVEN [18]

Quand il s'agit de musique comme d'un art complet et qui se soutient de lui-même, ne devrait-il pas toujours être question de la musique instrumentale, qui se passe du secours et du mélange de la poésie ? — Ce n'est pas le plus romantique de tous les arts, c'est le seul, car on ne peut lui reprocher que l'infini. La lyre d'Orphée ouvrit les portes de l'enfer. C'est l'histoire allégorique de la musique qui ouvre aux hommes un pays inconnu, un monde, qui n'a rien de commun avec le monde réel, et où ils abandonnent tous les sentiments *fixés* pour se livrer à des impressions toutes nouvelles.

Avez-vous jamais soupçonné cette propriété particulière, vous, pauvres compositeurs de musique instrumentale, qui vous efforcez avec tant de peine à rendre certaines impressions et même à représenter des événements ? — Comment vous est venue cette folle idée de traiter d'une manière plastique l'art de tous les arts le plus opposé à la plastique ? Vos levers de soleil, vos orages, votre bataille des trois empereurs, etc., étaient autant d'égarements ridicules ; ils ont été punis comme ils méritaient de l'être, par un oubli profond.

Dans le chant, où la poésie vient mêler son expression à des paroles, la force magique de la musique agit comme l'élixir de sagesse, dont quelques gouttes rendent un breuvage plus pur et plus délicieux. Chaque passion : — l'amour, — la haine, — la colère, — le désespoir, telles que l'opéra nous les donne, la musique les revêt d'une image de pourpre, et l'image de nos sensations les plus habituelles nous entraîne elle-même dans l'idéal, loin, bien loin de la vie positive.

Le charme de la musique est tellement puissant, qu'il brise toutes les entraves des autres arts.

Ce n'est certainement pas à un perfectionnement des moyens d'exécution, tels que de meilleurs instruments, des exécutants plus habiles, mais à une connaissance plus profonde et plus entière du but et de la nature de l'art, que les compositeurs originaux doivent la haute impulsion qu'ils ont imprimée à la musique instrumentale.

Mozart et Haydn, les créateurs de la musique instrumentale actuelle, nous ont montré, les premiers, l'art dans toute sa gloire; mais celui qui le contempla avec toute la plénitude de l'amour, qui pénétra dans ses secrets les plus cachés, — ce fut Beethoven! — Les compositions instrumentales de ces trois maîtres respirent également le génie le plus romantique, c'est l'expression achevée de l'enthousiasme divin qu'ils avaient pour leur art; mais le caractère de ces compositions diffère d'une façon très marquée.

L'expression d'une âme enfantine et folâtre[19] règne dans la composition de Haydn. Ses symphonies nous transportent dans de vastes prairies sans fin, au milieu d'un mélange joyeux et confus d'êtres heureux et satisfaits. Des bandes de jeunes garçons et de jeunes filles passent devant nous en dansant, au bruit joyeux des chansons; des enfants qui sourient, qui se cachent, qui guettent derrière les arbres, dans des buissons de roses et jettent des fleurs en s'agaçant; leur vie pleine d'amour, pleine de félicité, passée dans une éternelle jouissance comme avant le premier péché; pas de souffrances, point de douleurs, rien qu'un doux et mélancolique désir pour une forme aérienne et chérie qui voltige dans le lointain, à l'éclat douteux du crépuscule, qui ne se rapproche pas, qui ne s'éloigne pas, qui reste là, non pas dans la nuit, mais dans le soleil couchant, ou plutôt qui est elle-même l'astre du soir et qui dore de ses feux les bois et la montagne. C'est la musique de Haydn. — Mozart nous arrache à ces rêves de rose et nous ouvre le pays des ombres. La terreur nous saisit, mais sans impression cruelle, c'est moins un mal que le pressentiment de l'infini. L'amour et la tristesse s'expriment par la voix grande et sonore des esprits ; la nuit s'avance, elle étend ses voiles bruns sur nos têtes ; des images délicieuses et fantasques se lèvent, grandissent, nous prennent dans leurs rangs, s'envolent à travers les nuages et nous forcent à assister aux danses emportées qu'elles forment dans les sphères éternelles. — Allez entendre la symphonie de Mozart en mi naturel, connue sous le nom du *chant du cygne*.

La musique instrumentale de Beethoven nous transporte dans un monde immense et prodigieux ; la nuit est profonde, des rayons éclatants percent la profondeur de cette nuit, et éclairent des ombres gigantesques, qui s'élèvent et s'abaissent, se resserrent toujours plus étroitement, nous étouffent, nous anéantissent, mais laissent subsister en nous le venin de la douleur, celui du désir, l'amour, l'espérance, la joie, grandissant encore ces pensées, et les rendant si gigantesques, si robustes, si puissantes, que notre poitrine, trop étroite pour les contenir, est près de se briser !

Haydn embrasse ce qu'il y a de plus humain dans la vie humaine, mais il l'embrasse d'une manière romantique ; il est plus commensurable, plus saisissable pour la multitude.

Mozart s'empare de ce qui est surhumain, du merveilleux, dont le germe est au fond de notre âme, et il l'exprime.

La musique de Beethoven fait jouer les ressorts de la crainte, de la terreur, du saisissement, de la douleur, et il réveille ce désir infini qui est l'essence du sentiment romantique. Aussi Beethoven est-il le pur compositeur tout poétique, et la musique vocale, qui ne laisse rien d'indéfini en employant les paroles, lui réussit peu.

Le génie puissant de Beethoven écrase la populace musicale ; elle veut en vain s'ameuter contre lui : les juges profonds et sérieux, regardant autour d'eux d'un air grave, assurent qu'on peut les croire sur parole, eux hommes à vue étendue et de grande intelligence, que rien ne manque au bon Beethoven, qu'il possède une imagination très riche et très animée, mais qu'il ne sait pas se modérer. Avec lui il ne faut parler ni du choix ni de l'arrangement des pensées, et il jette toutes choses comme elles lui viennent dans le feu de son inspiration. Mais que serait-ce, s'il ne fallait s'en prendre qu'à la faiblesse de votre regard, juges impassibles, dont l'œil n'a pu saisir l'enchaînement admirable des compositions de Beethoven ? Si la faute n'en était qu'à vous qui n'êtes pas initiés à la langue du maître et pour qui les portes du temple saint restent fermées ! Ce maître, l'égal de Haydn et de Mozart en réflexions et en prudence, s'élève, dans ses compositions, au-dessus de la région musicale et la domine de toute sa pensée. Des jugeurs esthétiques se sont plaints souvent du manque complet d'unité et d'harmonie qu'ils trouvent dans Shakespeare, tandis qu'un regard, plus clairvoyant que le leur, voyait en lui un bel arbre d'où s'élancent d'un même tronc des feuilles, des fleurs et des fruits. Ainsi une contemplation très forte de la musique instrumentale de Beethoven y découvre cette haute combinaison qui est inséparable du génie, et que nourrit l'étude de l'art. Quel ouvrage instrumental de Beethoven confirme à un plus haut degré ce que j'avance, que la magnifique et sublime symphonie en ut bémol ? Comme cette merveilleuse composition conduit l'auditeur, par une gradation rapide, jusqu'au sentiment vague et infini ! Rien n'est plus simple que la pensée du premier allegro, qui consiste en deux mesures, et le thème qui suit éclaire encore plus le caractère inquiet, agité et désireux de ce passage. Le cœur pressé semble vouloir se soulager par des tons aigus ; mais bientôt une figure amie apparaît au loin et éclaire cette nuit profonde ; je parle de l'aimable thème en sol naturel, qui est répété en mi par les cors. Qu'il est simple ! Encore une fois, c'est le thème que le maître a choisi pour base de toute son œuvre ; mais comme tous les passages qui l'entourent l'encadrent bien par leur accord rythmique, et comme ils servent, par leur enchâssement, à développer le caractère de l'allegro, qui est le motif principal ! Tous les passages sont courts, ne consistant presque jamais qu'en deux ou trois mesures, et répartis en outre alternativement et constamment entre les instruments à vent et les instruments à cordes. On croirait que de tels éléments il doit sortir quelque chose de morcelé et de haletant; mais non, cette répétition des passages, ces accords parsemés et tombant comme une pluie incertaine, sont justement ce qui produit ce bel arrangement qui peint les désirs d'une âme inquiète et *la* conduit jusqu'à leur accomplissement. Le thème de l'andante *con moto* en *la* naturel ne résonne-t-il pas comme la voix sonore de l'esprit qui annonce l'espérance? Mais en même temps apparaît l'ange terrible qui chasse les images gracieuses dont nous sommes environnés. Que dire du menuet? Écoutez les modulations qui suivent, ainsi que ce thème qui s'élargit toujours de quelques mesures! Ce désir inquiet, ce trouble du commencement ne vous saisissent-ils pas de nouveau, ne rentrez-vous pas dans ce monde inconnu où le maître est si grand et si terrible? Mais le magnifique thème du dernier passage, inondé par toute l'harmonie de l'orchestre, éclate comme un soleil éblouissant. Quelles merveilleuses oscillations, tracées par le contrepoint, se rattachent ici à l'ensemble! Il se peut que cette œuvre ne semble qu'une rapsodie à quelques esprits superficiels, mais l'âme de l'auditeur pensif sera saisie à coup sûr par un sentiment qui croîtra de moment en moment, et il luttera entre la douleur et la joie jusqu'à ces grands accords qui lui ouvriront les cieux et leurs merveilles.

Que tes magnifiques compositions pour le piano ont fortement saisi mon âme, ô grand maître! Que tout ce qui n'appartient pas à ton génie, au pensif Mozart, et au puissant esprit de Sébastien Bach, me touche peu maintenant! Avec quelle joie j'ai ouvert ta soixante-dixième œuvre, ces deux divins trios que je devais apprendre après quelques moments d'étude! Il me semble en les parcourant que je m'enfonce dans un grand parc plein d'arbres rares, des plus merveilleux, et que chaque pas que j'y fais m'y montre de nouvelles merveilles.

En ce moment, je rappelle de mémoire sur le piano quelques passages frappants de ces airs. — Il est donc vrai que le piano forte est un instrument plus propre à rendre l'harmonie que la mélodie. La plus fine expression dont l'instrument est susceptible, ne donne pas à la mélodie cette vie animée de mille manières, que produit l'archet du violon, le souffle de la flûte. L'exécutant lutte en vain avec les difficultés invincibles que lui oppose le mécanisme qui fait vibrer et retentir les cordes par une secousse. En revanche, il n'est pas d'instrument (excepté la harpe) qui déploie en accords plus variés, en formes plus merveilleuses l'harmonie et ses trésors. L'imagination du maître a-t-elle conçu un grand tableau de tons avec des groupes nombreux, de vives lumières et des ombres profondes ; le piano les appelle à la vie, avec tant de vivacité, qu'ils apparaissent aussitôt tout éclatants et tout colorés. La partition à plusieurs voix, ce véritable grimoire musical, qui recèle dans ses caractères compliqués toutes les merveilles de la composition, qui conserve le sujet des chœurs d'instruments, s'anime et se dresse sous les doigts du maître lorsqu'ils parcourent le clavier ; un morceau joué de la sorte peut être comparé à la belle gravure qui reproduit un grand tableau. Le piano a surtout été créé pour improviser, pour exécuter des sonates, des accords, ainsi que pour les morceaux avec accompagnement d'instruments ; toutes ces actions appartiennent à l'harmonie qui est l'âme de cette ingénieuse machine.

Mais c'est une aversion véritable que le sentiment dont je suis saisi en entendant des concertos de piano ; car les concertos de Mozart et de Beethoven, ne sont que des symphonies avec accompagnement obligé de piano. Obligé de chercher à rendre la mélodie qui n'est pas de son domaine, l'instrument souffre et se cabre, et le meilleur exécutant s'efforce en vain d'exprimer ce que le premier violon venu rend avec une facilité extrême.

Chaque solo semble pâle et rude, après les *tutti* des violons et des instruments à vent ; on admire la dextérité des doigts ; mais l'âme n'est pas touchée le moins du monde.

Que de peines le maître a prises cependant, avec quelle ferveur il s'est identifié à l'esprit de son instrument !

Tant que la musique instrumentale marche seule, sans appui de la voix et des paroles, lorsqu'elle n'a pas un but dramatique, elle doit éviter toutes les formes folâtres et plaisantes, tous les *lazzi* badins. La musique divine de Beethoven est le modèle de ce genre ; elle bannit tous ces passages périlleux à se rompre le cou, tous ces tours de force des deux mains, les bonds merveilleux, les caprices comiques, les notes élevées hasardement dans les airs sur un échafaudage de cinq ou six traits noirs, toutes les choses enfin dont les nouvelles compositions pour le piano sont remplies. S'il n'est question que d'agilité dans les doigts, les compositions de ce maître n'offrent pas de grandes difficultés, et cependant rien n'est plus difficile que leur exécution ! Plus d'un virtuose les jette à l'écart en s'écriant : — C'est trop difficile ! et souvent il ajoute : et trop ingrat ! — C'est que pour exécuter commodément et justement un morceau de Beethoven, il ne s'agit pas de moins que de pénétrer profondément dans son âme, et de se familiariser avec les diverses apparitions qu'invoque son génie. Il faut une révélation [20] ! Qui ne trouve pas cette révélation en lui, qui ne regarde cette sainte musique que comme un jeu pour se distraire à certaines heures, pour charmer certaines oreilles sourdes et émoussées, et comme une affaire de vanité et d'ostentation, que celui-là s'en abstienne ! Le véritable artiste vit dans l'œuvre même du maître qu'il s'approprie ; il s'oublie tout entier, il s'efface pour s'identifier à lui, pour le faire valoir, et toute sa peine, tout son talent ne tendent qu'à rappeler ces fantômes qui dorment dans les écrits du maître, qu'à réveiller ces riantes et bienheureuses images, à les parer d'un nouvel éclat afin de les faire admirer à genoux par les auditeurs éblouis et frappés, adorant à la fois le monde céleste qui leur apparaît, et le génie puissant qui l'a créé.

PENSÉES EXTRÊMEMENT ÉPARSES [21]

Déjà lorsque j'étais à l'école, j'avais l'habitude d'écrire tout ce qui me venait à l'esprit, soit en lisant un livre, en entendant de la musique, en regardant un tableau, en un mot, je notais toutes mes impressions. Je m'étais fait faire un petit livre, sur lequel j'avais écrit : *Pensées éparses*. — Mon cousin qui habitait avec moi la même chambre, et qui épiait avec une mordante ironie le cours de mes réflexions, trouva ce petit livre, et devant le mot *éparses,* il plaça très méchamment, l'augmentatif *extrêmement*. — A mon grand chagrin, après m'être d'abord très vivement fâché de la malice de mon cousin, je reconnus, en lisant ce que j'avais écrit, que mes pensées éparses l'étaient en effet beaucoup ; je jetai le livre au feu, et je promis de ne plus rien écrire, mais de laisser aller les choses à leur gré. — Mais en repassant mes œuvres musicales, je m'aperçois avec effroi que dans ma vieillesse, cette habitude est devenue plus forte en moi que jamais, car presque toutes les pages sont barbouillées de pensées on ne peut plus éparses. — Si quelqu'un s'avisait, comme il n'arrive que trop souvent, moi mort, de prendre en considération mon héritage intellectuel, de transmettre ou de publier quelqu'une de mes rêveries, je le supplie de brûler sans pitié ces pensées jetées au hasard, et de prendre à la lettre la méchante addition du cousin.

On a beaucoup disputé sur notre Sébastien Bach, et sur les vieux maîtres italiens ; on ne savait à qui donner la préférence. Un ami spirituel me dit : — Sébastien Bach est aux vieux maîtres italiens ce que la cathédrale de Strasbourg est à l'église de Saint-Pierre de Rome.

Cette image m'a vivement frappé. Je vois dans les motets à huit voix de Bach, la construction romantique, merveilleuse et hardie du moûtier de Strasbourg avec toutes ses découpures fantastiques, entrelacées avec tant d'art, et s'élevant dans les airs avec fierté et magnificence. Comme dans les chants pieux de Benevoli et de Perti, je reconnais les contours purs, les proportions grandioses et les grandes masses de Saint-Pierre qui remplissent l'âme d'une terreur sainte.

Ce n'est pas seulement en rêve et dans le léger délire qui précède le sommeil, c'est encore éveillé, lorsque j'entends de la musique, que je trouve une analogie et une réunion intime entre les couleurs, les sons et les parfums. Il me semble que toutes ces choses ont été engendrées par un même rayon de lumière, et qu'elles doivent se réunir dans un merveilleux concert. — L'odeur des soucis bruns et rouges produit surtout un effet magique sur ma personne ; elle me fait tomber dans une profonde rêverie, et j'entends alors, comme dans le lointain, les sons graves et profonds du hautbois [22].

Il est des moments (surtout quand j'ai beaucoup lu dans les œuvres du grand Sébastien Bach) où les formes musicales, et particulièrement les règles mystiques du contrepoint, réveillent en moi une terreur sainte. — Musique ! c'est avec effroi que je te nomme ! toi qui ressembles au sanscrit exprimé par des tons, toi que l'élève [23] balbutie avec tant de peine, et qui fais le désespoir du savant qui t'a étudiée avec le plus d'ardeur.

J'entends souvent conter, sur les grands maîtres, des anecdotes qui sont si puériles qu'elles m'irritent à l'excès. Ainsi, l'histoire de l'ouverture du *Don Juan* de Mozart est si follement prosaïque, que je m'étonne qu'un musicien un peu distingué ait pu la recueillir et la perpétuer. — On conte que Mozart recula de jour en jour la composition de son ouverture, et que le jour qui précéda la représentation, tandis que ses amis inquiets le croyaient assis à son pupitre, il était allé faire une joyeuse promenade. Enfin, le jour même de la représentation, de grand matin, il se mit à composer en quelques heures son ouverture dont les parties furent portées encore tout humides au théâtre. On juge de l'étonnement et de la stupéfaction ; étonnement qui dure encore quand on songe à la rapidité avec laquelle il dut couvrir son papier de notes. — Ne pensez-vous pas que le maître qui a composé *Don Juan,* le plus profond de ses ouvrages, qui l'a composé pour ses amis, c'est-à-dire pour ceux qui le comprenaient le plus intimement, n'ait pas arrangé d'avance dans sa tête toutes les parties de son œuvre, de sorte qu'elle en découlât comme les flots abondants d'une riche fonte ?

Ne croyez-vous pas que l'ouverture des ouvertures, dans laquelle tous les motifs de l'opéra sont déjà si magnifiquement indiqués, était achevée tout aussi bien que le reste de l'ouvrage, avant que le maître prît la plume pour l'écrire ? — Si l'anecdote est vraie, Mozart a voulu inquiéter ses amis qui parlaient toujours de la composition de l'ouverture, et il a retardé seulement l'heure du travail mécanique. Quelques-uns n'ont-ils pas trouvé dans l'allegro le moment où Mozart, qui s'était endormi en composant, se réveilla en sursaut et reprit son ouvrage ? — Il est des gens singuliers ! — Je me souviens qu'à la représentation de *Don Juan,* un de ces gens-là se plaignit amèrement à moi et me dit que c'était une chose abominablement peu naturelle que cette statue et ces diables ! Je lui répondis, en ricanant, qu'il avait dû remarquer depuis longtemps que sous ces vêtements blancs se cachait un maudit commissaire de police diablement rusé, que les démons n'étaient autre chose que des mouchards muets, que l'enfer était tout bonnement la maison d'arrêt où don Juan allait être enfermé en punition de ses débordements, et qu'ainsi toute cette scène devait se prendre d'une manière allégorique. — Mon homme prit alors gaiement prise sur prise, et il se mit à rire et à se réjouir, et à prendre en pitié les autres spectateurs, qui se laissaient duper si grossièrement ; et dans la suite, chaque fois qu'il était question des puissances infernales évoquées par Mozart, il me lançait le sourire le plus malin, que je lui rendais aussitôt et en conscience.

Il pensait en lui-même : — Nous savons ce que nous savons ! — Et il avait vraiment raison, le cher homme !

Depuis longtemps je ne m'étais autant réjoui que ce soir. — Mon ami entra joyeusement dans ma chambre, et m'annonça qu'il avait découvert dans un cabaret du faubourg une troupe de comédiens qui représentait chaque jour le drame et la tragédie devant les habitués de la taverne. Nous nous y rendîmes aussitôt, et nous trouvâmes à la porte de la grande salle un écriteau par lequel on annonçait, en se recommandant humblement et mélancoliquement à l'assemblée, que le choix de la pièce dépendait chaque fois de l'honorable public, et que le cabaretier avait soin de le pourvoir de bonne bière et de tabac. Cette fois, on prit sur la carte dramatique le drame de *Jeanne de Montfaucon,* par Kotzebue, et je vis bientôt que, représenté de la sorte, cet ouvrage est d'un effet incroyable. On voit bien distinctement que le poète a voulu tenter une verve d'ironie amère [24], et rendre ridicules le pathos, la poésie qui n'est pas poétique: en ce sens, le rôle de Jeanne est une des conceptions les plus comiques que j'aie jamais vues *. Les comédiens et les comédiennes avaient très bien compris ce sens profond de la pièce et arrangé toute la scène d'une manière digne de louanges. N'est-ce pas, par exemple, une heureuse idée que celle du directeur qui, à ces mots échappés à Johanna: « C'est un éclair qui m'a frappé », ne recule pas devant une dépense de colophonium et fait luire réellement deux ou trois éclairs ? Excepté un petit accident qui fit écrouler le plus silencieusement du monde le château de Jeanne, grand de six pieds et bâti en papier, ce qui laissa voir une futaille, du haut de laquelle Jeanne, censée placée sur un balcon, causait affablement avec ses vassaux; les décorations furent admirables, et particulièrement les montagnes de la Suisse, traitées avec une heureuse ironie, selon le sens général de la pièce. Les costumes offraient aussi de bonnes leçons. Par ces costumes, le poète semblait dire aux dramaturges de bonne foi: — Voyez, voilà réellement comme sont vos héros ! — Au lieu des robustes et énergiques chevaliers du Moyen Age, ce ne sont que des hommes mous, pleureurs et misérables, qui se figurent arrivés au niveau de leur modèle quand ils se sont affublés d'une cuirasse ! — Tous les chevaliers du drame, Estavajoll, Lazarra étaient en fracs ordinaires, sur lesquels ils portaient des écharpes de guerre, comme à leurs chapeaux ronds ils avaient attaché quelques plumes. Je veux surtout signaler une belle invention qui devrait être imitée dans les grands théâtres. Je ne pouvais trop m'extasier sur la

* Hoffmann se moque ici très amèrement de Kotzebue, qui a écrit ce drame en toute gravité.

grande précision des entrées et des sorties, sur l'ensemble et l'harmonie des rôles, d'autant plus que le choix de la pièce avait été laissé au public et que le répertoire se composait d'un grand nombre d'ouvrages ! Enfin, au mouvement brusque et comique d'un acteur dans la coulisse, je remarquai, en armant mes yeux d'une lorgnette, que des pieds des acteurs et des actrices au trou du souffleur couraient de légers cordons qui les avertissaient de s'arrêter ou de se mettre en marche. Un bon directeur qui veut faire marcher tout son monde à son gré ne saurait prendre un meilleur moyen ; il pourrait trouver des signes pour élever, baisser la voix, s'attendrir, se fâcher, comme dans les manœuvres de cavalerie on varie les coups de trompette, auxquels les chevaux sont habitués à obéir, et, assis près du souffleur, ses cordons à la main, il dirigerait véritablement sa troupe.

On nous dira que nous avons déjà les marionnettes. Hélas ! même avec l'invention des fils, nos grands comédiens n'arriveront jamais à la perfection et à la sublimité des marionnettes.

On raconte que, dans un temps où la grande querelle des gluckistes et des piccinistes s'était un peu refroidie, un des plus ardents adorateurs de l'art était parvenu à amener un soir Gluck et Piccini à un souper, et que là, le loyal Allemand, satisfait de voir la fin de ces fâcheux débats, et dans les épanchements du vin, avait révélé à son rival tout le mécanisme de sa composition, et lui avait découvert ce secret qu'il possédait d'élever les hommes, de les toucher, surtout de ranimer les Français si blasés et si insensibles. Mais le penseur, le tendre Piccini, grand homme à sa manière, dont le chœur des prêtres de la nuit, dans *Didon,* a laissé en moi une impression ineffaçable, n'a cependant jamais écrit, comme Gluck une *Armide* et une *Iphigénie*.

Suffirait-il de savoir comment Raphaël s'y prenait en peignant ses tableaux, pour devenir un Raphaël ?

Nulle conversation sur les arts ne put avoir lieu aujourd'hui, pas même ce céleste bavardage sur des riens auxquels je me livre si volontiers avec les femmes, parce qu'il me semble que c'est un accompagnement léger et sans motif qui soutient une mélodie cachée et que j'entends moi seul. Tout alla à la politique. Quelqu'un se mit à dire : — Le ministre P*** n'a pas écouté les représentations de la cour de **. Moi, je sais que ce ministre est réellement sourd d'une oreille. — Et en cet instant, un grotesque tableau que j'eus toute la soirée sous les yeux, se forma devant moi. Je vis le ministre raide et debout au milieu de son cabinet. Le négociateur de ** se trouvait malheureusement du côté de l'oreille sourde, son adversaire tenait la bonne ! Tous les deux employèrent mille moyens : l'un pour faire tourner Son Excellence de l'autre côté, le second pour lui faire conserver son attitude, car de là dépendait tout le succès de la négociation. L'Excellence, ferme, immobile comme un chêne allemand, restait enracinée à sa place, et le succès fut à celui qui avait par hasard la bonne oreille [25].

On parle beaucoup de l'enthousiasme que se procurent les artistes par la jouissance des boissons fortes, on nomme des musiciens, des poètes qui ne peuvent travailler que de la sorte [26] ; je n'en crois rien, mais il est certain que, dans cette heureuse disposition, je dirais presque dans la constellation favorable où l'on se trouve lorsque l'esprit passe de la conception à l'enfantement, les breuvages spiritueux accélèrent l'élan des idées. — Ce n'est pas une noble image, mais je me figure une roue de moulin qu'un flot bien impétueux fait tourner plus vite ; l'homme répand le vin, et le rouage intérieur se meut avec plus de vitesse ! — N'est-il pas admirable qu'un noble fruit porte en lui le secret d'animer l'esprit humain, de faire retentir d'une façon merveilleuse ses accords les plus secrets ! — Mais quelle puissance a surtout ce breuvage qui fume en ce moment dans mon verre ? C'est un étranger mystérieux qui, pour mieux rester inconnu, change partout de nom. On le produit en approchant la flamme du cognac de l'arrac ou du rhum qu'on a répandus sur une rôtie dorée et amoureusement couronnée de sucre. — La préparation et la jouissance modérée de cette boisson, ont pour moi quelque chose de bienfaisant et de joyeux. — Quand s'élance la flamme bleue, je vois s'échapper les salamandres ardentes lançant des langues de feu; elles viennent lutter avec les esprits de la terre, avec les gnomes qui résident dans le sucre; ceux-ci se défendent vigoureusement, ils pétillent, et lancent contre leurs ennemis des clartés jaunâtres, mais la puissance éthérée est trop grande, ils tombent et s'abattent en murmurant et en faisant entendre de légers frémissements.

— Cependant les esprits de l'eau s'envolent en tournoyant dans la vapeur, tandis que les esprits de la terre, épuisés, attirent les salamandres abattues et les dévorent dans leur propre empire; mais ils périssent à leur tour, et des petits esprits nouveau-nés s'élèvent avec hardiesse et tourbillonnent dans un rouge éclatant, esprits que les salamandres et les gnomes ont enfantés en expirant, et qui participent à la fois des génies du feu et de ceux de la terre [27].

S'il était véritablement possible d'accélérer, en les arrosant, les rouages de notre esprit, il faudrait établir les principes de ce mouvement d'après la nature des boissons auxquelles on aurait recours.

Pour la musique d'église, le vieux vin du Rhin et les vins de Franconie.

Pour l'opéra seria, le meilleur vin de Bourgogne.

Pour l'opéra-comique, la liqueur jaunissante de la Champagne.

Pour les canzonnettes italiennes, les vins de Grèce et de Sicile.

Mais pour une composition romantique comme le *Don Juan* un verre de cette liqueur qui jaillit de la lutte des gnomes et des salamandres !

Je laisse toutefois chacun à son opinion individuelle, et je me borne à remarquer pour moi-même que la liqueur qui naît de la lumière et des feux souterrains est souvent dangereuse et qu'il ne faut pas lui confier son honneur, car elle change promptement de mine, et, au lieu d'une amie bienfaisante, on trouve bientôt en elle un affreux tyran.

On raconta aujourd'hui l'anecdote du vieux Rameau. Il écoutait attentivement, au lit de mort, un ecclésiastique qui l'exhortait en termes fort durs à la pénitence et qui ne cessait de le presser et de le menacer à tue-tête ; enfin il lui dit d'un air fort sérieux : — Mais comment pouvez-vous chanter si faux, mon père ? — Je n'ai pas pu résister au ton de l'assemblée qui riait aux éclats, mais cette histoire a pour moi quelque chose d'infiniment touchant. Eh quoi ! ce fameux maître de l'art musical s'était-il déjà tellement séparé des choses terrestres, son esprit s'était-il déjà si grandement ouvert aux concerts célestes, que toute expression, tout bruit extérieur n'était plus qu'un désaccord qui troublait cette pure harmonie dont son âme était remplie, qui le harcelait et l'arrêtait dans son vol vers les sphères lumineuses ?

Dans aucun art la théorie n'est aussi faible et aussi insuffisante que dans la musique ; les règles du contrepoint n'ont trait naturellement qu'à la structure harmonique, et un morceau travaillé d'après ces principes est tout simplement un dessin tracé d'après les lois des proportions. Mais quant à ce qui touche le coloris, le musicien est entièrement abandonné à lui-même, car le coloris, c'est l'instrumentation. — L'innombrable variété des formes musicales ne permet pas de fixer une règle, mais, appuyé sur une imagination éclairée par l'expérience, il serait possible de donner des indications ; ces indications, je les nommerais *la mystique des instruments*. L'art d'opérer, soit à pleins orchestres, soit avec des instruments isolés, c'est la perspective musicale, etc.

Il est aussi difficile de faire un bon dernier acte qu'un vigoureux final. Ces deux choses sont ordinairement trop chargées de figures, et le reproche de ne savoir pas terminer est souvent juste. Pour les poètes et les musiciens, ce ne serait pas une mauvaise proposition que celle de faire d'abord le dernier acte et le final. L'ouverture et le prologue doivent invariablement être composés les derniers.

LE CLUB MUSICAL[28]

Toutes les horloges, même les plus paresseuses, avaient déjà sonné huit heures, les bougies étaient allumées, le piano était ouvert, et la fille de la maison qui faisait le petit service auprès de Kreisler, lui avait déjà annoncé que l'eau du thé était suffisamment bouillante ; enfin, on frappa à la porte, et le fidèle ami entra avec l'homme réfléchi : ils étaient suivis du mécontent, du jovial et de l'indifférent. Le club était complet, et Kreisler s'efforçait, comme d'ordinaire, par une symphonie improvisée, d'élever quelques degrés plus haut l'âme de ses compagnons, de la tirer de l'atmosphère poudreuse où ils avaient été obligés de se traîner tout le jour.

Le réfléchi semblait fort sérieux, presque absorbé ; il se mit à dire : — Votre jeu était incomplet il y a quelques jours, mon cher Kreisler ! Ce marteau dérangé lui faisait grand tort : l'avez-vous fait réparer ?

— Oui, je le crois, répondit Kreisler.

— Il faut nous en assurer, reprit le réfléchi... A ces mots, il alluma une bougie à la grande lampe suspendue au-dessus de la table, et, la tenant au-dessus des cordes, il rechercha fort attentivement le marteau invalide. Tout à coup la lourde mouchette placée sur le flambeau tomba dans l'instrument, et douze à quinze cordes sautèrent avec un retentissement criard.

Le réfléchi se contenta de dire : — Voyez donc !

Kreisler fit une grimace comme s'il eût mordu dans un citron.

— Diable ! diable ! s'écria le mécontent, aujourd'hui, justement, je me faisais une fête d'entendre de l'improvisation de Kreisler. — Justement aujourd'hui ! — De toute ma vie, je n'ai jamais été aussi altéré de musique !

— Au fond, dit l'indifférent, il importe peu que nous fassions de la musique ou autre chose.

Le fidèle ami prit la parole à son tour, dit qu'il était fâcheux sans doute que Kreisler ne pût jouer ses fantaisies, mais qu'il ne fallait cependant pas désespérer de la soirée.

— Nous ne nous amuserons pas moins, dit le jovial en appuyant avec amour-propre sur ses paroles.

— Et moi, je veux cependant improviser ! s'écria Kreisler. Toute la partie de la basse est restée intacte, et cela me suffit.

Kreisler mit alors son petit bonnet rouge sur sa tête, passa sa robe de chambre chinoise et se mit à son instrument. Les membres du club prirent place sur le sopha et sur les chaises, le fidèle ami éteignit les lumières à la demande de Kreisler, de sorte qu'on se trouva dans de profondes ténèbres. Kreisler commença alors *pianissimo,* les pédales sourdes de la basse levées, en *la* naturel, et se mit à dire :

— Quel bruit résonne si merveilleusement autour de moi ? Des ailes invisibles agitent l'air qui m'environne ; je nage dans une atmosphère parfumée dont les vapeurs forment des cercles lumineux ; ce sont les ailes d'or des esprits, leurs douces haleines, leurs accords purs et touchants.

Et il ajouta, en changeant successivement de ton, et, les nommant tour à tour :

La bémol — *mezzo forte*. —

Ah ! — Ils m'entraînent dans la région des désirs éternels ; la douleur pénètre dans mon sein, elle le déchire avec puissance.

Mi naturel, sexte accord — *ancora più forte*. —

— Résiste courageusement, ô mon cœur ! que le rayon cuisant qui traverse mon sein ne te brise pas et ne te réduise pas en poussière. Réveille-toi, mon génie énergique, élève-toi dans l'élément dans lequel tu es né et qui est ta patrie !

Mi naturel, tierce-accord — *forte*. —

— Ils m'ont présenté une couronne magnifique, mais tous ces diamants qui éclatent et étincellent ce sont des millions de larmes que j'ai répandues moi-même, et l'or n'est que le reflet d'une flamme qui doit me dévorer.
— Puissance, force et foi à celui qui est appelé à régner dans l'empire des ombres !

La bémol — *harpigando dolce*. —

— Pourquoi fuis-tu, charmante fille ? le peux-tu donc ? ne sens-tu pas partout ces liens invisibles qui te retiennent ? Tu ne sais pas dire le mal qui s'est glissé dans ton sein, comme un désir rongeur, et qui te fait cependant frémir d'une noble émotion ; tu ne trouves pas de paroles pour t'en plaindre, pauvre fille ! mais tu sauras tout quand j'aurai conversé avec toi, quand nous aurons devisé dans la langue des esprits que tu comprends si bien !

Fa naturel.

— Hélas ! que ton cœur bondit de désirs et d'amour quand je t'environne de mes mélodies comme avec deux bras merveilleux ! — Tu ne peux t'éloigner, car ces pressentiments secrets qui faisaient battre ton sein sont enfin accomplis ; ce ton, c'est un oracle qui de mon cœur va dans le tien, qui le soutient et le console !

Si naturel — *accentuato*. —

— Quelle joyeuse vie dans les champs et dans les bois ! quelle verdure de mai ! quels bourdonnements ! quel parfum de printemps ! Toutes les flûtes et tous les chalumeaux qui, pendant l'hiver, étaient jetés gelés et morts, dans un coin poudreux, se sont réveillés en cadence ; ils ont sonné toutes leurs chansonnettes favorites, et ils dansent, et ils sautillent gaiement, comme l'oiseau qui voltige dans les airs et se repose sur la pointe des buissons.

Si naturel, avec une septième — *smanioso*. —

— Un tiède vent d'est passe sur la plaine comme un secret chagrin, et gémit sourdement dans le feuillage, et sur sa route murmurent les sapins et les bouleaux qui-se disent : — Pourquoi notre ami est-il devenu si sombre ? — Ne l'entends-tu pas se plaindre, ma belle bergère ?

Mi naturel — *forte*. —

Suivez-le, au galop, à la course ! à cheval, en route, halloh ! hourrah ! — Il est vêtu de vert, de vert sombre comme le sombre feuillage ! — L'entendez-vous passer au milieu des taillis, et tout franchir sur son passage ? Entendez-vous ces accents retentir ? c'est le cor, le bruit du cor, joyeux et traînant ! — A cheval, en route, halloh ! hourrah ! courons à sa rencontre !

Re tierce, quarte sixte accord — *piano*.

La vie s'écoule et passe de mille façons, sous mille formes ; elle nous tourmente et nous harcèle. — Pourquoi désirer ? — Pourquoi espérer ? — Pourquoi prétendre ?

Ut naturel, tierce accord — *fortissimo*. —

Dansons, dansons ! que la danse soit folle et la gaieté sauvage ? — Joignons les mains, sautons et trépignons autour des fosses béantes. Poussons des cris de joie : ceux qui sont là-dedans ne les entendent pas. — Heisa, heisa ! — Redoublez folie, gaieté et joie. Qui vient se joindre à nous ? c'est le diable, avec cymbales et trompettes. Oh ! le joyeux démon !

Ut bémol, accord — *fortissimo sans relâche*. —

Ne le voyez-vous pas ? — Ne le voyez-vous pas ? — Tenez, il enfonce ses griffes brûlantes dans mon sein !

— Il se couvre de vingt masques difformes. — Le voilà chantre, gouverneur, maître de chapelle, docteur aux urines, *ricco mercante ;* — il jette les mouchettes sur les cordes du piano, afin que je ne puisse pas jouer !

— Kreisler ! Kreisler, lève-toi ! — Le vois-tu se glisser près de toi, le pâle spectre aux yeux rouges ? — Ses doigts crochus passent sous son manteau déchiré ; il les étend vers toi ! — Vois sa couronne de paille sur son front chauve et luisant ! — C'est la démence, le délire en personne. — Jean, défends-toi bien ; défends-toi, Jean ! — O folle apparition ! veux-tu m'entraîner dans les cercles que tu décris ? — Ne puis-je pas te fuir ? N'est-il pas dans l'univers un grain de poussière sur lequel, métamorphosé en moucheron, je puisse me préserver de tes atteintes, esprit cruel ? — Laisse-moi ! — Je veux être sage ! Je veux croire que le diable est un *galanthuomo,* des plus belles manières ! Honni soit qui mal y pense ! je maudis le chant, la musique. — Je te lèche les pieds comme l'ivrogne Caliban ; mais délivre-moi de ce tourment. — Ah ! maudit, tu as écrasé toutes mes fleurs ; dans cet affreux désert, il ne croîtra plus un brin d'herbe.

— Mort, mort, mort ! —

En ce moment une petite flamme pétilla. — Le fidèle ami avait promptement cherché un petit briquet chimique, et allumé deux bougies pour couper court à toutes les improvisations de Kreisler, car il le voyait animé à ce point où il se précipitait d'ordinaire dans un abîme sans fond, où il se livrait à une douleur sans espoir. En ce moment, la fille de la maison apporta le thé. Kreisler se leva silencieusement et quitta le piano.

— Que signifie tout cela ? dit le mécontent. Un allegro raisonnable de Haydn m'eût fait plus de plaisir que cet absurde babillage.

— Mais ce n'était pas trop mal, dit l'indifférent.

— Trop sombre, seulement beaucoup trop sombre, dit le jovial ; il faut mettre au plus vite la conversation sur un ton plus joyeux.

On s'efforça de suivre le conseil du jovial, mais les accords terribles de Kreisler retentirent comme un écho sombre et éloigné.

Le mécontent, très mécontent de la soirée, que, disait-il, Kreisler avait gâtée par sa sotte improvisation, s'en alla avec le réfléchi. Le jovial les suivit, et le voyageur enthousiaste resta seul auprès de Kreisler, avec le fidèle ami. (J'ai déjà dit quelque part que le voyageur enthousiaste et l'ami fidèle n'étaient qu'une seule et même personne [29].)

Jean, toujours silencieux, était assis sur le sopha, les bras croisés.

— Je ne sais ce que tu as aujourd'hui, Kreisler, lui dit l'ami fidèle, tu es hors de toi, et sans humeur cependant. Je ne t'ai jamais vu ainsi.

— Hélas! ami, répondit Kreisler, un sombre nuage a passé sur ma vie! Ne penses-tu pas qu'il est permis à une pauvre innocente mélodie qui n'exige pas de place, pas la moindre place sur la terre, de passer libre et inaperçue dans le grand espace du ciel? Eh! mon Dieu, que ne puis-je m'envoler tout de suite par cette fenêtre, enveloppé dans ma robe de chambre chinoise, comme Méphistophélès dans son manteau!

— En qualité d'innocente mélodie? demanda l'ami en souriant.

— Ou comme *basso ostinato,* si tu l'aimes mieux; mais, d'une manière ou d'autre, il faut que je parte bientôt.

Il le fit comme il l'avait dit.

CORRESPONDANCE DE DEUX FOUS [30]

Le légataire de ces notes rencontra à Berlin, par un bel automne, l'auteur chevaleresque de *Sigurd,* de l'*Anneau enchanté,* de *Ondine,* etc *. On parla beaucoup du merveilleux Jean Kreisler, et l'on apprit qu'il s'était mis en rapport, de la façon la plus bizarre, avec un esprit semblable au sien, qui était sorti, par un autre chemin que lui, des bornes de la raison. — Parmi les papiers laissés par le baron de Walborn, jeune poète que la folie atteignit dans les chagrins d'un amour malheureux, et dont la Motte-

* Le baron de la Motte-Fouqué.

Fouqué conta la mort dans une nouvelle touchante, intitulée *Ixion*, se trouva un billet adressé à Kreisler, mais qui n'avait pas été envoyé. — De son côté, Kreisler, avant sa disparition, laissa une lettre. Voici comment la chose se passa :

— Depuis longtemps le pauvre Kreisler passait pour fou, et, en effet, ses manières, sa vie habituelle et constante, ses goûts d'artiste le mettaient tellement en opposition avec tout ce qui se nomme raisonnable et convenable, qu'il était difficile de douter du trouble et du dérangement de son esprit. Le cours de ses idées devenait de plus en plus excentrique, de plus en plus désordonné : aussi, quelque temps avant sa fuite, il parlait beaucoup de l'amour malheureux d'un rossignol pour une tulipe rouge ; mais cette histoire n'était autre chose, disait-il, qu'un *adagio* et un air de *Roméo et Juliette*. Enfin il m'avoua qu'il avait dessein de se débarrasser de la vie et qu'il voulait aller se poignarder dans le bois voisin avec une quinte. C'est de cette façon extravagante que s'exhalaient ses plus profondes douleurs. Dans la nuit même qu'il choisit pour s'éloigner, il apporta à son fidèle ami Hoffmann une lettre soigneusement cachetée, en le priant de l'envoyer aussitôt aux autorités de la ville. Mais la chose n'était pas possible, car la lettre portait la suscription suivante :

A MON AMI ET COMPAGNON D'AMOUR,
DE SOUFFRANCES ET DE MORT.

Pour lui remettre en ce monde, près
du grand buisson d'épines,
aux confins de la raison ;
au plus tôt, par bonté.

La lettre fut conservée cachetée, et on laissa au hasard le soin d'indiquer ce compagnon et cet ami. Le hasard fit son devoir : la lettre de Wallborn, communiquée par la Motte-Fouqué, ne laissait pas douter que Kreisler n'eût désigné le baron de Wallborn. Ces deux lettres du baron et du maître de chapelle on va les lire ; nous les transcrivons ici.

Wallborn avait perdu la raison dans un amour malheureux ; il paraît que la démence de Kreisler vint aussi d'un amour bizarre qu'il eut pour une cantatrice ; du moins est-il permis de le soupçonner d'après un petit morceau qu'il a laissé et qui a pour titre : *L'Amour de l'artiste.* Ce morceau et plusieurs autres qui forment une sorte de philosophie de la musique paraîtront peut-être quelque jour sous le titre de : *Heures lucides d'un musicien fou.*

LETTRE DU BARON DE WALBORN AU MAITRE DE CHAPELLE KREISLER

« Votre seigneurie se trouve, comme je l'apprends, dans le même cas que moi. On vous avait déjà depuis longtemps soupçonné d'être ici à cause d'un amour des arts qui dépasse d'une façon un peu trop marquée les bornes que le monde prétendu raisonnable a assignées à ces sortes de choses. Il manquait encore une circonstance pour nous rendre compagnons. Votre seigneurie était depuis longtemps fatiguée de toute cette histoire, et elle avait médité de s'en aller. Moi, je restai, je restai ferme, et je me laissai tourmenter et honnir, ne trouvant, pendant tout ce temps, de consolation que dans la lecture des papiers que vous avez laissés, et qui me fut accordée par Mlle de B***. O brillante étoile du ciel au milieu de la nuit ! Je songeai, en les lisant, que je devais vous avoir vu quelque part. Votre seigneurie n'est-elle pas un petit homme singulier qu'on pourrait comparer, sous quelques rapports, avec le portrait de Socrate qu'a fait Alcibiade ? Le dieu s'est caché derrière un masque bizarre, mais des regards puissants percent avec audace cette enveloppe ! Votre seigneurie n'a-t-elle pas coutume de porter un habit dont la couleur est la plus singulière du monde, et le collet n'est-il pas plus singulier encore ? et n'est-on pas en doute de savoir si ce vêtement est un habit ou une redingote, c'est-à-dire un habit qui a été fait redingote, ou une redingote qui s'est faite habit ? Du moins, un tel homme se trouvait près de moi, une fois au théâtre, lorsqu'un individu s'y efforçait, sans le pouvoir, d'être un bouffe italien. Mais la vivacité et l'esprit sardonique du voisin changèrent cette triste scène en la scène la plus plaisante : à ma demande, il me dit qu'il se nommait le docteur Schulz de Rathenow, mais je n'en crois pas un mot, à cause du sourire moqueur qui contracta la bouche de votre seigneurie, car c'était vous, sans aucun doute.

» Laissez-moi, aussi, vous dire que, depuis quelque temps, je vous ai poursuivi dans le même lieu, c'est-à-dire dans le vaste monde où nous nous sommes déjà rencontrés certainement. Bien que l'espace soit assez large, les gens raisonnables le rendent fort étroit pour des gens comme nous : nous ne tarderons donc pas à nous retrouver, soit que l'un de nous ait à fuir quelque personne sensée, ou qu'il veuille échapper à ces conseils dont je vous parlais tout à l'heure, auxquels le supplice de la roue est préférable.

» Pour l'instant, toute mon ambition se borne à fournir à votre seigneurie un petit supplément aux souffrances musicales que vous avez tracées.

» N'est-il pas arrivé quelquefois à votre seigneurie de s'éloigner de cinq à six chambres d'une société bavarde, pour exécuter et mettre au jour quelque pensée musicale, et cependant d'être poursuivi sans pitié par ce monde inexorable ? Quant à moi, je crois que, pour ces traîtres qui se font un devoir de vous troubler, il n'est pas de chemin trop long, d'escalier trop raide, de montagne trop escarpée et trop haute !

» Également : votre seigneurie n'a-t-elle pas remarqué qu'il n'est pas de plus grands contempteurs de la musique, qu'elle n'a pas d'ennemis plus acharnés que les laquais ? Les ordres les plus précis les empêchent-ils jamais de heurter les portes, de marcher rudement ou d'élever la voix ? Mais ils font plus : un génie infernal les excite à entrer juste au moment où l'âme flotte dans la mer d'harmonie, et à la troubler par des questions grossières ou absurdes, et c'est toujours au moment le plus propice, à l'instant où les portes du paradis, frappées par ces sons d'or, commencent à s'entrouvrir et à rouler sur leurs gonds bien lentement; — c'est juste en ce moment-là! — O Seigneur du ciel et de la terre!

» Il ne faut non plus se dissimuler qu'il est des enfants admirables qui, animés du plus pur esprit des laquais, sont en état de remplir ce rôle avec une pareille supériorité, avec un égal bonheur. Ah! chers enfants, qu'il serait facile de faire de vous de bons domestiques!

» Hélas! il ne vous est peut-être jamais arrivé de vouloir chanter en présence de deux yeux qui semblent laisser tomber leurs regards sur vous du haut du ciel, qui réchauffent votre âme, raniment vos meilleurs sentiments; de commencer en effet, et de croire, ô Jean! que votre voix a pénétré dans cette âme aimée, et que vos accords, dans leur sublimité, vont faire tomber de ces deux étoiles les perles de la rosée, — et les deux étoiles se tournent tranquillement vers un chiffon, vers une boucle rebelle, les lèvres divines se contractent, s'amincissent disgracieusement, un bâillement infini les desserre, et il se trouve, mon Dieu, que vous n'avez rien fait qu'ennuyer une belle dame!

» Ne riez pas, cher Jean. Est-il rien de plus douloureux dans la vie? Quelle amertume est plus grande que celle de voir Junon se changer en nuage dans vos bras!

» Ah! nuages, nuages, beaux nuages!

» Et en confidence, monsieur, c'est là le motif qui m'a rendu ce que les gens nomment fou. — Presque toujours je pleure tout tranquillement. N'ayez donc pas peur de moi, Jean; mais aussi ne riez pas de mon malheur. Et maintenant parlons plutôt d'autres choses, et cependant de choses qui te touchent de près, de celles qui font que je t'aime de toute mon âme.

» Vois-tu, Jean, tu me sembles quelquefois très dur dans ton zèle contre toute musique qui n'est pas originale. Existe-t-il donc une musique originale? et, d'un autre côté, est-il une musique parfaite autre part que chez les anges? Il se peut que mon oreille soit moins fine et moins sensible que la tienne ; mais je puis te dire, avec sincérité, que le plus mauvais son d'un violon discord m'est plus doux que pas du tout de musique. Une belle raclerie, qu'elle se nomme contredanse ou marche, nous fait souvenir des plus belles harmonies qui sont au fond de notre cœur, et nous inspire des chants d'amour et de génie, dont la vague beauté efface bientôt toutes les défectuosités du type qui les fait naître. Plus d'une composition dont nous avons vu le succès, — folle expression ! — qui a touché les âmes, veux-je dire, doit sa pensée première à des doigts inhabiles, à des cordes fausses et à un gosier enroué.

» Et puis, cher Jean, le simple désir de faire de la musique n'est-il pas déjà une chose vraiment réjouissante et une touchante pensée ? Ajoutez l'aimable confiance qui accompagne les musiciens ambulants dans les nobles maisons et dans les cabanes : l'harmonie et le chant leur ouvrent toutes les demeures, et ils ne sont que rarement troublés dans leurs concerts par le bourdonnement poli des grands seigneurs et l'aboiement grossier des chiens ! J'aimerais autant dévaster un parterre de fleurs que de me jeter à travers une valse et dire aux dames : « Retirez-vous à la maison ! — Je te le dis, Kreisler, il y a de bonnes choses à tirer de toutes les musiques, même du gazouillement et du clapotement du piano, que les parents aiment tant à faire faire à leurs enfants.

» J'écris plus que je ne dois, et je devrais terminer civilement comme j'ai commencé ; mais il est impossible. Sois donc satisfait de mes manières, cher Jean : que Dieu te bénisse et qu'il me bénisse, et qu'il daigne développer en nous ce qu'il y a semé, le tout pour le louer et réjouir nos compagnons d'ici-bas, les hommes !

« Le solitaire WALBORN. »

LETTRE DU MAITRE DE CHAPELLE KREISLER AU BARON DE WALBORN

Au sortir de la comédie, arrivé dans ma petite chambre, où j'ai eu bien de la peine à faire de la lumière, il faut que j'écrive bien longuement à Votre Excellence. Que votre grâce ne prenne pas en mauvaise part si je m'exprime d'une manière un peu musicale, car elle doit savoir déjà que le monde assure que la musique, qui était si obstinément renfermée en moi, en est sortie avec tant de violence et m'a tellement enlacé et garrotté que tout, tout au monde se change pour moi en musique, — et il se peut que le monde ait raison. Mais, quoi qu'il en soit, il faut que j'écrive à votre grâce, car comment me débarrasser du poids qui oppresse ma poitrine depuis le moment où le rideau tomba et où Votre Grâce disparut d'une façon si inconcevable ?

Que de choses j'avais encore à vous dire ! Des dissonances inexplicables criaient encore au-dedans de moi ; mais comme tous les septièmes aux langues de vipère allaient disparaître dans une lumineuse auréole de tierces amicales, Votre Excellence se trouva disparue. Disparue, et les langues de vipère continuèrent de me piquer et de me déchirer ! Votre Excellence à qui je chante en ce moment toutes les tierces les plus musicales et les plus honnêtes, ne saurait être un autre que le baron de Wallborn, que je porte depuis longtemps dans ma pensée et dont j'ai vu souvent le portrait dans une de mes mélodies. — Le soir, au théâtre, lorsqu'une tournure juvénile et énergique, en uniforme, l'épée retentissante au côté, s'approcha de moi d'un air mâle et chevaleresque, elle me sembla à la fois si étrangère et si connue, et je ne sais moi-même quel singulier échange d'accords se fit entre nous ! Mais lorsque le jeune gentilhomme se plaça près de moi, un monde magnifique se dévoila dans ses regards, l'échange de ces accords étranges se changea en un concert d'anges qui disaient toute son existence de poète ; et comme je suis un bon musicien, je découvris bientôt le ton de toute cette musique. Je veux dire que je reconnus aussitôt Son Excellence le baron de Wallborn.

Comme je cherchais quelques moyens d'échapper, et que ma musique intérieure s'écoulait en joyeuses mélodies, en valses folles, Votre Grâce tomba si bien dans l'accord et dans la mesure, que je ne doute pas que vous ne m'ayez reconnu pour le maître de chapelle, et que vous n'avez pas été trompé par le travestissement que m'avait inspiré, ce soir-là, le démon Droll. — Dans cette disposition, je fais d'ordinaire de singulières grimaces, et ce soir, j'avais justement un habit que j'avais acheté à la suite du mécontentement que me faisait éprouver un trio manqué, et dont la couleur tourne vers le Fa bémol ; mais pour donner un peu de calme à l'œil du spectateur, j'y ai fait ajouter un collet couleur de Ré naturel. — C'est ce que Votre Excellence aura certainement remarqué.

Ce même soir, je me nommais le docteur Schulz de Rathenow, parce que, sous ce titre, il m'avait été permis d'aller m'asseoir près d'un piano et d'entendre le chant de deux sœurs. Deux rossignols luttant de voix dans un bocage. — Elles craignaient le spleen furieux de Kreisler, mais le docteur Schulz était dans l'Éden musical que lui avaient ouvert les deux sœurs, et elle se réconcilièrent avec Kreisler en le reconnaissant dans le docteur Schulz [31]. — Ah ! baron Wallborn, à vous aussi, j'ai paru trop dur, trop colère en parlant du sentiment sacré qui me dévore. Ah ! baron Wallborn, des mains ennemies veulent aussi m'arracher ma couronne, et moi aussi j'ai vu disparaître en un brouillard la figure céleste qui s'était emparée des replis les plus secrets de mon cœur. — Mais, baron Wallborn, ne penses-tu pas que le cœur saignant et déchiré par la griffe des démons, ne sent que plus vivement chaque goutte du baume rafraîchissant qu'on lui verse ? — Tu sais, baron Wallborn, que je deviens presque toujours fou et furieux par l'effet de l'admirable musique populaire ; mais je puis te dire que souvent, quand je suis martelé et martyrisé par les grands traits de bravoure, les concertos et les sonates, une petite mélodie insignifiante, chantée par une voix médiocre, ou jouée avec hésitation, mais loyalement, avec une bonne petite intention, et venant bien du cœur, me guérit et me console. Toi, baron Wallborn, si tu trouvais sur ta route de telles mélodies, et si tu les vois, quand tu t'envoles sur les nuages, flotter au-dessous de toi et te regarder avec de pieux désirs, dis-leur que tu veux les élever et les recueillir comme des petits enfants, et que tu n'es pas autre que le maître de chapelle Jean Kreisler ; je te le dis, elles viendront à toi. — Car, vois-tu, baron Wallborn, je t'en fais la promesse sainte, je veux être *toi* désormais, être plein d'amour, de douceur et de piété, tout comme toi. Mais ne le suis-je pas déjà ? toute mon irritation tient aux apparitions que me causent souvent mes propres notes ; elles deviennent souvent vivantes et s'élancent de leurs feuilles blanches comme de petits diables noirs à mille queues. Elles m'entraînent dans un tourbillon furieux, et je bondis comme un bélier, et je me fais des grimaces de convulsionnaire, mais un seul ton perce de son feu céleste tout ce noir chaos, et je redeviens dévot, bon et patient ! — Tu vois, baron Wallborn, que ce sont là de véritables tierces dans lesquelles disparaissent toutes les septièmes ; et c'est afin que tu entendes bien distinctement ces tierces que je t'écris !

Dieu veuille que de même que nous nous sommes rencontrés en esprit et en âme, nous nous trouvions souvent en corps et en chair comme il est arrivé ce soir, car tes regards, baron Wallborn, vont jusqu'au fond de mon âme, et tes regards sont souvent de magnifiques paroles. Mais je te rencontrerai souvent encore, car demain j'entreprends un grand voyage à travers le monde, et j'ai déjà mis des bottes neuves.

Ne penses-tu pas, baron Wallborn, que tes paroles pourraient bien être mes mélodies, et que tes mélodies pourraient bien être mes paroles ? — Je viens d'écrire la musique d'une chanson dont tu as fait autrefois la poésie [32], bien qu'il me semble que la mélodie naquit en moi, le jour où ces paroles te vinrent. — Quelquefois il me semble que cette chanson pourrait bien être tout un opéra. — Oui ! viens, frère, que je te revoie bientôt de mes yeux, doux et honnête gentilhomme, et tel que je te vois en ce moment avec mon esprit. Dieu te bénisse et éclaire les hommes afin qu'ils reconnaissent ton mérite. Ceci soit le final consolant et pacifique qui termine cette œuvre.

JEAN KREISLER,
Maître de chapelle
et musicien fou par excellence.

LETTRE DE MILO, SINGE CIVILISÉ, A SON AMIE PIPI, DANS L'AMÉRIQUE DU NORD [33]

C'est avec une sorte d'effroi, chère amie, que je songe au temps où je ne pouvais t'exprimer les tendres sentiments de mon cœur, que par des sons rauques, inintelligibles à toute personne civilisée. Comment ce cri pleureur et discord : *Ae, ae!* pouvait-il exprimer, bien qu'il fût accompagné d'un tendre regard, la pensée intime qui s'agitait dans ma poitrine d'homme, bien velue ? Et les caresses que tu recevais alors dans un silencieux recueillement, douce amie, étaient elles-mêmes si sauvages qu'aujourd'hui où je défie en ce genre le meilleur *primo amoroso*, j'en rougirais extrêmement, n'était un teint robuste qui me préserve de cette faiblesse. En dépit de la satisfaction intérieure et du contentement de soi-même que me donnent l'éducation dont j'ai pris ma part parmi les hommes, il est cependant des heures où je m'humilie beaucoup, bien que je sache que de pareils retours sont très contraires au caractère social que donne la civilisation, et qu'ils appartiennent à cet état brut qui me retint si longtemps dans une classe de créatures que je méprise aujourd'hui au-delà de toute expression. Dans ces moments-là, je suis assez insensé pour songer à nos pauvres parents qui sautillent encore sur les arbres, dans les savanes désertes, se nourrissent de fruits crus, et chantent le soir certains hymnes dans lesquels aucun ton n'est juste, et qui ne permettent pas de songer à la mesure, pas même aux sept huitièmes ou aux tiers de quarts de mesure nouvellement inventés. Les pauvres gens avec qui je n'ai plus rien de commun, m'occupent cependant, et ils excitent en moi une pitié profonde.

Je me souviens surtout parfois de notre vieil oncle — d'après mes souvenirs ce doit être un oncle du côté maternel, — qui nous éleva à sa sotte manière, et fit tout son possible pour nous éloigner de tout ce qui était humain. C'était un homme sérieux, qui n'avait jamais voulu mettre des bottes, et j'entends encore son cri d'alarme et d'effroi lorsque je regardais d'un œil plein de désir les belles bottes à revers toutes neuves, qu'un malin chasseur avait laissées sous un arbre, sur lequel j'étais occupé à manger avec beaucoup d'appétit une noix de coco. Je vois encore le chasseur s'éloigner, portant des bottes toutes semblables à celles qu'il laissait. Cet homme recevait de ses bottes bien luisantes, quelque chose de grandiose et d'important. — Non, je ne pus résister; la pensée de me promener aussi fièrement que cet homme dans des bottes neuves, s'empara de toute ma personne, et n'est-ce pas un témoignage de la disposition que j'avais pour les arts et les sciences, que la dextérité avec laquelle je passai ces bottes, comme si je n'eusse fait autre chose de ma vie ? Que je n'aie pas pu courir, que le chasseur m'attrapa sans difficulté et m'emmena, que le vieil oncle jeta de grands cris et lui lança des noix de coco dont une m'atteignit à l'oreille, et développa peut-être en moi un nouvel organe, toutes ces choses, tu les sais, douce amie, puisque tu accourus en gémissant te livrer à un esclavage volontaire pour suivre ton ami. — Que dis-je esclavage ! Cet esclavage ne nous a-t-il pas donné la plus grande liberté ? Est-il rien au-dessus du perfectionnement de l'esprit que nous avons reçu parmi les hommes ? — Je ne doute pas, chère Pipi, que ta vivacité naturelle, ton intelligence ne t'aient fait faire quelques progrès dans les arts, aussi je fais une grande différence entre toi et nos sauvages parents des bois. Hélas ! la rudesse et la barbarie règnent parmi eux, leurs yeux sont secs, et ils sont entièrement privés des jouissances intellectuelles ! Sans doute tu n'es pas aussi avancée que moi dans la civilisation, car je suis comme on dit un homme achevé. Je sais tout au monde, on me considère comme un oracle, et je règne sans rival dans l'empire des sciences et des arts. Tu croiras peut-être, ma chère amie, qu'il m'en a coûté des peines infinies pour arriver à ce haut degré de culture ; au contraire, je puis t'assurer que rien n'est plus facile, et je ris souvent en songeant que mes gambades sur les arbres m'ont causé plus de tracas dans ma jeunesse, que toute ma vie savante. Cela s'est arrangé de soi-même, un beau jour je me suis trouvé assis au plus haut degré de la civilisation comme si j'y avais grimpé en trois bonds. Mon génie en soit loué, et la noix de coco de mon vieil oncle !

Il faut que tu saches, chère Pipi, que les dispositions intellectuelles et les talents se touchent maintenant au doigt, et laissent des tumeurs à la tête. Mon crâne se remplit ainsi comme un sac se gonfle de noix, et la bosse que m'a faite celle que me jeta involontairement mon oncle, a sans doute développé plus d'une précieuse faculté dans mon cerveau. Cet esprit d'imitation qui est propre à notre race, et dont les hommes rient si injustement, n'est autre chose que le besoin irrésistible d'atteindre à cette culture dont le germe est en nous. Le même principe ne serait longtemps admis chez les hommes, et les vrais sages que je me suis toujours efforcé d'imiter, agissent de la manière suivante. Un chef-d'œuvre se produit ; tout le monde s'écrie : cela est admirable ; aussitôt le sage, animé par une vocation secrète, se met à l'imiter. Il est vrai qu'il en résulte autre chose ; mais il se dit : ceci est bien, et cette œuvre que je regardais comme admirable, n'a été que le coup d'éperon qui m'a excité à mettre au jour l'œuvre plus admirable que je portais en moi. C'est à peu près, chère Pipi, comme si un des nôtres se coupait le nez en se rasant, mais trouvait en même temps une forme de moustache que l'homme qu'il imite n'a pas inventée. Ce génie d'imitation qui m'est tout particulier, m'amena au professeur d'esthétique, l'homme le plus aimable du monde, de qui je reçus les premiers éclaircissements en moi-même, et qui me communiqua le don de la parole. Avant que ce talent se fût développé en moi, je m'étais souvent trouvé dans la société d'hommes instruits et spirituels. J'avais observé attentivement leur mine et leurs façons que j'imitais à merveille ; cette circonstance et le costume convenable que m'avait donné mon patron, m'ouvrirent toutes les portes ; je passais partout pour un jeune homme du meilleur ton. Avec quelle ardeur je désirais pouvoir parler ! mais souvent je me disais avec inquiétude : lorsque tu pourras t'exprimer, où prendras-tu, bon Dieu, les idées et les phrases qui coulent sans cesse de toutes ces lèvres ? Comment pourras-tu te former un jugement sur les sciences et sur les arts, comme font tous ces gens-là, sans avoir cherché à pénétrer dans cette région sublime ?

Enfin je parvins à bégayer quelques mots, je m'ouvris à mon cher professeur d'esthétique, je lui fis part de mes doutes et de mon embarras. — A quoi pensez-vous donc, monsieur Milo, dit-il, en me riant au nez. Apprenez à parler, à parler, à parler ; le reste viendra seul. Parlez couramment, adroitement, abondamment, voilà tout le secret. Vous vous étonnerez vous-même en voyant comme les pensées vous viendront en parlant, comme la sagesse se révélera en vous, comme la divine déesse Suadéla[34] * vous conduira dans toutes les profondeurs des sciences et des arts. Souvent, vous ne vous comprendrez pas vous-même : c'est précisément alors que vous vous trouverez dans l'enthousiasme véritable qui produit la parole. Au reste, quelques lectures pourront vous servir, et vous pourrez retenir quelques phrases agréables qui servent toujours dans l'occasion. Parlez beaucoup de la tendance du siècle, — du but de l'art, — de l'idéal, etc.

O ma chère Pipi, que cet homme avait raison ! Avec quelle rapidité la sagesse me vint avec la parole ! L'heureuse mobilité de ma physionomie donna du poids à mes paroles, et j'ai vu dans le miroir comment mon front plissé par la nature s'arrondit gracieusement quand je parle de l'idéal et des bases de l'art, à tel ou tel poète que je ne comprends pas. — Je me suis beaucoup occupé des arts, d'un peu de peinture, de sculpture, de modeler. Toi, ma chère petite, je t'ai transformée en Diane d'après l'antique ; mais bientôt, je me suis fatigué de toutes ces choses, et la musique m'a occupé seule, parce

* La persuasion.

qu'elle fournit l'occasion de causer une vive surprise à un grand nombre de gens assemblés, et vu mon organisation naturelle qui me rend très facile l'exécution du forte-piano.

Tu connais, ma chère, la longueur des doigts que la nature m'a donnés, avec ces doigts j'embrasse jusqu'à deux octaves, et c'est là tout le secret du piano. J'ai vu mon maître de musique verser des larmes de joie que lui arrachaient les dispositions magnifiques de son écolier, car j'arrivai en peu de temps à monter et à descendre des deux mains, en trente-deux, soixante-quatre, cent vingt-huit parties, à grimper trois, quatre octaves ascendantes et descendantes avec la même dextérité qu'autrefois je grimpais d'un arbre à l'autre ; et maintenant, je suis le plus grand virtuose qui se puisse voir, les compositions pour le piano me semblent toutes trop faciles, aussi je compose moi-même mes sonates et mes concertos. Dans les concerts, le maître de musique est cependant obligé de faire les *tutti,* car qui voudrait s'occuper de tant d'instruments et de machines inutiles ! Les *tutti* sont après tout des maux nécessaires, les pauses pendant lesquelles le joueur de solo essoufflé se repose et prend des forces pour faire de nouvelles cabrioles. Au reste, j'ai déjà conféré avec un facteur d'instruments pour avoir un piano de neuf à dix octaves ; car le génie ne peut pas se limiter dans le chétif espace de sept misérables octaves ? outre les registres ordinaires, mon piano aura encore une timbale, des cymbales, un jeu de trompettes, et une partie de flageolets qui imitera le chant des oiseaux. A quelles sublimes conceptions pourrai-je alors me livrer !

Les applaudissements que plusieurs chanteurs avaient recueillis en ma présence éveillèrent en moi une envie indéfinissable de chanter également. Par malheur je crus m'apercevoir que la nature m'avait refusé les organes nécessaires ; toutefois, je me découvris à un chanteur célèbre qui était devenu mon ami intime. En même temps je lui fis part de la douleur que me causait mon manque de voix. Il me serra dans ses bras et s'écria avec enthousiasme : « Vous êtes né pour devenir un grand chanteur :

depuis longtemps j'ai remarqué vos talents pour la musique et la flexibilité de vos organes. Vous avez déjà surmonté la plus grande difficulté ; en effet, rien n'est plus nuisible au véritable art du chant qu'une voix naturellement juste et mélodieuse ; les jeunes élèves qui en sont affligés ont beaucoup de peine à lever cet obstacle. Ils y parviennent néanmoins au bout d'un certain temps s'ils ont soin d'éviter les tons soutenus, de s'exercer fréquemment à exécuter de bonnes roulades qui dépassent de beaucoup l'étendue de la voix humaine, et surtout s'ils s'attachent à produire le fausset, qui est le véritable siège du chant artificiel. Il est rare que la voix la plus robuste résiste longtemps à ces exercices. Quant à vous, monsieur, vous n'avez rien dont il faille vous débarrasser : en peu de temps vous serez le plus sublime chanteur du monde. »

Cet homme avait raison : il ne m'en coûta que peu d'efforts pour développer un fausset magnifique et pour me mettre en état de faire jaillir de mon gosier cent tons d'une seule haleine, ce qui me valut les suffrages unanimes des vrais connaisseurs. Bientôt j'éclipsai tous ces misérables ténors qui se targuaient si arrogamment de leur voix, quoiqu'ils pussent à peine atteindre à une note haute. Mon maestro me montra dès le commencement trois méthodes assez longues, mais qui renferment la quintessence de toute la science du chant. On peut les reproduire sous différentes formes, tantôt en entier, tantôt par fragments, et même chanter avec la basse fondamentale les airs les plus divers en place de la mélodie donnée par le compositeur. Il m'est impossible, ma douce amie, de te dépeindre le brillant succès que j'obtins par l'exécution de ces méthodes ; tu remarqueras, en passant, quels faciles et rapides progrès mes heureuses dispositions m'ont fait faire en musique comme dans toutes les autres sciences. J'ai déjà parlé de mes compositions ; toutefois, j'avoue que, si je n'étais forcé de composer afin de fournir à mon génie des œuvres dignes de lui, j'abandonnerais la composition aux esprits inférieurs qui ne sont au monde que pour nous servir, nous autres virtuoses, c'est-à-dire pour confectionner des ouvrages dans lesquels nous puissions déployer notre talent d'exécution. C'est une singulière chose que tout cet amphigouri qui forme une partition, ce grand nombre d'instruments, l'harmonie qui doit régner entre leurs accords. Les artistes ont établi à cet égard des règles fixes ; mais pour un homme de génie, pour un virtuose, tout cela est par trop insipide, par trop ennuyeux. D'ailleurs, pour se mettre en respect vis-à-vis de chacun, ce qui est la règle de conduite la plus utile en toute chose, on n'a qu'à se faire passer pour compositeur, cela suffit. Ainsi, toutes les fois qu'après avoir chanté un air d'un compositeur présent, j'avais été vivement applaudi, et que l'assemblée était sur le point de reporter une partie de ses éloges sur l'auteur, avec un de ces regards sombres et profonds que je sais si bien prendre, ma physionomie étant des plus expressives : — Eh ! vraiment, m'écriai-je d'un air d'insouciance, il est temps que j'achève mon opéra. — Ces paroles excitaient de nouveau l'admiration universelle et faisaient entièrement oublier le compositeur, qui avait réellement terminé le sien. En général, il sied fort bien à l'homme de génie de se faire valoir le plus qu'il peut ; il ne doit pas dissimuler combien toutes les productions de l'art lui paraissent mesquines et misérables auprès de ce qu'il pourrait créer, pourvu qu'il y fût disposé et que les hommes fussent dignes de jouir de ses travaux. Le mépris absolu des efforts des autres, la conviction intime de surpasser de beaucoup tous ceux qui travaillent en silence et qui ne prônent pas leurs ouvrages, l'admiration que l'on éprouve pour tout ce que notre talent produit sans le moindre effort, voilà les signes infaillibles auxquels on reconnaît un génie exercé. Grâce au ciel, chaque jour, que dis-je, chaque heure je les remarque dans ma personne.

Tu peux maintenant te faire une idée, ma douce amie, de l'état de béatitude que je dois à la haute culture de mes facultés. Mais je ne dois rien te cacher de ce qui oppresse mon cœur. Pourquoi ne t'avouerai-je que parfois certains appétits viennent me prendre à l'improviste et m'arrachent au bonheur dont je jouis. Ciel ! quelle puissante influence la première éducation n'exerce-t-elle pas sur toute la vie ! On a bien raison de dire qu'il est difficile de se défaire de ce que l'on a sucé avec le lait maternel ! Combien mes courses dans les montagnes, dans les forêts me sont devenues funestes ! Dernièrement je me promenais, dans un costume fort élégant, avec quelques-uns de mes amis dans le parc ; tout à coup nous nous trouvons devant un noyer magnifique, d'une belle venue, touchant presque le ciel ; un désir irrésistible me saisit, je perds la tête... en deux ou trois bonds je suis au haut de l'arbre, et je me balance sur les branchages, cherchant à attraper des noix. Un cri d'étonnement échappé à mes amis accompagna ma téméraire escapade. Lorsque, revenant à moi, je me rappelai que l'éducation distinguée que j'avais reçue ne me permettait pas de faire de pareilles extravagances, je me hâtai de descendre. — Peste ! me dit un jeune homme qui m'estime beaucoup, que vous avez d'agilité dans les jambes ! — J'étais confondu de honte. De même il m'est souvent impossible de résister à l'envie de montrer mon adresse à lancer des projectiles. Figure-toi que récemment, à un souper, cette envie devint tellement violente que je jetai tout d'un coup une pomme sur la perruque du conseiller de commerce, mon ancien patron, qui était assis à l'autre bout de la table ; ce qui a failli me causer les plus grands désagréments. — Toutefois, j'espère qu'avec le temps je parviendrai à me purger de plus en plus de ce levain de l'état de barbarie où j'étais autrefois.

Si tu n'es pas encore assez avancée dans tes études pour pouvoir lire cette lettre, que les nobles et vigoureux caractères tracés par la main de ton ami t'encouragent à apprendre à lire, enfin que le contenu de ma missive t'enseigne les moyens d'atteindre au calme, au bien-être intérieur que nous donne ce haut perfectionnement moral, fruit de nos facultés intellectuelles et du commerce des sages avec les savants. — Adieu, mille fois adieu, ma douce amie !

Doute de la clarté du soleil ;

Doute de la lumière des étoiles ;

Doute si la vérité peut mentir;
Mais ne doute point de mon amour*.

Ton fidèle ami jusqu'à la mort,
MILO,
Autrefois singe, actuellement artiste
et homme de lettres.

DE SACCHINI ET DE CE QU'ON NOMME *L'EFFET* EN MUSIQUE [35]

Dans le Dictionnaire des artistes de Gerber, on raconte du célèbre Sacchini ce qui suit: Sacchini, se trouvant un jour à dîner chez M. Lebrun, célèbre clarinette à Londres, on répéta en sa présence le reproche que les Allemands et les Français font quelquefois aux compositeurs italiens de négliger les modulations dans leur musique. « Nous modulons dans la musique religieuse, dit-il; l'attention, n'étant pas distraite par le spectacle, peut suivre à l'église les variations des tons liés entre eux avec art; au théâtre, il faut du naturel et de la simplicité : il faut plutôt toucher qu'étonner et se rendre intelligible aux oreilles les moins exercées. L'artiste qui varie ses mélodies sans changer de ton, montre plus de talent que celui qui le change à chaque instant. »

Ce jugement de Sacchini nous fait connaître la tendance générale de l'opéra italien, tendance qui, dans le fond, est restée la même de nos jours. Les Italiens n'ont pas su comprendre que dans un opéra les paroles, l'action et la musique doivent former un tout, et que ce tout indivisible doit agir dans son ensemble sur le spectateur.

* Shakespeare.

A leurs yeux, la musique n'est que la compagne accidentelle du spectacle; là, où ils la produisent comme art indépendant, ce qui arrive rarement, elle agit toute seule, sans le secours d'aucun autre art. De là vient que, relativement au développement de l'action, la musique d'un opéra italien reste une et sans lenteur; elle ne s'élève, elle ne déploie tous ses moyens que dans les morceaux chantés par la *prima donna* ou par le *primo huomo*. Et dans ces morceaux mêmes, l'essentiel est de faire paraître le chant, et même le talent des chanteurs dans son plus grand éclat, sans tenir compte de la situation.

Sacchini éloigne de l'opéra ces motifs vigoureux ou pathétiques qui, selon lui, ne doivent se faire entendre qu'à l'église. Au théâtre, il lui faut des émotions douces qui ne fassent qu'effleurer l'âme; il ne veut point y exciter l'étonnement, mais attendrir, comme si, de sa nature, l'opéra, par la réunion du langage *individualisé* avec la langue générale de la musique, ne devait point s'attacher à remuer l'âme dans ses plus intimes profondeurs. Enfin, Sacchini, par la simplicité la plus nue, ou plutôt par la monotonie de ses accords, veut se mettre à la portée des oreilles les moins exercées: mais le grand art ou plutôt le véritable art du compositeur consiste précisément à savoir toucher, à émouvoir tous ses auditeurs, selon que la situation l'exige; bien plus, il faut même qu'il amène lui-même la situation aussi bien que le poète. Les ressources inépuisables que possède la musique sont à la disposition du compositeur; il les met en usage à son gré, selon que la situation l'exige.

Ainsi, la modulation la plus savante, la transition la plus imprévue, placées à propos, seront comprises par l'auditeur le plus étranger à l'art musical: il n'en appréciera pas la construction technique, ce qui importe fort peu, mais l'effet dramatique le saisira puissamment. Dans *Don Juan,* la statue du commandeur fait entendre son terrible «oui» en *ré;* le compositeur prend ce *ré* comme la tierce de *fa,* et module en *fa dièse,* ton dans lequel commence Leporello. Le mécanisme de cette transition échappera aux profanes, qui n'en seront pas moins frappés d'épouvante avec Leporello, et le musicien le plus habile, dans ce moment de commotion profonde, oubliera tous ces détails techniques ; l'échafaudage qui lui a servi à atteindre les hauteurs de l'art s'est écroulé pour lui dès longtemps, et il se rencontre au même point avec le profane.

La vraie musique d'église, celle qui accompagne les rites du culte, ou qui est plutôt un culte elle-même, est une musique surhumaine, une langue divine. Les pressentiments de l'Être suprême, que les accords sacrés éveillent dans l'âme de l'homme, sont l'Être suprême lui-même qui, du haut des régions sublimes de la croyance et de l'amour divin, se fait entendre dans la musique. Les paroles qui accompagnent le chant ne sont qu'accidentelles ; aussi ne renferment-elles, la plupart du temps, que des indications métaphoriques, comme, par exemple, dans la messe. Brisant les chaînes de la vie matérielle, nous avons purifié notre âme du levain du mal, qui engendrait les passions ; la douleur elle-même se résout en élancements fervents vers la vie éternelle. Or, ne s'ensuit-il pas évidemment que les modulations simples, qui portent en elles l'expression d'une âme déchirée en proie aux angoisses, doivent être proscrites de l'église, où elles ne font que nous distraire et nous préoccuper du souvenir des vanités de ce monde ? L'arrêt de Sacchini doit donc être pris à rebours, quoique à la vérité, comme il parle expressément des compositeurs de son pays, et que c'était sans doute aux anciens *maestri* qu'il songeait, on soit fondé à croire que par modulation il entendait la richesse de la matière harmonique, l'harmonie qui abonde dans la musique religieuse des Italiens. Il est probable qu'il changea plus tard d'avis au sujet de la musique dramatique quand il eut entendu les opéras de Gluck à Paris ; sans cela il n'eût pas écrit la scène de malédiction dans *Œdipe à Colone,* scène si vigoureuse et d'un effet si terrible.

Ce fut dans les ouvrages de Gluck que se montra pour la première fois, dans tout son jour, cette vérité : que les paroles, l'action et la musique d'un opéra doivent fournir un tout harmonieux. Mais quelle vérité n'est pas quelquefois faussement comprise et ne donne pas lieu aux plus singuliers errements ! Quels chefs-d'œuvre n'ont pas inspiré à d'aveugles imitateurs les productions les plus ridicules ! Les ouvrages sublimes du génie apparaissent aux esprits faibles, incapables de les saisir dans leur ensemble, comme un tableau déformé ; et ce sont les traits épars de ce tableau que l'on blâme et que l'on imite. Werther engendra les sentimentalités larmoyantes du temps. Grâce au *Goetz de Berlichingen,* nous eûmes cette foule de cuirasses grossières et vides d'où retentirent les voix creuses de la probité rude et inculte et de l'extravagance poétique en prose. Goethe lui-même a dit, dans le troisième volume de ses Mémoires que l'influence de ces deux productions avait été toute matérielle. Il en fut de même des œuvres de Gluck et de Mozart ; la révolution qu'ils produisirent, abstraction faite du texte et à ne considérer que les effets musicaux, fut purement matérielle. On ne vit que les matériaux qui avaient servi à la construction de l'édifice musical, on n'aperçut pas le génie qui les avait mis en œuvre. On attribua l'effet prodigieux des ouvrages de Mozart à ses modulations si diverses et si frappantes, et surtout au fréquent usage des instruments à vent : de là vient cette instrumentation surchargée, ces modulations bizarres et sans motif dont on a tant abusé depuis. Dès lors, l'effet fut le cri de ralliement des compositeurs, le seul but de tous leurs efforts ; mais ce sont précisément ces efforts qui démontrent que l'effet est absent, et qu'il n'arrive pas au gré du compositeur, qu'il ne se montre pas disposé à se trouver là où le compositeur voudrait le rencontrer. En un mot, pour nous toucher, pour nous émouvoir puissamment, il faut que l'artiste lui-même soit puissamment ému : pour écrire des compositions d'un grand effet, il faut savoir s'emparer avec une force supérieure de ce que l'inspiration nous révèle au moment de l'extase, et l'enchaîner aux hiéroglyphes de tons — les notes. — Si donc un jeune artiste demande comment il doit s'y prendre pour composer un opéra à *effet,* on peut lui répondre : « Lis ce poème, saisis les paroles avec toute la force de ton esprit, pénètre dans les différentes situations avec toute la puissance de ton imagination ; tu vis dans les personnages du drame ; c'est toi qui es le tyran, le héros, l'amante; tu ressens la douleur, les transports de l'amour, la honte, la crainte, l'horreur, les tourments indicibles de la mort, les joies de la béatitude éternelle; tu espères; tu t'abandonnes à la colère, à la rage, au désespoir; ton sang brûle dans tes veines, tes artères battent avec violence; aux flammes de l'inspiration, qui inondent ton âme, s'allument les tons, les mélodies, les accords, et le poème s'épanche du fond de ton âme et se produit au-dehors dans le langage merveilleux de la musique. L'étude de l'harmonie et des ouvrages des grands maîtres, de fréquents essais de composition te mettent peu à peu à même de percevoir distinctement ta musique intérieure; bientôt aucune mélodie, aucune modulation, aucun instrument ne t'échappera, de façon qu'avec l'effet tu obtiens en même temps les moyens, que tu emprisonnes comme des esprits soumis à ta puissance dans le livre magique de la partition. Il est vrai que tout cela revient à peu près à te dire : — Aie la bonté, mon cher, d'être un homme de génie; le reste se trouvera facilement. Mais il en est ainsi, il ne peut en être autrement.

Toutefois, il peut se faire que quelques artistes étouffent l'étincelle qu'ils portent en eux; que, se défiant de leurs propres forces, rejetant la pensée qui a germé dans leur sein, ils s'attachent à profiter avec une anxiété minutieuse de tout ce qui leur aura paru grand, sublime, pathétique dans les œuvres des grands maîtres, et qu'ils tombent ainsi dans l'imitation de la forme, qui ne crée jamais l'esprit, l'esprit se créant toujours lui-même sa forme. Les directeurs de théâtre, qui, pour me servir d'une expression de coulisses, veulent que le public s'entasse sur les banquettes, et crient sans cesse : « De l'effet ! il nous faut de l'effet » ; les exigences de certains connaisseurs blasés pour qui le poivre n'est pas assez poivré, poussent souvent le compositeur, dans un moment de désespoir, à chercher à surpasser, s'il est possible, l'effet des ouvrages des maîtres, et c'est ainsi que naissent les compositions bizarres dans lesquelles les inspirations heurtées, les accords de tous les instruments à vent possibles, se succèdent sans motif, c'est-à-dire sans que la situation les indique, et roulent pêle-mêle comme des couleurs qui ne se coordonnent jamais en tableau. Le compositeur ressemble à un homme ivre de sommeil que de violents coups de marteau réveillent à chaque instant et qui retombe toujours dans sa léthargie. De pareils artistes sont singulièrement surpris de voir que, malgré tout le mal qu'ils se sont donné, leur œuvre est loin de produire l'effet qu'ils en attendaient, et ils ne se figuraient certainement pas que la musique créée par leur génie individuel, qui jaillissait du fond de leur cœur, et qui leur semblait trop simple, trop nue, eût peut-être agi plus énergiquement sur leurs auditeurs. Enchaînés par une admiration pusillanime, ils n'avaient pu s'élever à la véritable intelligence des chefs-d'œuvre qu'ils avaient pris pour modèles; ils n'en avaient pris que les formes extérieures, croyant y trouver un moyen infaillible de produire l'effet désiré. Mais, comme il a déjà été dit plus haut, c'est l'esprit seul qui, disposant en toute liberté et à son gré de ses moyens, exerce dans les belles créations une puissance irrésistible; ce n'est qu'autant qu'il est sorti vivant de l'âme de l'artiste que le poème pourra pénétrer dans l'âme de l'auditeur.

L'esprit ne comprend que le langage de l'esprit.

Il est donc impossible d'établir des règles d'après lesquelles on puisse produire de l'effet par la musique : néanmoins quelques avertissements peuvent remettre sur la bonne voie le compositeur qui est en désaccord avec lui-même, et que de fausses lueurs ont égaré.

Le premier et le plus important moyen qu'emploie la musique, c'est la mélodie : elle saisit l'âme humaine avec une puissance magique. On ne saurait trop répéter que sans mélodies expressives, *chantantes,* les plus brillants accords des instruments ne sont qu'une vaine parure sur un cadavre, qui, comme dans *La Tempête* de Shakespeare, n'agit que par une ficelle et n'excite que l'admiration du stupide vulgaire. Rien ne désigne mieux le véritable caractère de la mélodie, prise dans le sens le plus élevé, que l'épithète : « *chantante* ». La mélodie, en effet, est un chant; elle doit surgir librement et sans effort de l'âme humaine, qui est elle-même l'instrument qui fait résonner les sons les plus merveilleux, les plus mystérieux de la nature. La mélodie, qui n'est pas *chantante* dans ce sens, ne peut être qu'une suite de tons isolés qui s'efforcent en vain de devenir musique. On ne saurait croire combien, dans ces derniers temps, l'impulsion donnée par les ouvrages d'un *maestro* qu'on a mal compris — Cherubini — a fait négliger la mélodie. La manie de vouloir toujours être original et frappant a donné naissance à quantité de poèmes musicaux tout à fait dénués de chant. D'où vient que les productions si naïves des anciens compositeurs italiens, avec un simple accompagnement de basse, touchent et élèvent l'âme ? La cause n'en est-elle pas uniquement dans le chant magnifique, vraiment *chantant,* qui les distingue ? En général, le chant est une propriété incontestée de cette nation, si éminemment musicale. L'Allemand, quoiqu'il se soit élevé à l'intelligence supérieure, ou plutôt à la véritable intelligence de l'opéra, fera bien de se familiariser de toute manière avec les compositeurs italiens, afin qu'ils ne dédaignent pas de féconder son génie par leur puissante musique, et d'y allumer le feu inspirateur de la mélodie. Mozart, ce grand maître, nous offre un magnifique exemple de cette alliance intime ; son génie s'était embrasé aux flammes du chant italien. Quel compositeur a jamais écrit une musique plus chantante ? Chacune de ses mélodies, même quand elle est dépouillée du prestige de l'orchestre, entre profondément dans le cœur, et cela suffit pour expliquer l'effet prodigieux de ses compositions.

Quant aux modulations, elles ne doivent être mises en usage que quand la situation les amène naturellement : elles dépendent des différentes émotions qui agitent l'âme successivement. De même que ces émotions sont tour à tour douces, fortes, violentes, qu'elles germent et se développent peu à peu, ou fondent sur nous à l'improviste, de même le compositeur, en qui la science des tons est innée et à qui l'étude technique a seulement donné la conscience raisonnée de ce don merveilleux de la nature, le compositeur, dis-je, s'attachera à prendre tantôt des tons homogènes et tantôt des tons distincts, par des transitions tour à tour brusques ou lentes et insensibles.

L'homme de génie ne songe nullement à frapper par un art *artificiel,* qui tue l'art véritable ; il ne fait que noter les tons dans lesquels, en ses moments d'inspiration, il a traduit les diverses situations du poème ; libre après aux arithméticiens musicaux d'opérer sur ses productions. Il serait trop long de disserter sur la science des tons, telle qu'elle est fondée sur notre organisation intérieure, et de faire voir qu'en creusant plus avant on découvre des lois mystérieuses qui ne se trouvent point dans les livres : pour me borner ici à un seul exemple, je ferai remarquer que les accords — sons grêles — ne saisissent profondément qu'autant qu'entre les diverses espèces de ton, quelque hétérogènes qu'elles paraissent, il existe une relation intime qui s'est révélée à l'esprit du compositeur, comme dans le passage du *duo* de *Don Juan* cité plus haut. Il en est de même des accords harmoniques dont on s'est tant moqué à cause de l'abus qu'on en fait, et dont l'effet souvent prodigieux ne saurait être révoqué en doute. Il semble qu'un lien secret, sympathique, unisse parfois les sons les plus étrangers les uns aux autres, et qu'au contraire les tons qui ont le plus d'affinité entre eux soient séparés par une idiosyncrasie invincible. La modulation la plus fraternelle, la plus fréquente, celle de la tonique dans la dominante, *et vice versa,* nous paraît parfois inattendue, étrange, d'autrefois insipide, insupportable.

L'instrumentation entre sans doute pour beaucoup dans l'effet étonnant que produisent les créations des hommes de génie ; mais il est à peu près impossible d'établir une seule règle à cet égard ; cette partie de l'art musical est enveloppée d'une nuit mystérieuse. Chaque instrument porte, vu la diversité de ses effets dans certains airs, cent autres instruments en lui, et c'est une ineptie de penser que la coopération de tous les instruments soit absolument nécessaire pour produire des accords puissants et vigoureux. Un seul son, soutenu de tel ou tel instrument, suffit quelquefois pour nous causer un tremblement intérieur. Dans les opéras de Gluck bon nombre de passages en offrent des exemples bien frappants ; et, pour bien se pénétrer de la diversité d'effet dont chaque instrument est susceptible, on n'a qu'à se rappeler quels effets opposés

Mozart tire du même instrument, par exemple, de l'*oboë*. Nous devons nous borner à de simples indications. Dans l'âme du compositeur — pour rester dans la comparaison établie plus haut entre la peinture et la musique — le poème musical apparaîtra comme un tableau achevé dont l'intuition lui fera trouver cette perspective exacte, sans laquelle il n'est point de vérité. A l'instrumentation appartiennent aussi les diverses figures des instruments d'accompagnement. Combien de fois une figure en harmonie avec la situation du moment n'élève-t-elle pas la vérité de l'expression au plus haut degré de vigueur ! Ne nous sentons-nous pas profondément émus par la figure en octaves du second violon et de la viole de Mozart dans l'air : *Non mi dir bel idol mio art ?* Les figures doivent venir naturellement, et rester simples et vraies. Les vives couleurs du poème musical en font ressortir les plus petits détails, et tout ornement étranger ne peut que les défigurer : le choix des tons, le *forte* et le *piano*, dépendent également du caractère de la situation, et doivent être employés dans le seul but de mettre plus de variété dans la partition et avec tous les autres moyens d'expression dont le musicien dispose.

Pour consoler l'artiste découragé qui hésite, qui court après l'effet, on peut lui dire hardiment que l'intelligence entière des ouvrages des maîtres de l'art finira par le mettre en un rapport mystérieux avec l'esprit de ces grands hommes, que le contact de leur génie enflammera la force qui sommeillait en lui, communiquera une vie nouvelle à son âme engourdie, et que bientôt il saura distinguer la musique intérieure de son âme : ses études, ses connaissances techniques lui fourniront les moyens de fixer cette musique, qui sans cela passerait sans laisser de traces. L'enthousiasme qui a produit son ouvrage retentira en échos merveilleux dans l'âme des auditeurs, et ils goûteront à leur tour cette délicieuse ivresse qui inondait l'âme du compositeur dans ses moments d'inspirations. C'est là l'effet que doit produire tout poème musical sorti de l'âme de l'artiste [36].

LE PARFAIT MACHINISTE [37]

Du temps que j'étais directeur de l'Opéra à ***, il me prenait souvent fantaisie de visiter le théâtre. Je m'occupais beaucoup de décors et de machines ; je méditais sur tout ce qui s'offrait à mes regards. Je consignerais volontiers le résultat de mes réflexions dans un petit traité spécial sous le titre de : *Le parfait machiniste, par Jean Kreisler, etc.*, à l'usage et au profit des décorateurs, des machinistes et du public. Mais le temps émousse la volonté la plus énergique, et, supposé même que j'aie un jour le loisir de composer un ouvrage d'une telle importance, qui sait si je serai d'humeur à l'entreprendre ? Par conséquent, pour sauver de l'oubli les principes fondamentaux, les idées essentielles, sur lesquels repose la merveilleuse théorie dont je suis l'inventeur, je me suis décidé à exposer un résumé rapide de mon système [38], m'en rapportant du reste au vieil adage latin : *Sapienti fat.*

En premier lieu, je suis redevable à ce séjour que j'ai fait à *** [39] d'avoir été guéri complètement de quelques erreurs dangereuses dans lesquelles j'étais tombé, d'avoir perdu entièrement l'estime presque puérile que j'avais eue pour certaines personnes qui, jusque-là, m'avaient paru des hommes de génie, des grands hommes. Ce qui contribua le plus à ma guérison, ce fut, outre ma diète intellectuelle forcée, mais très salutaire, l'usage fréquent de l'eau pure et claire que l'on trouve à ***, et qui jaillit ou s'épanche plutôt à petit bruit d'un grand nombre de sources, surtout aux environs du théâtre.

C'est ainsi que je ne puis me rappeler sans rougir le profond respect que je nourrissais pour le décorateur et pour le machiniste du théâtre de R... Tous deux partaient du principe le plus faux. Ils prétendaient que les décors et les machines devaient coopérer à l'effet du drame ; que, par suite de l'accord entre les décorations et la pièce, le spectateur se sentait transporté, même sur des ailes invisibles, par-delà les limites de la scène, dans les régions fantastiques de la poésie ; que, pour détruire toute illusion, il n'était pas besoin d'une décoration sans rapport avec l'intention du poète ; qu'il suffisait pour cela d'un arbre placé mal à propos, d'un bout de corde pendant en travers de la scène.

Ils prétendaient, en outre, que c'était une tâche singulièrement difficile que de maintenir le spectateur dans l'illusion que doit produire le théâtre, en dérobant à ses regards le mécanisme des machines, de donner aux décors cette noble simplicité, les proportions grandioses qui empêchent d'établir une comparaison fâcheuse entre la grandeur des personnages et la scène sur laquelle ils apparaissent. Aussi, disaient-ils, les poètes eux-mêmes, qui se prêtent si facilement aux prestiges de l'imagination, ont-ils crié plus d'une fois aux machinistes : — Croyez-vous donc que vos planches peintes, vos montagnes, vos palais en toile, puissent nous faire illusion un seul instant, quelque vaste que soit l'espace dont vous disposiez ?

Ils reprochaient aux peintres et aux architectes de négliger entièrement le côté poétique de leur travail, soutenant que, grâce aux vues étroites, à la maladresse de ces messieurs, les plus grands théâtres se trouvent rabaissés au rang de misérables tréteaux. Aussi les profondes et noires forêts du décorateur de R..., ses colonnades s'étendant à perte de vue, ses cathédrales gothiques étaient-elles d'un effet merveilleux : on ne songeait, en les voyant, ni à la toile ni à la peinture. Les tonnerres souterrains du machiniste, ses éclairs remplissaient l'âme d'horreur et d'épouvante ; ses *vols* glissaient dans les airs comme des vapeurs légères.

Hélas ! dans quelles étranges erreurs ces braves gens étaient tombés avec toute leur science ! Peut-être, s'ils lisent quelque jour ces lignes, renonceront-ils à leur errements, et se convertiront-ils, comme moi, aux saines doctrines ! Aussi bien je vais m'adresser directement à eux et leur communiquer mes idées sur le genre de représentations théâtrales qui est plus particulièrement du ressort de leur art, c'est-à-dire sur l'opéra. A la vérité, c'est au machiniste que je m'adresse spécialement : toutefois, mes observations ne seront pas sans quelque utilité pour le décorateur.

« Messieurs,

» Il est un fait que je dois signaler à votre attention, si toutefois vous n'avez déjà fait cette remarque vous-mêmes ; c'est que les poètes et les compositeurs conspirent contre le public. Ces messieurs ne visent à rien moins qu'à emporter le spectateur loin du monde réel dans lequel, après tout, il se trouve fort à l'aise ; et lorsqu'ils sont parvenus à l'isoler, à l'arracher à tout ce qu'il connaît, à tout ce qu'il aime, ils s'attachent à le tourmenter par toutes sortes de passions, d'émotions violentes qui portent le plus grand préjudice à la santé. Il faut qu'il rie, qu'il pleure, qu'il s'effraie, qu'il soit saisi de crainte ou d'horreur au gré de leurs caprices ; en un mot, il faut, comme dit le proverbe : *qu'il danse d'après leur flûte* [40]. Malheureusement ils ne réussissent que trop dans leurs criminelles tentatives. Les combinaisons funestes de leur art ont produit plus d'une fois les effets les plus déplorables. Plus d'un spectateur a cru à la réalité des chimères enfantées par leur imagination, ne tenant aucun compte de ce que les auteurs chantaient au lieu de parler tout simplement comme d'autres honnêtes gens. Combien de jeunes filles qui, au retour de l'Opéra, n'ont pu, toute la nuit, se débarrasser la tête de toutes ces visions enivrantes que le poète et le compositeur avaient fait apparaître à leurs yeux comme par enchantement, qui en ont été tellement obsédées pendant plusieurs jours consécutifs qu'il leur était impossible de venir à bout de leur tricot ou de leur broderie ! Or, comment porter remède à ce désordre ? comment faire pour que le spectacle devienne une récréation raisonnable, que tout s'y passe dans les règles et le plus tranquillement possible, qu'aucune passion, qui puisse nuire au corps ou à l'âme, n'y soit soulevée ? Qui produira cette réforme ? ce ne sera personne autre que vous, messieurs ; c'est à vous qu'est réservée cette tâche glorieuse. Luttez en commun contre le poète et le compositeur, dans l'intérêt de l'humanité ; combattez vaillamment ; les armes ne vous manquent pas, la victoire ne pourra vous échapper. Le principe dont vous devez partir dans tous vos travaux, c'est guerre au poète et au compositeur ! Déjouez leurs manœuvres funestes, qui ont pour but de fasciner le spectacle par leurs créations prestigieuses et de l'enlever au monde de la réalité ; autant ils s'efforceront de faire oublier au spectateur qu'il est au théâtre, autant vous vous attacherez à le lui rappeler. Ce que je viens de dire ne suffit-il pas pour vous faire comprendre ma pensée ? est-il besoin que je m'explique plus clairement ? — Quoi qu'il en soit, je sais fort bien que vous êtes tellement encroûtés dans votre système, que même au cas où vous reconnaîtriez la vérité de ce que j'avance, vous n'auriez pas sous la main les moyens les plus vulgaires d'atteindre le but que je vous signale. Il faut donc que je vous mette sur la voie. Ainsi, vous ne sauriez croire, par exemple, quel effet irrésistible produit souvent une coulisse formant disparate avec le reste de la scène[41]. Qu'un fragment de salon apparaisse dans une sombre caverne, la *prima donna* aura beau se plaindre de sa captivité, le spectateur rira de ses accents les plus déchirants ; il se rappellera à l'instant que le régisseur n'a qu'à sonner pour faire disparaître la prison et la remplacer par le riant salon qui se trouve derrière. Il est un moyen plus puissant encore : ce sont les fausses sorties, les toiles de fond que l'on aperçoit par les murs du théâtre ; elles ôtent aux décors ce que l'on appelle la vérité, qui, dans le fond, n'est ici que le plus insigne mensonge. Toutefois, il est des cas où le poète et le compositeur savent tellement étourdir les spectateurs par la puissance infernale de leur art, qu'ils ne font aucune attention à tous les inconvénients, que hors d'eux-mêmes, ravis en extase, ils se croient transportés dans des régions inconnues et se livrent tout entiers aux jouissances enivrantes du fantastique. Ceci a lieu principalement dans les grandes scènes accompagnées de chœur. Dans cette position désespérée, il vous reste un stratagème qui vous réussira toujours.

Vous n'avez qu'à faire descendre, au milieu d'un chœur lugubre, groupé dans le moment le plus pathétique autour des personnages principaux, une toile de fond qui répandra la consternation parmi les acteurs et les forcera à se disperser de côté et d'autre, en sorte que ceux qui se tiennent dans le fond soient coupés des personnages qui occupent l'avant-scène. Je me souviens d'avoir vu ce moyen pratiqué dans un ballet : il fut d'un bel effet, quoiqu'on ne l'eût point employé avec toute l'exactitude désirable. C'était au moment où la *prima bellerina* exécutait un fort beau *solo;* le chœur des figurants s'était rangé de côté ; la danseuse se trouvait au fond du théâtre dans une attitude superbe. Les spectateurs applaudissaient avec fureur et poussaient des cris d'enthousiasme : tout à coup s'abaisse une toile de fond qui dérobe la *bellerina* aux regards du public. Malheureusement c'était un appartement avec une grande porte dans le milieu, par laquelle la danseuse rentra aussitôt d'un pas léger, sans se déconcerter aucunement pour continuer son solo : après quoi l'on fit lever la toile de fond, à la consolation des figurants, ce qui peut vous apprendre que la toile de fond ne doit pas avoir de porte. Du reste, il faut qu'elle forme le contraste le plus choquant avec l'ensemble de la décoration. Dans un désert entrecoupé de rochers, la perspective d'une rue fait très bien ; une forêt obscure rendra de bons services au milieu d'un temple. Une coulisse menaçant de tomber ou tombant en effet sur la scène vous seront également utiles, surtout au milieu d'un monologue ou d'un air de bravoure ; car, indépendamment de ce que, par là, l'attention du spectateur est entièrement distraite de la situation du personnage, la *prima donna* ou le *primo huomo,* qui viennent de courir le danger d'être grièvement blessés, excitent au plus haut degré l'intérêt du public. Que tous les deux chantent faux ensuite, on dira : le pauvre homme ! la pauvre femme ! c'est l'effet de la peur qu'ils viennent d'avoir ! et on les applaudira à outrance. Pour faire disparaître aux yeux des spectateurs ce personnage dramatique et ne plus leur laisser voir que la personnalité de l'acteur, on peut aussi faire écrouler les échafaudages qui se trouvent sur la scène. Je me rappelle qu'un soir, dans *Camille,* l'allée et l'escalier qui conduisaient au souterrain s'affaissèrent tout à coup sous les pas des personnes qui accouraient au secours de Camille : et le public de pousser des cris, de plaindre les acteurs ; et lorsqu'on eut annoncé que personne n'avait été blessé, avec quel intérêt ou écouta la fin de l'opéra ! Il est vrai que cet intérêt ne se portait plus sur les personnages de la pièce, mais seulement, comme cela devait être, sur les acteurs, qui venaient d'éprouver une si grande terreur. Il serait injuste de faire courir des dangers aux acteurs derrière les coulisses ; dès que le public n'en est plus témoin, l'effet en est perdu : aussi il faut que les maisons, les balcons du haut desquels les acteurs ont à parler aient le moins d'élévation possible, afin que l'on n'ait besoin ni d'une longue échelle ni d'un échafaudage bien haut pour y monter. Ordinairement, celui qui vient de parler par la fenêtre entre ensuite sur la scène par la porte. Pour vous prouver combien je suis empressé de mettre toute mes connaissances à votre disposition, je vous indiquerai les dimensions d'une telle maison avec porte et fenêtres, telles que je les ai prises sur le théâtre de R...

» Hauteur de la porte, cinq pieds.

» Intervalle entre la porte et la fenêtre, un demi-pied.

» Hauteur de la fenêtre, trois pieds.

» Jusqu'à la toiture, un quart de pied.

» Toit, un demi-pied.

» Ce qui fait un total de neuf pieds un quart. Nous avions un acteur d'une taille assez haute : lorsqu'il jouait le rôle de Bartholo, dans *Le Barbier de Séville,* il n'avait qu'à monter sur un banc pour regarder par la fenêtre ; la porte venant un jour à s'ouvrir, on vit ses longues jambes rouges, et l'on était inquiet de savoir comment il s'y prendrait pour passer par la porte. Ne serait-il pas utile de prendre sur les acteurs la mesure des maisons, portes, châteaux-forts ? — On a grand tort d'effrayer les spectateurs par un coup de tonnerre ou de feu, ou par tout autre bruit subit. Je me souviens parfaitement de votre maudit tonnerre, monsieur le machiniste ; ses roulements étaient sourds et terribles, comme s'ils avaient été répercutés par les échos des montagnes : mais à quoi bon ? — Ignorez-vous donc qu'une peau de bœuf tendue sur un cadre produit, quand on la frappe à coups de poing, un tonnerre fort agréable ? Au lieu d'employer *la machine à canon* ou de décharger un fusil, on n'a qu'à fermer violemment la porte de la garde-robe, cela n'effraiera personne. Pour mettre le spectateur à l'abri de la plus légère émotion de terreur, ce qui est un des plus sacrés devoirs du machiniste, je vous indiquerai un moyen infaillible : lorsque dans une pièce on tire un coup de fusil ou que le tonnerre vient à gronder, l'acteur s'écrie ordinairement : "Qu'entends-je ! quel bruit ! quel vacarme !" — Voici maintenant ce que le machiniste fera : il attendra que ces paroles aient été prononcées, et ensuite il ordonnera de tirer le coup de fusil ou de faire aller le tonnerre. De cette manière, le public sera prévenu d'avance ; les ouvriers du théâtre n'auront pas besoin qu'on leur donne un signal ; les exclamations de l'acteur ou de l'actrice les avertiront à temps. Dès que le tonnerre aura grondé, l'ouvrier chargé des fonctions de *Jupiter fulgurans,* et qui se tiendra prêt avec sa trompette de fer blanc, se hâtera de lancer des éclairs. Comme le feu pourrait prendre facilement aux toiles des coulisses, il faudra que cet ouvrier s'avance assez entre les coulisses pour que le public puisse voir distinctement la flamme, et même la trompette, s'il est possible, et qu'il ne lui reste pas le moindre doute sur les procédés mis en usage pour produire les éclairs. Ce que j'ai dit plus haut des coups de fusil s'applique également aux fanfares des trompettes, etc.

» J'ai déjà parlé de vos vols si vaporeux, si aériens, monsieur le machiniste ; je vous le demande : comment pouvez-vous vous justifier de vous mettre en si grands frais de méditations et d'art dans le seul but de donner au mensonge l'apparence de la vérité, au point que le spectateur croit involontairement à la réalité de l'apparition mystérieuse qui descend dans une auréole de nuages lumineux ? Il est vrai que, même parmi les machinistes, qui partent de principes plus justes, il s'en trouve qui tombent dans un autre défaut ; ils laissent bien apercevoir les cordes qui soutiennent la machine mais elles sont si minces que le public conçoit les plus vives inquiétudes pour la divinité ou pour le génie, et craint de les voir tomber à chaque instant et se casser bras et jambes. Il faut donc avoir soin de suspendre le char de nuages ou la nuée à quatre cordes bien épaisses, peintes en noir, et de les monter ou descendre lentement et par secousses de sorte que le spectateur, qui, des places les plus éloignées, pourra voir distinctement les mesures de précaution et apprécier leur solidité, se tranquillise sur le voyage aérien de l'acteur.

» Vous étiez fier de vos mers aux ondes bouillonnantes et écumeuses, de vos lacs avec des reflets d'optique ; vous croyiez, à coup sûr, avoir agrandi le cercle de votre art lorsque vous réussissiez à faire réfléchir dans les eaux du lac les ombres des personnes qui le passent. Je conviens que cette dernière invention vous fit quelques admirateurs : malgré cela, votre tendance était foncièrement fausse, comme je l'ai déjà démontré. Voulez-vous faire un lac, un fleuve, enfin une eau quelconque ? voici les procédés qu'il faut mettre en usage : on prend deux planches d'une longueur égale à la largeur du théâtre ; on les fait échancrer par la partie supérieure, on y peint de petites ondes bleues et blanches, après quoi on les suspend l'une derrière l'autre à des ficelles, de sorte que la partie inférieure touche légèrement les planches de la scène ; on agite ces planches ainsi disposées ; le frôlement qu'elles produisent en rasant le sol représentera le murmure des eaux.

» Que vous dirai-je des clairs de lune si tristes, si mélancoliques, monsieur le décorateur ? Pour peu qu'un machiniste ait d'habileté, il fera un clair de lune avec toute espèce de perspective. On pratique une ouverture de forme ronde dans une planche carrée, on la recouvre d'un morceau de papier ; dans une caisse, qui se trouve derrière et qui est peinte en rouge, on pose un flambeau ; vous attachez cet échafaudage à deux grosses cordes peintes en noir, et vous avez votre clair de lune.

» Ne serait-il pas conforme à nos intentions, que le machiniste, lorsqu'il verrait le public en proie à une émotion trop violente, fît disparaître sous terre tel ou tel des plus criminels personnages, lui coupant ainsi brusquement la parole et lui enlevant le moyen de pousser le spectateur à de plus grandes extravagances. Du reste, je ferai remarquer, quant aux trappes, que l'acteur ne doit être mis en péril que dans les cas désespérés où il faut à tout prix sauver le public. Hors ces cas, il faut ménager l'acteur de toute manière, et il ne faut ouvrir la trappe que lorsqu'il se trouve dans l'attitude convenable et en équilibre. Or, comme l'acteur seul peut connaître le moment favorable, c'est à tort que le souffleur donne le signal avec la cloche du second dessous ; il faut que l'acteur que des puissances infernales doivent enlever et qui doit disparaître comme un spectre, que le fantôme qui doit s'abaisser sur terre frappe trois ou quatre fois du pied sur le plancher ; alors il pourra descendre lentement et en toute sûreté dans les bras des ouvriers qui l'attendent.

» J'espère maintenant que vous m'avez compris : chaque représentation fournissant mille occasions de lutter contre le poète et le compositeur, vous ne manquerez pas d'agir conformément aux principes qui ont été établis et aux exemples que j'ai cités.

» Quant à vous, monsieur le décorateur, je vous conseillerai encore, en passant, de ne point regarder les coulisses comme un mal nécessaire, mais comme la chose principale, et d'y prendre beaucoup de détails. Dans la perspective d'une rue, par exemple, chaque coulisse devra former une maison saillante de trois à quatre étages, les portes et les fenêtres étant tellement basses qu'on voit clairement qu'aucun des personnages qui paraissent sur la scène, et qui touchent presque au second étage, ne peut habiter ces maisonnettes, qu'il n'y a que des Lilliputiens qui puissent entrer par ces portes ou regarder par ces fenêtres. Il est manifeste que le décorateur, en détruisant de cette manière toute illusion, aura atteint sans beaucoup de peine le but auquel doivent tendre tous ses efforts.

» Que si, messieurs, contre mon attente, le principe sur lequel j'ai basé ma théorie des décors et machines, n'obtenait point votre approbation, je vous ferais observer qu'un homme fort estimable l'a déjà exposé, *in nuce*, avant moi. J'entends parler du bon maître tisserand Zettil, qui prétend que, même dans la tragédie éminemment tragique de *Pyrame et Thisbé,* le public doit rester à l'abri de toute exaltation. La seule différence qu'il y a, c'est que maître Zettil veut que le prologue fasse à lui seul la besogne ; qu'il doit avertir dès le principe que les glaives ne font aucun mal, que Pyrame n'est point réellement mis à mort, et que Pyrame n'est point Pyrame, mais le maître tisserand Zettil. Voici ce qu'il dit de Schnock, le menuisier, qui doit représenter un lion ; ce sont des paroles d'or que je vous engage à graver dans votre mémoire :

» Il faut qu'on dise son nom, que sa figure puisse être vue à travers le col du lion ; lui-même adressera la parole au public par l'ouverture, et s'exprimera à peu près en ces termes : " Mes gracieuses dames, ou bien, mes belles et gracieuses dames, je souhaiterais, ou bien, je vous en prie, ou bien je voudrais vous prier, ne craignez rien, ne tremblez pas ainsi : ma vie pour la vôtre, je donnerais ma vie pour la vôtre, si vous pensiez que je viens ici comme un véritable lion ; je n'aurai pitié que de ma peau ; je ne suis rien de pareil, je suis un homme comme d'autres hommes : — et puis qu'il dise son nom, et qu'il déclare hautement qu'il est Schnock, le menuisier*. "

» Je dois supposer que vous vous connaissez en allégories et qu'il vous sera facile de suivre dans votre art la route indiquée par Zettil : l'autorité sur laquelle je me suis appuyé me met à couvert de tout malentendu ; je puis donc espérer avoir répandu une bonne semence, d'où surgira peut-être un arbre de science. »

LETTRES DE MAITRISE DE JEAN KREISLER [43]

Mon cher Jean, comme décidément tu veux déserter mon école pour te lancer dans le monde et y vivre à ta

* Shakespeare, *Le Songe d'une nuit d'été* [42].

guise, il est juste que moi, ton maître, je te glisse dans la poche une lettre de maîtrise, que tu puisses montrer comme passeport à toutes les corporations et compagnies musicales. Je pourrais bien le faire sans de plus longs détours, mais en te regardant dans la glace, je sens mon cœur s'attendrir. Je voudrais t'exprimer encore une fois tout ce que nous avons pensé et senti ensemble, lorsque certains moments se présentaient dans le cours de ton apprentissage. Tu sais ce que je veux dire. Mais comme nous avons cela de commun, que dès que l'un de nous deux parle, l'autre ne saurait se taire, il vaudra mieux que j'écrive au moins quelques observations à ce sujet, que tu pourras lire, de temps à autre, à ton avantage et profit.

Hélas ! mon cher Jean, qui te connais mieux que moi ! qui a lu au fond de ton cœur comme moi ! mon âme s'est reflétée dans la tienne [44]. En revanche, je crois que de ton côté tu me connais parfaitement, et que c'est précisément par cette raison que nos relations furent toujours supportables, quoique nous portassions tour à tour les jugements les plus divers sur nous-mêmes : tantôt nous nous regardions comme des sages, comme des hommes de génie ; tantôt nous nous semblions suffisamment sots et gauches, et même tant soit peu timbrés [45]. — Mon cher élève, en me servant, dans les périodes qui précèdent, du pronom *nous,* je suis tenté de croire que c'est par une modestie vaniteuse que j'ai employé le pluriel, tout en ne parlant que de moi seul, ou plutôt que nous deux nous ne formons qu'un au fond. Renonçons à une si folle idée, — je le répète, mon cher Jean ! — qui te connais mieux que moi, et par conséquent qui est mieux fondé à soutenir que tu as acquis le degré de perfectionnement nécessaire pour apprendre d'une manière convenable et utile ! Tu possèdes la qualité la plus indispensable pour cela. En effet, tu as tellement exercé ton ouïe que tu peux entendre *de temps à autre le poète caché dans ton intérieur,* pour me servir de l'expression de Schubert *, et que tu ne crois pas que c'est toi seul qui as parlé dans ton âme, et personne autre. — Dans une nuit tiède de juillet, j'étais assis seul

* Schubert, symbolique des songes. — *Note de l'auteur* [46].

sur le banc de mousse dans le berceau de jasmins que tu connais, lorsque le doux et aimable jeune homme que nous appelons Chrysostome vint à moi et me raconta des choses merveilleuses des premières années de sa jeunesse : « Le petit jardin de mon père, me dit-il, touchait à un bois plein d'harmonie et de chant; chaque année un rossignol venait faire son nid sur l'arbre séculaire et majestueux au pied duquel se trouvait une grosse pierre sillonnée de toutes sortes de mousses merveilleuses et de veines rougeâtres. Ce que mon père racontait de cette pierre ressemblait beaucoup à une fable.

« Un jour, il y a de cela de longues années, me dit-il, un homme inconnu [47], d'une figure et d'un accoutrement bizarres, vint au château du seigneur. Chacun trouvait un air singulier à cet étranger; il était impossible de le regarder longtemps sans éprouver un frisson intérieur, et malgré cela un charme irrésistible vous forçait à le regarder sans cesse. Le gentilhomme éprouva bientôt pour lui la plus vive amitié, quoiqu'il avouât qu'en sa présence il se sentait parfois mal à son aise, et qu'une horreur glaciale passait sur son âme lorsque l'étranger lui parlait des régions lointaines et inconnues, des hommes et des animaux extraordinaires qu'il avait vus dans ses longs voyages, et qu'alors ses paroles se perdaient en accents merveilleux, qui exprimaient, sans l'aide de la parole, des choses mystérieuses en sons intelligibles. Personne n'avait la force de se détacher de l'étranger; on ne pouvait se rassasier d'écouter ses récits par lesquels il plaçait, d'une manière inconcevable, des pressentiments confus et obscurs en formes lucides et palpables sous les yeux de l'esprit. Lorsque l'inconnu chantait, en s'accompagnant de la lyre, toutes sortes de chansons merveilleuses dans une langue inconnue, tous ceux qui l'écoutaient se croyaient sous l'influence d'un pouvoir surnaturel; on disait que ce ne pouvait être un homme, que sans doute c'était un ange qui avait apporté sur la terre les concerts célestes des Chérubins et des Séraphins. L'inconnu enlaça la belle et jeune demoiselle du château dans des liens mystérieux et indissolubles. Comme il lui apprenait à chanter et à jouer de la lyre, bientôt la plus grande intimité s'établit entre eux : souvent, à minuit, l'étranger se glissait près du vieil arbre où la demoiselle l'attendait ; alors on entendait de loin leurs chants et les sons expirants de la lyre de l'étranger ; mais c'étaient des mélodies si étranges, d'un caractère si sombre, que personne n'osait s'approcher ni trahir les amants. Un matin, l'inconnu avait subitement disparu, et la demoiselle fut cherchée vainement dans le château. Une anxiété cruelle, le pressentiment s'empara du père : il s'élança sur son cheval et courut bride abattue dans la forêt, prononçant à haute voix, dans sa douleur inconsolable, le nom de son enfant. Lorsqu'il arriva près de la pierre où l'étranger s'était si souvent assis à côté de la jeune personne et entretenu avec elle, la crinière du cheval se hérissa, il frémit, sa respiration devint haute et pressée ; il fut impossible de le faire avancer ; on eût dit qu'il était enchaîné par quelque esprit infernal [48]. Le gentilhomme, croyant que son cheval s'effrayait de la forme bizarre de la pierre, mit pied à terre pour la lui faire franchir, mais l'effroi arrêta soudain les battements de ses artères, et il resta sans mouvement quand il vit les gouttes de sang qui coulaient abondamment de la pierre. Comme poussés par une puissance invisible, les chasseurs et les paysans qui avaient suivi le gentilhomme écartèrent la pierre avec de grands efforts, et trouvèrent dessous la pauvre demoiselle percée de nombreux coups de poignard ; près d'elle était la lyre de l'étranger, brisée et écrasée [49]. Depuis ce temps, un rossignol vient tous les ans placer son nid sur cet arbre, et chante à minuit en accords douloureux qui pénètrent au fond de l'âme. Du sang de la jeune fille naquirent toutes ces mousses, ces herbes merveilleuses, de couleurs si bizarres, qui parent maintenant la pierre. Comme j'étais encore tout enfant, mon père [50] m'avait défendu d'aller dans la forêt sans sa permission ; mais l'arbre, et surtout la pierre, avaient pour moi un attrait irrésistible. Toutes les fois que la petite porte dans le mur du jardin n'était pas fermée, je m'évadais pour courir près de ma pierre chérie : je ne pouvais rassasier mes yeux en regardant ses mousses et ses herbes, qui avaient les formes les plus bizarres. Souvent je croyais comprendre les signes, et il me semblait y voir toutes sortes d'histoires aventureuses que ma mère m'avait contées. L'aspect de la pierre me rappelait aussi le souvenir de la belle chanson que mon père chantait presque chaque jour en s'accompagnant de l'épinette, et qui m'attendrissait tellement que j'oubliais tous les jeux de mon âge pour l'écouter les larmes aux yeux ; et quand j'entendais cette chanson, mes souvenirs me retraçaient l'image de ces mousses et de ces herbes ; de sorte que les plantes et la chanson ne faisaient plus qu'un pour moi et que j'avais de la peine à les séparer dans ma pensée. Vers cette époque, mes dispositions pour la musique se développèrent de jour en jour, et mon père, excellent musicien lui-même, se fit un devoir de m'instruire avec le plus grand soin ; il espérait faire de moi, non seulement un virtuose, mais, de plus, un compositeur, parce que j'étais occupé sans cesse à chercher sur le clavecin des accords et des mélodies qui avaient parfois beaucoup d'expression et de liaison entre elles. Mais souvent j'étais sur le point de répandre des larmes amères : dans mon désespoir, je prenais la résolution de ne plus jamais toucher un clavecin, car, lorsque je posais les doigts sur les touches, l'accord que je formais n'était jamais celui que j'eusse désiré produire. Des chants inconnus que je n'avais jamais entendus inondaient mon âme, et il me semblait alors que ce n'était pas la chanson de mon père, mais ces chants qui retentissaient autour de moi comme la voix des esprits qui étaient renfermés dans les mousses de la pierre [51], et que, si on les regardait avec amour, les chansons de la jeune fille jailliraient de sa voix mélodieuse. Il arriva, en effet, qu'en contemplant la pierre je tombai dans de profondes rêveries, et qu'alors j'entendais le chant admirable de la jeune fille, qui remplissait ma poitrine d'une douleur ineffable et pleine de volupté ; mais quand je voulais chanter ou jouer sur le clavecin ce que je venais d'entendre si distinctement, tout se perdait en sons vagues et confus. Dans mes tentatives puériles, aventureuses, je fermais quelquefois l'instrument, et puis je prêtais l'oreille, espérant que les chants en sortiraient plus distincts et plus beaux, car je savais que les accords y demeuraient comme enchaînés par un pouvoir magique. Bientôt le désespoir me gagna, et lorsque, pour comble de malheur, j'étais obligé de jouer les chansons et les exercices de mon père, qui m'étaient devenus insupportables, je croyais mourir d'impatience et de dépit. Ainsi il arriva que je négligeai entièrement l'étude de la partie technique de l'art musical, et que mon père, désespérant de mes talents, cessa de me donner des leçons. Plus tard, au lycée de la ville, je sentis renaître mon goût pour la musique; le talent d'exécution par lequel se distinguaient plusieurs de mes condisciples m'excita à rivaliser avec eux; je me donnais beaucoup de peine, mais plus je réussissais à me rendre maître des moyens mécaniques de l'art, moins je me sentais en état de percevoir de nouveau les accords qui avaient retenti autrefois dans mon âme en mélodies ravissantes. Le maître de musique du lycée, homme âgé et qui passait pour être profondément versé dans la science du contrepoint, m'enseignait la basse continue et l'art de la composition. Il prétendait même pouvoir nous indiquer des procédés pour inventer des mélodies, et j'étais tout glorieux, lorsque à force de travail j'avais réussi à trouver un thème qui satisfît à toutes les combinaisons du contrepoint. Aussi, lorsque, au bout de quelques années, je retournai dans mon village, je me croyais un musicien accompli; dans ma cellule je trouvai encore le clavecin devant lequel j'avais passé tant de nuits, versant des larmes de dépit; je revis également la pierre merveilleuse; mais éclairé par l'âge, je riai de ma puérile manie de vouloir lire des mélodies dans les mousses. Toutefois, j'allais m'asseoir sous cet arbre avec un charme infini; étendu sur l'herbe, appuyé contre la pierre, tandis que le vent courait en frémissant à travers le feuillage, j'entendais les douces et ravissantes voix des esprits, mais les mélodies qu'elles chantaient avaient reposé depuis longtemps dans mon sein et se réveillaient alors et devenaient vivantes. Combien tout ce que j'avais composé me parut fade et insipide! Il me semblait que ce n'était pas même de la musique, et que tous mes travaux n'avaient été que des niaiseries, des efforts stériles et sans but. Le rêve ouvrit devant moi son brillant et magnifique empire, et je fus consolé ; je vis la pierre, — ses veines rougeâtres s'épanouirent comme des œillets pourpres, dont les parfums devenaient visibles et jaillissaient en rayons lumineux et pleins d'harmonie [52]. Dans les accords prolongés et ondoyants du rossignol, les rayons condensés prenaient la forme d'une femme merveilleuse, qui à son tour était une musique céleste, enivrante !... »

L'histoire de notre Chrysostome renferme, comme tu vois, mon cher Jean, beaucoup d'enseignements utiles ; c'est pourquoi elle trouve naturellement sa place dans la lettre de maîtrise. Du sein des temps inconnus et fabuleux, la puissance mystérieuse qui réveilla son talent exerça une influence visible sur sa vie. — Notre empire n'est pas de ce monde, disent les musiciens, car où trouvons-nous dans la nature le prototype de notre art, comme le peintre et le statuaire ? — Le son habite partout ; les accords, les mélodies qui parlent le langage sublime du monde intellectuel ne reposent que dans l'âme de l'homme. — Mais de même que le son, l'esprit de la musique n'embrasse-t-il pas toute la nature ? Le corps sonore, affecté par des moyens mécaniques, éveillé à la vie, fait entendre l'expression de son existence, ou plutôt son organisme intérieur se révèle au-dehors. Ne se peut-il pas que l'esprit de la musique, éveillé par celui qui est initié à ses mystères, en accents intelligibles pour lui seul, se révèle par l'harmonie et par la mélodie ? Le musicien, c'est-à-dire celui qui a la conscience claire et nette de la musique, nage partout dans des flots d'harmonie et de mélodie. Ce n'est pas une vaine image, une allégorie vide de sens, dont se sert le musicien quand il dit que les couleurs, les parfums, les rayons lui apparaissent comme des accords, et que dans leurs harmonies il voit un concert merveilleux. De même que, selon le jugement d'un physicien ingénieux, l'ouïe est la vue intérieure, de même pour le musicien, la vue devient l'ouïe intérieure, c'est-à-dire la conscience intime de la musique, qui vibre, à l'unisson de son esprit, du sein de tous les corps soumis à ses regards. D'après cela, les émotions subites du musicien, la naissance des mélodies dans son sein, ne seraient autre chose que la perception obscure ou plutôt indéfinissable de la musique secrète de la nature comme principe de la vie ou de toute activité dans la vie : les sons perceptibles de la nature, le frémissement du vent, le bruit des eaux, ne sont d'abord pour le musicien que des accords isolés, puis des mélodies avec accompagnement d'harmonie ; avec la perception croît l'énergie de la volonté intime, et alors le musicien ne se trouverait-il pas dans le même rapport avec la nature qui l'environne, que le magnétiseur avec une somnambule, sa volonté énergique étant la question, que la nature ne laisse jamais sans réponse ? Plus la perception, l'intuition est vivante, pénétrante, plus le musicien a de talent pour la composition ; l'art de fixer ces émotions comme par une aptitude particulière de l'esprit, de les enchaîner avec certains caractères, est l'art de composer ; cet art est le résultat de la culture artificielle des facultés musicales dont le but est de donner la facilité de se représenter ces caractères ou notes sans efforts. Dans le langage individualisé des hommes il existe une alliance si étroite entre le ton et la parole, qu'il n'est point de pensée en nous qui n'ait ses hiéroglyphes — caractères de l'écriture ; la musique est le langage général de la nature, elle nous parle en accords merveilleux, mystérieux ; en vain nous nous efforçons de les fixer par des signes ; les hiéroglyphes que l'art nous apprend à y rattacher, ne nous conservent que l'indication de ce qui s'est révélé à nous.

Avec ce peu de préceptes je te laisse maintenant aux portes du temple d'Isis, afin que tu médites assidûment ; tu comprendras maintenant pourquoi je te crois en état de commencer un cours de musique. Montre cette lettre de maîtrise à ceux qui, peut-être sans le savoir, se trouveront avec toi au seuil du temple ; s'il en est parmi eux qui ne savent que faire de l'histoire du terrible inconnu et de la jeune fille, fais-leur comprendre que l'aventure singulière qui exerça une action si décisive sur la vie de Chrysostome est une image frappante de la perdition terrestre par la volonté funeste d'une puissance hostile.

Et vous, maîtres et compagnons, qui vous êtes rassemblés aux portes du grand atelier, accueillez mon élève avec amitié, parmi vous, et ne trouvez pas mauvais que tandis que vous vous bornerez peut-être à prêter l'oreille, il frappe de temps à autre en coups légers à la porte. Ne vous fâchez pas non plus, vous qui tracez vos hiéroglyphes si nettement, si proprement, s'il y mêle, par-ci, par-là, ses notes confuses de mouches [53], car c'est précisément la calligraphie musicale qu'il veut apprendre de vous.

Adieu donc, mon cher Jean Kreisler, il me semble que nous ne nous reverrons plus. Si tu ne me retrouves pas parmi les vivants, aie soin, après m'avoir pleuré aussi longtemps qu'Hamlet pleura feu Yorick, de me faire poser un paisible : *« Hic jacet »*, et cette croix.

†

Cette croix tiendra lieu de grand sceau pour ta lettre de maîtrise, et ainsi je signe — moi comme toi.

JEAN KREISLER,
Ci-devant maître de chapelle.

CHAPITRE V

Sur la représentation des drames de Calderón de la Barca en Allemagne [55]

Les drames de Calderón de la Barca, à l'époque où l'excellente traduction de M. Schlegel les popularisa en Allemagne, y produisirent une sensation extraordinaire : toutefois, l'esprit profondément romantique de ces drames ne fut compris que par le petit nombre de personnes douées d'une âme vraiment poétique et initiées à cette Église invisible et en tous temps triomphante qui milite contre le *trivial,* ennemi naturel de toute poésie. Les partisants du goût alors dominant ne purent à la vérité se refuser à reconnaître la puissance de ce génie, qui formait un contraste accablant avec leur esprit étroit et mesquin; mais ils s'obstinèrent à ne considérer les chefs-d'œuvre que comme une production curieuse d'une époque, où, selon leurs idées, l'art dramatique était encore au berceau. Il ne faut donc point s'étonner qu'aucun directeur de théâtre en Allemagne ne se soit douté que la version de Schlegel, faite de main de maître, eût enrichi le répertoire.

Dès longtemps, l'administration du théâtre de Weimar avait pris sérieusement à tâche de relever notre scène de l'état d'avilissement où elle est tombée : plus d'une fois elle avait prouvé aux directeurs de nos plus grands théâtres, hommes à vues petites et bornées, qu'on peut tirer un grand parti de quelques productions qui paraissaient tout à fait en dehors de notre sphère théâtrale. C'est à Weimar, comme on sait, que fut représenté pour la première fois et avec succès *Le Prince Constant*. Quelque temps après, le théâtre de Bamberg, qui possède moins de ressources encore que celui de Weimar, se risqua à donner *Le Prince Constant* et *Le Pont de Mantible*. Lors de la mise en scène de ces deux pièces, les habitants de Bamberg les plus distingués par leurs connaissances et leur goût discutèrent longtemps la question de savoir si l'on pouvait espérer que les drames de Calderón de la Barca seraient goûtés par le public, et lesquelles d'entre ses productions présentaient les chances les plus favorables. *La Dévotion à la Croix,* qui avait d'abord été destinée à paraître, souleva le plus de doutes, et ce fut précisément ce drame qui obtint le succès le plus éclatant, du moins auprès de la plus grande partie du public, et c'est celle-là qu'il faut toujours avoir en vue quand il est question de succès au théâtre.

Il serait très difficile de trouver un parterre capable de comprendre les drames de Calderón dans toute leur beauté, dans toute leur puissance, d'en saisir à la fois l'ensemble et les détails; mais on peut admettre qu'il y a tel public plus éclairé que tel autre, plus disposé à se laisser entraîner par le langage énergique du poète, par le vol de ses images audacieuses et fantastiques. Ces connaissances et surtout cette disposition, on croyait pouvoir les supposer au public de Bamberg, parce que son goût n'avait pas été faussé, parce qu'il n'était pas encore blasé sur les jouissances du théâtre, et qu'il est catholique et dévot. Le catholicisme est la religion dominante à Bamberg; et, dès l'exposition, après la peinture pathétique qu'Eusèbe fait des miracles de la croix, la galerie aussi bien que les loges et le parterre comprennent l'idée toute catholique sur laquelle repose *La Dévotion à la Croix,* et voient avec un intérêt toujours croissant le fil de l'action se dérouler successivement. Eusèbe et Julie naquirent au pied de la croix: dans les angoisses de l'enfantement, la mère implora le secours de la croix, et comme un signe visible de la grâce divine, l'image sanglante de la croix fut imprimée sur leur poitrine. Dès lors la vie avec ses dangers ne fut plus pour eux que le chemin ténébreux conduisant vers le soleil qui luisait au loin à leurs regards. En vain l'esprit de l'abîme les assaillit et les précipite dans les périls et dans l'infortune, Eusèbe et Julie restent fidèles à la croix. La félicité éternelle qui les attend après leurs souffrances et leur mort, est la victoire, le triomphe de cette croix. Cette idée fondamentale de la pièce bien comprise, son unité, sa connexion intérieure, son puissant intérêt historique se révèlent vivement aux spectateurs, et sous ce rapport comme sous tant d'autres, la dévotion de la croix est infiniment supérieure à tant de pièces modernes qui, à force de viser à l'effet, n'en produisent point du tout. Pour mieux assurer le succès du drame de Calderón, il fallait l'environner d'ornements extérieurs qui fussent en harmonie avec l'idée fondamentale et la fissent ressortir davantage. Les connaisseurs savent quels faibles moyens sont à la disposition des petits théâtres où il faut ménager la place autant que l'argent: néanmoins une certaine convenance, par laquelle on évite tout ce qui pourrait détruire l'illusion, certaines dispositions ingénieuses, agissent souvent plus vivement sur l'âme et sur la vue du spectateur que les machines les plus compliquées, les décors les plus magnifiques qui seraient déplacés, ou en contradiction avec la tendance générale de la pièce. C'est ainsi que la mort d'Eusèbe, sa confession ainsi que sa béatification et celle de Julie, furent exposés aux spectateurs par la disposition suivante :

Dans une contrée sauvage et entrecoupée de rochers, que le décorateur avait peinte d'après un paysage représentant une vue de la Sierra Morena, Eusèbe, poursuivi par les paysans, paraît au haut d'un rocher, placé au milieu du théâtre, et touchant presque aux frises, d'où il se précipite. Les paysans trouvent son corps brisé, et l'enterrent sous d'épais branchages à travers lesquels retentit ce cri sourd et plaintif : — Alberto ! Ce personnage ayant écarté les branches, Eusèbe, par le moyen d'un mécanisme invisible, se dressait lentement, et retombait de même dans sa tombe après avoir reçu l'absolution. L'effet de cette idée si simple était calculé sur le silence de mort qui régnait pendant cette scène muette. Lorsqu'à la fin, Julie embrassait la croix placée au fond de la scène, ses vêtements d'homme tombaient, et on la voyait agenouillée en habit de religieuse devant la croix qui s'élevait avec elle dans les airs. Les nuages se partageaient, Eusèbe paraissait dans une auréole radieuse, les bras étendus vers Julie. Cette disposition qui n'était pas indiquée dans la pièce, produisit d'autant plus d'effet, que de cette manière la conclusion du drame, qui est la béatification de Julie et d'Eusèbe, était rendue sensible aux yeux des spectateurs, et qu'il est tout à fait conforme à l'esprit du catholicisme de s'adresser aux sens en symbolisant les idées religieuses.

Chose remarquable ! la réputation de ce saint drame se répandit de plus en plus après chaque représentation, au point que bientôt on vit paraître au théâtre un public qui n'était pas habitué à s'y montrer. De vieux bourgeois avec leurs femmes, qui eussent cru commettre un péché en assistant aux pièces ordinaires, se décidèrent à voir *La Dévotion à la Croix,* et ils n'oublièrent pas d'apporter leur chapelet avec eux. Plusieurs banquettes du parterre étaient souvent garnies d'ecclésiastiques. En général, à chaque représentation régnait parmi les spectateurs une émotion, une exaltation pieuse très visible, qu'il faut plutôt attribuer au drame lui-même, qu'au jeu des acteurs ; car à l'exception du rôle d'Eusèbe, qui était fort bien rendu, les autres personnages, surtout *le Gil,* laissaient beaucoup à désirer. Bref, *La Dévotion à la Croix* excite une véritable dévotion, et certes, de nos jours, un pareil effet est assez rare au théâtre. Parmi les pièces aujourd'hui en vogue, il n'en est pas qui puisse servir de point de comparaison pour juger le drame de Calderón ; les personnages n'en sont point individualisés d'après leur état ni d'après leur caractère, ce qui leur donne une espèce de généralité ; de là vient que l'attention du spectateur est moins distraite et que les détails ne lui font pas perdre de vue la tendance principale. C'est peut-être la raison contraire qui fit que *Le Prince Constant* fut moins généralement compris par la majorité du public. Dans cette pièce figurent des princes, des rois, etc. ; le spectateur — c'est toujours de la masse du public que nous parlons —, le spectateur qui croit assister à une pièce de chevalerie, est préoccupé dans son jugement. Quelques personnes trouvèrent qu'il ne convenait pas qu'un prince, qu'un héros tel que don Fernando s'avilît devant le roi, et prouvèrent par là qu'ils n'avaient pas saisi l'idée de la pièce, dont le sujet est le martyre de don Fernando, qui, resté inébranlable dans la foi, supporte avec résignation toutes les injures. Cependant, *Le Prince Constant* eut beaucoup de succès, et fut joué plusieurs fois devant un nombreux public. Des décors et des machines que l'auteur n'avait point indiqués, mais qui étaient conformes à l'esprit du drame, servirent à le rendre plus intelligible ; la béatification de Don Fernando fut également symbolisée. Dès que le cercueil de Fernando est descendu des remparts de Tanger, et se trouve entre les mains des chrétiens, l'ombre du prince en sort ; le ciel devient pourpre, et l'on voit apparaître le Christ assis sur un trône de nuages : Fernando est à ses genoux. Cette apparition était tout aérienne, toute transparente ; au loin, on voyait les murs et les tours de Tanger comme à travers un brouillard ; on croyait apercevoir les reflets d'un spectacle céleste qui terrifiait les Maures et que les Chrétiens contemplaient à genoux : de même que lorsque Julie s'élevait dans les airs avec la croix, on entendait une musique solennelle retentir dans le lointain.

Le Pont de Mantible excite moins d'intérêt, probablement parce que l'esprit de chevalerie qui respire dans ce drame, est devenu tout à fait étranger à la masse du public. Les chevaliers qui paraissent habituellement sur nos théâtres, et se démènent d'une manière fort inconvenante, ne ressemblent à rien moins qu'à ces chevaliers romantiques, aussi hardis, aussi entreprenants en amour qu'à la guerre ; l'expédition chevaleresque de l'empereur Charlemagne contre ce fanfaron de Fier-à-Bras, le fleuve vert, le pont magique, tout cela dut paraître bien espagnol, c'est-à-dire bien bizarre aux spectateurs. Ce drame magnifique exige un vaste appareil de décors et de machines ; sur une grande scène, il ne saurait manquer de produire beaucoup d'effet. Quoique le théâtre de Bamberg n'ait que de faibles ressources, le pont qui surgit et s'abîme dans les eaux, l'apparition de Fier-à-Bras dans le castel qui s'élève du sein des eaux sur la tête énorme d'un nain de bronze, et termine ce pont, tout cela fut d'un effet imposant, et mériterait d'être imité en grand.

La route se trouva dès lors frayée ; et les directeurs de nos grands théâtres les plus obstinés à rester dans l'ornière de la routine, ne pouvant se refuser à répéter l'essai que l'on avait fait avec tant de succès à Bamberg, les plus petits théâtres représentèrent *La Dévotion à la Croix*. L'essentiel serait d'habituer les acteurs à réciter leurs rôles non pas sur le ton de la conversation ordinaire, mais avec âme et intelligence, et en observant exactement les règles de la prosodie : il faudrait qu'il y eût de l'unité dans l'ensemble de la représentation et que les ornements extérieurs fussent disposés avec goût et convenance. *Le Prince Constant* offrirait plus de difficultés aux acteurs, et *Le Pont de Mantible* exigerait un public instruit, dont le goût fût formé par la lecture des poètes romantiques et qui comprît l'esprit de la chevalerie. Voilà pourquoi le drame conviendrait beaucoup au théâtre d'une grande ville ; au lieu de tant de monstruosités, inventées seulement pour satisfaire la curiosité du peuple, on pourrait donner *Le Pont de Mantible* comme *pièce à grand spectacle*, ce chef-d'œuvre plairait également aux connaisseurs et à la foule, en contribuant à épurer le goût.

FIN DU KREISLERIANA

NOTICES ET NOTES

LES CONTEMPLATIONS DU CHAT MURR... (*Lebens-Ansichten des Katers Murr...*, publiées en 2 vol. 1819-1821).

Il s'agit d'un des tout derniers textes d'Hoffmann, que celui-ci a considéré comme le couronnement de sa carrière. Rédigé et publié en deux étapes, il semble appeler une suite, à laquelle l'auteur a souvent fait allusion. En réalité, la conception fragmentaire et « rhapsodique » de *Kater Murr* nous interdit de parler d'un roman inachevé ; mieux vaudrait le considérer comme un roman ouvert, puisque les *Kreisleriana,* publiés en plusieurs étapes depuis 1810, contiennent en partie les mêmes motifs, et rendent déjà célèbre Johannes Kreisler, un des héros de *Kater Murr.*

Citons d'abord le titre complet : *Lebens-Ansichten des Katers Murr, nebst fragmentarischer Biographie des Kapellmeisters Johannes Kreisler in zufälligen Makulaturblättern. Herausgegeben von E.T.A. Hoffmann* (« Considérations sur la vie par le Chat Murr, avec la biographie fragmentaire du Maître de chapelle Jean Kreisler sous forme de feuilles de maculature occasionnelles. Publié par E. T. A. Hoffmann »). L'auteur, qui joue le rôle fictif de l'éditeur de deux séries de textes, présente dans ce seul titre tout un programme littéraire. Depuis le XVIIIe siècle, le roman cherche en effet sa voie. Absent des programmes poétiques établis par Boileau et par ses disciples de l'âge classique, il se crée sa propre tradition — et différentes traditions — en France, en Angleterre, en Allemagne. C'est surtout en Allemagne que se développe le « roman de formation » (« Bildungsroman »), qui raconte la formation intellectuelle (et/ou artistique) d'un homme exemplaire : ce sont des « biographies intérieures » qui fournissent à l'écrivain l'occasion d'aborder les questions les plus diverses et les plus graves, et de combiner ainsi la fiction avec l'essai, sinon avec la philosophie. Entre 1750 et 1830, tout écrivain allemand digne de ce nom a pratiqué le genre d'une façon ou de l'autre. Or, il reflète par là les principales volte-face littéraires de près d'un siècle. Bien plus que *Werther,* le *Wilhelm Meister* de Goethe devint pour les romantiques un modèle à la fois positif et négatif. Ils aspirèrent à donner au roman un caractère plus *lyrique :* à la formule trop prosaïque du *Wilhelm Meister,* ils opposèrent le roman « total » et symbolique. A ce titre, *Franz Sternbalds Wanderungen* de Ludwig Tieck et *Heinrich von Ofterdingen* de Novalis sont la version romantique par excellence du roman de formation. Toutefois, la formule même du roman, voire de la fiction, fut souvent mise en cause bien avant l'éclosion du mouvement romantique. Ainsi la narration se révèle souvent être incohérente dans les romans de Jean-Paul Richter, par exemple dans *Das Leben Fibels*. Parmi les multiples facteurs qui préparent la mise en question du roman et de la fiction — à l'intérieur du roman même — il convient de citer notamment l'influence du *Tristram Shandy* de Laurence Sterne, dont le titre complet sert partiellement de modèle au *Kater Murr :* « The Life and Opinions of Tristram Shandy, Gentleman ». Outre le titre, c'est la conception du roman même qui remonte à *Tristram Shandy :* plutôt que la biographie et les opinions exemplaires d'un être distingué (fût-il chat, artiste ou gentilhomme), *Kater Murr* persifle et parodie un certain type de roman, tout en abordant en passant et d'une manière *systématiquement incohérente* — de manière « rhapsodique » : le terme d'Hoffmann est aussi celui de Laurence Sterne — les questions littéraires, artistiques et philosophiques les plus graves. Dans son persiflage, Hoffmann reconnaît, bien entendu, d'autres maîtres encore, tel Ludwig Tieck, qui avait parodié la vie théâtrale de son temps dans *Der gestiefelte Kater :* les chats des contes populaires qui s'insurgent contre les maîtres de la littérature, n'est-ce pas un des signes du Doute qui va détruire les illusions romantiques ? Œuvre incohérente qui se thématise elle-même et qui déjoue les procédés de l'illusion, *Kater Murr* porte les marques d'une crise de la littérature et de la crise du romantisme.

L'ouvrage est incohérent sous différents angles, entre autres parce qu'il combine deux « histoires » — celle du Chat Murr et celle de Jean Kreisler — et parce que les procédés utilisés pour enchaîner et pour articuler les deux histoires fictives se contredisent sans cesse : le lecteur doit bien se rendre compte que ni le Chat Murr ni Jean Kreisler ne sont l'auteur de leur propre biographie, et que l'éditeur officiel — E. T. A. Hoffmann en personne — est relayé par un autre éditeur, à savoir l'imprimeur, qui embrouille et mélange les manuscrits selon ses propres fantaisies, tel un apprenti sorcier. Au-delà de tous ces pièges de la narration, l'œuvre trouve pourtant une cohérence grâce à un autre E. T. A. Hoffmann, l'auteur réel, qui s'est transformé tantôt en chat, tantôt en artiste, tantôt encore en éditeur et en imprimeur, pour réaliser d'autant mieux ses aspirations d'écrivain non conventionnel.

L'originalité de *Kater Murr* en tant qu'organisation fictive doit être située à différents niveaux :

1) dans le prétexte de l'édition d'un manuscrit, qui limite le rôle de l'écrivain — officiellement — à un rôle d'éditeur;

2) dans la mise en évidence du rôle que joue l'imprimeur, qui rompt l'unité (?) du journal de Murr en insérant de temps en temps des feuilles volantes provenant d'un autre manuscrit (qui retrace l'histoire de Kreisler);

3) dans la « contamination » des deux histoires, en surface (certains personnages sont mentionnés dans l' « autre » histoire) et en profondeur (la formation intellectuelle et artistique est au centre des deux récits);

4) dans l'opposition des personnages-clefs, Murr et Kreisler, qui reflète les multiples conflits entre l'art bourgeois et l'art sublime.

Ces procédés ne sont guère nouveaux en eux-mêmes. Ainsi, le prétexte du manuscrit trouvé ou édité était presque un cliché au début du XIXe siècle. C'est la combinaison des différents procédés qui fait de *Kater Murr* un véritable document sur les problèmes intellectuels et littéraires de toute une époque.

Quant aux personnages principaux, le Chat Murr et Jean Kreisler, ils ont, eux aussi, des antécédents illustres. Ludwig Tieck avait déjà confié à un personnage merveilleux, le chat botté, une mission de critique littéraire; comme dans *Kater Murr,* la parodie est fondée, dans *Der gestiefelte Kater,* sur la rupture de la fiction. Au-delà de Tieck, c'est Cervantes qui a appris à Hoffmann à se servir d'animaux savants pour persifler les intellectuels. — Jean Kreisler fut déjà le héros mi-fictif, mi-réel des *Kreisleriana,* où il se présente à la fois comme un critique artistique exceptionnel et comme un personnage extravagant, comme un artiste aussi fou que génial tenté par le suicide et par la fugue. Le même Kreisler passe sans trop de métamorphoses des *Kreisleriana* au *Kater Murr,* et ce double d'Hoffmann donne l'impression, à la fin du roman, de mourir avec l'auteur: voilà le testament de Kreisler-Hoffmann.

Dans les notes qui suivent, nous nous contentons d'indiquer les lignes de force du roman; il serait utopique de chercher à élucider toutes les allusions aux événements et textes de l'époque. Il suffira d'autre part de montrer que Loève-Veimars est forcé de résoudre les difficultés à sa manière, et non sans équivoque.

Si ce fut une gageure de la part de Loève-Veimars de proposer à ses lecteurs ce roman indigeste, touffu et désinvolte, c'en fut une autre, non moins surprenante, de le traduire sans trop l'adapter aux formules courantes d'un roman bien organisé et progressant de façon linéaire. Il importera donc de déterminer sur quels points les deux tendances contradictoires — la traduction ou le remaniement — se manifestent le mieux.

C'est d'abord le titre qui a subi quelques modifications, au point que le renvoi aux modèles parodiés et parodiques s'efface quelque peu:

> Lebens-Ansichten des Katers Murr, nebst fragmentarischer Biographie des Kapellmeisters Johannes Kreisler in zufälligen Makulaturblättern. Herausgegeben von E. T. A. Hoffmann.
> Les Contemplations du Chat Murr, entremêlées accidentellement de la biographie du maître de chapelle Jean Kreisler.

Les contemplations de Murr ne sont plus liées à la formation intellectuelle et littéraire d'un chat; la biographie de Kreisler, insérée accidentellement, il est vrai, dans les contemplations de Murr, n'est plus qualifiée de « fragmentaire »; et E. T. A. Hoffmann n'est plus présenté comme le simple éditeur d'une double biographie.

A l'intérieur du livre, les traces des interventions de l'éditeur disparaissent assez systématiquement, ce qui rend *Le Chat Murr* bien plus conventionnel et moins parodique que son modèle allemand. En effet, dans les éditions allemandes, le passage du premier manuscrit (celui de Murr) au deuxième (celui de Kreisler), est bien discret: presque sans changer de paragraphe et sans laisser de blanc entre les épisodes, Hoffmann marque discrètement « M.f.f. » ou « Mak.Bl. », comme il l'a signalé dans l'avant-propos. Ces abréviations signifient simplement « Murr fährt fort » (Murr continue) et « Makulaturblatt » (feuille de maculature, c'est-à-dire de brouillon). Or, selon ses habitudes, le traducteur divise le texte en chapitres. Chaque fois que le manuscrit de Murr est interrompu, et chaque fois que la biographie de Kreisler est interrompue, le traducteur change de chapitre, en prenant soin de l'expliciter par le titre du chapitre (« Le Manuscrit de Murr » et « Premier fragment de Maculature », (puis « Deuxième... », etc.). Même les titres courants séparent nettement les deux volets de l'œuvre que l'auteur ne cesse d'entremêler : sur la gauche, nous lisons partout « Contes fantastiques » et, sur la droite, selon les cas, « Le Chat Murr » ou « Biographie de Kreisler », comme s'il s'agissait de deux livres séparés.

1. Avant-propos de l'éditeur (« des Herausgebers »), dans l'original. Mais dans l'original, c'est également l'éditeur qui prend la parole dans cet avant-propos. Loève-Veimars se garde bien, par ailleurs, de supprimer l'un des trois avant-propos, sans lesquels l'œuvre deviendrait inintelligible. Selon ses habitudes, il condense toutefois un des avant-propos.

2. C'est Loève-Veimars qui recourt aux majuscules.

3. Le comique de la situation se perd quelque peu dans la version française.

4. C'est le traducteur qui donne des titres aux chapitres et qui écarte par la même occasion les procédés parodiques qui caractérisent l'original, où le lecteur passe presque sans transition d'un récit à l'autre (seule une marque très discrète de l'intervention du soi-disant éditeur indique que le lecteur passe de l'histoire de Murr à l'histoire de Kreisler, ou inversement).

5. Loève-Veimars laisse tomber trois alinéas ainsi qu'une note sur l'importance des fautes d'impression et sur les jeux du hasard dans les livres; Hoffmann prend ses distances par rapport à ses productions en insistant sur les limites entre le hasard et la nécessité. A la suite de ses interventions, le traducteur ne détruit pas, mais réduit considérablement le rôle de l'éditeur. Il en ira de même dans l'œuvre proprement dite : les notes de l'éditeur ainsi que son soi-disant apparat critique laisseront peu de traces dans la version française.

6. L'édition Renduel respecte l'édition allemande sur ce point : c'est un bien paisible chat, en train de ronronner dirait-on, qui donne un caractère pittoresque et intime à la page de titre du t. IX des *Œuvres complètes*.

7. En français dans le texte. Le traducteur supprime la datation de cet avant-propos (« Berlin, im Mai (18-) »), et limite ainsi le jeu sur l'équivoque de la fiction.

8. En français dans le texte.

9. C'est le traducteur qui divise le texte en parties. Il ne touche pas à la subdivision en « fragments », mais c'est lui qui invente, plus loin, le sous-titre du deuxième et du troisième chapitre de l'histoire de Murr.

10. En ouvrant les discours d'un chat par une exaltation de la vie, empruntée d'ailleurs à *Egmont* de Goethe, Hoffmann donne immédiatement le ton : le chat Murr connaît ses classiques, mais il est bon de se méfier du sérieux de sa science et de son enthousiasme.

11. C'est la fin du premier alinéa, chez Hoffmann, ce qui met bien en évidence que les pensées sublimes de notre chat se transforment vite en des appétits plutôt bourgeois : l'artiste a des arrière-pensées fort triviales, il vit de bonne soupe, même s'il feint de se préoccuper de beau langage.

12. « Quiconque lit ou ne lit pas ces lignes », selon l'original : ces jeux d'esprit, qui constituent un clin-d'œil au lecteur, sont souvent supprimés par notre traducteur. Par ailleurs, celui-ci s'efforce visiblement de traduire tout le tissu du texte en toute honnêteté ; c'est la présentation du texte — le cadre, la division en chapitres, le rôle de l'éditeur — qui se trouve réorganisée. — Nous montrerons que la fidélité à *la lettre* du texte produit souvent des effets peu élégants.

13. Le traducteur met le lecteur en garde contre les digressions ; Hoffmann ne s'en soucie nullement, au contraire ! — On aura noté que le chat, en authentique philosophe, a des idées sur l'ensemble de l'univers et notamment sur les êtres humains, envers lesquels il n'a pas le moindre complexe d'infériorité.

14. On saisit la parodie du genre : le chat souligne lui-même le caractère conventionnel de son histoire.

15. Chez Hoffmann, le chat se met à ronronner, et non à miauler.

16. Le traducteur restructure tout à fait la division en alinéas, au début du *Chat Murr,* en réduisant plutôt leur nombre ; dans la plupart des autres textes, il augmente systématiquement leur nombre. On en retiendra que le découpage des textes en séquences narratives est lié à des normes différentes, dans l'original et en traduction.

17. Dans l'original, l'exposé du Chat Murr est interrompu au beau milieu d'une phrase (« Mais je dois, en raison de mon... »), et le chapitre suivant commence de la même manière, sans majuscule par exemple ; dans la traduction, la mise en évidence de l'incohérence et de l'incongru ne peuvent dépasser certaines bornes.

18. Loève-Veimars corrige l'auteur en substituant le nom de Sterne à celui de Rabelais ; il est vrai qu'Hoffmann parodie ici le *Sentimental Journey* de Sterne, qui était d'ailleurs fort connu en France. — Comme Sterne, Hoffmann plonge ses lecteurs dans un jeu très subtil de digressions qui sont moins incohérentes qu'elles n'en ont l'air.

19. « Être sauvage et irraisonnable » (wilder unbesonnener Mensch), chez Hoffmann.

20. Hoffmann n'explicite nullement qu'un récit se développera à l'intérieur d'un autre récit. Le traducteur s'efforce d'expliciter les

structures du tissu narratif en utilisant le terme « récit » et en changeant d'alinéa.

21. Retour au cadre, après une scène carnavalesque qui dénote l'art d'Hoffmann autant que celui de Tieck (songeons surtout à *Liebeszauber*, qui a été traduit à trois reprises, et qui a laissé des traces dans *Les Caprices de Marianne*). — Loève-Veimars s'efforce visiblement, jusqu'ici, de suivre toutes les péripéties du texte, mais la répétition « Das ist zu arg — das ist zu arg », si typique des scènes animées chez Hoffmann, échappe à ses scrupules.

22. En changeant d'alinéa, Loève-Veimars sépare mieux le « récit dans le récit » du niveau du narrateur.

23. « Tiranno ingrato » : notre traducteur corrige la formule italienne. Il estime sans doute que les deux sont interchangeables, puisqu'elles renvoient toutes deux à l'opéra.

24. Allusion à une des compositions de notre compositeur-écrivain.

25. *Sic!* Notre traducteur sait dépister les allusions, mais il est faible en orthographe (on lira « Tellheim » et « Lessing » ; il est fait allusion à *Minna von Barnhelm*).

26. C'est ici notamment que les deux histoires se contaminent, ce qui ne leur donne nullement la cohérence : quels liens profonds y aurait-il entre Kreisler et le Chat Murr ? A ce stade des deux récits, il est difficile de fournir une réponse à cette question.

27. Il s'agit manifestement du Chat botté de Tieck, qui est le héros d'une parodie théâtrale fondée sur le conte de Perrault ; cette parodie compte parmi les œuvres les plus célèbres du premier romantisme.

28. Pour Hoffmann, la question de la formation et de l'éducation est plus qu'une question littéraire ; ayant été confié, pendant sa jeunesse, aux soins d'un oncle très bizarre, l'écrivain a eu tout loisir de méditer sur les pièges de l'éducation dans la vie réelle.

29. Les points de suspension paraissent indiquer que Loève-Veimars a condensé le texte. C'est en effet le cas. Il s'agit d'un épisode de plusieurs pages où Murr est initié à une science très livresque — tel Anselme dans *Der goldne Topf* — et où certains romans sont ridiculisés.

30. Comme au début des chapitres précédents, Loève-Veimars utilise la première phrase d'une section — elle est incomplète, dans l'original — pour se forger un sous-titre.

31. Les hauteurs de l'inspiration artistique sont familières au chat plutôt qu'à l'artiste : le monde tourne à l'envers.

32. Le traducteur estime opportun de lui inventer un prénom.

33. Dans l'original, le nom est répété à trois reprises.

34. Beaucoup d'éléments autobiographiques passent ici dans *Le Chat Murr ;* ils concernent essentiellement les expériences musicales d'Hoffmann.

35. Maison de fous. Loève-Veimars recourt à une formule ancienne :

les « Petites-Maisons » étaient l'hôpital de Paris où l'on enfermait les aliénés.

36. Comme ailleurs chez Hoffmann, les soi-disant fous sont souvent des êtres exceptionnels, des inadaptés dignes de la plus haute estime, mais qui se heurtent aux préjugés des philistins.

37. Il y a cinq ans, selon l'original.

38. Le texte français est bien moins ironique ici que le texte allemand ; mais on ne perdra pas de vue que c'est un chat qui exalte le romantisme.

39. « Heute sollte sich alles anders gestalten ! » — Loève-Veimars ne réussit pas à capter les subtilités des rapports temporels (« Aujourd'hui » renvoie à « un jour », qui ouvre le paragraphe précédent). — La fidélité de notre traducteur gêne parfois son élégance et son habileté !

40. « Gedanke und Ahnung, oder Kater und Hund. » — La présentation de ce titre est gauche, dans la traduction : on ne saisit pas la parodie d'un certain type de titre.

41. La série des onomatopées est bien plus longue chez Hoffmann : notre traducteur évite de pousser plus loin les extravagances des chiens et des chats. C'est pourquoi il réduit d'ailleurs d'une page le passage suivant sur la langue des animaux.

42. Hinz von Hinzelfeld, selon l'original. Et notre traducteur semble ignorer que *Der gestiefelte Kater* est une pièce de théâtre.

43. On notera ce discours antifantastique dans une œuvre aussi fantasque que *Le Chat Murr !* Il n'est donc pas vrai que Loève-Veimars a simplifié Hoffmann au point d'en faire une caricature.

44. Il apparaît une fois de plus que l'érudition de Loève-Veimars a des limites, car il n'a pas reconnu dans « Blaubart » le titre d'une œuvre de Tieck. — Plus loin, il supprime de nouveau une page. — Et il fait de *As you like it,* cité en allemand (« Wie es euch gefällt »), « As you please » ; il fournira encore d'autres variantes de ce même titre : on constate ici qu'il élabore sa traduction avec une nonchalance certaine.

45. Voici le portrait du musicien fou, qui n'est pas loin de rappeler certains traits d'E. T. A. Hoffmann en personne.

46. Ici encore, les personnages des deux histoires ont des liens entre eux, ce qui ne fait qu'augmenter la confusion. Mais entre-temps, le lecteur attentif a eu l'occasion de noter que les liens profonds entre les deux histoires sont plus importants que l'intrigue.

47. L'intrigue a été discrètement adaptée par notre traducteur : Kreisler est rendu un peu moins fou (il ne fait plus qu'un mouvement, alors que Hoffmann note qu'il « fuhr heftig aus »), et Julie étoufferait un cri (au lieu d'un soupir).

48. Nostalgie du sublime (« Sehnsucht nach dem Höheren »). Dans l'original, ces poésies sont rédigées en vers. Il en sera de même des poèmes suivants, empruntés à Goethe.

49. Le traducteur a condensé les trois morceaux poétiques, et il les a

rendus en prose. Ils ont leur importance dans l'ouvrage, puisque le chat, esprit illuminé, tient à exceller dans les lettres et à transformer ses expériences personnelles en expériences pédagogiques, dans l'intérêt de l'humanité.

50. Voici de nouveau le récit dans le récit, ainsi que les va-et-vient entre les différents niveaux de l'ensemble. — Dans l'histoire de Kreisler, plusieurs récits biographiques insérés dans la biographie de Kreisler constituent un pendant de la vie du Chat Murr. — Ici et dans les pages qui suivent, les souvenirs sont de nature nettement autobiographique : on retiendra essentiellement la figure de l'oncle-précepteur ainsi que les expériences musicales.

51. Contresens (« Il pourrait m'enrichir, bien plus que ne l'a fait ma fille invisible. »)

52. Le Chat Murr, on le voit, est en proie au « mal du siècle » ; mais le vague désir d'un « je ne sais quoi » prendra chez lui des aspects bien concrets et matériels.

53. « Mais... destiné ? » : cette phrase est due à Loève-Veimars, qui puise ainsi dans les clichés des romans (pseudo-) moralisateurs du XVIIIe siècle.

54. Voici une belle illustration des procédés parodiques utilisés par Hoffmann : il enchaîne cliché sur cliché (l'apostrophe à la jeunesse, la complainte sur le sort des esprits supérieurs, les plaintes et soupirs harmonieux — devenus *miaous* — le jeune homme aux cheveux blonds), et obtient ainsi un étrange pot-pourri, puisque rien ne paraît plus à sa place dans le monde du chat.

55. Voilà le premier souci de notre chat-artiste : *« primum vivere, deinde philosophari »*.

56. Comme les autres personnages d'Hoffmann, notre chat aime entamer des récits à l'intérieur de son récit.

57. Ce passage est présenté à la 3e personne du singulier dans le texte allemand ; Loève-Veimars change fréquemment les rapports entre style direct, indirect, etc., par exemple en laissant tomber les apostrophes *(O Himmel! O mein Freund!)*.

58. Les temps du verbe changent souvent dans la traduction : c'est généralement le présent qui se substitue au passé, et ce pour animer les scènes. Ici, l'inverse se produit : le recours au présent change en vérité générale ce qui, dans l'original, n'était qu'un moment du récit.

59. Beaucoup de noms propres utilisés dans *Le Chat Murr* sont l'anagramme de noms de personnes réelles vivant dans l'entourage d'Hoffmann. Il en va de même des noms de lieux. Ces procédés favorisent, bien entendu, la parodie.

60. On reconnaît ici le portrait de l'artiste extravagant mais profond : Liscov est un frère de Kreisler et de tant d'autres artistes qui traversent l'œuvre d'Hoffmann.

61. Le biographe (ou, selon l'original, l'éditeur) insiste lui-même sur

le caractère incohérent de son texte. On notera par ailleurs que Kreisler, comme Hoffmann lui-même, perd sa place...

62. Dans ce passage, Loève-Veimars multiplie les paragraphes, ce qui a pour effet d'animer davantage la scène.

63. Renvoi au *Chat botté* de Ludwig Tieck (cf. supra).

64. L'amour selon les poètes (romantiques) entre en conflit avec les conceptions de notre chat.

65. La forêt est le lieu par excellence où les poètes romantiques (allemands) épanchent leurs sentiments. Voir t. I et II.

66. Maison de fous.

67. L'éditeur-auteur prend ses distances par rapport à ses personnages privilégiés. Outre la rupture de la fiction, on remarquera la relation complexe entre Hoffmann et celui qu'on considère comme son double, Kreisler.

68. Le traducteur ne tient jamais à maintenir les explications sur l'Humour de Kreisler. Or, on sait que la poétique des romantiques allemands réserve une place toute particulière à l'Humour et au « Witz ».

69. Ce passage lyrique en prose est un authentique poème dans l'original : le mélange du vers et de la prose, caractéristique de l'époque romantique en Allemagne, ne manque pas d'embarrasser Loève-Veimars.

70. En réalité, dans la traduction de Shakespeare faite par Schlegel (allusion à *Roméo et Juliette*).

71. « Bétail » (« Vieh »), selon l'original, qui est donc plus cru.

72. Renvoi à un autre texte d'Hoffmann : *Nachricht von den neuesten Schicksalen des Hundes Berganza (Fantasiestücke)* où les conversations littéraires détiennent également une place centrale.

73. Ettlinger, dans l'original. Le traducteur modifie souvent les noms propres, mais il leur laisse leur exotisme germanique.

74. Les termes utilisés pour évoquer l'artiste en folie, ici et dans les pages qui suivent, se retrouvent dans les textes autobiographiques proprement dits de l'auteur.

75. Ces explications sur l'artiste ont été considérablement simplifiées par le traducteur. Or, le rapprochement avec les textes autobiographiques est, ici encore, tout à fait pertinent.

76. Comme *Tristram Shandy, Le Chat Murr* enchaîne digression sur digression, au point que le fil du récit se perd.

77. Chez Hoffmann, la musique et l'amour de la musique conduisent souvent aux confins de la mort.

78. Le thème du double est explicité par le texte.

79. L'histoire de la jeune fille invisible est une histoire fantastique où le magnétisme a sa part.

80. D'après un poème de Goethe, qui a déjà été parodié dans *Der gestiefelte Kater* de Tieck.

81. La parodie d'une certaine poésie romantique a été abrégée par le traducteur, qui traduit d'ailleurs uniquement une partie du poème, et en prose.

82. La fusion de la nature favorise le contact avec l'artiste.

83. Chez les romantiques allemands, l'art et la religion entretiennent des rapports secrets et profonds.

84. La nature se révèle être ambiguë, ensorcelante et perfide, comme dans les « Märchen ».

85. A l'intérieur de l'histoire, l'illusion est souvent rompue ; cette fois, il ne s'agit pas de l'illusion de la fiction, mais de l'illusion que constituent les sensations artistiques. Ce procédé foisonne chez Hoffmann, mais aussi chez ses contemporains et notamment chez Heine.

86. « Philister », ce mot-clef qui désigne le bourgeois insensible aux raffinements de l'art, sera ou bien supprimé ou bien traduit par « misanthrope ». Il s'agit d'un terme difficile à importer en France, du moins vers 1830-1832.

87. « Une dame, dit l'auteur... » : le texte allemand marque mieux le décalage entre les niveaux ainsi que ses pièges (« Eine Dame (so erzählt mein Autor)... »). Il est en effet paradoxal que l'auteur d'un texte cite explicitement l'auteur...

88. La mort éventuelle de Kreisler serait un événement tragique dans la mesure où elle semble correspondre à une sorte de prédestination ; mais, d'emblée, la seule idée de cette mort devient burlesque en raison des circonstances dans lesquelles elle surgit.

89. Au-delà des digressions, l'histoire se révèle plus cohérente qu'elle n'en a l'air : il sera encore question du coup de feu dans la forêt.

90. Le « Katzphilister » (chat bourgeois) n'a rien à voir avec les misanthropes, dont il est continuellement question chez Loève-Veimars.

91. Les poèmes ont été supprimés.

92. « Pro poena » dans l'original.

93. Le traducteur supprime une série de poèmes.

94. En combinant la formule épistolaire avec la narration, Hoffmann ne manque pas de trahir les secrets de la fiction : comment le lecteur saurait-il connaître une lettre que le maître Abraham enferme dans sa poche ?

95. Une page entière de la lettre a été supprimée par le traducteur, et rien n'indique que celui-ci l'ait laissée dans la poche de maître Abraham.

96. Contrairement à ses habitudes, le traducteur n'a pas peur de répéter les « etc. » ; à vrai dire, nous en lisons quatre chez Hoffmann et trois chez Loève-Veimars.

97. Selon ses habitudes, Hoffmann descend sans transition notoire des hauteurs célestes de la musique aux péripéties burlesques.

98. Le mélange du burlesque et du sublime étant un procédé peu habituel en France, on devine que les péripéties présentées ci-dessous puissent paraître fantastiques aux lecteurs français des années 1830.

99. Le chat en proie aux sentiments métaphysiques : la parodie est manifeste et bien tournée.

100. *As you like it*. On voit ce qui arrive lorsque Loève-Veimars traduit en anglais des titres cités en allemand.

101. La succession de passages sublimes et de passages burlesques rend équivoques les décors poétiques, comme celui-ci, qui pourraient figurer dans un « Märchen ».

102. L'auteur-éditeur présente son personnage fictif comme un personnage réel, en renvoyant à d'autres textes ; en réalité, il fait allusion à ses propres œuvres !

103. Comme dans le célèbre texte de Tieck et Wackenroder *(Herzensergiessungen eines kunstliebenden Klosterbruders)* qui lança chez les romantiques le goût de l'art religieux, Hoffmann donnera à ses personnages l'occasion de s'épanouir dans un décor religieux.

104. A tout moment, les héros d'Hoffmann les plus passionnants et les plus passionnés peuvent ainsi être tirés de l'extase ; de la même manière, le lecteur voit se dissiper ses illusions, à la suite des pièges de la narration.

105. Chez les romantiques allemands, il n'y a pas loin de l'artiste extravagant au moine pieux : mais chez Hoffmann, la satire ne cesse de guetter.

106. Loève-Veimars réduit « den Geist der Ironie » à une « expression bizarre ».

107. Comme tant de fois dans l'œuvre d'Hoffmann, l'amour est appelé à libérer l'âme de l'artiste.

108. Le lecteur est plongé ici dans une ambiance de « roman noir ».

109. Les puissants de la terre s'insurgent contre les misérables artistes.

110. « Bête », dans le texte allemand ; et Loève-Veimars de traduire l'expression dans un langage moins brutal.

111. Le biographe-auteur-éditeur dénonce lui-même le caractère embrouillé de son texte.

112. Voici de nouveau le schéma du roman de formation.

113. Le traducteur supprime un passage assez long en vers.

114. Ici il supprime deux pages de « souffrances artistiques », et notamment deux poèmes.

115. La formation du chat profite à l'éducation du lecteur, selon les raisonnements du narrateur.

116. Chez Hoffmann, l'harmonie entre la vie religieuse et la vie artistique s'est perdue.

117. Loève-Veimars simplifie considérablement cette « Note ». Par ailleurs, le renvoi aux *Souffrances musicales* de Kreisler explicite les relations entre les deux œuvres que réunit notre tome III.

LES SOUFFRANCES MUSICALES DU MAITRE DE CHAPELLE JEAN KREISLER (*Kreisleriana : Fantasiestücke*, III et VIII).

Contrairement au *Kater Murr*, les *Kreisleriana* constituent un des multiples textes que Hoffmann a réunis dans ses recueils, et dont les tomes II et III de la présente édition donnent une idée.

Les *Kreisleriana* ont paru à part, dans divers journaux, avant d'être placés sous un titre collectif et publiés comme un cycle des *Fantasiestücke*. A l'intérieur des *Fantasiestücke* mêmes, ils ne constituent d'ailleurs nullement une unité organique : numérotés, ils semblent représenter des fragments sans lien trop évident entre eux ; en outre, les deux parties (*Fantasiestücke*, III et VIII) sont séparées l'une de l'autre par des œuvres comme *Don Juan, Der goldne Topf*, etc.

Toutefois, les différentes sections ont des rapports particuliers entre elles, sans se distinguer trop nettement, par leurs caractéristiques formelles, des autres ouvrages publiés dans les *Fantasiestücke* et dans les autres recueils. En effet, il s'agit de conversations artistiques, consacrées en partie à la musique, menées par ou portant sur un maître de chapelle, Jean Kreisler. Ainsi les chroniques musicales prennent l'allure, comme c'est souvent le cas chez notre auteur, de textes mi-fictifs, mi-critiques. C'est le ton de ces chroniques qui paraît tout à fait particulier, au point que leur « auteur », Kreisler, prend les apparences d'une individualité exceptionnelle. Bien plus encore que le conseiller Krespel ou l'étudiant Anselme (dans *Der goldne Topf*), Kreisler apparaît comme le personnage hoffmannien par excellence. Comme son créateur, il combine en effet systématiquement les lubies les plus étranges avec les instants les plus sublimes ; avant d'intervenir dans *Kater Murr*, il entre dans la légende comme le type de l'artiste fou. Il entre d'autant plus facilement dans la légende qu'il ressemble à Ernst Thomas Amadeus Hoffmann comme son double. Dans les *Kreisleriana* et, plus tard, dans *Kater Murr*, il exprime les mêmes sentiments que l'auteur Hoffmann — à en juger d'après les textes autobiographiques et critiques — et il est victime des mêmes infortunes dans la société quotidienne.

Du point de vue français, les *Kreisleriana* ne peuvent être considérés que comme une œuvre étrange, qui ne correspond à aucun genre. En Allemagne, ce « genre » existe, et surtout chez les romantiques. L'œuvre fragmentaire, la pensée sous forme de fragments ont été cultivées surtout par les frères Schlegel et par Novalis. Quant au mélange de considérations critiques et d'éléments narratifs, il se présente déjà chez Goethe et correspond à une véritable recherche dans le groupe des premiers romantiques d'Outre-Rhin. Beaucoup d'aspects des *Kreisleriana* rappellent surtout les étranges textes que deux jeunes auteurs ont rédigés avant la constitution même du groupe d'Iéna, et qui l'ont orienté dans ses explorations artistiques et mystiques. Dans une sorte d'illumination, deux jeunes amis, Ludwig Tieck et Heinrich Wackenroder, ont découvert dans l'art religieux, surtout dans l'art gothique et dans la Renaissance italienne le secret d'un art nouveau. Il en est résulté une œuvre incohérente, écrite à deux, tantôt critique, tantôt lyrique ou épique, qui propose une fusion entre les arts et une fusion entre la religion (catholique) et les arts : *Herzensergiessungen eines kunstliebenden Klosterbruders* (« Épanchements de cœur d'un moine ami des arts »). Les crises de folie et de nihilisme engendrées par les sentiments et sensations artistiques, Kreisler ne les a pas inventées ; il leur a simplement donné plus de force persuasive.

Loève-Veimars a présenté et traduit les *Kreisleriana* selon ses habitudes, en serrant le texte de près pendant des pages entières, puis en supprimant brusquement des passages énormes et importants. Il est d'ailleurs manifeste que la terminologie utilisée par Hoffmann — elle renvoie souvent à la poétique des romantiques de son pays — le place devant de très graves problèmes. D'autre part, le traducteur ne manque pas de réorganiser l'œuvre à sa façon. Dans les récits, c'est principalement le découpage en chapitres ainsi que les liens entre narrateur et histoire qui subit des transformations. Dans les *Kreisleriana,* les titres et les avant-propos — où le problème de l'illusion est souvent posé — sont également révisés. En outre, l'ordre des fragments a été bouleversé, en même temps que la division en deux sections : comme Hoffmann, Loève-Veimars publie les *Kreisleriana* en deux mouvements (d'abord deux sections dans le t. XII, et la « suite » dans le t. XIX), comme s'il voulait dépasser Hoffmann dans la recherche du fragment et de l'incohérence. Enfin, il place parmi les *Kreisleriana* un texte qu'Hoffmann n'a pas retenu dans ses deux cycles : *Sur la représentation des drames de Calderón de la Barca en Allemagne (Über die Aufführung der Schauspiele des Calderón de la Barca auf dem Theater in Bamberg).* Il est vrai que les deux cycles des *Kreisleriana* ne représentent nullement un ensemble fermé. Il n'empêche que le ton des remarques sur Calderón paraît bien plus neutre que ce n'est le cas dans les autres sections.

Voici le schéma de l'œuvre, selon Loève-Veimars et, à droite, selon Hoffmann. Entre parenthèses, nous mentionnons le tome ainsi que le numéro de la section (dans les *Œuvres complètes* et, chez Hoffmann, dans les *Fantasiestücke*).

Les Souffrances musicales du Maître de chapelle Jean Kreisler (XII)	Kreisleriana (III et IX)
— La Soirée musicale (1) (XII, 1)	— Johannes Kreislers, des Kapellmeisters, musikalische Leiden (III, 1)
— L'Ennemi de la musique (XII, 2)	— Der Musikfeind (IX, 5)
Kreisleriana. Suite des Souffrances musicales du Maître de chapelle Jean Kreisler (XIX)	(Kreisleriana)...

— (avant-propos) (XIX)	— (avant-propos) (III)
— Ombra adorata (XIX, 1)	— Ombra adorata ! (III, 2)
— La Musique instrumentale de Beethoven (XIX, 2)	— Beethovens Instrumental-Musik (III, 4)
— Pensées extrêmement éparses (XIX, 3)	— Höchst zerstreute Gedanken (III, 5)
— Le Club musical (XIX, 4)	— Kreislers musikalisch-poetisches Klub (IX, 3)
— Correspondance de deux fous (XIX, 5)	— … (IX, 1 et 2)
— Lettre du baron de Walborn au maître de chapelle Kreisler	Brief des Barons Wallborn an den Kapellmeister Kreisler
— Lettre du maître de chapelle Kreisler au baron de Walborn	Brief des Kapellmeisters Kreisler an den Baron Wallborn
— Lettre de Milo, singe civilisé, à son amie Pipi, dans l'Amérique du Nord (XIX, 6)	— Nachricht von einem gebildeten jungen Mann (IX, 4)
— De Sacchini et de ce qu'on nomme *l'effet* en musique (XIX, 7)	— Über einen Ausspruch Sacchinis, und über den sogenannten Effekt in der Musik (IX, 6)
— Le parfait Machiniste (XIX, 8)	— Der volkommene Machinist (III, 6)
— Lettres de maîtrise de Jean Kreisler (XIX, 9)	— Johannes Kreislers Lehrbrief (IX, 7)
— Sur la représentation des drames de Calderón de la Barca en Allemagne (XIX, 10)	— Über die Aufführung der Schauspiele des Calderón de la Barca auf dem Theater in Bamberg (ne figure pas dans *Kreisleriana*)

On notera que plusieurs titres ont été modifiés. Il est pourtant assez exceptionnel que Loève-Veimars tire ses titres de son propre cru. C'est le cas de « La Soirée musicale » et de « Correspondance de deux fous ». Comme titre général du recueil, le traducteur adopte le titre de la première section : « Les Souffrances musicales… » Il a sans doute été sensible aux connotations werthériennes de ce titre, qui constitue pourtant un contresens, les « Leiden » désignant plutôt les passions ou obsessions de Kreisler.

On remarquera, en outre, que l'ordre des fragments a été vraiment bouleversé. Il y a tout lieu de supposer que les deux morceaux retenus dans le tome XII, à la suite du *Chat Murr*, l'ont été en vertu d'un certain nombre de pages à remplir dans ce dernier volume de la troisième livraison. C'est ce que confirme le tome XIX (qui s'ouvre sur l'avant-propos), qui se termine par quelques fragments isolés.

1. *La Soirée musicale* doit rappeler au lecteur des *Œuvres complètes* les fragments les plus étranges du *Chat Murr*, l'ouvrage auquel ce

morceau fait suite. En réalité, selon les perspectives allemandes, l'inverse est vrai, puisque le portrait de Kreisler existe depuis 1810. C'est d'ailleurs à la première section des *Kreisleriana* que Loève-Veimars emprunte le titre de son recueil (« Johannes Kreislers... musikalische Leiden »).

2. Selon son habitude, Loève-Veimars aime séparer les dialogues des passages narrés ; le document sur Kreisler se rapproche ainsi davantage du récit.

3. L'enseignement de la musique aux jeunes demoiselles est une activité très chère à l'écrivain (cf. *Le Conseiller Krespel*, etc.) et à l'homme Hoffmann. Ce dernier lui doit une de ses grandes passions amoureuses : Julia Marc.

4. Passer des sublimes hauteurs de la musique — Mozart était célèbre, mais Beethoven était encore très contesté à l'époque — à un verre de bourgogne, ce serait mélanger le sublime et le grotesque si les boissons n'avaient, pour notre auteur, des vertus morales et intellectuelles de première importance. Il n'empêche que le Kreisler de 1810 s'exprime avec les mêmes incohérences que le Kreisler de 1820, celui du *Chat Murr*.

5. Dans *L'Ennemi de la musique*, le portrait de Kreisler se complète. Ce très beau texte est un document d'une incroyable richesse sur le pouvoir qu'exerce la musique sur l'âme de l'artiste ainsi que sur l'inconscient ; qu'on ajoute à cela les souvenirs d'enfance, et l'on voit clairement pourquoi Hoffmann a suscité tant de curiosité chez Freud et chez ses successeurs.

6. Le mot « cependant » pourrait donner l'impression que les chapitres des *Kreisleriana* commencent avec la même désinvolture que les fragments du *Chat Murr ;* en réalité, Loève-Veimars a simplement mal interprété la tournure allemande.

7. On voit déjà se dessiner le profil du chat Murr ainsi que les arabesques narratives et stylistiques du roman auquel il a donné son nom.

8. Nous lisons ainsi un « roman » sur la formation musicale d'un enfant ; et les souvenirs d'enfance de Kreisler — et d'Hoffmann — nous plongent dans les paradis des rêveries et phobies de la jeunesse.

9. Dans l'original, le père gifle son fils. Par ailleurs, le traducteur sépare cette scène de la narration.

10. Allusion aux *Diszipel zu Sais* de Novalis, où Sais représente l'univers des initiés.

11. Ici se termine la première partie des *Kreisleriana* (t. XII). La « Suite » figurera dans le tome XIX.

12. Voici l'avant-propos des *Kreisleriana*, que Loève-Veimars réserve pour le début de son tome XIX, alors que deux « Kreisleriana » ont déjà été publiés séparément dans son tome XII. — A vrai dire, ce morceau paraît indispensable, car il établit des liens multiples entre les différentes sections du cycle des *Kreisleriana*. En effet, comme dans *Le*

Chat Murr, les textes ont été « édités » par une personne autre que Kreisler; cette fiction permet d'exploiter l'équivoque du statut des textes en question. — Le lecteur a d'ailleurs besoin de cet avant-propos pour se former une idée du personnage légendaire qu'est Kreisler à l'aide d'appréciations fournies par ses amis ; l'auteur prend par la même occasion ses distances à l'égard de son double. Signalons en passant quelques motifs-clefs. Kreisler entre en conflit avec son milieu bourgeois. Les allusions à une situation géographique et sociale bien précise suggèrent le caractère réel des événements racontés (on sait que Hoffmann désigne souvent les noms de lieux à l'aide d'abréviations). Les relations sociales et artistiques qui permettent à Kreisler de se réaliser, malgré tout, sont d'ordre amoureux : l'amour est une des voies privilégiées de la communication artistique. Néanmoins, comme dans *Le Chat Murr*, l'artiste disparaît sans laisser de traces, et la dame aimée garde pour elle les secrets de l'artiste, tout en publiant certains de ses messages. Ceux-ci, bien entendu, sont restés à l'état de fragments.

13. C'est bien l'auteur qui explique « Ombra adorata ». — Ce morceau reprend une série des thèmes traités dans *L'Ennemi de la musique*. Les premières lignes d'*Ombra adorata* montrent admirablement jusqu'où peut mener l'exaltation de la musique.

14. « de ses images saintes » : « mit ihren holdseligen Erscheinungen » (avec ses merveilleux contours, dans ses merveilleuses apparences). Le mot « holdselig », comme la plupart des termes-clefs de la poétique d'Hoffmann, pose de redoutables problèmes à notre traducteur (songeons à l'ironie, à l'humour, etc.). — En réduisant ce qui est « holdselig » à sa perspective religieuse (« saint »), Loève-Veimars simplifie un univers où les sensations artistiques deviennent religieuses, et où la religion a des vertus artistiques.

15. L'intervention d'un ami est d'origine autobiographique, semble-t-il. Toutefois, l'ami joue un rôle moins essentiel dans les *Kreisleriana* que ce ne fut le cas dans les *Herzensergiessungen* de Tieck et Wackenroder ; c'est la femme aimée qui permettra à l'artiste de s'élever « au-dessus des dédains de la terre », comme le montre la suite d'*Ombra adorata*.

16. Cf. note 14.

17. Ces images sont très chères à Hoffmann, dans les passages où il laisse libre cours à l'exaltation : les salamandres jouent un rôle important dans *Der goldne Topf*.

18. Hoffmann eut un véritable culte de Beethoven, ce qui, à l'époque, exigeait un réel courage ; il montre ainsi son originalité en tant que critique musical. En effet, les vues théoriques des autres romantiques sont très proches de celles d'Hoffmann, mais elles se rapportent souvent à des œuvres plus anciennes. — Le début de ces considérations sur la musique de Beethoven porte autant sur la musique en général et sur le romantisme que sur un compositeur individuel ; on croirait lire Frédéric Schlegel et Novalis. — Ces théories romantiques sont fort difficiles à exporter, et Loève-Veimars ne manque pas de les simplifier, d'abord en

évitant de traduire trop souvent le terme « Romantik » (ou « romantisch »), ensuite en élaguant çà et là le morceau.

19. « eines kindlich heitern Gemütes » (âme d'une gaieté, d'une joie tout enfantine).

20. L'Art est une Révélation, une expérience intérieure de nature religieuse ; on croirait lire Novalis ou... Mme de Staël ! La suite de ce passage montre les liens entre la fusion des âmes artistiques et l'art de la traduction, dont les romantiques allemands ont fait un véritable culte.

21. Dans *Pensées extrêmement éparses*, les subtilités du jeu de la fiction passent de nouveau au premier plan ; comme les *Kreisleriana* sont précédés d'un avant-propos où le rôle d'un éditeur est mis en évidence, le morceau intitulé — de façon étrange — *Pensées extrêmement éparses* — s'ouvre sur une espèce d'avant-propos où Kreisler lui-même donne en quelque sorte des conseils à son futur éditeur. La rupture de la fiction va de pair avec la destruction de la cohérence du texte, puisque nous lirons en effet une série de « fragments », enchaînés selon la formule chère à Frédéric Schlegel et à Novalis. Ils portent, comme la plupart des *Kreisleriana*, sur des sujets esthétiques. Certains d'entre eux ont retenu l'attention de Baudelaire. En réalité, Hoffmann perpétue ici les courants du romantisme allemand. — Loève-Veimars supprime certains de ces fragments et, à un moment donné, se permet aussi de les restructurer.

22. C'est ici que l'harmonie des sons, des couleurs et d'autres perceptions annonce Baudelaire.

23. « Der Uneingeweihte » : le non-initié !

24. En réalité, Hoffmann se moque éperdument de Kotzebue, qui fut une des bêtes noires des romantiques, comme le montre par exemple *Der gestiefelte Kater* de Tieck. On ne s'attaque, bien entendu, qu'aux auteurs qui ont du succès : Kotzebue exploita la formule du drame bourgeois, à la suite de Diderot, ce qui lui valut du succès sur la scène, et notamment en France, où le théâtre allemand eut tant de mal à s'implanter.

25. Le traducteur supprime ici un fragment où Hoffmann se prononce sur les relations entre la littérature et la politique.

26. Les boissons fortes, l'opium, etc. : certains artistes français les ont cultivés avant Baudelaire, et notamment par le biais d'Hoffmann. On se rappellera que *Le Mangeur d'opium* de De Quincey a été adapté par Musset avant de susciter l'attention de Baudelaire.

27. Et voici des idées et des images très nervaliennes, typiques surtout du Nerval d'*Aurélia*. — Le « fragment » suivant constitue en réalité la suite du précédent : c'est le traducteur qui coupe un seul fragment en deux parties. Il tient d'ailleurs à mettre en évidence les vertus particulières d'une série de boissons en aérant son texte.

28. Dans *Le Club musical*, le maître de chapelle Kreisler devient le centre d'un club qui rappelle le cercle des « Frères Sérapion » (voir nos tomes I et II) ; mais les conversations sont moins académiques, elles se

transforment en un récit tragique, puisque Kreisler est en proie à une crise de folie : le morceau se termine du reste par le motif du « départ » de l'artiste. Les *Kreisleriana* sont rarement aussi animés qu'ici, et Loève-Veimars a de nouveau exploité les possibilités de la mise en page et de la division en paragraphes pour transformer ce texte équivoque en un récit. On aurait pourtant tort de négliger les fantaisies musicales qui, indépendamment de l'histoire de Kreisler, nous révèlent des conceptions musicales bien particulières : elles illustrent notamment que l'âge romantique est l'âge de la musique thématique et de la fusion entre les arts.

29. Au moment le plus grave, Hoffmann cherche, on le sait, à prendre ses distances : c'est une des fonctions des jeux de la parenthèse.

30. Voici de nouveau le subterfuge du manuscrit publié par un ami. Kreisler devient une personne réelle, puisque Lamotte-Fouqué, un auteur bien connu, daigne lui accorder son attention ; on dirait que Kreisler fait partie du cercle des « Frères Sérapion », dont nous avons entrevu l'ombre plus haut. Par la même occasion, Hoffmann devient un personnage de ses propres œuvres et un « fidèle ami » de Kreisler. Les deux lettres qui suivent ce nouvel « avant-propos » auraient pu figurer dans *Le Chat Murr*.

Dans ce texte, l'original mentionne tantôt Walborn, tantôt Wallborn.

31. Comme Hoffmann en personne, Kreisler se crée des doubles.

32. Dans l'original, il est évidemment question d'un « Lied », qui est un genre particulier en Allemagne et mal connu en France. C'est Blaze de Bury qui le révélera à ses compatriotes en 1841, et ceux-ci reconnaîtront sa nouveauté en adoptant dans leur langue le néologisme « lied ».

33. La lettre de Milo fait pendant à la « Correspondance entre deux fous » — dans les deux cas, Loève-Veimars adapte le titre — comme l'histoire du Chat Murr s'oppose à la biographie de Kreisler dans *Le Chat Murr*. Il s'agit en effet d'un texte parodique sur les arts et les idées, attribué à un animal éclairé. Il est précédé, dans l'original, d'un « avant-propos » que le traducteur a écarté.

34. « Suada » selon Hoffmann ; c'est le traducteur qui explique le nom, d'après ses propres modifications.

35. L'intérêt de ces pages doit relativement peu à Sacchini (1730-1786) et beaucoup aux conceptions artistiques d'Hoffmann et de son temps. La langue divine de la musique d'église, l'union harmonieuse des paroles, de l'action et de la musique (cf. Wagner !), les secrets des hiéroglyphes que constituent les partitions, le langage de l'esprit, le mystère du génie, voilà des obsessions dont ni Kreisler ni Hoffmann n'ont le monopole !

36. Notons que Mme de Staël a écrit des pages semblables sur l'enthousiasme sans connaître l'œuvre d'Hoffmann. Il serait fort injuste, par ailleurs, de les expliquer par la seule aventure allemande de la dame de Coppet.

37. *Le Parfait Machiniste* est un curieux texte sur le théâtre, attribué à Jean Kreisler (voir le début : Kreisler serait l'auteur d'un traité sur « Le

parfait machiniste »), mais qui contient bon nombre d'idées chères à Hoffmann. L'auteur y inverse les conventions de l'illusion théâtrale dans un esprit qui annonce Bertolt Brecht : au lieu de faire croire au spectateur qu'il assiste à une histoire réelle, le machiniste devrait en quelque sorte se révolter contre l'auteur et révéler au spectateur que le spectacle monté sous ses yeux n'est qu'une machinerie. On se souvient des ruptures de l'illusion qui marquent toute l'œuvre d'Hoffmann, selon des modalités que les premiers romantiques ont aidé à développer. Le rôle du machiniste a été exploité, avant de l'être chez Hoffmann, dans les comédies de Tieck, où l'auteur doit monter sur les planches afin de ramener à la raison tous les personnages qui sont supposés rester dans les coulisses.

38. « schreibe ich... nur alles rhapsodisch hin » (je note tout cela de manière rhapsodique) : on sait qu'à la suite de Laurence Sterne, Hoffmann aime désigner la composition de ses textes à l'aide du terme « rhapsodique ». Voir *Le Chat Murr*.

39. Selon ses habitudes, Hoffmann omet d'expliciter les noms de lieux, ce qui leur donne un caractère mi-fictif, mi-réel.

40. Calque : « ganz nach ihrer Pfeife tanzen ».

41. Ce procédé, que les peintres surréalistes exploiteront de manière systématique, est répandu à travers l'œuvre entière de notre auteur, comme un élément-clef du grotesque. Il intervient fréquemment dans les œuvres ironiques de Tieck, et dans celles de Heine. De manière symbolique, on pourrait l'interpréter comme une fissure dans l'univers autrefois harmonieux du romantisme.

42. Note du traducteur.

43. Les *Lettres de maîtrise de Jean Kreisler* terminent, chez Hoffmann, le deuxième cycle des *Kreisleriana*. Ainsi les *Kreisleriana*, comme *Le Chat Murr*, finissent par le testament d'un artiste (voir ci-dessous). Comme ses maîtres romantiques, Hoffmann situe l'apprentissage de son artiste dans le monde imaginaire des corporations médiévales ; l'apprentissage prendra la forme d'une véritable initiation, ce qui donne lieu à un conflit entre l'artisan et l'artiste, entre le métier et l'Art (cf. t. II : *Maître Martin*). Ces *Lettres de maîtrise* auraient pu être écrites par Novalis, Tieck ou Wackenroder, pendant les hautes années du premier romantisme.

44. L'amitié entre initiés caractérise surtout les histoires d'initiation artistique de Tieck ; chez Hoffmann, l'initiation est plutôt favorisée par l'amour (par exemple entre professeur et élève).

45. Les hantises de Kreisler, comme celles d'Hoffmann, se projettent partout dans son milieu : le maître de Kreisler, puis les héros présentés dans les récits à l'intérieur du récit, sont à la fois des sages et des fous, ils disparaissent de façon mystérieuse, etc.

46. Les idées de Gotthilf Heinrich Schubert ont laissé beaucoup de traces chez notre auteur. — Pour connaître l'œuvre de Schubert, on se reportera à Albert Béguin, *L'Ame romantique et le rêve*.

47. Comme dans *Le Chat Murr*, le récit dans le récit reflète les structures profondes du premier récit. — L'inconnu, messager de l'univers mystérieux, rappelle surtout l'étranger dans *Die Lehrlinge zu Sais* de Novalis ; comme chez Novalis, il sera encore question des hiéroglyphes — le langage par excellence des initiés (cf. notamment t. II, p. 366, note 16) — ainsi que de l'accès au temple d'Isis.

48. Dans le texte mi-critique, mi-fictif qui nous est annoncé au début se développe tout d'un coup un véritable « conte fantastique » ; l'esthétique des premiers romantiques recommande la fusion des genres et accorde au « Märchen » (le conte merveilleux) une primauté sur les autres genres.

49. Voici une nouvelle version des alliances entre la musique, l'amour et la mort.

50. En réalité, notre auteur commet une faute contre les techniques narratives qu'il cherche à exploiter, car c'est bien le père — et non Chrysostome — qui a la parole. Cette soi-disant erreur montre bien comment tous les niveaux narratifs s'imbriquent les uns dans les autres.

51. Le chant mystérieux (le « Lied ») permet d'établir des liens entre des univers apparemment séparés. C'est surtout depuis *Der blonde Eckbert* de Ludwig Tieck que le recours à ce procédé est devenu un procédé.

52. Dans le passage qui suit, nous lisons des commentaires sur la synesthésie et sur ses liens avec l'univers des mystères artistiques qui ont pu inspirer Baudelaire. En réalité, Hoffmann ne fait que broder à sa manière autour d'idées que Novalis, les frères Schlegel et Tieck n'ont cessé d'agiter depuis 1795.

53. C'est ce que fit l'étudiant Anselme, dans *Le Vase d'or*.

54. Voici encore le motif de la disparition de l'artiste ; dans ce passage, il paraît théâtral et tragique ; en revanche, à la fin du *Chat Murr*, il sera très ironique. Ainsi, les moments les plus envoûtants de l'initiation artistique ont leur pendant ironique.

55. Nous avons noté plus haut que le document critique sur les pièces de Calderón a été inséré par Loève-Veimars dans les *Kreisleriana*. En réalité, les idées esthétiques exposées ici ne sont pas sans lien avec les autres sections, mais le cadre (pseudo-)fictif fait défaut ici, ainsi que le style adopté à travers les *Kreisleriana*. Ce morceau est en premier lieu intéressant comme document sur la fortune de Calderón en Allemagne (on sait que, grâce aux romantiques, le Siècle d'or espagnol y connut une grande vogue) ; mais l'attitude plutôt réticente que la France romantique a adoptée face à Calderón nous fait supposer que Loève-Veimars eût pu choisir des textes plus faciles à importer. — Il a probablement eu pour premier souci de compléter son tome XIX et de lui donner à peu près la même ampleur qu'aux tomes précédents. Toutefois, les morceaux épars *(Pensées, Singulières espèces de folies)* qui terminent le tome XIX méritaient bien moins d'être exclus des *Kreisleriana*.

Nous avons cru opportun de maintenir « Chapitre v ».

TABLE DES MATIÈRES

COLLECTION G-F BROCHÉE

ANTHOLOGIES POÉTIQUES FRANÇAISES MOYEN AGE, 1 (153) - 2 (154) - XVIe SIÈCLE, 1 (45) - 2 (62) - XVIIe SIÈCLE, 1 (74) - 2 (84) - XVIIIe SIÈCLE (101)
DICTIONNAIRES anglais-français, français-anglais (1) - Dictionnaire espagnol-français, français-espagnol (2) - Dictionnaire italien-français, français-italien (9) - Dictionnaire allemand-français, français-allemand (10) - Dictionnaire latin-français (123) - Dictionnaire français-latin (124) - Dictionnaire orthographique (276)

AMADO (Jorge) Mar Morto (388)
ANDERSEN Contes (230)
ARIOSTE Roland furieux. Textes choisis et présentés par Italo CALVINO (380)
ARISTOPHANE Théâtre complet 1 (115) - 2 (116)
ARISTOTE Éthique à Nicomaque (43)
AUBIGNÉ Les Tragiques (190)
★★★ Aucassin et Nicolette (texte original et traduction) (261)
BALZAC Eugénie Grandet (3) - Le Médecin de campagne (40) - Une fille d'Ève (48) - La Femme de trente ans (69) - Le Contrat de mariage (98) - Illusions perdues (107) - Le Père Goriot (112) - Le Curé de village (135) - Pierrette (145) - Le Curé de Tours - La Grenadière - L'Illustre Gaudissart (165) - Splendeurs et Misères des courtisanes (175) - Physiologie du mariage (187) - Les Paysans (224) - La Peau de chagrin (242) - Le Lys dans la vallée (254) - La Cousine Bette (287) - Mémoires de deux Jeunes Mariées (313) - Béatrix (327) - Le Chef-d'œuvre inconnu - Gambara - Massimilla Doni (365) - Annette et le criminel (391)
BARBEY D'AUREVILLY Le Chevalier des Touches (63) - L'Ensorcelée (121) - Les Diaboliques (149)
BAUDELAIRE Les Fleurs du Mal et autres poèmes (7) - Les Paradis artificiels (89) - Petits Poèmes en prose (Le Spleen de Paris) (136) - L'Art romantique (172)
BEAUMARCHAIS Théâtre (76)
BECKFORD Vathek (375)
BERLIOZ Mémoires, 1 (199) - 2 (200)
BERNARD Introduction à l'étude de la médecine expérimentale (85)
BERNARDIN DE SAINT-PIERRE Paul et Virginie (87)
BOILEAU Œuvres, 1 (205) - 2 (206)
BOSSUET Discours sur l'histoire universelle (110) - Sermon sur la mort et autres sermons (231)
BUSSY-RABUTIN Histoire amoureuse des Gaules (130)
CALVINO voir **ARIOSTE**
CARROLL (Lewis) Tout Alice (312)
CASANOVA Mémoires (290)
CAZOTTE Le Diable amoureux (361)
CERVANTÈS L'Ingénieux Hidalgo Don Quichotte de la Manche, 1 (196) - 2 (197)
CÉSAR La Guerre des Gaules (12)
CHAMFORT Produits de la civilisation perfectionnée - Maximes et pensées - Caractères et anecdotes (188)
CHATEAUBRIAND Atala-René (25) - Génie du christianisme, 1 (104) - 2 (105) - Itinéraire de Paris à Jérusalem (184) - Vie de Rancé (195)
CICÉRON De la république - Des lois (38) - De la vieillesse - De l'amitié - Des devoirs (156)
★★★ Code civil (Le) (318)
COLETTE La Naissance du jour (202) - Le Blé en herbe (218) - La Fin de Chéri (390)
COMTE Catéchisme positiviste (100)
CONSTANT Adolphe (80)
★★★ Constitutions de la France depuis 1789 (Les) (228)
★★★ Coran (Le) (237)
CORNEILLE Théâtre complet, 1 (179) - 2 (342)
COURTELINE Théâtre (65) - Messieurs les Ronds-de-cuir (106) - Les Gaîtés de l'escadron (247)
CROS Le Coffret de Santal - Le Collier de griffes (329)
CYRANO DE BERGERAC Voyage dans la Lune (L'Autre Monde ou les États et Empire de la Lune), suivi de Lettres diverses (232)
DAUDET Aventures prodigieuses de Tartarin de Tarascon (178) - Lettres de mon moulin (260)
DESCARTES Discours de la méthode, suivi d'extraits de la Dioptrique, des Météores, du Monde, de l'Homme, de Lettres et de la Vie de Descartes par Baillet (109) - Méditations métaphysiques (328)
DICKENS David Copperfield 1 (310) - 2 (311)
DIDEROT Entretien entre d'Alembert et Diderot - Le Rêve de d'Alembert - Suite de l'Entretien (53) - Le Neveu de Rameau (143) - Entretiens sur le fils naturel - Paradoxe sur le comédien (164) - La Religieuse, suivie des extraits de la Correspondance littéraire de Grimm (177) - Les Bijoux indiscrets (192) - Jacques le Fataliste (234) - Supplément au voyage de Bougainville - Pensées philosophiques - Lettres sur les aveugles (252) - Contes et entretiens (294)
DIOGÈNE LAËRCE Vie, Doctrines et Sentences des philosophes illustres, 1 : Livres 1 à 5 (56) - Vie, Doctrines et Sentences des philosophes illustres, 2 : Livres 6 à 10 (77)
DOSTOÏEVSKI Crime et Châtiment, 1 (78) - 2 (79) - Récits de la maison des morts (337)
DU BELLAY Les Antiquités de Rome - Les Regrets (245)
DUMAS Les Trois Mousquetaires (144) - Vingt ans après, 1 (161) - 2 (162)
DUMAS Fils La Dame aux camélias (381)
ÉPICTÈTE Voir **MARC-AURÈLE** (16)
ÉRASME Éloge de la folie, suivi de la Lettre d'Érasme à Dorpius (36)
ESCHYLE Théâtre complet (8)
EURIPIDE Théâtre complet, 1 (46) - 2 (93) - 3 (99) - 4 (122)
FÉNELON Les Aventures de Télémaque (168)
FLAUBERT Salammbô (22) - Trois contes (42) - Madame Bovary, suivie des Actes du procès (86) - Bouvard et Pécuchet, suivi du Dictionnaire des idées reçues (103) - La Tentation de saint Antoine (131) - L'Éducation sentimentale (219) - L'Éducation sentimentale (Première version). Passion et vertu (339)
FROMENTIN Dominique (141)
GAUTIER Mademoiselle de Maupin (102) - Le Roman de la momie (118) - Le Capitaine Fracasse (147) - Voyage en Espagne (367) - Récits fantastiques (383)
GOBINEAU La Renaissance (349)
GŒTHE Faust (24) - Les Souffrances du jeune Werther (169)
GOGOL Récits de Pétersbourg (189)
GOLDONI Théâtre (322)
HAWTHORNE La Lettre écarlate (382)
HOBBES De Cive (385)
HOFFMANN Contes fantastiques 1 (330) - 2 (358) - 3 (378)
HÖLDERLIN Hymnes - Élégies (352)
HOMÈRE L'Illiade (60) - L'Odyssée (64)
HORACE Œuvres : Odes - Chant séculaire - Épodes - Satires - Épître - Art poétique (159)
HUGO Quatrevingt-Treize (59) - Les Chansons des rues et des bois (113) - Les Misérables, 1 (125) - 2 (126) - 3 (127) - Notre-Dame de Paris (134) - La Légende des siècles, 1 (157) - 2 (158) - Odes et Ballades - Les Orientales (176) - Cromwell (185) - Les Feuilles d'automne, Les Chants du crépuscule (235) - Châtiments (301) - Théâtre (319) - (324) - Les Travailleurs de la mer (341) - L'Homme qui rit, 1 (359) - 2 (384)
HUYSMANS A rebours (298) - Là-bas (302)
KANT Critique de la raison pure (257)
LABICHE Théâtre 1 (314) - 2 (331)
LA BRUYÈRE Les Caractères précédés des Caractères de THÉOPHRASTE, suivis du Discours de réception à l'Académie (72)
LACLOS Les Liaisons dangereuses (13)
LA FAYETTE La Princesse de Clèves (82)
LA FONTAINE Fables (95) - Contes et Nouvelles en vers (338)
LAMARTINE Jocelyn (138)
LA ROCHEFOUCAULT Maximes et réflexions diverses (288)
LAUTRÉAMONT Œuvres complètes : Les Chants de Maldoror - Poésies et Lettres (208)
LEIBNIZ Nouveaux Essais sur l'entendement humain (92) - Essais de Théodicée sur la bonté de Dieu, la liberté de l'homme et l'origine du mal (209)
LESAGE Histoire de Gil Blas de Santillane (286)
★★★ Lettres édifiantes et curieuses de Chine (315).

LORRIS (DE)/MEUN (DE) Le Roman de la Rose (texte original) (270)
LUCRÈCE De la nature (30)
MACHIAVEL Le Prince (317)
MALHERBE Œuvres poétiques (251)
MALLARMÉ Vers et prose (295)
MARC-AURÈLE Pensées pour moi-même, suivies du Manuel d'ÉPICTÈTE (16)
MARGUERITE de NAVARRE Heptameron (355)
MARIVAUX Le Paysan parvenu (73) - La Vie de Marianne (309)
MAROT Œuvres poétiques (259)
MARX Le Capital, Livre 1 (213)
MAUPASSANT Contes de la Bécasse (272) - Une vie (274) Mademoiselle Fifi (277) - Le Rosier de Madame Husson (283) - Contes du jour et de la nuit (292) - La Main gauche (300) - La Maison Tellier. Une partie de campagne (356)
MAURIAC Un adolescent d'autrefois (387)
MELVILLE Moby Dick (236)
MÉRIMÉE Colomba (32) - Théâtre de Clara Gazul, suivi de La Famille de Carvajal (173) - Les Ames du Purgatoire - Carmen (263) - La Vénus d'Ille et autres nouvelles (368)
MICHELET La Sorcière (83)
MILL (STUART) L'Utilitarisme (183)
★★★ Mille et Une Nuits, 1 (66) - 2 (67), 3 (68)
MISTRAL (F.) Mireille (304)
MOLIÈRE Œuvres complètes, 1 (33) - 2 (41) - 3 (54) - 4 (70)
MONTAIGNE Essais : Livre 1 (210) - 2 (211) - 3 (212)
MONTESQUIEU Lettres persanes (19) - Considérations sur les causes de la grandeur des Romains et de leur décadence (186) - De l'esprit des lois, 1 (325) - 2 (326)
MORAVIA Nouvelles romaines (389)
MUSSET Théâtre, 1 (5) - 2 (14)
NERVAL Les Filles du feu - Les Chimères (44) - Promenades et souvenirs - Lettres à Jenny - Pandora - Aurélia (250) - Le voyage en Orient, 1 (332) - 2 (333)
NODIER Smarra, Trilby et autres Contes (363)
OLLIER La mise en scène (395)
OVIDE Les Métamorphoses (97)
PASCAL Lettres écrites à un provincial (151) - Pensées (266)
PENSEURS GRECS AVANT SOCRATE De Thalès de Milet à Prodicos de Céos (31)
PÉTRONE Le Satyricon (357)
PHILIPPE (Ch. L.) Bubu de Montparnasse (303)
PLATON Le Banquet - Phèdre (4) - Apologie de Socrate - Criton - Phédon (75) - La République (90) - Premiers Dialogues : Second Alcibiade - Hippias mineur - Premier Albiciade - Euthyphron - Lachès - Charmide - Lysis - Hippias majeur - Ion (129) - Protagoras - Euthydème - Gorgias - Ménexène - Ménon - Cratyle (146) - Théétète - Parménide (163) - Sophiste - Politique - Philèbe - Timée - Critias (203)
POE Histoires extraordinaire (39) - Nouvelles Histoires extraordinaires (55) - Histoires grotesques et sérieuses (114)
PRÉVOST Histoire du chevalier des Grieux et de Manon Lescaut (140)
PROUDHON Qu'est-ce que la propriété? (91)
RABELAIS La Vie très horrificque du grand Gargantua (180) - Pantagruel roy des Dipsodes, restitué à son naturel avec ses faictz et prouesses espoventables (217) - Le Tiers livre des faicts et dicts héroiques du bon Pantagruel (225) - Le Quart livre des faicts et dicts héroiques du bon Pantagruel (240)
RACINE Théâtre complet, 1 (27) - 2 (37)
RENAN Souvenirs d'enfance et de jeunesse (265)
RENARD Poil de carotte (58) - Histoires naturelles (150)
RÉTIF DE LA BRETONNE La Paysanne pervertie (253)
RIMBAUD Œuvres poétiques (20)
★★★ Roman de Renart (Le) (Texte original) (270)
RONSARD Discours - Derniers Vers (316) - Les Amours (335)
ROUSSEAU Les Rêveries du promeneur solitaire (23) - Du Contrat social (94) - Émile ou de l'éducation (117) - Julie ou la Nouvelle Héloïse (148) - Lettre à M. d'Alembert sur les spectacles (160) - Les Confessions, 1 (181) - 2 (182) - Discours sur les sciences et les arts - Discours sur l'origine de l'inégalité (243)
SADE Les Infortunes de la vertu (214)
SAINT AUGUSTIN Les Confessions (21)
SAINTE-BEUVE Voluptés (204)
SALLUSTE Conjuration de Catalina - Guerre de Jugurtha - Histoires (174)
SAND La Mare au diable (35) - La Petite Fadette (155) - Mauprat (201) - Lettres d'un voyageur (241)
SCARRON Le Roman comique (360)
SÉVIGNÉ Lettres (282)
SHAKESPEARE Richard III - Roméo et Juliette - Hamlet (6) - Othello - Le Roi Lear - Macbeth (17) - Le Marchand de Venise - Beaucoup de bruit pour rien - Comme il vous plaira (29) - Les Deux Gentilshommes de Vérone - La Mégère apprivoisée - Peines d'amour perdues (47) - Titus Andronicus - Jules César - Antoines et Cléopâtre - Coriolan (61) - Le Songe d'une nuit d'été - Les Joyeuses Commères de Windsor - Le Soir des Rois (96)
SHELLEY (Mary) Frankenstein (320)
SOPHOCLE Théâtre complet (18)
SOREL Histoire comique de Francion (321)
SPINOZA Œuvres, 1 (34) - 2 (50) - 3 (57) - 4 (108)
STAËL De l'Allemagne, 1 (166) - 2 (167)
STENDHAL Le Rouge et le Noir (Chartreuse de Parme (26) - De l' (49) - Armance ou quelques scènes salon de Paris en 1827 (137) - Racine Shakespeare (226) - Chroniques Italiennes (293) Lucien Leuwen, 1 (350) - 2 (35
STERNE Voyage sentimental (372) - Vi et opinions de Tristram Shandy (371)
THACKERAY Le Livre des snobs (373)
THÉOPHRASTE Voir **LA BRUYÈRE** (72
THUCYDIDE Histoire de la guerre d Péloponnèse, 1 (81) - 2 (88)
TOCQUEVILLE De la démocratie e Amérique, 1 (353), 2 (354)
TOURGUENIEV Premier amour (275)
TZARA Grains et Issues (364)
VALLÈS L'Enfant (193) - Le Bachelie (221) - L'insurgé (223)
VAUVENARGUES Introduction à l connaissance de l'esprit humain et au tres œuvres (336)
VERLAINE Fêtes galantes - Romance sans paroles - La Bonne Chanson - Écrit sur Rimbaud (285) - Poèmes Saturniens Confessions (289) - Sagesse - Parallèle ment - Les Mémoires d'un veuf (291)
VERNE Voyage au centre de la ter (296) - Vingt mille lieues sous les me (297) - Le Tour du monde en 80 jour (299) - De la terre à la lune et Autour d la Lune (305) - Cinq semaines en ballo (323)
VIGNY Chatterton - Quitte pour la peu (171) - Œuvres poétiques (306)
VILLEHARDOUIN La Conquête d Constantinople (215)
VILLIERS DE L'ISLE-ADAM Conte cruels (340)
VILLON Œuvres poétiques (52)
VIRGILE L'Énéide (51) - Les Bucoliques Les Géorgiques (128)
VOLTAIRE Lettres philosophiques (15) Dictionnaire philosophique (28) - Roman et Contes (111) - Le Siècle de Louis XIV, (119) - 2 (120) - Histoire de Charles XI (170)
VORAGINE La Légende dorée, 1 (132), (133)
XÉNOPHON Œuvres complètes, 1 (139 - 2 (142) - 3 (152)
ZOLA Germinal (191) - Nana (194) - L'Assomoir (198) - Pot-Bouille (207) - La Fortune des Rougon (216) - L'Affaire Dreyfus (La Vérité en marche) (220) - La Curée (227) - Thérèse Raquin (229) - Écrits su l'art - Mon Salon - Manet (238) - Au Bonheur des Dames (239) - Contes à Ninon (244) - Le Roman expérimenta (248) - Le Ventre de Paris (246) - La Faute de l'abbé Mouret (249) - La Conquête de Plassans (255) - La Bête humaine (258) - Une page d'amour (262) - Son Excellence Eugène Rougon (264) - La Terre (267) - L'Argent (271) - La Joie de vivre (273) - L'Œuvre (278) - Le Rêve (279) - Le Docteur Pascal (280) - La Débâcle (281)

GF — TEXTE INTÉGRAL — GF

9119-1982. — Mame, Tours.
N° d'édition 11454. — Novembre 1982. — Printed in France.